JEFFERY DEAVER

Die Tränen des Teufels

Buch

Am Silvestermorgen feuert ein Unbekannter in einer U-Bahn-Station in Washington, D.C. mit einer schallgedämpften Maschinenpistole wahllos in die Menge und tötet dreiundzwanzig Menschen. Eine Stunde später wird Bürgermeister Kennedy ein Erpresserbrief überbracht: Entweder werden 20 Millionen Dollar an »Digger«, den Drahtzieher des Blutbades, gezahlt oder der Täter wird bis Mitternacht alle vier Stunden ein weiteres Gemetzel anrichten. Natürlich wird das FBI eingeschaltet. Hochroutiniert und schlagkräftig steht es wenige Stunden später kurz vor einer Verhaftung. Da passiert das Unfassbare: Bei einem völlig alltäglichen Verkehrsunfall stirbt der einzige Komplize und Kontaktmann Diggers. Jetzt bleibt nur noch eine Spur: der handgeschriebene Erpresserbrief. Verzweifelt bittet die ermittelnde FBI-Agentin Margaret Lukas ihren früheren Kollegen, den Handschriftenexperten Kincaid Parker, diesen Brief zu analysieren. Doch Parker zögert. Als alleinerziehender Vater, der mitten in einem Sorgerechtsstreit steckt, möchte er endlich Abstand von der Welt der Verbrecherjagd gewinnen. Schließlich stimmt er zu – unter der Voraussetzung, dass niemand von seiner Mitarbeit wissen darf. Doch während Kincaid in mühsamer Kleinarbeit dem Schriftstück Information um Information abringt, scheint es, als sei der Mörder ihm immer einen Schritt voraus. Und schon bald kriecht die Gefahr bis in Parkers Familienleben …

Autor

Jeffery Deaver gilt als einer der weltweit besten Autoren intelligenter psychologischer Thriller. Seit seinem ersten großen Erfolg als Schriftsteller hat der von seinen Fans und den Kritikern gleichermaßen geliebte Jeffery Deaver sich aus seinem Beruf als Rechtsanwalt zurückgezogen und lebt nun abwechselnd in Virginia und Kalifornien. Seine Bücher, die in 25 Sprachen übersetzt werden und in 150 Ländern erscheinen, haben ihm zahlreiche renommierte Auszeichnungen eingebracht.

Jeffery Deaver

Die Tränen des Teufels

Thriller

Deutsch von Gerald Jung

blanvalet

Die Originalausgabe erschien 1999 unter dem Titel
»The Devil's Teardrop« bei Simon & Schuster Inc., New York.

Dieses Buch ist auch als E-Book erhältlich.

MIX
Papier aus verantwortungsvollen Quellen
FSC® C014496

Verlagsgruppe Random House FSC® N001967

1. Auflage

Umschlaggestaltung: www.buerosued.de
Umschlagmotiv: Arcangel Images/Hayden Verry
AF · Herstellung: wag
Satz: omnisatz GmbH, Berlin
Druck und Bindung: GGP Media GmbH, Pößneck
Printed in Germany
ISBN 978-3-7341-0364-3

www.blanvalet.de

Mit Dank
an Madelyn

I

DER LETZTE TAG DES JAHRES

Durch die sorgfältige Analyse eines anonymen Briefes lässt sich die Anzahl seiner möglichen Urheber drastisch einschränken und einige in Frage kommende Urheber dürfen sofort ausgeklammert werden. Die Verwendung eines Semikolons oder der korrekte Gebrauch eines Apostrophs schließt eine ganze Gruppe von Urhebern aus.

OSBORN AND OSBORN,
Probleme im Umgang mit zweifelhaften Dokumenten

1

8:55

Der Digger ist in der Stadt.

Der Digger sieht aus wie du, der Digger sieht aus wie ich. Er geht durch die winterlichen Straßen, so wie alle, die Schultern in der feuchten Dezemberluft hochgezogen, Hals und Kinn im Mantelkragen verborgen.

Er ist weder groß noch klein, weder dick noch dünn. Seine Finger in den dunklen Handschuhen könnten fleischig sein, aber das sind sie nicht. Seine Füße sehen groß aus, aber vielleicht liegt das auch nur an den Schuhen.

Würde man ihm in die Augen schauen, würde man weder ihre Form noch ihre Farbe wahrnehmen, sondern allein die Tatsache, dass sie nicht ganz menschlich wirken, und wenn der Digger deinen Blick erwidert, könnten seine Augen das Letzte sein, was du auf dieser Welt siehst.

Er trägt einen langen schwarzen Mantel, vielleicht auch dunkelblau, und keine Menschenseele auf der Straße bemerkt, wie er vorübergeht, obwohl es viele Zeugen gibt – auf den Straßen von Washington, D.C. wimmelt es in der morgendlichen Rushhour nur so von Menschen.

Der Digger ist in der Stadt, und es ist Silvester.

Mit einer Einkaufstüte vom Bauernmarkt in der Hand weicht der Digger Paaren, einzelnen Passanten und Familien aus, geht unbeirrt weiter. Vor sich sieht er die Metro-Station. Man hat ihm gesagt, er solle Punkt neun Uhr morgens dort sein, und so wird es sein. Der Digger kommt nie zu spät.

Die Tüte in seiner vielleicht fleischigen Hand ist schwer. Sie wiegt fünf Kilo, doch bei der Rückkehr in sein Motelzimmer wird sie deutlich leichter sein.

Ein Mann rempelt ihn an, lächelt und sagt: »Entschuldigung«, aber der Digger würdigt ihn keines Blickes. Der Digger sieht niemals jemanden an und will auch nicht, dass man ihn ansieht.

»Niemand darf …« *Klick.* »… dein Gesicht sehen. Schau weg. Nicht vergessen!«

Ich vergesse es nicht.

Klick.

Schau auf die Lichter, denkt er, schau auf die … *klick* … auf die Neujahrsdekoration. Dicke Babys in wehende Luftschlangen gehüllt, und da ist natürlich auch Gevatter Zeit.

Komische Dekoration. Komische Beleuchtung. Komisch, wie hübsch das aussieht.

Er ist am Dupont Circle, dort, wo Geld und Kunst zu Hause sind, wo sich die jungen, eleganten Menschen herumtreiben. Der Digger weiß das, aber er weiß es nur, weil ihm der Mann, der ihm alles sagt, vom Dupont Circle erzählt hat.

Er hat den Eingang zum U-Bahn-Schacht erreicht. Der Morgenhimmel ist bedeckt, und da es Winter ist, liegt ein trübes Grau über der Stadt.

Der Digger denkt an seine Frau, er denkt an Tage wie diesen. Pamela mochte die Dunkelheit und die Kälte nicht, deshalb … *klick* … deshalb … Was hat sie deshalb gemacht? Ach ja. Sie hat rote Blumen und gelbe Blumen gepflanzt.

Er richtet den Blick auf die Metro-Station und denkt an ein Bild, das er einmal irgendwo gesehen hat. Er und Pamela waren in einem Museum. Sie schauten sich ein altes Gemälde an.

Und Pamela sagte: »Das ist unheimlich. Lass uns gehen.«

Es war ein Bild vom Eingang zur Hölle.

Der Metro-Tunnel befindet sich zwanzig Meter unter der Erde. Manche Fahrgäste gleiten hinab, andere kommen herauf. Es sieht genau aus wie auf jenem Bild.

Der Eingang zur Hölle.

Lauter junge Frauen mit kurz geschnittenem Haar und Aktentaschen unterm Arm. Lauter junge Männer mit Sporttaschen und Handys.

Und da ist der Digger mit seiner Einkaufstüte.

Vielleicht ist er dick, vielleicht ist er dünn, jedenfalls sieht er aus wie du, sieht er aus wie ich. Der Digger fällt nicht auf, und genau das ist der Grund, weshalb er seine Aufgaben so hervorragend erledigt.

»Du bist der Beste«, hat ihm der Mann, der ihm alles sagt, im letzten Jahr gesagt. »Du bist der … *klick, klick* … der Beste.«

Um 8:59 steht der Digger neben der Rolltreppe, die nach unten führt und voller Leute ist, die alle hinunter in den Höllenschlund fahren.

Er greift in die Tüte und legt die Finger um den Griff der Pistole, die eine Uzi oder eine Mac-10 oder eine Intertech sein könnte, die aber eindeutig fünf Kilo wiegt und mit einem Hunderter-Magazin 22er-Langwaffenmunition geladen ist.

Der Digger hat Appetit auf eine Suppe, lässt sich davon jedoch nicht ablenken.

Weil er der … *klick* … der Beste ist.

Er lässt den Blick über die Menge schweifen, aber er sieht niemanden an, sieht nur zu, wie die Leute warten, bis sie an der Reihe sind, die Rolltreppe nach unten zu betreten, die sie in die Hölle bringt. Er sieht weder die Männer mit den Telefonen noch die Frauen mit den Frisuren von Supercuts an, dem schicken Laden, bei dem sich auch Pamela immer die Haare schneiden ließ. Auch die Familien sieht er nicht an. Er presst die Tüte an die Brust, so wie es jeder mit seinen Feiertagseinkäufen machen würde. Eine Hand auf dem Griff der Waffe, was auch immer es für eine sein mag, die andere – außerhalb der Tüte – um etwas gekrümmt, das man für einen Laib Brot halten könnte, Brot, das hervorragend zur Suppe passen würde, aber in Wirklichkeit ein mit Mineralwolle und Gummi-Ummantelung bestückter leistungsstarker Schalldämpfer ist.

Seine Armbanduhr piept.

Neun Uhr.

Er zieht den Abzug durch.

Mit einem zischenden Geräusch arbeitet sich die Geschossgarbe die Rolltreppe hinunter, durch die Fahrgäste, die unter dem Beschuss nach vorne taumeln. Mit einem Mal wird das *pst pst pst* der Maschinenpistole von Schreien übertönt.

»Oh Gott, Achtung, mein Gott was ist denn los, ich bin verletzt, ich falle.« Ach, all so was.

Pst pst pst.

Dazu das grässliche Knallen der Fehlschüsse, der Kugeln, die auf Metall und Fliesen treffen. Dieses Geräusch ist unangenehm laut. Die Treffer klingen viel gedämpfter.

Alle Leute drehen sich um, niemand weiß, was eigentlich geschieht.

Auch der Digger sieht sich um. Alle runzeln verwirrt die Stirn. Auch er runzelt verwirrt die Stirn.

Keiner kommt auf den Gedanken, dass hier geschossen wird. Sie glauben, jemand sei gestürzt und habe eine Kettenreaktion ausgelöst, in deren Folge die Leute aufeinander fallen und die Rolltreppe hinunterpurzeln. Scheppern und Krachen, wenn Handys, Aktenmappen und Sporttaschen den Händen der Opfer entgleiten.

Die hundert Schuss sind in wenigen Sekunden weg.

Niemandem fällt der Digger auf, der sich wie alle anderen verdutzt umschaut.

Und dabei die Stirn runzelt.

»Schnell einen Krankenwagen Polizei, Polizei, großer Gott dieses Mädchen braucht Hilfe, sie braucht Hilfe, kann denn keiner helfen o mein Gott, er ist tot um Gottes willen, ihr Bein, ihr Bein, mein Kind, mein Kind …«

Der Digger lässt die Einkaufstüte sinken. Sie hat nur am Boden, dort, wo die Kugeln herausgekommen sind, ein kleines Loch. In der Tüte liegen die vielen heißen Metallhülsen.

»Abschalten, abschalten, schaltet die Rolltreppe aus, o mein Gott, so helft doch die Rolltreppe anhalten, sie werden alle zerquetscht …«

Und all so was.

Der Digger sieht hin. Weil alle hinsehen.

Aber es ist nicht leicht, in die Hölle zu blicken. Unter ihm stapelt sich ein Haufen blutiger Körper, wird immer höher, die Leiber winden sich … Manche leben noch, andere sind tot, einige versuchen verzweifelt, sich aus dem ständig wachsenden Haufen am Fuß der Rolltreppe herauszuarbeiten.

Der Digger schiebt sich vorsichtig rückwärts in die Menge. Und dann ist er verschwunden.

Er ist sehr gut im Verschwinden. »Wenn du gehst, mach es wie ein Chamäleon«, hatte der Mann gesagt, der ihm alles sagt. »Weißt du, was ein Chamäleon ist?«

»Eine Eidechse.«

»Genau.«

»Die ihre Farbe verändert. Habe ich im Fernseher gesehen.«

Der Digger auf den überfüllten Bürgersteigen. Leute rennen hin und her. Komisch.

Komisch …

Niemand bemerkt den Digger.

Der wie du und ich und eigentlich völlig unauffällig aussieht, mit einem Gesicht, weiß wie ein Morgenhimmel – oder dunkel wie der Eingang zur Hölle.

Im Gehen – langsam, langsam – denkt er an sein Motelzimmer. Wo er die Pistole nachladen, die Mineralwolle im Schalldämpfer austauschen und sich dann mit einer Flasche Wasser und einem Teller Suppe in seinen gemütlichen Stuhl setzen wird. Dort bleibt er dann bis zum Nachmittag sitzen und ruht sich aus, und dann – es sei denn, der Mann, der ihm alles sagt, lässt ihm eine Nachricht zukommen, die ihn davon abhält – zieht er wieder seinen langen schwarzen oder blauen Mantel an und geht hinaus.

Um das, was er eben getan hat, wieder zu tun.

Es ist Silvester. Und der Digger ist in der Stadt.

Während immer mehr Krankenwagen zum Dupont Circle rasten und Rettungsmannschaften sich durch den entsetzlichen Berg von Körpern in der Metro-Station gruben, spazierte Gilbert Havel ungefähr drei Kilometer entfernt in Richtung Rathaus.

An der Ecke Fourth und D Street, neben einem schlafenden Ahornbaum, blieb Havel stehen, öffnete den Briefumschlag, den er bei sich trug und las die Mitteilung ein letztes Mal durch.

Bürgermeister Kennedy –

Das Ende ist nacht. Der Digger ist los, und es gibt keine Möglichkeit, ihn zu hintern. Er wird wieder töten – um vier, 8 und Mitternacht, wenn Sie nicht zahlen.

Ich will haben $ 20 Millionen Dollars in bar, die Sie in eine Tasche legen und es drei Kilometer südlich der Rt 66 auf der West Seite des Beltway deponieren. Mitten auf dem Feld. Zahlen Sie das Geld zu mich bis 1200 Uhr. Nur ich das weiß, wie der Digger zu hintern ist. Wenn Sie mich Festnehmen, tötet er weiter. Wenn Sie mich töten, tötet er weiter.

Falls Sie mir nicht glauben: Einige der Kugeln des Diggers sind schwarz angemalt. Nur ich weiß das.

Das war, fand Havel, eine dermaßen geniale Idee, wie sie sonst keiner hätte. Monatelange Planung. Jede mögliche Reaktion der Polizei und des FBI vorausgesehen. Ein Schachspiel.

Von diesem Gedanken beschwingt, schob er die Nachricht zurück in den Umschlag, verschloss ihn, ohne ihn zuzukleben und spazierte weiter. Havel ging leicht vornübergebeugt, die Augen nach unten gerichtet, eine Haltung, die seine Körpergröße von einsfünfundachtzig kaschieren sollte. Doch es fiel ihm schwer. Eigentlich ging er viel lieber aufrecht und starrte die Leute an, bis sie wegsahen.

Die Sicherheitsvorkehrungen im Rathaus, am Judiciary Square Nummer 1, waren geradezu lächerlich. Niemand nahm Notiz von ihm, als er am Eingang des unscheinbaren steinernen Gebäudes vorbeiging und vor einem Zeitungsautomaten stehen blieb. Er schob den Umschlag unter das Gestell, drehte sich langsam um und schlenderte in Richtung E Street davon.

Ziemlich warm für Silvester, dachte Havel. Die Luft roch nach Herbst; verfaulte Blätter und feuchter Rauch. Der Geruch rief eine Reihe undeutlicher Kindheitserinnerungen in ihm wach. Bei einem Telefonapparat an der Ecke blieb er stehen, ließ ein paar Münzen hineinfallen und wählte eine Nummer.

»Rathaus. Sicherheitsdienst«, meldete sich eine Stimme.

Havel hielt ein Tonbandgerät an den Hörer und drückte auf PLAY. Eine computergenerierte Stimme sagte: »Briefumschlag direkt vor dem Gebäude. Unter dem Zeitungsständer der *Washington Post.* Sofort lesen. Es geht um die Metro-Morde.« Dann hängte er auf, überquerte die Straße, ließ das Bandgerät in einen Papierbecher fallen und warf den Becher in einen Abfalleimer.

Havel betrat eine Imbissstube und setzte sich in eine Nische am Fenster, von wo er einen hervorragenden Blick auf den Zeitungsautomaten und den Seiteneingang des Rathauses hatte. Er wollte sichergehen, dass der Umschlag abgeholt wurde; was auch prompt geschah, noch bevor Havel sich die Jacke ausgezogen hatte. Er wollte auch sehen, wer alles kam, um sich mit dem Bürgermeister zu beratschlagen. Und ob eventuell Reporter aufkreuzten.

Als die Bedienung an seinen Tisch kam, bestellte er Kaffee und, obwohl es immer noch Frühstückszeit war, ein Steak-Sandwich, das teuerste Gericht auf der Karte. Warum auch nicht? Bald schon würde er ein sehr reicher Mann sein.

2

10:00

»Papa, erzähl mir vom Bootmann.«

Parker Kincaid zögerte. Dann legte er die schmiedeeiserne Bratpfanne, die er gerade abspülte, zur Seite.

Er hatte sich angewöhnt, auf keine Frage der Kinder besorgt zu reagieren – zumindest nicht besorgt zu wirken. Deshalb lächelte er auch jetzt seinen Sohn an, während er sich die Hände mit Papiertüchern abtrocknete.

»Vom Bootmann?«, fragte er den Neunjährigen. »Also gut. Was willst du denn wissen?«

Die Küche in Parkers Haus in Fairfax, Virginia, duftete herrlich nach dem Feiertagsessen, das noch nicht ganz fertig war. Zwiebeln, Salbei, Rosmarin. Der Junge schaute zum Fenster hinaus. Er sagte nichts.

»Na los«, ermutigte ihn Parker. »Raus mit der Sprache.«

Robby war blond und hatte die blauen Augen seiner Mutter geerbt. Er trug ein dunkelrotes Hemd von Izod und eine braune Hose, die auf der Hüfte von einem Ralph-Lauren-Gürtel gehalten wurde. Seine eigensinnige Haartolle hing an diesem Morgen nach Steuerbord.

»Also«, setzte der Junge an, »ich weiß ja … ich weiß ja, dass er tot ist und alles …«

»Das stimmt«, erwiderte Parker, sagte von sich aus aber nicht mehr dazu. (*»Erzähl den Kindern nie mehr als sie wissen wollen«,* lautete eine der Regeln aus Parker Kincaids *Handbuch für Alleinerziehende* – einem Nachschlagewerk, das allein in seinem Kopf existierte, das er aber trotzdem mehrmals am Tag zu Rate zog.)

»Es ist nur … weil draußen … manchmal sieht es aus wie er. Ich … ich hab rausgekuckt, und ich hab gedacht, ich hätt ihn gesehen.«

»Und was machen wir, wenn du dieses komische Gefühl hast?«

»Ich hole meinen Schild und meinen Helm«, zitierte der Junge, »und wenn es dunkel ist, mache ich das Licht an.«

Parker blieb stehen. Normalerweise ging er, wenn er sich mit seinen Kindern unterhielt, auf Augenhöhe mit ihnen, aber beim Thema Bootsmann hatte ein Therapeut Parker empfohlen, stehen zu bleiben – damit sich der Junge in der Gegenwart eines starken, beschützenden Erwachsenen sicher fühlte. Parker Kincaid hatte wirklich einiges an sich, das einem ein Gefühl von Sicherheit vermittelte. Mit seinen knapp vierzig Jahren und einer Körpergröße von etwas über einsachtzig war er fast noch so gut in Form wie damals auf dem College. Das hatte er weder Aerobic-Kursen noch Fitness-Centern zu verdanken, sondern seinen beiden Kindern und ihrem Fußballgerangel, ihren Basketball-Spielchen, Frisbee-Turnieren und dem sonntäglichen Familien-Joggen (bei dem eigentlich Parker mehr hinter ihren Fahrrädern her lief, wenn sie ihre Runden durch den nahe gelegenen Park drehten).

»Was meinst du, wollen wir mal nachschauen? Dort, wo du etwas gesehen hast?«

»Ja.«

»Hast du Helm und Schild dabei?«

»Hab ich.« Der Junge klopfte sich auf den Kopf und hielt dann den linken Arm wie ein Ritter vor sich.

»So ist es prima. Meine Rüstung habe ich auch dabei.« Parker imitierte die Gesten des Jungen.

Sie gingen zur Hintertür.

»Dort drüben, die Büsche, siehst du?«, sagte Robby.

Parker ließ den Blick über seine knapp zweitausend Quadratmeter Land in einem älteren Neubaugebiet ungefähr zwanzig Meilen westlich von Washington schweifen. Sein Eigentum bestand hauptsächlich aus Gras und Blumenbeeten. Nur weiter hinten wucherte ein Dickicht aus Forsythien, Kudzu und Efeu, das er schon seit Jahren zurückschneiden wollte. Robby hatte nicht ganz Unrecht: Wenn man ein wenig blinzelte, erinnerte ein Abschnitt der Sträucher an die Umrisse eines Menschen.

»Sieht gruselig aus«, gab Parker zu. »Keine Frage. Aber du weißt doch, dass das mit dem Bootmann schon lange vorbei ist.« Er hatte nicht vor, die Angst des Jungen zu bagatellisieren, indem er ihm bewies, dass er sich lediglich vor ein paar zerzausten Büschen ängstigte. Aber er wollte Robby das Gefühl für den Abstand zwischen jetzt und den Ereignissen damals geben.

»Ich weiß. Aber ...«

»Wie lange ist das schon her?«

»Vier Jahre«, antwortete Robby.

»Das ist ganz schön lange, was?«

»Ja, ziemlich.«

»Zeig mir mal, wie lang.« Parker streckte die Arme aus. »So lang?«

»Kann sein.«

»Ich glaube, noch länger.« Parker streckte die Arme noch weiter auseinander. »So lang wie der Fisch, den wir im Braddock Lake gefangen haben?«

»Der war *sooo* lang«, sagte der Junge, fing an zu grinsen und machte die eigenen Arme ganz breit.

»Ach was, er war so lang.« Parker runzelte übertrieben die Stirn.

»Nein, er war *sooo* lang.« Der Junge hüpfte von einem Fuß auf den anderen.

»Nein, er war länger!«, lachte Parker. »Viel länger!«

Robby rannte mit erhobenem Arm quer durch die ganze Küche. Dann kam er zurück und hob den anderen Arm. »Er war *sooo* lang!«

»So lang ist vielleicht ein Hai«, rief Parker. »Nein, ein Wal, nein, eine Riesenkrake. Nein, jetzt weiß ich's – eine wuschelige Mazurka!« Ein Geschöpf aus *Wenn ich Zoodirektor wäre.* Robby und Stephie liebten Dr. Seuss. Parkers Spitzname für die Kinder war »die Whos«, nach den Geschöpfen in *Horton hört einen Who,* was ihre allerliebste Lieblingsgeschichte aller Zeiten war und sogar *Winnie the Pooh* in den Schatten stellte.

Parker und Robby spielten eine Runde Fangen-im-Haus, dann schnappte er sich den Jungen und nahm ihn für ein kurzes Abkitzeln fest in die Arme.

»Weißt du was?«, fragte Parker keuchend.

»Was?«

»Wollen wir morgen dieses ganze Gestrüpp einfach zurückschneiden?«

»Krieg ich die Säge?«, erkundigte sich der Junge rasch.

Ah, sie greifen nach jeder sich bietenden Gelegenheit, dachte Parker und musste insgeheim lachen. »Mal sehen«, antwortete er.

»Klasse!« Robby tänzelte aus der Küche; die Erinnerung an den Bootmann war verschwunden bei der Aussicht, mit richtigem Werkzeug arbeiten zu dürfen. Er rannte nach oben, und kurz darauf hörte Parker das übliche Gezänk zwischen Bruder und Schwester, bei dem es um die Frage ging, welches Nintendo-Spiel gespielt werden sollte. Allem Anschein nach setzte sich Stephanie durch, denn kurz darauf wehte die ansteckende Titelmelodie der Mario Bros. durch das Haus.

Parkers Blick kehrte zu den Büschen auf dem Gelände hinter dem Haus zurück.

Der Bootmann … Er schüttelte den Kopf.

Es klingelte an der Tür. Er lauschte einen Moment nach oben. Offensichtlich hatten die Kinder nichts gehört. Also ging er zur Haustür und öffnete sie.

Die attraktive Frau lächelte ihn strahlend an. Unter ihrem blonden, geometrisch geschnittenen Haar, das von der Sonne heller als sonst gebleicht war, baumelten Ohrringe hervor. (Robbys Haar hatte ihre Farbe, doch Stephanies ähnelte eher Parkers braunem Schopf.) Die Frau hatte einen unverschämt braunen Teint.

»Na, hallo«, sagte Parker versuchsweise.

Er blickte an ihr vorbei und sah erleichtert, dass der Motor des in der Auffahrt geparkten beigen Cadillac noch lief. Richard saß hinter dem Steuer und las im *Wall Street Journal.*

»Hallo, Parker. Wir kommen direkt vom Flughafen.« Sie umarmte ihn.

»Ihr wart … wo wart ihr eigentlich?«

»St. Croix. Es war herrlich. Oh, entspann dich, mein Gott, deine Körpersprache … Ich wollte nur rasch mal vorbeischauen.«

»Du siehst gut aus, Joan.«

»Mir geht's auch gut. Mir geht's wirklich gut. Ich weiß aber nicht so genau, ob du gut aussiehst, Parker. Ich finde dich ein bisschen blass.«

»Die Kinder sind oben.« Er drehte sich um, um sie zu rufen.

»Nein, lass nur, es ist …«, setzte Joan an.

»Robby! Stephanie! Eure Mama ist hier!«

Getrappel auf der Treppe. Die Whos kamen um die Ecke geschossen und rannten auf Joan zu. Sie lächelte, aber Parker sah genau, dass sie sauer war, weil er die Kinder gerufen hatte.

»Mami, du bist ja ganz braun!«, sagte Stephie und warf dabei ihr Haar wie ein Spice Girl nach hinten. Robby war ein pausbäckiges Engelchen, aber Stephanie hatte ein langes, ernstes Gesicht, das, so hoffte Parker jedenfalls, Jungs gegenüber einschüchternd intellektuell wirken würde, wenn sie erst das kritische Alter von zwölf oder dreizehn Jahren erreicht hatte.

»Wo warst du, Mami?«, fragte Robby missbilligend.

»In der Karibik. Hat euch Papa das nicht erzählt?« Ein tadelnder Seitenblick zu Parker. Doch, er hatte es ihnen erzählt. Joan verstand nur nicht, dass sich die Kinder nicht über mangelhafte Kommunikation hinsichtlich ihrer Reisepläne beklagten, sondern darüber, dass sie über Weihnachten nicht in Virginia gewesen war.

»Wie waren die Feiertage? Schön?«, erkundigte sie sich.

»Wir haben ein Air Hockey-Spiel gekriegt, und ich habe Robby heute Morgen schon dreimal abgezogen.«

»Dafür habe ich den Puck vier Mal hintereinander reingekriegt!«, konterte er. »Hast du uns was mitgebracht?«

Joan sah zum Auto. »Selbstverständlich. Aber ich habe alles noch im Koffer. Ich wollte nur kurz hallo sagen und mit eurem Vater reden. Die Geschenke bringe ich morgen mit, wenn ich euch besuche.«

»Ach, und ich habe noch einen Fußball gekriegt«, sagte Stephie, »Und das neue Mario-Spiel, und das ganze Paket von Wallace & Gromit …«

»Und *ich* hab den Todesstern gekriegt«, unterbrach Robby die Aufzählung seiner Schwester, »und den Millenium Falken. Und tonnenweise Micro Machines! Und einen Baseballschläger von Sammy Sosa. Und wir haben den *Nussknacker* gesehen …«

»Habt ihr mein Päckchen bekommen?«, wollte Joan wissen.

»Mhmm«, antwortete Stephie. »Vielen Dank.« Das Mädchen war tadellos höflich, aber eine Barbie-Puppe mit einem schicken Kleid war für sie wirklich nicht mehr interessant. Heutige Achtjährige ließen sich nicht mit den Achtjährigen aus Joans Kindheit vergleichen.

»Daddy hat das Hemd umgetauscht und eins in der richtigen Größe besorgt«, rief Robby.

»Ich habe ihn darum gebeten, falls es nicht passt«, sagte Joan rasch. »Aber ich wollte dir doch wenigstens *etwas* schenken.«

»Wir haben an Weihnachten gar nicht mit dir telefoniert«, sagte Stephie.

»O je«, antwortete Joan ihrer Tochter. »Dort, wo wir waren, war es sehr schwer zu telefonieren. Es war wie auf *Gilligans Insel.* Die Apparate haben so gut wie nie funktioniert.« Sie wuschelte Robby durchs Haar. »Außerdem wart ihr ja überhaupt nicht zu Hause.«

Sie gab ihnen die Schuld. Joan hatte nie gelernt, dass die Kinder niemals Schuld an etwas hatten, nicht in diesem Alter. Wenn man etwas falsch machte, lag es immer an einem selbst; und wenn sie etwas falsch machten, lag es *auch* an einem selbst.

Ach, Joan … Es waren kleine Fehler wie dieser – die leichte Verschiebung von Schuld –, die genau so schwer wogen wie Ohrfeigen. Aber er sagte nichts. (*»Lass die Kinder nie sehen, wie die Eltern streiten.«*)

Joan richtete sich wieder auf. »Richard und ich müssen jetzt los. Wir müssen doch Elmo und Saint abholen. Die armen Hündchen waren die ganze Woche im Käfig.«

Jetzt wurde Robby wieder munter. »Heute Abend machen wir eine Party, und dann sehen wir uns das Feuerwerk im Fernsehen an und spielen *Star-Wars*-Monopoly.«

»Das wird bestimmt lustig«, sagte Joan. »Richard und ich gehen ins Kennedy Center. In die Oper. Du magst doch Opern, oder nicht?«

Stephie zuckte auf ihre vieldeutige Weise die Schultern, eine

Antwort, mit der sie in letzter Zeit oft auf die Fragen Erwachsener reagierte.

»Das ist ein Schauspiel, bei dem die Leute auf der Bühne die Geschichte nicht nur spielen, sondern auch singen«, erklärte Parker seinen Kindern.

»Vielleicht nehmen Richard und ich euch einmal mit in die Oper. Hättet ihr Lust dazu?«

»Denke schon«, erwiderte Robby. Ein eindeutigeres Zugeständnis an die Hochkultur war von einem Neunjährigen wohl nicht zu erwarten.

»Warte mal!«, stieß Stephie hervor. Dann drehte sie sich um und stampfte die Treppe hinauf.

»Ich habe nicht viel Zeit, Süße. Wir …«

Einen Augenblick später war das Mädchen mit seinen neuen Fußballklamotten zurück und streckte sie seiner Mutter entgegen.

»Toll«, sagte Joan, »das sieht toll aus.« Sie hielt die Kleider so linkisch wie ein Kind, das einen Fisch geangelt hat und nicht genau weiß, ob es ihn wirklich haben will.

Erst der Bootmann, jetzt Joan, dachte Parker Kincaid. Wie die Vergangenheit heute auf ihn einstürzte. Na ja, warum auch nicht? Schließlich war Silvester.

Zeit, Rückschau zu halten …

Joan war offensichtlich erleichtert, als die Kinder wieder in Stephies Zimmer stürmten, entzückt von der Aussicht auf noch mehr Geschenke. Doch mit einem Mal war ihr Lächeln wie weggewischt. Ironischerweise sah sie in ihrem Alter – sie war 39 – mit einem mürrischen Gesichtsausdruck am besten aus. Sie fuhr sich mit der Fingerspitze über die Schneidezähne und überprüfte, ob sie mit Lippenstift verschmiert waren. Er erinnerte sich an diese Angewohnheit aus der Zeit, als sie noch verheiratet waren.

»Parker, ich hätte das nicht tun müssen …« Ihre Hand verschwand in ihrer Coach-Handtasche.

Ach du Schreck, sie hat ein Weihnachtsgeschenk für mich.

Und ich habe nichts für sie besorgt. Die Gedanken überschlugen sich in seinem Kopf: Habe ich irgendwo noch etwas liegen, das ich gekauft, aber noch nicht verschenkt habe? Etwas, das ich …

Aber dann sah er, dass ihre Hand mit einem Bündel Papier aus der Handtasche hervorkam.

»Ich hätte dir die Klageschrift auch am Montag von einem professionellen Zusteller überbringen lassen können.«

Klageschrift?

»Aber ich wollte zuerst mit dir reden, damit du nicht gleich an die Decke gehst.«

Ganz oben auf dem Dokument stand: »Antrag auf Änderung des Sorgerechtsentscheids.«

Die Nachricht traf ihn wie ein Schlag in den Magen.

Offensichtlich waren Joan und Richard doch nicht direkt vom Flughafen gekommen, sondern hatten zuerst bei ihrem Anwalt Halt gemacht.

»Joan«, sagte er verzweifelt, »du kannst nicht …«

»Ich will sie haben, Parker, und ich kriege sie auch. Lass uns nicht darüber streiten. Wir finden bestimmt eine Lösung.«

»Nein«, flüsterte er. »Nein.« Ein Anflug von Panik erfasste ihn, und er spürte, wie seine Kräfte ihn verließen.

»Vier Tage bei dir, die Freitage und die Wochenenden bei mir. Je nachdem, was Richard und ich vorhaben. Wir sind ja in letzter Zeit viel gereist. Sieh mal, auf diese Weise hast du doch auch wieder mehr Zeit für dich. Ich könnte mir vorstellen, dass du dich darauf freust, endlich wieder …«

»Auf keinen Fall.«

»Es sind meine Kinder …«, setzte sie noch einmal an.

»Technisch gesehen.« Parker hatte seit vier Jahren das alleinige Sorgerecht.

»Parker«, sagte sie vernünftig, »mein Leben ist stabil. Es geht mir gut. Ich trainiere wieder. Ich bin verheiratet.«

Mit einem Verwaltungsangestellten von der Kreisbehörde, der, wenn man der *Washington Post* glauben wollte, im vergangenen Jahr nur knapp an einer Anklage wegen der Annahme von Bestechungsgeldern vorbeigeschrammt war. Richard war nicht mehr als ein Ungeziefer vertilgender Vogel auf dem Rücken der großen Politik. Abgesehen davon war er der Mann, mit dem Joan im letzten Jahr ihrer Ehe mit Parker geschlafen hatte.

Aus Sorge darüber, dass ihn die Kinder hören könnten, flüsterte er: »Praktisch bist du seit dem Tag, an dem sie geboren wurden, für Robby und Stephie eine Fremde.« Er schlug mit dem Handrücken auf die Papiere und ließ sich von seinem Zorn hinreißen: »Verschwendest du überhaupt jemals einen Gedanken an sie? Daran, was ihnen damit angetan wird?«

»Sie brauchen eine Mutter.«

Nein, dachte Parker. Joan braucht ein neues Hobby. Vor ein paar Jahren waren es Pferde gewesen. Dann preisgekrönte Weimaraner. Dann Antiquitäten. Auch Häuser in angesagten Vierteln: Sie und Richard waren von Oakton nach Clifton, von dort nach McLean und dann nach Alexandria gezogen. »Stillstand ist Rückstand«, hatte sie dazu gesagt, obwohl Parker genau wusste, dass sie einfach nicht damit klarkam, weil sie in keinem Haus und in keiner Gegend heimisch wurde oder gar Freunde fand. Er dachte daran, was es für die Kinder hieß, immer wieder entwurzelt zu werden.

»Warum?«, fragte er.

»Ich möchte eine Familie haben.«

»Dann schaff dir welche mit Richard an. Du bist noch jung.«

Genau das wollte sie nicht, wie Parker nur zu gut wusste. So gerne sie schwanger gewesen war – und sie war niemals hübscher gewesen –, so sehr hatte sie versagt, als es darum ging, sich um die kleinen Kinder zu kümmern. Es ist wohl sehr schwer, Kinder zu haben, wenn man, emotionell gesehen, selbst noch eins ist.

»Du bist dafür absolut ungeeignet«, sagte Parker.

»Aha, du hast wohl doch gelernt, die Seidenhandschuhe auszuziehen? Mag sein, dass ich damals ungeeignet war, aber das liegt in der Vergangenheit.«

Nein, es liegt in deiner Natur.

»Ich werde dagegen kämpfen, Joan«, sagte er sachlich. »Das weißt du.«

»Ich komme morgen früh um zehn wieder«, zischte sie. »Und dann bringe ich eine Frau vom Sozialamt mit.«

»Was?« Er war wie vor den Kopf gestoßen.

»Nur, um mit den Kindern zu reden.«

»Joan … An einem *Feiertag*?« Parker konnte sich nicht vorstellen, dass eine Sozialarbeiterin sich auf so etwas einließ, aber dann wurde ihm klar, dass Richard wohl ein paar Verbindungen hatte spielen lassen.

»Wenn du wirklich der gute Vater bist, für den du dich hältst, dürfte es dir keine Probleme bereiten, wenn die Kinder sich mit ihr unterhalten.«

»Ich habe kein Problem damit. Ich denke dabei an die Kinder. Warte wenigstens bis nächste Woche. Was glaubst du denn, wie sie sich fühlen, wenn sie an einem Feiertag von einer Fremden ins Kreuzverhör genommen werden? Das ist doch lächerlich. Sie wollen *dich* sehen.«

»Parker«, erwiderte sie erbost, »diese Frau weiß, was sie tut. Sie nimmt die Kinder nicht ins Kreuzverhör. Wie auch immer, ich muss jetzt los. Der Zwinger macht feiertags früher zu. Meine armen Hündchen … Mensch, Parker, stell dich nicht so an. Davon geht doch die Welt nicht unter!«

Doch, dachte er. Doch.

Er wollte die Tür schon zuschlagen, hielt jedoch mitten in der Bewegung inne, weil er wusste, dass das Geräusch die Whos unnötig aufregen würde.

Er machte die Tür mit einem kräftigen Ruck zu. Drehte den Schlüssel um und legte die Kette vor, als wollte er diesen Orkan schlechter Nachrichten einfach aussperren. Er faltete die Papiere zusammen und marschierte in sein Zimmer, stopfte sie, ohne auch nur einen Blick darauf zu werfen, in seine Schreibtischschublade und hinterließ seinem Anwalt eine Nachricht auf dem Anrufbeantworter. Anschließend ging er einige Minuten unruhig auf und ab, stieg dann die Treppe hinauf und streckte den Kopf in Robbys Zimmer. Die Kinder kicherten und bewarfen sich mit Micro Machines.

»Kein Krieg an Silvester«, sagte Parker.

»Aber morgen dürfen wir uns wieder bekriegen?«, fragte Robby.

»Sehr lustig, junger Mann.«

»Er hat angefangen!«, kam Stephie aus dem Hinterhalt und widmete sich wieder ihrem Buch. *Unsere kleine Farm.*

»Wer hat Lust, mir im Arbeitszimmer zu helfen?«, rief er.

»Ich!«, schrie Robby.

Gemeinsam verschwanden Vater und Sohn die Treppe hinunter in Parkers Kellerbüro. Kurz darauf vernahm Parker erneut das elektronische Gedudel, nachdem Stephie offensichtlich von ihrer Lektüre zur Informatik übergewechselt war und den unerschrockenen Mario in ein neues Abenteuer stürzte.

Bürgermeister Gerald Kennedy – ja, ein Demokrat, aber keiner von *jenen* Kennedys – blickte auf das weiße Blatt Papier auf seinem Schreibtisch.

Bürgermeister Kennedy –

Das Ende ist nacht. Der Digger ist los, und es gibt keine Möglichkeit, ihn zu hintern.

An das Blatt war ein FBI-Memo geheftet, dessen erste Zeile lautete: »Beiliegendes Schriftstück ist eine Kopie. METRO-FALL, 31/12.«

METRO-FALL, dachte Kennedy. Metro-Fall. Ihm fiel ein, dass das FBI solche Bezeichnungen liebte. Er saß wie ein Bär hinter dem verschnörkelten Schreibtisch seines georgianischen Büros im sehr ungeorgianischen Rathaus von Washington, D.C., und las die Nachricht noch einmal durch. Dann sah er zu den beiden Leuten auf, die ihm gegenübersaßen. Eine adrette blonde Frau und ein großer, schlanker, grauhaariger Mann. Kennedy, dessen Haar sich stark lichtete, dachte über andere Leute oft in Bezug auf ihren Haarwuchs nach.

»Und Sie sind sicher, dass er derjenige ist, der hinter den Schüssen steckt?«

»Demnach zu urteilen, was er über die Kugeln schreibt«, antwortete die Frau. »Dass sie schwarz angemalt sind. Das deutet schwer darauf hin. Wir sind sicher, dass die Nachricht vom Täter stammt.«

Kennedy, ein massiger Mann, der mit seiner massigen Figur gut klarkam, schob den Zettel mit seinen riesigen Händen auf der Schreibtischplatte hin und her.

Die Tür ging auf, und ein junger Schwarzer in einem zweireihigen italienischen Anzug und mit ovalen Brillengläsern trat ein. Kennedy winkte ihn zu sich an den Schreibtisch.

»Das ist Wendell Jefferies«, stellte der Bürgermeister vor. »Mein erster Berater.«

Die Agentin nickte. »Margaret Lukas.«

Der andere Agent machte eine Bewegung, die Kennedy am ehesten an ein Schulterzucken erinnerte. »Cage.« Allgemeines Händeschütteln.

»Die beiden sind vom FBI«, fügte Kennedy erklärend hinzu.

Jefferies' Nicken verriet, dass er nicht überrascht war.

Kennedy schob seinem Berater die Kopie der Nachricht hin.

Jefferies rückte seine Designerbrille zurecht und betrachtete den Zettel. »Scheiße. Er will es wieder tun?«

»Sieht ganz so aus«, bestätigte die Agentin.

Kennedy sah sich die beiden Agenten genauer an. Cage kam von der Ninth Street, aus der FBI-Zentrale, und Lukas war die stellvertretende leitende Agentin der FBI-Außenstelle im District of Columbia. Da ihr Vorgesetzter zurzeit nicht in der Stadt weilte, hatte sie den Metro-Fall übernommen. Cage war deutlich älter als sie und schien schon lange dabei zu sein. Lukas war zwar jünger, wirkte aber zynischer und energischer. Jerry Kennedy war jetzt seit drei Jahren Bürgermeister des District of Columbia mithin der Hauptstadt, und er hatte seitdem unerschrocken und energisch dafür gesorgt, dass die Stadtverwaltung funktionierte. Er war froh, dass Lukas das Kommando hatte.

»Der blöde Sack kann nicht mal richtig buchstabieren«, murmelte Jefferies und senkte sein schmales Gesicht über das Blatt, um die Nachricht ein zweites Mal zu lesen. Seine Augen waren mehr als schlecht, ein Gebrechen, das er mit allen seinen Geschwistern gemeinsam hatte. Ein großer Teil des Gehalts des jungen Mannes ging an seine Mutter und ihre beiden anderen Söhne und zwei Töchter im Südosten von D.C. Eine gute Tat, über die Jefferies niemals ein Wort verlor; er schwieg darüber ebenso wie über die Tatsache, dass sein Vater auf der East Third Street beim Kaufen von Heroin ermordet worden war.

In Kennedys Augen war Wendell Jefferies geradezu ein Sinnbild für das Gute im District of Columbia.

»Hinweise?«, erkundigte sich der Berater.

»Nichts«, antwortete Lukas. »Wir haben VICAP eingeschaltet, die städtische Polizei, die Abteilung für Verhaltensforschung in Quantico sowie die County Police von Fairfax, Prince William und Montgomery. Aber wir haben noch nichts Konkretes.«

»Großer Gott«, sagte Jefferies mit einem Blick auf seine Armbanduhr.

Kennedy schaute auf die Messinguhr auf seinem Schreibtisch. Es war kurz nach zehn Uhr morgens.

»Zwölfnullnull … mittags«, sinnierte er und fragte sich, warum der Erpresser für seine Angabe die vierundzwanzig Stunden-Zählung benutzte, wie in Europa oder beim Militär üblich. »Uns bleiben zwei Stunden.«

»Sie müssen eine Erklärung abgeben, Jerry«, sagte Jefferies. »Und zwar bald.«

»Ich weiß«, nickte Kennedy.

Warum musste das ausgerechnet jetzt passieren? Warum hier?

Er warf Jefferies einen kurzen Blick zu. Der Mann war jung, aber Kennedy wusste, dass er eine viel versprechende politische

Karriere vor sich hatte. Er war ausgebufft und sehr schnell. Jefferies' ebenmäßiges Gesicht verzog sich zu einem mürrischen Ausdruck, und Kennedy wusste, dass er genau das Gleiche dachte wie der Bürgermeister: Warum ausgerechnet jetzt?

Kennedy warf einen Blick auf das Memo bezüglich der VIP-Tribüne beim Silvesterfeuerwerk heute Abend auf der Mall. Er und seine Frau Claire würden dort neben dem Abgeordneten Paul Lanier und den anderen wichtigen Kongress-Zoowärtern aus dem District sitzen.

Jedenfalls war es so geplant gewesen, bevor das alles geschehen war.

Warum jetzt?

Warum in *meiner* Stadt?

»Was tun Sie, um ihn zu schnappen?«, fragte er sie.

Die Antwort kam von Lukas, und sie kam prompt: »Wir überprüfen sämtliche VIs – vertrauliche Informanten – und sämtliche Verbindungsleute, die in irgendeiner Weise mit einheimischen oder ausländischen terroristischen Gruppen in Kontakt stehen. Bis jetzt haben wir noch nichts. Und meiner Meinung nach ist das auch kein Terroristen-Profil. Das riecht eher nach einem Profitverbrechen aus dem Bilderbuch. Deshalb haben wir zusätzlich Agenten darauf angesetzt, frühere Erpressungspläne abzugleichen, um vielleicht auf ein Muster zu stoßen. Wir suchen nach allen Drohungen, die dem District oder seinen Beschäftigten in den vergangenen zwei Jahren zugegangen sind. Bislang ließen sich noch keine Parallelen feststellen.«

»Der Bürgermeister hat schon die eine oder andere Drohung erhalten«, sagte Jefferies. »In Verbindung mit der Moss-Geschichte.«

»Was ist das denn?«, fragte Cage.

Lukas beantwortete seine Frage: »Der Kanarienvogel von der Schulbehörde. Der Kerl, für den ich schon eine ganze Weile Babysitter spiele.«

»Ach, der.« Cage zuckte mit den Schultern.

An Jefferies gewandt, sagte Agent Lukas: »Mir sind diese

Drohungen bekannt. Ich habe sie mir angesehen. Aber ich glaube nicht, dass eine Verbindung besteht. Das waren nur die üblichen anonymen Drohanrufe von öffentlichen Telefonzellen. Dabei ging es weder um Geld noch um irgendwelche anderen Forderungen.«

Die üblichen anonymen Drohanrufe, dachte Kennedy zynisch.

Nur dass sie sich nicht sehr üblich anhören, wenn deine Frau morgens um drei den Hörer abnimmt und zu hören bekommt: »Lass die Finger von der Moss-Untersuchung. Sonst bist du bald so tot wie er.«

Lukas redete weiter: »Im Rahmen der Standardermittlungen lasse ich unsere Agenten die Kennzeichen aller Autos überprüfen, die heute Morgen in der Nähe des Rathauses und rings um den Dupont Circle geparkt haben. Wir überprüfen das Gebiet um den Übergabeort an der Umgehungsstraße sowie sämtliche Hotels, Apartments, Wohnwagen und Häuser in der Umgebung.«

»Sie klingen nicht sehr optimistisch«, knurrte Kennedy.

»Ich *bin* auch nicht optimistisch. Es gibt keine Zeugen. Jedenfalls keine zuverlässigen. Bei einem Fall wie diesem brauchen wir Zeugen.«

Kennedy sah sich die Nachricht noch einmal an. Es kam ihm unpassend vor, dass ein Verrückter, ein Killer eine so schöne Schrift hatte. An Lukas gewandt brummte er: »Dann lautet die Frage wohl eher: Soll ich zahlen oder nicht?«

Jetzt blickte Lukas zu Cage. Der sagte: »Wir müssen davon ausgehen, wenn Sie das Lösegeld nicht bezahlen oder sich kein Informant mit handfesten Hinweisen auf den Aufenthaltsort des Diggers meldet, sind wir nicht in der Lage, ihn bis vier Uhr ausfindig zu machen und aufzuhalten. Wir haben einfach nicht genug Anhaltspunkte.« Und Lukas fügte hinzu: »Damit will ich Ihnen keinesfalls geraten haben, das Geld zu zahlen. Es handelt sich allein um unsere Einschätzung dessen, was geschehen wird, falls Sie es nicht tun.«

»Zwanzig Millionen«, murmelte er gedankenverloren.

Ohne dass zuvor angeklopft worden wäre, ging die Bürotür auf und ein großer, etwa sechzigjähriger Mann in einem grauen Anzug kam herein.

Na großartig, dachte Kennedy. Noch mehr Köche in der Küche.

Paul Lanier, Abgeordneter des US-Repräsentantenhauses, schüttelte dem Bürgermeister die Hand und stellte sich anschließend den FBI-Agenten vor. Wendell Jefferies übersah er.

»Paul«, erklärte Kennedy Lukas, »ist der Vorsitzende des Kontrollausschusses.«

Obwohl der District of Columbia bis zu einem gewissen Grad autonom war, hatte der Kongress doch erst vor kurzem wieder die Finanzhoheit übernommen und der Stadt den Geldhahn zugedreht, so wie Eltern einem leichtsinnigen Kind das Taschengeld streichen. Insbesondere seit dem jüngsten Skandal in der Schulbehörde war Lanier für Kennedy das Äquivalent eines Rechnungsprüfers für einen Haufen Geschäftsbücher.

Lanier entging der verächtliche Ton in Kennedys Stimme. Lukas offensichtlich nicht. Der Abgeordnete fragte: »Können Sie mich kurz über die Entwicklung der Situation aufklären?«

Lukas tat ihre Einschätzung ein zweites Mal kund. Lanier hatte sich nicht gesetzt. Alle drei Knöpfe seines Brooks-Brothers-Anzuges waren ordentlich zugeknöpft.

»Warum hier?«, fragte Lanier. »Warum Washington?«

Kennedy musste innerlich lachen. Der Saukerl klaute ihm sogar seine rhetorischen Fragen.

»Das wissen wir nicht«, antwortete Lukas.

»Glauben Sie, dass er es wieder tun wird?«, hakte Kennedy nach.

»Ja.«

Wieder schaltete sich der Abgeordnete ein: »Jerry, du ziehst doch nicht ernsthaft in Erwägung, das Geld zu zahlen?«

»Ich ziehe jede Möglichkeit in Betracht.«

Laniers Gesichtsausdruck wurde skeptisch. »Machst du dir keine Sorgen darüber, wie das ankommt?«

»Nein, es ist mir egal, wie es ankommt«, herrschte Kennedy ihn an.

Doch der Abgeordnete fuhr in seinem perfekten Politikerbariton fort: »Damit setzt du ein falsches Zeichen. Es kommt einem Kniefall vor den Terroristen gleich.«

Kennedys Blick wanderte zu Lukas, die sagte: »Darüber sollte man natürlich nachdenken. Die Schleusentheorie. Gibt man einem Erpresser nach, melden sich schon bald die nächsten.«

»Aber über diese Sache weiß doch niemand Bescheid, oder?« Kennedy nickte in Richtung des Zettels.

»Es wissen genügend Leute Bescheid«, sagte Cage. »Und bald wissen es noch mehr. So etwas kann man nicht lange unter Verschluss halten. Briefe wie dieser haben Flügel. Darauf können Sie wetten.«

»Flügel«, wiederholte Kennedy, dem diese Bezeichnung überhaupt nicht gefiel und der umso dankbarer war, dass Lukas die Sache leitete. »Was können Sie tun, um ihn zu finden, falls wir tatsächlich zahlen?«, wollte er von ihr wissen.

»Unsere Techniker versehen die Übergabetasche mit einem Peilsender. Zwanzig Millionen wiegen ein paar hundert Pfund«, erklärte sie. »So viel kann man nicht einfach unter dem Autositz verstecken. Wir versuchen, das Versteck des Täters ausfindig zu machen. Mit ein wenig Glück erwischen wir dort beide – ihn und den Schützen, diesen Digger.«

»Mit ein wenig Glück«, wiederholte Kennedy skeptisch. Sie ist eine hübsche Frau, dachte der Bürgermeister, obwohl er, der seit 37 Jahren mit derselben Frau verheiratet war und noch kein einziges Mal daran gedacht hatte, sie zu betrügen, wusste, dass Schönheit hauptsächlich ein Ausdruck der Augen, des Mundes und der Körperhaltung war, nicht der Gott gegebenen äußeren Gestalt. Und Margaret Lukas' Gesicht hatte sich kein einziges Mal entspannt, seit sie sein Büro betreten hatte. Kein Lächeln, kein Mitgefühl. Auch jetzt klang ihre Stimme spröde, als sie sagte: »Wir können keinen Prozentsatz angeben.«

»Nein. Selbstverständlich nicht.«

»Zwanzig Millionen«, grübelte Lanier, der große Dompteur der Finanzen.

Kennedy erhob sich, schob seinen Sessel nach hinten und trat an eines der Fenster. Er blickte hinaus auf den braunen Rasen und die mit toten Blättern gesprenkelten Bäume. Der Winter in Nord Virginia war in den vergangenen Wochen geradezu unnatürlich warm gewesen. Für heute Abend hatten die Wetterfrösche den ersten großen Schneefall in diesem Jahr angekündigt, aber zurzeit war die Luft noch warm und feucht, und der Geruch faulender Vegetation stieg bis in die Diensträume herauf. Es war beunruhigend. Auf der anderen Seite der Straße lag ein Park, in dessen Mitte eine große, dunkle, moderne Skulptur stand. Sie erinnerte Kennedy an eine Leber.

Er warf Wendell Jefferies einen Blick zu, der den Wink aufnahm und sich neben ihn stellte. Der Berater roch nach Rasierwasser und mindestens zwanzig verschiedenen anderen Düften. »Dann stehen wir jetzt ziemlich unter Druck, was, Wendy?«, flüsterte ihm der Bürgermeister zu.

Der Berater, der nicht gerade für seine Zurückhaltung bekannt war, erwiderte: »Jetzt haben Sie den Ball, Boss. Wenn Sie ihn fallen lassen, sind wir beide weg vom Fenster. Und so manches andere auch.«

Und so manches andere auch …

Dabei hatte Kennedy gedacht, nach dem Schulbehörden-Skandal könnte es nicht mehr weiter bergab gehen.

»Und bis jetzt«, sagte Kennedy, »gibt es keine Anhaltspunkte. Nichts.«

Bislang gab es dreiundzwanzig Tote.

Bislang wussten sie nicht mehr, als dass dieser Psychopath um vier Uhr versuchen würde, noch mehr Menschen umzubringen, und anschließend noch mehr.

Draußen vor dem Fenster rührte sich der unnatürlich warme Wind. Fünf gezackte braune Blätter trudelten zu Boden.

Kennedy kehrte an seinen Schreibtisch zurück, sah auf die Messinguhr. Es war 10 Uhr 25.

»Ich sage, wir zahlen nicht«, verkündete Lanier. »Meiner Meinung nach macht er sich sowieso aus dem Staub, sobald er herausfindet, dass das FBI eingeschaltet ist.«

»Er hat von Anfang an damit gerechnet, dass die Behörde eingeschaltet wird«, konterte Agentin Lukas.

Kennedy spürte ihren Sarkasmus. Lanier kriegte wieder nichts davon mit.

Der Abgeordnete wandte sich an die Frau: »Ich dachte, Sie halten nichts vom Zahlen.«

»Halte ich auch nicht.«

»Aber Sie glauben, dass er weiterschießt, wenn wir nicht zahlen.«

»Richtig«, antwortete sie.

»Also dann …« Lanier hob die rechte Hand. »Ist das denn nicht widersprüchlich? Sie finden, wir sollten nicht zahlen … aber er wird trotzdem weiter töten.«

»Genau.«

»Das hilft uns nicht viel weiter.«

»Er ist ein Mann, der darauf vorbereitet ist, so oft wie nötig zu töten, um an das Geld zu kommen«, sagte Lukas. »Mit so jemandem kann man nicht verhandeln.«

»Wird es für Sie schwieriger, ihn zu schnappen, wenn wir bezahlen?«, fragte Kennedy.

»Nein«, antwortete sie. Und nach einer kurzen Pause: »Zahlen Sie nun, oder nicht?«

Die Schreibtischlampe beleuchtete den Erpresserbrief. In Kennedys Augen glühte das Papier wie weißes Feuer.

»Nein, wir zahlen nicht«, sagte Lanier. »Wir fahren die harte Linie. Wir zeigen dem Terrorismus die kalte Schulter. Wir …«

»Ich zahle«, sagte Kennedy.

»Sind Sie sicher?«, fragte Lukas, der eine Lösung so recht zu sein schien wie die andere.

»Ich bin sicher. Tun Sie alles, um ihn zu erwischen. Aber die Stadt wird bezahlen.«

»Immer langsam«, sagte der Abgeordnete. »Nicht so hastig.«

»Es ist keinesfalls überstürzt«, fuhr ihn Kennedy an. »Ich denke schon darüber nach, seit ich das verfluchte Ding in die Finger bekommen habe.« Er zeigte fahrig auf den glühenden Zettel.

»Jerry«, fing Lanier an und lachte säuerlich, »du hast nicht das Recht, diese Entscheidung zu treffen.«

»Doch, zufällig hat er das«, sagte Wendell Jefferies, der mehrere Juradiplome sein Eigen nennen konnte.

»Dafür ist der Kongress zuständig«, erwiderte Lanier gereizt.

»Nein, das stimmt nicht«, sagte Cage zu Lanier. »Diese Angelegenheit liegt ausschließlich in der Befugnis der Stadtverwaltung. Ich habe mich auf dem Weg hierher extra beim Justizminister erkundigt.«

»Aber uns unterstehen die Finanzen!«, fauchte Lanier. »Ich werde das auf keinen Fall zulassen.«

Kennedy sah zu Wendell Jefferies hinüber, der einen Augenblick nachdachte. »Zwanzig Millionen? Wir können unser Konto ›Sonstiges‹ überziehen.« Er lachte. »Aber das müssen wir von der Rücklage der Schulbehörde abzwacken, denn die sind die Einzigen, die momentan noch einigermaßen flüssig sind.«

»Gibt es wirklich keine andere Quelle?«

»Nein. Alle anderen Ressorts haben nur Schulden oder allenfalls ein bisschen Klimpergeld.«

Kennedy schüttelte den Kopf. Was für eine verdammte Ironie – das Geld zur Rettung der Stadt stand nur deshalb zur Verfügung, weil jemand hier und dort ein bisschen gespart und damit der Verwaltung einen Riesenskandal beschert hatte.

»Das ist doch lächerlich, Jerry«, sagte Lanier. »Selbst wenn man diese Leute schnappt, versucht es nächsten Monat gleich wieder jemand. Verhandle niemals mit Terroristen. So lautet die Faustregel in Washington. Liest du denn die Anweisungen aus dem Staatsministerium nicht?«

»Nein«, erwiderte Kennedy. »Weil sie mir niemand zukommen lässt. Wendy, kümmern Sie sich um das Geld. Und Agent Lukas … schnappen Sie diesen Dreckskerl.«

Das Sandwich war ganz gut.

Wenn auch nicht gerade umwerfend.

Gilbert Havel nahm sich vor, sobald er das Geld hatte, im Jockey Club ein richtiges Steak zu bestellen. Ein Filet Mignon. Und eine Flasche Champagner.

Er trank seinen Kaffee aus und behielt den Eingang zum Rathaus im Auge.

Der Polizeichef war gekommen und rasch wieder gegangen. Ein Dutzend Reporter und Kamera-Teams waren vom Haupteingang abgewiesen und zu einem Seiteneingang dirigiert worden. Sie hatten nicht sehr zufrieden ausgesehen. Dann waren vor einiger Zeit zwei Leute im Rathaus verschwunden, die er eindeutig als FBI-Agenten erkannt hatte, ein Mann und eine Frau, die bisher nicht wieder herausgekommen waren. Die Bundesbehörde war also eingeschaltet. Aber damit hatte er ohnehin gerechnet.

Bisher somit keinerlei Überraschungen.

Havel schaute auf die Uhr. Zeit, ins Versteck zurückzugehen und den Hubschrauber-Mietservice anzurufen. Es gab noch einiges vorzubereiten. Der Plan zur Übergabe der zwanzig Millionen Dollar war sorgfältig durchdacht, der Plan zur anschließenden Flucht nicht weniger.

Havel zahlte seine Rechnung mit alten zerknitterten Eindollarscheinen, zog seinen Mantel an und setzte die Mütze auf. Er trat aus der Imbissstube, verließ den Bürgersteig und bog rasch und mit gesenktem Blick in eine kleine Verbindungsgasse ein. Die Metro-Station Judiciary Square befand sich direkt unter dem Rathaus, aber er war sicher, dass sie von der Polizei oder dem FBI überwacht wurde, weshalb er in Richtung Pennsylvania Avenue ging, von wo aus er einen Bus nach Southeast nehmen konnte.

Ein weißer Mann in einem schwarzen Viertel.

Das Leben ist manchmal schon komisch.

Gilbert Havel kam aus dem Gässchen heraus und bog in eine Seitenstraße ein, die zur Pennsylvania Avenue führte. Die Ampel schaltete auf grün. Havel trat auf die Straßenkreuzung. Plötzlich von links eine blitzartige, dunkle Bewegung. Er drehte den Kopf zur Seite, dachte noch: Scheiße, der sieht mich nicht! Der sieht mich nicht der sieht …

»Hey!«, schrie Havel.

Der Fahrer des großen Lieferwagens hatte auf einen Lieferschein geschaut und war bei Rot über die Ampel gerauscht. Jetzt blickte er entsetzt auf. Mit laut quietschenden Reifen knallte er direkt in Havel hinein. »O mein Gott! O mein Gott …«, schrie der Fahrer.

Der Lieferwagen erwischte Havel mit dem Kotflügel und quetschte ihn gegen ein geparktes Auto. Der Fahrer sprang heraus und starrte sein Opfer schockiert an. »Sie haben nicht aufgepasst! Es war nicht meine Schuld!« Dann blickte er sich um und sah, dass die Ampel gegen ihn aussagte. »Gott im Himmel.« Er sah, wie zwei Leute von der Ecke herbeigerannt kamen. Er überlegte kurz, dann sprang er wieder in seinen Laster, ließ den Motor an, setzte kurz zurück und raste davon. Schleudernd verschwand er um die nächste Ecke.

Die beiden Passanten, zwei Männer Mitte dreißig, rannten zu Havel. Einer beugte sich über ihn, um seinen Puls zu fühlen. Der andere starrte entsetzt auf die Riesenpfütze Blut.

»Dieser Laster«, flüsterte er, »ist einfach weggefahren! Einfach weg!« Dann fragte er seinen Freund: »Ist er tot?«

»Allerdings«, sagte der andere. »Der ist mausetot.«

3

12:45

Wo bleibst du?

Margaret Lukas lag bäuchlings auf einer Anhöhe über dem Beltway, der Ringautobahn um Washington.

Der Verkehr rauschte vorüber, ein endloser Strom.

Sie sah zum wiederholten Mal auf die Uhr. Und dachte: Wo *bleibst* du?

Ihr Bauch tat weh, ihr Rücken tat weh, und ihre Ellbogen auch.

Es war unmöglich gewesen, eine mobile Einsatzzentrale, nicht einmal eine gut getarnte, in der Nähe des Übergabeortes zu postieren, ohne dass es der Erpresser bemerkt hätte, wenn er sich irgendwo in der Nähe aufhielt. Deswegen lag sie jetzt hier in Jeans, Jacke und falsch herum aufgesetzter Kappe wie ein Heckenschütze oder Kleinkrimineller auf dem steinigen Boden. Und das schon seit einer Stunde.

»Hört sich an wie Wasser«, sagte Cage.

»Was?«

»Der Verkehr.«

Er lag ebenfalls auf dem Bauch, direkt neben ihr, so dicht, dass sich ihre Oberschenkel beinahe berührten, so wie sich ein Liebespaar vielleicht am Strand nebeneinander legen würde, um den Sonnenuntergang zu betrachten. Sie beobachteten das ebene Gelände in ungefähr einhundert Meter Entfernung. Das war der Geldübergabepunkt unweit der Gallows Road – die Straße hieß tatsächlich »Galgenstraße«, eine so offensichtliche Ironie des Schicksals, dass keiner der Agenten sich getraut hatte, einen Witz darüber zu machen.

»Kennen Sie das?«, fuhr Cage fort. »Wenn einem etwas unter die Haut kriecht, und man versucht, nicht daran zu denken. Aber es hilft nichts. Ich meine, es hört sich wie Wasser an.«

Für Lukas hörte es sich überhaupt nicht nach Wasser an. Es hörte sich an wie Autos und Lastwagen.

Wo bleibt der Unbekannte? Dort unten liegen zwanzig Millionen, und er nimmt sie nicht.

»Wo zum Teufel steckt er bloß?«, murmelte eine andere Stimme. Sie gehörte einem melancholischen Mann um die dreißig mit militärischem Haarschnitt und entsprechender Körperhaltung. Leonard Hardy gehörte der Polizei des District of Columbia an und war Teil des Teams, weil es, obwohl das FBI die Operation durchführte, nicht gut aussah, wenn nicht wenigstens ein Polizist mit dabei war. Normalerweise hätte Lukas Protest dagegen eingelegt, Leute im Team zu haben, die nicht zur Bundesbehörde gehörten, aber sie kannte Hardy flüchtig von seinen Aufträgen in der FBI-Bezirksstelle unweit des Rathauses und machte sich nichts aus seiner Anwesenheit – solange er das tat, was er bislang getan hatte: sich ruhig verhalten und die Erwachsenen nicht bei der Arbeit stören.

»Warum verspätet er sich?«, fragte sich Hardy wieder, erwartete aber offensichtlich keine Antwort. Seine gepflegten Finger mit den perfekt gestutzten Nägeln hielten unaufhörlich Notizen für seinen Bericht an den Polizeichef und den Bürgermeister fest.

»Habt ihr etwas?«, rief Lukas mit zur Seite gedrehtem Kopf flüsternd zu Tobe Geller hinüber, einem lockenköpfigen jungen Agenten, der ebenfalls mit Jeans und der gleichen marineblauen, beidseitig tragbaren Windjacke wie Lukas ausgestattet war.

Geller, auch er in den Dreißigern, hatte das aufgedreht vergnügte Gesicht eines Jungen, der sich mit jedem mit Mikrochips voll gestopften Gerät glücklich fühlt. Er sah auf einen von drei tragbaren Monitoren vor sich, tippte etwas in einen Laptop und überflog den Bildschirm abermals. »Nix«, erwiderte er. Sollte dort unten im Umkreis von hundert Metern um die Taschen mit dem Lösegeld ein lebendes Wesen auftauchen, das größer als ein Waschbär war, würden es Gellers Überwachungsgeräte erfassen.

Nachdem der Bürgermeister grünes Licht gegeben hatte, hatte das Geld auf dem Transport zum Übergabeort einen kleinen Umweg gemacht. Lukas und Geller hatten Kennedys Berater das Geld zu einer Adresse in der Ninth Street im District bringen lassen, in eine kleine, nicht näher gekennzeichnete Garage unweit der FBI-Zentrale.

Dort hatte Geller die Scheine in zwei gewaltige Taschen der Marke Burgess-Sicherheitssysteme KL-19 umgepackt, deren Segeltuch wie ganz normaler Stoff aussah, in Wirklichkeit aber mit Streifen oxidierten Kupfers imprägniert war, also einer Hochleistungsantenne. Die Senderelektronik war in den Nylongriffen versteckt, die Batterien steckten in den Plastikfüßchen am Boden. Jede Tasche sandte ein GPS-Signal aus, das deutlicher zu empfangen war, als das Hauptsendesignal von CBS und nur von mehreren Zentimetern Metall abgeschirmt werden konnte.

Zusätzlich hatte Geller vierzig Bündel Hundert-Dollar-Scheine mit selbst entworfenen Banderolen versehen, in die ultradünne Sendeplättchen eingezogen waren. Selbst wenn der Täter das Geld aus den Leinensäcken nahm oder unter mehreren Komplizen aufteilte, war Geller in der Lage, die Bündel aufzuspüren – in einem Umkreis bis zu einhundert Kilometern.

Die Taschen waren, wie im Erpresserschreiben verlangt, auf der Freifläche deponiert worden. Die Agenten hatten sich zurückgezogen, und dann hatte die Warterei begonnen.

Lukas war mit dem Verhaltensmuster des durchschnittlichen Kriminellen vertraut. Erpresser und Kidnapper bekamen vor der Geldübergabe oft kalte Füße. Aber jemand, der dazu entschlossen war, 23 Menschen umzubringen, würde jetzt nicht kneifen. Sie verstand nicht, weshalb sich der Täter dem vereinbarten Ort noch nicht einmal genähert hatte.

Sie schwitzte. Es war ungewöhnlich warm für den letzten Tag des Jahres, die Luft roch widerwärtig süß. Nach Herbst. Margaret Lukas hasste den Herbst. Lieber hätte sie im Schnee gelegen als hier in dieser fegefeuerartigen Jahreszeit zu warten.

»Wo bist du?«, murmelte sie. »Wo?« Sie schaukelte leicht hin und her und spürte den Druck auf den Hüftknochen. Sie war muskulös, aber dünn, nur wenig Polsterung schützte sie vor dem harten Boden. Zwanghaft suchte sie abermals das Gelände ab, obwohl Gellers empfindliche Sensoren den Unbekannten längst aufgespürt hätten, bevor ihre blaugrauen Augen ihn entdecken konnten.

»Hmm.« C. P. Ardell, ein wohlbeleibter Agent, mit dem Lukas gelegentlich zusammenarbeitete, drückte auf seinen Kopfhörer und lauschte, nickte dann mit seinem kahlen, bleichen Schädel und sah zu Lukas herüber. »Das war Position Charlie. Niemand ist von der Straße in den Wald abgebogen.«

Lukas schnaubte. Vielleicht hatte sie sich doch getäuscht. Ihrer Vermutung nach würde sich der Unbekannte dem Geld von Westen nähern, durch ein nicht weit von der Schnellstraße entferntes Wäldchen. Sie hatte angenommen, dass er einen Humvee oder einen Range Rover fuhr, sich eine der Taschen schnappte, die zweite aus Gründen der Zweckmäßigkeit opferte und wieder im Wald verschwand.

»Position Bravo?«, fragte sie.

»Ich frag mal nach«, sagte C. P., der auf Grund seiner verhängnisvollen Ähnlichkeit mit einem Drogenpanscher aus Manassas oder einem eingetragenen Mitglied der Hell's Angels des Öfteren verdeckt arbeitete. Er schien von allen Agenten auf dem Beobachtungsposten der geduldigste zu sein. Seit ihrer Ankunft hatte er seine 110 Kilo nicht von der Stelle bewegt. Jetzt rief er den südlichsten Kontrollpunkt an.

»Nichts. Bis auf ein paar Kids mit einem Allrader. Keins davon älter als zwölf.«

»Unsere Leute haben sie doch nicht verscheucht, oder?«, erkundigte sich Lukas. »Die Kinder, meine ich.«

»Ach was.«

»Gut. Vergewissern Sie sich, dass das auch nicht passiert.«

Noch mehr Zeit verging. Hardy machte sich Notizen. Geller hackte auf seiner Tastatur herum. Cage zappelte nervös. C. P. nicht.

»Ist Ihre Frau sauer?«, fragte Lukas Cage. »Dass Sie am Feiertag arbeiten müssen?«

Cage zuckte die Achseln. Das war seine Lieblingsgeste. Er verfügte über ein ganzes Vokabular an Achselzucken. Cage war leitender Agent beim FBI, der, obwohl ihn seine Aufgaben quer durchs Land schickten, meistens mit Fällen zu tun hatte, die im Zusammenhang mit der Hauptstadt standen. Er und Lukas arbeiteten oft zusammen. Gemeinsam mit Lukas' Chef, dem Special Agent, dem die Bezirksstelle Washington DC unterstand. In dieser Woche jedoch hielt sich SAC Ron Cohen anlässlich seines ersten Urlaubs seit sechs Jahren im brasilianischen Urwald auf, weshalb Lukas nachgerückt war und den Fall übernommen hatte. Hauptsächlich auf Grund von Cages Empfehlung.

Lukas hatte Cage, Geller und C. P. gegenüber ein schlechtes Gewissen, weil sie sie am Feiertag arbeiten ließ, denn sie hatten den Silvesterabend mit Ehefrauen oder Freundinnen natürlich anders geplant gehabt. Aber sie freute sich, dass Len Hardy dabei war. Er hatte ziemlich gute Gründe, sich an Feiertagen abzulenken, und das war einer der Gründe dafür, warum sie ihn ins METRO-Team aufgenommen hatte.

Lukas selbst hatte eine komfortable Wohnung in Georgetown, voller antiker Möbel, Stickereien und Quilts nach eigenen Entwürfen, eine zusammengewürfelte Weinsammlung, annähernd fünfhundert Bücher, über tausend CDs und einen Neufundländer-Mischling namens Jean Luc. Dort ließ sich sehr wohl ein gemütlicher Festtagsabend verbringen, doch in den drei Jahren, die sie nun schon dort wohnte, hatte es Lukas nie so weit gebracht. Bevor ihr Pager ihre Berufung zur Leiterin des METRO-Falles verkündet hatte, hatte sie vorgehabt, in dieser Nacht Gary Moss zu beaufsichtigen, den singfreudigen Kanarienvogel von der Schulbehörde, den Mann, der den Schmiergeldskandal beim Schulbau losgetreten hatte. Moss hatte, gut verkabelt, eine Reihe einwandfrei belastender Unterhaltungen aufgezeichnet. Kurz darauf war er jedoch aufgeflogen, und einen Tag später hatte es einen Brandanschlag auf sein Wohnhaus gegeben, dem beinahe seine beiden Töchter zum Opfer gefallen wären. Moss hatte seine Familie zu Verwandten nach North Carolina geschickt und verbrachte das Wochenende unter dem Schutz der Bundesbehörde. Nachdem der Digger auf der Bildfläche erschienen war, wurde aus Moss, zumindest vorübergehend, nurmehr ein gelangweilter Gast in einem äußerst kostspieligen Apartment-Komplex, der in Polizeikreisen unter dem Namen »Ninth Street« bekannt war – die Zentrale des FBI.

Lukas ließ erneut den Blick über das Gelände unter ihnen schweifen. Keine Spur von dem Erpresser.

»Vielleicht belauert er uns«, sagte ein Agent, der hinter einem Baum kauerte. »Sollen wir die Gegend noch mal absuchen?«

»Nein.«

»Reine Routinesache«, setzte er hartnäckig nach. »Wir nehmen fünf, sechs ungekennzeichnete Wagen. Er entdeckt uns nie.«

»Zu riskant«, erwiderte sie.

»Ähm … ganz bestimmt?«

»Ganz bestimmt.«

Mit knappen Antworten wie diesen hatte Lukas sich den Ruf eingehandelt, arrogant zu sein. Ihrer Meinung nach war Arroganz nicht notwendigerweise eine schlechte Sache. Sie vermittelte denjenigen, für die man arbeitete, Vertrauen. Außerdem fiel man damit den Chefs auf.

Sie blinzelte, als es in ihrem Ohrhörer knackte und eine Stimme ihren Namen sagte.

»Sprechen Sie«, sagte sie in das Kopfhörermikro, als sie die Stimme des stellvertretenden FBI-Direktors erkannte.

»Wir haben ein Problem«, sagte er.

Sie hasste dramatische Einleitungen. »Worum geht's?«, fragte sie, ohne sich um die Schroffheit in ihrer Stimme zu scheren.

»Vor kurzem gab es unweit vom Rathaus einen Unfall mit Fahrerflucht«, sagte der Stellvertretende. »Das Opfer war ein Weißer. Tot. Keine Ausweispapiere. Überhaupt nichts, bis auf einen Wohnungsschlüssel und ein bisschen Geld, aber keine Adresse. Der Polizist, der die Sache aufgenommen hat, wusste von der Erpressung, und da sich der Unfall in der Nähe des Rathauses ereignete, dachte er, vielleicht besteht eine Verbindung dazu.«

Plötzlich fiel bei ihr der Groschen. »Wurden die Fingerabdrücke verglichen?«, wollte sie wissen. »Seine und die auf dem Erpresserbrief?«

»Genau das. Der Tote ist derjenige, der den Brief geschrieben hat, der Partner des Todesschützen.«

Sofort fiel Lukas ein Absatz aus dem Brief ein. Er lautete ungefähr so:

Wenn Sie mich töten, tötet er weiter.
Nichts kann den Digger hindern …
»Sie müssen den Schützen finden, Margaret«, fuhr der stellvertretende Direktor fort. Es folgte eine kurze Pause, in der er offensichtlich auf die Uhr sah. »Sie müssen ihn innerhalb von drei Stunden finden.«

Ist er echt?, fragte sich Kincaid.

Er beugte sich vor und schaute durch die starke Handlupe mit zehnfacher Vergrößerung auf das rechteckige Blatt Papier. Joan war schon vor einigen Stunden wieder weggefahren, aber ihr Besuch steckte ihm noch in den Knochen, egal wie sehr er sich auch in seine Arbeit vergrub.

Der auf dem recht vergilbten Blatt geschriebene Brief, den er untersuchte, steckte zwar in einer dünnen, stabilen Plastikhülle, doch er zog ihn trotzdem äußerst behutsam näher heran. So wie man das rote, verquollene Gesicht eines Neugeborenen berührt. Er justierte das Licht und bewegte sich zur Schlaufe des kleinen y.

War sie echt?

Es sah ganz danach aus, aber was seinen Beruf anging, gab Parker Kincaid nicht viel auf den ersten Eindruck.

Er brannte förmlich darauf, das Dokument berühren zu dürfen, unter den Fingerspitzen das Hadernpapier zu spüren, das mit so wenig Säure hergestellt war, dass es so dauerhaft wie Stahl sein konnte.

Er wollte die feinen Erhebungen der Eisengallus-Tinte spüren, die sich seinen sensiblen Fingern wie Blindenschrift darbot, wagte es aber nicht, das Papier aus der Hülle zu nehmen; selbst eine winzige Spur Fett von seiner Hand konnte einen Zersetzungsprozess auf dem dünnen Brief in Gang setzen. Was einer Katastrophe gleichkäme, denn er war womöglich 50 000 Dollar wert.

Falls er echt war.

Im Stockwerk über ihm lotste Stephie Mario durch sein surreales Universum. Zu Parkers Füßen hockte Robby in der Gesellschaft von Han Solo und Chewbacca. Das Arbeitszimmer im Keller war ein gemütlicher Raum, rundum mit Teakholz vertäfelt und mit waldgrünem Teppichboden ausgelegt. An den Wänden hingen gerahmte Dokumente – die weniger wertvollen Stücke aus Parkers Sammlung. Briefe von Woodrow Wilson, Franklin Delano Roosevelt, Bobby Kennedy, Charles Russell, dem Maler des Wilden Westens, und viele andere. Eine Wand war Parkers Verbrecheralbum mit den Fälschungen vorbehalten, die ihm bei seiner Arbeit untergekommen waren.

Seine Lieblingswand war jedoch diejenige, die dem Hocker, auf dem er saß, gegenüberlag. Sie war mit Kinderzeichnungen und Gedichten aus den vergangenen acht Jahren bepflastert, angefangen von Kritzeleien und unleserlichen Druckbuchstaben bis zu Proben von Stephies und Robbys Schreibschrift. Oft unterbrach er seine Arbeit und betrachtete sie. Dabei war ihm die Idee gekommen, ein Buch darüber zu schreiben, wie die Handschrift eines Kindes seine Entwicklung dokumentiert.

Parker saß auf dem bequemen Hocker vor einem makellos weißen Untersuchungstisch. Es war still im Zimmer. Normalerweise hatte er das Radio laufen und hörte Jazz oder klassische Musik. Aber am Vormittag hatte sich in der Stadt eine grässliche Schießerei ereignet, und auf allen Sendern gab es Sonderberichte über das Gemetzel. Parker wollte nicht, dass Robby die Geschichten mit anhörte, insbesondere nicht nach seinem Bootmann-Rückfall.

Er neigte sich tief über den Brief, so eifrig wie ein Juwelier, der einen wunderbaren gelben Stein taxierte, jederzeit bereit, ihn, wie er ohnehin vermutete, als falsch zu entlarven, insgeheim jedoch hoffend, er möge sich tatsächlich als der so seltene Topas herausstellen.

»Was hast du da?«, fragte Robby, der aufgestanden war und den Brief betrachtete.

»Das ist gestern mit dem Lieferwagen gekommen«, sagte Parker und kniff die Augen zusammen, um ein großes K zu inspizieren, das auf viele unterschiedliche Arten geschrieben werden kann und deshalb bei der Handschriftenanalyse überaus nützlich ist.

»Ach, der gepanzerte Wagen. Der war klasse.«

Er war wirklich klasse gewesen. Aber damit war die Frage des Jungen nicht beantwortet. »Hast du schon mal was von Thomas Jefferson gehört?«, fuhr Parker fort.

»Unser dritter Präsident. Er hat in Virginia gewohnt, genau wie wir.«

»Sehr gut. Das hier ist ein Brief, von dem jemand glaubt, Jefferson habe ihn geschrieben. Jetzt soll ich ihn mir genau ansehen und herausfinden, ob das stimmt.«

Eine der schwierigsten Unterhaltungen mit Robby und Stephanie war die gewesen, als er ihnen erklärte, womit er seinen Lebensunterhalt verdiente. Nicht die technische Seite des Berufs eines Dokumentenprüfers, sondern die Tatsache, dass Menschen Briefe und Dokumente fälschten und hinterher behaupteten, sie seien echt.

»Was steht da drin?«, fragte der Junge.

Parker antwortete nicht sofort. Antworten waren ihm überaus wichtig. Schließlich war er ein begeisterter Rätselfan; Zeit seines Lebens waren Rätsel, Wortspiele und knifflige Denkpuzzles sein Hobby gewesen. Er glaubte an Antworten und versuchte, die Fragen seiner Kinder niemals als lächerlich abzutun. Wenn eine Mutter oder ein Vater »später« sagen, tun sie es normalerweise aus ihrer eigenen Bequemlichkeit heraus, in der Hoffnung, das Kind würde die Frage schon bald wieder vergessen haben. Doch der Inhalt dieses Briefes ließ ihn zaudern. Erst nach einigen Sekunden erwiderte er: »Jefferson hat diesen Brief an seine älteste Tochter geschrieben.« Soweit entsprach es der Wahrheit. Aber Parker hatte nicht vor, seinem Sohn zu erzählen, dass es in dem Brief in erster Linie um Mary, Jeffersons zweitälteste Tochter ging, die an Komplikationen im Kindbett gestorben war, genau wie Jeffersons Ehefrau einige Jahre vorher. Er las:

Wieder zurück in Washington lebe ich wie unter einem kummervollen Leichentuch, ständig von Visionen heimgesucht, in denen ich Polly im Sattel sehe, oder wie sie in gutmütigem Trotz entgegen meinen Anweisungen, mehr Vorsicht walten zu lassen, über die Veranda rennt …

Parker, der beglaubigte Dokumentenprüfer, versuchte beim Lesen dieser Worte die eigene Traurigkeit zu ignorieren. Konzentriere dich, dachte er, auch wenn sich das schreckliche Bild eines Vaters, dem eines seiner Kinder entrissen wurde, ständig dazwischen drängt.

Ein kummervolles Leichentuch …

Konzentriere dich.

Er stellte fest, dass der im Brief verwendete Spitzname mit dem übereinstimmte, den Jefferson damals gebraucht hätte – das auf den Namen »Mary« getaufte Mädchen wurde von ihrer Familie »Polly« genannt, und dass der arm an Zeichensetzung gehaltene Text typisch für Jefferson war. Diese beiden Dinge wiesen auf Authentizität hin. Ebenso mehrere Vorkommnisse, auf die sich der Briefinhalt bezog, Vorkommnisse, die sich tatsächlich in Jeffersons Leben ereignet hatten, und zwar in der Zeit, aus der der Brief angeblich stammte.

Doch, vom Text her gesehen schien der Brief echt zu sein.

Aber das war nur die halbe Miete. Dokumentenprüfer sind nicht nur Linguisten und Historiker, sie sind auch Naturwissenschaftler. Die materialtechnische Untersuchung des Briefes stand Parker noch bevor.

Gerade als er ihn unter die Linse seines Bausch & Lomb-Mikroskops schieben wollte, klingelte es wieder an der Tür.

Oh nein … Parker schloss die Augen. Das war Joan. Er wusste es. Sie hatte wohl ihre Hunde abgeholt und war zurückgekehrt, um sein Leben noch mehr zu verkomplizieren. Vielleicht hatte sie sogar schon die Sozialarbeiterin dabei. Der Überraschungsangriff eines Überfallkommandos …

»Ich gehe!«, rief Robby.

»Nein«, erwiderte Parker rasch. Zu rasch. Seine schroffe Reaktion alarmierte den Jungen.

Ein väterliches Lächeln. »Ich gehe schon.« Parker schob sich vom Hocker und ging die Treppe hinauf.

Jetzt war er sauer. Er hatte sich fest vorgenommen, mit den Whos einen lustigen Silvesterabend zu feiern, trotz ihrer Mutter. Wütend riss er die Tür auf.

Aber …

»Hallo, Parker.«

Es dauerte eine Sekunde, bis ihm der Name des großen, grauhaarigen Mannes wieder einfiel. Er hatte den Agenten seit Jahren nicht mehr gesehen. Dann erinnerte er sich. »Cage.«

Die Frau neben Cage kannte er nicht.

4

01:15

»Wie geht's denn so, Parker? Sie haben wohl auch nicht damit gerechnet, mich wieder zu sehen, bevor Ostern und Weihnachten auf einen Tag fallen, oder verwechsle ich da was? Aber Sie verstehen, was ich meine.«

Der Agent hatte sich kaum verändert. Ein bisschen grauer war er vielleicht, und ein bisschen hagerer. Und größer wirkte er. Parker erinnerte sich daran, dass Cage genau fünfzehn Jahre älter war als er. Beide hatten sie im Juni Geburtstag. Zwillinge. Yin-Yang.

Aus dem Augenwinkel sah Parker Robby mit seiner Mitverschwörerin Stephie in der Diele auftauchen. In einem Haus mit Kindern spricht sich Besuch schnell herum. Sie drängten näher in Richtung Tür und sahen Cage und die Frau neugierig an.

Parker drehte sich um und beugte sich zu ihnen hinunter. »Habt ihr zwei nichts Dringendes in euren Zimmern zu erledigen? Etwas *sehr* Dringendes?«

»Nein«, antwortete Stephie.

»Mmhmmh«, bestätigte Robby kopfschüttelnd.

»Ich glaube aber doch.«

»Was denn?«

»Wie viele Legos liegen da noch auf dem Fußboden herum? Wie viele Micro Machines?«

»Ein paar«, murmelte Robby versuchsweise.

»Ein paar *Hundert*?«

»Na ja«, erwiderte der Junge grinsend.

»Ab nach oben … Los, ab, sonst bringt euch das Monster eigenhändig hoch! Wollt ihr wirklich, dass das Monster kommt? Wollt ihr das?«

»Nein!«, kreischte Stephie auf.

»Macht schon«, rief Parker lachend. »Papa muss sich noch ein bisschen mit seinem Freund hier unterhalten.«

Als sie die ersten Stufen emporgestiegen waren, sagte Cage: »Eigentlich nicht direkt ein Freund, was, Parker?«

Parker sagte nichts darauf, vielmehr machte er die Tür hinter sich zu und betrachtete die Frau. Sie war in den Dreißigern und hatte ein schmales glattes Gesicht. Blass, ganz anders als Joans unbarmherzige Bräune. Sie sah nicht Parker an, sondern beobachtete durch das Fenster mit dem Spitzenvorhang neben der Tür, wie Robby die Treppe hinauftobte. Dann wandte sie ihre Aufmerksamkeit Parker zu und streckte ihm eine kräftige Hand mit langen Fingern entgegen. Sie schüttelte seine Hand mit festem Griff. »Ich bin Margaret Lukas, ASAC, Bezirksstelle Washington.«

Parker rief sich in Erinnerung, dass stellvertretende Special Agents beim FBI entsprechend dem Akronym A-sack ausgesprochen wurden, wohingegen die Büroleiter S-A-Cs hießen. Ein Aspekt seines früheren Lebens, der ihm schon lange nicht mehr in den Sinn gekommen war.

»Dürfen wir ein paar Minuten eintreten?«, fügte sie hinzu.

Sofort schrillten bei Parker die elterlichen Alarmglocken. Er hörte auf sie. »Macht es Ihnen etwas aus, wenn wir hier draußen bleiben? Die Kinder …«

Ihre Augen blitzten kurz auf, und er fragte sich, ob sie seinen

Vorschlag als Zurückweisung empfand. Aber daran konnte er auch nichts ändern. Die Verbindung der Kinder mit dem FBI war darauf beschränkt, gelegentlich eine Folge von *Akte X* anzuschauen, wenn sie bei Freunden übernachteten, und Parker hatte nicht vor, etwas daran zu ändern.

»Soll uns recht sein«, antwortete Cage für beide. »Tja, ist ja schon eine Weile her, dass wir uns zum letzten Mal gesehen haben. Wir waren bei Jimmy's … wissen Sie noch, diese Kneipe in der Ninth Street?«

»Stimmt.«

Tatsächlich war es damals Parker Kincaids letzter Tag in der Zentrale gewesen. An jenem heißen Julitag vor zwei Jahren hatte er allein in dem riesigen Innenhof gestanden, umgeben von dem finsteren Steingebäude. Noch heute bekam er hin und wieder E-mails wegen der schönen Ansprache, die er bei der Gedenkfeier für Jim Huang gehalten hatte, einem von Parkers ehemaligen Assistenten. Er war an seinem ersten Tag im Außendienst erschossen worden.

Parker schwieg.

Cage nickte hinter den Kindern her. »Die werden ja immer größer.«

»Das haben sie so an sich«, gab Parker zurück. »Worum geht's, Cage?«

Der Agent wandte sich achselzuckend an Lukas.

»Wir brauchen Ihre Hilfe, Mr. Kincaid«, sagte sie rasch, noch bevor der Luftstrom, der Parkers Frage begleitete, sich verflüchtigt hatte.

Parker legte skeptisch den Kopf zur Seite.

»Schön hier draußen«, sagte Cage und sah nach oben. »Frische Luft. Linda und ich sollten umziehen. Ein Stück Land kaufen. Vielleicht in Loudon County. Sehen Sie sich die Nachrichten an, Parker?«

»Ich höre sie.«

»Hä?«

»Radio. Ich schaue nicht fern.«

»Stimmt, ja. Schon damals nicht.« An Lukas gewandt sagte Cage: »›Wasteland‹ hat er es damals immer genannt. Liest viel, der Mann. Parker hat's mit den Worten. Da ist er 'ne richtige Koryphäe. Jetzt fragen Sie mich nicht, was 'ne Koryphäe ist. Sie haben mir mal gesagt, Ihre Tochter liest wie verrückt. Macht sie das immer noch?«

»Der Kerl in der Metro«, sagte Parker. »Sie sind seinetwegen hier.«

»Der METRO-FALL«, erwiderte Lukas. »So haben wir die Sache abgekürzt. Er hat dreiundzwanzig Leute umgebracht, siebenunddreißig verletzt, unter den Schwerverwundeten waren sechs Kinder. Es gab einen ...«

»Was wollen Sie von mir?«, unterbrach er sie, besorgt darüber, dass seine eigenen Kinder doch etwas von der Unterhaltung mitbekamen.

»Es ist sehr wichtig«, antwortete Lukas. »Wir brauchen Ihre Hilfe.«

»Was um alles auf der Welt könnten Sie von mir wollen? Ich bin ausgeschieden.«

»Mhmm«, brummte Cage. »Schon klar. Ausgeschieden.«

Lukas runzelte die Stirn und sah von einem zum anderen.

War das abgesprochen? Das gute alte Spielchen guter Bulle – verwirrter Bulle? Es hatte nicht den Anschein. Trotzdem: Eine andere Regel in Parkers unsichtbarem *Elternhandbuch* lautete: *»Sei immer darauf gefasst, in die Mangel genommen zu werden.«* Er war auf der Hut.

»Sie fertigen immer noch Expertisen für Dokumente an. Sie stehen in den Gelben Seiten. Sie haben sogar eine Homepage. Gefällt mir gut. Besonders die blaue Tapete.«

»Ich bin *privater* Dokumentenprüfer«, erwiderte Parker mit Nachdruck.

Lukas schaltete sich wieder ein: »Cage hat mir erzählt, Sie seien sechs Jahre lang Leiter der Urkundenabteilung gewesen. Er meint, Sie seien der beste Dokumentenfachmann im Land.«

Was sie für müde Augen hat, dachte Parker. Sie ist wahrscheinlich erst sechsunddreißig oder siebenunddreißig. Tolle Figur, schlank, sportlich, hübsches Gesicht. Doch was sie schon alles gesehen hat … Schau dir diese Augen an. Wie blaugraue Steine. Parker wusste, was es mit solchen Augen auf sich hatte.

Papa, erzähl mir vom Bootmann.

»Ich nehme nur kommerzielle Aufträge an. Forensische Sachen mache ich nicht mehr.«

»Er war außerdem Kandidat für den Posten als SAC des ganzen Eastern District. Doch, doch, ich mache keine Scherze.« Cage sagte das, als hätte er Parker nicht zugehört. »Aber er hat abgelehnt.«

Lukas hob die hellen Augenbrauen.

»Und zwar schon vor Jahren«, ergänzte Parker.

»Allerdings«, sagte Cage. »Aber Sie sind doch inzwischen nicht eingerostet, Parker, oder?«

»Kommen Sie endlich auf den Punkt, Cage.«

»Ich versuche, Sie zu zermürben«, gab der grauhaarige Agent zurück.

»Das können Sie sich sparen.«

»Von wegen. Ich bin doch der Zauberkünstler, schon vergessen?« An Lukas gewandt sagte er: »Parker hat nicht nur Fälschungen entlarvt, er hat auch die Schreiber selbst aufgespürt, allein an Hand dessen, was sie geschrieben haben, wo sie ihr Papier und ihre Kugelschreiber gekauft haben, und so weiter. Der Beste im Geschäft.«

»Sie hat bereits erwähnt, dass Sie ihr das erzählt haben«, fuhr ihm Parker scharf dazwischen.

»Schon wieder ein Déjà vu«, kommentierte Cage.

Parker zitterte, aber nicht vor Kälte, sondern weil er wusste, wie viele Probleme diese beiden Menschen repräsentierten. Er dachte an die Whos. Er dachte an ihre Party heute Abend, dachte an seine Ex-Frau. Er öffnete den Mund, um dem schlaksigen Cage und Lukas-mit-dem-starren-Blick zu sagen, sie sollten sich gefälligst aus seinem Leben scheren. Aber sie kam ihm zuvor und sagte schlicht: »Hören Sie zu. Der Unbekannte …«

Parker erinnerte sich sofort: Der Unbekannte. Der unbekannte Täter. Der noch nicht identifizierte Verbrecher.

»... und sein Partner, der Schütze, gehen nach folgendem Plan vor: Der Schütze hält alle paar Stunden mit einer automatischen Waffe in eine Menschenmenge rein, angefangen um vier heute Nachmittag, so lange bis die Stadt zahlt. Der Bürgermeister ist bereit zu zahlen, wir hinterlegen das Geld am verabredeten Ort, aber der Unbekannte taucht nicht auf. Warum nicht? Weil er tot ist.«

»So ein Pech«, meinte Cage. »Unterwegs, um zwanzig Millionen abzuholen, wird er von einem Lieferwagen platt gemacht.«

»Warum hat nicht der Schütze das Geld abgeholt?«, wollte Parker wissen.

»Weil der Schütze nur die Anweisung hat zu töten«, antwortete Lukas. »Mit dem Geld hat er überhaupt nichts zu tun. Die klassische Linke-Hand-Rechte-Hand-Aufteilung.« Lukas schien erstaunt darüber, dass er nicht selbst darauf gekommen war. »Der Unbekannte schickt den Schützen mit dem Auftrag los, so lange weiterzumachen, bis er eine gegenteilige Nachricht erhält. Das verhindert, dass wir uns den Täter in einem günstigen Moment greifen. Und wenn wir ihn selbst festnehmen, hat er eine gute Verhandlungsposition, weil er uns damit, dass er den Schützen aufhält, erpressen kann, ihn laufen zu lassen.«

»Also müssen wir ihn finden«, sagte Cage. »Den Schützen.«

Die Tür hinter Parker ging langsam auf.

»Knöpfen Sie Ihre Jacke zu«, sagte Parker rasch zu Lukas.

»Was?«, fragte sie.

Als Robby nach draußen kam, schob Parker mit einer schnellen Bewegung Lukas die Jacke zu. Als sie ihn mit gerunzelter Stirn ansah, flüsterte er: »Ich möchte nicht, dass er Ihre Waffe sieht.«

Dann legte er seinem Sohn den Arm um die Schulter. »Hallo, Who. Was liegt an?«

»Stephie hat das Gamepad versteckt.«

»Hab ich nicht!«, rief sie aus dem Hintergrund. »Hab ich nicht! Hab ich nicht!«

»Ich war gerade am Gewinnen, da hat sie es versteckt.«

»Hängt das nicht an einem Kabel?«, fragte Parker stirnrunzelnd.

»Das hat sie rausgezogen!«

»Stephie-effie! Taucht dieses Gamepad in fünf Sekunden wieder auf oder nicht? Fünf, vier, drei ...«

»Ich hab's gefunden!«, rief sie.

»Ich war dran!«, schrie Robby und fegte die Treppe hinauf.

Erneut fiel Parker auf, dass Lukas' Blick Robby in den ersten Stock folgte.

»Wie heißt er?«, fragte Lukas.

»Robby.«

»Und wie haben Sie ihn genannt?«

»Who. Mein Spitzname für die Kids.«

»Nach Wahoo?«, fragte sie. »Der Mannschaft Ihrer Uni?«

»Nein, das stammt aus einem Buch von Dr. Seuss.« Parker fragte sich, woher sie wusste, dass er an der University of Virginia studiert hatte. »Hören Sie, Cage, es tut mir Leid, aber ich kann Ihnen wirklich nicht helfen.«

»Aber Sie haben doch kapiert, wo unser Problem liegt, mein Junge?«, hakte Cage nach. »Die einzige Verbindung – der einzige Hinweis überhaupt – ist dieser Erpresserbrief.«

»Lassen Sie ihn von PERT untersuchen.«

Physical Evidence Response Team – die Beweissicherungseinheit des FBI.

Lukas' dünne Lippen wurden noch eine Spur dünner. »Das werden wir schon tun, wenn es nötig ist. Wir kriegen auch einen Psycholinguisten von Quantico, und ich habe Agenten auf jeden verdammten Papier- und Kugelschreiberhersteller im Land angesetzt. Aber ...«

»... wir hatten gehofft, dass Sie das übernehmen«, ergänzte Cage. »Sie könnten einen Blick darauf werfen und uns sagen, was Sache ist. Sie kriegen raus, was sonst niemand rauskriegt.

Vielleicht seinen Wohnort. Vielleicht auch den Ort, an dem der Schütze beim nächsten Mal zuschlägt.«

»Was ist mit Stan?«, wollte Parker wissen.

Stanley Lewis war der jetzige Leiter der Urkundenabteilung des FBI. Parker wusste, dass der Mann gut war. Er selbst hatte Lewis vor Jahren als Prüfer angeworben. Er erinnerte sich noch, wie sie eines Abends beim Biertrinken versucht hatten, sich gegenseitig mit der Fälschung von John Hancocks Unterschrift zu übertrumpfen. Lewis hatte gewonnen.

»Er ist wegen des Sanchez-Prozess' auf Hawaii. Selbst in einer Tomcat könnten wir ihn vor dem nächsten Ultimatum nicht herbekommen.«

»Und das läuft um vier Uhr ab«, wiederholte Lukas.

»Es wird nicht wie beim letzten Mal, Parker«, sagte Cage leise. »Das wird nie mehr passieren.«

Wieder drehte sich Lukas' Kopf von einem Mann zum anderen. Aber Parker erklärte nicht näher, worauf Cage angespielt hatte. Er redete nicht über die Vergangenheit; für heute hatte er für seinen Geschmack schon genug Vergangenheit gehabt.

»Tut mir Leid. Vielleicht ein anderes Mal. Aber jetzt geht es wirklich nicht.« Er stellte sich vor, was passieren würde, wenn Joan herausfand, dass er aktiv an einer Ermittlung beteiligt war.

»Scheiße, Parker, was soll ich denn noch tun?«

»Wir haben nichts in der Hand«, sagte Lukas verärgert. »Keine Spuren. Uns bleiben nur noch wenige Stunden, bis dieser Verrückte wieder wahllos in eine Menschenansammlung ballert. Auch Kinder wurden niedergemäht …«

Parker brachte sie mit einer abrupten Handbewegung zum Schweigen. »Ich muss Sie jetzt bitten zu gehen. Viel Glück.«

Cage zuckte die Achseln und sah Lukas an. Sie reichte Parker ihre Karte mit dem erhabenen Goldsiegel des Justizministeriums. Damals hatte Parker auch solche Visitenkarten gehabt. Die Schrift war Cheltenham condensed. Neun Punkt.

»Ganz unten steht die Handy-Nummer … Hören Sie, dürfen wir Sie wenigstens anrufen, wenn wir Fragen haben?«

Parker zögerte. »Ja. Das geht.«

»Vielen Dank.«

»Auf Wiedersehen«, sagte Parker und machte einen Schritt zurück ins Haus.

Die Tür schloss sich. Auf der Treppe stand Robby.

»Wer war das, Papa?«

»Ein Mann, mit dem ich früher einmal zusammengearbeitet habe.«

»Hat sie eine Pistole gehabt?«, fragte Robby. »Die Frau?«

»Hast du eine Pistole *gesehen*?«, fragte Parker zurück.

»Ja.«

»Dann hat sie wohl eine gehabt.«

»Hast du mit ihr früher auch zusammengearbeitet?«, wollte der Junge wissen.

»Nein, nur mit dem Mann.«

»Ach so. Sie war hübsch.«

Beinahe hätte Parker gesagt: Für eine Polizistin. Aber er hielt sich zurück.

Wieder zurück in Washington lebe ich wie unter einem kummervollen Leichentuch, ständig von Visionen heimgesucht, in denen ich Polly im Sattel sehe …

Parker saß wieder in seinem Kellerbüro, diesmal allein, und ertappte sich dabei, wie er den Brief vor sich als Q1 bezeichnete. Die Vorschriften der FBI-Labors lauteten dahingehend, dass fragliche Dokumente Qs genannt wurden. Authentische Dokumente und Handschriftenproben – auch als »knowns« bekannt – erhielten das Kürzel Ks. Es war schon mehrere Jahre her, dass er die suspekten Testamente und Verträge, die er analysierte, als Qs bezeichnet hatte. Dieser Übergriff der polizeilichen Begriffswelt auf sein Privatleben war beunruhigend. Fast so störend wie Joans Auftauchen.

Vergiss Cage, vergiss Lukas.

Konzentriere dich …

Zurück zum Brief, die Lupe vor dem Gesicht.

Jetzt fiel ihm auf, dass der Autor eine Stahlfeder benutzt hatte. Er sah den gleichmäßigen Fluss der Tinte in die von der Spitze zerfetzten Fasern. Viele Fälscher sind der Meinung, sämtliche alten Dokumente seien mit Federkielen geschrieben worden und verwenden nichts anderes. Doch um 1800 waren Stahlfedern schon sehr verbreitet gewesen, und Jefferson hat den Großteil seiner Korrespondenz damit verfasst.

Noch ein Punkt, der für die Authentizität sprach.

Ich denke in dieser schweren Zeit auch an Deine Mutter, und obwohl ich, meine Liebe, Dir Deine Last nicht noch erschweren will, frage ich mich, ob ich Dich darum bitten darf, das Porträt herauszusuchen, das Polly und Deine Mutter zusammen zeigt. Erinnerst du dich noch daran? Das Bild, das Mr. Chabroux von ihnen am Brunnen gemalt hat. Ich wollte es mit hierher nehmen, damit ihre Gesichter mich in meinen düsteren Augenblicken aufrichten.

Er zwang sich dazu, nicht an den Inhalt des Briefes zu denken und untersuchte einen Tintenstrich genauer, an der Stelle, wo er über eine Papierfalte hinwegging. Ihm fiel auf, dass keine Tinte in den Falz des Kniffs gelaufen war. Das bedeutete, dass der Brief vor dem Falten geschrieben worden war. Er wusste, dass Thomas Jefferson sehr heikel war, was seine Schreibgewohnheiten anging, und niemals auf ein bereits gefaltetes Stück Papier geschrieben hätte. Wieder ein Punkt für die Echtheit des Dokuments …

Parker hob den Blick und streckte sich. Dann schaltete er das Radio an. Im National Public Radio brachten sie schon wieder einen Bericht über das Massaker in der Metro.

»… haben bestätigt, dass die Zahl der Toten sich auf vierundzwanzig erhöht hat. Die fünfjährige LaVelle Williams erlag ihren Schussverletzungen. Auch ihre Mutter wurde bei der Attacke verletzt und befindet sich in kritischem …«

Er stellte das Radio aus.

Widmete sich wieder dem Brief, bewegte die Lupe langsam über das Dokument, stieß auf eine Lücke zwischen den Buchstaben herab, dort, wo der Schreiber ein Wort beendet und den Stift von der Oberfläche des Papiers genommen hatte. Dieser Aufstrich war typisch für die Art, wie Jefferson seine Linien beendete.

Auch das Zerlaufen der Tinte im Papier.

Die Art und Weise, wie Tinte absorbiert wird, verrät manches über das verwendete Material sowie über die Zeit, in der das Dokument hergestellt wurde. Über die Jahre wird die Tinte immer mehr in das Papier gesogen. Das vorliegende Muster deutete darauf hin, dass der Brief vor langer Zeit geschrieben worden war, womöglich wirklich vor zweihundert Jahren. Aber wie immer unterzog er diese Information einer genaueren Betrachtung; schließlich gab es Methoden, mit denen sich auch dieses Merkmal fälschen ließ.

Er hörte die Schritte der Kinder auf der Treppe. Sie hielten kurz inne, dann polterte es lauter, als zuerst eins, dann das andere die letzten drei Stufen hinunterhüpfte.

»Papa, wir haben Hunger!«, schrie Robby die Kellertreppe herunter.

»Komme gleich.«

»Machen wir Käsetoast?«

»Bitte!«, legte Stephie nach.

Parker schaltete die hellweiß leuchtende Untersuchungslampe auf seinem Tisch aus und legte den Brief in den Tresor zurück. Einen Augenblick blieb er im halbdunklen Arbeitszimmer stehen, in dem jetzt nur noch eine nachgemachte Tiffany-Lampe in der Ecke neben der alten Couch brannte.

Ich wollte es mit hierher nehmen, damit ihre Gesichter mich in meinen düsteren Augenblicken aufrichten.

Dann stieg er die Treppe hinauf.

5

01:45

»Die Waffe«, rief Margaret Lukas unversehens. »Ich brauche sämtliche Deets über die Waffe des Schützen.«

»Sie brauchen was?«, fragte Cage.

»Deets. De-tails.« Sie war an ihre üblichen Mitarbeiter gewohnt, die ihre Ausdrucksweise kannten. Und auch ihre Eigenheiten.

»Kommt sofort«, rief C. P. Ardell. »Haben die mir jedenfalls versprochen.«

Sie befanden sich in einem der fensterlosen Räume im neuen Strategischen Informations- und Einsatzzentrum des FBI im vierten Stock der Zentrale in der Ninth Street. Die gesamte Anlage war fast so groß wie ein Football-Feld und erst vor kurzem erweitert worden, damit das FBI im Notfall bis zu fünf Großkrisen parallel bearbeiten konnte.

Cage schlenderte an Lukas vorbei und raunte im Vorübergehen: »Sie machen sich gut.«

Lukas ging nicht darauf ein. Sie hatte gerade ihr Spiegelbild auf einem der ein mal drei Meter großen Videobildschirme an der Wand erblickt, auf dem der Erpresserbrief abgebildet war. Dabei dachte sie: Stimmt das? Mache ich mich wirklich gut? Sie hoffte es jedenfalls. Sie hoffte es wirklich sehr. Die durch die Flure der Behörde geisternde Legende besagt, dass jeder Agent nur einmal in seiner Karriere die Chance erhält, auf Gold zu stoßen. Eine Chance aufzufallen, eine Chance, sich nach oben zu katapultieren.

Jedenfalls war das hier ihre Chance. Als ASAC mit einem solchen Fall betraut zu werden! So etwas kam eigentlich nicht vor. Nicht einmal … wie hatte es Cage ausgedrückt? Nicht einmal, wenn Weihnachten und Ostern auf einen Tag fallen.

Sie löste sich von ihrem Spiegelbild und betrachtete das Erpresserschreiben, dessen spinnwebartige Buchstaben vor einem weißen Hintergrund auf dem riesigen Schirm prangten. Woran habe ich nicht gedacht, überlegte Lukas. In Gedanken ging sie noch einmal durch, an was sie alles gedacht hatte. Sie hatte die Fingerabdrücke des unbekannten Toten an alle maßgeblichen Datenbänke weltweit geschickt. Sie hatte zwei Dutzend Polizisten beauftragt, den Lieferwagen zu finden, der den Unbekannten überfahren hatte; sie wollte die Möglichkeit haben, den Fahrer zu fragen, ob der Unbekannte ihm noch ein paar letzte Worte zugemurmelt hatte (und dafür von Zauberkünstler Cage eine Verzichterklärung bezüglich der Strafverfolgung wegen Fahrerflucht besorgen lassen, um den Fahrer rascher zum Reden zu bewegen); über zwanzig Agenten waren unterwegs, um Augenzeugen ausfindig zu machen; Hunderte von Nummernschildern wurden überprüft; Verbindungsleute quetschten im ganzen Land Informanten aus; sämtliche Anrufe, die in den letzten beiden Wochen im Rathaus eingegangen und von dort herausgegangen waren, wurden überprüft. Sie war …

Ein Telefon klingelte. Len Hardy wollte den Hörer abnehmen, doch Cage war schneller. Hardy hatte seinen Trenchcoat ausgezogen und stand jetzt in einem weißen Polyesterhemd mit dünnen braunen Streifen, braunen Hosen mit rasiermesserscharfer Bügelfalte und einem braunen Schlips da. Obwohl er eine Stunde auf einer Wiese in North Virginia auf dem Boden gelegen hatte, saß seine Marineoffiziers-Frisur noch tadellos, und auch sonst war kein Stäubchen an ihm zu sehen. Er sah wie ein aus dem Ei gepellter Zeuge Jehovas aus, der einem jeden Augenblick sein Sortiment an Erbauungsliteratur anbietet. Lukas, die selbst eine neue Glock 10 trug, fand, dass der kleine Smith & Wesson .38 an Hardys Hüfte ausgesprochen zierlich wirkte.

»Alles klar bei Ihnen, Detective?«, erkundigte sich Lukas, der sein ärgerlicher Gesichtsausdruck auffiel, nachdem Cage ihm den Hörer vor der Nase weggeschnappt hatte.

»Klar wie Bodennebel«, murmelte er nicht allzu sarkastisch.

Bei dem Ausdruck, den sie als typische Redewendung aus dem Mittelwesten kannte, musste sie leise auflachen und fragte ihn, ob er von dort stamme.

»Ich bin in der Nähe von Chicago aufgewachsen, im Unterland. Das heißt dort so, obwohl meine Heimatstadt ein ganzes Stück nordwestlich der Stadt liegt.«

Er setzte sich zurück. Ihr Lächeln verblich. *Klar wie Bodennebel …*

Cage legte auf. »Ich habe Ihre Deets. Das war die Abteilung für Schusswaffen. Die Spritze war eine Uzi. Ungefähr ein Jahr alt, und jede Menge Streuung. Die Waffe war schon öfters in Gebrauch. Mineralwolle im Schalldämpfer. Allem Anschein nach selbst bestückt. Keine handelsübliche Ware. Der Schütze weiß, was er tut.«

»Gut!«, sagte Lukas und rief dann quer durch den Raum zu C. P. Ardell hinüber: »Jemand soll im Netz nach Websites mit Anleitungen zur Herstellung von selbst gebastelten Schalldämpfern und zum Umbau von Uzis auf volle Automatik suchen. Ich will alle E-mail-Adressen der kürzlich frequentierten Seiten.«

»Müssen die diese Infos rausrücken?«, wollte C. P. wissen.

»Nicht ohne amtliche Verfügung. Aber tun Sie so, als ob. Leisten Sie *Überzeugungsarbeit.*«

Der Agent wählte eine Nummer und redete eine Weile. Dann meldete er sich wieder: »Com-Tech ist dran.« Die Computer und Kommunikations-Einheit des FBI mit Sitz in Maryland.

An Cage gewandt, sagte Lukas: »He, da kommt mir eine Idee.«

Der Agent hob eine Augenbraue.

»Wir könnten uns diesen Kerl holen, den von der Personalabteilung«, fuhr sie fort.

»Wen?«, fragte Cage.

»Diesen Burschen, der die Handschrift der Bewerber untersucht und dann einen Bericht über ihre Persönlichkeit anfertigt.«

»Das gibt's bei der Polizei auch«, sagte Len Hardy. »Soll angeblich die Spinner aussortieren.«

»Wie meinen Sie das?«, wollte C. P. von Lukas wissen. »Wir haben schon eine nach Quantico geschickt.«

Der bullige Agent meinte eine Kopie des Briefes, die an die

Abteilung für Verhaltensforschung und Persönlichkeitsanalyse geschickt worden war. Neben Ardell saß Tobe Geller vor einem Computer-Terminal und wartete auf die Ergebnisse.

»Nein, nein – dort vergleicht man ihn nur mit ähnlichen MOs und erstellt ein Profil seiner Ausbildung und seiner Intelligenz«, erwiderte Lukas. »Was ich meine, ist ein Persönlichkeitsprofil. Handschriftenanalyse.«

»Das können Sie vergessen«, sagte eine Stimme hinter ihnen.

Lukas drehte sich um und erblickte einen Mann in Jeans und einer ledernen Bomberjacke, der gerade das Labor betrat. Um seinen Hals hing ein Besucherausweis, und in der Hand trug er einen großen Diplomatenkoffer. Sie brauchte einen Augenblick, bis sie ihn erkannte.

Cage wollte etwas sagen, hielt sich jedoch zurück. Vielleicht fürchtete er, den Besucher gleich wieder zu vergraulen.

»Artie hat mich raufgelassen«, sagte Parker Kincaid. Der Nachtwächter am Personaleingang. »Er kennt mich noch. Nach all den Jahren.«

Kincaid wirkt wie ein völlig anderer Mensch, dachte Lukas. Vor seiner Haustür hatte er einen ungepflegten Eindruck gemacht, was nicht zuletzt an seinem grässlichen Pullover und der ausgebeulten Hose gelegen hatte. Der graue Pullover mit U-Boot-Ausschnitt, den er jetzt über einem schwarzen Hemd trug, schien eher seinem persönlichen Stil zu entsprechen.

»Mr. Kincaid«, sagte Lukas und nickte zur Begrüßung. »Was sollen wir vergessen?«

»Die Sache mit der Handschriftenanalyse. Die Persönlichkeit des Schreibers lässt sich nicht aus seiner Handschrift herausfiltern.«

Sie fühlte sich von seiner Direktheit vor den Kopf gestoßen. »Ich dachte, viele Leute machen das.«

»Die Leute legen auch Tarotkarten und unterhalten sich mit ihren verstorbenen Angehörigen. Alles Humbug.«

»Ich habe mir sagen lassen, dass es sehr hilfreich sein kann«, erwiderte sie hartnäckig.

»Reine Zeitverschwendung«, sagte er nüchtern. »Wir konzentrieren uns besser auf andere Dinge.«

»Na schön.« Lukas nahm sich vor, ihn nicht allzu sehr zu verabscheuen.

Cage sagte: »He Parker, kennen Sie eigentlich Tobe Geller? Er spielt heute Abend unseren Computerfritzen. Wir haben ihn gerade noch rechtzeitig vor seinem Ski-Urlaub in Vermont abgefangen.«

»Eigentlich war's New Hampshire«, korrigierte ihn der gepflegt wirkende Agent und grinste Kincaid breit an. »Aber für einen saftigen Feiertagszuschlag mache ich alles, da lasse ich sogar eine Verabredung sausen. Hallo Parker, hab schon von Ihnen gehört.«

Sie gaben sich die Hand.

Cage nickte zu dem anderen Schreibtisch hinüber. »Das ist C. P. Ardell, von unserer Außenstelle im District. Niemand weiß, wofür dieses C. P. steht, aber er heißt überall nur so. Ich glaube, er weiß es selbst nicht.«

»Kürzlich wusste ich's noch«, meinte C. P. lakonisch.

»Und das ist Len Hardy, unser Verbindungsmann zur Polizei.«

»Freut mich, Ihre Bekanntschaft zu machen, Sir«, sagte der Detective.

Kincaid reichte ihm die Hand. »Das ›Sir‹ können wir weglassen.«

»Schön.«

»Wo kommen Sie her? Spurensicherung? Ermittlung?«, fragte ihn Kincaid.

Hardy schien seine Antwort ein wenig peinlich zu sein: »Eigentlich bin ich bei Forschung und Statistik. Aber da alle anderen im Einsatz waren, hat man mich als Kontaktmann auserkoren.«

»Wo ist der Brief?«, erkundigte sich Parker bei Lukas. »Das Original, meine ich.«

»Bei der Identifikation. Ich wollte, wenn's geht, noch ein paar weitere Kopien anfertigen lassen.«

Kincaid runzelte die Stirn, aber bevor er etwas sagen konnte, fuhr Lukas fort: »Ich habe ihnen gesagt, sie sollen nur mit einem Laser arbeiten. Keinesfalls mit Ninhydrin.«

Er hob die Augenbrauen. »Gut … Haben Sie Erfahrung hinsichtlich forensischer Ermittlungsarbeit?«

Sie wurde das Gefühl nicht los, dass er sie, obwohl sie mit dem Präparat Recht gehabt hatte, auf die Probe stellen wollte. »Das war alles in der Ausbildung dran«, erwiderte sie kühl und nahm den Telefonhörer auf.

»Was ist das?«, fragte Hardy. »Nin …«

Während sie eine Reihe von Tasten drückte, sagte Lukas: »Ninhydrin verwendet man normalerweise, um Fingerabdrücke auf Papier sichtbar zu machen.«

»Andererseits«, führte Kincaid ihren Gedanken fort, »ruiniert es auch eventuell durchgedrückte Schriftspuren. Man sollte das Zeug niemals bei zweifelhaften Dokumenten verwenden.«

Lukas erfuhr telefonisch, dass es auf dem Dokument keine weiteren Abdrücke gäbe, und dass ein Bote den Brief sofort ins Krisenzentrum zurückbringen würde. Sie gab die Nachricht an das Team weiter.

Kincaid nickte.

»Warum haben Sie es sich anders überlegt?«, wollte Cage wissen. »Warum sind Sie doch noch hergekommen?«

Er schwieg einen Augenblick. »Sie haben diese Kinder erwähnt. Diejenigen, die in der Metro-Station verletzt wurden. Eins von ihnen ist gestorben.«

Mit feierlichem Ernst, der dem seinen in nichts nachstand, sagte Lukas: »LaVelle Williams. Ich habe es auch gehört.«

Parker wandte sich an Cage. »Ich mache nur unter einer Bedingung mit. Außer der direkten Einsatztruppe weiß niemand, dass ich dabei bin. Gibt es eine undichte Stelle und mein Name dringt nach draußen, bin ich weg, egal in welchem Stadium die Ermittlungen sich befinden. In diesem Falle streite ich sogar ab, Sie jemals gesehen zu haben.«

»Wenn Ihnen so viel daran liegt, Mr. Kincaid«, sagte Lukas.

»Parker.«

»Abgemacht«, sagte Cage. »Darf ich fragen, warum?«

»Meine Kinder.«

»Wenn Sie sich Sorgen um ihre Sicherheit machen, schicken wir Ihnen einen Wagen nach Hause. Und so viele Agenten, wie Sie ...«

»Ich mache mir Sorgen wegen meiner Ex-Frau.«

Lukas sah ihn verdutzt an.

»Seit meine Frau und ich uns vor vier Jahren scheiden ließen, habe ich das Sorgerecht für die Kinder. Einer der Gründe dafür, dass ich das Sorgerecht bekommen habe, ist der, dass ich zu Hause arbeite und keinen Beruf habe, der sie oder mich in Gefahr bringt. Deshalb nehme ich auch nur noch private Aufträge an. Nun sieht es ganz so aus, als wollte meine Frau den Sorgerechtsbescheid anfechten, und deshalb darf sie von dieser Sache hier nichts erfahren.«

»Kein Problem, Parker, überhaupt nicht«, beruhigte ihn Cage. »Sie sind einfach ein anderer. Wer möchten Sie sein?«

»Von mir aus John Doe oder Thomas Jefferson, Hauptsache, ich bin nicht ich. Joan kommt morgen früh um zehn mit ein paar Geschenken bei uns vorbei. Wenn sie herausfindet, dass ich am Silvesterabend weggegangen bin, um an einem Fall zu arbeiten ... dann ergeht es mir ziemlich dreckig.«

»Was haben Sie den Kindern erzählt?«, fragte Lukas.

»Dass ein alter Freund krank geworden sei und ich ihn im Krankenhaus besuchen müsse.« Er richtete seinen Zeigefinger auf Cages Brust. »Ich lüge die Kinder nur höchst ungern an. *Höchst ungern*!«

Lukas, die sich seinen hüschen Jungen in Erinnerung rief, sagte: »Wir tun unser Bestes.«

»Das steht nicht zur Debatte«, erwiderte Kincaid und hielt ihrem Blick lässig stand. Was nur wenigen Männern gelang. »Entweder ich bleibe unsichtbar, oder ich bin wieder weg.«

»Dann tun wir es einfach«, sagte sie schlicht und schaute sich im Raum um. C. P., Geller und Hardy nickten.

»Na schön.« Kincaid zog die Jacke aus und warf sie über einen Stuhl. »Wie sieht's aus?«

Lukas unterrichtete ihn mit knappen Worten über den Stand der Ermittlungen. Kincaid nickte, sagte jedoch nichts. Sie versuchte, aus seiner Miene zu lesen, ob er mit ihrer Vorgehensweise einverstanden war und fragte sich dabei, ob sie darauf Wert legte oder nicht. Dann sagte sie: »Der Bürgermeister geht bald auf Sendung, um einen Appell an den Todesschützen zu richten. Er wird ihm mitteilen, dass wir bereit sind, das Geld auch an *ihn* zu zahlen. Natürlich wird er das nicht so offen sagen, aber etwas in der Richtung andeuten. Wir hoffen, dass er dann Kontakt mit uns aufnimmt. Das Geld liegt in mehreren markierten Taschen unten im Keller. Die hinterlegen wir an jedem von ihm gewünschten Ort.«

Cage übernahm. »Dann verfolgt ihn Tobe bis in seinen Bau. Jerry Bakers Einsatztruppe steht bereit. Sobald er nach Hause kommt, schlagen wir zu. Oder schnappen ihn uns auf der Straße.«

»Wie wahrscheinlich ist es, dass er sich das Geld holt?«

»Das wissen wir nicht«, antwortete Lukas. »Wenn man sich den Brief ansieht, lässt sich feststellen, dass der Unbekannte – derjenige, der überfahren wurde – ziemlich beschränkt war. Wenn sein Partner, dieser Digger, ebenso schwer von Begriff ist, springt er vielleicht nicht darauf an.« Sie dachte an die Kriminalpsychologie, wie man sie ihr auf der Akademie beigebracht hatte. Begriffsstutzige Täter waren weitaus argwöhnischer als intelligente. Sie neigten weniger zu Improvisationen, auch wenn sich die Umstände veränderten. Dann ergänzte sie: »Das heißt, er könnte ebenso gut getreu seinen Anweisungen einfach weiterschießen.«

»Außerdem wissen wir nicht, ob der Schütze Kennedys Ansprache überhaupt mitkriegt«, fügte Cage hinzu. »Aber wir haben einfach keine andere verdammte Möglichkeit.«

Lukas bemerkte, dass Kincaid einen Blick auf das *Major Crimes Bulletin* mit den aktuellen Schwerverbrechen warf, das den

Brandanschlag auf Gary Moss' Haus zum Thema hatte. Diese Rundbriefe schilderten die jeweiligen Fälle sehr detailliert und dienten dazu, Ermittler, die einen Fall übernahmen, rasch über die Besonderheiten des Falles zu unterrichten. Das vorliegende Bulletin erwähnte, dass Moss' zwei Kinder dem Feuertod gerade noch entronnen waren.

Parker Kincaids Blick verweilte länger als beabsichtigt auf dem Bulletin. Offensichtlich wühlte ihn der ungeschönte Bericht über den Mordversuch an einer ganzen Familie stark auf.

Den beiden Kindern der betreffenden Person gelang das rechtzeitige Entkommen aus dem Gebäude, wobei sie sich nur leichte Verletzungen zuzogen.

Schließlich schob er es zur Seite, ließ den Blick durch die Zentrale schweifen und betrachtete die aufgereihten Telefone, Computer und Schreibtische. Sein Blick verfing sich auf dem Bildschirm mit dem Erpresserbrief.

»Könnten wir den Einsatzraum irgendwo anders einrichten?«

»Wir sind hier im Krisenzentrum«, sagte Lukas und beobachtete ihn dabei, wie er den Brief überflog. »Warum nicht hier?«

»Wir nutzen den Großteil des Raumes überhaupt nicht«, erläuterte Kincaid. »Und höchstens die Hälfte der Einrichtung.«

Lukas überlegte kurz. »Woran dachten Sie denn?«

»Oben«, sagte er zerstreut, den Blick immer noch auf den leuchtenden Brief gerichtet. »Gehen wir nach oben.«

Parker durchmaß das forensische Urkundenlabor mit großen Schritten und überblickte das Arsenal an Ausrüstung, das er nur zu gut kannte.

Zwei Leitz Stereomikroskope mit einer Volpi Intralux Glasfaseroptik und dem allerneusten Video Spectral Comparator, dem VSC 2000, ausgerüstet mit einem Rofin PoliLight und QDOS-Software auf Windows NT. Außerdem stand in der Ecke ein etwas älteres Foster + Freeman ESDA – eine elektrostatische Untersuchungsvorrichtung – sowie ein Dünnschicht-Gaschromatograf zur Tinten- und Spurenanalyse.

Er sah die Glasfenster, hinter denen jeden Tag von neun bis fünf Uhr die Touristen auf ihrer FBI-Hauptquartier-Tour vorbeimarschierten. Zu dieser Stunde sah der Korridor dunkel und geheimnisvoll aus.

Parker sah zu, wie die anderen Team-Mitglieder sich an Schreibtischen und Labortischen niederließen. Der Raum war unaufgeräumt, ungemütlich und es roch unangenehm. Trotzdem arbeitete er lieber hier als in dem blank polierten Krisenzentrum, weil er an das glaubte, was er einst von seinem Vater gelernt hatte, einem Historiker mit dem Spezialgebiet Amerikanischer Unabhängigkeitskrieg. »Schlage deine Schlachten immer auf vertrautem Boden«, hatte der Professor seinem Sohn geraten. Parker hatte jedoch nicht vor, Lukas diesen Grund zu nennen, denn William Kincaid hatte seinen Sohn noch etwas anderes gelehrt: »Man muss seine Verbündeten nicht alles wissen lassen.«

Er warf noch einen Blick in Stan Lewis' Büro und sah die Bücher, die er damals selbst benutzt hatte, als das hier noch seine Abteilung war: Harrisons *Zweifelhafte Dokumente,* Housely and Farmers *Eine Einführung in die Identifizierung von Handschriften* und die *Wissenschaftliche Untersuchung zweifelhafter Urkunden* von Hilton. Und natürlich die Bibel dieses Berufes: *Zweifelhafte Dokumente* von Albert S. Osborn. Auf dem kleinen Bücherschrank hinter dem Schreibtischstuhl standen die vier Bonsai-Bäumchen, die er gehegt und gepflegt und später Lewis überlassen hatte.

»Wo ist der Brief?«, fragte er Cage ungeduldig.

»Unterwegs. Schon unterwegs.«

Parker schaltete mehrere Instrumente ein. Einige summten, andere knackten leise, und manche blieben stumm, nur ihre schwachen Anzeigen glommen wie misstrauische Augen.

Warten, warten …

Und versuchen, nicht an die Unterhaltung zu denken, die er

vor einer Stunde mit den Kindern geführt hatte, als er ihnen mitteilte, dass ihre Feiertagspläne sich geändert hatten.

Beide Whos waren in Robbys Zimmer gewesen, wo der Fußboden immer noch mit Legos und Micro Machines übersät war.

»Na, ihr Whos.«

»Ich war schon im dritten Level«, hatte Stephie mit einem Nicken zu ihrem Nintendo gesagt. »Dann bin ich rausgeflogen.«

Robby hatte gerade eine groß angelegte Invasion seines Bettes eingeleitet, mit Hubschraubern, Landungsbooten und allem Drum und Dran.

Parker hatte sich aufs Bett gesetzt. »Die Leute, die vorhin hier waren …«

»Die hübsche Dame, die du die ganze Zeit angeguckt hast?«, sagte sein Sohn schüchtern.

(*»Sie kriegen immer mehr mit, als du ahnst«*, meldete sich sein *Handbuch.*)

»Sie haben mir erzählt, dass ein Freund von mir krank geworden ist und ich ihn unbedingt besuchen muss. Es dauert nicht sehr lange. Wen wollt ihr als Babysitter haben?«

Zusätzlich zu einer Auswahl von Oberschülern und Studentinnen, standen Parker mehrere Nachbarn aus der Siedlung zur Auswahl, meist andere Eltern, mit denen er Kontakt pflegte, und die die Kinder für den Abend ohne Probleme übernehmen würden. Außerdem gab es noch seine Freundin Lynne, die im District wohnte. Sie würde bestimmt kommen, wenn er sie darum bat, aber er war sicher, dass sie heute Abend eine Verabredung hatte (er konnte sich Lynne am Silvesterabend unmöglich ohne eine Verabredung vorstellen), und sie verkehrten schon eine Weile nicht mehr so eng miteinander, dass er ihr hätte ein solches Opfer abverlangen mögen.

»*Musst* du denn weg?«, fragte Robby. »Ausgerechnet heute?«

Wenn er enttäuscht war, konnte der Junge sehr still werden, auch wenn sich sein Gesichtsausdruck nicht veränderte. Er zog keinen Flunsch und er murrte auch nicht, was Parker lieber gewesen wäre. Er saß einfach nur steif und regungslos da, als drohte ihn die Traurigkeit zu übermannen. Als Robby ihn so von unten herauf ansah, den Spielzeughubschrauber mitten im Flug erstarrt, spürte Parker die Enttäuschung seines Sohnes tief in seinem Herzen.

Stephie war weniger emotional und brachte ihre Gefühle stets deutlich zum Ausdruck; ihre einzige Reaktion bestand darin, sich die Haare aus dem Gesicht zu werfen und ihn mit mürrischem Gesichtsausdruck zu fragen: »Wird er denn wieder gesund? Dein Freund?«

»Ganz bestimmt. Aber es ist wohl besser, wenn ich mal nach ihm sehe. Tja ... soll ich dann Jennifer anrufen, oder lieber Mrs. Cavanaugh?«

»Mrs. Cavanaugh!«, riefen beide wie aus einem Munde. Robby löste sich wieder aus seinem Schmerz. Mrs. Cavanaugh, die Oma des Viertels, kam regelmäßig dienstags herüber, wenn Parker an einer geselligen Pokerrunde teilnahm.

Parker erhob sich, umgeben von einem Meer an Spielzeugen.

»Aber du bist doch vor Mitternacht wieder da?«, fragte Robby.

(*»Niemals etwas versprechen, wenn nicht sicher ist, dass du es nicht halten kannst.«*)

»Ich werde mich auf alle Fälle darum bemühen.«

Parker umarmte die Kinder und ging zur Tür.

»Papa?«, fragte Stephie, die personifizierte Unschuld in ihren weiten schwarzen Jeans und dem Hello-Kitty-T-Shirt, »soll ich deinem Freund eine Genesungskarte malen?«

Parker empfand seinen Verrat wie einen Schlag in die Magengrube. »Vielen Dank, Stephie, aber ich glaube, er findet es besser, wenn du dir einen lustigen Abend machst.«

Während er noch in diese belastenden Gedanken versunken war, schwang die Tür zum Urkundenlabor auf. Ein schlanker, gut aussehender Agent mit blondem, nach hinten gekämmtem Haar betrat den Raum. »Jerry Baker«, verkündete er fröhlich und ging auf Parker zu. »Sie sind Parker Kincaid.«

Sie gaben sich die Hand.

Baker sah sich im Labor um. »Margaret«, rief er grüßend. Lukas antwortete mit einem Nicken.

»Sie sind der taktische Experte?«, erkundigte sich Parker.

»Genau.«

»Jerry hat ein paar S&S-Leute zusammengetrommelt«, sagte Lukas.

Search and Surveillance, fiel es Parker sofort wieder ein. Aufspüren und Observation.

»Und ein paar hervorragende Schützen«, sagte Baker. »Die fiebern förmlich danach, sich mit diesem Scheusal zu messen.«

Parker ließ sich auf dem grauen Stuhl nieder und sagte an Lukas gewandt: »Haben Sie die Leiche des Unbekannten untersuchen lassen?«

»Ja«, erwiderte Lukas.

»Liegt der Bericht vor?«

»Noch nicht.«

»Nicht?« Parker war besorgt. Er hatte eine sehr genaue Vorstellung davon, wie man Ermittlungen führte, und es war offensichtlich, dass auch Lukas sehr genaue Vorstellungen hatte. Er fragte sich, inwiefern sie ihm wohl noch Probleme machen würde. Sollte er auf die sanfte Tour vorgehen? Er betrachtete ihr entschlossenes Gesicht, weiß wie weißer Marmor, und kam zu dem Schluss, dass ihnen keine Zeit für Nettigkeiten blieb. Bei einem Fall mit so wenig Indizien brauchten sie so viele Anhaltspunkte über den Unbekannten wie möglich. »Wäre gut, wenn wir den Bericht schon vorliegen hätten.«

»Ich habe Anweisung gegeben, ihn so rasch wie möglich heraufzubringen«, konterte sie unterkühlt.

Parker hätte jemanden geschickt, wahrscheinlich Hardy, um ihn abzuholen. Aber er beschloss, dieses Scharmützel nicht auszuweiten, sondern noch ein paar Minuten länger zu warten. Er sah Baker an. »Wie viele sind wir?«

»Sechsunddreißig von unseren Leuten, vier Dutzend Polizisten aus dem District.«

»Das wird nicht reichen«, sagte Parker.

»Damit haben wir ein Problem«, meinte Cage. »Fast alle, die im Dienst sind, haben wegen des Feiertages Bereitschaft. Es sind mehrere hunderttausend Menschen in der Stadt. Und ein ganzer Haufen Agenten aus der Abteilung Haushalt und Recht ist als Sicherheitsdienst für alle diese Diplomaten- und Regierungspartys abgestellt.«

»Zu blöd, dass das ausgerechnet heute passieren muss«, murmelte Len Hardy.

Parker lachte kurz auf. »Wann denn sonst?«

Der junge Detective warf ihm einen verstörten Blick zu. »Wie meinen Sie das?«

Lukas kam seiner Antwort zuvor: »Der Unbekannte hat sich den heutigen Abend ausgesucht, weil er wusste, dass wir nur schwach besetzt sind.«

»Und wegen der Menschenmassen, die heute in der Stadt sind«, fügte Parker hinzu. »Der Schütze hat sich eine verdammt gute Schießbude ausgesucht. Er ...«

Er unterbrach sich und lauschte seinen Worten nach. Was er da hörte, gefiel ihm nicht. Das Leben mit den Kindern und die einsame Arbeit zu Hause hatten ihn seit seinem Abschied von der Behörde weich gemacht; die rauen Kanten waren abgeschliffen. Er fluchte nie, und alles, was er sagte, schwächte er im Vorfeld auf den Horizont der Whos ab. Jetzt war er mit einem Mal wieder in sein altes Leben, sein hartes Leben eingetaucht. Als Linguist wusste Parker, dass ein Außenseiter, um in einer neuen Gruppe akzeptiert zu werden, als Erstes ihre Sprache annimmt.

Parker klappte seinen Diplomatenkoffer, eine tragbare Dokumenten-Box, auf. Er war mit dem Arbeitsbesteck seines Berufsstandes bestückt. Und mit etwas, das aussah wie eine Darth Vader-Figur. Ein Geschenk von Robby.

»Möge die Macht mit dir sein«, sagte Cage. »Unser Maskottchen für diesen Abend. Meine Enkel lieben diese Filme.«

Parker stellte die Figur auf den Untersuchungstisch. »Mir wäre Obi Wan Kenobi lieber.«

»Wer?« Lukas runzelte die Stirn und schüttelte den Kopf.

»Was, den kennen Sie nicht?«, platzte Hardy heraus und lief rot an, als sie ihm einen eiskalten Blick zuwarf.

Auch Parker staunte. Wie war es möglich, dass jemand nichts von *Star Wars* wusste?

»Das ist nur eine Figur aus einem Film«, klärte sie C. P. Ardell auf.

Ohne Reaktion wandte sie sich wieder der Notiz zu, die sie gerade gelesen hatte.

Parker fand seine in schwarzen Samt eingeschlagene Handlupe. Es war eine Leitz-Linse mit zwölffacher Vergrößerung, das wichtigste Werkzeug eines jeden Dokumentenprüfers. Joan hatte sie ihm zu ihrem zweiten Hochzeitstag geschenkt.

Hardy fiel ein Buch in Parkers Diplomatenkoffer auf. Parker sah, wie der Polizist näher hinsah und reichte es ihm. *Gehirnakrobatik Band 5.* Hardy blätterte ein wenig darin und gab es an Lukas weiter.

»Nur ein Hobby«, erläuterte Parker und beobachtete ihre Augen, während sie über die Seiten glitten.

»Unser Neuzugang liebt Rätsel über alles«, meldete sich Cage zu Wort. »Früher war sein Spitzname ›Der Rätselmeister‹.«

»Es handelt sich um Übungen in unorthodoxem Denken«, erläuterte Parker und las, Lukas über die Schulter schauend, laut vor: »Ein Mann besitzt drei Münzen, die ingesamt sechsundsiebzig Cents ergeben. Die Münzen wurden irgendwann während der letzten zwanzig Jahre in den Vereinigten Staaten geprägt, sind noch im Umlauf und eine davon ist kein Penny. Wie lautet der Wert der einzelnen Münzen?«

»Langsam … eine davon *muss* ein Penny sein«, sagte Cage.

Hardy sah zur Decke. Parker fragte sich, ob sein Verstand in ebenso makelloser Verfassung war wie sein persönlicher Stil. Der Polizist überlegte einen Augenblick. »Handelt es sich um Gedenkmünzen?«

»Nein. Nicht vergessen: Sie sind regulär im Umlauf.«

»Stimmt ja«, nickte der Polizist.

Lukas' Blick wanderte über den Fußboden. Ihre Gedanken schienen ganz woanders zu sein. Parker hatte keine Ahnung, woran sie gerade dachte.

Geller überlegte einige Sekunden. »Auf so einen Quatsch verschwende ich meine kostbaren Gehirnzellen nicht«, brummte er und drehte sich wieder zu seinem Computer um.

»Geben Sie auf?«, fragte Parker.

»Wie lautet die Antwort?« Cage war neugierig geworden.

»Er hat ein fünfzig Cent-Stück, einen Quarter und einen Cent.«

»Halt, halt!«, protestierte Hardy. »Sie sagten doch, er hat keinen Cent.«

»Hab ich nicht gesagt. Ich sagte nur, *eine* der Münzen ist kein Penny. Der halbe und der Vierteldollar sind keine Cents. Nur eine der Münzen ist einer.«

»Das ist gemogelt«, knurrte Cage.

»Hört sich ganz einfach an«, meinte Hardy.

»Rätsel sind immer ganz einfach, wenn man die Lösung kennt«, konterte Parker. »Genau wie im richtigen Leben, stimmt's?«

Lukas drehte eine Seite um und las vor: »Drei Habichte haben dem Bauern schon viele Hühner geschlagen. Eines schönen Tages sieht er sie alle drei auf dem Dach des Hühnerstalls sitzen. Der Bauer hat nur eine Kugel im Gewehr, und die Habichte sitzen so weit auseinander, dass er nur einen von ihnen treffen kann. Er zielt auf den Habicht ganz links, schießt und erwischt ihn. Es gibt keinen Querschläger. Wie viele Habichte sitzen noch auf dem Dach?«

»Das ist doch zu offensichtlich«, meinte C. P.

»Moment«, sagte Cage, »vielleicht ist das ja der Trick. Man denkt, es müsste kompliziert sein, aber die Antwort ist ganz nahe liegend. Man knallt einen ab, und zwei bleiben übrig, und das ist des Rätsels Lösung.«

»Lautet so Ihre Antwort?«, fragte Parker.

Cage wackelte mit dem Kopf. »Ich bin mir nicht sicher.«

Lukas blätterte weiter nach hinten.

»*Das* ist gemogelt«, sagte Parker, Cage nachäffend.

Sie blätterte einfach weiter. Plötzlich runzelte sie die Stirn. »Wo stehen die Lösungen?«

»Keine drin.«

»Was soll das denn für ein Rätselbuch sein?«, fragte sie verwundert.

»Eine Lösung, auf die man nicht selbst kommt, ist keine Lösung.« Parker schaute auf seine Uhr. Wo zum Teufel blieb der Brief?

Lukas kehrte zu dem Rätsel zurück und las es noch einmal durch. Sie hatte ein hübsches Gesicht. Joan war atemberaubend schön, mit ihren geschwungenen Wangenknochen, den ausgeprägten Hüften und dem üppigen Busen. Margaret Lukas, die einen eng anliegenden schwarzen Pullover trug, war obenherum schmaler und fester. In ihren engen Jeans steckten schlanke, muskulöse Oberschenkel. An ihrem Knöchel sah er einen Streifen reinweißer Strümpfe blitzen; wahrscheinlich diese kniehohen Dinger, die Joan immer unter ihren Freizeithosen trug.

Sie war hübsch, Papa.

Für eine Polizistin …

Ein schmächtiger junger Mann mit einem zu engen grauen Anzug betrat das Labor. Einer der jungen Angestellten aus der Poststelle, vermutete Parker.

»Agent Cage«, sagte er.

»Was bringen Sie uns, Timothy?«

»Ich suche Agent Jefferson.«

Beinahe hätte Parker gefragt: *»Wen?«,* doch Cage kam ihm zuvor: »Tom Jefferson?«

»Ja, Sir.«

Cage zeigte auf Parker. »Da steht er.«

Parker zögerte einen Augenblick, bevor er den Umschlag entgegennahm und den Empfang quittierte, indem er »Th. Jefferson« auf den Vordruck schrieb, genau so, wie es der Staatsmann getan hätte, wenn auch weniger sorgfältig.

Timothy ging wieder, und Parker sah mit leicht gerunzelter Stirn in Richtung Cage, der sagte: »Sie wollten anonym bleiben. Zack – schon sind Sie anonym.«

»Aber wie …«

»Ich bin der Zauberkünstler. Schon vergessen?«

Der Digger drückt sich vor seinem Motel in eine dunkle Nische. 39,99 Dollar am Tag Kitchenette kostenloses Kabel-TV Zimmer frei.

Es befindet sich in einem üblen Teil der Stadt. Erinnert den Digger an … *klick* … wo war das … wo?

Boston, nein, White Plains … *klick* … das liegt in der Nähe von New … New York.

Klick.

Er steht neben einem stinkenden Müllcontainer und beobachtet die Vorderseite seines gemütlichen Zimmers.

Er sieht zu, wie die Leute kommen und gehen, so wie es ihm der Mann, der ihm alles sagt, gesagt hat. Die Vordertür beobachten. Durch den offenen Vorhang ins Zimmer schauen.

Kommen und gehen.

Auf der üblen Straße rasen Autos vorbei, auf dem üblen Bürgersteig gehen Leute vorbei. Der Digger sieht aus wie sie, der Digger sieht aus wie niemand. Niemand sieht den Digger.

»Entschuldigung, Kumpel«, sagte eine Stimme. »Ich hab Hunger. Hab schon seit Tagen nix mehr …«

Der Digger dreht sich um. Der Mann sieht dem Digger in die ausdruckslosen Augen und kann seinen Satz nicht mehr beenden. Der Digger erschießt den Mann mit zwei gedämpften Schüssen. Er fällt um, und der Digger kippt die Leiche in den großen blauen Müllcontainer, wobei ihm einfällt, dass der Schalldämpfer neu bestückt werden muss; er ist nicht mehr … *klick* … nicht mehr so richtig leise.

Doch niemand hat etwas gehört. Zu viel Verkehr.

Er hebt die Patronenhülsen auf und steckt sie in die Tasche.

Der Müllcontainer ist herrlich blau.

Der Digger mag Farben. Seine Frau hatte rote Blumen im Garten gepflanzt, und seine Frau hatte gelbe Blumen im Garten gepflanzt. Aber, soweit er weiß, keine blauen Blumen.

Vorsichtig umsehen. Niemand in der Nähe.

»Wenn dir jemand ins Gesicht sieht, bringst du ihn um«, hat der Mann gesagt, der ihm alles sagt. »Niemals vergessen: Niemand darf dein Gesicht sehen.«

»Ich vergesse es nicht«, hatte der Digger geantwortet.

Er lauscht in den Müllcontainer. Stille.

Komisch, dass man … *klick* … wenn man tot ist, gar keine Geräusche mehr macht.

Komisch …

Er stellt sich wieder so hin, dass er die Tür beobachten kann, und das Fenster, und die Leute auf dem Bürgersteig.

Er schaut auf die Uhr. Er hat schon fünfzehn Minuten gewartet.

Jetzt kann er reingehen.

Eine Suppe essen, die Waffe neu laden, den Schalldämpfer bestücken. Das hat er an einem schönen Herbsttag im vergangenen Jahr gelernt – war das im vergangenen Jahr gewesen? Sie hatten auf Baumstämmen gesessen, und der Mann hatte ihm gezeigt, wie man die Waffe neu lädt und den Schalldämpfer neu bestückt, und ringsum hatten hübsche bunte Blätter gelegen. Dann hatte er Schießen geübt, war wie ein Kreisel herumgewirbelt, mitsamt der Uzi immer um die eigene Achse, und Blätter und Zweige waren heruntergefallen. Er erinnert sich an den Geruch warmer, abgestorbener Blätter.

Im Wald hatte es ihm besser gefallen als hier.

Tür auf und hinein.

Er ruft seine Mailbox an und gibt mechanisch seinen Code ein. Eins zwei zwei fünf. Keine Nachrichten von dem Mann, der ihm alles sagt. Er glaubt, er ist ein bisschen traurig, weil er nichts von dem Mann gehört hat. Seit heute Morgen kein einziges Wort mehr. Er *glaubt,* dass er traurig ist. Aber er weiß nicht genau, was traurig ist.

Keine Nachrichten, keine Nachrichten.

Das bedeutet, er muss sich an die Arbeit machen und den Schalldämpfer neu bestücken und seine Magazine nachladen und sich zu einem weiteren Ausflug bereitmachen.

Aber zuerst isst er ein Süppchen und schaltet den Fernseher ein.

Zuerst einen Teller gute heiße Suppe.

6

14:05

Bürgermeister Kennedy –

Das Ende ist nacht. Der Digger ist los, und es gibt keine Möglichkeit, ihn zu hintern. Er wird wieder töten – um vier, 8 und Mitternacht, wenn Sie nicht zahlen.

Ich will haben $ 20 Millionen Dollars in bar, die Sie in eine Tasche legen und es drei Kilometer südlich der Rt 66 auf der West Seite des Beltway deponieren. Mitten auf dem Feld. Zahlen Sie das Geld zu mich bis 1200 Uhr. Nur ich das weiß, wie der Digger zu hintern ist. Wenn Sie mich Festnehmen, tötet er weiter. Wenn Sie mich töten, tötet er weiter.

Falls Sie mir nicht glauben: Einige der Kugeln des Diggers sind schwarz angemalt. Nur ich weiß das.

Jedes Dokument hat einen eigenen Charakter. Der Jefferson-Brief, der zu Hause auf Parker wartete, Fälschung oder nicht, war vortrefflich verfasst worden, von der Schrift her, aber auch, was den Inhalt betraf allererste Sahne. Der Erpresserbrief, der hier auf dem FBI-Untersuchungstisch vor ihm lag, war dagegen steif und holprig.

Trotzdem widmete sich Parker ihm auf die gleiche Art und Weise, mit der er sich jedem Rätsel näherte: ohne Vermutungen und ohne vorgefasste Meinung. Beim Lösen von Rätseln verhält sich der Verstand wie rasch bindender Mörtel: Die ersten Eindrücke bleiben. Bevor er diesen Brief nicht von vorne bis hinten analysiert hatte, weigerte sich Parker, auch nur die kleinste Schlussfolgerung zu ziehen. Das Urteil zurückzustellen gehörte zu den schwierigsten Aufgaben seines Berufs.

Drei Habichte haben dem Bauern schon viele Hühner geschlagen …

»Die Kugeln aus der Metro?«, rief er. »Waren tatsächlich einige angemalt?«

»Jep«, bestätigte Jerry Baker. »Ungefähr ein Dutzend. Schwarzer Lack.«

Parker nickte. »Habe ich das richtig verstanden? Sie haben einen Psycholinguisten angefordert?«

»Haben wir.« Geller deutete mit dem Kinn auf seinen Computerbildschirm. »Wir warten noch auf die Resultate aus Quantico.«

Parker betrachtete den Umschlag, in dem der Brief gesteckt hatte. Er lag jetzt in einer Plastikhülle, an der eine Depotkarte befestigt war, überschrieben mit dem Wort METRO-FALL. Auf der Vorderseite des Umschlags stand, in der gleichen Handschrift wie der Brief, geschrieben: *An den Bürgermeister – Es geht um Leben und Tod.*

Parker streifte sich Gummihandschuhe über, weniger aus Sorge um Fingerabdrücke, sondern weil er keinesfalls winzige Spuren, die eventuell noch auf dem Papier zu finden waren, zerstören wollte. Dann zog er sein Leitz-Handglas aus der Hülle. Es maß sechs Zoll im Durchmesser, hatte einen Griff aus Rosenholz, die makellos geschliffene Linse war von einem glänzenden Stahlring eingefasst. Parker sah sich die Klebelasche des Umschlags an.

»Was haben wir da, was haben wir da, haben wir da was?«, murmelte er leise vor sich hin. Bei der Analyse von Dokumenten führte er oft Selbstgespräche. Wenn sich die Whos in seinem Arbeitszimmer aufhielten, während er arbeitete, glaubten sie immer, seine gemurmelten Kommentare seien an sie gerichtet und freuten sich unbändig darüber, dass Papa sie in seine Arbeit mit einbezog.

Die feinen Erhebungen, die die Klebstoff-Maschine in der Fabrik hinterlassen hatte, waren unversehrt.

»Keine Spucke auf dem Kleber«, sagte er und fuhr sich ärgerlich mit der Zunge über die Lippen. Aus Speichelresten lassen sich Informationen über die DNA sowie serologische Informationen herauslesen. »Er hat ihn nicht zugeklebt.«

Lukas schüttelte den Kopf, als habe Parker etwas Offensichtliches übersehen. »Das brauchen wir doch gar nicht. Schon vergessen? Wir haben dem Toten Blut abgenommen und die Probe durch die DNA-Datenbank gejagt. Ohne Ergebnis.«

»Ich dachte, Sie hätten das Blut des Unbekannten überprüft«, sagte Parker kühl. »Ich hatte die Hoffnung, der Digger hätte den Umschlag abgeleckt, damit wir *seinen* Speichel durch den Computer jagen können.«

»Guter Gedanke«, räumte sie nach kurzem Zögern ein. »Daran hatte ich nicht gedacht.«

Ist sich nicht zu fein, um sich zu entschuldigen, bemerkte Parker. Auch wenn sie es anscheinend nicht so gemeint hatte. Er schob den Umschlag beiseite und widmete sich wieder der eigentlichen Nachricht. »Was hat es eigentlich mit diesem ›Digger‹-Kram auf sich?«

»Genau«, mischte sich C. P. Ardell ein. »Haben wir es mit einem Beknackten zu tun?«

»Wieder so ein Son of Sam?«, bot Cage an. »Wie hieß er noch – Leonard Bernstein?«

»David Berkowitz«, berichtigte Lukas, bevor ihr klar wurde, dass es sich um einen Scherz handelte. C. P. und Hardy lachten. Man wusste nie genau, wann einen Cage auf den Arm nahm, erinnerte sich Parker. Oft riss er seine Witze, wenn die Ermittlungen gerade besonders grausig waren. Es war eine Art unsichtbarer Schutzschild, ähnlich dem von Robby, mit dem sich der Mensch, der in dem Agenten steckte, schützte. Parker fragte sich, ob Lukas sich ebenfalls solcher Schilde bediente. Vielleicht trug sie ihre Rüstung, so wie Parker, manchmal für alle sichtbar und manchmal für fremde Augen völlig verborgen.

»Wir können ja bei der Verhaltensforschung anrufen«, sagte Parker. »Vielleicht haben die was zu dem Namen ›Digger‹.«

Lukas stimmte zu, und Cage erledigte den Anruf nach Quantico.

»Irgendwelche Beschreibungen des Schützen?«, erkundigte sich Parker, ohne von dem Brief aufzusehen.

»Nicht die Bohne«, erwiderte Cage. »Es war gespenstisch. Niemand hat eine Pistole gesehen, niemand hat Mündungsfeuer gesehen, es war absolut nichts zu hören, bis auf die Kugeln, die in die Wand einschlugen. Und die, die in die Opfer einschlugen, klar.«

»In der Rushhour?«, fragte Parker ungläubig. »Und niemand hat etwas gesehen?«

»Er war da, und dann war er wieder weg«, sagte C. P.

»Wie ein Gespenst«, ergänzte Hardy. Parker warf dem Detective einen Blick zu. Er machte einen sehr gepflegten, fast schon geschniegelten Eindruck, ein gut aussehender Mann. Trug einen Ehering. Wies sämtliche Indizien eines zufriedenen Lebens auf. Trotzdem schien er eine gewisse Melancholie auszustrahlen. Parker fiel wieder ein, dass ihn der Ausstiegsberater, als er sich vom FBI verabschiedet hatte, unnötigerweise über die hohe Depressionsrate unter den Gesetzeshütern aufgeklärt hatte.

»Ein Gespenst«, murmelte Lukas zynisch.

Parker beugte sich wieder über den Brief, musterte das kalte Papier und die schwarze Schrift, las die Zeilen mehrere Male durch.

Das Ende ist nacht …

Parker fiel auf, dass die Unterschrift fehlte. Das mochte eine sinnlose Feststellung sein, doch er hatte tatsächlich schon bei mehr als einem Fall mitgearbeitet, bei dem der Täter seinen Erpresserbrief oder den Zettel mit den Forderungen bei einem Raubüberfall unterschrieben hatte. Eine Unterschrift war gefälscht gewesen und sollte sie lediglich auf eine falsche Fährte locken, doch die hingekritzelte Unterschrift hatte ihnen genügend handschriftliche Eigenheiten geliefert, um den Täter letztendlich überführen zu können. In einem anderen Fall hatte der Entführer mit seinem eigenen Namen unterschrieben, hatte ihn wahrscheinlich in der Aufregung automatisch darunter gesetzt. Er wurde siebzehn Minuten, nachdem die Familie des Opfers die Lösegeldforderung erhalten hatte, festgenommen.

Parker zog die leistungsstarke Untersuchungslampe dichter über die Nachricht. Beugte sich darüber. Hörte einen Halswirbel knacken.

Sprich mit mir, forderte er das Stück Papier schweigend auf. Verrate mir deine Geheimnisse ...

Der Bauer hat nur eine Kugel in seinem Gewehr, und die Habichte sitzen so weit auseinander, dass er nur einen von ihnen treffen kann ...

Er fragte sich, ob der Unbekannte versucht hatte, seine Handschrift zu verstellen. Viele Kriminelle, etwa Kidnapper, die Erpresserbriefe aufsetzen, verändern ihre Handschrift absichtlich, um einen Vergleich zu erschweren. Dabei benutzen sie eigenartige Schrägstellungen und Buchstabenausformungen. Für gewöhnlich gelingt ihnen das aber nicht durchgängig; es ist sehr schwierig, die eigene Handschrift zu unterdrücken, und Dokumentenprüfer stoßen ziemlich rasch auf das so genannte »Zittern« – eine Unsicherheit im Strich –, wenn jemand seine Handschrift zu verstellen versucht. Hier war jedoch kein Zittern festzustellen. Es musste sich um die Original-Handschrift des Unbekannten handeln.

Üblicherweise wäre der nächste Schritt, das fragliche Dokument mit bekannten Dokumenten zu vergleichen, indem man Agenten mit einer Kopie des Erpresserbriefes zu allen möglichen Behörden schickt, damit sie die dort verwalteten Akten nach einem passenden Gegenstück durchforsten. Bedauerlicherweise waren die meisten offiziellen Dokumente in großen Druck- oder Blockbuchstaben abgefasst (»Bitte in Druckbuchstaben schreiben«, forderten einen die Hinweise zum korrekten Ausfüllen immer auf), und der Erpresserbrief war in einer Art Schreibschrift gehalten. Selbst ein Dokumentenprüfer wie Parker Kincaid konnte Druckschrift nicht mit Schreibschrift vergleichen.

Trotzdem war es durchaus angeraten, die Akten von Behörden und öffentlichen Einrichtungen einzusehen: Jede Handschrift setzt sich aus allgemeinen und persönlichen Merkmalen zusammen. Die allgemeinen Merkmale rühren von der Schreiblernmethode her, mit der einem in der Schule das Schreiben beigebracht wurde. Noch vor einigen Jahren gab es eine ganze Anzahl Unterrichtsmethoden zum Schreiberwerb, die sich eindeutig voneinander unterscheiden lassen. Ein Dokumentenprüfer kann die Herkunft eines Verdächtigen damit auf eine bestimmte Region oder ein bestimmtes Land eingrenzen. Aber diese Schreiblernmethoden – etwa die blumige »Damenschrift« – sind mittlerweile bis auf einige wenige Varianten verschwunden. Die heute in den USA vorherrschenden Lernmethoden sind das Zaner-Bloser-System und die Palmer-Methode. Aber beide sind zu allgemein, um einen Verfasser zu identifizieren.

Ganz anders sieht es bei den persönlichen Eigenheiten aus. Dabei handelt es sich um jene kleinen Federstriche, die jeder von uns ganz individuell macht: Etwa Schnörkel, die Vermischung von Druck- und Schreibschrift oder das Hinzufügen überflüssiger Striche – wie zum Beispiel des kleinen Querstrichs durch den Buchstaben Z oder die Zahl 7. Eine solche persönliche Eigenheit führte die Prüfer der vor einigen Jahren »entdeckten« Hitler-Tagebücher letztendlich darauf, dass es sich um Fälschungen handelte. Hitler unterzeichnete bei seinem Nachnamen mit einem sehr charakteristischen großen H, das er jedoch nur bei seiner Unterschrift benutzte, nicht aber in seiner normalen Schrift. Der Fälscher hingegen schrieb, was Hitler nie getan hätte, das verschnörkelte große H durchgängig im ganzen Tagebuch.

Parker untersuchte den Erpresserbrief akribisch genau mit

seiner Handlupe, um herauszufinden, ob die Handschrift des Unbekannten nicht doch einige eindeutig individuelle Eigenheiten aufwies.

Du bist komisch, Papa. Du siehst aus wie Sherlock Holmes …

Schließlich fiel ihm etwas auf.

Der Punkt über dem kleinen *i*.

Normalerweise macht man die Punkte über den *i*'s und *j*'s, indem man den Stift direkt auf das Papier drückt, oder, wenn jemand sehr schnell schreibt, indem man einen kleinen Klecks macht, bei dem der Tintenpunkt links sitzt und der Schweif nach rechts zeigt.

In diesem Fall hatte der Unbekannte ein eher ungewöhnliches Zeichen auf seine kleinen *i*'s gesetzt: Der Schweif des Punktes zeigte gerade nach oben, sodass es wie ein herunterfallender Wassertropfen aussah. Parker hatte mehrere Jahre zuvor, bei einer Serie von Drohbriefen, die ein Stalker einer Frau geschickt hatte, bevor er sie ermordete, einen ähnlichen Punkt gesehen. Der Mörder hatte die Briefe mit seinem eigenen Blut geschrieben. Damals hatte Parker den ungewöhnlichen Punkt »die Teufelsträne« getauft und eine Beschreibung davon in eines seiner Lehrbücher über forensische Urkundenanalyse aufgenommen.

»Ich hab was«, sagte er.

»Was?«, fragte Cage.

Parker erläuterte kurz den Hintergrund des i-Punktes und wie er ihn getauft hatte.

»Teufelsträne?«, fragte Lukas. Der Name schien ihr nicht zu gefallen. Er vermutete, dass sie es lieber mit konkreten, wissenschaftlich abgesicherten Daten zu tun hatte. Jetzt fiel ihm auch wieder ein, dass sie ganz ähnlich auf Hardys Bemerkung, der Digger sei wie ein Gespenst, reagiert hatte. Sie beugte sich vor. Ihr kurzes Blondhaar fiel nach vorne und bedeckte teilweise ihr Gesicht. »Irgendeine Verbindung zu Ihrem Täter?«, fragte sie. »Zu diesem Fall mit dem Stalker?«

»Nein, nein«, erwiderte Parker. »Der Bursche ist schon vor

Jahren hingerichtet worden. Aber das hier«, er nickte zu dem Blatt, »könnte uns helfen herauszufinden, wo unser Junge aufgewachsen ist.«

»Wie das denn?«, fragte Jerry Baker.

»Wenn wir das Gebiet bis auf einen Landkreis oder besser noch ein bestimmtes Wohnviertel eingrenzen können, überprüfen wir dort die amtlichen Unterlagen.«

Hardy lachte kurz auf. »Sie können jemanden tatsächlich auf diese Weise ausfindig machen?«

»Allerdings. Kennen Sie Michele Sindona?«

C. P. schüttelte den Kopf.

»Wen?«, fragte Hardy.

Lukas durchforschte ihren offensichtlich unerschöpflichen geistigen Aktenschrank der Kriminalgeschichte und sagte dann: »War das dieser Finanzfachmann? Der Bursche, der die Gelder des Vatikans verwaltete?«

»Richtig. Er wurde wegen Bankbetrugs festgenommen, verschwand jedoch kurz vor der Verhandlung. Einige Monate später tauchte er wieder auf und behauptete, er sei entführt worden; jemand habe ihn in ein Auto gezerrt und irgendwohin gefahren. Es kamen jedoch Gerüchte auf, er sei überhaupt nicht entführt worden, sondern nach Italien geflogen und dann nach New York zurückgekehrt. Ich glaube, es war ein Prüfer aus dem Southern District, der Proben von Sindonas Handschrift erhielt und auf eine Eigenart aufmerksam wurde – Sindona machte in den Kringel der Zahl 9 immer einen kleinen Punkt. Daraufhin wühlten sich Agenten durch Tausende von Zollerklärungen von Flügen aus Italien nach New York. In der Adressenangabe einer Karte, die ein Passagier ausgefüllt hatte, fanden sie einen Punkt in der Zahl 9. Sie konnten von der Karte einen von Sindonas Fingerabdrücken abnehmen.«

»Mann!«, entfuhr es C. P. »Nur wegen einem so kleinen Punkt. Nicht zu fassen!«

»Es sind meistens die kleinen Dinge, die einen Täter zu Fall bringen«, sagte Parker. »Nicht immer. Aber doch recht oft.«

Er legte den Brief unter den Scanner des VSC. Dieses Gerät benutzt verschiedene Lichtquellen von ultraviolett bis infrarot und macht dem Prüfer durch Ausstreichungen und Verwischungen hindurch zuvor geschriebene Buchstaben sichtbar. Das Durchgestrichene vor dem Wort »deponieren« hatte Parker neugierig gemacht. Er betrachtete den ganzen Brief unter dem Gerät, fand jedoch keine anderen Stellen, an denen etwas überschrieben worden war – nur unter dem durchgestrichenen Teil. Anschließend überprüfte er den Umschlag und fand auch dort keine Überschreibungen.

»Was haben Sie gefunden?«

»Sag ich Ihnen gleich. Hängen Sie mir nicht so über der Schulter, Cage.«

»Es ist zwanzig nach zwei«, rief ihm der Agent in Erinnerung.

»Ich kann die Uhr lesen, vielen Dank«, murmelte Parker. »Haben mir meine Kinder beigebracht.«

Er ging hinüber zum ESDA, dem Apparat zum elektrostatischen Nachweis möglicher durchgedrückter Spuren auf Dokumenten – also Worte oder andere Zeichen, die jemand, der auf ein Blatt über dem betreffenden Dokument geschrieben hat, auf das darunter befindliche Papier durchgedrückt hat. Ursprünglich war das ESDA entwickelt worden, um Fingerabdrücke auf Dokumenten sichtbar zu machen, erwies sich jedoch auch für diesen Zweck als höchst effektiv, denn es hob durchgedrückte Schrift hervor, die verborgene Fingerabdrücke verdeckte. Im Fernsehen fährt der Kommissar immer mit einem Bleistift über das Blatt, um durchgedrückte Schrift sichtbar zu machen, doch im richtigen Leben wäre das für einen Dokumentenprüfer alles andere als ratsam, da auf diese Weise durchgedrückte Spuren gerade vernichtet werden. Das ESDA, das wie ein Fotokopierer arbeitet, macht Buchstaben sichtbar, die auf bis zu zehn Blatt über dem untersuchten Dokument geschrieben wurden.

Niemand weiß genau, weshalb das ESDA so effizient arbeitet, aber kein Dokumentenprüfer kommt ohne dieses Gerät aus.

Einmal war Parker nach dem Tod eines reichen Bankiers als Experte gerufen worden, um ein Testament zu untersuchen, das die Kinder des Verstorbenen enterbte und seinen gesamten Besitz einer jungen Hausangestellten vermachte. Parker hätte das Dokument um ein Haar für authentisch erklärt. Die Unterschrift sah perfekt aus, das Datum des Testaments und die Kodizills passten zum übrigen Testament. Doch ein letzter Test – der mit dem ESDA – förderte eine Zeile zu Tage, die besagte: »Damit legen wir die Schwachköpfe rein.« Die Hausangestellte gestand schließlich, jemand für die Fälschung des Testaments bezahlt zu haben.

Nun schob Parker den Brief des Unbekannten durch das Gerät.

Nichts.

Er nahm sich den Umschlag vor und hielt ihn ins Licht. Als er die feinen grauen Schriftlinien sah, spürte er, wie sich sein Magen zusammenzog.

»Jawoll!«, sagte er aufgeregt. »Da hätten wir was!«

Lukas beugte sich vor, und Parker nahm einen leisen blumigen Geruch wahr. Parfüm? Nein. Er kannte sie zwar erst seit einer Stunde, war sich jedoch sicher, dass sie nicht der Typ für Duftwässerchen war. Wahrscheinlich parfümierte Seife.

»Wir haben eine Reihe von Abdrücken«, sagte er. »Der Unbekannte hat etwas auf ein Stück Papier geschrieben, das auf dem Umschlag gelegen hat.«

Parker hielt das elektrostatische Blatt mit beiden Händen fest und bewegte es ein wenig hin und her, um die Schrift noch besser sichtbar zu machen. »Na schön. Wenn jetzt jemand bitte mitschreiben würde. Erstes Wort. Klein *c-l-e,* dann ein Zwischenraum. Großes *M,* kleines *e.* Danach nichts mehr.«

Cage schrieb die Buchstaben auf einen gelben Block und starrte sie an. »Was soll das heißen?« Der Agent zuckte verdutzt die Achseln.

C. P. zupfte an seinem gepiercten Ohrläppchen und sagte: »Keinen blassen Schimmer.«

Geller: »Wenn's nicht um Bits und Bytes geht, bin ich verloren.«

Auch Lukas schüttelte den Kopf.

Parker hingegen musste nur einen einzigen Blick auf die Buchstaben werfen und wusste es sofort. Er war überrascht, dass es außer ihm niemandem auffiel.

»Das ist der erste Tatort.«

»Wie meinen Sie das?«, fragte Jerry Baker.

»Doch!«, rief Lukas. »Dupont C-i-r-c-l-e, großes M – Metro.«

»Klar«, flüsterte Hardy.

Rätsel sind immer ganz einfach, wenn man die Lösung kennt.

»Der erste Tatort«, sinnierte Parker. »Aber darunter steht noch etwas. Können Sie es sehen? Können Sie es lesen?« Er schob das Blatt abermals hin und her und hielt es dann Lukas hin. »Herrje, es ist kaum zu erkennen.«

Sie beugte sich vor und las. »Nur drei Buchstaben, mehr kann ich nicht erkennen. Klein *t-e-l.*«

»Nicht mehr?«, fragte Hardy.

Parker kniff die Augen zusammen. »Nein, nichts.«

»t-e-l«, überlegte Lukas.

»Telefon, Telefongesellschaft, Telekommunikation?«, bot Cage an. »Television?«

»Vielleicht hat er es auf eins der Fernsehstudios abgesehen«, meinte C. P. »Während einer Sendung.«

»Nein, nein«, widersprach Parker. »Beachten Sie die Stellung der Buchstaben in Relation zu dem *c-l-e M-e.* Wenn er einigermaßen regelmäßig untereinander geschrieben hat, dann steht das *t-e-l* am Ende eines Wortes.« Dann klickte es bei Parker. »Es ist ein …«

»Hotel!«, entfuhr es Lukas. »Das zweite Ziel ist ein Hotel.«

»Genau.«

»Oder ein Motel«, gab Hardy zu bedenken.

»Nein«, meinte Parker, »das glaube ich nicht. Er ist auf große Menschenansammlungen aus. Motels bieten nicht so viele

Möglichkeiten. Sämtliche großen Veranstaltungen heute Abend finden in den Festsälen der Hotels statt.«

»Außerdem«, fügte Lukas hinzu, »geht er wahrscheinlich zu Fuß oder benutzt öffentliche Verkehrsmittel. Motels liegen immer am Stadtrand. Bei dem Verkehr heute Abend wäre es dumm, mit dem Auto zu fahren.«

»Na toll«, sagte Cage. »In dieser Stadt gibt es ungefähr zweihundert Hotels.«

»Wie können wir die möglichen Tatorte eingrenzen?«, fragte Baker.

»Ich würde sagen, halten Sie sich an die größeren Hotels ...« Parker nickte Lukas zu. »Sie haben Recht. Wahrscheinlich kommen Hotels in der Nähe von Bus- oder Metro-Haltestellen und in dicht besiedelten Stadtvierteln in Frage.«

Baker knallte die Telefonbücher auf den Tisch. »Nur hier in der Stadt?« Er fing an zu blättern. C. P. Ardell kam um den Tisch herum und sah dem taktischen Agenten über die Schulter.

Parker dachte über die Frage nach. »Er erpresst die Stadt, nicht Virginia oder Maryland. Ich würde mich an die Stadt halten.«

»Einverstanden«, sagte Lukas. »Außerdem sollten wir alle Häuser ausschließen, in deren Namen ›Hotel‹ an erster Stelle steht, wie bei ›Hotel New York‹ – wegen der Stellung der Buchstaben auf dem Umschlag. Außerdem keine ›Inns‹ oder ›Lodges‹.«

Cage und Hardy gesellten sich zu C. P. und Baker, beugten sich ebenfalls über das Telefonbuch. Sie kreisten mögliche Orte ein und diskutierten die Logik dieser oder jener Möglichkeit.

Nach zehn Minuten hatten sie eine Liste von 22 Hotels zusammengestellt. Cage notierte alle in seiner pedantischen Handschrift und reichte die Liste an Jerry Baker weiter.

»Bevor Sie jemanden hinschicken«, schlug Parker vor, »rufen Sie an und fragen Sie, ob dort heute Abend Diplomaten oder Politiker erwartet werden. Die können wir auch vergessen.«

»Wieso?«, fragte Baker.

Die Antwort kam von Lukas: »Bewaffnete Leibwächter, stimmt's?«

Parker nickte. »Und Geheimdienst. Denen wird unser Unbekannter tunlichst aus dem Weg gehen.«

»Stimmt«, nickte Baker, zog sein Handy heraus und verließ eilig den Raum.

Auch wenn man die von der Liste strich, wie viele bleiben dann noch übrig?

Jede Menge. Zu viele.

Zu viele mögliche Lösungen ...

Drei Habichte haben dem Bauern schon viele Hühner geschlagen ...

7

02:45

Liebe Mitbürger ...

Sie puderten ihm die Stirn, steckten ihm einen Stöpsel ins Ohr und schalteten die grellen Scheinwerfer an.

Bürgermeister Kennedy erkannte durch das gleißende Licht nur wenige Gesichter im ansonsten abgedunkelten WPLT-Nachrichtenstudio, das sich in unmittelbarer Nähe des Dupont Circles befand.

Dort drüben war Claire, seine Frau. Da war seine Pressesprecherin. Und dort war Wendell Jefferies.

Liebe Mitbürger, sagte Kennedy probeweise in Gedanken auf. *Ich möchte Ihnen versichern, dass die Polizeikräfte unserer Stadt und das FBI,* nein, *die Bundesbehörden alles in ihrer Macht Stehende tun, um die Täter,* nein, *die Verantwortlichen für diese schreckliche Schießerei zu finden.*

Einer der verantwortlichen Produzenten des Senders, ein schlanker Mann mit einem gepflegten weißen Bart, kam zu ihm und sagte: »Ich gebe Ihnen einen Countdown von sieben Sekunden. Nach vier Sekunden zähle ich stumm weiter und benutze nur noch die Finger. Bei eins schauen Sie bitte in die Kamera. Sie machen das ja nicht zum ersten Mal.«

»Ich mache es nicht zum ersten Mal.«

Der Blick des Produzenten wanderte nach unten. Er sah keine Notizen vor Kennedy liegen. »Haben Sie nichts für den Teleprompter?«

»Ich habe alles im Kopf.«

Der Produzent lachte kurz auf. »Das macht heute niemand mehr.«

Kennedy grunzte.

… Verantwortlichen für dieses schreckliche Verbrechen. Und an denjenigen dort draußen richte ich meine Bitte, ich bitte Sie … nein, nur einmal bitte, *… ich fordere Sie auf, erneut Kontakt mit uns aufzunehmen, damit wir unseren Dialog fortsetzen können. An diesem Tag, dem letzten eines schwierigen Jahres, sollten wir die Gewalt hinter uns lassen und gemeinsam daran arbeiten, dass wir nicht noch mehr Opfer zu beklagen haben. Bitte setzen Sie sich persönlich mit mir in Verbindung …* nein … *Bitte rufen Sie mich persönlich an, oder lassen Sie meinem …*

»Fünf Minuten«, rief der Produzent.

Kennedy verscheuchte die Make-up-Assistentin mit einer Handbewegung und winkte Jefferies zu sich. »Haben Sie Neuigkeiten vom FBI? *Irgendwas?*«

»Nichts. Überhaupt nichts.«

Kennedy konnte es nicht glauben. Nachdem die Operation vor Stunden angelaufen war und die neue Deadline unaufhaltsam auf sie zukam, hatte sein einziger Kontakt mit der Bundesbehörde in einem kurzen Telefongespräch mit einem Detective namens Len Hardy bestanden, der auf Anweisung dieser Agentin, Margaret Lukas, angerufen hatte, um Kennedy zu bitten, seinen Appell via Fernsehen an den Mörder zu richten. Lukas hatte es nicht einmal für nötig befunden, selbst bei ihm anzurufen, wie Kennedy jetzt verärgert auffiel. Hardy, ein ganz normaler Polizist, der sich von den FBI-Leuten, denen er als Kontaktmann zugeordnet war, eher eingeschüchtert zu fühlen schien, hatte ihm keinerlei

Einzelheiten über den Fortschritt der Ermittlungen berichten können – oder, was wahrscheinlicher war, hatte keine Erlaubnis, Einzelheiten weiterzugeben. Kennedy hatte versucht, Lukas zu erreichen, aber sie war zu beschäftigt gewesen, um seinen Anruf entgegenzunehmen. Cage ebenso. Der Bürgermeister hatte sich kurz mit dem Polizeipräsidenten von Washington unterhalten, doch abgesehen davon, dass er ein paar Polizisten zur Mitarbeit abgestellt hatte, hatte der Präsident nichts mit dem Fall zu tun.

Kennedy war wütend. »Sie nehmen uns nicht ernst. Herrgott noch mal, ich will etwas unternehmen! Etwas anderes als das hier, meine ich.« Er fuchtelte mit der Hand in Richtung Kamera. »Es klingt bestimmt so, als bettelte ich ihn an.«

»Das ist allerdings ein Problem«, bestätigte Wendell Jefferies. »Ich habe eine Pressekonferenz einberufen, aber die Hälfte der Sender und Zeitungen hat niemanden geschickt. Sie stehen alle in der Ninth Street und warten darauf, dass jemand vom FBI ein paar Sätze sagt.«

»Als existierte die Stadt überhaupt nicht! Als könnte ich überhaupt nichts tun!«

»So ungefähr sieht es aus.«

Der Produzent kam auf ihn zu, doch der Bürgermeister lächelte ihn freundlich an. »Einen Augenblick noch.« Der Mann machte kehrt und verschwand wieder in der Dunkelheit.

»Und?«, fragte Kennedy seinen Berater. Er hatte den gerissenen Blick hinter der Armani-Brille des jungen Mannes nicht übersehen.

»Höchste Zeit, ein Zeichen zu setzen«, flüsterte Jefferies. »Ich kann es tun. »Ein kurzer chirurgischer Eingriff. Ich weiß, was zu tun ist.«

»Ich will nicht ...«

»Ich will es auch nicht auf diese Art und Weise tun«, sagte Jefferies wild entschlossen, der mit seiner Meinung seinem Boss gegenüber nie hinterm Berg hielt, »aber uns bleibt keine andere Wahl. Sie haben den Kommentar auf WTGN doch gehört.«

Selbstverständlich hatte er ihn gehört. Der mit ungefähr einer halben Million Hörer in der Gegend ungemein beliebte Sender hatte gerade eben einen Kommentar ausgestrahlt, in dem bemängelt worden war, dass Kennedy in seiner Wahlkampagne gefordert habe, die Straßen Washingtons den Kriminellen wieder zu entreißen, und dass er nun trotzdem diesen Terroristen mehr als bereitwillig ein Lösegeld von mehreren Millionen Dollar aushändigen wolle. Der Kommentator, ein mürrischer alter Journalist, war dann auch gleich auf Kennedys anderes Wahlversprechen eingegangen, die Säuberung der Stadt von Korruption aller Art, wobei der Bürgermeister inzwischen dem Bauskandal der Schulbehörde offensichtlich hilflos gegenüberstehe, wenn er nicht sogar selbst mit drinstecke.

»Uns bleibt wirklich keine andere Wahl, Jerry«, wiederholte Jefferies.

Der Bürgermeister dachte einen Augenblick darüber nach. Wie gewöhnlich hatte sein Berater Recht. Kennedy hatte den Mann eingestellt, weil er als weißer Bürgermeister einen schwarzen Berater haben musste. Er entschuldigte sich auch keineswegs für seine taktische Einstellungspolitik, aber er war doch sehr erstaunt gewesen, über wie viel politisches Gespür der junge Mann verfügte, ein Gespür, das weit über basisdemokratische Entscheidungen im Rahmen von Nachbarschaftshilfe hinausging.

»Es ist höchste Zeit, härtere Bandagen anzulegen, Jerry«, sagte Jefferies. »Es steht zu viel auf dem Spiel.«

»Na schön, tun Sie, was Sie nicht lassen können.« Er setzte nicht einmal »Seien Sie vorsichtig« hinzu, denn er wusste, dass Jefferies vorsichtig war.

»Zwei Minuten«, kam eine Stimme von oben.

Kennedy dachte an den Digger: Wo steckst du? Wo? Er blickte zu einer dunklen Kamera auf und starrte sie an, als blickte er durch ihre Linse und ihre Kabel hindurch bis zu einem Fernsehapparat irgendwo dort draußen, als blickte er durch den Bildschirm dem Digger direkt in die Augen. *Wer* bist du?, richtete er seine Gedanken auf den Mörder. Und warum hast du dir mit deinem Partner ausgerechnet *meine* Stadt ausgesucht, um wie ein Todesengel darüber herzufallen?

... im Geiste des Friedens, an diesem letzten Tag des Jahres, setzen Sie sich mit mir in Verbindung, damit wir zu einer Übereinkunft kommen ... Bitte ...

Jefferies neigte sich tief herab. »Denken Sie daran«, flüsterte er dem Bürgermeister ins Ohr, und seine Handbewegung umfasste das ganze Fernsehstudio, »falls er zuhört, könnte das die ganze Sache rasch zu Ende bringen. Vielleicht beißt er an, schnappt sich das Geld und wir schnappen ihn.«

Bevor Kennedy antworten konnte, sagte die Stimme von oben: »Noch eine Minute.«

Der Digger hat eine neue Einkaufstüte.

Leuchtend rot und weihnachtlich, mit lauter kleinen Hündchen drauf, mit Schmuckbändern um den Hals. Der Digger hat die Tüte bei Hallmark gekauft. Auf so eine Tüte könnte er vielleicht stolz sein, aber er weiß nicht genau, was stolz sein eigentlich heißt. Er weiß so vieles nicht mehr genau, seit die Kugel durch seinen Schädel gewirbelt ist und dabei einige seiner schwammigen grauen Zellen weggebrannt und andere übrig gelassen hat.

Komisch, wie so was geht. Komisch, wie ...

Komisch ...

Der Digger sitzt in einem gemütlichen Sessel in seinem schäbigen Motel, neben sich ein Glas Wasser und einen Teller Suppe.

Er sieht fern.

Da ist etwas auf dem Bildschirm. Werbung. Ähnlich einem Werbespot erinnert er sich daran, wie es war, als die Kugel ein Loch über seinem Auge bohrte und in seinem Schä- Schä- Schädel einen gemeinen kleinen Tanz aufführte. (Jemand hat ihm das so beschrieben, aber er weiß nicht mehr, wer. Vielleicht sein Freund, der Mann, der ihm alles sagt. Wahrscheinlich war er es gewesen.)

Etwas flackert auf dem Bildschirm. Das erinnert ihn an etwas Lustiges, ist schon lange her. Er schaute sich gerade Werbung an – Hunde essen Hundefutter, Hündchen essen Hundefutter, wie die Hündchen auf der Einkaufstüte. Er schaute sich gerade Werbung an, als der Mann, der ihm alles sagt, den Digger an der Hand nahm, und dann machten sie einen langen Spaziergang. Er sagte ihm, dass er Ruth, wenn sie allein war … »Du kennst doch Ruth?«

»Ich, ähm, ja, ich kenne Ruth.«

Wenn Ruth allein war, sollte der Digger einen Spiegel zerschlagen, sich eine Glasscherbe aussuchen und sie ihr in den Hals stoßen.

»Du meinst …« Der Digger verstummte.

»Ich meine, du sollst einen Spiegel zerschlagen, dir eine lange Glasscherbe nehmen und sie Ruth in den Hals stoßen. Was meine ich?«

»Ich soll einen Spiegel zerschlagen, mir eine lange Glasscherbe nehmen und sie ihr in den Hals stoßen.«

An manche Dinge erinnert sich der Digger so deutlich, als hätte Gott sie eigenhändig in sein Gehirn eingebrannt.

»Gut«, sagte der Mann.

»Gut«, wiederholte der Digger. Und tat, wie ihm geheißen. Das machte den Mann, der ihm alles sagt, sehr glücklich. Was immer das sein mochte.

Und nun sitzt der Digger mit der Hundetüte auf dem Schoß in dem Motelzimmer mit Kitchenette, kostenloser Kabelanschluss, vernünftige Preise. Er blickt in seinen Suppenteller. Der Teller ist leer, also kann er keinen Hunger mehr haben. Er glaubt, dass er Durst hat, deshalb trinkt er einen Schluck Wasser.

Jetzt kommt die nächste Sendung im Fernsehen. Er liest das Wort und murmelt es laut vor sich hin. »›Sondersendung.‹ Hmmm. Hmmm. Das ist …«

Klick. Das ist …

Klick.

Eine Sondersendung auf WPLT.

Das ist wichtig. Sollte ich mir ansehen.

Ein Mann, den der Digger schon einmal gesehen hat, erscheint auf dem Bildschirm. Er hat schon Bilder von diesem Mann gesehen. Es ist …

Gerald D. Kennedy, Bürgermeister von Washington, D.C. So steht es auf dem Schirm.

Der Bürgermeister redet, und der Digger hört zu.

»Guten Tag, liebe Mitbürger. Wie Sie inzwischen sicherlich wissen, wurde heute Morgen in der Metro-Station Dupont Circle ein schreckliches Verbrechen begangen, bei dem mehrere Menschen auf tragische Weise ihr Leben verloren. Zurzeit befinden sich der oder die Täter immer noch auf freiem Fuß. Ich möchte Ihnen jedoch versichern, dass unsere Polizei und die Bundesbehörden alles tun, was in ihrer Macht steht, damit sich so etwas nicht so einmal ereignet.

Ich richte mein Wort an die Verantwortlichen für dieses Blutbad. Ich bitte Sie aus tiefstem Herzen: Setzen Sie sich bitte, bitte mit mir in Verbindung. Wir müssen miteinander ins Gespräch kommen, um unseren Dialog wieder aufnehmen zu können. An diesem Abend, dem letzten Abend des Jahres, sollten wir die Gewalt hinter uns lassen und zusammenarbeiten, damit es keine Toten oder Verletzten mehr zu beklagen gibt. Wir können …«

Langweilig …

Der Digger stellt den Fernseher aus. Werbung für Hundefutter mit süßen kleinen Hündchen gefällt ihm viel besser. Autowerbung auch. *Nichts ist unmöööglich* … Der Digger ruft seine Mailbox an und drückt den Code, eins-zwei-zwei-fünf. Das Datum des ersten Weihnachtsfeiertags.

Die Frau, die sich nicht wie seine Frau Pamela anhört, sondern eher wie Ruth – natürlich bevor ihr das Glas im Hals steckte –, sagt, dass er keine neuen Nachrichten hat.

Das heißt, es wird Zeit für ihn, das zu tun, was der Mann, der ihm alles sagt, aufgetragen hat.

Es ist eine gute Sache, wenn man tut, was einem die Leute sagen. Dann mögen sie dich. Dann bleiben sie immer bei dir.

Dann lieben sie dich.

Was immer Liebe auch sein mochte.

Fröhliche Weihnachten, Pamela, ich habe auch was für dich … Und du hast was für mich! Das ist ja nicht … meine Güte … Ein Geschenk.

Klick klick.

Was für eine hübsche gelbe Blume in deiner Hand, Pamela. Danke für den Mantel. Der Digger zieht jetzt seinen Mantel an, der vielleicht schwarz, vielleicht blau ist. Er liebt seinen Mantel.

Er trägt den Suppenteller in die Kitchenette und stellt ihn in die Spüle.

Er wundert sich noch einmal darüber, dass er nichts von dem Mann, der ihm alles sagt, gehört hat. Der Mann hat ihm gesagt, dass er vielleicht nicht anruft, aber trotzdem spürt der Digger ein leises Pfeifen in seinem Kopf, und es tut ihm Leid, dass er die Stimme des Mannes nicht gehört hat. Bin ich traurig? Hmmm. Hmmm.

Er findet seine Lederhandschuhe. Es sind sehr schöne Handschuhe, mit einer Naht auf jedem Fingerrücken. Der Geruch erinnert ihn an etwas aus seiner Vergangenheit, aber er weiß nicht mehr, woran. Er trägt Gummihandschuhe und lädt die Patronen in die Magazine seiner Uzi. Aber das Gummi riecht nicht gut. Seine Lederhandschuhe trägt er, wenn er Türen öffnet und Dinge in der Nähe des Ortes berührt, an dem er schießt und zusieht, wie die Leute wie Blätter auf den Waldboden fallen.

Der Digger knöpft seinen dunklen Mantel zu, vielleicht blau, vielleicht schwarz.

Wieder riecht er die Handschuhe.

Komisch.

Er steckt die Waffe in die Tüte mit den Hündchen und packt noch mehr Munition in die Tüte.

Dann geht der Digger durch die Tür seines Motelzimmers hinaus und macht sie hinter sich zu. Er schließt sehr sorgfältig ab, so wie es von ihm erwartet wird. Der Digger weiß genau Bescheid, was von einem erwartet wird und was nicht.

Zum Beispiel Glas in den Hals einer Frau stoßen. Seiner Frau ein Geschenk kaufen. Seine Suppe essen. Eine neue, bunte, schicke Einkaufstüte ausfindig machen. Eine mit kleinen Hündchen drauf.

»Warum kleine Hündchen?«, fragte der Digger.

»Einfach so«, sagte der Mann, der ihm alles sagt.

Aha.

Und dann hat er eben die gekauft.

8

15:00

Parker Kincaid saß in genau dem grauen Drehsessel, den er selbst vor vielen Jahren von der GSA, der Versorgungsbehörde des Bundes, angefordert hatte und führte einen Test durch, auf den nur wenige Dokumentenprüfer zurückgriffen.

Er las das Dokument.

Und dann las er es noch einmal. Und noch ein halbes Dutzend Mal. Parker war überzeugt davon, dass der Inhalt eines Dokuments so manches über den Autor selbst preisgab. Einmal sollte er einen Brief auf seine Authentizität hin untersuchen, den angeblich Abraham Lincoln an Jefferson Davis geschickt hatte, und in dem er andeutete, falls die Konföderierten sich ergäben, sei er damit einverstanden, wenn sich gewisse Staaten von der Nation abspalteten.

Der erschütterte Direktor des Amerikanischen Historikerverbandes hatte Parker den Brief geschickt, der die gesamte Geschichte der USA auf den Kopf gestellt hätte. Die Wissenschaftler waren bereits zu dem Schluss gekommen, dass das Papier in den 1860er Jahren entstanden sei und die benutzte Tinte aus der in jener Zeit üblichen Eisengallus-Lösung bestehe. Das Dokument zeigte die typische zeitgenössische Absorption der Tinte in die Papierfasern, und auch die Schrift sah ganz nach Lincolns Handschrift aus.

Trotzdem zog Parker nicht einmal seine Handlupe heraus,

um die Verbindungen zwischen den Buchstaben genauer zu betrachten. Er las den Brief einmal durch und schrieb dann in seinem Untersuchungsbericht: »Dieses Dokument ist von zweifelhaftem Ursprung.«

Was aus dem Munde eines Dokumentenprüfers in etwa einem höhnischen Ausbuhen gleichkam.

Der Grund dafür? Der Brief war mit »Abe Lincoln« unterschrieben. Der sechzehnte Präsident der Vereinigten Staaten verabscheute die Abkürzung Abe und erlaubte nicht, dass sie in Verbindung mit seiner Person verwendet wurde; schon gar nicht hätte er ein wichtiges Dokument mit diesem unliebsamen Spitznamen unterschrieben. Der Fälscher wurde festgenommen, verurteilt und, wie so oft bei Fälschungsvergehen, auf Bewährung freigelassen.

Als er den Erpresserbrief jetzt zum wiederholten Male durchlas, richtete Parker sein Augenmerk besonders auf die Syntax des Unbekannten – auf die Anordnung der Sätze und der einzelnen Satzteile – sowie auf seine Grammatik, die allgemeinen Bauteile des Textes.

Nach und nach entstand ein Bild von der Seele des Verfassers, des Mannes, der kalt und reglos sechs Stockwerke unter ihnen im FBI-Leichenschauhaus lag.

»Weiter im Text«, rief Tobe Geller. »Hier haben wir das psycholinguistische Profil aus Quantico.«

Parker sah auf den Monitor. Als Leiter der Urkundenabteilung hatte er diese Art der Computeranalyse oft durchgeführt. Der Text eines Drohbriefes wird in einen Computer gefüttert, der die Nachricht analysiert und sie zunächst mit dem Datensatz in einem gewaltigen »Drohverzeichnis«, das mehr als 250 000 Worte enthält, und anschließend mit einem normalen Wörterbuch mit Millionen von Einträgen abgleicht. Anschließend vergleicht ein Experte den Brief mit anderen in der Datenbank und entscheidet, ob sie von ein und derselben Person geschrieben wurden. Auf diese Weise lassen sich auch gewisse Eigenheiten des Schreibers feststellen.

»Psycholinguistisches Profil von Unbekannt 12-31A (verstorben), METRO-FALL«, las Geller vor. »Die Daten legen nahe, dass oben genannte unbekannte Person aus dem Ausland stammt und sich erst seit zwei oder drei Jahren in diesem Land aufhält. Rudimentäre Schulbildung, wahrscheinlich nicht mehr als zwei Jahre in einer der US-amerikanischen High School entsprechenden Einrichtung. IQ wahrscheinlich 100, plus minus 11 Punkte. Im betreffenden Dokument enthaltene Drohungen stimmen nicht mit bekannten Drohungen in aktuellen Datenbänken überein. Die Sprache besteht jedoch aus unmissverständlich ausgesprochenen ernsten Drohungen, wie sie sowohl bei Verbrechen aus Geldgier als auch aus terroristischen Motiven benutzt werden.

Er ließ eine Kopie ausdrucken und reichte sie Parker.

»Aus dem Ausland«, sagte Lukas. »Wusste ich's doch!« Sie hielt ein Foto des Unbekannten hoch, das gleich vor Ort, wo er von dem Lieferwagen getötet worden war, aufgenommen wurde. »Sieht meiner Meinung nach mitteleuropäisch aus. Serbisch, tschechisch, slowakisch.«

»Er hat doch den Sicherheitsdienst im Rathaus angerufen«, sagte Len Hardy. »Nehmen die eingehende Anrufe nicht auf Band auf? Da könnten wir überprüfen, ob er einen Akzent hatte.«

»Jede Wette, er hat einen Stimmenverzerrer benutzt. Oder?«, fragte Parker.

»Stimmt«, bestätigte Lukas. »Er klang wie die ›You've got mail‹-Stimme.«

»Wir sollten IH anrufen«, sagte Geller.

Die FBI-Abteilung für internationale Gewaltverbrechen und Terrorismus.

Doch Parker zerknüllte das Blatt mit dem psycholinguistischen Profil und warf es in einen Papierkorb.

»Was …?«, setzte Lukas an.

C. P. Ardells dickem Hals entrang sich ein Geräusch, das man nur als schallendes Gelächter bezeichnen konnte.

»Das Einzige, was sie richtig herausgefunden haben, ist, dass die Drohung ernst gemeint ist«, sagte Parker. »Aber das wussten wir schon vorher.«

Ohne von dem Erpresserschreiben aufzusehen, sagte er: »Ich will damit nicht sagen, dass wir IH nicht einschalten sollten, aber ich kann mit Sicherheit sagen, dass er kein Ausländer und obendrein ein ziemlich schlaues Kerlchen war. Seinen IQ würde ich bei über 160 ansiedeln.«

»Wo haben Sie das denn her?«, wollte Cage wissen und fuchtelte in Richtung des Briefes. »Da schreibt ja mein Enkel besser.«

»Mir wäre es lieber, wir hätten es mit einem Dummkopf zu tun«, sagte Parker. »Das wäre auf jeden Fall nicht so unheimlich.« Er tippte mit dem Finger auf den Unbekannten. »Klar, europäische Abstammung, das schon, aber wahrscheinlich bereits fünfte Generation. Er war außerordentlich schlau, gute Ausbildung, wahrscheinlich in einer Privatschule, und ich glaube, er hat viel Zeit an Computern verbracht. Sein fester Wohnsitz lag irgendwo außerhalb von Washington und Umgebung; er hat sich hier nur zeitweilig niedergelassen. Ach ja, und er war der klassische Soziopath.«

Margaret Lukas' Lachen klang fast wie Spott. »Woher wollen Sie denn *das* wissen?«

»Das hat mir der Brief verraten«, erwiderte Parker und tippte auf das Papier.

Als forensischer Linguist analysierte Parker Dokumente schon seit Jahren ohne Hilfe von psycholinguistischer Software und konzentrierte sich darauf, welche Redewendungen die Leute benutzten und wie sie ihre Sätze bauten. Worte können bei der Lösung eines Verbrechens entscheidend sein. Vor einigen Jahren hatte Parker bei der Verhandlung gegen einen jungen Tatverdächtigen ausgesagt, der wegen Mordes festgenommen worden war. Der Tatverdächtige und sein Freund hatten in einem Laden Bier geklaut und waren von dem Verkäufer erwischt worden, der sofort mit einem Baseball-Schläger auf sie losging.

Der Freund entriss ihm den Schläger und bedrohte ihn seinerseits. Der Tatverdächtige, also der Junge, der vor Gericht stand, hatte gerufen: »Gib's ihm!« Der Freund hatte ausgeholt und den Verkäufer mit einem Schlag getötet.

Nach Meinung des Staatsanwalts bedeutete der Satz »Gib's ihm« so viel wie »Schlag zu«. Die Verteidigung behauptete, der Tatverdächtige hatte gemeint: »Gib den Schläger zurück.« Parker hatte bekundet, dass »Gib's ihm« zu einer bestimmten Zeit in der amerikanischen Umgangssprache eine Aufforderung gewesen war, jemanden zu verletzen, also auf ihn einzuschlagen, zu schießen oder mit dem Messer auf ihn loszugehen. Dieser Gebrauch war inzwischen jedoch weitgehend, zusammen mit Ausdrücken wie »klasse« oder »hip«, aus der Mode gekommen. Parker vertrat die Meinung, der Verdächtige habe seinem Freund gesagt, er solle den Schläger zurückgeben. Die Geschworenen hatten Parkers Aussage Glauben geschenkt, und der Junge wurde zwar wegen Raubüberfall verurteilt, entging jedoch einer Mordanklage.

»Aber genau so reden Ausländer doch«, wandte Cage ein. »›Nur ich das weiß.‹ ›Ich will haben‹ –, erinnert ihr euch noch an die Lindbergh-Entführung? Von der Ausbildung?«

Sämtliche FBI-Agenten hatten die Geschichte in ihren Vorlesungen über Forensik gehört. Bevor Bruno Hauptmann festgenommen und der Entführung des Lindbergh-Babys angeklagt wurde, hatten die Dokumentenprüfer des FBI aus gewissen Formulierungen im Erpresserbrief abgeleitet, dass es sich bei der Person, die ihn verfasst hatte, um einen deutschen Einwanderer handeln musste, der sich noch nicht länger als zwei oder drei Jahre in den Vereinigten Staaten aufhielt – eine Beschreibung, die auf Hauptmann zutraf. Die Analyse half dabei, die Suche nach dem Entführer einzugrenzen, der letztendlich in erster Linie auf Grund des Vergleichs einer Handschriftenprobe mit den Erpresserbriefen verurteilt wurde.

»Na schön, sehen wir es uns genauer an«, sagte Parker und legte den Brief auf einen altmodischen Overhead-Projektor.

»Wollen Sie ihn nicht einscannen und auf den Video-Schirm legen?«, fragte Tobe Geller.

»Nein«, erwiderte Parker entschieden. »Diese Digitalisierungen gefallen mir nicht. Wir müssen so nah wie möglich am Original bleiben.« Er blickte auf und grinste kurz in die Runde. »Wir müssen sozusagen mit ihm ins Bett gehen.«

Der Brief erschien auf einem großen Bildschirm, der an einer Wand des Labors aufgehängt war. Das fahle Dokument schien wie ein zum Verhör hereingeführter Tatverdächtiger vor ihnen zu stehen. Parker stellte sich daneben und blickte auf die großen Buchstaben vor ihm.

Bürgermeister Kennedy –

Das Ende ist nacht. Der Digger ist los, und es gibt keine Möglichkeit, ihn zu hintern. Er wird wieder töten – um vier, 8 und Mitternacht, wenn Sie nicht zahlen.

Ich will haben $ 20 Millionen Dollars in bar, die Sie in eine Tasche legen und es drei Kilometer südlich der Rt 66 auf der West Seite des Beltway deponieren. Mitten auf dem Feld. Zahlen Sie das Geld zu mich bis 1200 Uhr. Nur ich das weiß, wie der Digger zu hintern ist. Wenn Sie mich Festnehmen, tötet er weiter. Wenn Sie mich töten, tötet er weiter.

Falls Sie mir nicht glauben: Einige der Kugeln des Diggers sind schwarz angemalt. Nur ich weiß das.

Während Parker redete, zeigte er auf einzelne Teile des Textes. »›Nur ich das weiß‹ und ›zahlen Sie zu mich‹ *klingt* ausländisch, das ist richtig. Die Wortfolge beim ersten Beispiel ist typisch für slawische und manche germanische Sprachen mit indo-europäischen Wurzeln. Tschechisch oder meinetwegen Polnisch. Aber die Verbindung der Präposition ›zu‹ mit ›mich‹ würde man in diesen Sprachfamilien nie finden. Sie würden es eher so wie wir ausdrücken. ›Zahlen Sie mir‹. Diese Konstruktion ist eher in asiatischen Sprachen verbreitet. Meiner Meinung nach hat er einfach nur irgendwelche fremd klingenden Brocken eingestreut. Er will uns an der Nase herumführen, damit wir denken, er sei Ausländer. Um uns in die Irre zu führen.«

»Also, ich weiß nicht«, setzte Cage an.

»Doch, doch.« Parker blieb stur. »Sehen Sie sich nur an, wie er das versucht. Diese angeblich ausländischen Formulierungen stehen eng beieinander ... als hätte er sich die falschen Hinweise vom Hals geschafft, um dann fortzufahren. Wäre wirklich eine fremde Sprache seine Muttersprache, wären auch die Fehler gleichmäßiger im Text verstreut. Sehen Sie sich den letzten Satz des Briefes an. Dort verfällt er auf eine typisch englische Konstruktion: ›Nur ich weiß das.‹ Nicht ›Nur ich das weiß‹. Apropos: Deshalb vermute ich auch, dass er einige Erfahrung mit Computern hat. Ich bin ziemlich viel online, auf der Suche nach Websites und Newsgroups von Händlern für seltene Dokumente. Viele davon wohnen im Ausland, schreiben aber in Englisch. Da sieht man ständig so oder ähnlich verfremdetes Englisch.«

»Was den Umgang mit Computern angeht, stimme ich Ihnen zu«, sagte Lukas an Parker gewandt. »Wir wissen, dass er sich wahrscheinlich im Internet darüber informiert hat, wie man Schalldämpfer bestückt und die Uzi auf Automatik umrüstet. Heutzutage lernen sie es alle auf diese Weise.«

»Aber was ist mit der Vierundzwanzig-Stunden-Zeitangabe?«, meldete sich Hardy zu Wort. »Er verlangt das Lösegeld bis ›zwölf null null‹. Das ist europäisch.«

»Noch so eine falsche Fährte. Vorher drückt er sich nämlich nicht so aus, wenn er schreibt, der Digger würde erneut in Aktion treten. Dort sagt er: ›Vier, acht und Mitternacht‹.«

»Also wenn er kein Ausländer ist, dann ist er dumm«, meinte C. P. »Seht euch mal die vielen Fehler an.« Und zu Lukas sagte er: »Hört sich ganz nach diesen Hinterwäldlern an, die wir in Manassas Park unschädlich gemacht haben.«

»Ganz falsch«, hielt Parker dagegen.

»Aber der erste Satz!«, protestierte Lukas. »›Das Ende ist nacht.‹ Er meint doch: Das Ende ist *nahe.* Er ...«

»Das ist ein Fehler, den man logischerweise nicht machen

würde«, fuhr Parker seelenruhig fort. »Die Leute sagen manchmal ›früher *als* später‹, obwohl es richtig ›früher *oder* später‹ heißt, weil dem Austausch der beiden Konjunktionen eine gewisse Logik innewohnt. ›Das Ende ist nacht‹ ergibt jedoch keinen Sinn, ganz egal wie gebildet oder ungebildet der Schreiber auch sein mag.«

»Was ist mit den Rechtschreibfehlern?«, wollte Hardy wissen. »Und mit der Groß- und Kleinschreibung?« Die Augen des Polizisten huschten aufmerksam von einer Zeile zur anderen.

»Ach, da stecken noch viel mehr Fehler drin«, antwortete Parker. »Achten Sie einmal darauf, wie er das Dollarzeichen und zusätzlich das Wort ›Dollars‹ verwendet. Eine Redundanz. Und wenn er von dem Geld redet, benutzt er das falsche Objekt im Satz.« Parker fuhr über einen Teil des Bildschirms und folgte mit dem Zeigefinger dem Satz:

Ich will haben $ 20 Millionen Dollars in bar, die Sie in eine Tasche legen und es drei Kilometer südlich der Rt 66 auf der West Seite des Beltway deponieren.

»Er redet von zwanzig Millionen in einer Tasche, aber das Objekt ›es‹ ist falsch und überflüssig‹, sagte Parker. »Ein Fehler, der sich nicht logisch nachvollziehen lässt; die meisten grammatikalischen Irrtümer rühren von einer falschen Sprechweise her. Und in unserer Alltagssprache fügen wir keine unnötigen direkten Objekte hinzu. Wir sind eher faul und neigen dazu, unsere Sprache zu rationalisieren und Wörter auszulassen.

Und die Rechtschreibung?«, fuhr Parker fort. Er ging langsam vor dem projizierten Brief auf und ab, die Buchstaben krochen ihm wie schwarze Insekten über Gesicht und Schultern. »Sehen Sie sich den Satz ›und es gibt keine Möglichkeit, ihn zu hintern‹ an. ›Hintern‹ ist falsch geschrieben, auch wenn es gleich klingt. Es ist ein Homonym. Es müsste heißen: h-i-n-d-e-r-n. Die meisten Leute machen solche Fehler nur, wenn sie schnell schreiben, normalerweise an einem Computer. Der Verstand übermittelt ihnen die Wörter phonetisch, nicht visuell. Am zweithäufigsten kommen Fehler im Zusammenhang mit

Homonymen in auf Schreibmaschinen geschriebenen Texten vor. Bei handschriftlich verfassten Texten sind sie eher selten.«

»Was die Groß- und Kleinschreibung angeht«, wandte er sich an Hardy, »so findet man falsche Großschreibungen nur dort, wo es eine logische Basis dafür gibt – also bei Begriffen wie Kunst oder Liebe oder Hass. Manchmal bei Berufen oder Berufsbezeichnungen. Nein, er versucht lediglich, uns davon zu überzeugen, dass er dumm ist. Aber er ist nicht dumm.«

»Das alles verrät uns der Brief?«, fragte Lukas mit einem Gesichtsausdruck, als betrachtete sie ein völlig anderes Erpresserschreiben als dasjenige, das Parker untersuchte.

»In aller Deutlichkeit«, nickte der Dokumentenprüfer und lachte dann. »Sein zweiter Fehler besteht darin, dass er einige Fehler nicht gemacht hat, die er eigentlich hätte machen müssen. Zum Beispiel setzt er die Kommata in Relativsätzen völlig korrekt. Ein Satzglied, das einen Satz anfängt, sollte mit einem Komma enden.« Er zeigte auf den Bildschirm.

Wenn Sie mich Festnehmen, tötet er weiter.

»Außerdem setzt er vor ›*ihn zu hintern*‹ ein Komma.«

Es gibt keine Möglichkeit, ihn zu hintern.

»Laut Grammatik wird ein satzwertiger Infinitiv mit einem Komma abgetrennt. Eine Regel, die heutzutage jedoch nur noch von professionellen Schreibern und Leuten berücksichtigt wird, die eine Top-Schule besucht haben.«

»Vor ›ihn zu hintern‹ muss ein Komma stehen?«, grummelte C. P. »Wer achtet denn auf so was?«

Wir, erwiderte Parker im Stillen. Weil es die kleinen Dinge sind, die uns zur Wahrheit führen.

Hardy sagte: »Sieht ganz so aus, als habe er versucht ›deponieren‹ zu buchstabieren, hat es aber nicht richtig hingekriegt. Was verrät uns das?«

»Sieht so aus«, antwortete Parker. »Aber wissen Sie, was sich unter dem Durchgestrichenen befindet? Ich habe es mit einem Infrarotbetrachter untersucht.«

»Was denn?«

»Schnörkel.«

»Schnörkel?«, fragte Lukas.

»Ein terminus technicus«, erwiderte Parker trocken. »Er hat überhaupt nichts geschrieben. Er wollte uns nur *weismachen,* er habe Probleme mit der richtigen Schreibung des Wortes.«

»Warum hat er sich so viel Mühe gegeben, nur damit wir ihn für dumm halten?«, fragte Hardy.

»Damit wir nach einem dummen Amerikaner oder einem nicht viel schlaueren Ausländer suchen. Ein weiterer Nebelschleier«, fügte Parker hinzu. »Und damit wir ihn unterschätzen. Er ist fraglos überaus gerissen. Man beachte nur den Ort der Geldübergabe.«

»Die Übergabe?«, fragte Lukas.

»Sie meinen, an der Gallows Road? Was soll daran gerissen sein?«, wollte C. P. wissen.

»Tja ...« Parker blickte auf und sah dann einen nach dem anderen an. »Die Hubschrauber.«

»Welche Hubschrauber?«, fragte Hardy.

Parker zog die Stirn kraus. »Haben Sie denn die Hubschrauber-Charterer nicht überprüft?«

»Nein«, erwiderte Lukas. »Weshalb denn?«

Parker fiel eine Regel aus seiner Zeit beim FBI ein: Setze nie etwas voraus. »Das Gelände, auf dem er das Geld abholen wollte, befindet sich in der Nähe eines Krankenhauses, richtig?«

Geller nickte. »Das Fairfax-Krankenhaus.«

»Scheiße«, entfuhr es Lukas. »Die haben einen Helipad.«

»Na und?«, fragte Hardy.

Lukas schüttelte den Kopf. Sie ärgerte sich über sich selbst. »Der Unbekannte hat sich diesen Ort ausgesucht, damit die Überwachungsteams sich an landende Hubschrauber gewöhnen. Er hatte sich selbst einen gechartert, wollte dort landen, das Geld schnappen, einsteigen und wahrscheinlich dicht über den Baumwipfeln bis zu seinem Fluchtwagen fliegen.«

»Daran habe ich überhaupt nicht gedacht«, sagte Hardy peinlich berührt.

»Keiner von uns hat daran gedacht«, sagte C. P.

»Ich habe einen Kumpel bei der Flugüberwachung«, brummte Cage. »Ich lass ihn das mal überprüfen.«

Parker warf einen Blick auf die Uhr. »Noch keine Reaktion auf Kennedys Ansprache in den Nachrichten?«

Lukas rief irgendwo an, redete mit jemandem und legte wieder auf.

»Sechs Anrufe. Alles Spinner. Keiner von ihnen wusste von den bemalten Kugeln, also war alles Quatsch. Wir haben ihre Namen und Telefonnummern aufgenommen und kriegen sie später wegen Einmischung in akute polizeiliche Ermittlungen dran.«

»Glauben Sie wirklich, dass der Täter nicht von hier stammt?«, fragte Hardy Parker.

»Ja. Bestünde auch nur die geringste Möglichkeit, dass wir seine Handschrift mit Behördenverzeichnissen aus der Gegend vergleichen könnten, hätte er sich bemüht, seine Schrift zu verstellen oder ausgeschnittene Buchstaben verwendet. Hat er aber nicht. Also stammt er nicht aus Washington, und auch nicht aus Virginia oder Maryland.«

Die Tür flog auf. Es war Timothy, der Bote, der den Brief gebracht hatte. »Agent Lukas? Ich bringe die Ergebnisse vom Gerichtsmediziner.«

Wird langsam Zeit, dachte Parker.

Sie nahm den Bericht entgegen, und während sie noch las, fragte Cage: »Parker, Sie sagten, er sei ein Soziopath. Woher wollen Sie das wissen?«

»Wer«, sagte Parker geistesabwesend, den Blick fest auf Lukas gerichtet, »außer einem Soziopathen würde so etwas tun?«

Als Lukas zu Ende gelesen hatte, reichte sie den Bericht dem erstaunten Hardy. »Soll ich das vorlesen?«

»Nur zu«, ermunterte sie ihn.

Parker fiel auf, dass die Ernsthaftigkeit ein wenig von dem jungen Mann gewichen war, vielleicht, weil er sich, zumindest jetzt, als Teil des Teams fühlte.

Der Polizist räusperte sich. »Männlicher Weißer, ungefähr fünfundvierzig Jahre alt. Einsvierundachtzig. Körpergewicht fünfundachtzig Kilogramm. Keine besonderen Merkmale. Kein Schmuck, außer einer Casio-Armbanduhr mit mehreren Alarmfunktionen.« Hardy sah auf. Das Folgende las er mit erhobener Stimme: »Eingestellt auf vier Uhr, acht Uhr und Mitternacht.« Er räusperte sich. »Trug markenlose Hosen, ziemlich abgetragen. Windjacke aus Polyester. Ein Arbeitshemd von J. C. Penny, ebenfalls abgetragen. Jockey-Unterwäsche. Baumwollsocken, Turnschuhe von Wal-Mart. Hundertzwölf Dollar Bargeld plus Münzen.«

Parker starrte auf die Buchstaben auf dem Bildschirm vor ihnen, als beschrieben die Worte, die Hardy vorlas, nicht den Unbekannten, sondern den Brief selbst.

»›Geringfügige Spurenelemente. Ziegelstaub in den Haaren, Tonstaub unter den Fingernägeln. Mageninhalt bestand aus Kaffee, Milch, Brot und Rindfleisch – wahrscheinlich ein billiges Steak –, alles innerhalb der vergangenen acht Stunden eingenommen.‹ Das wär's.« Hardy las ein weiteres METRO-FALL-Memo durch, das dem Bericht des Leichenbeschauers beigefügt war. »Keine Spur von dem Lieferwagen, der ihn erwischt hat.« Hardy warf Parker einen Blick zu. »Ziemlich frustrierend. Da haben wir den Täter unten liegen, aber er kann uns nichts mehr sagen.«

Parker betrachtete eine andere Kopie des Major Crimes Bulletin, das er bereits zuvor gesehen hatte. Es ging um den Brandanschlag auf Gary Moss' Wohnhaus. Die Beschreibung des Vorfalls und die nur knapp dem Tode entronnenen Töchter hatten Parker schwer erschüttert. Als er das Bulletin gesehen hatte, wäre er am liebsten auf der Stelle nach Hause gefahren.

Parker schaltete den Projektor aus und legte den Brief zurück auf den Untersuchungstisch.

Cage warf einen Blick auf die Uhr und zog dann seinen Mantel an. »Leute, wir haben nur noch fünfundvierzig Minuten. Wir machen uns besser auf den Weg.«

»Was haben Sie vor?«, fragte Lukas.

Der ältere Agent reichte ihr ihre Windjacke und Parker seine Lederjacke. Er nahm sie, ohne darüber nachzudenken.

»Ich geh raus.« Er nickte in Richtung Tür. »Jerry Bakers Team bei der Überprüfung der Hotels unterstützen.«

Parker schüttelte den Kopf. »Nein. Wir müssen hier weitermachen.« Er sah zu Hardy hinüber. »Sie haben Recht, Len. Der Unbekannte kann uns nichts sagen. Aber der Brief. Er hat uns noch so einiges zu erzählen.«

»Die brauchen dort draußen jeden, den sie kriegen können«, sagte Cage beharrlich.

Einige Sekunden herrschte Stille.

Parker stand Lukas gegenüber mit gesenktem Kopf auf der anderen Seite des hell erleuchteten Untersuchungstisches, zwischen ihnen das grell weiße Erpresserschreiben. Er sah auf und sagte: »Ich glaube nicht, dass wir ihn rechtzeitig finden können. Nicht in fünfundvierzig Minuten. Ich sage es ungern, aber wir nutzen unsere Kräfte am besten, wenn wir hierbleiben und mit diesem Brief weitermachen.«

C. P. schaute ihn an. »Sie meinen, wir schreiben sie einfach ab? Die Opfer?«

Parker zögerte einen Augenblick, dann antwortete er: »Ich glaube … ja, das meine ich damit.«

Cage fragte Lukas: »Wie stehen Sie dazu?«

Sie schaute Parker an. Ihre Blicke trafen sich. Dann sagte sie zu Cage: »Ich bin Parkers Meinung. Wir bleiben hier und machen weiter.«

9

15:15

Aus dem Augenwinkel sah Lukas, dass Len Hardy einen Moment reglos dastand, sich dann das Haar glatt strich, seinen Mantel nahm und zu ihr herüberkam.

Klar wie Bodennebel …

»Lassen Sie wenigstens mich gehen. Damit ich bei den Hotels helfen kann.«

Sie schaute in sein ernstes, junges Gesicht. Er knetete den Trenchcoat in seiner großen rechten Hand mit den perfekt geschnittenen und geschrubbten Fingernägeln. Lukas war zu dem Schluss gekommen, dass er ein Mann war, der seine Zufriedenheit aus der Korrektheit von Details bezog.

»Das kann ich nicht. Tut mir Leid.«

»Agent Cage hat Recht. Die brauchen dort jeden, den sie kriegen können.«

Lukas sah zu Parker Kincaid hinüber, doch der war schon wieder mit seinem Dokument beschäftigt, das er gerade aus der Plastikhülle befreite.

»Kommen Sie mal bitte hier herüber, Len«, sagte Lukas und winkte ihn in eine Ecke des Urkundenlabors. Cage nahm als Einziger davon Notiz, sagte aber nichts dazu. In seinen langen Berufsjahren beim FBI hatte der leitende Agent selbst das eine oder andere Gespräch mit Untergebenen geführt und wusste, dass solche Situationen nicht weniger heikel als die Vernehmung Verdächtiger war. Eigentlich waren sie weitaus heikler, denn es handelte sich dabei um Menschen, mit denen man auch hinterher Tag für Tag auskommen musste. Und auf die man sich verlassen musste, dass sie einem, wenn es darauf ankam, den Rücken deckten. Lukas dankte Cage insgeheim dafür, dass er ihr mit Hardy freie Hand ließ.

»Schießen Sie los«, sagte sie. »Was passt Ihnen nicht?«

»Ich will etwas *tun*«, antwortete der Polizist. »Ich weiß, dass ich hier nur die zweite Geige spiele. Ich bin ein einfacher Polizist, obendrein nur Forschung und Statistik … Aber ich will wirklich helfen.«

»Sie sind als Verbindungsmann zu uns entsandt worden. Zu mehr sind Sie überhaupt nicht autorisiert. Außerdem hat das FBI den Fall übernommen, nicht das Sonderkommando der Polizei.«

Er lachte bitter auf. »Verbindungsmann? Ich bin hier nicht

mehr als eine bessere Schreibkraft. Das wissen Sie so gut wie ich.«

Natürlich wusste sie es. Aber das hätte Lukas nicht davon abgehalten, ihm eine aktivere Rolle zu geben, wenn sie davon überzeugt gewesen wäre, er sei an anderer Stelle sinnvoller eingesetzt. Lukas gehörte nicht zu jenen, die stur nach Paragrafen und Vorschriften lebten, und wäre Hardy der beste Scharfschütze der Welt gewesen, hätte sie ihn längst nach draußen zu einem von Jerry Bakers Scharfschützen-Teams geschickt, egal was die Vorschriften besagten. Sie überlegte kurz und sagte dann: »Na schön. Beantworten Sie mir eine Frage.«

»Klar.«

»Warum sind Sie hier?«

»Warum?« Er runzelte die Stirn.

»Sie haben sich doch freiwillig gemeldet, oder nicht?«

»Ja, doch.«

»Es ist wegen Ihrer Frau, habe ich Recht?«

»Emma?« Er setzte eine verwirrte Miene auf, aber Lukas durchschaute die Fassade. Er schlug die Augen nieder.

»Ich verstehe das, Len. Aber tun Sie sich selbst einen Gefallen. Machen Sie sich Notizen, überlegen Sie mit uns zusammen und halten Sie sich aus der Schusslinie. Und wenn wir dieses Arschloch geschnappt haben, gehen Sie nach Hause.«

»Aber es … es ist sehr schwer«, sagte er und wich ihrem Blick aus.

»Zu Hause zu sein?«

Er nickte.

»Ich kenne das«, erwiderte Lukas mit bitterem Unterton in der Stimme.

Er klammerte sich an seinen Trenchcoat wie ein Kind an seine Schmusedecke.

Jeden anderen als Len Hardy hätte sie ohne zu zögern sofort ins Polizeihauptquartier zurückgeschickt. Sie hatte weder Zeit noch Lust auf Grabenkriege zwischen den einzelnen Zuständigkeiten, und erst recht nicht darauf, die Angestellten einer korrupten, so gut wie bankrotten Stadt zu bemuttern. Aber sie kannte ein Geheimnis aus Hardys Leben – dass seine Frau im Koma lag, seit ihr Jeep Cherokee bei einem Wolkenbruch in der Nähe von Middleburg, Virginia, von der Straße gerutscht und an einen Baum geprallt war.

Hardy war schon mehrere Male im FBI-Hauptstadtbüro gewesen, um statistische Daten über Verbrechen im Stadtbereich zusammenzustellen. Dabei hatte er Betty, Lukas' Assistentin kennen gelernt. Zuerst hatte sie vermutet, der Mann versuche mit der attraktiven Frau anzubandeln, bis sie gehört hatte, wie er sehr gefühlsbetont über seine Frau und ihre Verletzung geredet hatte.

Wie es schien, hatte er nicht viele Freunde, so wie Lukas auch. Sie hatte ihn etwas näher kennen gelernt und mehr über Emma erfahren. Mehrere Male hatten sie zusammen einen Kaffee im *Policemen's Memorial Park* gleich neben der Dienststelle getrunken. Er hatte sich ein wenig geöffnet, aber seine Gefühle, auch in dieser Hinsicht Lukas nicht unähnlich, letztendlich weitgehend für sich behalten.

In Anbetracht dieser Tragödie, und da sie wusste, wie schwer es für ihn sein musste, an einem Feiertag allein zu Hause zu sein, hatte sie ihn mit offenen Armen im Team begrüßt und beschlossen, ihn an diesem Abend weitgehend in Ruhe zu lassen. Trotzdem würde Margaret Lukas niemals aus Rücksicht auf den Gefühlshaushalt eines Beteiligten eine Operation gefährden.

Klar wie Bodennebel …

»Ich kann nicht einfach so herumsitzen«, sagte er. »Ich will ein Stück von diesem Kerl haben.«

Nein, dachte sie. Was er will, ist ein Stück von Gott, ein Stück vom Schicksal oder welcher Macht auch immer, die von Emmas und seinem Leben nur noch Scherben übrig gelassen hat.

»Len, ich kann draußen niemanden brauchen, der …«, sie suchte nach dem passenden Wort, »… der so durcheinander ist.« *Leichtsinnig* wäre der bessere Ausdruck gewesen, wobei sie letztendlich *selbstmörderisch* meinte.

Hardy nickte. Er war wütend. Seine Unterlippe bebte. Aber er warf seinen Mantel über einen Stuhl und ging zu einem der Schreibtische zurück.

Armer Mann, dachte sie, sah jedoch, dass seine Intelligenz, sein Sinn für Anstand und Perfektion durch seine Seelenqualen hindurch schimmerten und wusste, dass er es schaffen würde. Er würde diese schreckliche Zeit überstehen. Er würde sich wandeln, das ja, aber so, wie sich Eisen in der rot glühenden Esse eines Hochofens in Stahl verwandelte.

Verwandeln …

So wie auch Lukas sich verwandelt hatte.

Ein Blick in Jacqueline Margaret Lukas' Geburtsurkunde verriet, dass sie am Novembertag des Jahres 1963 zur Welt kam. In ihrem Herzen jedoch wusste sie, dass sie kaum älter als fünf Jahre war und an dem Tag geboren wurde, an dem sie ihren Abschluss an der FBI-Akademie machte.

Sie erinnerte sich an ein Buch, das sie vor langer Zeit gelesen hatte, eine Kindergeschichte mit dem Titel *Der Wechselbalg*. Das Bild mit den fröhlichen Elfen auf dem Einband ließ nichts von der gruseligen Geschichte zwischen den Buchdeckeln vermuten. Es ging darin um eine Elfe, die sich in der Nacht in die Häuser der Menschen schlich und die Babys vertauschte; sie nahm die Menschenkinder mit und legte an ihrer Stelle Elfenkinder ins Bettchen. In der Geschichte fand ein Elternpaar heraus, dass seine Tochter vertauscht worden war und machte sich auf die Suche nach dem verschwundenen Kind.

Lukas erinnerte sich daran, wie sie das Buch auf ihrer gemütlichen Wohnzimmercouch in Stafford, Virginia, unweit von Quantico, gelesen hatte und den Gang zum Supermarkt wegen eines unerwarteten Schneesturms immer wieder verschieben musste. Sie musste das Buch einfach zu Ende lesen; jawohl, die Eltern fanden das Mädchen wieder und tauschten es gegen das Elfenbaby aus, aber nach der Lektüre war ihr ein unangenehmer Nachgeschmack geblieben, und sie hatte das Buch weggeworfen.

Erst nach ihrem Abschluss an der Akademie, als sie der FBI-Außenstelle Washington zugeteilt wurde, hatte sie wieder an die Geschichte gedacht. Und dann, eines Morgens, als sie zur Arbeit ging, den Colt Python an der Hüfte und einen Aktenordner unter dem Arm, wurde ihr mit einem Male klar: Das bin ja ich, genau – ich bin ein Wechselbalg. Jackie Lukas war Teilzeitbibliothekarin in der Rechercheabteilung des FBI in Quantico gewesen, Hobby-Modeschöpferin, die an einem Wochenende Kleider für ihre Freundinnen und deren Kinder zaubern konnte. Sie war eine versierte Stickerin, Weinsammlerin (und auch -trinkerin) und hatte mehrere der regionalen Fünf-Kilometer-Rennen gewonnen. Aber diese Frau war vor langer Zeit verschwunden und von Special Agent Margaret Lukas ersetzt worden, einer Frau, die sich durch ihr Wissen in Kriminalistik und Ermittlungstechniken, über die Besonderheiten von C4 und Semtex-Sprengstoffen sowie im Umgang mit vertraulichen Informanten hervortat.

»FBI-Agentin?«, hatte ihr Vater bei ihrem Besuch in Pacific Heights in San Francisco bestürzt gefragt. Sie war eigens nach Hause geflogen, um ihren Eltern die Neuigkeit persönlich mitzuteilen. »Du willst Agentin werden? Aber doch nicht mit einer Pistole? Du meinst, du arbeitest dort an einem Schreibtisch oder so was in der Art.«

»Nein, mit Pistole. Aber ich glaube, einen Schreibtisch bekomme ich auch.«

»Ich verstehe das nicht«, sagte der stämmige Mann, ein pensionierter Darlehensbearbeiter der Bank of America. »Du warst doch immer eine so gute Schülerin.«

Sie musste über den offensichtlichen Trugschluss lachen, wusste jedoch genau, was ihr Vater meinte. Sie hatte sowohl in der St. Thomas High School in Russian Hill als auch auf der Uni in Stanford zu den besten Absolventen gehört. Dem mageren Mädchen, das sich zu selten auf Verabredungen einließ, dafür aber im Unterricht zu oft meldete, war eine steile Karriere an der Universität oder an der Wall Street vorbestimmt. Nein, es machte ihm keinesfalls etwas aus, dass Jackie mit einer Waffe herumlaufen und Mörder fangen wollte; was ihm gegen den Strich ging, war, dass bei dieser Tätigkeit ihr Verstand nicht gefragt war.

»Aber es ist doch das FBI, Papa. Das sind die Bullen mit Köpfchen!«

»Ja, kann schon sein. Aber … *willst* du das denn wirklich?«

Nein, es war das, was sie tun *musste.* Zwischen den beiden Wörtchen *wollen* und *müssen* lag ein gewaltiger Unterschied, ein wahrer Abgrund. Aber sie war sich nicht sicher, ob er das verstehen würde. Also sagte sie einfach: »Ja.«

»Dann bin ich damit einverstanden.« Woraufhin er sich zu seiner Frau umdrehte und sagte: »Unser Mädel hat Mumm. Weißt du, was Mumm ist? M-u-m-m.«

»Ich weiß!«, rief Lukas' Mutter aus der Küche. »Ich mach doch immer Kreuzworträtsel! Aber du siehst dich immer schön vor, Jackie, ja? Versprich mir, dass du dich vorsiehst!«

Als wollte sie eine viel befahrene Straße überqueren.

»Ich pass schon auf, Mama.«

»Gut. Ich habe Coq au Vin zum Abendessen gemacht. Das magst du doch besonders gern, stimmt's, mein Mädchen?«

Jackie hatte ihre Mutter und ihren Vater umarmt und war zwei Tage darauf nach Washington, D. C., geflogen, um sich in Margaret zu verwandeln.

Nach dem Abschluss wurde sie der Washingtoner Außenstelle zugeteilt. Sie lernte den ganzen District kennen, arbeitete mit Cage zusammen, der ein so guter Ersatzvater für ein Wechselbalg war, wie sie ihn sich nur wünschen konnte, und sie musste sich wohl nicht ganz dumm angestellt haben, denn im vergangenen Jahr war sie zum Assistant Special Agent in Charge befördert worden. Damit war sie nun, weil ihr Vorgesetzter Affen und Eidechsen im brasilianischen Regenwald fotografierte, mit dem größten Fall in Washington seit Jahren betraut.

Sie betrachtete Len Hardy, der inzwischen in einer Ecke des Labors saß und sich eifrig Notizen machte, und dachte: Er wird es schon durchstehen.

Margaret Lukas wusste, dass so etwas vorkam.

Frag einfach einen Wechselbalg …

»He«, drängte sich eine Männerstimme in ihre Gedanken.

Sie sah sich um, und erst jetzt wurde ihr bewusst, dass Parker Kincaid mit ihr redete.

»Wir sind mit der Linguistik durch«, sagte er. »Ich möchte jetzt mit der physischen Analyse des Briefes beginnen. Es sei denn, Ihnen schwebt gerade etwas anderes vor.«

»Das hier ist Ihre Disziplin, Parker«, sagte sie und setzte sich neben ihn.

Zuerst untersuchte er das Papier, auf das der Brief geschrieben war.

Es maß 6 x 9 Zoll, ein handelsüblicher Notizblock. Im Lauf der Geschichte hatte sich die Papiergröße immer wieder geändert, aber 8 $^{1}/_{2}$ auf 11 Zoll hatte sich in den vergangenen zweihundert Jahren in den Vereinigten Staaten als Standard etabliert. 6 auf 9 war die zweithäufigste Größe. Viel zu gewöhnlich. Die Maße allein verrieten Parker überhaupt nichts über seine Herkunft.

Was die Zusammensetzung des Papiers anging, fiel ihm auf, dass es billig war und mittels mechanischen Einstampfens hergestellt worden war, nicht mit der Kraft-Methode, bei der hochwertigeres Papier durch chemische Verfilzung erzielt wird.

»Das Papier dürfte uns nicht viel weiter bringen«, verkündete er schließlich. »Es ist viel zu gewöhnlich. Nichtrecycleter, hochgradig säurehaltiger, sehr grober Faserbrei mit einem Minimum an optischen Aufhellern und geringer Lumineszenz. So was wird von Papierherstellern und Großhändlern en gros an Einzelhandelsketten verkauft. Es gibt weder Wasserzeichen noch sonst eine Möglichkeit, es zum Hersteller, Großhändler und von dort zu einem speziellen Verkaufsort zurückzuverfolgen.« Er seufzte. »Schauen wir uns die Tinte an.«

Er hob den Brief vorsichtig hoch und legte ihn unter eines der hoch auflösenden Labormikroskope, wo er ihn zunächst mit zehn-, dann mit fünfzigfacher Vergrößerung untersuchte. Aus der Tiefe des Abdrucks, den das Schreibwerkzeug auf dem Papier hinterlassen hatte, den gelegentlichen Aussetzern und der ungleichmäßigen Färbung schloss Parker, dass es sich um einen sehr billigen Kugelschreiber gehandelt haben musste.

»Wahrscheinlich ein Wegwerfkuli, ein Schnäppchen vom Grabbeltisch für 39 Cent.« Er sah zu seinen Team-Kollegen auf. Keiner von ihnen verstand die Bedeutung seiner Folgerungen.

»Und?«, fragte Lukas.

»Das ist eine *böse* Sache«, erläuterte er nachdrücklich. »Unmöglich zurückzuverfolgen. Diese Dinger werden in so gut wie jedem Supermarkt und Eckladen in ganz Amerika verkauft. Genau wie das Papier. Und bei diesen Billigheimern gibt es auch keinen Nachweis.«

»Nachweis?«, fragte Hardy nach.

Parker erklärte, dass einige Hersteller ihren Tinten etwas beimengten, damit man zurückverfolgen konnte, wann und wo sie hergestellt wurden. Bei Ramschware gab es so etwas nicht.

Als Parker das Blatt unter dem Mikroskop hervorzog, fiel ihm etwas Merkwürdiges auf. Eine Ecke des Blattes war ausgebleicht. Er hielt die Verfärbung nicht für einen Herstellungsfehler. Optische Aufheller wurden Papier schon seit mehr als fünfzig Jahren beigegeben, und sogar bei billigem Papier wie dem vorliegenden waren Schwankungen in der Helligkeit mehr als ungewöhnlich.

»Würden Sie mir mal das PoliLight reichen?«, fragte er C. P. Ardell.

»Das was?«

»Dort drüben.«

Der beleibte Agent hob eine der kastenförmigen ALS-Einheiten hoch und brachte sie Parker. Mithilfe dieser alternativen Lichtquellen ließ sich eine Vielzahl von für das menschliche Auge unsichtbaren Substanzen hervorheben.

Parker setzte eine Brille auf und schaltete das gelbgrüne Licht ein.

»Werde ich jetzt verstrahlt oder was?«, fragte der dicke Agent, anscheinend nur halb im Scherz.

Parker führte den PoliLight-Stab langsam über den Umschlag. Tatsächlich – das rechte Drittel war heller als der Rest. Anschließend unterzog er den Brief der gleichen Prozedur und entdeckte ein helleres, L-förmiges Segment an der oberen rechten Seite des Blattes.

Das war interessant. Er betrachtete die Stelle genauer.

»Sehen Sie, wie verblasst die Ecken sind? Ich glaube, es rührt daher, dass das Papier und ein Teil des Umschlags von der Sonne ausgebleicht wurden.«

»Aber wo? Bei ihm zu Hause oder im Laden?«, fragte Hardy.

»Beides wäre möglich«, antwortete Parker. »Aber wenn man die Kohäsion des Faserbreis in Betracht zieht, vermute ich eher, dass das Papier erst vor kurzem versiegelt wurde. Das würde auf den Laden hindeuten.«

»In diesem Fall müsste es sich aber um einen Laden mit zumindest einem Fenster nach Süden handeln«, sagte Lukas.

Richtig, dachte Parker. Gut. Daran hatte er nicht gedacht.

»Warum?«, wollte Hardy wissen.

»Weil es Winter ist«, erläuterte Parker. »Es gibt nicht genug Sonnenlicht, um das Papier aus einer anderen Richtung auszubleichen.«

Parker ging auf und ab. Es war eine Angewohnheit von ihm. Als Thomas Jeffersons Frau gestorben war, schrieb seine älteste Tochter Martha, dass ihr Vater »beinahe pausenlos Tag und Nacht auf und ab geht und sich nur gelegentlich hinlegt, wenn ihn die körperliche Erschöpfung dazu zwingt«. Wenn Parker an einem Dokument arbeitete oder ein besonders kniffliges Rätsel zu lösen hatte, zogen ihn die Whos oft damit auf, dass er »schon wieder im Kreis herum marschiert«.

Die Ausstattung des Labors fiel ihm wieder ein. Er ging zu einem Schrank, öffnete ihn und zog einen Untersuchungskasten heraus. Er hielt den Brief an einer Ecke fest und fuhr mit einem Kamelhaarpinsel über die Oberfläche, um Spurenelemente zu lösen. Es war buchstäblich nichts zu finden. Er zeigte sich nicht überrascht. Papier gehört zu den aufnahmefähigsten Materialien; es nimmt viele Substanzen der Orte, an denen es gelegen hat, in sich auf, hält sie normalerweise jedoch fest in seinen Fasern gebunden.

Parker holte eine große Spritze aus seinem Diplomatenkoffer und stanzte mehrere kleine Stückchen Tinte und Papier aus dem Blatt und dem Umschlag. »Wissen Sie, wie das Ding funktioniert?«, fragte er Geller und nickte zu dem Gaschromatografen/Massenspektrometer in der Ecke hin.

»Klar doch«, antwortete der. »Ich hab mal einen auseinander genommen. Nur zum Spaß.«

»Einzeldurchgänge. Einmal für das Blatt, dann für den Umschlag«, sagte Parker und reichte ihm die Proben.

»Wird erledigt.«

»Was passiert da?«, erkundigte sich C. P. Verdeckte und taktische Agenten haben im Allgemeinen nicht viel Geduld für Laborarbeit und kennen sich in Forensik nicht gut aus.

Parker erklärte. Der GC/MS trennte die an Tatorten gefundenen Chemikalien in ihre einzelnen Elemente und identifizierte sie. Die Maschine ratterte alarmierend. Genau genommen verbrannte sie die Proben und analysierte die dabei entstehenden Dämpfe.

Parker fegte noch mehr Spuren von Blatt und Umschlag, und diesmal bekam er etwas mehr Material zusammen. Er legte die Objektträger unter zwei verschiedene Leitz-Hochleistungs-Mikroskope, spähte erst durch eines, dann durch das andere und drehte an den Einstellrädchen, die sich mit der trägen Sinnlichkeit geölter Präzisionsmechanismen bewegten.

Er betrachtete, was er dort erblickte, einen Moment, dann schaute er auf und sagte zu Geller: »Ich brauche von den Spuren hier digitale Bilder.« Er zeigte mit dem Kinn auf das Mikroskop. »Wie machen wir das?«

»Ach, das ist ein Kinderspiel.« Der junge Agent schob Glasfaserverbindungen in den Sockel der Mikroskope. Die anderen

Enden der Kabel verschwanden in einem großen grauen Kasten, von dem wiederum mehrere andere Kabel abgingen, die Geller nun mit einem der Computer im Labor verband. Er schaltete ihn ein, und kurz darauf war das Bild der Spurenelemente auf dem Bildschirm zu sehen. Geller rief ein Menü auf.

»Einfach hier draufdrücken. Sie sind als JPEG-Dateien abgespeichert«, sagte er zu Parker.

»Kann ich die auch als E-mail verschicken?«

»Sagen Sie mir wohin.«

»Sofort, ich suche nur rasch die Adresse raus. Zuerst will ich aber noch ein paar Vergrößerungen anfertigen.«

Parker und Geller machten drei Aufnahmen von jeder Probe und speicherten sie auf der Festplatte.

Kaum waren sie damit fertig, piepte das GC/MS, und auf dem mit der Einheit verbundenen Computerbildschirm tauchten Daten auf.

»In *Material and Elementar* stehen mehrere Prüfer bereit«, sagte Lukas. M & E waren die beiden FBI-Abteilungen für die Analyse von Kleinstspuren.

»Sie sollen nach Hause gehen«, sagte Parker. »Ich habe an jemand anderen gedacht.«

»An wen denn?«, fragte Lukas stirnrunzelnd.

»Er wohnt in New York.«

»N. Y. P. D.?«, erkundigte sich Cage.

»Ehemals. Jetzt ist er Zivilist.«

»Warum keinen von unseren Leuten?«, fragte Lukas.

»Weil mein Freund der beste Kriminalist im ganzen Land ist«, antwortete Parker. »Er ist derjenige, der PERT aufgebaut hat.«

»*Unser* Beweissicherungs-Team?«, fragte C. P.

»Genau.« Parker hatte die Nummer gefunden und rief an.

»Aber es ist Silvester«, rief ihm Hardy in Erinnerung. »Er ist wahrscheinlich irgendwo beim Feiern.«

»Nein«, meinte Parker. »Er geht so gut wie nie aus.«

»Nicht mal an Feiertagen?«

»Nicht mal an Feiertagen.«

»Parker Kincaid«, klang die Stimme aus dem Lautsprecher. »Ich hab mich schon gefragt, ob vielleicht jemand von Ihnen anruft.«

»Sie haben also schon von unserem Problem gehört?«, erkundigte sich Parker bei Lincoln Rhyme.

»Ach, ich höre alles«, lautete die Antwort, und Parker fiel wieder ein, dass Rhyme es wie kein zweiter verstand, dramatisch zu klingen. »Stimmt's, Thom? Ich höre alles, oder? Erinnern Sie sich noch an Thom, Parker? Den sanftmütigen Thom?«

»Hallo, Parker.«

»Hallo, Thom. Macht er Ihnen das Leben schwer?«

»Selbstverständlich mache ich das«, mischte sich Lincoln ruppig ein. »Ich dachte, Sie seien ausgeschieden, Parker?«

»War ich auch. Bis vor ungefähr zwei Stunden.«

»Ist schon komisch, dieses Geschäft, was? Sie lassen uns einfach nicht in Frieden ruhen.«

Parker war Rhyme nur einmal persönlich begegnet. Er war ein gut aussehender Mann, ungefähr in Parkers Alter, dunkles Haar. Und er war vom Hals ab gelähmt. Er operierte von seinem Stadthaus am Central Park West aus. »Ihr Kurs hat mir viel Spaß gemacht, Parker«, sagte Rhyme. »Letztes Jahr.«

Parker erinnerte sich daran, dass Rhyme in seinem auffälligen, knallroten Rollstuhl in der ersten Reihe des Hörsaals des John Jay College für Kriminalrecht in New York gesessen hatte. Parkers Thema war forensische Linguistik gewesen.

»Wissen Sie, dass wir Dank Ihrer Ausführungen einen Täter überführen konnten?«, fuhr Rhyme fort.

»Nein, weiß ich nicht.«

»Es ging um einen Mordzeugen. Er konnte den Mörder nicht sehen, weil er sich versteckt hielt. Aber er hörte, wie der Täter etwas zu dem Opfer sagte, kurz bevor er es erschoss. Er sagte: ›Wenn ich jetzt sterben täte, würde ich jetzt noch schnell beten.‹ Dann … hören Sie noch zu, Parker, das ist wirklich interessant?«

»Klar doch.« Wenn Lincoln Rhyme redete, hörte man zu.

»Dann, bei der Vernehmung im Polizeihauptquartier, sagte er

zu einem der Beamten: ›Wenn ich beichten täte, dann bestimmt nicht dir.‹ Wissen Sie, wie wir ihn drangekriegt haben?«

»Wie denn, Lincoln?«

Rhyme lachte wie ein aufgekratzter Teenager. »Mit dem Konjunktiv! ›Wenn ich beichten täte.‹ Nicht ›Wenn ich beichten würde‹ oder gar ›beichtete‹. Statistisch gesehen, verwenden nur noch sieben Prozent der Bevölkerung die korrekte Form des Konjunktivs. Wussten Sie das?«

»Ehrlich gesagt: Ich wusste es«, erwiderte Parker. »Und das reichte, um ihn zu überführen?«

»Nein. Aber es reichte für ein Teilgeständnis«, vermeldete Rhyme. »Jetzt lassen Sie mich aber mal raten. Sie haben diesen unbekannten Täter, der Leute in der U-Bahn erschießt, und die einzige Spur, die zu ihm führen könnte, ist – na was? Ein Drohbrief? Ein Erpresserschreiben?«

»Woher weiß er das?«, fragte Lukas.

»Aus welcher Ecke kommt denn diese Zwischenfrage?«, rief Rhyme. »Aber um sie zu beantworten: Ich weiß, dass es um eine schriftliche Nachricht gehen muss, weil das der einzige logische Grund dafür sein kann, dass Parker *Kincaid* ausgerechnet *mich* anruft ... Wer – entschuldigen Sie, Parker – *wem* habe ich gerade geantwortet?«

»Special Agent Margaret Lukas«, sagte sie.

»Sie ist stellvertretende Leiterin der Außenstelle Washington. Sie leitet diesen Fall.«

»Aha, natürlich das FBI. Fred Dellray war gerade zu Besuch bei mir«, sagte Rhyme. »Kennen Sie Fred? Von der Dienststelle in Manhattan?«

»Ich kenne Fred«, antwortete Lukas. »Er hat im letzten Jahr einige unserer Undercover-Leute koordiniert. Bei einer Waffenschiebergeschichte.«

»Also haben wir einen unbekannten Täter und einen Brief«, fuhr Rhyme fort. Erzählen Sie mir mehr, egal, wer von Ihnen.«

»Sie haben Recht«, sagte Lukas. »Es handelt sich um eine Erpressung. Wir wollten bezahlen, aber der erste Unbekannte wurde getötet. Jetzt sind wir so gut wie sicher, dass sein Partner – der Todesschütze – den Plan stur weiter verfolgt.«

»Oh, das ist knifflig. Ein richtiges Problem. Haben Sie die Leiche untersucht?«

»Nichts zu finden«, antwortete Lukas. »Keine Papiere, kein sonstiger Anhaltspunkt.«

»Und ich bekomme ein Stück von diesem Fall als verspätetes Weihnachtsgeschenk.«

»Ich habe ein Stück des Umschlags und des Erpresserbriefes unter dem GC untersucht …«

»Schön für Sie, Parker. Die Beweise immer schön verbrennen. Die anderen wollen immer alles für die Verhandlung aufheben, aber Sie verbrennen, was Sie verbrennen müssen.«

»Ich würde Ihnen die Daten gern übermitteln. Und ein paar Aufnahmen der Spuren. Darf ich sie Ihnen mailen?«

»Ja, natürlich. Welche Vergrößerung?«

»Zehn, zwanzig und fünfzig.«

»Gut. Wann ist Deadline?«

»Alle vier Stunden, angefangen um vier, und es geht bis Mitternacht.

»Vier Uhr am Nachmittag – heute?«

»Genau.«

»Herrje.«

»Wir haben einen Hinweis zum Tatort um sechzehn Uhr«, fuhr Lukas fort. »Wir glauben, dass er es auf ein Hotel abgesehen hat, aber Genaueres haben wir nicht herausfinden können.«

»Vier, acht und zwölf. Ihr Unbekannter war ein Mann mit einem Hang zur Dramatik.«

»Sollten wir das in sein Täterprofil aufnehmen?«, fragte Hardy und machte sich fieberhaft Notizen. Parker vermutete, dass er wohl das Wochenende damit verbringen würde, einen Bericht für den Bürgermeister, den Polizeichef und den Stadtrat abzufassen – einen Bericht, der wahrscheinlich monatelang ungelesen in einer Schreibtischschublade liegen würde.

»Wer ist das?«, schnauzte Rhyme.

»Len Hardy, Sir. Polizei Washington.«

»Erstellen Sie das Persönlichkeitsprofil?«

»Eigentlich bin ich von der Recherche, aber ich habe auf der Akademie Profiling-Kurse gehabt und außerdem nach dem Studium an der American University weitere Kurse in Psychologie belegt.«

»Hören Sie«, sagte Rhyme zu ihm, »ich halte nichts von Psychoprofilen. Ich glaube an Beweismaterial. Psychologie ist glitschig wie ein Fisch. Nehmen Sie mich zum Beispiel. Ich bin der reinste Neurosenherd. Hab ich Recht, Amelia? ... Meine Freundin hier redet zwar nicht gerne, aber sie ist mit mir einer Meinung. Na schön. Wir müssen mit dieser Geschichte vorankommen. Schicken Sie mir Ihre Leckerlis. Ich melde mich sobald wie möglich.«

Parker notierte sich Rhymes E-mail-Adresse und reichte sie an Geller weiter. Kurz darauf hatte der Agent die Bilder und die chemischen Analysen aus dem Chromatografen/Spektrometer geladen.

»Das soll der beste Kriminalist im ganzen Land sein?«, fragte Cage skeptisch.

Aber Parker reagierte nicht. Er starrte auf die Uhr. Irgendwo im District of Columbia hatten jene Leute, die er und Margaret Lukas zu opfern bereit waren, nur noch dreißig Minuten zu leben.

10

15:30

Das Hotel ist sehr schön. Das Hotel ist schick.

Der Digger geht hinein, mit den Hündchen auf seiner Einkaufstüte, und niemand nimmt von ihm Notiz.

Er geht in die Bar und bestellt sich beim Barkeeper eine Selters. Die Kohlensäure kitzelt an der Nase. Lustig ... Er trinkt aus, lässt Geld und ein Trinkgeld auf dem Tresen, so wie es der Mann, der ihm alles sagt, gesagt hat.

In der Lobby herrscht Gedränge. Hier finden Feiern statt, Geschäftsessen, jede Menge Dekoration. Noch mehr von diesen fetten Babys in flatternder Silvesterdeko. Herrgott noch mal, warum ... warum sind sie ... warum sind sie nicht niedlich?

Und hier, Gevatter Zeit, sieht aus wie der Sensenmann.

Er und Pamela ... *klick* ... und Pamela sind manchmal auch zu solchen Partys gegangen.

Der Digger kauft eine *USA Today*. Er setzt sich in die Lobby und liest, die Tüte mit den Hündchen steht neben ihm.

Er schaut auf seine Uhr.

Liest weiter in der Zeitung.

USA Today ist eine schicke Zeitung. Sie erzählt ihm viele interessante Sachen. Der Digger sieht sich die Gesamtwetterlage an. Die Farbe der Hochdruckfronten gefällt ihm besonders. Er liest im Sportteil. Es kommt ihm so vor, als habe er vor langer Zeit auch einmal Sport getrieben. Nein, das war sein Freund. William. Sein Freund hat gern Sport getrieben. Ein paar andere Freunde ebenfalls. Pamela auch.

In der Zeitung sind viele Bilder von schicken Basketball-Spielern. Sie sehen sehr groß und stark aus, und wenn sie die Bälle versenken, fliegen sie wie Kreisel durch die Luft. Der Digger kommt zu dem Schluss, dass er früher keinen Sport getrieben hat. Er weiß auch nicht mehr genau, warum Pamela oder William oder sonst wer so wild darauf war. Suppe essen und Fernseh gucken macht mehr Spaß.

Ein kleiner Junge schlendert an ihm vorüber und bleibt stehen.

Sein Blick fällt auf die Tüte. Der Digger hält die Tüte zu, damit der Junge die Uzi nicht sieht, die schon bald fünfzig oder sechzig Leute töten wird.

Der Junge ist vielleicht neun Jahre alt. Er hat dunkles Haar, sorgfältig gescheitelt. Er trägt einen Anzug, der ihm nicht gut passt. Die Ärmel sind zu lang. Und eine fröhliche rote Weihnachtskrawatte knautscht seinen Kragen unangenehm zusammen. Er betrachtete die Tüte.

Die Hündchen.
Der Digger sieht weg.
»Wenn dir jemand ins Gesicht sieht, bringst du ihn um. Niemals vergessen.«
Ich vergesse es nicht.
Aber er muss den Jungen einfach ansehen. Der Junge lächelt. Der Digger lächelt nicht. (Er kennt Lächeln zwar, aber er weiß nicht, was es genau bedeutet.)
Der Junge mit den braunen Augen und dem schüchternen Lächeln auf dem Gesicht ist von der Tüte mit den Hündchen fasziniert. Von ihren lustigen Halsbändern. Wie die Luftschlangen um die Hälse der fetten Neujahrs-Babys. Grüngoldene Bänder auf der Tüte. Auch der Digger betrachtet die Tüte.
»Jetzt komm, Liebling«, ruft eine Frau. Sie steht neben einem Kübel mit Weihnachtssternen, so rot wie die Rose, die Pamela letztes Jahr an Weihnachten zu ihrem Kleid getragen hat.
Der Junge sieht dem Digger noch einmal ins Gesicht. Der Digger weiß, dass er wegsehen sollte, aber er schaut einfach zurück. Dann geht der Junge wieder zu den Tischen, auf denen Kleinigkeiten zu essen stehen. Jede Menge Cracker und Käse und Shrimps und Karotten.
Keine Suppe, wie dem Digger auffällt.
Der Junge geht zu einem Mädchen, vielleicht seine Schwester. Sie ist ungefähr dreizehn.
Der Digger schaut auf die Uhr. Zwanzig Minuten vor vier. Er zieht das Handy aus der Manteltasche, drückt sorgfältig auf die Tasten und ruft seine Mailbox an. Er lauscht. »Sie haben keine neuen Nachrichten.« Er schaltet das Telefon aus.
Er stellt die Tüte auf seinen Schoß und lässt den Blick durch die Menge schweifen. Der Junge hat einen blauen Blazer an, das Mädchen ein rosa Kleid mit einer Schärpe.
Der Digger drückt die Tüte mit den Hündchen an sich.
Achtzehn Minuten.
Der Junge steht am Tisch mit dem Essen. Das Mädchen spricht mit einer älteren Frau.

Ein paar Leute betreten die Hotelhalle. Sie gehen direkt am Digger mit seiner Tüte und der schicken Zeitung, in der das Wetter im ganzen Land aufgemalt ist, vorbei.

Aber niemand nimmt Notiz von ihm.

Das Telefon im Urkundenlabor klingelte.

Wie immer, wenn das Telefon läutete und er sich irgendwo ohne die Whos aufhielt, verspürte Parker einen Anflug von Panik, als müsse einem der Kinder etwas zugestoßen sein. Dabei hätte Mrs. Cavanaugh selbstverständlich seine Handy-Nummer gewählt und nicht eine Büronummer der Bundesbehörde.

Er warf einen Blick auf die Anrufer-Kennung, es war eine New-Yorker Nummer, und griff nach dem Hörer. »Hallo. Lincoln, Parker hier. Wir haben noch fünfzehn Minuten. Haben Sie was herausgefunden?«

Die Stimme des Kriminalisten klang besorgt. »Leider nicht viel, Parker. Legen Sie mich auf den Lautsprecher ... Hasst ihr Linguisten es nicht, wenn die Leute so bildlich mit der Sprache umgehen?«

Parker drückte auf die Taste.

»Jemand soll sich einen Stift schnappen«, rief Rhyme. »Ich erzähle Ihnen, was ich gefunden habe. Alles bereit? Alles *bereit*?«

»Wir sind so weit, Lincoln«, bestätigte Parker.

»Die auffallendste Spur im Briefpapier ist Granitstaub.«

»Granit«, betete Cage nach.

»Auf dem Stein finden sich Nachweise für Schab- und Meißelspuren. Auch auf Schleifen.«

»Woher kommt der Stein, Ihrer Meinung nach?«

»Keine Ahnung. Wie auch? Ich kenne mich in Washington nicht aus. Ich kenne mich in New York aus.«

»Und wenn wir in New York wären?«, fragte Lukas.

Rhyme ratterte los: »Baustellen für Neubauten, Renovierung oder Abriss alter Gebäude, Hersteller von Badezimmern, Küchen und Türschwellen, Bildhauer und Grabsteinwerkstätten, Landschaftsarchitekten ... Die Liste ist endlos. Sie brauchen jemanden, der die Gesteinsschichten dort unten kennt. Haben Sie verstanden? Sie kommen dafür nicht in Frage, Parker, oder?«

»Nein, ich ...«

»Sie kennen sich mit Dokumenten aus«, unterbrach ihn der Kriminalist. »Sie kennen sich auch mit unbekannten Tätern aus. Aber nicht mit Geografie.«

»Stimmt.«

Parker warf Lukas einen Blick zu. Sie sah zur Wanduhr und dann mit einem emotionslosen Gesichtsausdruck zurück zu ihm. Cage stellte ein vollendetes Achselzucken zur Schau. Lukas' Wartezustand drückte sich in ihrem versteinerten Gesicht aus.

Rhyme war noch nicht fertig: »Es finden sich außerdem Spuren von rotem Ton und altem Ziegelstaub. Auch Schwefel. Und jede Menge Kohlenstoff – Asche und Ruß, übereinstimmend mit gebratenem Fleisch oder verbranntem Müll mit Fleisch drin. Die Daten vom *Umschlag* ergaben ein wenig von denselben Substanzen, die ich auf dem Brief fand. Aber dazu noch etwas – beträchtliche Mengen von Salzwasser, Kerosin, raffiniertem Öl, Rohöl, Butter ...«

»Butter?«, fragte Lukas.

»Genau das sagte ich«, knurrte Rhyme und fügte säuerlich hinzu: »Die Marke kann ich Ihnen nicht sagen. Außerdem noch ein wenig organisches Material, das nicht schlecht zu Mollusken passen würde. Damit deuten sämtliche Hinweise auf Baltimore.«

»Baltimore?«, entfuhr es Hardy.

Und Lukas fragte: »Wie kommen Sie darauf?«

»Das Meerwasser, das Kerosin, das Heizöl und das Rohöl – ein Hafen, stimmt's? Stimmt. Was könnte es denn sonst sein? Der Washington am nächsten gelegene Umschlaghafen für Rohöl ist Baltimore. Und Thom hat mir verraten – der Bursche versteht was vom Essen –, dass es dort am Hafen Tausende von Restaurants mit Meeresfrüchten auf der Speisekarte gibt. Bertha. Er redet die ganze Zeit von *Berthas Muschelhaus.*«

»Baltimore«, murmelte Lukas. »Er hat den Brief also zu Hause geschrieben und am Abend zuvor im Hafenviertel gegessen.

Er fuhr nach Washington, um den Brief im Rathaus zu deponieren. Dann …«

»Nein, nein, nein«, unterbrach sie Rhyme.

»Was?«

Parker, der Rätselmeister, sagte: »Das Beweismittel ist falsch. Er hat alles nur inszeniert, habe ich Recht, Lincoln?«

»Als wär's ein Stück vom Broadway.« Rhyme schien sich darüber zu freuen, dass Parker mitgedacht hatte.

»Wie kommen Sie darauf?«, fragte Cage.

»Ich habe hier beim N. Y. P. D. einen Detective, mit dem ich zusammenarbeite, Roland Bell, ein guter Mann. Er stammt aus North Carolina und hat von dort einen guten Spruch mitgebracht: ›Schnell und fein, das kann nicht sein.‹ Na ja, diese Unmengen an Spuren … Es sind einfach *zu viele* Spuren, viel zu viele. Der Unbekannte hat seine Hände irgendwo reingehalten und anschließend den Umschlag imprägniert. Nur um uns auf die falsche Fährte zu locken.«

»Und die Spuren auf dem Brief?«, erkundigte sich Hardy.

»Die sind einwandfrei. Die Menge des Materials in den Papierfasern passt zu den anderen Nebensubstanzen. Nein, der Brief wird uns seinen Wohnort verraten, aber der Umschlag … ach, der Umschlag verrät uns etwas anderes.«

»Dass mehr in ihm steckt, als wir zunächst angenommen haben«, sagte Parker.

»Genau«, bestätigte Rhyme.

Parker fasste zusammen: »An seinem Wohnort gibt es also Granit, Tonstaub, Ziegelstaub, Schwefel, Ruß und Asche von gebratenem oder verbranntem Fleisch.«

»Der viele Staub … könnte auf ein Abrissgrundstück hindeuten«, meinte Cage.

»Höchstwahrscheinlich«, sagte Hardy.

»Wahrscheinlich? Wie kann es wahrscheinlich sein?«, fragte Rhyme. »Es ist eine *Möglichkeit.* Aber ist nicht andererseits alles eine Möglichkeit, bis sich *eine* Alternative als die richtige herausstellt? Denken Sie mal darüber nach …« Rhymes Stimme wurde leiser, als er mit jemandem sprach, der sich mit ihm im Zimmer befand. »Nein, Amelia, ich blase mich nicht auf. Ich bin nur präzise ... Thom! Thom! Noch ein bisschen Single Malt. Bitte.«

»Mr. Rhyme«, sagte Lukas, »Lincoln ... Das ist alles hervorragend, und wir wissen Ihre Hilfe zu schätzen. Aber uns bleiben nur noch zehn Minuten, bevor der Schütze wieder zuschlägt. Haben Sie irgendeine Idee, welches Hotel sich der Unbekannte ausgesucht haben könnte?«

Rhyme antwortete mit einer Ernsthaftigkeit, die Parker einen Schauer über den Rücken jagte. »Leider nein«, sagte er. »Sie sind dort ganz auf sich allein gestellt.«

»Na gut.«

Parker sagte: »Vielen Dank, Lincoln.«

»Ich wünsche Ihnen allen viel Glück. Viel Glück.« Mit einem Klick trennte der Kriminalist die Verbindung.

Parker sah sich die Notizen an. Granitstaub ... Schwefel ... Aah, das waren wunderbare Hinweise, solide Hinweise. Aber dem Team blieb nicht mehr annähernd genug Zeit, sie zu verfolgen. Nicht vor 16 Uhr. Vielleicht nicht einmal vor 20 Uhr.

Er stellte sich den Schützen inmitten einer Menschenmenge vor, die Pistole schussbereit. Kurz davor, den Abzug zu betätigen. Wie viele würden wohl diesmal sterben?

Wie viele Familien?

Wie viele Kinder wie LaVelle Williams?

Kinder wie Robby und Stephie?

Niemand in dem halbdunklen Labor sagte etwas, als wären sie wie gelähmt von ihrer Unfähigkeit, den Schleier, der die Wahrheit verhüllte, zu lüften.

Parker starrte auf den Brief und hatte den Eindruck, er mache sich über ihn lustig.

Lukas' Telefon klingelte. Sie hörte angestrengt zu, dann verzog sich ihr Mund zu dem ersten echten Lächeln, das Parker an diesem Tag in ihrem Gesicht gesehen hatte.

»Wir haben ihn!«, verkündete sie.

»Was?«, sagte Parker erstaunt.

»Zwei von Jerrys Jungs haben soeben zwei dieser schwarz gefärbten Patronen unter einem Sessel im Four Seasons Hotel in Georgetown gefunden. Alle verfügbaren Agenten und Polizisten sind dorthin unterwegs.«

11

15:50

»Ist es voll?«

»Das Hotel?«, antwortete Cage auf Parkers Frage und sah von seinem Handy auf. »Kann man wohl sagen. Unser Mann sagt, die Bar im Erdgeschoss ist völlig überfüllt, irgendein Empfang. In den Festsälen finden obendrein vier Silvesterpartys statt. Viele Firmen machen heute früher Schluss. Dort müssen sich an die tausend Leute aufhalten.«

Parker dachte daran, was eine automatische Waffe in einem geschlossenen Raum wie einem Festsaal anrichten konnte.

Tobe Geller hatte die Einsatzfrequenz auf die Lautsprecher geschaltet. Das Team im Labor konnte Jerry Bakers Stimme hören. »Hier Silvesterleiter an alle Einheiten. Code zwölf im Four Seasons in der M Street. Code zwölf. Täter befindet sich auf dem Gelände, keine nähere Beschreibung. Angeblich mit einer vollautomatischen Uzi mit Schalldämpfer bewaffnet. Alle haben grünes Licht. Wiederhole, Sie haben grünes Licht.«

Das bedeutete, sie hatten die Erlaubnis, ohne Vorwarnung zu schießen.

Innerhalb weniger Minuten würden Dutzende von Polizisten in dem Hotel eintreffen. Würden sie ihn schnappen? Selbst wenn nicht, überlegte Parker, so gelingt es ihnen vielleicht wenigstens, ihn zu vertreiben, bevor er Schaden anrichten kann.

Andererseits konnten sie ihn vielleicht tatsächlich schnappen, ihn festnehmen oder, falls er Widerstand leistete, töten. Dann wäre dieser grausige Spuk vorüber, und Parker könnte wieder nach Hause zu seinen Kindern gehen.

Was sie wohl gerade tun, fragte er sich.

Ach, Robby, wie soll ich dir nur sagen, dass du dir keine Sorgen machen musst? Der Bootmann ist seit Jahren tot. Aber sieh mal, heute Abend haben wir es mit einem anderen Bootmann zu tun, einem noch viel schlimmeren. So ist es nun mal mit dem Bösen auf der Welt, mein Sohn. Es kriecht immer und immer wieder aus dem Grab, und man kann es nicht aufhalten …

Die Lautsprecher schwiegen.

Das Warten war immer am schlimmsten. Parker hatte das in den Jahren, seitdem er ausgeschieden war, völlig vergessen. An das Warten gewöhnte man sich nie.

»Jetzt treffen die ersten Wagen ein«, rief Cage mit dem Ohr am Handy.

Parker beugte sich wieder über den Erpresserbrief.

Bürgermeister Kennedy –

Das Ende ist nacht. Der Digger ist los, und es gibt keine Möglichkeit, ihn zu hintern.

Er betrachtete den Umschlag.

Sein Blick fiel auf die Flecken mit den Spuren, dann abermals auf die ESDA-Blätter, die blassen Bilder mit dem Handschriftenabdruck: *t-e-l.*

Rhymes Worte hallten in ihm nach.

Aber der Umschlag verrät uns etwas anderes.

Dass mehr in ihm steckt, als wir zunächst angenommen haben …

Dann hörte Parker, wie er Lukas zuvor erklärt hatte, das psycholinguistische Profil von Quantico sei falsch, der Unbekannte in Wirklichkeit ein ungemein kluger Kopf.

Er blickte abrupt auf und sah zu Lukas hinüber.

»Was ist?«, fragte sie, von seinem Gesichtsausdruck alarmiert.

»Wir haben uns getäuscht«, sagte er tonlos. »Wir haben uns von Grund auf getäuscht. Er hat es nicht auf das Four Seasons abgesehen.«

Die anderen im Raum erstarrten und sahen ihn ungläubig an.

»Halten Sie die Einsatztruppe auf. Die Polizei, die Agenten, egal, wo sie gerade sind – halten Sie sie auf!«

»Wovon reden Sie eigentlich?«, fragte Lukas.

»Der Brief … er hat uns belogen.«

Cage und Lukas wechselten einen raschen Blick.

»Er führt uns vom richtigen Tatort weg.«

»Führt uns …?« C. P. Ardell sah zu Lukas hinüber. »Was meint er damit?«

Parker ignorierte ihn und schrie: »Haltet sie auf!«

Cage nahm sein Telefon hoch. Lukas hielt ihn mit einer Handbewegung auf.

»Na los! Sofort!«, rief Parker aufgebracht. »Die Einsatzteams müssen mobil bleiben! Wir können sie nicht alle in dem Hotel binden!«

»Parker! Er ist dort!«, sagte Hardy. »Sie haben die Patronen gefunden. Das kann kein Zufall sein.«

»Natürlich ist es kein Zufall. Der Digger hat sie dort zurückgelassen. Dann ist er woandershin gegangen, an sein richtiges Ziel. An einen Ort, der *kein* Hotel ist.« Parker blickte Cage an: »Halten Sie die Wagen auf!«

»Nein«, sagte Lukas. Auf ihrem schmalen Gesicht zeichnete sich Zorn ab.

Doch Parker, der schon wieder den Brief anstarrte, fuhr fort: »Er ist zu schlau, um zufällig einen Hinweis auf das Hotel zu hinterlassen. Er hat uns schon mit den Spuren auf dem Umschlag hereinzulegen versucht. Das Gleiche gilt für den Abdruck, das *t-e-l.*«

»Wir hätten den Abdruck doch beinahe nicht gefunden«, konterte Lukas. »Schon gar nicht, wenn Sie uns nicht geholfen hätten.«

»Er weiß darüber Bescheid …« Er stockte und fuhr dann fort: »Der Unbekannte wusste, mit wem er es zu tun bekommen würde. Erinnern Sie sich an mein linguistisches Profil?« Er pochte mit dem Finger auf das Bild des unbekannten Toten. »Er war brillant. Er war ein Stratege. Er musste die Beweisstücke so raffiniert herrichten. Sonst hätten wir ihnen nicht geglaubt. Nein, nein, wir müssen die taktischen Teams aufhalten. Egal, wo sie sich gerade befinden. Und warten, bis wir herausgefunden haben, welches das eigentliche Ziel ist.«

»Warten?« Hardy warf aufgebracht die Hände in die Luft.

C. P. flüsterte: »Es ist fünf vor vier!«

Cage zuckte die Achseln und sah Lukas an. Die Entscheidung lag bei ihr.

»Sie müssen es tun!«, knurrte Parker.

Er sah, wie Lukas mit starrem Blick zur Uhr schaute. Der Minutenzeiger rückte einen weiteren Strich vor.

Im Hotel war es viel schicker als *hier* gewesen.

Der Digger sieht sich um. Irgendetwas in diesem Theater gefällt ihm nicht.

Die Tüte mit den Hündchen passte sehr gut … sehr gut zu diesem Hotel.

Hier wirkt sie irgendwie fehl am Platz.

Es ist das … es ist das … *klick* … das Mason Theater, nicht weit von Georgetown entfernt, Richtung Osten. Der Digger steht im Foyer und betrachtet die Holzschnitzereien. Er sieht Blumen, die weder gelb sind noch rot, sondern Holz, dunkel wie dunkles Blut. Aha, und was ist das? Schlangen. Aus dem Holz geschnitzte Schlangen. Und Frauen mit großen Brüsten, wie die von Pamela.

Hmmm.

Aber keine Tiere.

Hier sind keine Hündchen. Nein, nein, nein.

Er hatte das Theater unbehelligt betreten können. Die Vorstellung war fast zu Ende. Gegen Ende der Vorstellung kann man in die meisten Theater einfach hineinspazieren, hatte ihm der Mann, der ihm alles sagt, erklärt, und niemand schert sich um einen. Jeder glaubt, man kommt, um jemanden abzuholen.

Keine der Platzanweiserinnen beachtet ihn. Sie unterhalten sich über Sport und Restaurants und Silvesterpartys.

Solche Sachen.

Es ist fast vier.

Der Digger ist schon seit Jahren nicht mehr im Konzert oder im Theater gewesen. Pamela und er gingen manchmal … *klick* … manchmal irgendwohin, um Musik zu hören. Keine Theateraufführung. Kein Ballett. Was war es nur gewesen? Irgendwas, wo Leute tanzten. Der Musik zuhörten … Leute mit komischen Hüten. Es wurde Gitarre gespielt und gesungen. Der Digger erinnert sich an ein Lied. Er summt es vor sich hin.

When I try to love you less,
I just love you all the more.

Aber heute singt niemand. Wahrscheinlich ein Ballett. Nachmittagsvorstellung, wie nett.

Das reimt sich, denkt er. Lustig. Ballett … nett …

Der Digger schaut zur Wand – auf ein Plakat. Ein gruseliges Bild. Es gefällt ihm überhaupt nicht. Gruseliger als die Bilder am Eingang zur Hölle. Auf dem Bild ist ein Soldat mit einem riesengroßen Unterkiefer zu sehen, und er trägt einen hohen blauen Hut. Unheimlich. Nein … *klick* … nein, nein. Gefällt mir überhaupt nicht.

Er schlendert durch das Foyer und denkt, Pamela würde sich lieber Männer mit Cowboyhüten ansehen, als Soldaten mit riesengroßen Unterkiefern wie diesen Burschen hier. Sie würde ein schönes Kleid anziehen, bunt wie die Blumen, und dann ausgehen, um die Männer mit den Cowboyhüten singen zu hören. Manchmal hatte auch William, der Freund des Diggers, so einen Hut auf. Sie gingen zusammen aus. Wahrscheinlich war es immer sehr lustig, aber er ist sich nicht ganz sicher.

Der Digger schlendert zur Bar im Foyer, die jetzt geschlossen ist, und findet den Personaleingang, geht hindurch und steigt die Stufen hinauf, die nach verschütteter Limo riechen. Vorbei an Pappkartons mit Plastikbechern und Taschentüchern und Gummibärchen und Lakritzschnecken.

Oben angekommen, vor der Tür mit der Aufschrift BALKON, tritt der Digger auf den Gang hinaus und geht langsam über den dicken Teppich.

»Geh in Loge 58«, hat der Mann, der ihm alles sagt, gesagt. »Sie ist leer, denn ich habe alle Plätze in der Loge gekauft. Sie ist im selben Stockwerk wie der Balkon. Ein Stück rechts herum auf dem Hufeisen.«

»Huf?«, hat der Digger gefragt. Was soll das heißen, Huf?«

»Der Balkon ist wie ein Hufeisen geformt. Geh zu einer Loge.«

»Ich gehe ... *klick* ... gehe zu einer Loge. Was ist eine Loge?«

»Du findest sie hinter den Vorhängen. Ein kleiner Raum, von dem aus man auf die Bühne schauen kann.«

»Ach so.«

Und jetzt, kurz vor 16 Uhr, nähert sich der Digger der Loge, und niemand bemerkt ihn.

Eine Familie geht am Süßwarenstand vorbei; der Vater sieht auf die Uhr. Sie gehen früher. Die Mutter hilft ihrer Tochter in den Mantel, und beide sehen verärgert aus. Das Mädchen hat eine Blume im Haar, aber sie ist weder gelb noch rot; sie ist weiß. Das andere Kind, ein kleiner, ungefähr fünfjähriger Junge, hat den Süßwarenstand erblickt und bleibt stehen. Er erinnert den Digger an den Jungen in dem schicken Hotel. »Komm schon«, sagt der Vater. »Wir müssen los. Sonst halten sie unseren Tisch nicht mehr frei.«

Der Junge sieht aus, als wollte er gleich zu weinen anfangen, doch sein Vater zieht ihn ohne Gummibärchen oder Lakritzschnecken zum Ausgang.

Jetzt ist der Digger allein auf dem Gang. Er glaubt, der Junge tut ihm Leid, aber er ist sich nicht sicher. Er geht weiter, seitlich um das Hufeisen herum. Eine junge Frau in einer weißen Bluse kommt auf ihn zu. Sie hat eine Taschenlampe in der Hand.

»Hallo«, sagt sie. »Verlaufen?«

Sie sieht ihm ins Gesicht.

Der Digger drückt das Seitenteil der Tüte mit den Hündchen an ihre Brust.

»Was …«, will sie gerade sagen.

Ffft, fft …

Er schießt zweimal, und als sie auf den Teppich fällt, packt er ihre Haare und schleift sie in die leere Loge.

Direkt hinter dem Vorhang bleibt er stehen.

Meine Güte, das sieht hier aber … *klick* … aber hübsch aus. Hmmm.

Sein Blick schweift über das Theaterrund. Der Digger lächelt nicht, aber jetzt findet er doch, dass er dieses Theater mag. Dunkles Holz, Blumen, Stuck, Gold und ein Kronleuchter. Hmmm. Sieh mal einer an. Schicker noch als das schicke Hotel. Doch er findet, dass es nicht der beste Ort zum Schießen ist. Beton oder Hohlziegel wäre besser, dann gibt es mehr Querschläger, und die scharfkantigen Bleisplitter würden herumfliegen und jede Menge Zerstörung anrichten.

Er sieht Leute auf der Bühne tanzen, hört die Orchestermusik. Aber eigentlich nimmt er sie nicht wahr. Er summt immer noch vor sich hin. Kriegt dieses Lied nicht aus dem Schädel.

I look into the future.
I wonder what's in store.
I think about our life,
And I love you all the more.

Der Digger schiebt die Leiche der Frau an den Samtvorhang. Ihm ist warm. Er zieht den Mantel aus, obwohl der Mann, der ihm alles sagt, ihm aufgetragen hat, es nicht zu tun. Aber so fühlt er sich wohler.

Er greift in die Tüte mit den Hündchen und legt die Finger um den Griff der Pistole. Nimmt den Schalldämpfer in die linke Hand.

Er schaut auf das Publikum hinunter. Auf die Mädchen in rosa Satin, die Jungen in den blauen Blazern, die Frauen mit den

V-förmigen Ausschnitten am Hals, in denen die Haut zu sehen ist, kahle Männer und Männer mit dichtem Haar. Einige richten kleine Ferngläser auf die Leute auf der Bühne. Von der Mitte der Theaterdecke hängt ein riesiger Kronleuchter herab, eine Million Lichter. Die Decke selbst ist mit dicken Engeln bemalt, die durch gelbe Wolken fliegen. Wie das Neujahrs-Baby …

Es gibt nicht viele Türen, und das ist gut so. Selbst wenn er nicht mehr als dreißig oder vierzig Leute erwischt, werden noch mehr an den Ausgängen zerquetscht. Das ist gut.

Das ist gut …

Vier Uhr. Seine Uhr piept. Er macht einen Schritt nach vorn, packt den Schalldämpfer durch die zerknitterte Tüte und sieht das Gesicht eines Hündchens. Ein Hündchen hat ein rosafarbenes Bändchen um, das andere ein blaues. Aber kein rotes und auch kein gelbes, denkt der Digger und drückt ab.

Dann hört er die Stimme.

Sie ist hinter ihm, im Flur, hinter dem hübschen Samtvorhang. »Großer Gott«, flüstert die Stimme des Mannes. »Wir haben ihn! Er ist hier.« Der Mann zieht den Vorhang zur Seite und hebt seine schwarze Pistole.

Aber der Digger hat ihn gerade noch rechtzeitig gehört und wirft sich gegen die Wand, als der Agent schießt. Der Schuss geht vorbei. Der Digger schneidet ihn mit einem zweiten Feuerstoß aus der Uzi beinahe in der Mitte durch. Ein zweiter Agent hinter dem ersten wird von der Geschossgarbe verwundet. Er sieht dem Digger ins Gesicht, und der Digger erinnert sich daran, was er zu tun hat. Also tötet er auch diesen Agenten.

Der Digger bricht nicht in Panik aus. Er ist nie panisch. Angst kennt er nicht einmal aus der Ferne. Aber er weiß, dass manche Dinge gut und andere schlecht sind; nicht tun, was ihm gesagt wurde, ist schlecht. Er möchte in die Menge schießen, aber das geht nicht. Mehr Agenten rennen die Treppe zum Balkon herauf. Die Agenten haben FBI-Windjacken an, kugelsichere Westen, einige haben Helme auf, einige tragen Maschinenpistolen, die wahrscheinlich so schnell wie seine Uzi schießen.

Ein Dutzend Agenten. Zwei Dutzend. Einige biegen um die Ecke und laufen dorthin, wo die Leichen ihrer Freunde liegen. Der Digger hält die Tüte durch den Vorhang in den Flur hinaus und zieht den Abzug einen Augenblick durch. Glas splittert, Spiegel zerspringen, Lakritzschnecken und Gummibären fliegen durch die Luft.

Er sollte ... *klick* ... sollte eigentlich ins Publikum schießen. Das ist ihm aufgetragen worden ...

Aufgetragen worden ... Er ...

Einen Moment herrscht Leere in seinem Kopf.

Er sollte ... *klick.*

Noch mehr Agenten, noch mehr Polizisten. Rufe.

Heilloses Durcheinander ... Bald schon werden Dutzende Agenten vor der Loge sein. Sie werden eine Handgranate zu ihm hereinwerfen und ihn betäuben und ihn vielleicht sogar totschießen, und dann rattern die Kugeln nicht mehr herum ... sie gehen direkt durch sein Herz, und dann hört es auf zu schlagen.

Oder sie bringen ihn zurück nach Connecticut und stoßen ihn durch den Eingang zur Hölle. Diesmal wird er für immer dort bleiben. Den Mann, der ihm alles sagt, wird er nie wieder sehen.

Er sieht Leute vom Balkon springen. Es ist nicht sehr tief.

Die Agenten und Polizisten brüllen durcheinander.

Sie sind überall.

Der Digger schraubt den Schalldämpfer ab und zielt auf den Kronleuchter. Er zieht am Abzug. Ein Aufbrüllen wie von einer Kettensäge. Die Kugeln durchtrennen die Halterung und das gewaltige Gewirr aus Glas und Metall stürzt herab, begräbt Menschen unter sich. Alle schreien. Alle sind in Panik.

Der Digger schwingt sich über die Balustrade und landet fünf Meter weiter unten auf den Schultern eines großen Mannes. Sie gehen zu Boden, und der Digger springt auf. Dann wird er mit der Menge durch den Notausgang geschoben. Die Tüte hält er immer noch fest umklammert.

Nach draußen, in die frische Luft.

Dort blenden ihn die Scheinwerfer und Blinklichter der fünfzig oder sechzig Polizeiautos und Kleinbusse. Doch hier draußen halten sich nicht viele Polizisten und Agenten auf. Die meisten sind, wie er vermutet, im Theater.

Zusammen mit einem Pärchen mittleren Alters rennt er durch eine Seitenstraße, weg vom Theater. Er läuft hinter ihnen. Sie bemerken ihn nicht. Er überlegt, ob er sie töten soll, aber das hieße, den Schalldämpfer wieder aufzuschrauben, und das geht nicht so schnell mit dem Gewinde. Außerdem sehen sie ihn nicht an, also *muss* er sie nicht unbedingt umbringen. Er biegt an der nächsten Straßenecke ab und spaziert fünf Minuten später durch eine Wohnstraße.

Die Tüte klemmt fest unter dem Ärmel seines schwarzen oder blauen Mantels.

Die dunkle Kappe hat er bis über die Ohren gezogen.

I'd love you if you're sick.
I'd love you if you're poor.

Der Digger summt.

Even when you're miles away
I love you all the more …

»Mann, Parker!«, sagte Len Hardy und schüttelte den Kopf vor jungenhafter Bewunderung. »Gute Arbeit. Sie haben's rausgekriegt.«

C. P. Ardell meinte in etwa das Gleiche, als er sagte: »Legt euch nicht mit diesem Mann an, auf gar keinen Fall.«

Margaret Lukas hatte ihr Telefon am Ohr und sagte nichts. Ihr Gesicht war immer noch ausdruckslos, doch sie sah zu ihm herüber und nickte. Ihre Art, sich zu bedanken.

Aber Parker Kincaid wollte keine Dankbarkeit. Er wollte Tatsachen. Er wollte wissen, wie schlimm der Digger gewütet hatte.

Und ob er unter den Toten war.

Die Lautsprecher auf der Konsole knisterten, während Jerry Bakers Eingreiftrupps sich gegenseitig in die Übertragungen funkten. Parker verstand nur sehr wenig von dem, was sie sagten.

Lukas legte den Kopf mit dem Telefonhörer ein wenig schräg. Dann blickte sie auf und sagte: »Zwei Agenten tot, zwei verwundet. Eine Platzanweiserin tot, und ein Mann aus dem Publikum wurde vom Kronleuchter erschlagen, ein Dutzend Leute sind verletzt, mehrere ernsthaft. Einige Kinder sind in der Panik schwer verletzt worden. Niedergetrampelt. Aber sie kommen durch.«

Sie kommen durch, dachte Parker erbittert. Aber ihr Leben wird nie mehr so sein wie früher.

Papa, erzähl mir vom Bootmann …

»Ist er entkommen?«, fragte Parker.

»Ja. Er ist weg«, antwortete Lukas mit einem Seufzen.

»Beschreibung?«

Sie schüttelte den Kopf und sah zu Cage, der ebenfalls an seinem Telefon hing. »Nein«, murmelte er, »niemand hat auch nur einen Blick auf ihn werfen können. Das heißt, zwei unserer Leute schon. Aber das sind die beiden, die er erwischt hat.«

Parker schloss die Augen und ließ den Kopf nach hinten gegen das graue Polster des Bürostuhls kippen. Es musste der sein, den er vor Jahren bestellt hatte; dieser muffige Plastikgeruch haftete noch an ihm, ein Geruch, der Erinnerungen in ihm wachrief – einige der vielen Erinnerungen, die heute Abend in ihm aufstiegen.

Erinnerungen, die er keinesfalls heraufbeschwören wollte.

»Spurensicherung?«, fragte er.

»PERT kämmt alles mit einem Mikroskop durch«, sagte Cage. »Aber obwohl er mit einer Automatik rumballert, sind nirgendwo Hülsen zu finden. Ich versteh das nicht.«

»Er hat die Pistole in einer Tüte oder so was. Darin fängt er die Hülsen auf.«

»Woher wissen Sie das?«, fragte Hardy.

»Ich weiß es nicht. Aber das würde *ich* an seiner Stelle tun. Hat jemand im Hotel beobachtet, wie er die Patronen deponiert hat?«

»Fehlanzeige«, brummte Cage. »Und sie haben wirklich alle ausgequetscht. Ein Kind sagt, es hätte den schwarzen Mann gesehen, kann sich aber an nichts Brauchbares erinnern.«

Der schwarze Mann, dachte Parker sarkastisch. Na toll.

Dann fiel ihm ein: Mann, war das knapp.

Lukas war letztendlich doch noch auf Parkers Linie eingeschwenkt und hatte mit eisiger Stimme gesagt: »Na schön, na schön, wir halten die Teams auf. Aber Gott sei Ihnen gnädig, Kincaid, wenn Sie falsch liegen.« Sie hatte die Teams angewiesen, an Ort und Stelle zu bleiben. Dann hatten sie einige fieberhafte Minuten damit zugebracht, herauszufinden, wo der Digger hingegangen sein mochte. Parker hatte die Vermutung geäußert, er habe die Patronen erst kurz vor vier im Hotel zurückgelassen; damit blieben ihm höchstens zehn Minuten bis zu seinem eigentlichen Ziel. Der Killer konnte sich nicht darauf verlassen, an einem Feiertagsnachmittag ein Taxi zu bekommen, und die Busse in der Stadt fuhren höchst unzuverlässig. Er musste also zu Fuß gehen. Das hieß einen Radius von höchstens fünf Querstraßen.

Parker und das Team hatten sich über einen Stadtplan von Georgetown gebeugt.

Plötzlich hatte er auf die Uhr geblickt und gesagt: »Geben die Theater heute Nachmittagsvorstellungen?«

Lukas hatte ihn am Arm gepackt. »Ja. Ich habe heute Morgen in der *Post* einige Ankündigungen gesehen.«

Als Musikfan erwähnte Tobe Geller das Mason Theater, das nur fünf Minuten zu Fuß vom Four Seasons entfernt war.

Parker blätterte hastig eine Ausgabe der *Washington Post* durch und fand heraus, dass eine Vorstellung des *Nussknackers* um zwei Uhr angefangen hatte und gegen vier Uhr zu Ende sein musste. Ein voll besetztes Theater war das ideale Ziel für den Digger. Parker forderte Lukas auf, Jerry Baker anzurufen und sämtliche Einsatzkräfte dorthin zu schicken.

»Alle?«

»Alle.«

Gott sei Ihnen gnädig, Kincaid, wenn Sie falsch liegen …

Aber er hatte nicht falsch gelegen. Trotzdem war er ein hohes Risiko eingegangen … Und obwohl viele Menschenleben gerettet worden waren, hatten sie doch einige verloren. Und der Killer war entkommen.

Parker warf einen Blick auf den Erpresserbrief. Der Mann, der ihn geschrieben hatte, war tot, aber der Brief selbst kam ihm sehr lebendig vor. Es schien ihn zu verhöhnen. Er spürte den verrückten Drang, sich eine Untersuchungssonde zu schnappen und sie dem Brief ins Herz zu stoßen.

Cages Telefon klingelte wieder. Er ging ran und sagte ein paar Worte. Seinem Gesichtsausdruck nach zu schließen, schienen die Neuigkeiten ermutigend zu sein. Dann legte er auf. »Es war der Psychologe. Unterrichtet Kriminalpsychologie in Georgetown. Angeblich hat er Infos zu dem Namen.«

»Zum ›Digger‹?«, fragte Parker.

»Ja. Er kommt gleich mal rüber.«

»Gut«, sagte Lukas.

»Was jetzt?«, fragte Cage.

Lukas zögerte einen Augenblick und fragte dann Parker: »Was meinen Sie? Sie müssen Ihre Beiträge nicht auf das Dokument beschränken.«

»Also ich würde wissen wollen, ob die Loge, aus der er geschossen hat, leer war, und wenn ja, ob der Unbekannte die ganze Loge reserviert hatte, damit der Digger eine gute Schussposition hat. Und dann würde ich herauszufinden versuchen, ob er dafür eine Kreditkarte benutzt hat.«

Lukas nickte C. P. zu, der Jerry Baker anrief und die Fragen an ihn weiterleitete. Er wartete einen Augenblick und hörte zu. Dann trennte er die Verbindung und verdrehte die Augen. »Netter Versuch.«

»Aber«, spekulierte Parker laut, »er hat die Karten schon vor zwei Wochen gekauft und bar bezahlt.«

»Vor drei Wochen«, murmelte der Agent und rieb sich mit einer rauen Handfläche über den glänzenden Schädel. »Und bar bezahlt.«

»Verflixt noch mal!«, fauchte Parker enttäuscht. Er starrte auf seine Notizen, die er sich zu Lincoln Rhymes Beobachtungen gemacht hatte. »Wir brauchen Stadtpläne. Gute. Nicht so was hier.« Er tippte auf die Straßenkarte, mit deren Hilfe sie herauszufinden versucht hatten, wohin der Digger vom Four Seasons aus gegangen war. »Ich will herauskriegen, woher die Spur aus dem Brief kommt. Genauer bestimmen, in welchem Teil der Stadt er gewohnt hat.«

Lukas nickte Hardy zu. »Wenn uns das gelingt, brauchen wir Jerrys Team und auch einige Ihrer Leute von der Polizei, um das Viertel zu durchkämmen. Kopieren Sie das Foto des Unbekannten und fragen Sie, ob ihn jemand in der Nähe eines Hauses oder einer Wohnung gesehen hat.« Sie reichte Geller einen Abzug der Aufnahme, die der Gerichtsmediziner von dem Unbekannten angefertigt hatte. »Tobe, machen Sie mir bitte hundert Abzüge davon.«

»Wird gemacht.«

Parker sah die Liste mit den Spuren durch, die Rhyme identifiziert hatte. Granit, Ton, Ziegelstaub, Schwefel, Asche … Woher stammten diese Materialien?

Der junge Laufbursche, der ihnen den Brief gebracht hatte – Timothy, wie sich Parker erinnerte – tauchte im Türrahmen auf.

»Agent Lukas?«

»Ja?«

»Ein paar Dinge, die Sie wissen sollten. Zunächst einmal Moss?«

Gary Moss. Parker fiel die Notiz über die Kinder ein, die beinahe verbrannt waren.

»Er ist fast ausgeflippt. Hat einen Hausmeister gesehen und sofort gedacht, er wäre ein Killer.«

Lukas runzelte die Stirn. »Wer war das? Einer von unseren Leuten?«

»Ja, jemand vom Reinigungspersonal. Wir haben es überprüft. Aber Moss ist völlig paranoid. Er will, dass wir ihn aus der Stadt bringen. Er hält es für sicherer.«

»Wir können ihn nicht aus der Stadt bringen. Momentan haben wir Wichtigeres zu tun.«

»Ich wollte es Ihnen nur gesagt haben«, erwiderte Timothy.

Sie sah sich um und schien zu überlegen. Dann sagte sie zu Len Hardy: »Detective, würde es Ihnen etwas ausmachen, eine Weile sein Händchen zu halten?«

»Ich?«

»Würden Sie es tun?«

Hardy sah nicht sehr begeistert aus. Lukas' Vorschlag war noch so ein versteckter Schlag in sein Gesicht. Parker fiel sofort wieder ein, dass die schwierigsten Aufgaben bei seinem Job, als er noch diese Abteilung leitete, nicht darin bestanden hatten, mit komplizierten Dokumenten umzugehen, sondern mit den heiklen Egos seiner Untergebenen.

»Na ja …«, sagte Hardy.

»Danke.« Lukas lächelte ihn an. Dann sagte sie zu Timothy: »Was gibt es sonst noch?«

»Der Sicherheitsdienst lässt ausrichten, sie hätten einen Typen unten. Einen Besucher.«

»Und?«

»Er sagt, er wüsste was über den Metro-Killer.«

Jedes Mal bei einem so schweren Verbrechen wie diesem, erinnerte sich Parker, kamen sämtliche Bekloppte aus ihren Löchern gekrochen – einige, um das Verbrechen zu gestehen, einige, um bei seiner Aufkärung behilflich zu sein. Für solche Leute gab es unweit des Haupteingangs zum Hauptquartier mehrere »Empfangszimmer«. Jeder gute Bürger, der sich meldete, weil er etwas Wichtiges zu einem Verbrechen wusste, wurde in einen dieser Besucherräume geführt und dort von einem ausgebildeten Vernehmungsbeamten auf Informationen abgeklopft.

»Ausweispapiere?«, wollte Lukas wissen.

»Behauptet, er sei Journalist. Schreibt angeblich über eine Serie ungelöster Mordfälle. Führerschein und Versicherungskarte sind überprüft. Es liegt nichts gegen ihn vor. Sie sind allerdings nicht weiter als Stufe zwei gegangen.«

»Was hat er uns zum Digger zu sagen?«

»Er hat nur gesagt, dass dieser Kerl es schon öfter getan hat – in anderen Städten.«

»In anderen Städten?«, fragte C. P. Ardell.

»Behauptet er.«

Lukas sah Parker an. Der sagte: »Ich finde, wir sollten uns mit ihm unterhalten.«

II
WECHSELBALG

Um die Gruppe der möglichen Urheber eines zweifelhaften Schriftstückes möglichst einzugrenzen, gilt es zunächst, nationale sowie klassen- und gruppenspezifische Charakteristika zu erkennen. Eine weitere Einschränkung des Täterkreises erfolgt durch die Identifizierung, Tabellarisierung und Auswertung individueller Eigenschaften.

EDNA W. ROBERTSON
Grundlagen der Urkundenprüfung

12

16:15

»Also ist er jetzt in D. C., stimmt's?«, fragte der Mann.

Sie standen im Empfangsbereich B. Jedenfalls stand das in angenehmen, fast handschriftlich anmutenden Lettern auf dem Schild an der Tür zu lesen. Mitarbeiter des FBI jedoch nannten den Raum nach dem vorherrschenden Farbton der Inneneinrichtung nur »Vernehmungsraum Blau«. Parker, Lukas und Cage saßen dem Mann gegenüber, auf der anderen Seite des ramponierten Tisches. Er war ziemlich groß und hatte eine wilde graue Haarmähne. Seine Wortwahl verriet Parker, dass er nicht aus der Gegend stammte. Die Einheimischen nannten die Stadt »the District«, niemals »D. C.«.

»Von wem reden Sie?«, gab Lukas seine Frage zurück.

»Sie wissen genau, von wem«, antwortete der Mann spröde. »Ich nenne ihn den Schlächter. Wie nennen *Sie* ihn?«

»Wen?«

»Den Killer mit dem Verstand eines Menschen und dem Herzen eines Teufels«, führte er seine Erklärung dramatisch aus.

Der Bursche könnte sehr gut ein Spinner sein, aber Parker fand, dass seine Worte den Digger recht gut beschrieben.

Henry Czismans Kleidung sah sauber, wenn auch recht strapaziert aus. Das weiße Hemd spannte über seinem beachtlichen Bauch, darauf lag eine gestreifte Krawatte. Die Jacke war kein Sportblouson, sondern das Oberteil eines grauen Nadelstreifenanzugs. Parker stieg der bittere Geruch von kaltem Zigarettenrauch in die Nase. Auf dem Tisch lag eine arg mitgenommene Aktentasche. Czismans Hand umfasste den Becher mit Eiswasser, der vor ihm stand.

»Sie sagen, der Mann, der nach unserer Meinung die Schüsse

in der Metro und im Theater abgegeben hat, wird ›der Schlächter‹ genannt?«

»Derjenige, der tatsächlich geschossen hat, ja. Den Namen seines Komplizen kenne ich nicht.«

Lukas und Cage schwiegen einen Augenblick. Die Agentin musterte den Mann aufmerksam und überlegte wahrscheinlich, woher Czisman wusste, dass der Digger einen Partner hatte. Bislang war die Nachricht von dem unbekannten Toten noch nicht an die Presse gegeben worden.

»Wieso interessieren Sie sich für diesen Fall?«, erkundigte sich Parker.

Czisman machte die Aktentasche auf und zog mehrere alte Zeitungen heraus. Die *Hartford News-Times*. Ausgaben vom vergangenen Jahr. Er zeigte auf bestimmte Artikel, die er verfasst hatte. Er war Polizeireporter – zumindest gewesen.

»Ich habe unbezahlten Urlaub genommen und schreibe an einem True-Crime-Sachbuch über den Schlächter. Ich folge seiner Spur der Vernichtung«, fügte er finster hinzu.

»True Crime?«, fragte Cage nach. »Die Leute sind ganz verrückt nach solchen Büchern, was?«

»Ja, sie verschlingen sie förmlich. Alles Bestseller. Ann Rule und ihr Ted-Bundy-Buch … Haben Sie es gelesen?«

»Kann sein«, sagte Cage.

»Die Leute interessieren sich ungemein für wahre Verbrechen. Sagt so einiges über unsere Gesellschaft aus, finden Sie nicht? Vielleicht sollte mal jemand *darüber* ein Buch schreiben. Warum die Leute so darauf abfahren.«

»Dieser Schlächter, von dem Sie sprachen«, führte ihn Lukas wieder zum Thema zurück.

Czisman fuhr fort: »Das war sein Spitzname in Boston. Anfang des Jahres. Eine Zeitung nannte ihn, glaube ich, den Teufel.«

Die Teufelsträne, schoss es Parker unwillkürlich durch den Kopf. Lukas warf ihm einen Blick zu, und er fragte sich, ob sie ebenfalls daran dachte. »Was ist in Boston passiert?«, fragte er.

Czisman sah ihn an. Senkte den Blick auf Parkers Besucherpass. Es stand kein Name darauf. Parker war ihm von Cage als Mr. Jefferson, ein Berater, vorgestellt worden.

»Es gab eine Schießerei in einem Schnellrestaurant in der Nähe der Faneuil Hall. Lucy's Tacos.«

Parker hatte nichts davon gehört, oder, falls der Vorfall es bis in die Nachrichten geschafft hatte, wieder vergessen. Aber Lukas nickte. »Vier Tote, sieben Verwundete. Der Täter fuhr vor und feuerte mit einer Automatikflinte durch die Scheibe des Restaurants. Kein Motiv.«

Parker vermutete, dass sie sämtliche Fahndungsschreiben zu Schwerverbrechen gelesen hatte.

»Wenn ich mich recht entsinne«, fuhr sie fort, »gab es auch von diesem Täter keine Beschreibung.«

»Es ist trotzdem derselbe. Darauf können Sie wetten. Aber Sie haben Recht, es gab keine Täterbeschreibung. Nur Vermutungen. Er ist höchstwahrscheinlich weiß, aber nicht unbedingt. Wie alt? In den Dreißigern, Vierzigern. Größe? Mittel. Jeder könnte es sein. Nicht so wie diese Bodybuilder mit Pferdeschwanz, die im Fernsehen immer die Schurken spielen. Die würde man leicht finden. Aber der Schlächter ... Er ist einfach nur ein Jedermann. Ziemlich gruselig, finden Sie nicht?«

Lukas wollte die nächste Frage stellen, doch Czisman kam ihr zuvor. »Sie sagten, bei den Schüssen auf das Lokal habe es kein Motiv gegeben, Agent Lukas?«

»So stand es im Bericht.«

»Wissen Sie auch, dass jeder einsatzbereite Polizist im Umkreis von zwei Meilen zu diesem Restaurant fuhr? So dass die Polizei, obwohl der Besitzer des Schmuckgeschäfts den stummen Alarm betätigte, den Laden erst wesentlich später als üblich erreichte? Sie brauchte zwölf Minuten. Inzwischen hatte der Dieb den Besitzer und eine Kundin getötet. Sie waren die einzigen Zeugen.«

»War er der Komplize des Schlächters? Der Dieb?«

»Wer soll es sonst gewesen sein?«, entgegnete Czisman.

Lukas seufzte. »Wir brauchen sämtliche Informationen, über die Sie verfügen. Aber ich habe das dumpfe Gefühl, Sie sind nicht nur hier, um Ihre Bürgerpflicht zu erfüllen.«

Czisman lachte.

»Was genau wollen Sie von uns?«

»Zugang«, sagte er rasch. »Zugang. Sonst nichts.«

»Zu Information?«

»Genau. Für mein Buch.«

»Warten Sie hier«, sagte sie und erhob sich. Sie winkte Parker und Cage hinter sich her.

Direkt neben dem Blauen Raum im Erdgeschoss des Hauptquartiers saß Tobe Geller in einem kleinen, abgedunkelten Zimmer vor einer gut bestückten Konsole.

Auf Lukas' Anordnung hin hatte er das Gespräch mit Henry Czisman auf sechs verschiedenen Monitoren verfolgt.

Czisman hatte keine Ahnung, dass er beobachtet wurde, denn das FBI setzte in seinen Verhörräumen keine zweiseitigen Spiegel ein, wie man sie aus Polizeirevieren kennt. Dafür hingen an den Wänden drei Bilder impressionistischer Meister. Sie stammten aber weder aus einem zentralen Ausstattungslager der Regierung, noch waren sie von einem privaten Innenarchitekten ausgesucht worden, sondern Tobe Geller und einige andere Leute der Com-Tech-Einheit des FBI hatten sie höchstpersönlich dort installiert. Es handelte sich um Drucke einiger Gemälde von Georges Seurat, dem Pionier des Pointillismus. Sechs der winzigen Farbtupfer in jedem der drei Gemälde waren in Wirklichkeit Miniatur-Videokameralinsen, so präzise ausgerichtet, dass jeder Quadratzentimeter des Verhörraumes abgedeckt wurde.

Auch die Unterhaltungen wurden mitgeschnitten, und zwar auf drei verschiedenen Digital-Bandgeräten, von denen eines mit einem Computer gekoppelt war, der auf die Geräuschfolge, mit der jemand eine Pistole zog, programmiert war. Wie alle Befragten war Czisman nach Pistolen und Messern durchsucht und durchleuchtet worden, aber in diesem Geschäft konnte man nicht vorsichtig genug sein.

Lukas hatte Geller jedoch eingebläut, seine Aufgabe sei weniger, auf ihre Sicherheit zu achten, vielmehr solle er sich um die Datenanalyse kümmern. Immer wenn Czisman eine Tatsache erwähnte – wie etwa den Raubüberfall in Boston –, leitete Geller die Information unverzüglich an Susan Nance weiter, eine junge Agentin, die oben in der Kommunikation bereit stand. Sie wiederum setzte sich mit der jeweiligen Außenstelle in Verbindung und versuchte, die Information sofort auf ihre Richtigkeit zu überprüfen.

Czisman hatte keinen einzigen Schluck aus dem Wasserbecher genommen, den Cage vor ihn gestellt hatte, aber er hatte ihn auch nicht nervös umklammert, was fast alle tun, sobald sie sich in einem Verhörzimmer des FBI befinden. Der Becher hatte eine druckempfindliche Oberfläche und war mit einem Mikrochip sowie einem Sender mit Batterie im Griff versehen, der Czismans Fingerabdrücke digitalisierte und auf Gellers Computer übermittelte. Geller schickte sie zum Vergleichen an die Datenbank der automatischen Fingerabdruck-Identifizierung.

Eine der Videokameras – sie war in Seurats berühmtem Bild *Ein Sonntagnachmittag auf dem Grande Jatte* versteckt, einem unglaublich diffizilen Gemälde, zu dem normalerweise jeder Befragte immer wieder hinblickte – war auf Czismans Augen eingestellt und fertigte Netzhaut-Scans zur »Glaubhaftigkeitsüberprüfung« an. Mit anderen Worten handelte es sich um eine Art Lügendetektor. Außerdem führte Geller zum gleichen Zweck eine Stimmenbelastungs-Analyse durch.

Lukas schob Cage und Kincaid in den Beobachtungsraum.

»Schon irgendwelche Ergebnisse?«, fragte sie Geller.

»Es läuft auf höchste Priorität«, sagte er und ratterte wie wild auf der Tastatur herum.

Eine Sekunde später klingelte sein Telefon. Lukas stellte auf Mithören.

»Tobe?«, fragte eine Frauenstimme.

»Schieß los«, sagte er. »Unser Spezialteam steht neben mir.«

»Hallo Susan«, sagte Lukas. »Hier ist Margaret. Erzähl mal. Gib uns die Deets. Was hast du rausgefunden?«

»Die Fingerabdrücke kamen negativ zurück, keine Haftbefehle, keine Festnahmen und keine Vorstrafen. Der Name Henry Czisman ist echt, wohnhaft in Hartford, Connecticut. Hat sein Haus vor zwölf Jahren gekauft, seine Steuern immer pünktlich bezahlt und im vergangenen Jahr die letzten Schulden getilgt. Das Bild, das ihr hergebeamt habt, stimmt fünfundneunzigprozentig mit dem Foto auf seinem Führerschein überein.

»Ist das gut?«, unterbrach Kincaid.

»Mein aktuelles Foto schafft glatte zweiundneunzig Prozent«, antwortete Nance. »Meine Haare sind inzwischen länger geworden.« Dann fuhr sie fort: »Die Eintragungen beim Finanzamt und bei der Sozialversicherung weisen ihn seit 1971 als Journalisten aus, einige Jahre hatte er jedoch so gut wie kein Einkommen. Für diese Jahre gab er seine Tätigkeit als freischaffender Autor an. Er hat also ganz schön viel Auszeit genommen. Aber auch nicht vom Geld seiner Frau gelebt. Er war mal verheiratet, ist inzwischen jedoch als allein stehend aufgeführt. Hat in diesem Jahr keine vierteljährlich geschätzte Vorsteuer gezahlt, wie in den Jahren zuvor. Das wiederum deutet darauf hin, dass er das ganze Jahr schon kein nennenswertes Einkommen hat. Vor zehn Jahren hatte er sehr hohe Abzüge für Medikamente und Behandlungskosten. Sieht aus wie eine Behandlung wegen Alkoholmissbrauch. Hat sich vor einem Jahr selbstständig gemacht, hat einen Einundfünfzigtausend-Dollar-Job bei der Zeitung in Hartford aufgegeben und lebt zurzeit allem Anschein nach von seinen Ersparnissen.«

»Gekündigt, gefeuert oder unbezahlter Urlaub?«, fragte Kincaid.

»Nicht ganz klar.« Nance schwieg eine Weile. Dann machte sie weiter. »Wegen der Feiertage haben wir seine Kreditkartenbewegungen nicht so genau zurückverfolgen können, wie wir das gerne getan hätten, aber er ist unter seinem eigenen Namen im *Renaissance* abgestiegen. Und zwar hat er nach einem Nachmittagsflug aus Hartford dort eingecheckt. United Express. Keine Vorauszahlung. Die Buchung erfolgte um zehn Uhr heute Morgen.«

»Dann ist er also gleich nach dem ersten Massaker aufgebrochen«, sinnierte Lukas.

»Ohne Rückflug?«, Kincaids Frage kam der ihren zuvor.

»Ja.«

»Was halten wir davon?«, fragte Lukas.

»Dazu sage ich nur: ein gottverdammter Journalist«, brummte Cage.

»Und Sie?« Ihr Blick wanderte zu Kincaid.

»Was ich davon halte? Ich meine, wir sollten mit ihm ein Abkommen treffen. Wenn ich Dokumente untersuche, brauche ich alles, was ich über den Autor bekommen kann.«

»Sofern Sie wissen, dass es sich tatsächlich um den Autor handelt«, gab Lukas skeptisch zu bedenken. Dann stutzte sie und sagte: »Er kommt mir trotzdem irgendwie gaga vor. Brauchen wir ihn wirklich?«

»Ja«, erwiderte Kincaid mit einem Blick auf die Digitaluhr über Tobe Gellers Computerbildschirm.

Zurück in dem stickigen Vernehmungsraum sagte Lukas zu Czisman: »Wenn wir jetzt ganz unter uns reden können … und wenn wir die Sache erfolgreich zum Abschluss bringen …«

Czisman lachte über den Euphemismus, gab der Agentin jedoch zu verstehen, dass sie fortfahren solle.

»Falls uns das gelingt, gewähren wir Ihnen Zugang zu Materialien und Zeugen für Ihr Buch. Wie viel das sein wird, kann ich jetzt noch nicht sagen, doch wir garantieren eine gewisse Exklusivität.«

»Aah, mein Lieblingswort. Exklusivität. Mehr verlange ich nicht.«

»Aber alles, was Sie jetzt von uns erfahren«, fuhr Lukas fort, »muss absolut streng vertraulich bleiben.«

»Einverstanden«, sagte Czisman.

Lukas nickte Parker zu, der sofort mit einer Frage aufwartete: »Sagt Ihnen der Name Digger etwas?«

»Digger?« Czisman schüttelte den Kopf. »Nein. So wie in *Gravedigger* – Totengräber?«

»Das wissen wir nicht. So wird der Schütze genannt. Derjenige, den Sie den Schlächter nennen«, sagte Lukas.

»Ich nenne ihn nur so, weil ihn die Zeitungen in Boston so nannten. Die *New York Post* nannte ihn den Teufel. In Philadelphia war er der Witwenmacher.«

»New York? Philadelphia auch?« Lukas staunte. Parker bemerkte, dass diese Neuigkeiten sie außerordentlich beunruhigten.

»Auch das noch«, murmelte Cage. »Ein Serientäter.«

»Sie haben sich die ganze Küste heruntergearbeitet«, sagte Czisman. »Wohin nur?, fragen wir uns. Aufs Altenteil nach Florida? Wahrscheinlich eher auf irgendeine Insel dort unten.«

»Was ist in den anderen Städten passiert?«, erkundigte sich Parker.

»Schon mal was vom *International Beverage*-Fall gehört?«, erwiderte Czisman.

Lukas war mit ihren Kriminalberichten eindeutig auf dem Laufenden. »Der Generaldirektor dieser Getränkefirma, stimmt's? Er wurde gekidnappt.«

»Einzelheiten?« Parker war von ihrem Wissen beeindruckt.

Czisman sah Lukas an, die ihn mit einem Nicken zum Weiterreden aufforderte. »Die Polizei musste es sich mühsam zusammenklauben, aber es sieht so aus – wobei sich niemand ganz sicher dabei ist –, als hätte der Schlächter die Familie des Direktors als Geiseln genommen. Die Ehefrau bat ihren Mann, etwas Geld zusammenzukratzen. Er stimmte zu …«

»Gab es einen Brief?«, fragte Parker, der darauf hoffte, ein zweites Dokument zur Verfügung zu bekommen. »Irgendeine schriftliche Nachricht?«

»Nein. Es lief alles über Telefon. Der Direktor erzählt den

Kidnappern, dass er zahlen will. Dann ruft er die Polizei an, und die Geiselbefreiungsteams umstellen das Haus, blablabla, das ganze Programm, während der Direktor zur Bank geht, um das Lösegeld abzuholen. Doch kaum ist der Tresorraum offen, zieht ein Kunde ein Gewehr und schießt so lange um sich, bis alle in der Bank tot sind: der Generaldirektor der *International Beverage,* zwei Wachmänner, drei Kunden, drei Angestellte und zwei Dienst habende Vize-Direktoren. Die Videokamera zeigt einen zweiten Mann, der in den Tresorraum marschiert und mit einem Sack Geld wieder herauskommt.«

»Also war überhaupt niemand im Wohnhaus?«, fragte Lukas, die den Plan durchschaut hatte.

»Jedenfalls keine Lebenden mehr. Der Schlächter – der Digger – hatte die Familie bereits ermordet, vermutlich gleich nachdem die Frau mit ihrem Mann telefoniert hatte.«

»Er hat sie am empfindlichsten Punkt im gesamten Entführungsvorgang erwischt«, sagte Parker. »Beim Verhandeln oder bei einer Geldübergabe wäre die Polizei im Vorteil gewesen. Er ist ihnen zuvorgekommen.« Er sagte nicht laut, was er noch dachte: dass es die perfekte Lösung eines kniffligen Puzzles war – vorausgesetzt, es machte einem nichts aus zu töten.

»Könnte uns das Überwachungsvideo der Bank helfen?«, fragte Cage.

»Möchten Sie wissen, welche Farben ihre Skimasken hatten?«

Cages Achselzucken bedeutete: Fragen musste ich wenigstens danach.

»Was ist mit Philly?«, bohrte Lukas weiter.

»Aah, das war besonders gelungen«, sagte Czisman zynisch. »Der Digger fängt mit dem Bus an. Er steigt ein, setzt sich neben einen Fahrgast und gibt einen Schuss mit Schalldämpfer ab. Tötet drei Menschen. Dann stellt sein Komplize die Forderungen. Die Stadt erklärt sich bereit, das Lösegeld zu zahlen, stellt aber überall Leute auf, um ihn zu schnappen. Aber der Komplize wusste, bei welcher Bank die Stadt ihre Konten hat. Kaum kamen die Männer, die den Geldtransport begleiten sollten, aus der Bank, schießt ihnen der Digger in die Hinterköpfe, und das Duo entkommt.«

»Davon habe ich nichts gehört«, sagte Lukas.

»Klar, Sie wollten es nicht breittreten. Sechs Tote.«

»Massachusetts, New York, Pennsylvania, Washington«, sagte Parker. »Sie haben Recht. Er war auf dem Weg nach Süden.«

Czisman runzelte die Stirn. »War?«

Parker wechselte einen raschen Blick mit Lukas, und sie sagte an Czisman gewandt: »Er ist tot.«

»Was?« Czisman sah wirklich erschrocken aus.

»Der Komplize. Nicht der Digger.«

»Wie das denn?«, flüsterte Czisman.

»Es hat ihn erwischt, nachdem er den Erpresserbrief hinterlegt hat. Verkehrsunfall mit Fahrerflucht. Noch bevor er das Geld abholen konnte.«

Czismans Gesicht erstarrte für einige lange Sekunden. Parker nahm an, dass er nachdachte. Vermutlich über das nun unmögliche Exklusivinterview mit dem Täter. Die Augen des großen Mannes huschten ziellos im Zimmer umher. Er rutschte auf seinem Stuhl hin und her. »Was hatte er sich diesmal ausgedacht?«

Lukas zögerte noch, es ihm zu sagen, doch Czisman kam von ganz allein darauf. »Der Schlächter erschießt Leute, bis die Stadt die geforderte Summe zahlt … Aber jetzt gibt es niemanden mehr, an den das Geld gezahlt werden kann, weshalb der Schlächter stur weiterschießt. Hört sich ganz nach ihrem typischen MO an. Haben Sie irgendwelche Hinweise auf sein Versteck?«

»Die Ermittlungen laufen«, gab Lukas zögernd zu.

Czisman starrte auf einen der Kunstdrucke. Eine idyllische Landschaft. Er knetete mechanisch den Wasserbecher.

»Wie sind Sie ihm bis hierher gefolgt?«, fragte Parker.

»Ich lese alles, was ich finden kann, alles über Verbrechen, bei denen jemand nicht die geringsten Skrupel hat zu töten. Die meisten Leute haben nämlich Skrupel, wissen Sie. Es sei denn, das Töten ist ihr einziger Lebenszweck, wie bei Bundy oder

Gacy oder Dahmer. Nein, die meisten Berufsverbrecher drücken nicht so leicht ab. Aber der Schlächter? Er kennt keine Skrupel. Jedes Mal, wenn ich etwas über einen mehrfachen Mord in Zusammenhang mit einem Raubüberfall oder einer Erpressung höre, fahre ich in die Stadt, in der es passiert ist, und interviewe Leute.«

»Wie kommt es, dass sonst niemand eine Verbindung zwischen den Taten hergestellt hat?«, fragte Lukas.

Czisman hob die Schultern. »Isolierte Verbrechen, relativ begrenzte Opferzahl. Ich habe der Polizei in White Plains und Philly davon erzählt, aber sie schenkten mir nicht viel Aufmerksamkeit.« Er lachte etwas bitter und machte eine hilflose Handbewegung. »Es brauchte ... wie viel? ... fünfundzwanzig Tote, bis endlich jemand die Ohren aufsperrte und mir zuhörte.«

»Was können Sie uns über den Digger sagen? Hat ihn denn noch nie jemand zu Gesicht bekommen?«, fragte Parker.

»Nein«, sagte Czisman, »er ist wie ein Rauchschleier. Erst ist er da, und dann ist er weg. Er ist ein Geist. Er ...«

Für so etwas hatte Lukas keine Geduld. »Wir versuchen ein Verbrechen aufzuklären«, sagte sie. »Wenn Sie uns dabei helfen können, wissen wir das sehr zu schätzen. Wenn nicht, dann machen wir besser mit unseren Ermittlungen weiter.«

»Klar, tut mir Leid, Entschuldigung, aber ich habe das ganze vergangene Jahr über mit diesem Mann gelebt. Es ist, als würde man eine Felswand hochklettern; sie kann eine Meile hoch sein, aber alles, was man sieht, ist der kleine Vorsprung zehn Zentimeter vor der eigenen Nase. Wissen Sie, ich habe da eine Theorie, weshalb ihn die Leute nicht zur Kenntnis nehmen.«

»Und die lautet?«, fragte Parker.

»Weil Zeugen sich an *Gefühlsregungen* erinnern. Sie erinnern sich an den durchgeknallten Bankräuber, der in seiner Kopflosigkeit jemanden erschießt, an den Polizisten, der in Panik gerät und zurückschießt, an die Frau, die schreit, weil sie niedergestochen wird. An absolute Gleichgültigkeit erinnert man sich nicht.«

»Und der Digger ist immer absolut gleichgültig?«

»So gleichgültig wie der Tod.«

»Nichts über seine Gewohnheiten? Kleidung, Nahrung, Angewohnheiten?«

»Nein, nichts.« Czisman wirkte beunruhigt. »Darf ich fragen, was Sie über den Komplizen herausgefunden haben? Über den Toten?«

»Auch über ihn gibt es nichts«, sagte Lukas. »Er hatte keinerlei Papiere bei sich, Fingerabdrücke negativ.«

»Würden Sie … Wäre es wohl möglich, dass ich einen Blick auf die Leiche werfe? Ist sie hier im Kühlraum?«

Cage schüttelte den Kopf.

Lukas sagte: »Tut mir Leid, das ist gegen die Vorschriften.«

»Ich bitte Sie.« In seiner Bitte schwang beinahe so etwas wie Verzweiflung mit.

Doch Lukas blieb hart. »Nein«, lautete ihre knappe Antwort.

»Dann vielleicht ein Foto.« Czisman war hartnäckig.

Lukas zögerte, öffnete dann jedoch die Mappe, zog die Aufnahme von dem unbekannten Unfallopfer unweit des Rathauses heraus und reichte sie ihm. Seine verschwitzten Finger hinterließen fettige Abdrücke auf der glänzenden Oberfläche.

Czisman starrte das Foto ein paar Sekunden an. Er nickte. »Darf ich es behalten?«

»Nach den Ermittlungen.«

»Klar.« Er gab es ihr zurück. »Ich würde gerne mitfahren.«

Manchmal begleiteten Reporter die Polizei bei den Ermittlungen.

Aber Lukas schüttelte den Kopf. »Tut mir Leid, aber auch das muss ich ablehnen.«

»Ich könnte behilflich sein«, sagte er. »Ich kann das eine oder andere beisteuern. Womöglich fällt mir etwas ein, das Ihnen weiterhilft.«

»Nein«, sagte Cage bestimmt.

Mit einem letzten Blick auf das Foto erhob sich Czisman, gab den Agenten die Hand und sagte: »Ich wohne im Renaissance, in der Stadtmitte. Ich will ein paar Zeugen interviewen. Wenn ich etwas Brauchbares habe, gebe ich Ihnen Bescheid.«

Lukas dankte ihm, dann begleiteten sie ihn zurück zum Posten am Eingang.

»Eine Sache noch«, sagte Czisman. »Ich weiß nicht, welche Fristen er«, Czisman nickte in die Richtung von Lukas' Mappe und meinte den Unbekannten, »welche Fristen er gestellt hat. Aber jetzt, wo er tot ist, kann den Schlächter … den Digger niemand mehr aufhalten. Sie wissen doch, was das heißt, oder?«

»Was denn?«, fragte sie.

»Dass er einfach weitertötet. Auch nach dem letzten Termin.«

»Wie kommen Sie darauf?«

»Weil es das Einzige ist, was er gut kann. Töten. Und jeder tut gern das, was er gut kann. Ein Grundprinzip des Lebens, oder nicht?«

Wieder hockten sie im Überwachungsraum, rings um Tobe Gellers Computer geschart.

Lukas redete in ein Telefon mit eingeschalteter Mithörvorrichtung. »Was ist mit den anderen Fällen, die er erwähnt hat?«

»In Boston habe ich keinen der beteiligten Agenten erwischt«, antwortete Susan Nance. »In White Plains und Philly auch nicht. Aber die Diensthabenden dort haben bestätigt, dass die Fälle noch alle offen sind. Aber niemand hat je von einem Schlächter gehört.«

»Spurensicherung?«, fragte Parker, gerade als Lukas ansetzte: »Spu …?«

»Nichts. Keine Fingerabdrücke, nichts. Und die Zeugen … Diejenigen, die überlebt haben, behaupten einhellig, weder den Unbekannten noch den Digger gesehen zu haben – falls es der Digger war. Ich habe mehr Infos bezüglich der Tatorte angefordert. Sie rufen die mit dem Fall betrauten Agenten und Detectives zu Hause an.«

»Danke, Susan«, sagte Lukas.

Sie legte auf.

Geller sagte: »Ich krieg hier die andere Analyse rein …« Er sah auf den Bildschirm. »Okay … Analyse von Stimme und Netzhaut … normale Werte. Die Stimmenwerte sind sogar unglaublich niedrig, besonders für jemanden, der von drei FBI-Leuten verhört wird. Aber ich würde ihm ein sauberes Gesundheitszeugnis ausstellen. Nichts deutet auf grobe Täuschungen hin. Andererseits lassen sich die meisten Polygrafen mit der nötigen Übung, einer Valium und einem Tagtraum von der jeweiligen Lieblingsschauspielerin überlisten.«

Lukas' Telefon klingelte. Sie hörte zu. Blickte auf. »Der Sicherheitsdienst. Er hat den inneren Sicherheitsbereich fast verlassen. Lassen wir ihn gehen?«

Parker nickte. »Ich würde sagen: ja.«

»Einverstanden«, sagte Cage.

Lukas nickte und sagte in die Sprechmuschel: »Betreffende Person nicht festhalten.« Dann legte sie auf und schaute auf die Uhr. »Was ist mit dem Psychologen? Dem Typ aus Georgetown?«

»Ist unterwegs«, antwortete Cage.

Jetzt klingelte Gellers Apparat. Er nahm ab und redete ein paar Worte. Nachdem er aufgelegt hatte, sagte er: »Com-Tech. Sie haben 167 Webseiten gefunden, auf denen erklärt wird, wie man Schalldämpfer selbst erneuert und Maschinenpistolen frisiert. Aber keiner von denen rückt seine E-mail-Adressen raus. Sie scheinen nicht sehr scharf darauf zu sein, der Bundesbehörde zu helfen.«

»Sackgasse«, sagte Lukas.

»Hätte uns ohnehin nicht viel geholfen«, meinte Geller. »Com-Tech hat die Zähler von ungefähr 100 dieser Seiten zusammengerechnet. Mehr als 25 000 Leute haben sie in den vergangenen zwei Monaten aufgerufen.«

»Die Welt dort draußen ist völlig durchgedreht«, murmelte Cage.

Die Tür ging auf. Len Hardy kam herein.

»Wie geht's Moss?«, erkundigte sich Lukas.

»So weit in Ordnung. Auf seiner Mailbox zu Hause waren zwei Anrufe, ohne dass jemand etwas gesagt hat, und er dachte, es seien womöglich Todesdrohungen.«

Lukas erwiderte: »Wir sollten die Leute von Kommunikation …«

Hardy unterbrach sie, den Blick auf die avancierten Bedienungsfelder gerichtet: »Ich bat einen Ihrer Leute, die Anrufe zu überprüfen. Einer war von Moss' Bruder, der andere von einem Teleshop aus Iowa. Ich habe beide zurückgerufen und mir die Anrufe bestätigen lassen.«

»Genau darum wollte ich Sie eben bitten, Detective«, sagte Lukas.

»Dachte ich mir.«

»Vielen Dank.«

»Die Polizei von Washington, dein Freund und Helfer.«

Parker fand, dass die Ironie allzu deutlich aus seiner Stimme herauszuhören war, doch Lukas schien sie überhaupt nicht bemerkt zu haben.

»Was machen wir jetzt mit dem Stadtplan?«, fragte Parker. »Wir müssen der Spur nachgehen.«

Geller meldete sich zu Wort: »Ich glaube, zu diesem Zweck wenden wir uns am besten ans topografische Archiv.«

»Das Archiv?« Cage schüttelte den Kopf. »Dort kommen wir unmöglich rein.«

Parker konnte sich nur zu gut vorstellen, wie schwierig es war, einen Staatsbeamten zu finden, der bereit war, an einem Feiertag, noch dazu abends, eine behördliche Einrichtung aufzuschließen.

Lukas klappte ihr Handy auf.

Cage sagte: »Unmöglich.«

»Ach, wissen Sie«, erwiderte sie, »Sie besitzen nicht das Monopol auf Wunder aller Art.«

13

16:50
Die Messinguhr.

Sie bedeutete ihm sehr viel.

Bürgermeister Jerry Kennedy betrachtete die Uhr auf seinem Schreibtisch im Rathaus.

Sie war ein Geschenk der Schüler von der Thurgood Marshall Grundschule, einer Schule, die mitten im Krisenherd des 8. Bezirks, im Südosten der Stadt stand.

Kennedy hatte diese Geste sehr gerührt. Niemand nahm Washington als Stadt ernst. Washington, das politische Zentrum, Washington, der Regierungssitz, Washington, der Schauplatz der Skandale – damit konnte man immer die Aufmerksamkeit auf sich lenken. Aber niemand wusste, wie die Stadt selbst funktionierte, oder wer dafür verantwortlich war, und eigentlich wollte es auch niemand wissen.

Die Kinder der Thurgood Marshall Schule wussten es sehr wohl. Er hatte in seinem Vortrag vor ihnen über Ehre und ehrliche Arbeit gesprochen, und dass man sich von Drogen fern halten soll. Natürlich waren das Gemeinplätze, aber einige Schüler in dieser feuchten, ranzig riechenden Aula (auch sie ein Opfer des Schulbehördenskandals) hatten mit einem Ausdruck der Bewunderung zu ihm aufgeschaut. Dann hatten sie ihm zum Dank für seine Rede die Uhr überreicht.

Kennedy schaute auf das Ziffernblatt: Zehn vor fünf.

Das FBI hatte den Verrückten also um ein Haar erwischt. Aber nur um ein Haar. Mehrere Tote, mehrere Verletzte. Und die Panik, die immer weitere Kreise in der Stadt zog. Hysterie. Schon jetzt hatten sich drei Unfälle mit Schusswaffen ereignet; verursacht von Leuten, die sich zum Selbstschutz mit Handfeuerwaffen ausgerüstet hatten.

Sie hatten geglaubt, den Digger auf der Straße oder in ihrem Hinterhof gesehen zu haben, und wie verfeindete Nachbarn in West Virginia einfach losgeballert.

Und dann die Berichterstattung in der Presse, die Kennedy und die städtische Polizei beschuldigte, kriminellen Herausforderungen solchen Kalibers nicht gewachsen zu sein; sich den Verbrechern gegenüber zu nachgiebig zu zeigen; zu versuchen, die Sache auszusitzen. Ein Artikel hatte sogar angedeutet, Kennedy sei während der Schüsse im Theater nicht erreichbar gewesen, weil er telefonisch versucht habe, Karten für eines seiner geliebten Football-Spiele zu bekommen. Auch die Kritiken zu seinem Fernsehauftritt waren nicht gut ausgefallen. Ein Interviewter, ein politischer Kommentator, hatte tatsächlich das Schlagwort des Kongress-Abgeordneten Lanier »über Kennedys Kotau vor den Terroristen« nachgekaut. Außerdem hatte er das Wort »feige« in seinen Kommentar eingeflochten. Zweimal sogar.

Das Telefon klingelte. Wendell Jefferies, der dem Bürgermeister gegenübersaß, war zuerst am Hörer. »Mhmm. Gut ...« Er schloss die Augen und schüttelte den Kopf. Hörte weiter zu. Dann legte er auf.

»Und?«

»Sie haben das ganze Theater auf den Kopf gestellt und finden nicht ein Krümelchen Beweismaterial. Keine Fingerabdrücke, keine Zeugen – zumindest keine verlässlichen.«

»Herrgott, ist dieser Kerl denn unsichtbar?«

»Es gibt ein paar Anhaltspunkte von diesem ehemaligen Agenten.«

»*Ehemaligen* Agenten?«, fragte Kennedy unsicher.

»Ein Urkundenprüfer. Er hat etwas herausgefunden, wenn auch nicht viel.«

»Wir brauchen Soldaten«, beschwerte sich der Bürgermeister, »wir brauchen Polizisten an jeder Straßenecke, keine *ehemaligen* Sesselpupser.«

Jefferies legte seinen wohlgeformten Kopf mit einem ironischen Gesichtsausdruck ein wenig schräg. Die Vorstellung, an jeder Straßenecke von Washington einen Polizisten stehen zu haben, war natürlich verlockend, aber sie musste reine Fantasie bleiben.

Kennedy seufzte. »Vielleicht hat er mich nicht gehört. Die Fernsehansprache.«

»Wäre möglich.«

»Dabei geht es um 20 Millionen Dollar!«, beschwerte sich Kennedy, als stritte er mit seinem unsichtbaren Gegenspieler, dem Digger. »Warum, in drei Teufels Namen, setzt er sich nicht mit uns in Verbindung? Er könnte 20 *Millionen* Dollar einsacken!«

»Sie hätten ihn fast erwischt. Vielleicht gelingt es ihnen beim nächsten Mal.«

Kennedy blieb vor seinem Fenster stehen, warf einen Blick auf das Thermometer, das die Außentemperatur anzeigte. Knapp über Null. Vor einer halben Stunde waren es noch 4 Grad gewesen.

Die Temperatur fiel ...

Schneewolken schoben sich über den Himmel.

Warum bist du hier?, fragte er den Digger abermals im Stillen. Warum hier? Warum jetzt?

Er hob den Blick und schaute auf die mit einer Kuppel gekrönte Hochzeitstortenform des Kapitols. Als Pierre L'Enfant im Jahre 1792 mit dem »Plan für die Stadt Washington« ankam, ließ er einen Vermesser einen Meridian von Norden nach Süden ziehen, und dann einen zweiten im rechten Winkel dazu, was die Stadt in die vier Quadranten zerteilte, die es auch heute noch gab. Das Kapitol stand direkt am Kreuzungspunkt dieser Linien.

»Direkt im Fadenkreuz«, hatte ein Befürworter der Waffenkontrolle einmal bei einer Anhörung vor dem Kongress bemerkt, bei der auch Kennedy aufgetreten war.

Aber das metaphorische Zielfernrohr konnte ebenso gut direkt auf Kennedys Brust gerichtet sein.

Die 163 Quadratkilometer große Stadt verlotterte, aber der Bürgermeister war fest entschlossen, sie nicht untergehen zu lassen. Er war ein geborener Washingtoner, eine aussterbende Spezies – die Einwohnerzahl der Stadt hatte sich von etwas über

800.000 auf ungefähr eine halbe Million verringert und sank Jahr für Jahr weiter.

Die Stadt hatte erst seit den 1970er Jahren Verwaltungsautonomie (abgesehen von einer kurzen Periode hundert Jahre zuvor, deren Auswüchse an Korruption und Inkompetenz die Stadt rasch in den Bankrott und unter die Kuratel des Kongresses gezwungen hatte). Vor 25 Jahren hatten die Gesetzeshüter des Bundes die Zügel wieder an die Stadt zurückgegeben. Und seitdem hatten der Bürgermeister und der 13-köpfige Stadtrat dafür gekämpft, die Kriminalität unter Kontrolle zu bekommen (zwischenzeitlich war die Mordrate in der Hauptstadt die höchste im ganzen Land gewesen), die Schulen funktionsfähig (die Leistungen der Schüler waren schlechter als in jeder anderen Großstadt) und die Finanzen in der Balance (sie kamen einfach nicht aus den roten Zahlen heraus) zu halten sowie die Rassenspannungen (Asiaten gegen Schwarze gegen Weiße) zu entschärfen.

Es war nicht ausgeschlossen, dass der Kongress die Rechte der Stadt bald wieder beschnitt.

Und das würde einer Katastrophe gleichkommen, denn Kennedy war davon überzeugt, dass allein seine Administration die Stadt und ihre Bürger davor bewahren konnte, dass alles in einem Vulkan aus Verbrechen, Obdachlosigkeit und zerrütteten Familien explodierte. Mehr als 40 Prozent der jungen schwarzen Männer Washingtons befanden sich irgendwo »im System« – im Gefängnis, auf Bewährung oder wurden steckbrieflich gesucht. In den siebziger Jahren bestand ein Viertel aller Familien aus Kindern und nur einem Elternteil, heute reichte die Zahl eher an drei Viertel heran.

Jerry Kennedy hatte einen persönlichen Vorgeschmack davon bekommen, was aus der Stadt werden würde, wenn die Talfahrt nicht gebremst wurde. 1975, damals war er noch juristischer Vertreter der Schulbehörde gewesen, war er anlässlich des Menschenrechtstages, einer Veranstaltung zur Rassengleichheit, zur Mall gegangen, dem lang gestreckten, parkähnlichen Grasstreifen, der vom Washington Monument überragt wurde. Damals war er einer von vielen Hundert Verletzten in Folge rassistischer Ausschreitungen in der Menge gewesen. An diesem Tag hatte er seinen Plan aufgegeben, nach Virginia zu ziehen und für den Kongress zu kandidieren, und sich stattdessen vorgenommen, Bürgermeister der Hauptstadt dieses Landes zu werden. Wenn er dieses Ziel erreichte, würde er, bei Gott, alles ins Lot bringen.

Und er wusste auch wie. Für Kennedy gab es eine ganz einfache Lösung, und die lautete: Ausbildung. Man musste die Kinder dazu bringen, die Schule nicht vorzeitig abzubrechen, und wenn einem das gelang, würden Selbstbewusstsein und die Erkenntnis, selbst etwas aus seinem Leben machen zu können, von allein folgen. (Doch, doch, Wissen kann einen durchaus retten. Seine eigene Ausbildung hatte ihn gerettet, hatte ihn aus der Armut von Northeast Washington erlöst, ihm einen Platz in der juristischen Fakultät der William and Mary verschafft, hatte ihm zu einer gut aussehenden, klugen Ehefrau, zwei erfolgreichen Söhnen und einer Karriere, auf die er stolz war, verholfen.)

Niemand widersprach der grundsätzlichen Annahme, dass eine gute Ausbildung für viele Menschen die Rettung darstellte. Aber wie man dafür Sorge tragen sollte, dass diese Kinder etwas lernten, stand auf einem ganz anderen Blatt. Die Konservativen ritten ständig darauf herum, wie sie die Menschen haben *wollten,* und wenn die ihre Nachbarn nicht respektierten und sich nicht nach den allgemeinen Familienwerten richteten, dann war das *ihr* Problem. *Warum unterrichten sie ihre Kinder nicht zu Hause? Das machen wir schließlich auch.* Die Liberalen jammerten nur und pumpten immer mehr Geld in die Schulen, womit sie letztendlich nur den Verfall der Gebäude hinauszögerten, aber nicht dafür sorgten, dass die Schüler länger in diesen Gebäuden verweilten.

Genau darin sah Gerald David Kennedy seine große Aufgabe. Er konnte keinen Zauberstab zücken und Väter zu ihren Familien zurückbringen, er konnte kein Gegenmittel für Crack erfinden, er konnte den Menschen, die nur zwanzig Kilometer von der Zentrale der National Rifle Association entfernt wohnten, nicht die Waffen aus den Händen nehmen.

Aber er hatte eine Vision, wie man dafür sorgen konnte, dass die Kinder der Stadt ihre Ausbildung zu Ende brachten. Und dieser Plan ließ sich ziemlich gut in einem Wort zusammenfassen: Bestechung.

Wendell Jefferies und er benutzten dafür natürlich ein anderes Wort: Projekt 2000.

Das ganze vergangene Jahr über hatte Kennedy, unterstützt von seiner Frau, Jefferies und einigen anderen, mit Mitgliedern des vom Kongress eingesetzten District Committee verhandelt, damit sie den Unternehmen, die in Washington ihre Geschäfte abwickelten, eine weitere Steuer auferlegten. Das Geld sollte in einen Fonds fließen, aus dem Schüler bar dafür bezahlt wurden, dass sie die High School beendeten – vorausgesetzt, sie rührten keine Drogen an und wurden auch sonst nicht straffällig.

Damit hatte Kennedy den Hass des gesamten politischen Spektrums auf sich gezogen. Die Liberalen verwarfen die Idee als potenzielle Quelle massiver Korruption und hatten Probleme mit dem obligatorischen Drogentest, weil er die bürgerlichen Freiheiten verletzte. Die Konservativen lachten nur. Die zu besteuernden Unternehmen hatten selbstverständlich ihre eigene Meinung dazu. Sofort hagelte es Drohungen – Drohungen großer Firmen, sie würden sich aus dem Stadtgebiet zurückziehen, Spenden und Zuschüsse an die Demokratische Partei einstellen und die üblichen Wahlkampfgelder aussetzen, ja, es gab sogar Andeutungen über sexuelle Indiskretionen (obwohl es nichts zu enthüllen gab – aber versuch das mal einer den Medien zu erklären, nachdem sie verschwommene Videoaufnahmen von einem Mann und einer Frau in die Finger bekommen haben, die zusammen in einem Motel 6 oder Holiday Inn verschwinden).

Trotzdem war Kennedy nach wie vor fest entschlossen, das Risiko einzugehen. Und nach all den Monaten, die er auf dem Capitol Hill verbracht hatte, um die Maßnahme durch den Ausschuss zu bekommen, hatte es ganz den Anschein gehabt, als würde sie, nicht zuletzt dank der breiten öffentlichen Unterstützung, tatsächlich durchkommen.

Doch dann hatte dieser Stadtbedienstete, Gary Moss, seinen ganzen Mut zusammengenommen, war zum FBI gegangen und hatte dort Beweise für ein gewaltiges Schmiergeldsystem vorgelegt, in das auch die Bau- und Instandhaltungsabteilung der Schulbehörde verwickelt war. Erste Untersuchungen hatten ergeben, dass die elektrischen Leitungen und das Mauerwerk einiger Schulen so fehlerhaft ausgeführt waren, dass ernsthafte Gefahr für Lehrer und Schüler bestand. Der Skandal wuchs sich immer weiter aus, und bald darauf stellte sich heraus, dass eine ganze Reihe von Vertragsfirmen und Subunternehmen sowie hochrangige Verwaltungsangestellte mit drinsteckten, einige davon langjährige Freunde Kennedys, die von ihm auf diese Posten berufen worden waren.

Kennedy selbst hatte Moss applaudiert und sich sofort an die Beseitigung der Korruption gemacht. Aber die Presse, von seinen Gegnern ganz zu schweigen, versuchte nach wie vor, ihn mit dem Skandal in Verbindung zu bringen. Jeder Bericht über Schmiergelder in der »Verwaltung Kennedy« – und davon gab es mehr als genug – brachte die Unterstützung für das Projekt 2000 ins Wanken.

Der Bürgermeister hatte sich zur Wehr gesetzt und das getan, was er am besten konnte: Er hielt Dutzende von Reden, in denen er die Wichtigkeit des Plans herausstellte, er bearbeitete den Kongress und die Lehrergewerkschaft, um deren Unterstützung wieder zu festigen, ja, er begleitete sogar Kinder von der Schule nach Hause, um sich mit ihren erstaunten Eltern über das Projekt 2000 und seine Bedeutung für die Stadt zu unterhalten. Die Umfragezahlen stabilisierten sich wieder, und es sah ganz danach aus, als hätten Kennedy und Wendy Jefferies das Schlimmste verhindert.

Und dann tauchte der Digger auf … mordete straflos, entkam von dicht belebten Tatorten und schlug abermals zu. Und wer wurde dafür verantwortlich gemacht? Nicht das gesichtslose FBI, sondern der Sündenbock für alles und jeden: Jerry Kennedy. Falls der Verrückte noch mehr Bürger der Stadt ermordete, wurde aus dem Projekt 2000, der großen Hoffnung für die Zukunft der Stadt, wahrscheinlich nicht mehr als eine kleine Fußnote in seinen Memoiren.

Und genau aus diesem Grund hing Jefferies momentan am Telefon. Der Adjutant legte die Hand über die Sprechmuschel.

»Er ist da«, sagte Jefferies.

»Wo?«, fragte Kennedy säuerlich.

»Draußen, im Flur.« Er musterte den Bürgermeister kritisch. »Haben Sie wieder Zweifel bekommen?«

Wie gepflegt der Mann ist, dachte Kennedy, wie makellos er in seinem importierten Anzug aussieht, mit seinem rasierten Schädel und dem Seidenschlips, der sich an seinem Hals ein wenig aufbauschte.

»Klar habe ich meine Zweifel.«

Der Bürgermeister blickte aus einem anderen Fenster hinaus, hinter dem nicht das Kapitol zu sehen war. In der Ferne sah er das Wahrzeichen der Georgetown University, den alten Turm. Seine alte Uni. Er und Claire wohnten nicht weit vom Campus entfernt. Er erinnerte sich, wie sie beide im vergangenen Herbst die steile Treppe hinaufgestiegen waren, die der Priester am Schluss von *Der Exorzist* hinunterstürzt.

Der Priester, der sich selbst opferte, um das vom Dämon besessene Mädchen zu retten.

Wenn das kein Omen war.

Er nickte. »Na gut. Reden Sie mit ihm.«

Jefferies nickte ebenfalls. »Wir schaffen das, Jerry. Keine Sorge.« Dann sagte er in den Hörer: »Ich bin gleich bei Ihnen.«

Auf dem Flur vor dem Büro des Bürgermeisters stand ein gut aussehender Mann in einem Zweireiher, direkt unter dem Porträt eines Politikers aus dem 19. Jahrhundert.

Wendell Jefferies ging auf ihn zu.

»Hey, Wendy.«

»Slade.« Es war der Vorname des Mannes, sein richtiger Taufname. Zusammen mit dem Nachnamen Phillips konnte man meinen, seine Eltern hätten vorausgeahnt, dass aus ihrem gut aussehenden Kind eines Tages der gut aussehende Nachrichtenchef eines Fernsehsenders werden würde. Genauso war es gekommen.

»Ich hab die Story auf der Pfanne. Der Kerl hat zwei Agenten ausgeknipst und dann wie das Phantom der Oper einem Dutzend Zuschauer im Parkett ordentlich eins übergebraten.«

Auf Sendung, mit Ohrstöpsel und gekräuseltem Kabel am sauber rasierten Hals, redete Phillips anders. In der Öffentlichkeit redete er anders. Mit Weißen redete er anders. Aber da Jefferies schwarz war, wollte Slade ihm beweisen, dass er die Sprüche drauf hatte.

»Einen davon hat er allegemacht, soviel ich weiß«, fuhr Phillips fort.

Jefferies erklärte dem Nachrichtenfritzen nicht, dass im Gangster-Slang das zusammengesetzte Verb »allemachen« so viel wie »erschießen« und nicht »mit einem Kronleuchter erschlagen« bedeutete.

»Sie hätten den Täter fast geschnappt, aber er hat die Biege gemacht.«

»Hab ich auch gehört«, entgegnete Jefferies.

»Und jetzt will dein Mann zeigen, wer den schwarzen Peter hat und uns allen die Laune damit ein bisschen aufpolieren?« Das war als Anspielung auf Kennedys bevorstehende Pressekonferenz gedacht.

Jefferies hatte heute nicht die Muße, Leuten wie Slade Phillips um den Bart zu streichen. Er lächelte nicht. »Es sieht so aus: Unser Täter wird weitermachen. Niemand weiß, wie gefährlich er ist.«

»Wie gefährlich ist …«

Jefferies brachte ihn mit einer raschen Handbewegung zum Schweigen. »Schlimmer geht's nicht.«

»Das weiß ich.«

»Jetzt sind alle Blicke auf ihn gerichtet.«

Ihn. Mit großem *I.* Jerry Kennedy. Phillips dürfte es sofort verstanden haben.

»Klar.«

»Wir brauchen also ein bisschen Schützenhilfe«, sagte Jefferies und senkte die Stimme, bis sie nach dem Geräusch klang, mit dem Geldscheine von einer Hand in die andere wechseln.

»Schützenhilfe.«

»Wir können diesmal fünfundzwanzig locker machen.«

»Fünfundzwanzig?«

»Wollen Sie handeln?«, fragte Jefferies.

»Nein, nein. Nur … das ist ziemlich viel. Was soll ich dafür tun?«

»Ich will, dass er …«

»Kennedy.«

Jefferies seufzte. »Ja. *Er.* Dass er am Schluss als Held dasteht. Und zwar als *der* Held. Wir haben viele Tote zu beklagen, und wahrscheinlich werden noch mehr Leute sterben. Zeigen Sie, wie er Opfer besucht, den Terroristen die Stirn bietet und, was weiß ich, irgendwelche tollen Maßnahmen ergreift, um den Killer zu fassen. Und lassen Sie alles weg, was auch nur im Entferntesten mit Fehlschlägen und Pannen zu tun hat.«

»Weglassen?«

»Genau«, sagte Jefferies. »Kennedy ist nicht derjenige …«

»Nein, er ist nicht derjenige, der den Fall bearbeitet.« Phillips räusperte seinen Bariton. »Wollten Sie das gerade sagen?«

»Genau«, erwiderte Jefferies. »Falls es trotzdem Pannen geben sollte, kehren Sie heraus, dass er nicht darüber informiert war und alles Menschenmögliche versucht hat, das Richtige zu tun.«

»Na schön. Haben nicht die Feebies den Fall übernommen? Wir können doch einfach …«

»Das stimmt, Slade, aber wir wollen dem FBI nicht auf die

Füße treten.« Im gleichen Ton redete Jefferies mit seinem zehnjährigen Neffen.

»Nicht? Und warum nicht?«

»Wir wollen es einfach nicht.«

Jetzt hatte Slade Phillips, der daran gewöhnt war, von einem TelePrompter abzulesen, endgültig genug. »Ich kapier das nicht, Wendy. Was erwarten Sie nun von mir?«

»Ich möchte, dass Sie mal richtig Reporter spielen.«

»Klar.« Phillips schrieb im Kopf eifrig mit. »Kennedy fährt jetzt also die harte Tour. Lässt die Bullen aufmarschieren. Besucht Krankenhäuser ... Halt mal – ohne seine Frau?«

»*Mit* seiner Frau«, sagte Jefferies geduldig.

Phillips nickte in Richtung Presseraum. »Aber halt mal ... sie sagten doch ... ich meine, der Typ von der *Post* sagte, Kennedy hätte niemanden besucht. Das wollen sie ihm auf der Meinungsseite zeimlich ankreiden.«

»Nein. Falsch. Er hat die Familien besucht, die anonym bleiben wollen. Den ganzen Tag über war er unterwegs.«

»Echt?«

Erstaunlich, was man sich mit 25 000 Doller alles kaufen kann, dachte Jefferies.

Phillips reimte weiter: »Das hat er gut gemacht. Sehr gut sogar.«

»Nicht gleich übertreiben«, warnte Jefferies.

»Aber welches Bildmaterial soll ich nehmen? Ich meine, wenn die Geschichte mit ihm und den Krankenhäusern ...«

Jetzt war Jefferies' Geduld am Ende: »Zeigen Sie einfach die gleichen fünf Sekunden Film wieder und immer wieder, so wie sonst auch immer! Was weiß ich, zeigen Sie die Krankenwagen vor der Metro.«

»Ach so. Na gut. Wieso haben Sie Pannen erwähnt? Wieso rechnen Sie mit irgendwelchen Pannen?«

»Weil in Situationen wie dieser immer Pannen passieren.«

»Gut. Sie brauchen also jemanden, auf den man mit dem Finger zeigen kann. Aber nicht ...«

»Nicht das FBI.«

»Gut«, sagte Phillips. »Und wie soll ich das machen?«

»Das ist *Ihre* Aufgabe. Schon vergessen: wer, was, wann und warum. Sie sind der Berichterstatter.« Er nahm Phillips am Arm und begleitete ihn den Korridor hinunter. »Und jetzt ziehen Sie gefälligst los und erstatten Bericht.«

14

17:00

»Sie sehen mitgenommen aus, Agent Lukas.«

»Es war ein langer Tag.«

Gary Moss war Ende vierzig, kräftig gebaut, mit kurz geschnittenem Kraushaar, das langsam grau wurde. Er saß auf dem Bett in Einrichtung Zwei, einer kleinen Wohnung im Erdgeschoss des Hauptquartiers. Es gab dort mehrere Wohnungen, die meistens von Führungskräften aus der Verbrechensbekämpfung, die hier zu Besuch weilten, sowie bei größeren Einsätzen genutzt wurden. Moss war hier, weil man allgemein vermutete, dass er, angesichts dessen, was er wusste und gegen wen er bald aussagen würde, im regulären Polizeigewahrsam höchstens zwei Stunden überleben würde.

Es war kein unangenehmer Aufenthaltsort. Die Einrichtung ging zwar nicht über die üblichen Regierungsmittel hinaus, hatte aber immerhin ein Doppelbett, einen Schreibtisch, einen Sessel, Tische, eine Küche sowie einen Fernseher mit den wichtigsten Kabelkanälen zu bieten.

»Wo ist dieser junge Polizist? Ich mag ihn.«

»Hardy? Er ist in unserem Kriegszimmer.«

»Er ist sauer auf Sie.«

»Warum denn? Weil ich ihn nicht Räuber und Gendarm spielen lasse?«

»Genau.«

»Er ist kein Ermittler.«

»Das hat er mir auch erzählt. Er ist ein Schreibtischhengst, so wie ich. Trotzdem will er sich wenigstens ein bisschen Wind um die Nase wehen lassen. Sie sind dabei, diesen Killer zu fangen, stimmt's? Ich hab's im Fernseher gesehen. Deshalb haben Sie mich auch völlig vergessen.«

»Niemand hat Sie vergessen, Mr. Moss.«

Der Mann lächelte, sah dabei jedoch ziemlich verloren aus. Er tat ihr Leid. Aber Lukas war nicht nur hier, um Händchen zu halten. Zeugen, die unglücklich sind oder sich unzureichend geschützt fühlen, vergessen manchmal, was sie gehört und gesehen haben. Der Staatsanwalt, der den Schmiergeldfall bearbeitete, wollte sichergehen, dass Gary Moss ein sehr glücklicher Zeuge war.

»Wie fühlen Sie sich?«

»Ich vermisse meine Familie. Meine Töchter. Ist irgendwie nicht richtig. Gerade jetzt, wo sie etwas so Grauenvolles durchgemacht haben, kann ich nicht für sie da sein. Meine Frau macht bestimmt alles sehr gut, aber in einer solchen Situation sollte ein Mann bei seiner Familie sein.«

Lukas erinnerte sich an die Mädchen; Zwillinge, ungefähr fünf Jahre alt, winzige Plastikspielsachen waren in ihre Haare geflochten. Moss' Gattin war eine dünne Frau mit dem misstrauischen Blick, den jeder Mensch hat, der gerade mit angesehen hat, wie das eigene Haus niedergebrannt ist.

»Feiern Sie?« Sie nickte in die Richtung eines spitzen, goldfarbenen Hütchens mit der Aufschrift FRÖHLICHES NEUES JAHR. Daneben lag ein Sortiment an Knallbonbons und Tischfeuerwerk.

Moss nahm den Hut in die Hand. »Hat mir jemand mitgebracht. Ich hab ihm gesagt, was soll ich denn mit dem halben BH von Madonna anfangen?«

Lukas lachte. Dann wurde sie wieder ernst. »Ich habe gerade über die abhörsichere Leitung angerufen. Ihrer Familie geht es gut. Sie haben viele Leute, die sich um sie kümmern.«

»Ich hätte nie gedacht, dass jemand versuchen würde, mir oder meiner Familie etwas anzutun. Ich meine, als ich den Entschluss fasste, dem FBI zu erzählen, was ich im Büro entdeckt habe. Ich dachte, ich werde wohl rausgeschmissen, aber ich habe nicht damit gerechnet, dass man uns etwas antut.«

Wirklich nicht? Bei dieser Schmiergeldaffäre ging es um Zigmillionen Dollar, und am Ende würden wahrscheinlich Dutzende von Firmenangestellten und Stadtpolitikern angeklagt werden. Lukas wunderte sich eher darüber, dass Moss lange genug überlebt hatte, um es bis in die Schutzhaft der Bundesbehörde zu schaffen.

»Was hatten Sie heute Abend vorgehabt?«, erkundigte sie sich. »Mit Ihrer Familie.«

»Wir wollten zur Mall und uns das Feuerwerk ansehen. Die Mädchen hätten länger wach bleiben dürfen, das gefällt ihnen besser als das ganze Drumherum. Und Sie, Agent Lukas? Was hatten Sie vor?«

Nichts. Sie hatte nichts vorgehabt. Und sie hatte es niemandem gesagt. Lukas dachte an ein paar ihrer Freunde – eine Polizistin in Fairfax, einen Feuerwehrmann in Burke, den einen oder anderen Nachbarn, einen Mann, den sie bei einer Weinprobe und einen anderen, den sie in der Hundeschule, wo sie erfolglos versuchte, Jean Luc abzurichten, kennen gelernt hatte. Sie war mit diesen Menschen und einigen anderen mehr oder weniger bekannt. Mit einigen unterhielt sie sich ab und zu, mit anderen hatte sie viel Wein getrunken. Mit einem der Männer schlief sie gelegentlich. Sie alle hatten sie zu Neujahrspartys eingeladen, doch sie hatte allen gesagt, sie gehe zu einem großen Fest in Maryland. Aber das war gelogen. Sie wollte die letzte Nacht des Jahres allein verbringen. Und sie wollte nicht, dass es jemand wusste – in erster Linie deshalb nicht, weil sie es nicht hätte erklären können. Aus irgendeinem Grund sah sie jetzt Gary Moss an, einen mutigen Mann, der im Feuersturm der Hauptstadtpolitik gefangen war, und sagte ihm die Wahrheit: »Ich wollte den Abend mit meinem Köter und einem schönen Film verbringen.«

Er hielt sich mit aufdringlichen Mitleidsbekundungen zurück. Stattdessen sagte er fröhlich: »Ach, Sie haben einen Hund?«

»Ja, einen schwarzen Neufundländer. Eine Hündin. Hübsch wie ein Mannequin, aber ausgesprochen dumm.«

»Wie lange haben Sie sie schon?«

»Zwei Jahre. Hab sie an Thanksgiving bekommen.«

»Letztes Jahr habe ich meinen Mädels ein Hundchen aus dem Tierheim geholt«, sagte Moss. »Wir dachten schon, wir hätten es bei dem Brandanschlag verloren, aber es ist den Flammen entkommen. Welchen Film wollten Sie sich ansehen?«

»Das war noch nicht entschieden. Wahrscheinlich irgendeinen Frauenfilm. Eine schöne, rührselige Geschichte zum Mitheulen.«

»Ich wusste gar nicht, dass FBI-Agenten weinen dürfen.«

»Nur außerdienstlich. Mr. Moss, wir werden Sie noch bis Montag hier behalten, dann werden Sie in ein sicheres Haus der U. S. Marshals verlegt.«

»Ha. Tommy Lee Jones. *Auf der Flucht.* Das war ein toller Film, was?«

»Den hab ich nicht gesehen.«

»Leihen Sie ihn mal aus.«

»Mal sehen. Machen Sie sich keine Sorgen, Gary. Sie befinden sich am sichersten Ort überhaupt. Hier kann Ihnen niemand zu nahe kommen.«

»Solange dieses Reinigungspersonal mich nicht zu Tode erschreckt.« Er lachte.

Er gab sich aufgekratzt. Aber Lukas sah die Angst des Mannes, als pulsierte sie durch die hervorstehenden Adern auf seiner knochigen Stirn. Er hatte Angst um sich. Angst um seine Familie.

»Wir bringen Ihnen was Leckeres zu essen.«

»Vielleicht ein Bier?«, fragte er.

»Möchten Sie einen Sixpack?«

»Oh, ja.«

»Welche Marke?«

»Ähm … Sam Adams.« Dann fragte er unsicher: »Übersteigt das nicht das Budget?«

»Nicht, wenn ich eins davon abbekomme.«

»Ich stelle Ihnen eins schön kalt. Sie können es sich ja abholen, nachdem Sie diesen Verrückten geschnappt haben.«

Er spielte mit dem Hütchen. Einen Augenblick dachte sie, er würde es sich aufsetzen, aber dann wurde ihm wohl bewusst, wie jämmerlich das aussehen würde, und er warf es aufs Bett.

»Ich sehe später noch mal nach Ihnen«, sagte sie.

»Wo gehen Sie hin?«

»Mir ein paar Stadtpläne ansehen.«

»Stadtpläne. Na dann, viel Glück, Agent Lukas.«

Sie ging hinaus. Keiner wünschte dem anderen ein fröhliches neues Jahr.

Draußen gingen Parker, Cage und Lukas auf dem nur spärlich erleuchteten Bürgersteig durch die frische Luft zum topografischen Archiv, das nur sechs Querstraßen von der Zentrale entfernt lag.

Washington D. C. ist eine Stadt von gelegentlich unvermuteter Schönheit und dem einen oder anderen architektonischen Kabinettstückchen. In der winterlichen Abenddämmerung wirkte die Stadt jedoch dunkel und trüb. Die karge Weihnachtsdekoration, die aus dem Stadtsäckel spendiert worden war, trug nicht viel dazu bei, die graue Straße aufzuhellen. Parker Kincaid warf einen Blick zum bedeckten Himmel empor. Er erinnerte sich daran, dass Schnee vorhergesagt war, und dass die Whos am nächsten Morgen Schlitten fahren wollten.

Sie würden die Hecken hinter dem Haus stutzen, wie er es Robby versprochen hatte, und anschließend mit den Schlitten und einer Thermoskanne voll heißem Kakao in die Massanutten Mountains fahren.

Lukas' Frage holte ihn aus seinen Gedanken zurück: »Wie sind Sie eigentlich in die Urkundenbranche gekommen?«

»Thomas Jefferson«, antwortete er.

»Und wie?«

»Ich wollte eigentlich Historiker werden, mich auf die Ära Jeffersons spezialisieren. Deshalb habe ich mich an der University of Virginia immatrikuliert.«

»Soviel ich weiß, hat er die Universität selbst entworfen.«

»Den ursprünglichen Campus. Ich habe Tage in den Archiven der Uni und in der Kongress-Bibliothek in Washington verbracht. Eines Tages war ich in Charlottesville, in der Bücherei, und studierte diesen Brief, den Jefferson an seine Tochter Martha geschrieben hat. Es ging um die Sklaverei. Jefferson hatte selbst Sklaven, glaubte aber nicht an die Sklaverei. Aber in diesem Brief, den er kurz vor seinem Tod schrieb, gab er sich als glühender Anhänger der Sklaverei zu erkennen und widerrief alle seine früheren Aussagen. Er behauptete, die Sklaverei sei eine der wirtschaftlichen Säulen des Landes und müsse unbedingt beibehalten werden. Mir kam das komisch vor – und obendrein merkwürdig, dass er so etwas seiner Tochter schrieb. Er liebte sie über alles, doch ihre Korrespondenz beschränkte sich ausschließlich auf Familienangelegenheiten. Je öfter ich den Brief durchlas, desto mehr achtete ich auf die Schrift, die mir ein wenig eigenartig vorkam. Ich kaufte mir eine Lupe und verglich die Handschrift mit einem anderen Dokument.«

»Und? Handelte es sich um eine Fälschung?«

»Ja. Ich legte sie einem ortsansässigen Urkundenprüfer vor, der sie eingehend untersuchte. Hat damals für ziemlichen Wirbel gesorgt, dass jemand eine Fälschung in die Jefferson-Archive einschmuggeln konnte, und dann noch eine so heikle. Ich bin groß und breit in der *Post* gewürdigt worden.«

»Aber wer hat das getan?«

»Niemand weiß es. Die Tinten-Absorption verriet uns, dass der Brief aus den siebziger Jahren stammte. Die Archivare vermuten einen Konservativen als Fälscher, der den Brief eingeschmuggelt hatte, um der Bürgerrechtsbewegung ein wenig Wind aus den Segeln zu nehmen. Aber wie auch immer, ich jedenfalls war von der Materie gepackt.«

Parker schilderte Lukas seinen Werdegang. Er hatte einen Magister in Forensik an der George Washington University gemacht und war vom American Board of Forensic Document Examiners in Houston staatlich zugelassen worden. Außerdem war er Mitglied der American Society of Questioned Document Examiners, der National Association of Document Examiners und der World Association of Document Examiners.

»Eine Zeit lang habe ich freiberuflich gearbeitet, bis ich erfuhr, dass beim FBI auch für diesen Bereich Agenten gesucht wurden. Ich bin nach Quantico, und der Rest ist Geschichte.«

»Was hat Sie an Jefferson so besonders interessiert?«

Parker dachte darüber nicht einmal nach. »Er war ein Held«, sagte er einfach.

»Von denen gibt es heute nicht mehr allzu viele«, meinte Cage.

»Ach, heute sind die Leute auch nicht so viel anders als die Leute früher«, konterte Parker. »In keiner Zeit gab es viele Helden. Aber Jefferson war einer.«

»Weil er im Herzen ein Mann der Renaissance war?«, wollte Lukas wissen.

»Ich glaube eher auf Grund seines Charakters. Seine Frau starb im Kindbett. Das hätte ihn fast erledigt. Aber er kam darüber hinweg. Er übernahm die Erziehung seiner Töchter. Er machte sich ebenso viele Gedanken darüber, welches Kleid er für Mary kaufen sollte, wie über die Planung eines Bewässerungssystems für sein Landgut oder über die Auslegung der Verfassung. Ich habe so gut wie alle seine Briefe gelesen. Es gab keine Herausforderung, die zu groß für ihn gewesen wäre.«

Lukas blieb stehen und sah in ein Schaufenster, in dem einige schicke Kleider ausgestellt waren, darunter ein schwarzes Kostüm. Parker fiel auf, dass sie das Kostüm nicht bewunderte. Sie betrachtete das Kleidungsstück auf die gleiche Weise wie zuvor den Erpresserbrief: analytisch.

Parker wunderte sich, dass solche Dinge ihre Aufmerksamkeit überhaupt erregten. Aber Cage sagte: »Margaret ist eine teuflisch gute … wie sagt man doch gleich … Designerin. Näht sich ihre Kleider selbst. Sie ist wirklich gut.«

»Cage«, tadelte sie ihn geistesabwesend.

»Kennen *Sie* jemanden, der so etwas noch selbst macht?«

Nein. Parker kannte niemanden. Er sagte nichts.

Sie wandte sich von dem Schaufenster ab, und sie gingen weiter die Pennsylvania Avenue entlang, vor sich das imposante Kapitol.

Lukas ergriff wieder das Wort. »Haben Sie wirklich einen Posten als SAC abgelehnt?«

»Jep.«

Ein leises, ungläubiges Lachen.

Parker erinnerte sich an den Tag, an dem Cage und der damalige stellvertretende Direktor in sein Büro kamen und ihn fragten, ob er die Dokumentenabteilung verlassen und ein Bezirksbüro übernehmen wolle. Wie Cage bereits an diesem Morgen auf Parkers Veranda erwähnt hatte, war Parker nicht nur gut im Analysieren von Dokumenten; er war auch gut darin, Kriminelle zu fangen.

Normalerweise waren ein Agent oder ein stellvertretender Staatsanwalt mit einer einfachen Frage bezüglich eines Dokuments zu ihm gekommen, einer vermuteten Fälschung vielleicht, oder einer möglichen Verbindung zwischen einem Täter und einem Tatort. Es hatte jedoch meist nicht lange gedauert, bis Parker in seinem mit Bonsai-Bäumchen voll gestellten Büro den unglückseligen Gesetzeshüter, der eigentlich nur ein paar technische Informationen zu dem Dokument haben wollte, in ein schonungsloses Kreuzverhör nahm. Mit Dokumenten allein hatte sich Parker nie zufrieden gegeben.

Wo haben Sie den Brief gefunden? Nein, nein – in welcher Schublade? Hat der Gesuchte eine Frau? Wo wohnt sie? Hat er einen Hund? Unter welchen Umständen erfolgte seine letzte Festnahme?

Da eine Frage zur anderen führte, ließ Parker Kincaid seinen Besucher schon kurz darauf zwar nicht wissen, ob die Handschrift zu der Unterschrift auf einem Antrag zur Aufnahme in den Fahrlehrerverband passte, aber wo sich der Gesuchte logischerweise versteckt halten musste. Und meistens hatte er damit sogar richtig gelegen.

Aber er hatte das Angebot ablehnen müssen. Ein leitender Special Agent musste viele Überstunden machen, und gerade in dieser Phase seines Lebens musste Parker zu Hause sein. Um der Kinder willen.

Davon jedoch wollte er Lukas nichts erzählen.

Er fragte sich, ob sie noch mehr wissen wollte, aber sie schwieg. Sie zog ihr Handy heraus und klappte es auf.

Parker war schon richtig neugierig auf das topografische Archiv. »Was genau …?«, fragte er.

»Still!«, zischte Lukas rüde.

»Was …?«, setzte er noch einmal an.

»Seien Sie still. Gehen Sie weiter. Und drehen Sie sich nicht um.«

Jetzt wurde ihm klar, dass sie gar nicht telefonieren wollte, sondern nur so tat.

Cage fragte sie: »Haben Sie ihn auch gesehen? Ich würde sagen, etwa zwanzig Meter hinter uns.«

»Eher dreißig. Keine Waffe zu sehen. Und er ist nervös. Sehr sprunghafte Bewegungen.«

Parker begriff, dass Lukas deshalb mit ihm geplaudert hatte und vor dem Schaufenster stehen geblieben war – sie glaubte, jemand verfolgte sie, und sie wollte denjenigen in Sicherheit wiegen. Jetzt blickte auch er in eine Fensterscheibe, an der sie gerade vorbeigingen, und sah einen Mann die Straße überqueren – er kam in ihre Richtung.

Parker sah, dass Cage und Lukas ihre Pistolen in der Hand hielten. Er hatte nicht gesehen, dass sie sie gezogen hatten. Es waren schwarze Automatikwaffen mit drei winzigen, grün leuchtenden Punkten auf der Seite. Seine Dienstpistole war ein klobiger Revolver gewesen. Ihm fiel wieder ein, dass er sich am meisten über die Vorschrift geärgert hatte, ihn ständig geladen haben zu müssen; die Vorstellung, ständig eine geladene Pistole in der Nähe der Kinder zu haben, hatte ihn beunruhigt.

Lukas raunte Cage etwas zu, woraufhin dieser nickte. An Parker gewandt sagte sie: »Verhalten Sie sich ganz natürlich.«

Ach so, klar doch …

»Glauben Sie, es ist der Digger?«, fragte er.

»Könnte sein«, antwortete sie.

»Plan?«, flüsterte Cage.

»Wir schnappen ihn«, erwiderte sie seelenruhig.

Mein Gott, dachte Parker. Der Digger war hinter ihnen her! Mit seiner Maschinenpistole. Wahrscheinlich hatte er die Zentrale observiert und herausgefunden, dass sie auf den Fall angesetzt waren. Im Theater hätten wir ihn fast gehabt; vielleicht hatte ihm der Unbekannte befohlen, die Ermittler auszuschalten, sobald sie ihm zu nah auf den Pelz rückten.

»Übernehmen Sie die Straße«, sagte Lukas zu Cage. »Kincaid, Sie kümmern sich um die Seitenstraße. Falls dort Verstärkung lauert.«

»Ich …«

»Schsch.«

»Bei drei. Eins … zwei …«

»Aber ich …«, fing Parker an.

»Drei!«

Sie teilten sich rasch auf. Cage trat auf die Straße und hielt Autos an.

Lukas drehte sich um und rannte in die Richtung, aus der sie gekommen waren. »Halt!«, rief sie. »FBI! Sie dort! Stehen bleiben und die Hände auf den Kopf!«

Parker spähte in die Seitenstraße und überlegte, was er tun sollte, falls er dort einen Komplizen entdeckte. Er zog sein Handy heraus, drückte auf 911 und legte den Daumen auf den SEND-Knopf. Mehr fiel ihm nicht ein.

Er drehte den Kopf und suchte Lukas. Der Mann weiter hinten blieb jäh stehen, scherte dann unvermutet aus und rannte so schnell er konnte mitten auf der Straße entlang.

»Stehen bleiben!«

Lukas raste über den Bürgersteig. Der Mann schwenkte nach rechts, verschwand im Verkehr. Sie versuchte ihm zu folgen, doch ein Auto kam mit großer Geschwindigkeit um die Ecke gebogen; der Fahrer sah sie nicht und hätte sie beinahe umgefahren. Nur wenige Zentimeter vom Kotflügel entfernt, machte Lukas einen Satz zurück auf den Gehsteig.

Als sie die Verfolgung wieder aufnehmen konnte, war der Mann weg. Parker sah sie ihr Telefon zücken und hinein reden. Kurz darauf schlidderten drei nicht gekennzeichnete Wagen mit rotem Blinklicht hinter der Windschutzscheibe auf die Kreuzung. Sie beriet sich kurz mit einem der Fahrer, dann rasten die Wagen weiter.

Langsam trottete sie zu Parker zurück. Auch Cage schloss sich ihnen wieder an. Lukas hob wütend die Hände.

Cage zuckte die Achseln. »Haben Sie ihn sehen können?«

»Nein. Nichts«, antwortete Parker.

»Ich auch nicht«, murmelte Lukas. Dann fiel ihr Blick auf Parkers Hände. »Wo ist Ihre Waffe?«

»Meine was?«

»Sie haben doch die Seitenstraße gesichert. Wir sind mitten in der Überprüfung einer verdächtigen Person, und Sie haben Ihre Waffe nicht gezogen?«

»Tja, ich habe keine. Das wollte ich Ihnen ja die ganze Zeit mitteilen.«

»Sie sind nicht bewaffnet?«, fragte sie ungläubig.

»Ich bin Zivilist«, sagte Parker. »Weshalb sollte ich eine Waffe tragen?«

Lukas warf Cage einen vorwurfsvollen Blick zu. »Ich dachte, er hätte eine«, sagte der Agent.

Sie bückte sich, schob ihr Hosenbein hoch und zog eine kleine Automatik aus einem Knöchelholster. Die reichte sie Parker.

Er schüttelte den Kopf. »Nein, danke.«

»Nehmen Sie sie!«, beharrte sie.

Parker schaute auf die Pistole in ihrer Hand. »Mir ist es unbehaglich mit Waffen. Ich war im Labor tätig, nicht bei der Ermittlung. Außerdem hatte ich einen Revolver als Dienstwaffe, keine Automatik. Zum letzten Mal habe ich eine in Quantico abgefeuert, das ist schon sechs oder sieben Jahre her.«

»Sie müssen nur zielen und abdrücken«, sagte sie, inzwischen ein wenig ungehalten. »Sie ist entsichert. »Der erste Schuss ist Double action, der zweite Single. Also zielen Sie entsprechend.« Parker fragte sich, woher ihr plötzlicher Unmut kam.

Er nahm die Waffe nicht.

Sie stieß einen Seufzer aus, der mit einer Hauchwolke aus ihrem Mund in die kühle Nachtluft entwich. Sie sagte nichts, hielt ihm die Pistole aber immer noch hin.

Er beschloss, dass es die Sache nicht wert war, und nahm die Waffe, warf einen kurzen Blick darauf und schob sie in die Tasche. Ohne ein weiteres Wort drehte sich Lukas um, dann gingen sie weiter. Cage warf ihm einen skeptischen Blick zu, verzichtete auf ein Achselzucken und rief jemanden über sein Handy an.

Parker spürte beim Gehen das Gewicht der Pistole in der Tasche – es zog wesentlich stärker an ihm als die paar Unzen, die die Waffe tatsächlich wog. Trotzdem fühlte er sich nicht sicherer damit. Er fragte sich, warum. Es dauerte noch einen Augenblick, bis der Groschen fiel. Nicht, weil ihn das gefährliche Stück Metall daran erinnerte, dass der Digger noch vor wenigen Sekunden womöglich hinter ihnen her war und es darauf abgesehen hatte, ihn und Cage und Lukas zu töten. Auch nicht, weil sie ihn an den Bootmann vor vier Jahren und an die Angst seines Sohnes erinnerte.

Nein, es lag vielmehr daran, dass die Pistole eine Art dunkler Macht zu besitzen schien, wie der magische Ring in einem der Bücher von J. R. R. Tolkien, eine Macht, die ihn besessen und mit jeder Minute, die verging, weiter weg von seinen Kindern getragen hatte. Eine Macht, die ihn für immer von ihnen trennen konnte.

Der Digger steht in der schmalen Seitenstraße.

Er rührt sich nicht. Sieht sich um.

Weder Agenten noch Polizisten. Niemand, der hinter ihm her jagt oder nach ihm Ausschau hält. Niemand, der auf ihn schießen will. Oder ihn gefangen nehmen und zurück nach Connecticut schicken will, wo er den Wald sehr mag, aber nicht die vergitterten Räume, in denen sie ihn stundenlang sitzen lassen, ohne etwas zu tun, wo die Leute ihm seine Suppe stehlen und ständig die Fernsehkanäle wechseln, um Sport zu gucken, wenn Werbung für Autos oder kleine Hündchen kommt.

»Du bist fett«, sagte Pamela zu ihm. »Du bist nicht mehr in Form. Warum gehst du nicht laufen? Kauf dir ein Paar Nike ...« *Klick* »... ein Paar Nike Jogging-Schuhe. Mach das doch. Geh ins Einkaufszentrum. Ich habe noch genug anderes zu tun.«

Der Digger glaubt, er sieht Pamela jetzt vor sich. Er blinzelt. Nein, nein, das ist nur eine kahle Wand in der Gasse.

Gelobst du, sie zu lieben, zu ehren, für sie zu sorgen und ... *klick* ... und ihr stets zu folgen?

Einmal ging er mit Pamela joggen, es war Herbst, sie liefen durch rote Blätter und gelbe Blätter. Er versuchte Schritt zu halten, schwitzte unheimlich, seine Lungen taten weh, so wie sein Gehirn weh tat, nachdem die Kugel in seinem Schädel herumgerattert war. Pamela rannte vor ihm her, und am Ende joggte er ganz allein, bis er dann gemächlich nach Hause zurück trottete.

Der Digger ist darüber beunruhigt, was im Theater passiert ist. Die viele Polizei und die Agenten machen ihm Sorgen; der Mann, der ihm alles sagt, wird sehr unglücklich darüber sein, dass er nicht so viele Leute getötet hat, wie er eigentlich sollte.

Der Digger hörte Sirenen in der Ferne. Viele Sirenen.

Er läuft weiter. Lässt die Einkaufstüte am Arm baumeln. Die Uzi liegt in der Tüte, und sie ist wieder schwer, weil er sie neu geladen hat.

Vor ihm in der Gasse registriert er eine Bewegung. Er bleibt stehen. Da ist ein kleiner Junge. Schwarz und abgemagert. Ungefähr zehn Jahre alt. Der Junge hört jemandem zu, der mit ihm redet. Jemand, den der Digger nicht sehen kann.

Plötzlich hört der Digger Pamelas Stimme: »Mit … mit … mit dir Kinder haben? Ein … ein … ein Baby mit dir?«

If we had us a child or three or four,
You know I'd love you all the more.

Dann schwindet die Erinnerung an das Lied, denn ein reißendes Geräusch ertönt, und dann fällt die Pistole mit dem Schalldämpfer durch den Boden der Papiertüte. Er bückt sich, um die Pistole aufzuheben, und als er unten ist, blickt er auf.

Hmmm.

Das ist nicht lustig.

Der kleine Junge und ein älterer Mann in dreckigen Klamotten, der Mann, der auf den Jungen eingeredet hat, kommen durch die Gasse auf ihn zu. Der Mann dreht dem Jungen den Arm nach oben. Der Junge weint, seine Nase ist blutig.

Beide sehen den Digger an. Der Junge scheint erleichtert zu sein. Er reißt sich von dem Mann los und reibt sich die Schulter. Der Mann packt den Jungen wieder am Arm.

Der Blick des Mannes fällt auf die Uzi. Er grinst den Digger verschlagen an und sagt: »Was Sie auch tun, Mann, es geht mich nix an. Ich bin schon wieder weg.«

»Lass mein' Arm los«, jammert der Junge.

»Halt's Maul!« Der Mann holt mit der Faust aus. Der Junge duckt sich.

Der Digger schießt dem Mann zweimal in die Brust. Er kippt nach hinten. Der Junge macht bei dem Geräusch einen Satz nach hinten. Der Schalldämpfer liegt noch auf dem Boden.

Der Digger zielt auf den Jungen, der den toten Körper anstarrt.

»Wenn dir jemand ins Gesicht sieht …«

Der Digger zieht den Abzug langsam zurück.

»Mit … mit … mit … dir Kinder haben?« Die Worte rattern durch seinen Schädel.

Der Junge starrt den Körper des Mannes, der ihn geschlagen hat, immer noch fassungslos an. Der Digger zieht den Abzug ein zweites Mal langsam zurück. Dann lässt er die Pistole sinken. Der Junge dreht sich um und sieht den Digger an. Er flüstert: »Mann … hast du ihn umgepustet? Mann, einfach so, du hast ihn wie nix umgepustet.«

Der Junge sieht dem Digger direkt ins Gesicht. Aus drei Metern Entfernung.

Die Worte rasseln durcheinander. Töte ihn, er hat dein Gesicht gesehen, töte ihn, töteihntöteihntöteihn.

Und so weiter.

Der Digger sagt: »Hmm.« Er bückt sich und hebt die ausgeworfenen Hülsen auf, dann den Schalldämpfer, und wickelt ihn und die Pistole in die zerrissene Tüte mit den Hündchen. Er läuft weiter und lässt den Jungen stehen, der wieder auf die Leiche neben dem Müllhaufen starrt.

Geh zurück zum Motel und … *klick* … geh zurück zum Motel und warte dort.

Er will sich dort eine Suppe machen und warten. Seine Nachrichten abhören. Nachsehen, ob der Mann, der ihm alles sagt, inzwischen angerufen hat, um ihm zu sagen, dass er mit dem Schießen aufhören kann.

When I hear you coming through the door …

Ein Teller Suppe wäre jetzt genau das Richtige.

I know I love you all the more.

Auch für Pamela hat er Suppe gekocht. Er hat für sie Suppe gekocht … an dem Abend, an dem sie … *klick*. Es war in der Weihnachtsnacht. Zwölf fünfundzwanzig. Eins zwei zwei fünf. Eine Nacht wie diese. Kalt. Überall bunte Lichter.

Hier ist ein Goldkreuz für dich, sagte er. Und dieses Päckchen ist für *mich*? ... Ein Geschenk? Oh, ein Mantel! Danke danke danke ...

Der Digger steht an der Ampel und wartet auf Grün.

Plötzlich spürt er, wie etwas seine Hand berührt.

Der Digger erschrickt nicht. Der Digger erschrickt nie.

Er umfasst die Pistole in der zerrissenen Tüte mit den Hündchen und dreht sich langsam zur Seite.

Neben ihm steht der Junge und hält den Digger ganz fest an der linken Hand. Sein Blick ist starr geradeaus gerichtet.

Love you love you love you ...

Die Ampel schaltet um.

Der Digger rührt sich nicht.

All the more ...

»Komm, wir können gehen«, sagt der Junge, der sich jetzt die Hündchen auf der zerrissenen Tüte betrachtet. Der Digger sieht das grüne Ampelmännchen.

Das grüne Männchen sieht glücklich aus.

Was auch immer das sein mag.

Hand in Hand überqueren die beiden die Straße.

15

17:15

Das topografisch-geologische Archiv des District of Columbia ist in einem muffigen alten Gebäude nicht weit von der Kreuzung Seventh und E Street untergebracht.

Außerdem befindet es sich, nicht ganz zufällig, unweit einer nicht sehr bekannten Einrichtung des Secret Service und dem Büro für besondere Angelegenheiten des Nationalen Sicherheitsrats.

Hinweise auf das Archiv finden sich in keinem Touristenführer, und Besucher, denen das Schild an der Vorderseite des Gebäudes auffällt und kurz entschlossen hineinspazieren, werden von einem der drei bewaffneten Wachmänner im Foyer darauf hingewiesen, dass die Einrichtung der Öffentlichkeit leider nicht zugänglich ist und es auch keine Ausstellungen zu besichtigen gibt, vielen Dank für Ihr Interesse, schönen Tag noch, auf Wiedersehen.

Cage, Parker und Lukas – Letztere schon wieder am Telefon – warteten in der Eingangshalle. Sie unterbrach die Verbindung. »Nichts. Er ist einfach verschwunden.«

»Keine Zeugen?«

»Ein paar Autofahrer haben einen dunkel gekleideten Mann wegrennen sehen. Wahrscheinlich ein Weißer. Wahrscheinlich mittelgroß. Aber keiner kann es beschwören. Es ist nicht zu fassen!«

Cage sah sich um. »Wie haben Sie uns hier reingeschleust, Lukas? Ich hätte das nicht hingekriegt.«

Jetzt war es an Lukas, kryptisch die Achseln zu zucken. Anscheinend war der Silvesterabend der richtige Zeitpunkt, offene Rechnungen zu begleichen und Schulden einzutreiben.

Kurz darauf stieß Tobe Geller zu ihnen, der gemächlich in das Gebäude trottete und die anderen Mitglieder des Teams mit einem Nicken grüßte. Dann wurden ihre Fingerabdrücke von einem Identi-Scanner überprüft und ihre Waffen in einem Schließfach deponiert. Man führte sie zu einem Fahrstuhl. Sie stiegen ein. Parker erwartete, nach oben zu fahren, doch offensichtlich ging dieser Fahrstuhl nicht höher als bis zum Erdgeschoss. Lukas drückte auf den mit B7 beschrifteten Knopf, und die Kabine fiel scheinbar endlos in die Tiefe.

Sie kamen direkt im Archiv an, das sich nicht als staubige Ansammlung alter Folianten und Karten herausstellte, auf die sich Parker, der beglaubigte Dokumentenprüfer, insgeheim gefreut hatte, sondern als riesiger, mit Hi-Tech-Schreibtischen bestückter Raum erwies, voll gepackt mit Telefonen, Mikrofonen und reihenweise 24er NEC Computerbildschirmen. Selbst an diesem Abend, dem Silvesterabend, saßen zwei Dutzend Männer und Frauen vor diesen Bildschirmen, auf denen kunstvoll ausgeführte Karten leuchteten.

Wo zum Teufel bin ich hier?, staunte Parker. Er sah sich um und kam zu dem Schluss, dass die Tatsache, Zugang zu den Archiven zu erhalten, nichts damit zu tun hatte, ob man einen städtischen Angestellten auftreiben konnte, der einem die Haustür aufschloss.

»Was ist das hier?«, fragte er Geller.

Der junge Agent warf Cage einen taktvollen Blick zu, der sein Einverständnis mit einem Nicken kundtat. »Topografische und kartografische Daten der 500 Quadratkilometer rings um die Hauptstadt«, erklärte Geller. »Das Weiße Haus ist der Nullpunkt, aber sie mögen es nicht besonders, wenn man das sagt. Im Falle einer Naturkatastrophe, eines terroristischen Angriffs, einer atomaren Bedrohung oder sonstigen Krise fällt hier die Entscheidung, ob es für die Regierung besser ist, an Ort und Stelle zu bleiben oder die Stadt zu verlassen. In letzterem Fall wird auch gleich ermittelt, auf welchem Wege sie das tun sollte, welche Straßen am sichersten sind, wie viele Abgeordnete überleben werden und wie viele Senatoren. Solche Sachen. So wie der Kriegsraum in *Angriffsziel Moskau.* Cool, was?«

»Und was tun *wir* hier?«

»Sie wollten doch Landkarten«, sagte er und ließ mit einer Begeisterung, die nur einem geborenen Hacker möglich ist, den Blick über die Ausrüstung wandern. »Wir haben hier die umfassendste physikalische Datenbank eines Gebietes vor uns, die es überhaupt auf der Welt gibt. Lincoln Rhyme sagte, wir müssen uns mit dem Gelände vertraut machen. *Wir* müssen das vielleicht nicht unbedingt, aber *die* müssen ran.« Er nickte zärtlich zu den langen Reihen fast zwei Meter hoher Computer-Türme hinüber.

Lukas sagte: »Wir dürfen die Einrichtung benutzen, aber nur unter Protest, und wir dürfen keine Ausdrucke oder Datenträger mitnehmen.«

»Wir werden beim Hinausgehen gefilzt«, sagte Geller.

»Wie kommt es, dass Sie so viel darüber wissen?«, fragte Parker an Geller gewandt.

»Ach, ich habe ein bisschen mitgeholfen, die Bude hier aufzubauen.«

»Noch eins, Parker«, fügte Lukas hinzu, »Sie haben von diesem Ort hier nie gehört.«

»Kein Problem«, nickte Parker mit einem Blick auf die beiden mit Maschinenpistolen bewaffneten Posten neben der Fahrstuhltür.

»Na schön«, sagte Lukas. »Welche Materialien hat Rhyme gefunden?«

Parker zog seine Notizen zu Rate und las laut vor: »Granit, Schwefel, Ruß, Asche, Ton und Ziegel.«

Tobe Geller setzte sich vor einen Monitor, schaltete ihn ein und tippte wie ein Besessener in die Tastatur. Ein Bild von Washington, D. C., erschien auf dem Bildschirm. Die Auflösung war erstaunlich. Sieht richtig dreidimensional aus, dachte Parker absurderweise. Robby und Stephie würde es gefallen, auf dieser Kiste Super Mario zu spielen.

»Wo fangen wir an?«, fragte Lukas Parker.

»Ein Hinweis nach dem anderen«, erwiderte er. »Dann grenzen wir die Möglichkeiten ein. So löst man Rätsel.«

Drei Habichte haben dem Bauern schon viele Hühner geschlagen …

»Zuerst Granit, Ziegelstaub und Ton«, brummte er nachdenklich. »Das deutet auf Abrissgrundstücke oder Baustellen hin …« Er wandte sich an Geller. »Sind die alle hier erfasst?«

»Nein«, antwortete der junge Agent. »Aber wir können jemanden von der Baugenehmigung fragen.«

»Tun Sie das«, forderte Parker ihn auf.

Geller tätigte den Anruf über die Anlage der Einrichtung, denn so tief unter der Erde funktionierte kein Handy, abgesehen davon, dass die Wände, wie alle Sicherheitseinrichtungen in Washington, besonders gut abgeschirmt waren.

»Als Nächstes …«, überlegte Parker, »Schwefel und Ruß … Das weist auf Industrie hin. Können Sie die Gebiete nach Luftverschmutzungsgrad isolieren, Tobe?«

»Klar. Es gibt eine EPA-Datei zur Berechnung des Durchdringungsgrades von Nervengas und bioaktiven Waffen«, strahlte Geller.

Noch mehr Schaltflächen.

Im District of Columbia sitzt die Regierung nebst Verwaltung, und die kommerzielle Nachbarschaft beschränkt sich hauptsächlich auf Warenlager und Vertriebsfirmen. Trotzdem zeichneten sich auf dem Bildschirm hier und da einige Stadtteile in passend eingefärbtem schmutzigem Gelb ab. Die meisten davon lagen im Südosten der Stadt.

»Wir suchen seinen Wohnort«, rief ihnen Lukas in Erinnerung. »Welche Industrieviertel befinden sich in der direkten Nachbarschaft zu Wohnvierteln?«

Geller tippte weiter und stellte eine Verbindung zwischen Industrievierteln und Wohngegenden her, was einige, aber bei weitem nicht alle Gebiete eliminierte. Die meisten Industrieflächen waren von Häusern und Wohnblocks umgeben.

»Immer noch so viele«, sagte Lukas.

»Geben wir noch eine Zutat hinzu«, sagte Parker. »Die Asche. Hauptsächlich verbranntes Tierfleisch.«

Gellers Hände schwebten über der Tastatur. »Was könnte das sein?«

Lukas schüttelte den Kopf. Dann fragte sie: »Gibt es in diesen Gebieten denn keine Fleisch verarbeitende Industrie?«

Ein guter Vorschlag. Parker hatte ihn selbst soeben machen wollen.

»Nichts verzeichnet«, antwortete Geller.

»Restaurants?«, schlug Cage vor.

»Hunderte«, bestätigte Geller.

»Wo verbrennt man denn sonst noch Fleisch?«, fragte Lukas niemanden direkt.

Rätsel …

»Veterinäre«, sinnierte Parker. »Entsorgen die nicht Tierleichen?«

»Wahrscheinlich«, sagte Cage.

Geller tippte und schaute auf den Schirm. »Davon gibt es Dutzende. Überall.«

Lukas warf Parker einen Blick zu, und er sah, dass ihr Schrecken von vorhin verschwunden und von etwas anderem abgelöst worden war. Es hätte Aufregung sein können. Ihre blauen Augen glichen immer noch Steinen, doch jetzt leuchteten sie. »Was ist mit menschlichen Überresten?«, fragte sie.

»Ein Krematorium!«, sagte Parker. »Genau! Und der polierte Granit … könnte von Grabsteinen stammen. Suchen Sie nach Friedhöfen!«

Cage starrte auf die Karte und zeigte dann auf eine Stelle: »Arlington?«

Der Nationalfriedhof nahm eine große Fläche westlich des Potomac ein. Das ganze Gebiet ringsum musste mit Granitstaub gesättigt sein.

»Der liegt nicht in der Nähe eines Industriegebietes«, wandte Parker ein. »Jedenfalls nichts mit ausreichender Verschmutzung.«

Lukas war diejenige, die es entdeckte: »Hier! Sie streckte den Finger aus und tippte mit einem unlackierten, aber perfekt gefeilten Fingernagel auf das Bildschirmglas. »Gravesend.«

Tobe Geller markierte das Gebiet auf der Karte und vergrößerte es.

Gravesend …

Das Viertel gehörte zum südöstlichen Quadranten des District of Columbia. Parker kannte sich dort nur unzureichend aus. Es bestand hauptsächlich aus einigen heruntergekommenen Straßenzügen mit Mietskasernen, Fabriken und brachliegenden Grundstücken rings um den Memorial Cemetery, einem ehemaligen Sklavenfriedhof, der noch aus dem frühen 19. Jahrhundert stammte. Parker zeigte auf einen anderen Teil von Gravesend. »Mit direktem Metro-Anschluss. Von hier aus hätte der Täter bis zur Station Judiciary Square/Rathaus durchfahren können. Gleich um die Ecke ist auch eine Buslinie.«

Lukas dachte darüber nach. »Ich kenne die Gegend, hab dort schon einige Täter festgenommen. Dort wird überall abgerissen und neu gebaut. Alles ist herrlich anonym. Dort stellt niemand Fragen. Viele Leute zahlen ihre Miete bar, ohne damit aufzufallen. Der perfekte Ort für ein Versteck.«

Nebenan nahm ein junger Techniker ein Gespräch entgegen und reichte Tobe Geller den Hörer. Noch während der Agent andächtig lauschte, breitete sich ein begeistertes Lächeln auf seinem Gesicht aus. »Gut«, sagte er ins Telefon. »Bringen Sie es bitte ins Urkundenlabor.« Er legte auf. »Hört euch das an: Jemand hat eine Videoaufnahme von dem Anschlag im Mason Theater gemacht.«

»Eine Aufnahme vom Digger?«, fragte Cage erfreut.

»Sie wissen noch nicht genau, was wirklich drauf zu sehen ist. Hört sich an, als sei die Qualität ziemlich mies. Ich möchte mich gleich an die Auswertung machen. Fahren Sie nach Gravesend?«

»Jep«, sagte Parker und warf einen Blick auf seine Uhr. Noch zweieinhalb Stunden bis zum nächsten Massaker.

»MEZ?«, fragte Geller Lukas.

»Ja. Bestellen Sie eine.«

Eine Mobile Einsatzzentrale, rief sich Parker in Erinnerung. Ein mit modernster Kommunikations- und Überwachungstechnik voll gestopftes Wohnmobil. Er hatte so manches Mal in einem solchen Fahrzeug gearbeitet und vor Ort Dokumente analysiert.

»Ich lasse einen Video Data-Analyzer einbauen«, sagte Geller, »und mache mich gleich an das Band. Wo finde ich euch?«

»Dort«, sagten Lukas und Parker gleichzeitig und zeigten auf ein unbebautes Grundstück unweit des Friedhofs.

»Nicht gerade viele Wohnungen ringsum«, bemerkte Cage.

»Aber es ist nah bei den Läden und Restaurants«, sagte Parker.

Lukas warf ihm einen kurzen Blick zu und nickte. »Wir sollten die Suche eingrenzen, indem wir diese Läden zuerst überprüfen. Dort können wir am meisten über die Einheimischen erfahren. Tobe, Sie bringen C. P. und Hardy in der Einsatzzentrale mit.«

Der Agent zögerte und setzte eine skeptische Miene auf. »Hardy? Brauchen wir den wirklich?«

Parker hatte sich die gleiche Frage gestellt. Hardy schien ein netter Kerl zu sein, vielleicht auch ein recht guter Polizist, aber mit diesem Fall war er überfordert, und das bedeutete, dass er – oder jemand anders – leicht zu Schaden kommen könnte.

Aber Lukas erwiderte: »Wenn wir ihn nicht nehmen, schickt uns die Stadt einen anderen auf den Hals. Hardy haben wir wenigstens im Griff. Ihm scheint es nichts auszumachen, auf dem Rücksitz zu warten.«

»Scheiß Politik«, knurrte Cage.

Während Geller bereits seine Jacke überstreifte, sagte Lukas: »Und dieser Psychologe? Der Typ aus Georgetown? Wenn er noch nicht in der Zentrale ist, soll ihn jemand nach Gravesend fahren.«

»Wird gemacht.« Geller lief zum Fahrstuhl, wo er umgehend durchsucht wurde.

Lukas starrte auf die Karte von Gravesend. »Es ist so verflucht groß.«

»Mir ist noch etwas anderes eingefallen«, sagte Parker. Er hatte sich daran erinnert, was ihm der Brief über den Unbekannten verraten hatte. »Wir sind uns einig, dass er wahrscheinlich einige Erfahrung mit Computern hat, oder?«

»Ja«, sagte Lukas.

»Wir brauchen eine Liste von allen Haushalten in Gravesend, die bei einem Online-Dienst angemeldet sind.«

»Das können Tausend sein«, winkte Cage ab.

»Nein. Das bezweifle ich. Gravesend ist eins der ärmsten Stadtviertel. Die Leute haben bestimmt andere Sorgen, als ihr Geld für Computer auszugeben.«

»Das stimmt«, pflichtete ihm Cage bei. »Ich lasse uns eine Liste zusammenstellen.«

»Trotzdem bleibt es ein ziemlich großes Gebiet«, murmelte Lukas.

»Ich habe noch ein paar andere Ideen«, sagte Parker und ging zur Fahrstuhltür, wo er von den humorlosen Wachen gewissenhaft durchsucht wurde wie ein verdächtiger Ladendieb.

Kennedy ging langsam auf dem dunkelgrünen Teppich in seinem Büro immer wieder im Kreis.

Jefferies hing an seinem Handy. Jetzt stellte er es aus.

»Slade hat ein paar Ideen, aber das geht alles nicht so schnell.«

Kennedy fuchtelte in Richtung Radio. »Als es darum ging, zu vermelden, dass ich tatenlos herumsitze, während in der Stadt gnadenlos die Leute niedergeschossen werden, waren sie ziemlich schnell. Ausgesprochen schnell waren sie auch mit ihrem Bericht, als ich den Einstellungsstopp bei der Polizei nicht aufgehoben habe, damit wir mehr Geld für das Projekt 2000 bekommen. Gott im Himmel, die Medien stellen mich hin, als sei *ich* ein Komplize des Täters!«

Kennedy hatte gerade in drei Krankenhäusern ein paar Verletzte und deren Angehörige besucht. Niemand schien etwas auf seinen Besuch zu geben. Sie wollten nur wissen, warum er nicht mehr unternahm, um den Killer endlich zu fassen.

»Warum sind Sie nicht in der FBI-Zentrale?«, hatte ihn eine Frau unter Tränen gefragt.

Weil sie mich verdammt noch mal nicht eingeladen haben, dachte Kennedy aufgebracht. Seine Antwort fiel jedoch milder aus: »Diese Aufgabe muss ich den Experten überlassen.«

»Aber sie erfüllen ihre Aufgabe nicht. Ebenso wenig wie Sie.«

Als er sich von ihrem Krankenbett verabschiedete, hatte Kennedy ihr nicht die Hand geschüttelt; ihr rechter Arm war so zerschossen worden, dass er amputiert werden musste.

»Slade fällt bestimmt etwas ein«, beruhigte ihn Jefferies.

»Zu wenig, und zu spät. Dieser Bursche sieht einfach zu gut aus für seinen Job«, stieß Kennedy hervor. »Ich traue gut aussehenden Menschen nicht.« Als ihm seine paranoiden Worte bewusst wurden, lachte er laut auf. Jefferies lachte ebenfalls. »Drehe ich allmählich durch, Wendy?«, fragte der Bürgermeister.

»Allerdings, Sir. Es ist meine Pflicht, Sie darauf hinzuweisen, dass Ihr Verstand sich verabschiedet hat.«

Der Bürgermeister setzte sich und blickte auf den Tischkalender. Ohne den Digger würde er heute Abend zu vier Partys gehen. Eine in der Französischen Botschaft, eine in seiner alten Uni Georgetown, eine in der Festhalle der Gewerkschaft der Städtischen Angestellten und – die Wichtigste von allen, bei der er das neue Jahr tatsächlich einläuten würde – die afro-amerikanische Lehrervereinigung im Herzen von Southeast. Das war die Gruppe, die besonders viel Lobby-Arbeit leistete, um an der Basis der Lehrerschaft im ganzen Bezirk für sein Projekt 2000 Akzeptanz zu schaffen. Er und Claire mussten heute Abend einfach dort sein, um ihre Unterstützung demonstrativ zu zeigen. Andererseits war es für ihn undenkbar, an irgendwelchen Veranstaltungen teilzunehmen oder zu feiern, solange dieser Verrückte die Stadt unsicher machte.

Eine Woge des Zorns wallte in ihm auf, und er griff zum Telefon.

»Was«, erkundigte sich Jefferies aufmerksam, »haben Sie vor?«

»Etwas«, antwortete er. »Ich muss irgendwas tun, verdammt noch mal!« Er wählte bereits eine Nummer.

»Was?«, fragte Jefferies, inzwischen noch misstrauischer.

Doch da war der Anruf bereits in die FBI-Zentrale durchgestellt, und Kennedy gab seinem Berater keine Antwort mehr.

Er wurde mehrere Male weiterverbunden, dann antwortete eine Männerstimme: »Ja?«

»Hier Bürgermeister Jerry Kennedy. Mit wem spreche ich?«

Kurze Pause. Kennedy, der seine Anrufe oft selbst erledigte, war an das Schweigen gewöhnt, das sich häufig nach seiner Begrüßung einstellte. »Special Agent C. P. Ardell. Was kann ich für Sie tun?«

»Diese Agentin, Lukas, leitet sie immer noch die Ermittlungen bei dem METRO-FALL?«

»Ja.«

»Kann ich mit ihr sprechen?«

»Nein, Sir, sie ist nicht hier. Ich könnte Sie höchstens zu ihrem Handy durchstellen.«

»Nicht nötig. Eigentlich will ich den Verbindungsbeamten der Polizei haben, Detective Hardy.«

»Einen Augenblick«, sagte Agent Ardell, »er sitzt hier neben mir.«

Einen Augenblick später sagte eine zögerliche Stimme: »Hallo?«

»Sind Sie es, Hardy?«

»Len Hardy, ja.«

»Hier ist noch einmal Ihr Bürgermeister.«

»Ah, äh, wie geht es Ihnen, Sir?« Jetzt mischte sich Vorsicht in die Jugendlichkeit der Stimme.

»Was können Sie mir über die Ermittlungen berichten? Lukas und Cage haben sich nicht mehr bei mir gemeldet. Haben Sie irgendeine Vermutung, wo der Digger beim nächsten Mal zuschlagen wird?«

Wieder eine Pause. »Nein, Sir.«

Die Pause hatte zu lange gedauert.

»Überhaupt keine Spur?«

»Sie halten mich nicht direkt auf dem Laufenden.«

»Ich denke, Ihre Aufgabe besteht in der Zusammenarbeit und der Vermittlung?«

»Ich soll lediglich einen Bericht über die Operation verfassen. Agent Lukas hat mir gesagt, sie würde sich mit Polizeichef Williams direkt in Verbindung setzen.«

»Einen Bericht? Das sind doch nur faule Ausreden. Hören Sie. Ich habe viel Vertrauen in die Arbeit des FBI. Sie haben schließlich ständig mit Schießereien und all dem Kram zu tun.

Aber jetzt will ich wissen, wann sie diesen Killer endlich ausschalten! Sonst interessiert mich nichts, und ich will auch sonst keinen Schwachsinn hören!«

»Sie haben ein paar Anhaltspunkte.« Hardy klang verstört. »Sie haben eine Vermutung, in welchem Viertel der Unbekannte sein Versteck hatte … der Kerl, der von dem Laster überfahren wurde.«

»Wo?«

Wieder eine Pause. Er stellte sich bildhaft vor, wie Hardy sich wand, mit den FBI-Leuten auf der einen und seinem obersten Boss auf der anderen Seite. Pech. Daran konnte Kennedy auch nichts ändern.

»Ich darf keine taktischen Informationen herausgeben, Sir. Tut mir Leid.«

»Es ist meine Stadt, die da angegriffen wird, und es sind meine Bürger, die abgeschlachtet werden! Ich will Antworten haben!«

Schweigen. Kennedy sah zu Wendell Jefferies auf, der den Kopf schüttelte.

Kennedy bezwang seinen Zorn und versuchte, einigermaßen vernünftig zu klingen: »Ich will Ihnen verraten, was ich vorhabe. Diesen Männern kommt es in erster Linie auf das Geld an. Sie wollen nicht unbedingt töten.«

»Ich denke, das stimmt, Sir.«

»Wenn ich die Möglichkeit hätte, mit dem Killer zu reden, entweder in seinem Versteck, oder dort, wo er um acht Uhr zuschlagen will, kann ich ihn vielleicht davon überzeugen, seinen Plan aufzugeben. Ich will mit ihm verhandeln. Ich kann das.«

Kennedy glaubte das wirklich. Denn eines seiner Talente (in dieser Hinsicht war er seinem Namensvetter aus den Sechzigern ähnlich) bestand in der Fähigkeit, andere von seinen Ansichten überzeugen zu können. Herrgott noch mal, er hatte zwei Dutzend der sturköpfigsten Vorsitzenden und Firmenchefs im District so weit gebracht, dass sie die Steuern akzeptierten, mit denen sich das Projekt 2000 finanzieren ließ. Er hatte den armen

Gary Moss dazu überredet, in Zusammenhang mit dem Schulbehördenskandal Namen zu nennen.

Zwanzig Minuten mit diesem Killer würden genügen – selbst wenn er dabei in die Mündung einer Maschinenpistole starren müsste. Ihm würde schon ein Kompromiss einfallen.

»So wie sie ihn beschreiben«, sagte Hardy, »glaube ich nicht, dass man mit ihm verhandeln kann.«

»Das lassen Sie mal meine Sorge sein, Detective. Also, wo hält er sich versteckt?«

»Ich …«

»Sagen Sie schon.«

Die Verbindung summte. Der Detective sagte immer noch nichts.

Kennedy senkte die Stimme: »Sie sind den FBIlern nichts schuldig, mein Junge. Sie wissen doch, was die von Ihnen halten, weil Sie nur bei der Polizei sind. In deren Augen taugen Sie gerade mal zum Kaffee holen.«

»Das stimmt nicht, Sir. Agent Lukas hat mich ins Team aufgenommen.«

»Ach ja?«

»Sozusagen.«

»Kommen Sie sich nicht vor wie das fünfte Rad am Wagen? Ich frage Sie, weil *ich* mir so vorkomme. Wenn es nach Lanier ginge – Sie kennen doch den Abgeordneten Lanier?«

»Jawohl, Sir.«

»Wenn es nach ihm ginge, hätte ich heute Abend nichts anderes zu tun, als auf der Mall auf der Tribüne zu hocken und mir das Feuerwerk anzusehen … Sie und ich, mein Junge – der District of Columbia ist *unsere* Stadt. Also kommen Sie schon, wo ist dieses verdammte Versteck?«

Kennedy sah, wie Jefferies die Finger verschränkte. Bitte … es wäre perfekt. Ich tauche dort auf, ich versuche, den Mann zu überreden, mit erhobenen Händen herauszukommen. Entweder er ergibt sich, oder sie erschießen ihn. Jedenfalls erhalte ich so oder so meine Glaubwürdigkeit, dann bin ich nicht mehr der

Bürgermeister, der die Ermordung seiner Mitbürger mit einem Bier in der Hand auf CNN verfolgt.

Kennedy hörte Stimmen vom anderen Ende der Vebindung. Dann meldete sich Hardy wieder. »Tut mir Leid, Herr Bürgermeister, ich muss auflegen. Hier sind neue Leute eingetroffen. Agent Lukas wird sich sicherlich mit Ihnen in Verbindung setzen.«

»Detective …«

Die Verbindung wurde unterbrochen.

Gravesend.

Der Wagen mit Parker und Cage hüpfte über tiefe Schlaglöcher, bis er endlich an einem müllübersäten Bürgersteig hielt. Das ausgebrannte Skelett eines Toyota lehnte ausgerechnet an einem Hydranten.

Sie stiegen aus. Lukas war in ihrem eigenen Wagen gekommen. Ihr roter Ford Explorer stand bereits vor dem unbebauten Grundstück, das sie als Treffpunkt ausgemacht hatten. Sie hatte die Hände in die durchtrainierten Hüften gestützt und blickte sich um.

Der Geruch nach Urin und Kot, verbranntem Holz und Müll war mehr als streng.

Parkers Eltern, die sich nach der Pensionierung seines Vaters, eines ehemaligen Geschichtslehrers, zu Weltenbummlern entwickelt hatten, hatten sich einmal in einem Elendsviertel in Ankara, in der Türkei, verfahren. Parker erinnerte sich immer noch an den Brief, den er von seiner Mutter, die eine eifrige Schreiberin war, erhalten hatte. Es war der letzte Brief, den er bekommen hatte, bevor sie starben. Er hing eingerahmt an der Wand seines Kellerbüros, gleich neben dem Ehrenplatz der Whos.

Sie sind verelendet, die Leute hier, und das, mehr als rassische Differenzen, mehr als kulturelle Unterschiede, mehr als Politik und mehr als Religion, verwandelt ihre Herzen zu Stein.

Als er jetzt den Blick über die heruntergekommene Gegend schweifen ließ, fielen ihm ihre Worte wieder ein.

Zwei schwarze Teenager, die an einer mit Bandenfarben besprühten Wand gelehnt hatten, sahen zu den ankommenden Männern und Frauen herüber, erkannten in ihnen sofort die Gesetzeshüter und trollten sich, Misstrauen und Trotz in den jungen Gesichtern.

Parker war besorgt. Nicht, weil er Gefahr witterte, sondern allein wegen der Größe des Viertels. Ringsherum erstreckten sich zehn Quadratkilometer Slums, Reihenhäuser, kleine Fabriken und unbebaute Grundstücke. Wie sollten sie das Versteck des Unbekannten in diesem Stadtranddschungel ausfindig machen?

Es gab Rätsel, die auch Parker nicht zu lösen vermochte.

Drei Habichte …

Rauch wehte an ihm vorüber. Er entstieg den brennenden Fässern, in denen obdachlose Männer und Frauen und die Gangstas Holz und Müll verbrannten, um sich daran zu wärmen. Überall lagen ausgeschlachtete Autos. Das Gebäude auf der anderen Straßenseite sah leer aus; das einzige Anzeichen dafür, dass es bewohnt war, war eine Glühbirne, die hinter einem roten Handtuch vor einer eingeschlagenen Fensterscheibe brannte.

Jenseits der Metro-Station erhob sich der Schornstein des Krematoriums hinter einer hohen, bröckelnden Backsteinmauer in den Nachthimmel. Er stieß zwar keinen Rauch aus, doch der Himmel über dem Schlot kräuselte sich in der Hitze. Vielleicht wurden die Öfen nie abgeschaltet. Parker erschauerte. Der Anblick erinnerte ihn an alte Gemälde, die ganze Szenerie erinnerte ihn an die –

»Hölle«, murmelte Lukas. »Es sieht aus wie in der Hölle.«

Parker sah sie an.

Cage zuckte zustimmend mit den Achseln.

Ein Wagen fuhr heran. Es war Jerry Baker, der eine aufgeblähte Windjacke über seiner Schutzkleidung trug. Parker sah, dass er, für einen taktischen Agenten sehr passend, Cowboystiefel anhatte. Cage händigte ihm den Stapel mit Computerausdrucken von der Aufnahme des Unbekannten aus – die Totenmaske aus der Leichenhalle. »Die nehmen wir für die Befragung. Der Text dazu ist die einzige Beschreibung, die wir vom Digger haben.«

»Nicht gerade viel.«

Wieder ein Achselzucken.

Weitere Zivilfahrzeuge und Kleinbusse näherten sich. Die Blinklichter hinter den Windschutzscheiben spiegelten sich in den länglichen Ladenschaufenstern. Die offizielle Wagenflotte des FBI. Dazu die weiß-blau lackierten Streifenwagen der städtischen Polizei mit ihren blinkenden Lichtbalken auf dem Dach. Insgesamt trafen fünfundzwanzig Männer und Frauen ein, die Hälfte davon FBI-Agenten, die anderen Polizisten in Uniform. Baker winkte ihnen, und sie versammelten sich rings um Lukas' Truck. Er verteilte die Ausdrucke.

»Kurze Einweisung?«, fragte Lukas Parker.

»Gern.«

Sie erhob die Stimme: »Wenn Sie bitte Agent Jefferson kurz zuhören würden!«

Parker brauchte einen Augenblick, bis er begriff, dass er damit gemeint war und kam zu dem Schluss, dass er als Undercover-Agent absolut ungeeignet wäre. »Der Mann, den Sie auf dem Bild sehen«, sagte er, »ist derjenige, der für die Schüsse in der Metro und im Mason Theater verantwortlich ist. Wir glauben, dass er von einem Versteck irgendwo hier in Gravesend aus operierte. Er ist inzwischen zwar tot, doch sein Komplize – derjenige mit der Maschinenpistole – läuft immer noch frei herum. Wir müssen also das Versteck finden und ihn möglichst rasch schnappen.«

»Haben Sie einen Namen?«, rief einer der Polizisten.

»Nein, der Unbekannte, also der Tote, ist ein Otto Normalverbraucher«, sagte Parker und hielt das Bild in die Höhe. »Der Killer hat einen Spitznamen. Der Digger. Mehr haben wir nicht. *Seine* Beschreibung finden Sie unten auf dem Handzettel.«

Nach einer kurzen Pause fuhr Parker fort: »Wir können das

Befragungsgebiet ein bisschen eingrenzen. Das Versteck befindet sich wahrscheinlich in der Nähe einer Baustelle oder eines Abrissgrundstücks und dürfte ebenfalls nicht weit von einem Friedhof entfernt sein. Außerdem hat unser Mann vor kurzem diese Sorte Papier gekauft.« Parker hielt die Klarsichthüllen mit dem Erpresserbrief und dem Umschlag über den Kopf. »Das Papier ist an einer Seite von der Sonne ausgebleicht. Es ist also gut möglich, dass er es in einem Laden gekauft hat, dessen Büroartikel in oder hinter einem Schaufenster liegen, das nach Süden zeigt. Achten Sie also auf jeden Laden, jede Drogerie, jedes Lebensmittelgeschäft und jeden Kiosk, der Papier verkauft. Und fragen Sie auch nach dem Stift, den er benutzt hat. Es handelt sich um einen schwarzen, ganz gewöhnlichen Billigkugelschreiber, kostet wahrscheinlich neununddreißig oder neunundvierzig Cent.«

Mehr fiel ihm nicht ein. Mit einem Nicken übergab er an Lukas. Sie trat vor die Agenten, ließ den Blick über sie schweifen, bis auch der Letzte ihr seine Aufmerksamkeit widmete. »Hören Sie, bitte. Wie Agent Jefferson eben sagte, ist der Unbekannte tot, aber der Killer ist alles andere als tot. Wir wissen nicht, ob er sich zurzeit in Gravesend aufhält, und wir wissen nicht, ob er überhaupt in derselben Wohnung wohnt. Trotzdem möchte ich, dass jeder hier so tut, als sei der Digger drei Meter hinter ihm und könne jederzeit losballern. Er hat kein Problem damit, Gesetzeshüter wegzupusten. Jeder von Ihnen, der sich jetzt durch dieses Viertel fragt, sieht sich tunlichst nach möglichen Hinterhalten um. Ich will, dass Sie ihre Schusshand frei haben, ich will, dass Jacken und Mäntel aufgeknöpft sind, und ich will, dass die Holster aufgeknöpft sind.«

Sie hielt einige Sekunden inne. Diese schmale Frau mit dem silberblonden Haar hatte sie völlig im Griff.

»Um acht Uhr – bis dahin sind nur noch wenig mehr als zwei Stunden – begibt sich unser Täter an einen Ort, an dem sich möglichst viel Leute aufhalten und an dem er abermals seine Waffe leer schießen wird. Ich habe absolut keine Lust, auch noch diesen Tatort zu untersuchen und in die Augen derjenigen zu schauen, die gerade ein Elternteil oder ein Kind verloren haben. Ich möchte ihnen nicht sagen müssen, dass wir dieses Monster leider nicht haben finden können, bevor es wieder zuschlagen konnte. Das darf einfach nicht geschehen. Ich lasse das nicht zu. Und Sie auch nicht!«

Parker fühlte sich in ihre Worte, die sie mit fester, gleichmäßiger Stimme formulierte, förmlich hineingezogen. Er musste an Shakespeares berühmte Rede aus *Henry V.* »an das beglückte Häuflein Brüder« denken, die Robbys Einführung ins Theater gewesen war. Am Tag nach dem Besuch im Kennedy Theater hatte der Junge die ganze Rede auswendig gelernt.

»Also gut«, sagte Lukas. »Noch Fragen?«

»Wissen wir mehr über seine Bewaffnung?«

»Er war bislang mit einer vollautomatischen Uzi mit langen Magazinen und Schalldämpfer ausgerüstet. Mehr wissen wir nicht.«

»Irgendwelche Einschränkungen?«, fragte ein Agent.

»Wenn Sie auf den Killer treffen?«, erwiderte Lukas. »Grünes Licht, absolut freie Hand. Noch etwas?« Niemand meldete sich mehr. »Schön. Wir sind auf Notfrequenz. Ich möchte kein Gequatsche hören. Niemand gibt durch, dass er *noch nichts* gefunden hat. Das will ich nicht hören. Wer den Verdächtigen sieht, fordert Verstärkung an, achtet auf den Hintergrund und greift an. Und jetzt finden Sie mir dieses Versteck.«

Parker fühlte sich von ihren Worten selbst merkwürdig berührt. Er hatte schon seit Jahren keine Waffe mehr abgefeuert, verspürte aber plötzlich den Drang, sich eigenhändig sein Stück von dem Digger zu holen.

Lukas dirigierte die Teams aus Agenten und Polizisten in die Straßenzüge von Gravesend, die sie durchkämmt haben wollte. Parker war beeindruckt. Sie hatte ein bemerkenswertes Gespür für die Geografie ihrer Umgebung. Manche Leute, ging es ihm durch den Kopf, sind wirklich geborene Polizisten.

Die Hälfte der Agenten machte sich zu Fuß auf den Weg, die

anderen stiegen in ihre Wagen und brausten davon. Cage, Lukas und Parker blieben auf dem Gehweg zurück. Cage tätigte einen Anruf. Beendete ihn.

»Tobe hat eine MEZ. Sie sind unterwegs. Er hängt gerade über der Aufnahme aus dem Theater. Ach, und dieser Psychologe von Georgetown ist auch hierher unterwegs.«

Die meisten Straßenlampen brannten nicht; einige waren anscheinend ausgeschossen worden. Ein blassgrünes Licht rann aus den fluoreszierenden Schaufenstern der wenigen Geschäfte, die noch offen hatten, auf die Straße. Auf der anderen Straßenseite machten sich zwei Agenten an die Arbeit. Cage blickte sich um und sah zwei junge Männer, die sich die Hände über einer Öltonne rieben, in der ein Feuer flackerte. »Ich rede mal mit denen«, sagte er und marschierte auf das leere Grundstück zu. Es hatte den Anschein, als wollten sie das Weite suchen, doch dann kamen sie wohl zu dem Schluss, dass sie sich dadurch nur verdächtig machten. Als Cage näher kam, senkten sie den Blick auf das Feuer und verstummten.

Lukas nickte zu der Pizzabude eine halbe Querstraße entfernt. »Die übernehme ich«, sagte sie zu Parker. »Warten Sie hier auf Tobe und den Psychoknaben?«

»In Ordnung.«

Lukas ging los und ließ Parker allein stehen.

Die Temperatur fiel stetig. Die Luft fühlte sich irgendwie schneidend an, eine gewisse Vorahnung von Frost, die ihm im Herbst immer so gut gefiel, weil sie Erinnerungen daran weckte, wie er die Kinder zur Schule fuhr, Tassen mit heißer Schokolade servierte, für das Thanksgiving-Festmahl einkaufen ging und in Loudon County Kürbisse kaufte. Heute Abend war er sich lediglich des schmerzenden Stechens in seinen Nasenlöchern sowie an den Ohren und Fingerspitzen bewusst, ein Schmerz, der sich wie kleine Schnitte mit einer Rasierklinge anfühlte. Er steckte die Hände in die Taschen.

Nach und nach, vielleicht deshalb, weil die meisten Agenten weg waren, zeigten sich die Bewohner des Viertels jetzt wieder auf der Straße. Zwei Häuserblocks weiter trat ein schwer zu beschreibender Mann aus einer Bar, spazierte langsam die Straße entlang und duckte sich dann in die dunkle Nische eines Geldautomaten – um zu pinkeln, wie Parker vermutete.

Eine auffällig große Frau oder ein Transvestit, offensichtlich eine Prostituierte, kam aus der Seitenstraße heraus, in der sie gewartet hatte, bis sich der Auflauf zerstreut hatte.

Drei junge schwarze Männer verließen einen Spielsalon, schraubten eine Flasche *Colt 45* Starkbier auf und lachten laut, als sie in einer Gasse verschwanden.

Parker drehte sich weg und schaute auf die gegenüberliegende Straßenseite.

Sein Blick fiel auf einen Schnäppchenladen. Er war geschlossen, und zuerst schenkte er ihm keine weitere Beachtung. Dann jedoch fielen ihm mehrere Schachteln mit billigen Schreibwaren auf den Regalen direkt neben der Kasse auf. Hatte der Unbekannte womöglich dort sein Papier und den Umschlag für den Erpresserbrief gekauft?

Er trat auf das Schaufenster des Ladens zu und warf einen Blick durch das verschmierte Glas, legte die gewölbten Hände seitlich an die Augen, um sie gegen das Licht einer nahen Straßenlaterne abzuschirmen und versuchte die Papierpacken genauer zu erkennen. Seine Hände zitterten in der kalten Luft. Neben ihm schnüffelte eine Ratte in einem Müllhaufen herum. Das ist doch verrückt, dachte Parker Kincaid. Ich habe hier überhaupt nichts verloren.

Trotzdem hob er den Arm und benutzte den weichen Ärmelbund seiner Bomberjacke, um das dreckige Glas wie ein gewissenhafter Fensterputzer sauber zu wischen, damit er die Waren dahinter besser erkennen konnte.

16

17:55

»Kann sein, dass ich ihn gsehen hab. Doch, kann gut sein.«

Margaret Lukas spürte ihr Herz schneller schlagen. Sie schob das Bild des Unbekannten näher zu dem Mann hinter dem Tresen der Pizzeria in Gravesend, und der feiste Latino in der mit Tomatensoße bekleckerten Schürze betrachtete es aufmerksam.

»Lassen Sie sich Zeit«, sagte sie und dachte gleichzeitig: Bitte, bitte, wenigstens eine kleine Spur …

»Könnte sein, aber ich bin mir nicht sicher. Hier kommen jeden Tag massenhaft Leute rein, wissen Sie?«

»Es ist sehr wichtig.«

Sie erinnerte sich daran, dass der Gerichtsmediziner im Magen des Täters Steakreste gefunden hatte. Auf der Speisekarte in diesem Laden stand kein Steak. Andererseits war es das einzige Restaurant in der Nähe der Metro-Station, und sie konnte sich gut vorstellen, dass der Unbekannte irgendwann in den vergangenen Wochen hier eingekehrt war. Vielleicht hatte er sogar hier seinen Plan ausgeheckt, hatte hier unter dieser schwindsüchtigen Deckenleuchte an einem der angeschlagenen Tische gesessen und die Nachricht aufgesetzt, sich dabei die traurigen Leute angesehen, die das fettige Essen in sich hineinschlangen und arroganterweise gedacht, um wie vieles klüger er doch war als sie. Und dass er schon bald sehr viel reicher sein würde.

Sie musste innerlich lachen. Vielleicht stand er ihr ja in punkto Klugheit und Arroganz in nichts nach. Ihr und Kincaid.

Drei, die aus dem gleichen Holz geschnitzt waren.

Drei Habichte auf dem Dach. Einer ist tot. Also bleiben zwei übrig. Du und ich, Parker.

Der Angestellte hob den Blick und sah mit seinen braunen Augen in ihre blauen. Dann senkte er ihn wieder verschämt auf das Blatt. Als er schließlich den Kopf schüttelte, wirkte es wie eine persönliche Niederlage. »Nein, ich glaube doch nicht. Tut mir echt Leid. Hey, möchten Sie ein Stückchen probieren? Ist ganz frisch, doppelt Käse. Hab sie grad aus dem Ofen gezogen.«

Sie schüttelte den Kopf. »Arbeitet hier noch jemand?«

»Nein, heute bin nur ich hier. Hab den Feiertag erwischt. Sie auch, wie's aussieht.« Er rang um Worte. »Arbeiten Sie oft an Feiertagen?«

»Manchmal«, antwortete sie. »Vielen Dank.«

Lukas ging zur Tür, blieb kurz davor stehen und spähte hinaus.

Auf der anderen Straßenseite waren die Agenten vom Bezirksbüro unterwegs. Cage befragte zwei weitere Gangstas auf dem leeren Grundstück, und Kincaid stand vor dem Schaufenster eines Schnäppchenladens und starrte hinein, als seien dahinter die Kronjuwelen ausgestellt.

Die anderen Agenten kämmten die ihnen zugewiesenen Abschnitte durch. Sind wir wirklich auf der richtigen Spur?, fragte sie sich. Wer kann das schon mit Sicherheit sagen? Man kann sämtliche Bücher über Ermittlungstechnik auswendig lernen, letztendlich kommt es doch immer wieder auf den richtigen Riecher an. Genau wie bei der Lösung von Kincaids Rätseln. Man musste über den Tellerrand der vorgegebenen Regeln und Raster blicken.

Direkt vor ihr, auf der anderen Seite der verschmierten Scheibe, verloren sich die verfallenen Straßenzüge von Gravesend in Dunkelheit und Rauch. Die Gegend kam ihr riesig und undurchdringlich vor.

Sie wollte Tobe Geller bei sich haben, sie wollte den Psychologen aus Georgetown, sie wollte die Liste mit den Internet-Kunden ... Das dauerte alles viel zu lange! Sie hatten viel zu wenig Anhaltspunkte! Ihre Hand ballte sich zur Faust, ein Fingernagel bohrte sich in ihre Handfläche.

»Miss?«, ertönte die Stimme hinter ihr. »Frau Agentin? Hier.«

Sie drehte sich um. Ihre Wut verflog im Nu. Der Mann am Tresen bot ihr einen Becher Kaffee an. In der anderen Hand lagen zwei Tütchen Zucker, ein Döschen Milch und ein Umrührstab.

Der Mann hatte sich das Haar mit den Händen nach hinten gestrichen und schaute sie mit einsamem Hundeblick an. »Wird langsam kalt draußen«, sagte er.

Von seiner versteckten Bewunderung gerührt, lächelte sie ihn an, nahm den Becher und leerte ein Tütchen Zucker hinein.

»Ich hoffe, Sie haben heute Abend noch was zu feiern«, sagte er.

»Das wünsche ich Ihnen auch«, gab sie zurück und schob sich zur Tür hinaus.

Wieder unterwegs auf den kalten Straßen von Gravesend.

Sie nippte an dem miesen Kaffee, spürte den heißen Dampf um den Mund wehen. Es wurde wirklich empfindlich kälter.

Na, von mir aus gerne, dachte sie. Kälter und immer kälter. Ihr war es heute ohnehin viel zu herbstlich gewesen. Von ihr aus könnte es wie wild zu schneien anfangen.

Sie blickte die Straße hinunter. Die beiden Agenten aus dem Bezirksbüro waren nicht mehr zu sehen, wahrscheinlich schon jenseits der Querstraße. Auch Cage war verschwunden. Und Kincaid starrte immer noch in diesen Laden in der Nähe ihres Sammelplatzes.

Kincaid …

Was war das eigentlich für ein Bursche? Einer, der einen Job als leitender Special Agent einfach so ablehnt? Lukas konnte das nicht nachvollziehen – ein SAC war für sie der nächste Schritt auf der Karriereleiter Richtung Abteilungsleiter. Von dort aus ging es weiter. Doch obwohl sie seine Beweggründe nicht verstand, rang ihr seine Entscheidung, nein zu sagen, mehr Respekt ab, als wenn er den Job angenommen hätte, ohne ihn zu wollen.

Wie aber ließen sich die Mauern erklären, die er rings um sein Leben errichtet hatte? Sie wusste nicht, warum, aber sie konnte diese Mauern deutlich sehen. Mit Mauern kannte sich Margaret Lukas aus. Er erinnerte sie an sie selbst – eher gesagt an ihre Selbst, im Plural. Sowohl an Jackie als an Margaret. Wieder fiel ihr die Geschichte mit dem vertauschten Kind ein, und sie fragte sich, welche Bücher Parker wohl seinen Kindern vorlas. Natürlich Dr. Seuss, darauf wies sein Kosename für sie hin. Und wahrscheinlich Pu, der Bär. Und alle diese Disney-Auswüchse. Sie stellte sich ihn in diesem gemütlichen Stadtrandhäuschen vor, das dem, in dem Jackie gelebt hatte, sehr ähnlich war. Sie sah ihn im Wohnzimmer sitzen, im Kamin brannte Feuer, und er las den Kindern, die sich links und rechts von ihm auf dem Sofa rekelten, etwas vor.

Lukas' Blick fiel zufällig auf ein junges Latino-Pärchen, das auf dem Bürgersteig in Richtung Sammelplatz schlenderte. Die Frau war in einen schwarzen Schal eingemummelt, ihr Mann trug eine dünne Jacke mit einem Texaco-Logo auf der Brust. Er schob einen Kinderwagen vor sich her, in dem Lukas ein winziges, dick eingepacktes Kindchen sah. Eigentlich war nur das fröhliche Gesichtchen zu sehen. Unweigerlich dachte sie daran, welche Sorte Flanell sie kaufen würde, um dem Kind einen molligen Schlafanzug zu nähen.

Das Paar spazierte weiter.

Na schön, Parker, du bist doch so scharf auf Rätsel, oder?

Da hätte ich eins für dich. Das Rätsel von der Ehefrau und der Mutter.

Wie kann man ohne Ehemann eine Ehefrau sein? Wie ohne Kind eine Mutter?

Ziemlich knifflig. Aber du bist doch ein schlaues Kerlchen, du bist arrogant, du bist der dritte Habicht. Du kriegst es raus, Parker.

Lukas war fast allein auf der beinahe verlassenen Straße. Sie lehnte sich an eine Straßenlaterne, legte den Arm darum – ihren rechten Arm, wobei sie ihren eigenen Befehl missachtete, die Pistolenhand stets frei zu halten. Sie klammerte sich ganz fest, beinahe verzweifelt an das kalte Metall, kämpfte gegen ein klammes Schluchzen an.

Eine Ehefrau ohne Ehemann, eine Mutter ohne Kind …

Gibst du auf, Parker?

Ich bin die Lösung dieses Rätsels. Denn ich bin die Ehefrau eines Mannes, der in der kalten Erde des Friedhofs von Alexandria begraben liegt. Und ich bin die Mutter des Kindes an seiner Seite.

Das Rätsel von der Ehefrau und der Mutter …

Ich habe noch eins für dich: Wie kann Eis brennen?

Wenn an einem dunklen Novembermorgen ein Flugzeug vom Himmel auf einen Acker stürzt, zwei Tage vor Thanksgiving, sechs Tage vor deinem Geburtstag, an einem warmen Herbsttag … und in eine Million winziger Teilchen aus heißem Metall, Plastik und Gummi zerschellt.

Und Fleisch.

Da kann Eis brennen.

Und so wurde ich zu einem Wechselbalg.

Es stimmt. Rätsel sind leicht, wenn man die Lösung kennt, Parker.

So leicht, so leicht …

Reiß dich zusammen, dachte sie, und ließ die Straßenlaterne los, atmete kräftig durch und verkniff sich das Bedürfnis, einfach loszuheulen. Das reicht jetzt!

Es gab etwas, das Special Agent Lukas nicht tolerierte, und das war Unaufmerksamkeit. Den Neulingen im Bezirksbüro betete sie wieder und wieder zwei Regeln vor. Die erste lautete: »Man kann nie genug Details sammeln.« Die zweite lautete: »Konzentrieren.«

Und genau dazu hielt sie sich jetzt an: Konzentrier dich!

Noch ein Atemzug. Sie sah sich um. Nahm auf einem leeren Grundstück nebenan eine Bewegung wahr – ein Jugendlicher, fast noch ein Kind, mit Bandenabzeichen. Er stand neben einem Ölfass und wartete auf seine Kumpels. Er zeigte das Verhalten eines Teenagers, was, wie sie wusste, weitaus gefährlicher war als das Verhalten eines Dreißigjährigen. Er glotzte sie an.

Ein Stück weiter die Straße hinauf glaubte sie einen Mann in die Wandnische eines Geldautomaten geduckt stehen zu sehen. Sie kniff die Augen zusammen. War dort wirklich jemand? Jemand, der sich in der dunklen Ecke versteckte?

Nein, keine Bewegung mehr. Sie musste es sich eingebildet haben. An diesem Ort sah man wirklich leicht Gespenster.

Gravesend …

Sie schüttelte den Rest Kaffee aus und ging auf den Jungen zu, um ihn zu fragen, ob er etwas über den Unbekannten wusste. Sie zog den Computerausdruck aus der Tasche und schlängelte sich so lässig um verrostete Autoteile und Müllhaufen herum, wie sich Jackie Lukas auf dem Weg zum Schlussverkauf der Sportabteilung an den Parfümständen bei Macy's vorbeimanövrierte.

Parker trat enttäuscht vom Schaufenster des Schnäppchenladens zurück.

Die Schreibwaren, die er dahinter erspäht hatte, passten weder zu dem Erpresserbrief noch zu dem Umschlag. Er schaute die Straße hinab. Inzwischen zitterte er heftig. Stephie ist auch schon wieder aus ihrer Jacke herausgewachsen, dachte er. Ich muss ihr unbedingt eine neue kaufen. Und Robby? Er hat immer noch die rote Fiberfilljacke, aber vielleicht würde Parker dem Jungen eine Bomberjacke aus Leder kaufen, denn die seines Vaters gefiel ihm sehr.

Parker zitterte noch einmal und wiegte sich auf den Fersen.

Wo zum Teufel blieb dieser Kleinbus? Sie brauchten die Liste mit den Internet-Kunden. Und die Bewilligungen für Abrisse und Neubauten. Und den Psychofritzen. Außerdem wüsste er gerne, was auf dem Video aus dem Theater zu sehen war.

Parker sah sich noch einmal um. Keine Lukas, kein Cage. Er betrachtete ein junges, hispanisch aussehendes Pärchen, das mit einem Kinderwagen auf ihn zukam. Sie waren noch ungefähr zehn Meter entfernt. Er musste an die Zeit kurz nach Robbys Geburt denken, als Joan mit dem Kleinen immer nach dem Mittagessen zu solchen Ausfahrten aufbrach.

Wieder fiel sein Blick auf den Mann, der sich in die Wandnische mit dem Geldautomaten duckte, und er fragte sich geistesabwesend, weshalb er immer noch dort stand. Er beschloss, sich nützlich zu machen und suchte die Kopie mit dem Bild des Unbekannten in seiner Manteltasche. Warum sollte er nicht selbst ein bisschen herumfragen?

Aber da ging etwas Merkwürdiges vor sich …

Der Mann blickte auf, und obwohl Parker durch die trübe Beleuchtung und den Qualm aus den brennenden Fässern nichts Genaues erkennen konnte, sah er doch, wie der Mann in seinen Mantel langte und etwas herauszog, etwas Schwarzes, Glänzendes.

Parker erstarrte. Es war der Mann, der ihnen schon auf dem Weg zum Archiv gefolgt war.

Der Digger!

Parker suchte in seiner Tasche nach der Pistole.

Aber die Pistole war nicht da. Er erinnerte sich daran, dass ihn die Pistole in Cages Wagen gegen die Hüfte gedrückt und er seine Jacke zurechtgerückt hatte. Sie war wohl herausgerutscht und lag jetzt auf dem Beifahrersitz.

Der Mann sah das Pärchen an, das sich jetzt zwischen ihm und Parker befand, und hielt etwas vor sich, das die schallgedämpfte Uzi sein musste.

»Auf den Boden!«, schrie Parker das Paar an, das sofort stehen blieb und ihn verdutzt anblickte. »Runter!«

Der Digger drehte sich in seine Richtung und nahm die Pistole in Anschlag. Parker versuchte, sich mit einem Sprung in einen dunklen Durchgang zwischen den Häuserblocks in Sicherheit zu bringen, stolperte jedoch über einen Abfallhaufen und schlug hart auf dem Bürgersteig auf. Die Luft wurde aus seinen Lungen gepresst, und er lag japsend auf der Seite, unfähig, sich zu rühren, während der Mann immer näher kam. Parker warnte das Pärchen noch einmal, doch seine Stimme hörte sich nur wie ein rasselndes Keuchen an.

Wo war Cage? Parker konnte ihn nirgendwo sehen. Auch nicht Lukas oder einen der anderen Agenten.

»Cage!«, rief er, doch seine Stimme war immer noch kaum mehr als ein Flüstern.

Aus nur vier Metern Entfernung näherte sich der Digger dem Pärchen, das ihn immer noch nicht bemerkt hatte.

Parker versuchte, sich aufzurappeln und gestikulierte verzweifelt, der junge Mann und die Frau mögen sich ducken. Der Digger ging noch ein Stück weiter, sein rundes Gesicht war eine ausdruckslose Maske. Nur ein kurzes Zucken des Zeigefingers, und das Paar mitsamt seinem Baby wäre auf der Stelle tot.

Der Killer hob seine Waffe.

»Runter! Auf den Boden!«, krächzte Parker.

Dann ertönte die spröde Stimme einer Frau: »Stehen bleiben, FBI! Waffe runter, oder wir schießen!«

Der Angreifer drehte sich um und stieß einen erstickten Schrei aus, während das Pärchen herumwirbelte. Der Mann drückte seine Frau nach unten und stellte sich selbst schützend vor den Kinderwagen.

»Runter mit der Waffe! Runter! Runter!« Wieder Lukas. Sie schrie jetzt, kam dabei mit ausgestrecktem Arm immer näher und zielte direkt auf die breite Brust des Angreifers.

Der Digger ließ die Pistole fallen und hob rasch die Hände über den Kopf.

Cage kam, ebenfalls mit der Waffe in der Hand, quer über die Straße gerannt.

»Gesicht auf den Boden!«, rief Lukas. »Gesicht auf den Boden!«

Ihre Stimme war so primitiv, so brutal, dass Parker sie kaum wiedererkannte.

Der Mann ließ sich wie ein gefällter Baum fallen.

Cage hing am Telefon, forderte Hilfe an. Parker sah jetzt mehrere Agenten, die auf sie zugerannt kamen, und erhob sich mühsam.

Lukas kniete neben dem Killer und drückte ihm die Mündung ihrer Pistole ins Ohr.

»Nein, nein, nein«, wimmerte der Mann. »Bitte, nein …«

Sie legte ihm Handschellen an, wobei sie nur die linke Hand benutzte und die Pistole keine Sekunde von der Stelle rückte.

»Was … was tun Sie …?«, würgte er hervor.

»Halt's Maul!«, fuhr ihn Lukas an und drückte ihm die Pistole noch fester gegen den Kopf. Rings um die Leistengegend des Mannes stieg Dampf auf; er hatte vor Angst seine Blase entleert.

Parker hielt sich die Seite und rang immer noch nach Luft. Lukas wich, ebenfalls schwer schnaufend, ein Stück zurück und schob die Waffe wieder ins Holster. Dann trat sie auf die Straße, sah mit eng zusammengezogenen, eisigen Augen zuerst Parker und dann den Verdächtigen an, und ging dann zu dem erschütterten Pärchen, mit dem sie ein paar Worte wechselte. Sie notierte die Namen der beiden und ließ sie ihrer Wege ziehen. Der Mann warf Parker einen verunsicherten Blick zu und schob seine Frau dann in eine Seitenstraße, weg vom Ort des Geschehens.

Während Cage den Angreifer filzte, kam einer der anderen Agenten hinzu und hob die Waffe des Mannes auf.

»Keine Pistole. Das ist 'ne Video-Kamera.«

»Was?«, fragte Cage.

Parker runzelte die Stirn. Es war tatsächlich eine Kamera. Sie war bei dem Sturz auf die Betonplatten kaputtgegangen.

Cage erhob sich. »Er ist sauber.« Er blätterte durch die Schlangenlederbrieftasche des Mannes. »Andrew Sloan. Wohnt in Rockville.«

Einer der anderen Agenten zog sein Funkgerät heraus, gab die Daten des Mannes durch und erkundigte sich, ob in Maryland und Virginia etwas gegen ihn vorlag.

»Sie dürfen nicht einfach …«, wollte Sloan protestieren.

Lukas machte einen Schritt auf ihn zu. »Sie halten den Mund, bis wir etwas von Ihnen wissen wollen!«, fuhr sie ihn wütend an. »Kapiert?« Ihr Zorn war schon fast peinlich. Als er keine Antwort gab, ging sie neben ihm in die Hocke und flüsterte ihm ins Ohr: »Haben Sie mich verstanden?«

»Verstanden«, gab er mit gedämpfter Stimme zurück.

Cage zog eine von Sloans Visitenkarten aus der Brieftasche und zeigte sie Lukas und Parker. NORTHEAST SICHERHEITSBERATUNG stand darauf. »Ein Privatschnüffler«, brummte Cage.

»Kein Haftbefehl«, sagte der Agent, der die Anfrage durchgegeben hatte.

Lukas nickte Cage zu.

»Für wen arbeiten Sie?«, fragte Cage.

»Ich muss Ihnen nicht antworten.«

»Doch, Andy. Das müssen Sie«, sagte Cage.

»Die Identität meines Klienten ist streng vertraulich«, zitierte Sloan.

Zwei weitere Agenten trafen ein. »Alles im Griff?«, erkundigte sich einer von ihnen.

»Ja«, murmelte Cage. »Hebt ihn auf.«

Sie packten ihn, zogen ihn nicht gerade zimperlich hoch und setzten ihn an die Bordsteinkante. Sloan betrachtete sich die Vorderseite seiner Hose. Der nasse Fleck war ihm weniger peinlich, er machte ihn eher wütend. »Arschloch«, murmelte er in Richtung Cage. »Ich habe einen Abschluss in Jura. Ich kenne meine Rechte. Wenn ich Sie dabei filmen will, wie sie blind in der Gegend herumtappen, dann darf ich das tun. Ich befinde mich hier auf einer öffentlichen Straße …«

Lukas stellte sich hinter ihn und beugte sich hinunter. »Wer … ist … Ihr … Klient?«

Doch dann kam Parker näher, winkte Cage aus dem Licht der Straßenlaterne, um besser sehen zu können, und sagte: »Warten Sie. Ich kenne ihn.«

»Sie kennen ihn?«, fragte Lukas.

»Ja. Ich hab ihn im Starbucks gesehen. Direkt neben mir. Und auch an anderen Orten in den letzten paar Tagen.«

Cage trat dem Mann leicht ans Bein. »Verfolgen Sie etwa meinen Freund hier? Hmm? Stimmt das?«

Oh nein, dachte Parker, dem die ganze Sache auf einmal wie Schuppen von den Augen fiel. Auch das noch … »Seine Klientin heißt Joan Marel«, sagte er.

»Wer?«

»Meine Ex-Frau.«

Auf Sloans Gesicht war keine Reaktion zu erkennen.

Parker war verzweifelt. Er schloss die Augen. Mist, Mist, Mist … Bis auf den heutigen Abend zeigte jede Sekunde, die der Privatdetektiv heimlich gefilmt hatte, Parker als gewissenhaften Vater, der pflichtbewusst zu Elternabenden ging, seine Kinder jeden Tag dreißig Kilometer zur Schule und zum Sportverein kutschierte, kochte, einkaufte, die Wohnung sauber machte, Tränen abwischte und mit den Whos Klavier übte.

Aber heute Abend … ausgerechnet heute Abend war Sloan Augenzeuge geworden, wie Parker bei einer der gefährlichsten Polizeiaktionen der Stadt mitmachte. Er hatte sich größter Gefahr ausgesetzt, seine Kinder belogen und am Feiertag der Obhut eines Babysitters überlassen …

Wie Sie wissen, Mr. Kincaid, versucht unser Rechtssystem so ziemlich alles, um Kinder bei ihren Müttern zu lassen. In diesem Fall neigen wir jedoch dazu, die Kinder Ihnen zuzusprechen, unter der Voraussetzung, dass Sie dem Gericht glaubhaft versichern können, dass Ihre Karriere in keinster Weise mit dem Wohlergehen von Robby und Stephanie kollidiert …

»Stimmt das?«, fragte Cage Sloan drohend.

»Ja, ja, ja. Sie hat mich beauftragt.«

Erst jetzt fiel Cage Parkers Gesichtsausdruck auf. »Ist das ein Problem?«

»Ja, allerdings.«

Es ist das Ende der Welt …

Cage musterte den Privatdetektiv. »Diese Sorgerechts-Geschichte, was?«, fragte er Parker.

»Genau.«

»Bringt ihn hier weg«, sagte Lukas angewidert. »Und gebt ihm seine Kamera wieder.«

»Die ist kaputt«, maulte Sloan. »Die werden Sie mir bezahlen, da können Sie sich drauf verlassen.«

Cage schloss die Handschellen auf. Sloan erhob sich schwankend. »Ich glaub, ich hab mir den Daumen verstaucht. Tut höllisch weh.«

»Das tut mir Leid, Andy«, sagte Cage. »Und wie geht's Ihren Handgelenken?«

»Die tun auch weh. Ich werde eine Beschwerde einreichen. Sie hat sie viel zu fest zugemacht. Ich hab selbst schon Leuten Handschellen angelegt. Man muss sie nicht so fest machen.«

Was soll ich denn jetzt tun, dachte Parker und starrte, die Hände in den Taschen vergraben, auf den Boden.

»Andy«, sagte Cage, »waren Sie das, der uns heute Abend auf der Ninth Street verfolgt hat? Ungefähr vor einer Stunde?«

»Kann sein. Aber auch damit habe ich gegen kein Gesetz verstoßen. Lesen Sie's nach, Herr Polizist. Auf öffentlichem Gelände darf ich tun und lassen, was ich will.«

Cage ging zu Lukas hinüber und unterhielt sich flüsternd mit ihr. Sie verzog das Gesicht, sah auf ihre Armbanduhr und nickte dann widerwillig.

»Hören Sie, Mr. Sloan«, sagte Parker. »Können wir mal darüber reden?«

»Reden? Worüber denn? Ich gebe meiner Klientin das Band und erzähle ihr, was ich gesehen habe. Das ist alles. Es sei denn, ich verklage *Sie* ebenfalls.«

»Hier ist Ihre Brieftasche, Andy.« Cage kam zurück und reichte sie ihm. Dann senkte der groß gewachsene Agent den Kopf und flüsterte etwas in Sloans Ohr. Sloan wollte etwas dazu sagen, doch Cage reckte den Zeigefinger in die Höhe. Sloan hörte wieder zu. Zwei Minuten später hörte Cage zu reden auf und blickte Sloan tief in die Augen. Sloan stellte nur noch eine Frage. Cage schüttelte den Kopf und lächelte.

Dann kam der Agent auf Lukas und Parker zugeschlendert, Sloan dicht hinter ihm.

»Jetzt verraten Sie Mr. Kincaid doch mal, wer Ihr Auftraggeber ist, Andy«, sagte Cage.

Parker, der mit seiner Hoffnungslosigkeit kämpfte, hörte nur mit halbem Ohr zu.

»Northeast Sicherheitsberatung«, sagte der Privatdetektiv. Er hielt die Hände vor sich, als seien sie immer noch gefesselt.

»Und welche Stellung haben Sie dort?«

»Ich bin Sicherheitsspezialist.«

»Und für welchen Klienten arbeiten Sie heute Abend?«

»Für Mrs. Joan Marel«, sagte er nüchtern.

»Weshalb hat sie Sie angeheuert?«, fragte Cage wie ein Anwalt beim Kreuzverhör.

»Ich soll ihren Ehemann beschatten. Ihren, Ex-Ehemann, meine ich. Und Beweise sammeln, die bei einer Sorgerechtsklage gegen ihn vorgebracht werden können.«

»Haben Sie denn etwas gesehen, was Mrs. Marel bei einer solchen Klage zu ihren Gunsten bringen könnte?«

»Nein. Nichts.«

Jetzt horchte Parker auf.

»Im Gegenteil«, fuhr der Mann fort, »Mr. Kincaid macht den Eindruck eines ...« Sloans Stimme stockte.

»Makellosen«, soufflierte Cage.

»Makellosen Vaters ...« Sloan zögerte. »Wissen Sie, ich glaube, ich sage lieber ›perfekten‹. Das geht mir besser über die Zunge.«

»Auch gut«, sagte Cage. »Sagen Sie ›perfekt‹.«

»Eines perfekten Vaters. Und ich habe nicht einmal etwas entdecken können ... hmm.« Er überlegte kurz. »Ich habe *ihn* kein einziges Mal bei einer Tätigkeit gesehen, die die Kinder oder ihr Wohlbefinden beeinträchtigen könnte.«

»Und Sie haben auch keine Videoaufnahmen gemacht, die ihn bei irgendwelchen gefährlichen Tätigkeiten zeigen?«

»Nein, Sir. Ich habe überhaupt keine Aufnahmen gemacht. Ich habe nichts gesehen, was meiner Klientin in dieser Hinsicht als Beweismittel dienen könnte.«

»Was wollen Sie jetzt Ihrer Klientin sagen? Über den heutigen Abend, meine ich?«

»Ich berichte ihr die Wahrheit«, sagte Sloan.

»Nämlich?«

»Dass Mr. Kincaid einen Freund im Krankenhaus besucht hat.«

»In welchem Krankenhaus?«, fragte Parker Sloan.

»In welchem Krankenhaus?«, fragte Sloan Parker.

»Fair Oaks.«

»Genau«, sagte Sloan. »Genau dort bin ich gewesen.«

»Arbeiten Sie noch ein bisschen dran?«, fragte Cage. »Das kam etwas holprig.«

»Ja, ich übe noch ein wenig. Ich krieg das noch richtig gut hin.«

»Wunderbar. Und jetzt machen Sie, dass Sie von hier wegkommen!«

Sloan zog das Band aus den Überresten der Videokamera und reichte es Cage, der es sofort in ein brennendes Ölfass warf.

Dann machte sich der Privatdetektiv davon, wobei er immer wieder unsicher nach hinten spähte, um zu sehen, welcher Agent ihm gleich in den Rücken schießen würde.

»Wie haben Sie das verdammt noch mal hingekriegt?«, murmelte Parker.

Cage antwortete mit einem Schulterzucken, das Parker noch nicht kannte, von dem er aber sofort wusste, was es bedeutete: »Fragen Sie lieber nicht.«

Cage, der Zauberkünstler.

»Danke«, sagte Parker. »Sie können sich nicht vorstellen, was geschehen wäre, wenn …«

»Kincaid, wo zum Teufel ist Ihre Waffe?«, schnitt ihm Lukas' Stimme abrupt das Wort ab. Er wandte sich zu ihr um.

»Ich dachte, ich hätte sie in der Tasche. Sie muss im Auto liegen.«

»Haben Sie denn sämtliche Vorschriften vergessen? Sobald Sie am Einsatzort eintreffen, vergewissern Sie sich, dass Sie Ihre Waffe in funktionstüchtigem Zustand bei sich haben. Das haben Sie im ersten Jahr auf der Akademie gelernt.«

»Ich …«

Doch Lukas' Gesicht verzerrte sich schon wieder vor Wut.

»Was glauben Sie eigentlich, was wir hier tun?«, fragte sie schroff.

»Ich sage es Ihnen gern noch einmal«, erwiderte Parker. »Ich bin kein taktischer Agent ... mit Waffen habe ich nicht viel am Hut.«

»Am Hut?«, fauchte sie zynisch. »Hören Sie, Kincaid, Sie haben die letzten Jahre offensichtlich in der Sesamstraße verbracht. Sie können auf der Stelle in diese Welt zurück, möge Gott Sie schützen und vielen Dank für Ihre Hilfe. Aber wenn Sie an Bord bleiben, tragen Sie Ihre Waffe und Ihren Teil der Last. Sie mögen an Babysitter gewöhnt sein – wir nicht! Also: Wollen Sie bleiben oder gehen?«

Cage rührte sich nicht. Nicht einmal ein leichtes Zucken bewegte seine Schultern.

»Ich bleibe.«

»Schön.«

Lukas wirkte nach seiner Einwilligung weder zufrieden, noch entschuldigte sie sich für ihren Ausbruch. Sie sagte lediglich: »Jetzt besorgen Sie sich eine Waffe, und dann zurück an die Arbeit. Uns bleibt nicht mehr viel Zeit.«

17

18:15

Der große Winnebago Camper schaukelte durch die Straßen von Gravesend.

Es war die MEZ, die mobile Einsatzzentrale. Das Vehikel war mit Aufklebern übersät: RASSEHUNDE-SCHAU NORTH CAROLINA. WARNUNG: ICH BREMSE NUR FÜR SIEGERPOKALE. EIN LEBEN FÜR HIRTENHUNDE.

Er fragte sich, ob die Aufkleber absichtlich angebracht worden waren, um möglichst unverdächtig auszusehen, oder ob das FBI das Wohnmobil tatsächlich einem Züchter abgekauft hatte.

Der Camper kam am Straßenrand zum Stehen, und Lukas

schob Cage und Parker hinein. Eine kurze Geruchsprobe verriet ihm, dass das Gefährt wirklich einmal Hundebesitzern gehört haben musste. Immerhin war es warm drinnen; die Kälte und der Schreck mit dem Privatdetektiv ließen Parker jetzt doch stärker zittern, und er war froh, der Kälte zu entkommen.

Tobe Geller saß vor einer Computer-Konsole und starrte auf einen Video-Monitor. Das Bild auf dem Schirm war in Tausende viereckiger Pixels aufgelöst und sah aus wie ein abstraktes Mosaik. Geller drückte mehrere Tasten, drehte am Trackball und gab neue Befehle ein.

Neben ihm saß Detective Len Hardy, und C. P. Ardell quetschte sich mit seinen 44er Jeans in eine der Sitzgelegenheiten an der Wand. Der Psychologe von der Universität Georgetown war noch nicht eingetroffen.

»Das Video aus dem Mason Theater«, sagte Geller, ohne vom Bildschirm aufzusehen.

»Ist etwas Brauchbares dabei?«, fragte Lukas.

»Nicht gerade viel«, brummte der junge Agent. »Jedenfalls bis jetzt noch nicht. So sieht das Ganze in Echtzeit aus, ganzer Bildschirm.«

Er drückte einige Tasten, und das Bild schrumpfte, wurde einigermaßen erkennbar. Es zeigte eine trübe Aufnahme vom Innenraum des Theaters, sehr ruckelig und sehr verschwommen. Leute rannten durcheinander und gingen in Deckung.

»Als der Digger zu schießen anfing«, erklärte D. P., »schaltete ein Tourist im Publikum seine Kamera an.«

Geller tippte weiter, und das Bild wurde etwas klarer. Dann hielt er das Bild an.

»Das dort?«, fragte Cage und berührte den Bildschirm. »Ist er das?«

»Jep«, nickte Geller. Er ließ das Band weiterlaufen, aber in Zeitlupe.

Parker erkannte so gut wie keine Einzelheiten. Zum einen war alles sehr dunkel, außerdem schwenkte die Kamera wild hin und her, als sich der Filmer in Deckung warf. Während die

Einzelbilder in Zeitlupe vorüberhuschten, flammten inmitten des undeutlichen Flecks, den Geller als den Digger identifiziert hatte, kleine Lichtpunkte aus der Pistole auf.

»Wenn man nicht genau sieht, was eigentlich passiert, wirkt es fast noch gruseliger«, meinte Hardy.

Parker pflichtete ihm im Stillen bei. Lukas beugte sich weiter vor und starrte den Bildschirm aufmerksam an.

Geller machte weiter. »Hier ist er am deutlichsten zu sehen.« Das Bild erstarrte. Der Ausschnitt wurde größer, doch je größer die einzelnen Bildpunkte wurden, desto mieser wurde die Auflösung insgesamt, und im Nu bestand der Ausschnitt nur noch aus einem Durcheinander aus hellen und dunklen Quadraten. »Ich hab versucht es zu vergrößern, um sein Gesicht zu sehen. Ich bin zu neunzig Prozent sicher, dass es ein Weißer ist. Mehr hat das Material nicht zu bieten.«

Parker hatte etwas gesehen. »Fahren Sie noch mal zurück«, sagte er. »Langsam.«

Geller bearbeitete die Tastatur und die Quadrate wurden wieder kleiner, fingen an, ineinander zu verschmelzen.

»Halt!«, befahl Parker.

Das Bild zeigte den Digger von der Brust an aufwärts.

»Sehen Sie sich das an.«

»Was denn?«, fragte Lukas.

»Ich kann nichts erkennen«, sagte Hardy und kniff die Augen zusammen.

Parker tippte auf den Bildschirm. In der Mitte der Fläche, die die Brust des Diggers sein musste, waren einige helle Bildpunkte zu sehen, umgeben von etwas dunkleren Quadraten, die V-förmig angeordnet und ihrerseits von sehr dunklen umgeben waren.

»Das ist nur ein Lichtreflex«, brummte Lukas irritiert und ungeduldig. Sie schaute auf ihre Armbanduhr.

Parker ließ nicht locker. »Aber *wovon* wird das Licht reflektiert?«

Alle starrten gebannt auf den Monitor. Dann sagte Geller

laut: »Ha!«, und sein Gesicht verzog sich zu einem Grinsen. »Ich glaube, ich hab's.«

»Was ist es, Tobe?«, fragte Parker.

»Sind Sie ein guter Katholik, Parker?«

»Nein, keineswegs.« Er war ein vom Glauben abgefallener Presbyterianer, dem die Theologie aus *Star Wars* um einiges verdaulicher vorkam als die meisten anderen Religionen.

»Ich habe eine Jesuiten-Schule besucht«, meldete sich Hardy.

Aber Geller war nicht an der spirituellen Geschichte seiner Mitstreiter interessiert. Er schob sich auf den Rollen seines Schreibtischstuhls durch den winzigen Raum. »Probieren wir das einmal.« Er öffnete eine Schublade und holte eine kleine digitale Kamera heraus, die er Parker in die Hand gab und deren Kabel er mit dem Computer verband. Dann verbog er eine Büroklammer zu einem X, machte zwei Knöpfe an seinem Hemd auf und hielt sich die Klammer vor die Brust. »Machen Sie eine Aufnahme«, sagte er. »Einfach auf den Knopf dort drücken.«

Parker tat wie ihm geheißen und gab ihm die Kamera wieder zurück. Geller rollte wieder vor den Computer, tippte auf der Tastatur herum, und eine dunkle Aufnahme des jungen Agenten erschien auf dem Bildschirm. »Fotogenes Kerlchen«, sagte Geller. Er drückte weitere Tasten, zoomte näher heran und behielt dabei das silbrige Schimmern der Büroklammer in der Bildmitte. Das Bild löste sich in genau die gleiche Anordnung heller Quadrate auf, wie bei der Aufnahme mit dem Digger.

»Der einzige Unterschied besteht darin«, sagte Geller, »dass das andere eine gelbliche Färbung hat. Das heißt, unser Junge trägt ein goldenes Kreuz um den Hals.«

»Fügen Sie das unserer Beschreibung des Killers bei und leiten Sie es weiter«, ordnete Lukas an. »Und sagen Sie auch, dass wir jetzt mit Sicherheit wissen, dass es ein Weißer ist.« Cage gab Jerry Baker die Informationen durch und wies ihn an, sie an die Befrager weiterzuleiten.

Die einzige persönliche Eigenheit des Diggers – dass er ein Kreuz trug.

War er religiös?

War es sein Talisman?

Oder hatte er es einem seiner Opfer als Trophäe abgenommen?

Cages Telefon klingelte. Er lauschte, trennte die Verbindung und zuckte entmutigt die Achseln. »Mein Kontakt bei der Flugüberwachung. Sie haben alle stationären Betreiber von Hubschrauber-Vermietungen angerufen. Ein Mann, auf den die Beschreibung unseres Unbekannten passt, hat einen Vertrag zur Anmietung eines Hubschraubers bei einer Firma in Clinton, Maryland, unterzeichnet. Mit dem Namen Gilbert Jones.«

»Jones?«, fragte C. P. sarkastisch. »Also das ist ja verflucht noch mal super-originell.«

»Er zahlte bar«, fuhr Cage fort. »Der Pilot sollte ein Frachtgut in Fairfax aufnehmen, und dann sollte irgendwo innerhalb einer Stunde eine weite Station eingelegt werden, doch wo das sein sollte, hatte ihm Jones nicht gesagt. Diese Informationen wollte er dem Piloten heute Morgen um halb zehn durchgeben. Was er aber nicht getan hat. Daraufhin ist der Pilot wieder nach Hause gefahren.«

»Hat er eine Adresse oder Telefonnummer von Jones?«

Cages Achselzucken besagte: Klar, hat er, aber beides falsch.

Die Tür ging auf, und ein Mann in einer FBI-Windjacke nickte Lukas zu.

»Hi, Steve«, sagte sie.

»Agent Lukas. Ich bringe Ihnen Dr. Evans aus Georgetown.«

Den Psychologen.

Der Mann kletterte herein. »'nabend«, sagte er. »Ich bin John Evans.« Er war kleiner, als es seine tiefe, ruhige Stimme hätte vermuten lassen. Sein dunkles Haar war mit grauen Strähnen durchsetzt, ebenso wie der kurz gehaltene Bart. Der Mann war Parker auf den ersten Blick sympathisch. Sein Lächeln wirkte so lässig wie seine alte Freizeithose und die graue Strickjacke, dazu trug er statt einer Aktentasche einen schweren, ziemlich mitgenommen aussehenden Rucksack. Seine Augen huschten hin und her und hatten alle Anwesenden bereits überprüft, bevor Evans noch ganz im Camper war.

»Nett von Ihnen, dass Sie gekommen sind«, sagte Lukas. »Das hier sind Agent Cage und Agent Geller, dort drüben sitzt Agent Ardell. Detective Hardy. Mein Name ist Lukas.« Sie warf Parker einen Blick zu, der nickend sein Einverständnis gab, seinen richtigen Namen zu nennen. »Und das ist Parker Kincaid, ein Dokumentenexperte, der früher für das FBI gearbeitet hat. Er ist inkognito hier, deshalb möchte ich Sie bitten, seine Beteiligung nicht zu erwähnen«, fügte sie hinzu.

»Verstehe«, sagte Evans. »Einen Teil meiner Arbeit mache ich ebenfalls anonym. Ich wollte mir schon eine Homepage zulegen, aber ich glaube, damit fange ich mir zu viele Spinner ein.« Er setzte sich. »Ich habe von dem schrecklichen Zwischenfall im Mason Theater gehört. Worum geht es?«

Cage fasste für ihn die beiden tödlichen Attacken, den Tod des Unbekannten, den Erpresserbrief und ihr Wissen über den Killer in kurzen Worten zusammen.

Evans betrachtete sich das Bild des unbekannten Toten. »Jetzt versuchen Sie herauszufinden, an welchem Ort sein Partner das nächste Mal zuschlägt.«

»Genau«, sagte Lukas. »Wir brauchen nicht mehr als fünfzehn Minuten, um ein taktisches Team vor Ort zu haben, das ihn sofort ausschaltet. Aber wir brauchen diese fünfzehn Minuten. Wir müssen einfach ein Bein auf den Boden kriegen.«

»Haben Sie diesen Namen schon einmal gehört?«, fragte Parker. »Der Digger?«

»Ich habe ein ziemlich großes Kriminaldatenarchiv. Als ich von Ihrem Fall hörte, habe ich gleich ein wenig recherchiert. In den Fünfzigern gab es einen Mann in Kalifornien. Hat vier Einwanderer ermordet. Sein Spitzname war Gravedigger. Wurde im Gefängnis getötet, ein paar Monate nach seiner Einlieferung in die Männerstrafanstalt von Obispo. Gehörte keiner Sekte oder etwas in der Richtung an. Außerdem gab es in den Sixties eine Theatergruppe in San Francisco mit Namen The Diggers;

von deren Mitgliedern wurden damals einige wegen leichterer Delikte festgenommen, meistens nur Ladendiebstahl. Nichts Ernstes. Dann gab es eine Motorradbande in Scottsdale, die sich Gravediggers nannte. Sie waren in eine Reihe von Raubüberfällen verwickelt, aber sie haben sich schon Mitte der siebziger Jahre aufgelöst, und über den Verbleib der einzelnen Mitglieder habe ich nichts mehr erfahren können.«

Lukas wandte sich an Geller. »Rufen Sie das Polizeirevier in Scottsdale an und prüfen Sie nach, ob da was dran ist.«

Der Agent tätigte den Anruf.

Evans musterte interessiert die Ausrüstung des Wohnmobils. Sein Blick blieb an dem Foto des Unbekannten aus der Leichenhalle hängen. Er sah auf. »Der einzige Verweis auf den Digger, Singular, ist ein Mann aus England, in den 1930ern, ein gewisser John Barnstall. Er war ein Adliger, ein Vicomte oder irgend so etwas. Lebte in Devon. Er behauptete, eine Familie zu haben, schien jedoch allein zu wohnen. Später stellte sich heraus, dass Barnstall seine Frau, seine Kinder sowie zwei oder drei Bauern aus der Umgebung ermordet hatte. Er buddelte mehrere Tunnel unter seinem Landsitz und bewahrte die Leichen dort auf. Er balsamierte sie ein.«

»Krass«, murmelte Hardy.

»Die Presse nannte ihn den Digger – wegen der Tunnelbuddelei. In den Siebzigern übernahm eine Bande in London seinen Namen, aber das waren nur kleine Fische.«

»Besteht die Möglichkeit«, hakte Lukas nach, »dass der Unbekannte oder der Digger von diesem Barnstall gehört haben? Ihn als eine Art Vorbild genommen haben?«

»Dazu kann ich wirklich nichts sagen. Ich brauche mehr Informationen. Wir müssten ihre Verhaltensmuster miteinander abgleichen.«

Verhaltensmuster, überlegte Parker. Die Aufdeckung durchgängiger Muster in zweifelhaften Dokumenten war die einzige Möglichkeit, Fälschungen zu entlarven: Der Neigungswinkel der Buchstaben, die Abstände zwischen den Buchstaben, die

Neuansätze, die Ausformung des Abstrichs, beim kleinen y, g und q, der Grad des Zitterns. Eine Fälschung ließ sich nicht ohne Vergleiche entlarven.

»Eines sollten Sie wissen«, sagte er zu Evans. »Möglicherweise tun der Digger und sein Komplize so etwas nicht zum ersten Mal.«

»Ein freier Journalist hat sich mit uns in Verbindung gesetzt«, erläuterte Lukas. »Er ist überzeugt davon, dass die Taten Teil einer Serie gleichartiger Verbrechen sind.«

»Wo haben sie stattgefunden?«

»In Boston, außerhalb New Yorks und in Philadelphia. Immer das gleiche Muster: Raubüberfälle oder Erpressungen waren der eigentliche Coup, dazu die Morde zur taktischen Unterstützung.«

»Er war also hinter Geld her?«, fragte Evans.

»Richtig«, erwiderte Parker. »Gut, einmal handelte es sich um Schmuck.«

»Hört sich nicht so an, als gäbe es eine Verbindung zu Barnstall. Seine Diagnose ging in Richtung paranoide Schizophrenie, nicht auf allgemeines antisoziales Verhalten, wie es Ihr Täter an den Tag legt. Aber ich würde gern mehr über die Verbrechen in den anderen Städten erfahren, und auch mehr über seinen heutigen MO.«

»Wir sind gerade dabei, sein Versteck in diesem Viertel ausfindig zu machen«, meldete sich Hardy zu Wort. »Es könnte uns jede Menge Informationen über ihn liefern.«

Lukas schüttelte enttäuscht den Kopf. »Ich hatte gehofft, der Name Digger würde etwas Bestimmtes bedeuten. Ich dachte, er liefert uns vielleicht den Schlüssel zu diesem Fall.«

»Das ist immer noch möglich«, meinte Evans. »Sobald wir mehr Daten haben. Hilfreich ist, dass der Name nicht sehr verbreitet ist. Wenn sich der Komplize – der Tote – den Namen Digger ausgedacht hat, dann verrät er uns mehr über *ihn.* Wenn sich der Digger selbst so bezeichnet, dann verrät es uns etwas über *ihn.* Wissen Sie, Namengebung, also die Benennung von etwas oder jemandem, ist überaus wichtig bei der Erstellung eines Persönlichkeitsprofils.«

Er sah Parker an. »Wenn Sie und ich uns beispielsweise als ›Berater‹ bezeichnen, sind damit einige psychologische Implikationen ausgedrückt. Wir sagen damit, dass wir im Gegenzug für eine gewisse Reduzierung von Verantwortung und Risiko bereit sind, auf ein gewisses Maß an Kontrolle über die Situation zu verzichten.«

Das trifft den Nagel auf den Kopf, dachte Parker.

»Wissen Sie was«, sagte Evans, »ich würde liebend gern noch ein Weilchen hier bleiben.« Er lachte wieder und nickte zu dem Leichenhaus-Foto. »Ich habe noch nie eine Leiche analysiert. Dürfte eine ziemliche Herausforderung sein.«

»Wir sind für jede Hilfe dankbar«, sagte Lukas. »Ich würde Ihre Mitarbeit sehr begrüßen.«

Evans öffnete seinen Rucksack und holte eine gewaltige Metallthermoskanne heraus, schraubte den Deckel ab und goss schwarzen Kaffee in die Tasse. »Ich bin abhängig«, sagte er und lächelte. »So etwas darf man als Psychologe wahrscheinlich nicht zugeben. Möchte jemand ein Tässchen?«

Alle lehnten dankend ab, und Evans verstaute seine Kanne wieder. Dann zog der Doktor sein Handy hervor und rief seine Frau an, um ihr mitzuteilen, dass er länger arbeite.

Was Parker dringend an die Whos erinnerte. Also zückte er sein eigenes Handy und rief zu Hause an.

»Hallo?«, meldete sich Mrs. Cavanaughs großmütterliche Stimme.

»Ich bin's«, sagte Parker. »Wie steht's im Fort?«

»Sie treiben mich in den Bankrott. Und dann auch noch dieses *Star Wars*-Geld, ich kann die Scheine nicht mal auseinander halten, und die Kinder bringen mich absichtlich durcheinander.« Die Kinder, die ganz in der Nähe sein mussten, stimmten in ihr Lachen ein.

»Wie geht es Robby?«, erkundigte sich Parker. »Ist er immer noch so durch den Wind?«

Ihre Stimme senkte sich. »Er ist ein paar Mal ein bisschen trübsinnig geworden, aber Stephie und ich haben ihn auf andere Gedanken gebracht. Sie würden sich sehr freuen, wenn Sie vor Mitternacht zu Hause sein könnten.«

»Ich versuche es. Hat Joan angerufen?«

»Nein.« Mrs. Cavanaugh lachte. »Und wissen Sie was, Parker? Selbst wenn sie anrufen würde und ich ihr Anrufer-Kürzel sehen würde, wäre es gut möglich, dass ich einfach zu beschäftigt bin, um abzunehmen. Sie würde denken, Sie seien alle im Kino oder im Ruby Tuesday an der Salatbar. Was halten Sie davon?«

»Hört sich prima an, Mrs. Cavanaugh.«

»Dachte ich mir. Diese Anrufer-ID ist eine tolle Erfindung, finden Sie nicht auch?«

»Wenn ich nur das Patent darauf hätte«, bestätigte er. »Ich rufe später noch mal an.«

Sie unterbrachen die Verbindung.

Cage hatte mitgehört. »Ihr Junge? Alles in Ordnung?«

Parker seufzte. »Eigentlich schon. Ihn plagen nur ein paar schlimme Erinnerungen … egal, ist schon ein paar Jahre her.«

Evans hob eine Augenbraue, und Parker klärte ihn auf: »Als ich noch für das FBI arbeitete, verschaffte sich ein Tatverdächtiger Zugang zu unserem Haus.« Ihm fiel auf, dass auch Lukas zuhörte.

»Hat Ihr Junge ihn gesehen?«, fragte Evans.

»Der Täter hat versucht, durch Robbys Fenster einzusteigen«, sagte Parker.

»Mann!«, murmelte C. P. »Ich kann's nicht leiden, wenn Kindern solche blöden Sachen zustoßen. Überhaupt nicht.«

»PTSS?«, fragte Lukas.

Posttraumatisches Stress-Syndrom. Parker hatte sich Sorgen gemacht, dass der Junge unter dem Vorfall länger leiden musste und ihn zu einem Spezialisten gebracht. Der Doktor hatte ihm jedoch versichert, dass Robby, da er noch sehr jung war und von dem Bootmann nicht direkt verletzt worden war, höchstwahrscheinlich nicht unter PTSS leiden würde.

Parker erzählte das alles und fügte hinzu: »Aber die Sache ereignete sich damals kurz vor Weihnachten. Deshalb wird er um diese Zeit des Jahres öfter als sonst daran erinnert. Na ja, im Großen und Ganzen hat er alles gut überstanden, aber …«

»Aber Sie würden alles dafür geben, wenn es gar nicht erst passiert wäre«, sagte Evans.

»Genau«, erwiderte Parker leise, sah in Lukas' besorgtes Gesicht und fragte sich, wieso sie über das Syndrom so gut Bescheid wusste.

»Aber heute Abend geht es ihm gut, oder?«, erkundigte sich der Therapeut.

»Alles in Ordnung. Nur heute Nachmittag war er ein wenig verängstigt.«

»Ich habe auch zwei Kinder«, sagte Evans und sah zu Lukas hinüber. »Haben Sie Kinder?«

»Nein«, sagte sie. »Ich bin nicht verheiratet.«

»Wenn man Kinder hat, ist es gerade so, als verlöre man ein Stück seines Verstandes«, sagte Evans. »Sie nehmen es einem weg und geben es nie wieder zurück. Man macht sich ständig Sorgen, ob es ihnen gut geht, ob sie sich verlaufen haben oder vielleicht traurig sind. Manchmal wundere ich mich darüber, dass Eltern überhaupt funktionieren.«

»Wirklich?«, fragte sie, wieder ein wenig verwirrt.

Evans kehrte zu der Nachricht zurück, und es herrschte eine Weile Schweigen. Geller tippte auf seiner Tastatur, Cage beugte sich über einen Stadtplan. Lukas spielte mit einer ihrer blonden Strähnen. Die Geste hätte schüchtern und sehr reizvoll wirken können, wären da nicht ihre steinernen Augen gewesen. Sie war mit ihren Gedanken irgendwo anders.

Geller richtete sich ein wenig auf, als sein Bildschirm aufflammte. »Die Antwort aus Scottsdale …« Er überflog den Schirm. »Okay, okay … Die Polizei wusste von der Bande, den Gravediggers, aber niemand hat mehr Kontakt zu ehemaligen Mitgliedern. Die meisten haben sich zurückgezogen, sind jetzt ruhige Familienväter.«

Wieder eine Sackgasse, dachte Parker.

Evans fiel ein anderes Papier ins Auge. Er griff nach dem Major Crimes Bulletin mit der Schilderung des Brandanschlags auf Gary Moss' Wohnhaus.

»Das ist dieser Zeuge, stimmt's?«, fragte er. »Bei dem Skandal in der Schulbehörde.«

Lukas nickte.

Evans las und schüttelte dabei den Kopf. »Die Mörder nahmen es einfach in Kauf, dabei auch seine Kinder umzubringen … Schrecklich.« Er warf Lukas einen Blick zu. »Ich hoffe, für sie ist gut gesorgt.«

»Moss befindet sich im Hauptquartier in Schutzhaft, und seine Familie hat diesen Bundesstaat verlassen«, sagte Cage.

»Kinder umzubringen«, murmelte der Psychologe und schob die Notiz zur Seite.

Dann kam Bewegung in den Fall. Parker erinnerte sich daran aus seinen Tagen bei der Verbrechensbekämpfung. Man wartete Stunde um Stunde, manchmal tagelang, und dann auf einmal zahlte sich einer der verfolgten Hinweise aus. Ein Blatt quoll aus dem Faxgerät. Hardy las die Nachricht durch. »Vom Bauamt. Abrisse und Neubauten in Gravesend.«

Geller rief eine Karte des Gebiets auf seinem großen Bildschirm auf und markierte die Grundstücke, die Hardy ihm zurief, rot. Es war ungefähr ein Dutzend.

Lukas rief Jerry Baker an und gab ihm die Adressen durch.

Wenige Minuten später knisterte eine Stimme aus dem Lautsprecher in der Einsatzzentrale. Es war die von Baker. »Neujahrsleiter Zwo an Neujahrsleiter Eins.«

»Schießen Sie los«, sagte Lukas.

»Eines meiner Fahndungs-Teams hat einen Eckladen ausfindig gemacht. Ecke Mockingbird und Siebzehnte.«

Tobe Geller markierte die Kreuzung auf der Karte.

Bitte, dachte Parker. Bitte …

»Dort werden sowohl Papier als auch Kugelschreiber wie die von Ihnen beschriebenen verkauft. Und die Auslage befindet sich gleich hinter dem Schaufenster. Einige der Papierpacken sind von der Sonne ausgebleicht.«

»Jawoll!«, flüsterte Parker.

Alle beugten sich vor und starrten auf Gellers Bildschirm.

»Jerry«, sagte Parker, ohne sich um die Code-Namen zu scheren, auf die sich die taktischen Agenten immer so viel einbildeten. »Eins der Abrissgrundstücke, die wir Ihnen durchgegeben haben, liegt zwei Blocks östlich von dem Laden. Auf der Mockingbird. Schicken Sie Ihre Leute in diese Richtung.«

»Roger. Neujahrsleiter Zwo. Ende.«

Dann kam noch ein Anruf herein. Lukas nahm ihn entgegen. »Sagen Sie's ihm selbst.« Sie reichte Tobe Geller das Telefon.

Geller hörte zu und nickte. »Sehr gut. Am besten gleich durchschicken – über den MCP Four-Vorzugsanschluss. Haben Sie die Nummer? Gut.« Er legte auf und sagte: »Das war noch mal Com-Tech. Sie haben die KIP-Liste für Gravesend.«

»Was haben sie?«, fragte Cage.

»Die Kundenliste der Internet-Provider«, antwortete Geller.

Das Fax spuckte ein weiteres Blatt aus. Parker warf einen Blick darauf. In Gravesend gab es mehr Internet-Kunden, als er erwartet hatte – ungefähr fünfzig –, nicht gerade ermutigend.

»Lesen Sie die Adressen vor«, sagte Geller. »Ich gebe sie gleich ein.« Hardy las vor, und Gellers Finger bewegten sich flott über die Tastatur. Kaum hatte der Detective eine Adresse vorgelesen, da erschien auch schon ein roter Punkt auf dem Bildschirm.

Innerhalb von zwei Minuten waren sie alle auf dem Bildschirm zu sehen. Parker sah, dass seine Sorge unbegründet gewesen war. In einem Radius von knapp fünfhundert Metern um den Eckladen und das Abrissgrundstück gab es nur vier Kunden.

Lukas rief Jerry Baker an und gab die Adressen durch. »Konzentrieren Sie sich auf diese vier. Wir treffen uns vor dem Laden. Das wird unser neuer Sammelplatz.«

»Roger. Ende.«

»Dann los«, rief Lukas dem Fahrer der MEZ, einem jungen Agenten, zu.

»Halt!«, rief Geller. »Gehen Sie hier gleich über dieses leere Grundstück. Zu Fuß. Das geht schneller als mit dem Auto. Wir fahren außen herum und stoßen dort wieder zu Ihnen.«

Hardy zog seine Jacke an, aber Lukas schüttelte den Kopf. »Tut mir Leid, Len ... Was haben wir vorhin besprochen? Ich will, dass Sie hier in der Zentrale bleiben.«

Der junge Polizist hob die Hände und blickte Cage und Parker an. »Ich will doch nur etwas *tun.*«

»Len, es könnte brenzlig werden. Wir brauchen beides: Leute, die verhandeln können, und Leute, die schießen können.«

»Er kann auch nicht schießen«, sagte Hardy und nickte zu Parker hinüber.

»Er gehört zur Spurensicherung und wird mit dem Team den Tatort untersuchen.«

»Und ich bleibe hier sitzen und drehe Däumchen. Finden Sie das richtig?«

»Tut mir Leid, aber genau so wird es laufen.«

»Von mir aus.« Hardy zog die Jacke wieder aus und setzte sich hin.

»Vielen Dank«, sagte Lukas. »C. P., Sie bleiben ebenfalls hier und halten die Stellung.«

Was, wie Parker vermutete, wohl nichts anderes hieß, als dass er darauf achten sollte, dass Hardy keine Dummheiten machte. Der massige Agent hatte den Wink sofort verstanden und nickte.

Lukas stieß die Tür des Wohnmobils auf. Cage ging hinaus. Parker zog seine Bomberjacke über und folgte dem Agenten. Noch während er ausstieg, sagte Lukas: »Sie haben doch hoffentlich ...?«

»In meiner Hosentasche«, erwiderte er kurz angebunden, klopfte zur Sicherheit auf die Pistole und schloss eilig zu Cage auf, der bereits das Grundstück überquerte.

Henry Czisman nahm einen winzigen Schluck von seinem Bier.

Er war Alkohol keineswegs abgeneigt, aber in diesem besonderen Moment wollte er so nüchtern wie möglich sein. Trotzdem war es ratsam zu trinken, wenn man als Mann am Neujahrsabend in Gravesend in einer Kneipe stand und es nicht darauf anlegte, die anderen Anwesenden misstrauisch zu machen.

Der kräftige Mann hielt sich schon seit einer halben Stunde an seinem Budweiser fest.

Die Tür ging auf, und Czisman sah mehrere Agenten eintreten. Er hatte sie bereits erwartet und schon befürchtet, es könnten Lukas oder Cage oder dieser Berater sein, die ihn sofort erkannt und sich gewundert hätten, weshalb er sie verfolgte. Diese Männer hatte er jedoch noch nie zuvor gesehen,.

Der drahtige alte Mann neben Czisman redete weiter auf ihn ein: »Ich sag ihm also: ›Die Maschine is hinüber. Was soll ich mit 'ner kaputten Maschine anfangen? Sag's mir, was soll ich tun?' Darauf weiß er natürlich keine Antwort. Meine Fresse. Was dachte der denn, was ich mache? Einfach so tun, als wär nix?«

Czisman betrachtete den hageren Kerl, der zerrissene Hosen und ein dunkles T-Shirt trug. Es war der 31. Dezember, und er hatte nicht mal einen Mantel an. Wohnte er in der Nähe? Wahrscheinlich über der Kneipe. Der Mann trank Whiskey, der nach Frostschutzmittel roch.

»Keine Antwort, hm?«, fragte Czisman, den Blick jetzt wieder unauffällig aber aufmerksam auf die Agenten gerichtet.

»Ach was. Und ich sag ihm, dass er ordentlich Probleme kriegt, wenn er nich 'ne neue Maschine rausrückt, kapiert?«

Er hatte dem schwarzen Burschen einen ausgegeben, weil es in einer Kneipe wie dem *Joe Higgins'* weniger verdächtig aussah, wenn ein Schwarzer und ein Weißer bei einem Bier und einem ekelhaften Whiskey zusammenstanden, als wenn ein Weißer dort ganz allein herumlungerte, ob nun mit korrektem Genitiv oder ohne.

Und wenn man jemandem einen ausgibt, dann muss man ihm auch zuhören.

Die Agenten zeigten ein Blatt Papier an einem Tisch mit drei alten Schachteln herum, die grell geschminkt waren wie Huren aus Harlem. Wahrscheinlich ein Foto von dem toten Komplizen des Diggers.

Czisman sah an ihnen vorbei zu dem Winnebago auf der anderen Straßenseite. Czisman hatte die FBI-Zentrale auf der Ninth Street observiert, als er die drei Agenten das Gebäude verlassen sah, gefolgt von einem Dutzend anderer. Da sie ihn nicht mitnehmen würden, hatte er selbst für sich gesorgt. Gott sei Dank war es eine Autokolonne von zehn oder noch mehr Wagen gewesen, an die er sich einfach angehängt hatte, mit hoher Geschwindigkeit über rote Ampeln gerast war und dabei ständig die Lichthupe betätigt hatte, wie es in einem solchen Fall für einen Polizisten im Einsatz vorgesehen war, der kein Blinklicht dabei hatte. Nicht weit von der Kneipe entfernt hatten alle kreuz und quer geparkt und sich nach einer kurzen Einweisung in alle Richtungen zerstreut, um Informationen zu sammeln. Czisman hatte geparkt und sich in die Kneipe verdrückt. Er hatte seine Digital-Kamera dabei und ein paar Aufnahmen von den Agenten und den Polizisten bei der Einsatzbesprechung gemacht. Momentan blieb ihm nichts anderes übrig, als sich zurückzulehnen und abzuwarten. Er fragte sich, wie nah sie wohl schon an den – wie er es nannte – Bau des Diggers herangerückt waren.

»He«, sagte der Schwarze, der die Agenten erst jetzt bemerkte. »Was wollen die denn? Sind das Bullen?«

»Werden wir gleich erfahren.«

Einen Augenblick später kam einer von ihnen zur Theke. »'Nabend. Wir sind vom FBI.« Der Ausweis wurde ordnungsgemäß gezückt. »Ich würde gerne wissen, ob einer von Ihnen diesen Mann hier schon mal gesehen hat.«

Czisman betrachtete das Foto des Toten, das er bereits in der FBI-Zentrale gesehen hatte, und sagte: »Nein.«

Der Schwarze sagte: »Der sieht tot aus. Ist er tot?«

»Haben Sie vielleicht jemanden gesehen, der ihm ähnlich sah?«, fragte der Agent weiter.

»Nein, Sir.«

Czisman schüttelte den Kopf.

»Wir suchen noch nach einem anderen Mann. Weiß, dreißig oder auch vierzig Jahre alt, trägt einen dunklen Mantel.«

Ah, der Digger, dachte Henry Czisman. Komisch, jemanden, den man inzwischen schon ziemlich gut kannte, aus einer so entfernten Perspektive beschrieben zu hören. Er sagte: »Das trifft auf jede Menge Leute hier in der Gegend zu.«

»Richtig, Sir. Uns ist aber nur ein einziges Merkmal bekannt, das ihn näher beschreibt: Er trägt ein goldenes Kreuz. Und ist höchstwahrscheinlich bewaffnet. Könnte sein, dass er Schusswaffen erwähnt oder vielleicht damit angegeben hat.«

Das würde der Digger niemals tun, dachte Czisman. Aber er verbesserte sein Gegenüber nicht und sagte lediglich: »Nein, tut mir Leid.«

»Tut mir Leid«, sagte ihm der Whiskey-Trinker nach.

»Falls Sie ihn irgendwo sehen, würden Sie bitte diese Nummer anrufen?« Der Agent reichte jedem von ihnen eine Karte.

»Klar doch.«

»Klar doch.«

Als die Agenten die Kneipe verließen, sagte Czismans Saufkumpan: »Was wollten die eigentlich?«

»Frag ich mich auch.«

»Hier ist immer irgendwas los. Drogen. Jede Wette, es geht um Drogen. Aber egal, ich steh jedenfalls da mit einem Laster mit 'nem total verreckten Motor. Moment mal, hab ich Ihnen schon von meinem Laster erzählt?«

»Sie hatten gerade damit angefangen.«

»Dann erzähl ich Ihnen mal von diesem Laster.«

Czisman musterte den Mann, und mit einem Mal verspürte er die gleiche Neugier, die ihn vor vielen Jahren zum Journalismus getrieben hatte. Der Wunsch, mehr von den Leuten zu erfahren. Sie nicht auszubeuten, sie nicht zu benutzen, sie nicht bloßzustellen. Sondern sie zu verstehen und zu erklären.

Wer war dieser Mann? Wo wohnte er? Welche Träume

träumte er? Welche mutigen Taten hatte er vollbracht? Hatte er eine Familie? Was aß er am liebsten? Malte oder musizierte er zu Hause?

War es besser für ihn, war es gerechter, dass er sein armseliges Leben weiterlebte? Oder wäre es besser für ihn, sofort zu sterben, einen schnellen Tod, bevor ihn Schmerzen und Kummer wie ein Sog mit sich rissen?

Doch dann sah Czisman aus dem Augenwinkel, wie die Tür des Winnebago aufging und mehrere Männer eilig herauskamen. Kurz darauf erschien auch diese Frau in der Tür. Agent Lukas.

Sie trabten los.

Czisman warf Geld auf die Theke und erhob sich.

»He, ich wollte Ihnen doch von meinem Laster erzählen!«

Ohne ein weiteres Wort ging der kräftige Mann rasch zur Tür und heftete sich den Agenten, die durch die Lücken zwischen den Häusern von Gravesend eilten, an die Fersen.

18

18:35

Als das Team auf Jerry Baker traf, hatten zwei seiner Agenten das Versteck bereits ausfindig gemacht.

Es war ein schäbiges Doppelhaus zwei Hausnummern neben einer der Baustellen, die sie auf ihrer Karte markiert hatten. Alles war mit Ton- und Ziegelstaub bepudert.

»Ich habe einem Ehepaar auf der anderen Straßenseite das Bild gezeigt«, sagte Baker. »Sie haben ihn in den vergangenen Wochen drei oder vier Mal gesehen. Hat immer nach unten gesehen und ist stets schnell gegangen. Ist nie stehen geblieben und hat auch nie mit jemandem geredet.«

Rings um das Gebäude standen zwei Dutzend Agenten und uniformierte Polizisten.

»Welche ist seine Wohnung?«, fragte Lukas.

»Die untere. Scheint leer zu sein. Das obere Stockwerk haben wir bereits überprüft.«

»Haben Sie mit dem Eigentümer geredet? Gibt es einen Namen?«, wollte Parker wissen.

»Die Verwaltung gibt den Namen des Mieters mit Gilbert Jones an«, rief ihnen ein Agent zu.

Schon wieder dieser falsche Name.

Der Agent fuhr fort: »Die Sozialversicherungsnummer wurde auf jemanden ausgestellt, der vor fünf Jahren gestorben ist. Der Unbekannte hat sich – wieder unter dem Namen Gilbert Jones – bei dem Online-Server mit einer Kreditkarte angemeldet, die auf den gleichen Namen läuft, aber es ist eine dieser Risiko-Kreditkarten. Man eröffnet ein Bankkonto, zahlt Geld ein, und die Karte ist so lange gültig, wie Geld auf dem Konto ist. Die Bank hat auch nur diese Adresse von ihm. Die angegebenen früheren Wohnorte waren alle falsch.«

»Gehen wir rein?«, fragte Baker.

Cage warf Lukas einen Blick zu. »Ich bitte darum!«

Baker konferierte mit Tobe Geller, der aufmerksam den Bildschirm seines Laptops überwachte. Mehrere Sensoren waren auf die Wohnung im Erdgeschoss gerichtet.

»Kalt wie ein Fisch«, meldete Tobe. »Infrarot findet überhaupt nichts, und die einzigen Geräusche, die ich reinkriege, sind die Luft in der Heizung und das Aggregat im Kühlschrank. Zehn zu eins, dass die Wohnung sauber ist, aber wenn man es wirklich darauf angelegt hat, kann man seine Körperwärme abschirmen. Und manche Schurken können sehr, sehr still sein.«

»Nur zur Erinnerung: Der Digger bestückt seine Schalldämpfer selbst. Er weiß also, was er tut«, ergänzte Lukas.

Baker nickte, zog seine Flak-Weste an und setzte den Helm auf, dann rief er fünf andere taktische Agenten zu sich herüber. »Gewaltsames Eindringen. Wir brechen direkt durch. Wir kappen die Stromleitung und gehen gleichzeitig durch die Vordertür und das hintere Schlafzimmerfenster rein. Sie haben freie Hand, falls sich Widerstand regt. Ich gehe als Erster durch die Tür. Fragen?«

Es gab keine Fragen. Die Agenten begaben sich rasch auf ihre

Posten. Das einzige Geräusch, das sie verursachten, war das leise Klimpern ihrer Ausrüstung.

Parker hielt sich zurück und beobachtete Margaret Lukas, die aufmerksam die Vordertür betrachtete. Als sie sich unvermutet zur Seite drehte, ertappte sie ihn dabei, wie er sie ansah. Sie erwiderte seinen Blick mit einem unterkühlten Gesichtsausdruck.

Zum Teufel mit ihr, dachte Parker. Er ärgerte sich immer noch über die Standpauke, die sie ihm wegen der Pistole gehalten hatte, und die seiner Meinung nach völlig überflüssig gewesen war.

Dann erloschen die Lichter in dem Wohnhaus, und es ertönte ein lauter Knall, als die Agenten die Vordertür mit Kaliber 12 Shok-Lok Munition aufschossen. Parker sah, wie die Strahlen der Taschenlampen, die auf die Läufe der Maschinenpistolen montiert waren, durch die Zimmer der Wohnung huschten.

Er erwartete jeden Augenblick lautes Schreien: Halt! Auf den Boden! FBI! Aber alles blieb ruhig. Wenige Minuten später erschien Jerry Baker auf der Straße und setzte den Helm ab. »Sauber.«

Die Lichter gingen wieder an.

»Wir durchsuchen rasch nach verborgenen Fallen und dergleichen. Ein paar Minuten noch.«

Schließlich rief ein Agent aus der Vordertür: »Alles klar!«

Während Parker losrannte, stieß er ein weltliches Gebet aus: Bitte, lass uns wenigstens etwas finden, ein paar Spuren nur, einen Fingerabdruck, eine Notiz, die uns zum Ort des nächsten Anschlags führt. Oder zumindest etwas, das uns einen Hinweis darauf gibt, wo der Unbekannte wohnt, damit wir die Eintragungen der Behörden durchsehen können, um irgendwo eine Teufelsträne auf einem *i* oder einem *j* zu finden … Lass uns diese schwere, anstrengende Arbeit beenden, damit wir zu unseren Familien nach Hause zurückkehren können.

Cage ging als Erster hinein, gefolgt von Parker und Lukas. Die beiden gingen nebeneinander durch die Tür. Schweigend.

Es war kalt in der Wohnung. Sämtliche Lichter brannten. Ein

deprimierender Ort. Die Wände waren mit grüner Lackfarbe bemalt. Der Boden war braun, doch der Großteil der Farbe war abgeblättert. Die vier Zimmer waren so gut wie leer. Im Wohnzimmer sah Parker einen Computer, einen Schreibtisch, einen abgewetzten Lehnsessel, aus dem die Polsterung quoll, sowie mehrere Tische. Zu seiner Bestürzung sah er keine Zettel, weder Papierfetzen noch andere Dokumente.

»Hier liegen Kleider«, rief ein Agent aus dem Schlafzimmer.

»Überprüfen Sie die Etiketten«, befahl Lukas.

Kurz darauf: »Keine drin.«

»Verflucht!«, stieß sie aus.

Parker sah zum Wohnzimmerfenster hinüber und wunderte sich über die Essgewohnheiten des Unbekannten. Auf dem Fensterbrett vor dem halb offenen Fenster standen vier oder fünf große Krüge mit Mott's Apfelsaft sowie eine ramponierte gusseiserne Bratpfanne voller Äpfel und Orangen.

Cage zeigte darauf. »Vielleicht litt der Saukerl an Verstopfung. Ich hoffe nur, es hat höllisch wehgetan.«

Parker lachte.

Lukas rief Tobe Geller an und bat ihn, herzukommen und den Computer zu überprüfen. Vielleicht hatte der Unbekannte irgendwelche Dateien oder E-mails auf der Festplatte hinterlassen.

Kurz darauf war Geller da. Er ließ sich vor dem Schreibtisch nieder, fuhr sich mit der Hand durch sein Lockenhaar und untersuchte das Gerät sorgfältig. Dann hob er den Blick und sah sich im Zimmer um. »Hier stinkt's«, sagte er. »Warum bekommen wir es zur Abwechslung nicht mal mit Gentleman-Verbrechern zu tun? … Mann, was ist das bloß?«

Parker roch es auch … süß und chemisch. Billige Farbe auf warmen Heizkörpern, vermutete er.

Der junge Agent packte das Netzkabel des Computers und wickelte es sich um die linke Hand. »Vielleicht steckt eine formatierte Bombe drin«, erklärte er. »Wenn man sich nicht richtig einloggt, startet ein Programm, das die gesamte Festplatte löscht. Dann bleibt uns nichts anderes übrig, als den Stecker zu ziehen und das Programm später im Labor zu überbrücken. Wollen mal sehen …«

Er schaltete den Computer an.

Der Rechner summte leise. Geller war bereit, das Kabel aus der Steckdose zu reißen, doch dann lächelte er. »Das erste Hindernis ist überwunden«, sagte er und ließ das Kabel los. »Aber jetzt brauchen wir das Passwort.«

»Dauert es nicht ewig, so was rauszufinden?«, knurrte Lukas.

»Nein. Das dauert …« Geller zog die Gehäuseseite ab, griff in den Kasten hinein und zog einen kleinen Chip heraus. Sofort meldete der Bildschirm: *Windows 95 wird geladen.* »… ungefähr *so* lange«, beendete Geller seinen Satz.

»Mehr braucht man nicht, um ein Passwort zu umgehen?«

»Mhmm.« Geller klappte seinen Aktenkoffer auf und zog ein dunkelblaues Zip-Laufwerk hervor, das er mit einem Ausgang des Rechners verband und installierte. »Ich lade die Festplatte hier rauf«, sagte er, wobei er ein halbes Dutzend Zip-Disketten auf den Schreibtisch warf.

Lukas' Handy klingelte. Sie lauschte, dann sagte sie: »Danke« und sah nicht gerade erfreut aus. »Der Einzelgesprächsnachweis von der Telefongesellschaft. Er hat lediglich die Verbindung zu seinem Server angewählt. Keine Gespräche nach draußen, keine Anrufe.«

Verdammt. Der Kerl ist wirklich gerissen, dachte Parker. Ein ausgefuchster Rätselmeister.

Drei Habichte haben dem Bauern schon viele Hühner geschlagen …

»Ich habe was im Schlafzimmer gefunden«, rief eine Stimme. Ein Agent mit Gummihandschuhen kam ins Wohnzimmer. Er hielt einen gelben Block mit Schrift und Kritzeleien darauf in der Hand. Bei seinem Anblick machte Parkers Herz einen Freudensprung.

Er öffnete seinen Aktenkoffer und streifte ebenfalls Gummihandschuhe über. Dann nahm er den Block, legte ihn neben Geller auf den Tisch und bog die Schreibtischlampe darüber. Er betrachtete die erste Seite mit seiner Handlupe und erkannte sofort, dass es sich um die Schrift des Unbekannten handelte. Er hatte den Erpresserbrief so lange angestarrt, dass er diese Schrift so gut wie seine eigene und die der Whos kannte.

Die Teufelsträne über dem kleinen *i* …

Das meiste waren Kritzeleien. Als Dokumentenprüfer glaubte Parker Kincaid an die psychologische Verbindung zwischen Geist und Hand: Persönlichkeit verrät sich nicht in der Art und Weise, wie wir Buchstaben ausformen (dieser handschriftenkundliche Unsinn, der Lukas so zu begeistern schien), sondern durch das, was wir schreiben und malen, wenn wir gar nicht darüber nachdenken. Wie wir uns Notizen machen, welche kleinen Bilder wir an den Rand kritzeln, wenn unsere Gedanken anderweitig beschäftigt sind.

Parker hatte auf den Dokumenten, die er untersucht hatte, schon alle möglichen Zeichnungen gesehen – Messer, Pistolen, Galgenmännchen, erstochene Frauen, abgetrennte Genitalien, Dämonen, gefletschte Zähne, Strichmännchen, Flugzeuge, Augen. Aber das, was der Unbekannte gestrichelt hatte, war ihm noch nicht untergekommen: Labyrinthe.

Also war er tatsächlich ein Rätselmeister.

Parker versuchte sich an zweien. Sie waren höchst kompliziert. Auf dem Blatt standen noch andere Notizen, doch er wurde immer wieder von den Labyrinthen abgelenkt, sein Auge wie magisch davon angezogen. Er verspürte den Drang, sie aufzulösen. So war er eben, er konnte sich bei solchen Sachen einfach nicht beherrschen.

Er spürte, dass jemand dicht neben ihm stand. Es war Margaret Lukas. Sie schaute auf den Block.

»Die sind ziemlich verzwickt«, sagte sie.

Parker sah zu ihr auf, spürte, wie ihr Bein ihn berührte. Ihre Oberschenkelmuskulatur war sehr kräftig. Wahrscheinlich läuft sie, vermutete er, und stellte sie sich sonntagmorgens in ihrem

Sportdress vor, wie sie nach fünf Kilometern verschwitzt und rot im Gesicht durch die Haustür kam …

Er wandte sich wieder dem Labyrinth zu.

»Er muss ganz schön lange gebraucht haben, um es zu zeichnen«, sagte sie.

»Nein«, erwiderte Parker. »Labyrinthe sind schwer zu knacken, aber sehr leicht herzustellen. Man malt zuerst den Lösungspfad auf, und sobald der fertig ist, fügt man einfach einen Irrweg nach dem anderen hinzu.«

Rätsel sind immer ganz einfach, wenn man die Lösung kennt …

Sie warf ihm noch einen Blick zu, dann ging sie weg und half einem Spurentechniker bei der Suche nach weiteren Hinweisen eine Matratze aufzuschneiden.

Genau wie im richtigen Leben, stimmt's?

Parkers Augen kehrten zu dem Notizblock zurück. Er hob das oberste Blatt an und fand auf der nächsten Seite eine dichte Folge von Notizen, Hunderte von Worten in der Schrift des Unbekannten. Am unteren Rand der Seite entdeckte er eine Liste. Die ersten beiden Zeilen lauteten:

Dupont Circle Metro, Rolltreppe oben, 9 Uhr
George Mason Theater, Loge 58, 16 Uhr

Mein Gott, dachte er, hier sind die echten Ziele aufgeschrieben. Das ist kein Trick! Er sah auf und rief Cage zu: »Kommen Sie mal her!«

Genau in diesem Augenblick trat Lukas auf die Schwelle und rief: »Ich rieche Benzin! Wo kommt das her?«

Benzin? Parker sah zu Tobe hinüber, der die Stirn runzelte. Jetzt wurde ihm klar, was er zuvor gerochen hatte.

»Oh nein.« Parker blickte zu den Krügen mit dem Apfelsaft auf der Fensterbank hinüber.

Es war eine Falle … falls die Agenten sein Versteck betraten.

»Cage! Tobe! Alles raus!« Parker sprang auf. »Die Flaschen!«

Aber Geller sah sie nur kurz an und sagte: »Schon gut … Sehen Sie doch, da ist kein Zünder dran und nichts. Damit kann …«

Und dann explodierte der Kugelhagel durch die Fensterscheibe, zerfetzte den Tisch in tausend Splitter aus hellgelbem Holz, ließ die Flaschen zerbersten und das rosafarbene Benzin über Wände und Fußboden spritzen.

19

18:50

Tausend unsichtbare Kugeln, abertausende.

Mehr Kugeln, als Parker in all den Wochen auf dem Schießstand von Quantico gesehen oder gehört hat.

Glas, Holz und Metallsplitter schrapnellten durch das Wohnzimmer.

Parker kauerte sich auf den Boden. Der kostbare Schreibblock lag immer noch auf dem Schreibtisch.

Er versuchte ihn zu erreichen, doch direkt vor ihm riss eine Garbe den Fußboden auf, worauf er einen Satz nach hinten an die Wand machte.

Lukas und Cage krochen zur Tür hinaus und gingen mit gezogenen Waffen in der Diele in Deckung, von wo aus sie durch die Fenster nach einem Ziel Ausschau hielten. Rufe nach Verstärkung und Hilfeschreie. Tobe Geller stieß sich vom Schreibtisch ab, doch die Stuhlbeine blieben auf dem unebenen Boden hängen, und er kippte nach hinten um. Der Computerbildschirm implodierte im Kugelhagel. Parker versuchte noch einmal, an den Schreibblock heranzukommen, ließ sich jedoch auf den Bauch fallen, als mehrere Einschüsse die Wand perforierten und eine Spur zogen, die direkt auf ihn zukam. Er rollte sich von der Geschossgarbe weg und blieb auf den Boden gepresst liegen.

Wie schon einmal an diesem Abend dachte er daran, dass er fast so viel Angst davor hatte, verwundet zu werden wie zu sterben. Er konnte den Gedanken nicht ertragen, dass ihn die Whos verletzt im Krankenhaus liegen sahen. Und daran, dass er nicht mehr in der Lage wäre, sich um sie zu kümmern.

Der Beschuss hörte auf, und Parker kroch auf Tobe Geller zu.

Dann zielte der Digger, der irgendwo da draußen vermutlich auf einem Dach saß, ein Stück tiefer und feuerte auf die Bratpfanne mit dem Obst. Auch sie war zu einem ganz bestimmten Zweck dort hingestellt worden. Die Kugeln prallten davon ab, Funken sprangen auf das Benzin über. Mit einem lauten Fauchen entzündete sich die durchdringend riechende Flüssigkeit.

Die Explosion schleuderte Parker durch die Tür in die Diele, wo er seitlich neben Cage und Lukas zu liegen kam.

»Nein, Tobe!«, schrie Parker und versuchte, wieder ins Zimmer zu kriechen. Eine Flammenwalze loderte aus der Türöffnung und drängte ihn zurück.

Sie duckten sich in den fensterlosen Flur. Lukas hing an einem Telefon, Cage am anderen. »... vielleicht auf dem Dach! Wir wissen es nicht ... Sofort die Feuerwehr alarmieren ... Ein Agent getroffen. Nein, zwei ... Er ist immer noch da draußen! Wo zum Teufel hat er sich nur versteckt?«

Und der Digger feuerte immer weiter.

»Tobe!«, rief Parker wieder.

»Hilfe!«, hörten sie Geller rufen. »Hilfe!«

Parker erhaschte einen kurzen Blick von dem jungen Mann jenseits der tosenden Flammen. Er lag zusammengekrümmt auf dem Boden. Das Zimmer stand in hellen Flammen, doch der Digger schoss immer weiter, jagte ein Magazin nach dem anderen aus seiner schrecklichen Waffe in das lodernde Wohnzimmer. Kurz darauf war Geller nicht mehr zu sehen. Auch der Tisch mit dem Schreibblock schien in Flammen zu stehen. Nein, nein! Die Hinweise auf die letzten Ziele verbrannten einfach!

Von irgendwoher Stimmen:

»Wo ist er?«

»... denn eigentlich los? Wo? Schalldämpfer und Mündungsfeuerdämpfer. Kann ihn nicht finden ... Kein Sichtkontakt, kein Sichtkontakt!«

»Verflucht noch mal, er schießt immer noch! Einen von uns hat's draußen erwischt! Herrgott …«

»Tobe!«, schrie Cage, und auch er versuchte, in die Wohnung einzudringen, die von wirbelnden orangefarbenen Flammen vermischt mit pechschwarzem Qualm erfüllt war. Doch die unglaubliche Hitze und die nächste unerbittliche Salve, die nicht weit von ihnen in die Wand einschlug, trieben den Agenten zurück.

Immer mehr Schüsse, und noch mehr.

»… das Fenster dort … Nein, das andere.«

Cage schrie: »Bringt die Löschfahrzeuge her! Sofort!«

»Sie sind unterwegs!«, rief Lukas.

Kurz darauf gingen die Geräusche aus den Funkgeräten im Brüllen der Flammen unter.

Trotzdem konnten sie durch den Lärm immer noch die Stimme des armen Tobe Geller hören. »Helft mir! Bitte! Helft mir doch …« Sie wurde leiser.

Lukas unternahm einen letzten Versuch, in das Zimmer zu gelangen, kam jedoch nur wenige Schritte weit, bevor ein Deckenbalken herabstürzte und sie beinahe erschlagen hätte. Mit einem lauten Aufschrei warf sie sich zurück. Parker half der wankenden, hustenden Frau zur Vordertür, während sich ein wahrer Feuersturm in den Flur ergoss und unerbittlich auf sie zufraß.

»Tobe, Tobe …«, rief sie unter wüstem Husten. »Er stirbt …«

»Wir müssen raus«, schrie Cage. »Sofort!«

Schritt für Schritt arbeiteten sie sich auf die Haustür zu.

Mit einem aus Panik und Sauerstoffmangel geborenen Gedanken wünschte Parker, er wäre taub, damit er die Schreie aus der Wohnung nicht mehr hören musste. Wünschte sich, er wäre blind, damit er die Verluste und den Kummer, den der Digger über sie gebracht hatte, über all diese guten Menschen, Menschen mit Familien, Menschen mit Kindern wie seinen, nicht mit ansehen musste.

Aber Parker Kincaid war weder taub noch blind, und er befand sich unbestreitbar inmitten dieses Grauens – die kleine Automatik in der rechten Hand und den linken Arm um Margaret Lukas gelegt, während er ihr durch den dicht verqualmten Flur half.

Hören Sie, Kincaid, Sie haben die letzten Jahre offensichtlich in der Sesamstraße verbracht ...

»... keinen Standort ... kein Mündungsfeuer zu sehen ... Herrje, was *ist* das ...«, rief Jerry Baker oder sonst jemand.

In der Nähe der Eingangstür stolperte Cage. Oder jemand anderes.

Eine Sekunde später taumelten Parker und die FBI-Leute die Vordertreppe hinunter in die kalte Abendluft. Trotz ihres Würgehustens und der durch Tränen verzerrten Sicht ließen sich Cage und Lukas sofort auf die Knie fallen, nahmen die Verteidigungsposition ein und suchten nach Zielen. Parker, der hinter einem Baum kniete, folgte ihrem Beispiel.

Neben ihrer fahrbaren Einsatzzentrale hockte C. P. Ardell mit einer M-16, Len Hardy neben ihm hatte seinen kleinen Revolver gezogen. Der Kopf des Polizisten bewegte sich hektisch hin und her, sein Gesicht war von Angst und Verwirrung gezeichnet.

Als Jerry Bakers Blick Lukas streifte, rief sie ihm in lautem Flüsterton zu: »Wo? Wo zum Teufel steckt der Kerl?«

Der taktische Agent deutete auf eine Gasse hinter ihnen und widmete sich wieder seinem Walkie-Talkie.

Cage würgte an dem Rauch, den er geschluckt hatte.

Zwei Minuten verstrichen ohne einen Schuss.

Baker redete auf sein Motorola ein: »Neujahrsleiter Zwo ... Täter befand sich östlich von uns, schien in einem leichten Winkel nach unten zu schießen. Okay ... Wo? ... Okay. Sehen Sie sich vor.« Eine ganze Weile sagte er nichts. Sein Blick suchte die Gebäude gegenüber ab. Als sich wieder jemand per Funk meldete, legte er den Kopf ein wenig schräg und hörte zu. »Sind sie tot?«, sagte er. »O Mann ... Ist er weg?«

Er erhob sich und schob seine Waffe ins Holster zurück.

Dann ging er zu Cage hinüber, der sich den Mund mit einem Papiertaschentuch abwischte. »Er ist in das Gebäude hinter uns eingedrungen und hat die Leute, die im ersten Stock wohnten, umgebracht. Jetzt ist er durch die Seitenstraße verschwunden. Er ist weg. Niemand hat ihn auch nur flüchtig gesehen.«

Parker sah zur Mobilen Einsatzzentrale hinüber und erblickte John Evans im Fenster. Der Doktor betrachtete sich das grausame Spektakel mit einem neugierigen Ausdruck im Gesicht, ganz so, wie sich ein Kind manchmal über ein totes Tier beugt, gefühllos, wie betäubt. Die Theorie krimineller Gewalttaten mochte wohl sein Spezialgebiet sein, aber vielleicht hatte er sie in der Praxis bis jetzt noch nie unmittelbar miterlebt.

Parker richtete den Blick wieder auf das Haus, das jetzt völlig in Flammen stand. Niemand konnte ein solches Inferno überleben.

Ach, Tobe …

Sirenen zerschnitten die Nacht. Von beiden Enden der Straße sah er den Widerschein von Blinklichtern mit großer Geschwindigkeit näher kommen. Sämtliche Hinweise waren vernichtet. Verdammt, er hatte sie in der Hand gehalten! Den gelben Block, auf dem die beiden nächsten Ziele vermerkt waren. Warum hatte er nicht zehn Sekunden früher darauf geschaut? Warum hatte er wertvolle Sekunden mit den Labyrinthen vergeudet. Wieder spürte Parker, dass das Dokument selbst der Feind war und ihn absichtlich abgelenkt hatte, um dem Digger genügend Zeit zum Angriff zu verschaffen.

Verdammt. Wenn er …«

»He!«, rief jemand. »He, ich bin hier drüben! Ich brauch Hilfe!«

Parker, Lukas und Cage drehten sich um und sahen einen Agenten mit FBI-Windjacke, der in den schmalen Durchgang neben dem brennenden Doppelhaus rannte.

»Da liegt jemand«, schrie der Agent.

Eine Gestalt lag, umgeben von einer Aura aus blauem Qualm, seitlich ausgestreckt auf dem Boden.

Parker vermutete, dass der Mann tot war, doch plötzlich hob er den Kopf und flüsterte rau: »Ausmachen! Verdammt noch mal, ausmachen!«

Parker wischte sich die immer noch tränenden Augen.

Der Mann dort auf dem Boden war Tobe Geller.

»Ausmachen!«, flüsterte er abermals, und seine Stimme ging in einen abgehackten Husten über.

»Tobe!« Lukas rannte auf ihn zu, Parker dicht neben ihr.

Der junge Agent musste durch die Flammen hindurch aus dem Fenster gesprungen sein. Eigentlich hätte er hier in der engen Gasse direkt im Schussfeld des Diggers liegen müssen, aber vielleicht hatte ihn der Killer nicht gesehen. Oder aber er hatte sich nicht die Mühe gemacht, auf einen Mann zu schießen, der offensichtlich ohnehin schwer verwundet war.

Ein Sanitäter kam herbei und fragte Tobe: »Sind Sie verletzt? Sind Sie getroffen worden?«

Doch Geller antwortete nur wieder mit seiner panischen Bitte: »Ausmachen, macht das Feuer aus!«

»Machen wir sofort, mein Junge. Die Feuerwehr ist schon da, die löschen es in Nullkommanix.« Der Sanitäter beugte sich über ihn. »Aber zuerst müssen wir …«

»Nein, verflixt noch mal!« Geller stieß den Sanitäter mit erstaunlicher Kraft zur Seite und sah Parker direkt ins Gesicht. »Der Schreibblock! Macht das Feuer aus!« Er zeigte wild gestikulierend auf einen kleinen Brand neben seinem Bein. *Das* hatte der Agent mit seiner Bitte gemeint – nicht das Gebäude.

Parker schaute genauer hin und sah eins der ausgeklügelten Labyrinthe des Unbekannten in Flammen aufgehen.

Es war der gelbe Block. In einer Entscheidung von Sekundenbruchteilen hatte Tobe Geller seine Disketten vergessen und sich die Notizen des Unbekannten geschnappt.

Doch der Block brannte, die Seite mit den Aufzeichnungen rollte sich auf und verkohlte zu schwarzer Asche. Parker riss sich die Jacke vom Leib und legte sie behutsam über den Block, um die Flammen zu ersticken.

»Vorsicht!«, rief jemand. Parker blickte auf und sah, wie ein gewaltiges Stück brennender Wandverkleidung herabstürzte und einen Meter neben ihm auf den Boden krachte. Eine Wolke orangefarbener Funken stob auf. Parker ignorierte sie und hob die Jacke vorsichtig vom Block, um den Schaden zu begutachten.

Flammen züngelten aus der Wand hinter ihm. Das gesamte Gebäude schien zu kippen und im Boden zu versinken.

»Wir müssen weg hier«, sagte der Sanitäter und winkte seinem Kollegen zu, der sogleich mit einer Trage herbeigerannt kam. Vorsichtig hoben sie Geller darauf und eilten mit ihm im Zickzacklauf um den herabgestürzten Schutt davon.

»Wir müssen uns zurückziehen!«, brüllte ein Mann in einem schwarzen Feuerwehrmantel. »Die Wand gibt jeden Moment nach! Schnell, bewegen Sie sich!«

»Gleich«, antwortete Parker und sah Lukas an. »Machen Sie, dass Sie wegkommen!«

»Sie können hier nicht bleiben, Parker.«

»Die Asche ist zu bröselig! Ich kann sie nicht transportieren.« Sobald er den Block anheben würde, zerbröselte die Asche zu Puder, und damit war die Chance, die Blätter zu rekonstruieren, endgültig vertan. Er dachte an den Aktenkoffer in der Wohnung, der jetzt vernichtet war, und an die Flasche mit Parylene darin, mit dessen Hilfe er das Papier hätte härten und vor dem Zerfall schützen können. So allerdings konnte er die Asche nur sorgfältig abdecken und hoffen, dass sie sich im Labor wieder zusammenfügen ließ. Eine Regenrinne fiel vom Dach und bohrte sich nur wenige Zentimeter von ihm entfernt mit einem Ende in den Boden.

»Kommen Sie, Mister!«, rief der Feuerwehrmann.

»Parker«, schrie Lukas wieder. »Los jetzt!« Sie wich ein paar Meter zurück, blieb dann aber wieder stehen und blickte ihn auffordernd an.

Parker hatte eine Idee. Er rannte zu dem Haus nebenan, riss die Winterverkleidung eines Fensters auf, trat die Scheibe ein und hob vier große Glasscherben auf. Damit ging er zu dem Schreibblock zurück, der wie ein verwundeter Soldat auf dem Boden lag. Vorsichtig schob er die beiden versengten Blätter – die beiden einzigen, auf denen etwas geschrieben stand – zwischen zwei Glasstücke. Auf diese Weise hatten die Dokumentenprüfer beim FBI die Schriftproben, die ihnen zur Analyse überstellt worden waren, vor Erfindung der dünnen Plastikhüllen geschützt.

Rings um ihn herum regnete es brennende Holzstücke. Ein Wasserstrahl traf ihn, als die Feuerwehrleute einen Schlauch auf die Flammen über ihm richteten.

»Aufhören!«, brüllte er und wedelte mit dem Arm. Er befürchtete, das Wasser könne seinem kostbaren Fund weiteren Schaden zufügen.

Niemand hörte auf ihn.

»Parker!«, rief Lukas. »Kommen Sie! Die Wand kracht jeden Augenblick ein!«

Immer mehr lodernde Dachlatten stürzten herab, doch Parker kniete immer noch auf dem Boden und schob kleine Aschefetzen in den gläsernen Sandwich.

Erst als dicke Balken und brennende Verkleidungsteile herunterkrachten, erhob er sich langsam und, die Glasplättchen vorsichtig tragend, entfernte er sich von den Flammen. Er ging aufrecht und machte kleine Schritte, wie ein Kellner auf einer Cocktail-Party mit einem Tablett voller Weingläser.

Noch eine Aufnahme.

Klack.

Henry Czisman stand in einem Durchgang auf der anderen Straßenseite des brennenden Hauses. Funken stiegen träge in den Himmel wie ein in weiter Ferne veranstaltetes Feuerwerk.

Wie wichtig das war. Das Ereignis festzuhalten.

Tragödien ereignen sich so rasch, sind so flüchtig. Im Gegensatz zu Kummer und Leid. Kummer und Leid dauern ewig.

Klack.

Er machte noch eine Aufnahme mit seiner digitalen Kamera.

Ein auf dem Boden liegender Polizist. Vielleicht tot, vielleicht verwundet.

Vielleicht stellte er sich nur tot – wenn der Digger in die Stadt kommt, tun die Leute alles, nur um am Leben zu bleiben. Sie vergessen ihren Mut und bleiben vorsichtshalber viel länger als nötig in ihren Verstecken hocken. Henry Czisman hatte das alles schon mehr als einmal gesehen.

Aufnahme: die Seitenwand des Hauses stürzt in einer feurigen Explosion aufstiebender Glut in sich zusammen.

Aufnahme: ein Polizist mit drei blutigen Striemen auf der linken Gesichtshälfte.

Aufnahme: der grelle Schein der Flammen spiegelt sich im Chrom der Löschzüge.

Klack, klack, klack … Er konnte einfach nicht genug Bilder machen. Etwas trieb ihn dazu, das Leid in all seinen Einzelheiten zu dokumentieren.

Sein Blick wanderte die Straße hinauf, wo er mehrere FBIler mit Schaulustigen reden sah.

Das könnt ihr euch sparen, dachte er. Der Digger war hier, und jetzt ist er wieder weg.

Er wusste, dass er sich ebenfalls aus dem Staub machen musste. Er durfte sich hier auf keinen Fall erwischen lassen. Schon wollte er den Fotoapparat in der Jackentasche verschwinden lassen, als er noch einmal zu dem brennenden Gebäude hinüberblickte. Etwas fiel ihm auf.

Ja, ja. Das will ich haben. Das *muss* ich haben.

Er nahm die Kamera vors Auge, suchte kurz und drückte auf den Auslöser.

Aufnahme: der Mann, der sich Jefferson nannte, obwohl das nicht sein richtiger Name war, der Mann, der jetzt so in den Fall verstrickt war, legte etwas auf der Motorhaube eines Autos ab und beugte sich darüber, um es zu lesen. Ein Buch? Eine Zeitschrift? Nein, es glitzerte wie Glas. Durch den Sucher konnte man lediglich erkennen, mit welcher Behutsamkeit der Mann seine Lederjacke um das Glas wickelte, so wie ein Vater sein kleines Kind für einen Ausflug in die kalte Nachtluft einpacken würde.

Klack.

Also. Den Bürgermeister beschützen.

Und dabei nicht das FBI in die Pfanne hauen.

Starmoderator Slade Phillips saß in einem Café am Dupont Circle. Ringsum parkten immer noch mehrere Dutzend Krankenwagen und ließen ihre Blinklichter durch den grauen Abend blitzen. Überall gelbes Absperrband der Polizei.

Phillips hatte seinen Presseausweis vorgezeigt und durfte durch die Absperrung. Das, was er am unteren Ende der Rolltreppe gesehen hatte, hatte ihn sehr erschüttert. Die noch nicht ganz getrockneten Blutpfützen, überall Knochenstückchen und Haare. Er …

»Entschuldigung?«, fragte eine Frauenstimme. »Sie sind doch Slade Phillips von WPLT.«

Moderatoren sind dazu verurteilt, unter ihrem Vor- und Nachnamen bekannt zu sein. Niemand redete ihn mit Mr. Phillips an. Er hob den Blick von seinem Kaffee und sah eine kokette junge Blondine vor sich. Sie wollte ein Autogramm. Er gab es ihr.

»Sie sind irgendwie … so … gut«, sagte sie.

»Vielen Dank.

Hau schon ab.

»Ich will auch zum Fernsehen.«

»Schön für Sie.«

Hau ab.

Sie blieb noch einen Augenblik stehen, doch als er sie nicht aufforderte, sich neben ihn zu setzen, stakte sie auf ihren Stöckelabsätzen davon. Ihr Gang erinnerte Phillips an eine Antilope.

Er nippte an seinem Nescafé. Immer wieder kehrten seine Gedanken zu dem Blutbad in der Metro zurück. Gott im Himmel … überall Blut. Die abgeplatzten Wandfliesen, die Dellen im Metall … und überall Fleischfetzen und Knochensplitter.

Und Schuhe.

Ein halbes Dutzend blutverschmierter Schuhe lag dort unten am Fuß der Rolltreppe. Aus irgendeinem Grund war das für ihn der allerschrecklichste Anblick gewesen.

Es war genau die Sorte Geschichte, von der die meisten Reporter im tiefsten Herzen träumen.

Sie sind der Berichterstatter. Jetzt ziehen Sie gefälligst los und erstatten Bericht.

Phillips verspürte nicht den geringsten Wunsch, über dieses Verbrechen zu berichten. Die sinnlose Gewalt widerte ihn an. Der kranke Geist dieses Mörders jagte ihm Angst ein. Und er dachte: Moment mal. Ich bin gar kein Reporter. Leider hatte er das diesem aalglatten Hund Wendy Jefferies nicht gleich gesagt. Ich bin Unterhaltungskünstler. Ich bin der Star einer Seifenoper. Ich bin eine Persönlichkeit des öffentlichen Lebens.

Aber für derlei Aufrichtigkeiten steckte er zu tief in Jefferies' Tasche.

Also tat er, was von ihm verlangt wurde.

Er fragte sich, ob Bürgermeister Jerry Kennedy von dieser Absprache mit Jefferies etwas wusste. Wahrscheinlich nicht. Dieser Kennedy war ein verfluchtes Stehaufmännchen. Besser als alle seine Vorgänger zusammen. Denn auch wenn Slade Phillips kein Peter Arnett oder Tom Brokaw war, so hatte er doch seine Verbindungen. Und er wusste, dass Kennedy seine Chance wirklich nutzen wollte, um die Stadt aus dem Dreck zu ziehen, bevor die Wählerschaft ihn aus dem Rathaus kantete. Was unweigerlich bei der nächsten Wahl geschehen würde.

Und dann sein Projekt 2000 … Mann, der traute sich was! Die Gewerbesteuer, die ohnehin nicht niedrig war, nochmals zu erhöhen! Das gab böses Blut. Obendrein fiel Kennedy auch noch wie ein Großinquisitor über die Schulbehörde her. Es ging das Gerücht, er wolle dieser Plaudertasche Gary Moss auch noch einen Bonus dafür zahlen, dass er seine Aussage machte und damit sein Leben aufs Spiel setzte (wogegen sich ein Spesenritter wie der Herr Abgeordnete Lanier selbstverständlich vehement wehrte). Es hieß auch, Kennedy sei fest entschlossen, ausnahmslos jeden an den Pranger zu stellen, der in den Korruptionsskandal verwickelt war – sogar langjährige Freunde.

Phillips wusste also, weshalb der Bürgermeister ein paar seiner Probleme vom Hals haben wollte. Es diente einem höheren Zweck.

Noch mehr Nescafé. Phillips war davon überzeugt, dass richtiger Kaffee seinem göttlichen Bariton schadete, weshalb er nur bleifrei zu sich nahm.

Er schaute aus dem Fenster und erblickte den Mann, auf den er wartete. Der schmächtige kleine Bursche arbeitete in der FBI-Zentrale. Phillips hielt ihn sich schon seit etwa einem Jahr warm. Er war eine der »Quellen, die nicht genannt werden wollen«, von denen man ständig hört – Quellen, deren Verhältnis zu Rechtschaffenheit und Loyalität ein wenig heikel war. Aber was machte das schon? Schließlich handelte es sich um Fernsehjournalismus, da galten ohnehin andere Maßstäbe.

Der Mann betrat das Café, warf Phillips einen flüchtigen Blick zu und sah sich wie ein Aushilfs-James-Bond argwöhnisch um. Erst dann zog er seinen Mantel aus, unter dem sich ein ausgesprochen schlecht sitzender grauer Anzug verborgen hatte.

Eigentlich war er nicht viel mehr als ein Botenjunge, obwohl er Phillips versichert hatte, er habe »Zugang zu den meisten Entscheidungsträgern des FBI«. Herr im Himmel!

Das Ego ist ein krummer Hund, dachte Phillips. »Hallo, Timothy.«

»Frohes Neues Jahr«, sagte der Mann, setzte sich und sah ein wenig aus wie ein aufgespießter Schmetterling.

»Ja, ja«, erwiderte Phillips.

»Was gibt's denn Leckeres heute Abend? Haben Sie Mussaka? Mussaka esse ich für mein Leben gern.«

»Wir haben keine Zeit zum großartig Speisen. Wir haben nur Zeit zum Reden.«

»Einen kleinen Drink?«

Phillips winkte die Bedienung heran und bestellte mehr Nescafé für sich und einen normalen Kaffee für Timothy.

»Also ich …« Er sah enttäuscht aus. »Ich dachte eher an ein Bier.«

Der Nachrichtenmann beugte sich zu ihm und flüsterte. »Der Verrückte. Der Metro-Killer. Wie laufen die Ermittlungen?«

»Sie haben immer noch nicht allzu viel herausgefunden. Es ist verrückt. Einige reden von einer terroristischen Vereinigung, andere von einer rechtsextremen Miliz. Andere halten es für simple Erpressung. Aber sie sind sich nicht einig.«

»Ich brauche Stichhaltigeres«, sagte Phillips.

»Stichhaltigeres? Was meinen Sie damit?« Timothy schielte sehnsüchtig auf den Tisch nebenan, an dem ein Mann Mussaka aß.

»Kennedy will sich mit dieser Sache wichtig machen. Das ist nicht fair.«

»Warum nicht? Er ist halt ein Arsch.«

Der Nachrichtenmann war nicht gekommen, um über die Kompetenz des Bürgermeisters zu diskutieren. Wie immer die Geschichte später auch über die Amtsperiode von Gerald D. Kennedy urteilen würde, Slade Phillips erhielt 25.000 Dollar, um der Welt klar zu machen, dass der Bürgermeister *kein* Arsch war. Also fuhr er fort: »Wie geht das FBI mit diesem Fall um?«

»Das ist 'ne knifflige Kiste«, sagte Timothy, der unbedingt auch FBI-Agent werden wollte, aber seit jeher vom Schicksal dazu bestimmt schien, die Ziele, die er sich in seinem Leben steckte, knapp zu verfehlen. »Sie tun, was sie können. Sie haben das Versteck des Täters gefunden. Schon gehört?«

»Ja, habe ich. Ich habe auch gehört, dass er euch aufs Kreuz gelegt und fast die Ohren abgeballert hat.«

»Wir haben es noch nie zuvor mit so etwas zu tun gehabt.«

Wir?

Phillips nickte mitfühlend. »Hören Sie, ich versuche euch ja zu helfen. Ich habe nicht vor, die Story zu bringen, die sich der Sender vorstellt. Deshalb unterhalte ich mich ja mit Ihnen.«

»Story?« Timothys Hundeblick flackerte, als er fragte: »Was denn für eine Story? Die wollen was bringen?«

»Genau«, nickte Phillips.

»Aber … was denn? Worüber denn?«

»Die Pleite im Mason Theater.«

»Was denn für eine Pleite? Sie haben ihn aufgehalten. Es wurde so gut wie niemand getötet.«

»Nein, nein, nein«, sagte Phillips. »Der Punkt ist der, dass sie den Schützen hätten ausschalten können. Aber sie haben ihn entwischen lassen.«

»Daran ist nicht das FBI schuld«, wehrte Timothy ab. »Es war eine konzertierte taktische Operation. So was ist unglaublich schwierig durchzuführen.«

Konzertierte Operation. Phillips wusste, dass Timothy den Ausdruck wahrscheinlich nicht in der FBI-Zentrale, sondern aus einem Roman von Tom Clancy kannte.

»Sicher. Aber zusammen mit den anderen Gerüchten …«

»Was denn für andere Gerüchte?«

»Dass Kennedy den Tätern das Geld geben wollte, das FBI ihnen jedoch eine Falle gestellt hat. Leider haben sie die Sache vermasselt, der Killer hat Lunte gerochen und jetzt bringt er einfach weiter Leute um.«

»Das ist doch Quatsch!«

»Ich sage ja nicht …«, setzte Phillips an.

»Das ist nicht fair.« Timothy hörte sich beinahe weinerlich an. »Ich meine, unsere Leute sind in der ganzen Stadt im Einsatz, Leute, die eigentlich zu Hause bei ihren Familien sein sollten. Heute ist Silvester. Ich habe den ganzen Abend Faxe durch die Gegend geschickt …« Er brach ab, als er bemerkte, dass der Schleier, der seine wahre Funktion beim FBI verhüllte, zur Seite geweht war.

Phillips reagierte rasch. »Ich sage ja nicht, dass ich diese Meinung teile. Aber es ist eine Sondersendung in diese Richtung geplant. Dieses Arschloch erschießt Leute! Sie brauchen einen Sündenbock.«

»Also …«

»Könnte man sich denn auf etwas anderes einschießen? Etwas anderes als das FBI?«

»Ach so, das haben Sie mit stichhaltig gemeint.«

»Sagte ich stichhaltig?«

»Ja, haben Sie vorhin gesagt … Wie wäre es mit der Polizei? Das wäre doch ein hervorragender Buhmann.«

Phillips fragte sich, wie viel Geld Wendy Jefferies für eine Story zahlen würde, bei der die Polizei dieser Stadt, die Bürgermeister Kennedy direkt unterstellt war, als, Zitat, *Buhmann* dastand.

»Reden Sie weiter. Der Vorschlag haut mich nicht vom Hocker.«

Timothy überlegte einen Augenblick. Dann lächelte er. »Passen Sie auf. Ich habe eine Idee.«

»Eine gute Idee?«

»Na ja, also ich war in der Zentrale, und da habe ich etwas Komisches gehört …« Timothys Gesicht verdüsterte sich, seine Stimme verebbte.

»Die Mussaka sieht wirklich gut aus«, sagte der Nachrichtenmann. »Sollen wir uns eine genehmigen?«

»Gute Idee«, meinte Timothy. »Ja, doch, ich glaube, es ist eine sehr gute Idee.«

III
DREI HABICHTE

Von besonderer Wichtigkeit ist die Untersuchung der Abweichungen einer Handschrift. Diesen Eigenschaften sollte besondere Aufmerksamkeit gewidmet werden. Gleiche Worte sollten verglichen werden, wobei besonders auf natürliche oder unnatürliche Übereinstimmungen zu achten ist.

OSBORN AND OSBORN,
Probleme im Umgang
mit zweifelhaften Dokumenten

20

19:00

Die Hauptstadt der freien Welt.

Das Herz der letzten Supermacht der Erde.

Und Cage hätte beinahe in einem der vielen Schlaglöcher die Achse seines Crown Victoria ruiniert.

»Elende Stadt aber auch«, murmelte er vor sich hin.

»Vorsicht«, mahnte Parker und nickte in Richtung der Glasscheiben, die sorgfältig eingewickelt wie ein neugeborenes Baby auf seinem Schoß ruhten. Er hatte nur einen flüchtigen Blick auf die ehemals gelben Blätter geworfen. Sie waren so schwer beschädigt, dass er ihnen keinen Hinweis auf die Ziele drei und vier hatte entnehmen können. Er musste sie im Labor sorgfältig untersuchen.

Über holpriges Straßenpflaster, unter Straßenlaternen hindurch, die schon vor Monaten erloschen und nicht wieder ersetzt worden waren, vorbei an Pfosten, an denen früher einmal Hinweisschilder befestigt gewesen waren, die inzwischen gestohlen oder abgebrochen waren, fuhren sie zur Zentrale zurück.

Noch mehr Schlaglöcher.

»Ich weiß nicht, weshalb ich noch hier wohne.« Cage zuckte die Achseln.

In der Gesellschaft von Parker und Dr. John Evans raste der Agent durch die dunklen Straßen des District of Columbia.

»Wenn es jetzt noch anfängt zu schneien, sind wir aufgeschmissen«, fügte er hinzu.

Die Schneebeseitigung gehörte ebenfalls nicht zu den Stärken der Stadtverwaltung, und ein Schneesturm konnte Jerry Bakers taktische Anstrengungen empfindlich stören, falls es ihnen überhaupt gelang, das Schlupfloch des Diggers oder das Ziel des nächsten Anschlags ausfindig zu machen.

Evans hatte sein Handy am Ohr und redete offensichtlich mit seiner Familie. Er war in einen Singsang verfallen, als redete er mit einem Kind, doch aus den Bruchstücken der Unterhaltung zu schließen, schien am anderen Ende seine Frau zu sein. Parker fand es eigenartig, dass ein Psychologe sich mit einem anderen Erwachsenen auf diese Weise unterhielt. Aber welches Recht hatte er, sich über die Beziehungen anderer Leute auszulassen? Wenn Joan betrunken oder launisch gewesen war, hatte Parker sie oft wie eine Zehnjährige behandeln müssen.

Cage fingerte sein Telefon heraus, rief im Krankenhaus an und erkundigte sich nach Gellers Zustand.

Nachdem er aufgelegt hatte, sagte er zu Parker: »So ein Glückspilz. Kleine Rauchvergiftung und eine verstauchte Zehe vom Sprung aus dem Fenster, das ist alles. Sie behalten ihn über Nacht drin. Aber nur als Vorsichtsmaßnahme.«

»Er sollte eine Empfehlung bekommen«, schlug Parker vor.

»Bekommt er auch. Keine Sorge.«

Auch Parker hustete noch. Der beißende Rauchgeschmack war widerlich.

Sie fuhren noch fünf oder sechs Querstraßen weiter, bevor Cage sich wieder an Parker wandte: »So.«

»So«, wiederholte Parker. »Was heißt das?«

»Jippiiee«, sagte der Agent und schlug auf das Steuer ein. »Geht's uns inzwischen denn besser?«

Parker ignorierte ihn und schob einen winzigen Fetzen verbranntes Papier unter das Glas mit den Notizen des Unbekannten zurück.

Cage überholte einen langsameren Verkehrsteilnehmer. Kurz darauf fragte er: »Was macht denn Ihr Liebesleben so? Sind Sie mit jemandem zusammen?«

»Nicht direkt.«

Es war schon neun Monate her, überlegte er, dass er sich regelmäßig mit jemandem getroffen hatte. Er vermisste Lynne. Sie war zehn Jahre jünger als er, sah gut aus und war sportlich. Sie hatten jede Menge Spaß zusammen gehabt, waren gemeinsam Joggen gegangen, zum Abendessen oder hatten kleine Tagesausflüge nach Middleburg unternommen. Er vermisste ihre Lebhaftigkeit, ihren Humor (als sie ihn zum ersten Mal zu Hause besucht hatte, hatte sie beim Anblick einer Unterschrift von Franklin Delano Roosevelt mit der für sie typischen trockenen Art gemeint: »Ach, von dem habe ich schon gehört. Das ist doch der Typ, der die Franklin-Münze erfunden hat. Ich habe eine ganze Fingerhut-Sammlung von ihm.«) Doch ihre mütterlichen Qualitäten waren nicht besonders ausgeprägt gewesen, obwohl sie schon fast dreißig war. Was die Kinder anging, fand sie es ganz lustig, mit ihnen ins Museum oder ins Kino zu gehen, doch Parker sah genau, dass alle anderen Verpflichtungen den Whos – und auch ihm – gegenüber ihr eher lästig waren. Parker war davon überzeugt, dass es bei der Liebe, genau wie bei einem Witz, ganz auf das Timing ankam. Letztendlich hatten sie sich getrennt, mit der Übereinkunft, in ein paar Jahren, wenn sie eventuell für Kinder bereit war, noch einmal über eine dauerhafte Bindung nachzudenken. (Wobei sie selbstverständlich beide wussten, dass die Trennung als Liebespaar eine endgültige war.)

»Aha«, brummte Cage jetzt. »Das heißt, Sie sitzen zu Hause rum?«

»Ja«, erwiderte Parker. »Dort stecke ich den Kopf in den Sand wie Ozzie, der Strauß.«

»Wer?«

»Ein Kinderbuch.«

»Haben Sie nicht manchmal das Gefühl, das Leben spielt sich rings um Sie herum ab, und Sie verpassen etwas?«

»Nein, Cage, eigentlich nicht. Ich habe eher das Gefühl, dass meine Kinder größer werden und ich das *nicht* verpasse.«

»Das ist wichtig. Mhmm. Kann mir vorstellen, dass Ihnen das wichtig ist.«

»*Sehr* wichtig.«

Evans hing noch immer am Telefon und sagte seiner Frau, dass er sie liebe. Parker blendete die Worte aus. Sie deprimierten ihn.

»Was halten Sie von Lukas?«, fragte Cage schließlich.

»Was ich von ihr halte? Sie ist gut. Sie bringt es bestimmt noch weit. Vielleicht bis ganz oben. Wenn sie nicht vorher implodiert.«

»Explodiert?«

»Nein, implodiert. Wie eine Glühbirne.«

»Sehr schön«, lachte Cage. »Aber danach habe ich nicht gefragt. Wie finden Sie sie als Frau?«

Parker hustete. Bei der Erinnerung an die Kugeln und die Flammen lief ihm ein Schauer über den Rücken. »Wollen Sie Lukas und mich verkuppeln?«

»Natürlich nicht.« Und dann: »Ich wäre nur froh, wenn sie mehr Freunde hätte. Ich hatte vergessen, dass Sie ein ganz amüsanter Zeitgenosse sind. Sie sollten sie mal ausführen.«

»Cage …«

»Sie ist nicht verheiratet. Hat keinen Freund. Und falls Sie es noch nicht gemerkt haben sollten«, sagte der Agent verschlagen, »sie sieht nicht schlecht aus, finden Sie nicht?«

Klar finde ich das. *Für eine Polizistin.* Natürlich fand Parker sie attraktiv, und das nicht nur ihres Aussehens wegen. Er erinnerte sich an den Ausdruck in ihrem Blick, als sie Robby heute Vormittag nachgesehen hatte, als er die Treppe hinaufgestürmt war. Der Weg zum Herzen eines Mannes führt über seine Kinder …

Zu Cage sagte er jedoch: »Sie kann es kaum erwarten, diesen Fall abzuschließen, damit sie mich nicht mehr sehen muss.«

»Finden Sie?«, fragte er, aber mit leicht ironischem Unterton.

»Sie haben doch gehört, welche Schau sie wegen meiner Waffe abgezogen hat.«

»Herrje, sie wollte nur nicht, dass Sie mit abgeschossenem Arsch zu Ihren Kindern zurückkommen.«

»Nein, da steckt mehr dahinter. Ich bin ihr auf die Zehen getreten, und das passt ihr nicht. Aber da habe ich schlechte

Nachrichten für sie. Ich werde ihr auch weiterhin auf die Zehen treten, wenn ich es für richtig halte.«

»Da haben wir den Salat.«

»Was soll das heißen?«

»Genau das hätte sie auch gesagt. Wie zwei ausgemachte …«

»Jetzt machen Sie mal halblang, Cage.«

»Hören Sie, Margaret macht den ganzen Tag nichts anderes als Bösewichter festnehmen. Ihr Selbstbewusstsein ist beachtlich, klar, aber es ist gutartig. Und als Ermittler kenne ich nur einen, der besser ist.« Parker ignorierte den begleitenden Seitenblick. Cage überlegte einen Augenblick. »Wissen Sie, was das Gute an Lukas ist? Sie passt auf sich selbst auf.«

»Was soll das heißen?«

»Sag ich Ihnen. Vor ein paar Monaten ist in ihr Haus eingebrochen worden.«

»Wo wohnt sie denn?«

»In Georgetown.«

»So was passiert dort schon mal«, nickte Parker. So sehr er den District mochte, so wenig wollte er dort wohnen. Die Verbrechensrate war ungemein hoch.

»Sie kommt vom Dienst nach Hause und sieht, dass jemand an der Tür herumgefummelt hat«, fuhr Cage fort. »Ihr Hund ist hinten im Hof, und …«

»Sie hat einen Hund? Was für einen?«

»Keine Ahnung. Woher soll ich das wissen? Groß und schwarz ist er. Lassen Sie mich fertig erzählen. Sie sieht also erst nach dem Hund, und da er unverletzt ist, fordert sie keine Hilfe an, sondern geht zu ihrem Van zurück, legt ihren Körperschutz an, nimmt ihre MP-5 und sichert das Haus selbst.«

Parker lachte. Bei jeder anderen schlanken, attraktiven Blondine, die mit einer Maschinenpistole mit Laseroptik durch ein Haus schleicht, wäre einem der Gedanke absurd vorgekommen, aber bei Lukas kam einem diese Vorstellung irgendwie normal vor. »Trotzdem weiß ich nicht, worauf Sie hinauswollen, Cage.«

»Ich will auf nichts hinaus. Ich sage nur, Lukas braucht niemanden, der auf sie aufpasst. Wenn man mit jemandem zusammen ist, Parker, Sie wissen schon, Mann und Frau, finden Sie nicht, dass es so am besten funktioniert? Keiner muss auf den anderen aufpassen? Das ist eine goldene Regel. Schreiben Sie sie auf.«

Parker vermutete, der Agent redete von Joan. Cage hatte Parker und Joan einige Male zusammen gesehen. Unbestritten hatte Parker sich damals zu seiner Ex-Frau hingezogen gefühlt, gerade *weil* sie jemanden brauchte, der sich um sie kümmerte, und Parker, der zu der Zeit, als sie sich kennen lernten, eben erst beide Eltern verloren hatte, war geradezu versessen darauf, für jemanden da zu sein. Parker dachte daran, wie Lukas die Ansprache vor ihren Leuten gehalten hatte. Vielleicht war es *das* gewesen, was ihn so berührt hatte, als er ihr zugehört hatte: weniger ihre Professionalität als ihre Unabhängigkeit.

Sie fuhren eine Zeit lang schweigend weiter.

»MP-5?«, fragte Parker und sah im Geist die schwere, schwarze Maschinenpistole von Heckler & Koch.

»Jep. Und sie sagte, am meisten Sorgen hätte sie sich gemacht, dass sie, falls sie den Eindringling erschießen musste, womöglich ihre Tapeten versauen würde. Nähen kann sie auch. Sie macht herrliche Quilts, unglaublich gut.«

»Das haben Sie mir bereits erzählt. Hat sie den Eindringling erwischt?«

»Nein. Er hat sich verdrückt.«

Parker rief sich noch einmal ihre Wut in Gravesend in Erinnerung. »Was hat sie dann, Ihrer Meinung nach? Warum macht sie mir dermaßen die Hölle heiß?«

Der Agent überlegte kurz. »Vielleicht beneidet sie Sie.«

»Beneidet mich? Was soll das jetzt wieder heißen?«

Aber Cage wich aus. »Das möchte ich nicht näher erklären. Denken Sie nur daran, wenn Sie Ihnen wieder Zunder gibt, und gehen Sie nicht gleich an die Decke.«

»Ich verstehe Sie nicht, Cage. Sie beneidet mich?«

»Betrachten Sie es wie eins von Ihren Rätseln. Entweder Sie kommen von selbst drauf, oder sie gibt Ihnen die Antwort. Das liegt dann an ihr. Ich gebe jedenfalls keine weiteren Hinweise.«

»Weshalb sollte ich die Antwort auf Margaret Lukas wissen wollen?«

Doch Cage kurvte nur um das nächste gähnende Schlagloch herum und sagte nichts.

Evans klappte sein Handy zusammen und goss sich noch eine Tasse Kaffee aus der Thermoskanne ein. Sie musste mehrere Liter Kaffee fassen. Diesmal nahm Parker die angebotene Tasse dankbar entgegen und nippte mehrere Male an dem starken Gebräu.

»Wie sieht's zu Hause aus?«, fragte er Evans.

»Ich stehe jetzt bei den Kindern ganz schön in der Kreide«, grinste der Psychologe beschämt.

»Wie viele haben Sie?«

»Zwei.«

»Ich auch«, sagte Parker. »Wie alt?«

»Beides schon Teenager. Nicht leicht zu bändigen.« Er ging nicht näher ins Detail und schien nicht mehr darüber erzählen zu wollen, fragte jedoch seinerseits: »Und Ihre?«

»Acht und neun.«

»Aah, da haben Sie noch ein paar Jahre Ruhe und Frieden vor sich.«

»Am besten sind Enkelkinder«, mischte sich Cage ein. »Glauben Sie mir. Man kann mit ihnen spielen, sie von Kopf bis Fuß dreckig machen, ihnen erlauben, sich mit Eiskrem voll zu kleckern und sie nach Strich und Faden verwöhnen, und dann schickt man sie wieder nach Hause zu ihren Eltern. Anschließend genehmigt man sich ein Bierchen und schaut sich im Fernseher ein Spiel an. Was gibt es Schöneres?«

Sie glitten eine Zeit lang schweigend durch die Nacht, bis Evans schließlich fragte: »Dieser Zwischenfall, den Sie erwähnt haben. Mit Ihrem Sohn. Was ist da eigentlich passiert?«

»Haben Sie jemals vom Bootmann gehört?«, fragte Parker.

Cage warf Parker einen argwöhnischen Blick zu und konzentrierte sich dann wieder auf die Straße.

»Da war etwas in der Zeitung, ja«, sagte Evans. »Aber genau weiß ich es nicht mehr.«

Parker war überrascht, denn in sämtlichen Nachrichten war monatelang über den Mörder berichtet worden. Vielleicht wohnte der Doktor noch nicht lange in der Gegend. »Ein Massenmörder, der sich im Norden von Virginia und im Süden von Maryland herumtrieb. Vor vier Jahren. Er entführte Frauen, vergewaltigte und ermordete sie und ließ ihre Leichen in Schlauchbooten oder Ruderbooten zurück. Einige Male auf dem Potomac, gelegentlich auch auf dem Shenandoah. Auch auf dem Burke Lake in Fairfax. Wir hatten Hinweise, die zu diesem Burschen in Arlington führten, aber wir konnten nichts beweisen. Letztendlich konnte ich ihn durch eine Schriftprobe mit einem der Morde in Verbindung bringen. Ein Spezialkommando nahm ihn fest. Er wurde verurteilt, konnte jedoch auf dem Weg ins Bundesgefängnis entkommen. Genau zu jener Zeit steckte ich mit meiner Ex mitten im Sorgerechtsstreit um die Kinder. Das Gericht hatte mir vorübergehend das Sorgerecht zugesprochen. Die Kinder, eine Haushälterin und ich wohnten in einem Haus in Falls Church. Eines Nachts, so gegen Mitternacht, fängt Robby zu schreien an. Ich renne in sein Zimmer. Und da war der Bootmann. Er versuchte einzubrechen.«

Evans nickte, die Stirn vor Konzentration gekräuselt. Seine matten Augen musterten Parker aufmerksam.

Sogar jetzt, Jahre danach, zitterte Parkers Herz noch, wenn er daran dachte; nicht nur wegen der Erinnerung an das kantige, glänzende Gesicht, das durch das Schlafzimmerfenster starrte, sondern auch bei der Erinnerung an die Angst seines Sohnes, und die Tränen, die ihm aus den weit aufgerissenen Augen geströmt waren, an seine zitternden Hände. Er erzählte Evans und Cage nichts von den fünf Minuten absoluten Grauens, die ihm wie Stunden vorgekommen waren: Wie er die Kinder ins Zimmer der Haushälterin gescheucht und die Tür bewacht hatte, während er den im Haus herumtappenden Schritten des Bootmannes lauschte. Schließlich hatte er sich, weil die Polizei von Fairfax County immer noch nicht eingetroffen war, den Dienstrevolver in der Hand, auf den Flur hinausgeschlichen.

Ihm fiel auf, dass Evans ihn noch aufmerksamer als zuvor betrachtete. Er kam sich vor wie ein Patient. Der Doktor bemerkte Parkers Gesichtsausdruck und schaute zur Seite. Dann fragte er: »Haben Sie ihn erschossen?«

»Ja.«

Die Pistole ist zu laut!, hatte Parker wie im Wahn gedacht, als er abdrückte, denn er wusste, dass die Explosion Robbys und Stephanies Angst nur noch steigern würde.

Die Pistole ist zu laut!

Als Cage zur Zentrale einbog, packte Evans die Thermoskanne wieder in den Rucksack, legte Parker eine Hand auf den Arm und sah den Dokumentenprüfer abermals durchdringend an. »Wissen Sie, was wir jetzt machen?«

Parker runzelte die Stirn.

»Wir schnappen uns diesen Drecksack, und dann gehen wir beide wieder nach Hause zu unseren Familien. Dorthin, wo wir hingehören.«

Amen, dachte Parker Kincaid.

Das Team war wieder im Urkundenlabor der Zentrale versammelt.

Margaret Lukas telefonierte.

Parker sah zu ihr hinüber. Ihr kryptischer Blick, mit dem sie den seinen erwiderte, erinnerte ihn wieder an Cages Kommentare im Wagen.

Vielleicht beneidet sie Sie …

Sie sah wieder auf die Notizen, die sie sich gemacht hatte. Ihre Handschrift: Die Palmer-Methode. Beneidenswerte Präzision und Ökonomie. Keine Schnörkel.

Nicht weit von ihr standen Hardy und C. P. Ardell, die ebenfalls telefonierten.

Parker legte die Glasscheiben auf den Untersuchungstisch.

Lukas legte auf und sah Cage und die anderen an. »Das Versteck ist total abgebrannt. Die Spurensicherung geht noch mal durch, aber es ist nichts übrig. Der Computer und die Disketten sind hinüber.«

»Was ist mit dem Gebäude, von dem aus der Digger geschossen hat?«, fragte Cage.

»Sauber wie das Schulbuch-Lager in Dallas«, sagte sie grimmig. »Diesmal wurden ein paar Patronenhülsen gefunden, aber er trug …«

»Gummihandschuhe«, sagte Parker seufzend.

»Genau. Beim Wechseln der Magazine. Und Lederhandschuhe in der Wohnung. Keine einzige Spur.«

Ein Telefon klingelte und Lukas ging ran. »Hallo? … Ah, in Ordnung.« Sie blickte auf. »Das ist Susan Nance. Sie hat noch mehr Informationen aus Boston, White Plains und Philly, hinsichtlich dieser anderen Überfälle, von denen uns Czisman erzählt hat. Ich lege sie auf den Lautsprecher.«

Sie drückte auf einen Knopf.

»Erzählen Sie weiter, Susan.«

»Ich habe die auf die Fälle angesetzten Detectives gefunden. Sie sagten, es hätte genau wie hier keine brauchbaren Spuren gegeben. Keine Fingerabdrücke, keine Zeugen. Alle Fälle sind ungeklärt. Auch auf den Bildern, die wir ihnen geschickt haben, hat niemand den Unbekannten erkannt. Aber alle sagten etwas ganz Ähnliches. Ziemlich merkwürdig.«

»Nämlich?«, fragte Parker, der behutsam die Glasscheiben säuberte, die die verbrannten Seiten festhielten.

»Dass die ausgeübte Gewalt in keinerlei Verhältnis zur Beute stand. In diesem Schmuckgeschäft in Boston hat er nur eine einzige Uhr mitgenommen.«

»Nur *eine* Uhr?«, frage C. P. Ardell. »Hat er nicht mehr einsacken können?«

»Nein. Es sieht so aus, als hätte er nicht mehr mitnehmen *wollen.* Es war zwar eine Rolex, aber trotzdem … Höchstens zweitausend Dollar wert. In White Plains ist er mit 30.000 geflüchtet. In Philadelphia war die Lösegeldforderung 100.000 Dollar.«

Und von Washington will er 20 Millionen haben, dachte Parker. Der Unbekannte hatte sich mehr und mehr gesteigert.

Lukas dachte anscheinend dasselbe. »Ein progressiver Täter?«, fragte sie Evans.

Progressive Täter waren notorische Kriminelle, die immer mehr und immer schwerere Verbrechen begingen.

Doch Evans schüttelte den Kopf. »Nein. Es sieht zwar alles danach aus, aber Progressive sind immer lustgetrieben. Meistens sadistische Lustmörder.« Er fuhr sich mit dem Handrücken über den Bart. Die Barthaare waren kurz, als ließe er sich den Bart erst seit kurzem stehen. Vielleicht juckte die Haut noch. »Sie werden immer brutaler, weil das Verbrechen ihre Bedürfnisse nicht mehr befriedigt. Bei reinen Profitverbrechen kommt progressives Verhalten kaum vor.«

Parker spürte, dass dieses Rätsel komplizierter war, als es zunächst den Anschein gehabt hatte.

Oder viel einfacher.

So oder so war er frustriert, dass es ihm nicht gelang, eine mögliche Lösung zu finden.

Der Bauer hat nur eine Kugel im Gewehr …

Parker hatte das Glas gereinigt und widmete sich jetzt dem Beweismittel. Sorgfältig betrachtete er das, was von den beiden Blättern übrig geblieben war. Zu seiner Bestürzung musste er erkennen, dass die Asche zum Großteil zerfallen war. Das Feuer hatte mehr als angenommen zerstört.

Trotzdem ließen sich einige der Notizen des Unbekannten auf den größeren Aschestücken noch lesen. Dazu beleuchtet man die Oberfläche der Asche mit Infrarotstrahlen. Verbrannte Tinte oder Kugelschreiberspuren reflektieren eine andere Wellenlänge als das verbrannte Papier, sodass man normalerweise viel von der Schrift erkennen kann.

Vorsichtig setzte Parker die Glasscheiben mit den gelben

Blättern nebeneinander in den Foster + Freeman Infrarot-Betrachter. Dann nahm er eine billige Handlupe, die er auf dem Tisch fand, beugte sich über die Asche und dachte dabei voller Zorn: Meine alte Leitz hat fünfhundert Dollar gekostet, und dieser elende Digger hat sie gerade zerstört.

Hardy starrte auf das linke Blatt. »Labyrinthe. Er hat Labyrinthe gemalt.«

Doch Parker kümmerte sich nicht um dieses Blatt, sondern untersuchte das andere mit dem Hinweis auf das Mason Theater. Er vermutete, dass der Unbekannte auch die beiden anderen Ziele aufgeschrieben hatte, das von 20 Uhr und das um Mitternacht. Doch diese Aschestückchen waren ziemlich durcheinander geraten und an den Rändern aufgerollt.

»Also, da haben wir ja wenigstens etwas«, murmelte er, kniff die Augen zusammen und hielt die Handlupe über eine andere Stelle des Blattes. »Jesus im Himmel!«, entfuhr es ihm. Er schüttelte den Kopf.

»Was denn?«, fragte C. P.

»Ach, die Ziele, die der Digger bereits angegriffen hat, sind wunderbar zu lesen. Die Metro und das Mason Theater. Aber die nächsten beiden … Ich kann einfach nichts erkennen. Der Zielort um Mitternacht, der letzte … der ist noch einfacher zu lesen als der dritte. Schreiben Sie mit«, sagte er zu Hardy.

Der Detective schnappte sich einen Kugelschreiber und einen Notizblock. »Bin bereit.«

Parker kniff die Augen zusammen. »Sieht aus wie: ›Stelle, die ich …‹ Moment mal. ›Stelle, die ich … dir gezeigt habe.‹ Dann ein Gedankenstrich. Dann das Wort ›schwarz‹. Nein, ›*die* schwarz‹. Daneben ist ein Loch im Blatt. Völlig weg.«

Hardy fasste zusammen: »Stelle, die ich dir gezeigt habe, Gedankenstrich, die schwarz …«

»Das ist alles.«

Parker blickte auf. »Wovon redet er?«

Aber niemand hatte eine zündende Idee.

Cage sah auf die Uhr. »Was ist mit dem Ziel um acht Uhr?

Darauf sollten wir uns konzentrieren. Uns bleibt weniger als eine Stunde.«

Parker suchte die dritte Zeile ab, direkt unter dem Verweis auf das Mason Theater, beugte sich eine ganze Minute darüber. Dann diktierte er: »›… zwei Meilen nach Süden. Das R …‹, das ist ein großes R. Aber danach ist die Asche total durcheinander. Ich sehe zwar jede Menge Schrift, aber alles nur in winzigen Bruchstücken.«

Parker nahm die Abschrift und ging zu einer Tafel, die an einer Wand des Labors angebracht war. Darauf schrieb er die entzifferten Worte:

… zwei Meilen nach Süden. Das R …
… Stelle, die ich dir gezeigt habe – die schwarz …

»Was soll das heißen?«, fragte Cage. »Was meint er?«

Parker hatte keinen Schimmer.

Er wandte sich von der Tafel ab und beugte sich über die Glasscheiben, als wollte er einen Schläger auf dem Schulhof mit trotzigen Blicken aus der Fassung bringen.

Doch die Papierfetzen gewannen den Kampf mit Leichtigkeit.

»Zwei Meilen südlich wovon?«, murmelte er. »›R‹«. Was heißt ›R‹?«

Er seufzte.

Die Tür zum Dokumentenlabor flog auf, und Parker musste zweimal hinsehen: »Tobe!«

Tobe Geller kam noch ein wenig unsicher auf den Beinen herein. Der junge Mann hatte seine Kleidung gewechselt und schien auch geduscht zu haben, doch er roch immer noch nach Rauch und hustete sporadisch.

»He, du hast hier nichts zu suchen, mein Junge«, sagte Cage.

»Sind Sie übergeschnappt?«, sagte Lukas. »Gehen Sie nach Hause!«

»In mein erbärmliches Junggesellenquartier? Nachdem ich eine Verabredung mit meiner inzwischen garantiert ehemaligen

Freundin habe platzen lassen? Kommt nicht in die Tüte.« Sein Lachen ging in einen wüsten Hustenanfall über. Nachdem er ihn überstanden hatte, atmete er tief durch.

»Wie geht's denn, alter Knabe?«, erkundigte sich C. P. Ardell und drückte Geller fest an sich. Dem Gesicht des riesenhaften Agenten war die aufrichtige Besorgnis anzusehen, derer sich auch taktische Agenten nicht schämen.

»Im Krankenhaus hatten sie für meine Verbrennung nicht mal eine Gradangabe«, beschwerte sich Geller. »Als hätte ich die typische New-England-Bräune. Mir geht's hervorragend.« Er hustete wieder. »Na ja, mal abgesehen von den Lungen. Im Gegensatz zu gewissen Präsidenten habe ich wirklich inhaliert. Aber egal. Wie weit sind wir?«

»Ich habe mir gerade die Blätter angesehen«, sagte Parker kläglich. »Tut mir wirklich Leid, aber die helfen uns nicht viel weiter.«

»Autsch«, sagte der Agent.

»Genau: Autsch.«

Lukas kam zum Untersuchungstisch herum, wo sie neben Parker stehen blieb. Der Geruch der parfümierten Seife war verflogen; er roch nur noch ätzenden Rauch.

»Hm«, sagte sie nach einigen Augenblicken.

»Was denn?«

Sie zeigte auf die verkohlten Aschefragmente. »Einige dieser Fetzchen könnten hinter den Buchstaben *R* passen, oder?«

»Könnten, ja.«

»Woran erinnert Sie das?«

»An ein Puzzle«, flüsterte er.

»Genau«, sagte sie. »Sie sind doch der Rätselmeister. Können Sie es nicht zusammensetzen?«

Parker ließ den Blick über die Aberhunderte winziger Aschefragmente wandern. Das könnte Stunden, wenn nicht Tage dauern, denn im Unterschied zu einem echten Puzzlespiel passten hier die nebeneinander liegenden Teile nicht unbedingt zusammen.

Da kam ihm ein Gedanke. »Tobe?«

»Jau?« Der junge Agent hustete und wischte sich über eine verbrannte Augenbraue.

»Es gibt doch Computerprogramme, die Anagramm-Rätsel lösen?«

»Anagramme? Anagramme? Was war das gleich noch?«

Die Antwort kam von C. P. Ardell, ausgerechnet von dem Mann, dessen intellektuelle Höchstleistung man eher beim Preisvergleich von Dosenbier vermutet hätte. »Die Zusammenstellung verschiedener Wörter aus denselben Buchstaben. So wie P-a-l-m-e und L-a-m-p-e.«

»Klar gibt es solche Programme«, nickte Geller. »Aber Sie haben bestimmt noch nie auf die Hilfe von Software zurückgegriffen, um Ihre Rätsel zu lösen, Parker?«

»Nein. Das wäre geschummelt.« Er grinste Lukas an, deren versteinertem Gesicht nicht mehr als ein kurzer Blick zu entlocken war. Dann wandte sie sich wieder den verkohlten Flocken zu.

Parker redete weiter: »Nach der Folge ›... zwei Meilen. Das R ...‹ Sehen Sie all diese Buchstabenteile auf der Asche? Können Sie sie wieder zusammensetzen?«

Geller lachte. »Das ist genial. Wir scannen eine Handschriftenprobe von seinem Brief ein, damit haben wir eine Vorlage für alle seine Buchstaben. Dann fotografiere ich die Aschestückchen mit einer digitalen Kamera, filtere die Verfärbung aus dem verbrannten Papier, und schon haben wir nur noch die Buchstabenfragmente übrig. Die lasse ich dann vom Computer zusammensetzen.«

»Funktioniert das?«, erkundigte sich Hardy.

»Aber hallo!«, bestätigte Geller zuversichtlich. »Ich weiß nur nicht genau, wie lange es dauert.«

Geller befestigte die Digitalkamera auf der Halterung und machte mehrere Aufnahmen von der Asche sowie eine von dem Erpresserbrief. Dann verband er die Kamera mit dem Computer und lud die Aufnahmen auf die Festplatte.

Seine Finger flogen über die Tasten. Keiner der anderen sagte ein Wort.

Was den durchdringenden Ton von Parkers Telefon wenige Sekunden später noch alarmierender wirken ließ.

Er sprang erschrocken auf und ging ran. Ein kurzer Blick auf das Display verriet ihm, dass er von zu Hause angerufen wurde.

»Hallo?«, sagte er.

Sein Herz stand still, als Mrs. Cavanaugh mit angespannter Stimme sagte: »Parker.«

Im Hintergrund hörte er Robby schluchzen.

»Was ist los?«, fragte er und versuchte, nicht in Panik zu geraten.

»Alles in Ordnung«, sagte sie rasch. »Robby geht's gut. Er hat nur ein bisschen Angst gehabt. Er hat gedacht, er hätte diesen Mann hinten im Hof gesehen. Den Bootmann.«

Oh, nein …

»Es war niemand dort. Ich hab das Außenlicht angemacht. Mr. Johnsons Hund hatte sich mal wieder losgerissen und rannte zwischen den Sträuchern herum, das war alles. Aber er hat Angst. Er ist richtig verängstigt.«

»Geben Sie ihn mir.«

»Papa? Papa!« Die Stimme des Jungen war schwammig vor Angst. Nichts beunruhigte Parker mehr als dieser Klang.

»Ja, Robby!«, sagte Parker munter. »Was ist denn los?«

»Ich hab rausgeschaut.« Er weinte wieder ein bisschen. Parker schloss die Augen. Die Angst seines Sohnes war wie seine eigene. Dann erzählte der Junge weiter: »Ich hab gedacht, ich hätt ihn gesehen. Den Bootmann. Es war … Ich hab Angst gekriegt.«

»Du weißt doch, das sind bloß die Sträucher. Wir schneiden sie gleich morgen früh ab.«

»Nein, es war in der Garage.«

Parker ärgerte sich über sich selbst. Er hatte gedankenlos das Garagentor offen gelassen, und in der Garage befand sich jede

Menge Kram, der mit etwas Fantasie an einen Eindringling erinnern konnte.

»Weißt du noch, was wir immer tun?«, sagte er zu Robby.

Keine Antwort.

»Robby? Weißt du es noch?«

»Ich hab meinen Schild.«

»Schon mal gut. Was ist mit dem Helm?« Parker blickte auf und sah, dass Lukas ihn gedankenverloren anstarrte. »Hast du deinen Helm?«

»Ja, hab ich«, antwortete der Junge.

»Und das Licht?«

»Wir machen überall das Licht an.«

»Wie viele Lampen?«

»Jede zweite.«

Ach, es war so schwer, die Stimme seines Sohnes zu hören … und zu wissen, was er jetzt tun musste. Er sah sich im Labor um, sah in die Gesichter dieser Menschen, die an diesem Abend zu einer verschworenen Gemeinschaft geworden waren. Und er dachte: Mit ein wenig Glück und Kraft kann man sich von Ehefrauen oder von Geliebten losreißen, auch von seinen Kollegen. Aber niemals von seinen Kindern. Sie halten dein Herz für immer gefangen.

Ins Telefon sagte er: »Ich bin gleich zu Hause. Hab keine Angst.«

»Wirklich?«, fragte der Junge.

»So schnell ich kann.«

Er legte auf. Alle Blicke ruhten auf ihm.

»Ich muss gehen«, sagte er und sah Cage an. »Ich komme wieder. Aber ich muss jetzt los.«

»Kann ich etwas für Sie tun?«, wollte Hardy wissen.

»Nein, vielen Dank, Len.«

»Mensch, Parker«, sagte Cage und sah auf die Uhr. »Tut mir Leid, dass er sich ängstigt, aber …«

Margaret Lukas hob die Hand und brachte damit den älteren Agenten zum Schweigen. »Es ist unmöglich, dass der Digger von Ihnen weiß«, sagte sie. »Aber ich schicke trotzdem ein paar Agenten los, die vor Ihrem Haus die Augen offen halten.«

Er dachte, sie sagte das nur als Vorwort zu einem Versuch, ihn zum Bleiben zu überreden, doch sie fügte leise hinzu: »Fahren Sie los. Kümmern sie sich um Ihren Sohn. Egal, wie lange es dauert.«

Parker sah ihr einen Moment in die Augen und fragte sich: Habe ich da einen Zugang zu dem Labyrinth von Special Agent Lukas gefunden?

Oder war es nur eine falsche Spur?

Er wollte sich bedanken, spürte jedoch auf einmal, dass jedes Zeichen von Dankbarkeit, überhaupt jede Reaktion seinerseits das heikle Gleichgewicht zwischen ihnen ins Wanken bringen würde. Also nickte er nur kurz und eilte zur Tür.

Als er ging, war das einzige Geräusch, das er aus dem Labor hörte, Gellers kratzige Stimme, die auf den Computer einredete: »Komm schon, komm schon, komm schon.« So wie ein verzweifelter Zocker ein zurückfallendes Pferd auf der Rennbahn anfleht.

21

19:20

Pixel für Pixel.

Beobachten, wie sich die Bilder auf Tobe Gellers Bildschirm zusammenfügen. Immer noch herrscht wüstes Durcheinander.

Margaret Lukas ging auf und ab. Ihre Gedanken kreisten um Anagramme und Asche. Und um Parker.

Was tat er wohl, wenn er jetzt nach Hause kam? Tröstete er seinen Sohn? Nahm er ihn in den Arm? Las er ihm vor? Schauten sie gemeinsam fern? Gehörte er zu den Vätern, die mit ihren Kindern über Probleme redeten? Oder versuchte er, den Jungen abzulenken, seine Furcht zu zerstreuen? Brachte er ihm ein Geschenk mit, um damit den Kummer zuzudecken?

Sie hatte keine Ahnung. Margaret Lukas wusste nur, dass sie

Kincaid wieder ins Labor zurückwünschte, ihn neben sich haben wollte.

Zumindest ein Teil von ihr wollte das. Der andere Teil wollte ihn nie wiedersehen, hoffte, er käme aus seiner kleinen vorstädtischen Fluchtburg nicht zurück. Sie konnte ...

Nein, nein ... Reiß dich zusammen ... Konzentriere dich.

Lukas drehte sich zu dem gedrungenen Dr. Evans um und sah ihm zu, wie er den Erpresserbrief aufmerksam durchlas und sich dabei mit der Hand über den stoppeligen Bart strich. Seine blassen Augen waren unruhig, und sie kam zu dem Schluss, dass sie ihn nicht als Therapeuten haben wollte. Er goss noch eine Tasse Kaffee aus der Thermoskanne. Dann verkündete er: »Ich habe ein paar Vermutungen über den Unbekannten.«

»Schießen Sie los«, forderte sie ihn auf.

»Alle natürlich unter Vorbehalt«, sagte der Doktor vorsichtig. »Für eine richtige Analyse bräuchte ich eine Tonne Daten und zwei Wochen, um sie zu untersuchen.«

»So arbeiten wir hier immer«, konterte Lukas. »Wir jonglieren mit Ideen. Keine Bange, wir drehen Ihnen keinen Strick draus.«

»Nach allem, was wir gesehen haben, ist der Digger meiner Meinung nach einfach nur eine Maschine. Wir nennen so etwas ›profilresistent‹. Es ist sinnlos, ihn analysieren zu wollen. Das wäre fast so, als versuchte man, das Täterprofil einer Pistole zu erstellen. Aber der Täter, der Mann im Leichenschauhaus, das ist eine andere Geschichte. Schon mal was von organisierten Tätern gehört?«

»Klar«, antwortete Lukas. Kriminalpsychologie Grundkurs.

»Tja, bei ihm handelte es sich um einen hoch organisierten Täter.«

Bei Evans' Worten wanderte Lukas' Blick zu dem Erpresserbrief.

»Er hat alles perfekt geplant«, fuhr der Doktor fort. »Zeitpunkte, Örtlichkeiten. Er berechnete die menschliche Natur eiskalt; beispielsweise wusste er, dass der Bürgermeister zahlen würde, obwohl die meisten Behörden sich geweigert hätten. Er hatte mehrere Ersatzpläne. Ich denke da an die Feuerbombe in seinem Unterschlupf. Und er hat die perfekte Waffe gefunden – den Digger, ein funktionsfähiges menschliches Wesen, das nichts anderes tut als töten. Er hat sich eine unmögliche Aufgabe gestellt und hätte sie gemeistert, wenn er nicht bei diesem Verkehrsunfall ums Leben gekommen wäre.«

»Wir hatten die Geldtaschen mit Peilsendern versehen. Er wäre also wahrscheinlich nicht einfach so davongekommen«, bemerkte Lukas.

»Da wäre ich mir nicht so sicher«, sagte Evans. »Ich wette, auch dazu hatte er sich einen Plan überlegt.«

Lukas musste zugeben, dass er wahrscheinlich Recht hatte.

Der Doktor fuhr fort: »Er verlangt also 20 Millionen Dollar. Und er ist bereit, dafür Hunderte von Menschen zu töten. Er lässt sich zwar nicht zu den progressiven Tätern zählen, aber er hat seine Forderungen erhöht, weil er wusste – na ja, weil er davon überzeugt war –, dass er damit durchkommen würde. Er wusste, dass er gut war – und er war auch gut. Mit anderen Worten: Seine Arroganz stützte sich auf Talent.«

»Was den Arsch nur noch gefährlicher macht«, grummelte C. P.

»Ganz genau. So einer stolpert nicht über falsche Selbsteinschätzung. Er war brillant …«

»Kincaid meinte, er sei sehr gebildet«, sagte Lukas, und wünschte sich wieder, der Dokumentenexperte wäre hier, um diese Idee gemeinsam mit ihnen durchzukauen. »Er versuchte das in seinem Brief zu verbergen, doch Parker hat seinen Trick durchschaut.«

Evans nickte bei dieser Information bedächtig und fragte dann: »Was hatte er an, als man ihn ins Leichenschauhaus brachte?«

C. P. fand die Liste und las sie dem Doktor laut vor.

»Aha, alles billige Klamotten«, fasste Evans zusammen.

»Stimmt.«

»Nicht gerade das, was man von jemandem erwarten würde,

der sich eine komplizierte Sache ausgedacht hat und zwanzig Millionen Dollar verlangt.«

»Da haben Sie Recht«, sagte Cage.

»Was sagt uns das?«, fragte Lukas.

»Ich sehe hier Anhaltspunkte für gesellschaftlich begründete Motive«, erläuterte Evans. »Ich glaube, er tötete mit Vorliebe reiche Leute, Menschen aus der besseren Gesellschaft. Er hielt sich für etwas Besseres als sie. Für eine Art Held des einfachen Volkes.«

»Aber«, meldete sich Hardy zu Wort, »beim ersten Mal hat er den Digger blind in die Menge schießen lassen, nicht nur auf wohlhabende Leute.«

»Vergessen Sie nicht, an welchem Ort er zuschlug«, sagte Evans. »Am Dupont Circle. Das ist mitten in Yuppiehausen. Nicht in Southeast. Und das Mason Theater? Die Karten für das Ballett kosten nicht unter sechzig Dollar. Nicht zu vergessen das dritte Ziel«, rief ihnen Mason in Erinnerung. »Das Four Seasons. Auch wenn er dort nicht zuschlug, so hat er uns doch dorthin gelockt. Der Ort war ihm vertraut. Auch dort verkehren keine armen Leute.«

Lukas nickte. Es fiel ihr wie Schuppen von den Augen, und sie ärgerte sich darüber, dass es ihr nicht selbst schon aufgefallen war. Wieder musste sie an Parker denken, an die Art und Weise, wie er an Rätsel heranging. Offen denken. Wie schwer einem das manchmal fiel.

Konzentrieren …

»Ich glaube, er war wütend auf die Reichen. Auf die Elite der Gesellschaft.«

»Warum?«, fragte Cage.

»Das weiß ich noch nicht. Dazu fehlen mir weitere Anhaltspunkte. Aber er hasste sie eindeutig. Er steckte bis oben hin voller Hass. Das sollten wir im Hinterkopf behalten, wenn wir herausfinden wollen, wo er als Nächstes zuschlägt.«

Lukas zog die Aufnahme aus dem Leichenschauhaus heran und starrte den Unbekannten an.

Was war in seinem Kopf vorgegangen? Welche Motive hatten ihn angetrieben?

Evans sah sie an und lachte kurz auf.

»Was denn?«, fragte Lukas.

Er nickte zu dem Erpresserbrief. »Ich komme mir vor, als hätte ich den Brief analysiert. Als wäre der Brief der eigentliche Verbrecher.«

Sie hatte gerade genau das Gleiche gedacht.

Genau das, was auch Parker gesagt hätte.

Konzentrieren …

»Achtung, Freunde«, sagte Geller, »wir haben hier was.« Alles beugte sich über den Bildschirm, auf dem die Worte: »… zwei Meilen nach Süden. R …« flimmerten.

Hinter den Worten fügte der Computer rasend schnell Kombinationen der Buchstaben aus den Aschefetzen hinzu. Sobald der Federstrich mit dem Buchstaben zu seiner Linken nicht zusammenpasste, wurde er sofort wieder verworfen. Doch das System hatte jetzt hinter das *R* den Buchstaben *i* angefügt, und dahinter bildete sich bereits der nächste.

»Es ist wieder so ein komisches *i* mit diesem Punkt, von dem Parker erzählt hat«, sagte Geller.

»Die Teufelsträne«, flüsterte Lukas.

»Stimmt«, sagte Geller. »Hinter dem *i* kommt … ein … *t*. Ist das ein *t*? Verflixte Tränen, ich sehe überhaupt nichts!«

»Jep«, bestätigte Lukas. »Das ist eindeutig ein *t*. *R-i-t*.«

»Wie lautet der nächste Buchstabe?«, fragte Hardy und beugte sich noch näher an den Bildschirm heran.

»Ist nicht zu erkennen«, murmelte Lukas. »Zu verschwommen. Ein kurzer Buchstabe, ohne – wie nennt Parker die Dinger? – Aufstriche und Abstriche.«

Sie beugte sich über die Schultern des Technikers. Er roch immer noch penetrant nach Rauch. Die Buchstaben auf dem Bildschirm waren sehr blass, aber das *i* und das *t* waren eindeutig zu erkennen. Doch der folgende Buchstabe war kaum mehr als ein verwischter Fleck.

»Verflucht«, murmelte Geller. »Dem Computer zufolge ist es der passende Buchstabe. Die Linienführung passt zusammen. Aber ich kann nichts erkennen. Sieht jemand mehr als ich?«

»Sieht aus wie ein Zickzack oder so was«, sagte Lukas. »Ein *a* vielleicht … oder ein *x*?«

Cage riss den Kopf nach oben. »Zickzack? Könnte das ein *z* sein?«

»Ritz!«, stieß Hardy hervor. »Vielleicht das Ritz-Carlton?«

»Das muss es sein!«, sagte Lukas und nickte Evans zu. »Er hat es auf noch mehr reiche Leute abgesehen.«

»Klar!«, sagte Evans. »Und es passt zu ihm – wenn man seine Vorliebe bedenkt, uns zum Narren zu halten. Er kann sich ausrechnen, dass wir die Hotels ausklammern, weil er schon einmal den Namen eines Hotels benutzt hat.«

Geller rollte in seinem Bürostuhl vor einen anderen Computer. Fünf Sekunden später hatte er die Gelben Seiten des Telefonbuchs auf dem Bildschirm. »In unserer Gegend gibt es zwei Ritz. Eins in Tysons Corner. Das andere in Pentagon City.«

»Parker meinte, er würde sich auf die Hauptstadt beschränken«, sagte Lukas. »Ich tippe auf Pentagon City.«

Sie rief Jerry Baker an und gab ihm das neueste Ziel durch. »Ich will, dass jeder taktische Agent der Stadt und aus Northern Virginia auf den Beinen ist. Schicken Sie außerdem für alle Fälle eine abgespeckte Mannschaft nach Tysons. Und«, fügte sie hinzu, »auch wenn Sie es nicht mögen: Weder Kapuzen noch Helme.«

Der FBI-Jargon für einen Ausflug in Zivilkleidung, also ohne Nomex-Hauben und Kevlar-Helme.

»Ist das Ihr Ernst?«, fragte Baker unsicher nach. Bei einer verdeckten Überwachung konnte man nicht so viel Körperschutz tragen wie bei einem normalen Einsatz, was das Unterfangen wesentlich riskanter machte, besonders bei einem Täter, der mit einer automatischen Waffe unterwegs war.

»Es muss sein, Jerry. Wir haben den Kerl schon einmal beinahe gehabt. Er ist jetzt so scheu wie ein Reh. Sobald er etwas

Ungewöhnliches bemerkt, nimmt er Reißaus. Ich übernehme die Verantwortung.«

»Na schön, Margaret. Hab schon kapiert.«

Sie legte auf.

Und sah, dass Len Hardy sie anstarrte. Sie machte sich schon darauf gefasst, dass er sie wieder mit seinem Wunsch konfrontierte, einem Einsatzteam zugeteilt zu werden, doch stattdessen fragte er: »Wollen Sie den Einsatz wirklich in Zivil durchführen lassen?«

»Allerdings. Haben Sie ein Problem damit, Detective?«

»Soll das heißen, dass Sie das Hotel nicht evakuieren lassen?«

»Genau«, antwortete sie.

»Aber dort halten sich heute Abend Tausende von Leute auf.«

»Es muss alles aussehen wie immer. Der Digger darf keinen Verdacht schöpfen.«

»Aber wenn er an uns vorbeikommt ... Ich meine, wir wissen nicht einmal, wie er aussieht.«

»Ist mir auch klar, Len.«

Er schüttelte den Kopf. »Das dürfen Sie nicht tun.«

»Uns bleibt keine andere Wahl.«

»Sie wissen, womit ich mich normalerweise beschäftige«, sagte der Detective. »Ich stelle Statistiken zusammen. Wissen Sie, wie viele Unbeteiligte bei verdeckten taktischen Einsätzen zu Tode kommen? Die Chancen stehen wahrscheinlich eins zu achtzig, dass es bedeutende Verluste gibt, wenn Sie versuchen, ihn in einer solchen Situation zu schnappen.«

»Was schlagen Sie vor?«, fragte sie ungehalten.

»Lassen Sie Ihre Leute in Zivil, aber bringen Sie die Gäste raus. Wenn es sein muss, lassen Sie die Angestellten drin, aber alle anderen müssen raus.«

»Wir kriegen im besten Fall fünfzig oder sechzig Agenten in das Hotel«, erklärte sie. »Was glauben Sie, was der Digger tut, wenn er in die Eingangshalle kommt, fünfhundert Leute erwartet und dann nur eine Hand voll vorfindet? Er zieht sich sofort wieder zurück. Und ballert woanders herum.«

»Um Himmels willen, Margaret«, murmelte Hardy, »holen Sie wenigstens die Kinder raus.«

Lukas schwieg und senkte den Blick auf den Brief.

»Bitte«, hakte der Detective nach.

Sie sah ihm in die Augen. »Nein. Egal, wen wir evakuieren, es spricht sich herum, und dann bricht Panik aus.«

»Sie wollen sich also auf Ihr Glück verlassen?«

Sie starrte den Erpresserbrief an.

Das Ende ist nacht …

Er schien sie zu verhöhnen.

»Nein«, sagte Lukas. »Wir schnappen ihn. Genau das tun wir.« Sie sah zu Evans hinüber. »Doktor, wenn Sie bleiben könnten.« Dann ein Blick zu Hardy. »Sie halten die Verbindung.«

Hardy seufzte ärgerlich, sagte aber nichts mehr.

»Auf geht's«, sagte Lukas zu Cage »Ich muss noch rasch in mein Büro.«

»Wozu denn?«, fragte Cage mit einem Nicken in Richtung ihres leeren Schulterholsters. »Brauchen Sie noch eine Waffe?«

»Nein. Schickere Klamotten. Wir dürfen doch nicht auffallen.«

»Er hat was für uns.« Wendell Jefferies hatte die Ärmel seines maßgeschneiderten Hemdes hochgerollt und entblößte seine im Sportclub gebräunten Arme.

Mit »er« meinte der Berater Slade Phillips, wie Bürgermeister Kennedy wusste.

Die beiden Männer saßen im Büro des Bürgermeisters, der gerade eine weitere peinliche Pressekonferenz gegeben hatte, an der nur ein Dutzend Reporter teilgenommen hatte, von denen einige sogar während er redete telefonierten und ihre Pager in der Hoffnung auf bessere Neuigkeiten aus anderen Quellen abfragten. Herrgott, er hatte ihnen einfach nichts zu sagen, er konnte ihnen lediglich von der guten Haltung einiger Opfer berichten, die er in den Krankenhäusern besucht hatte.

»Seine Sendung läuft um neun Uhr«, sagte Jefferies zum Bürgermeister. »Ein Sonderbericht.«

»Worüber denn?«

»Das will er mir nicht verraten«, sagte Jefferies. »Anscheinend glaubt er, *das* wäre mit seinem Berufsethos nicht vereinbar.«

Kennedy streckte sich und lehnte sich auf der Couch zurück – ein unechtes kleines georgianisches Sofa, das sein Vorgänger erworben hatte. Der Lack löste sich von den Armlehnen, und der Schemel war billig; unter einem Fuß steckte ein Stück gefalteter Pappe, damit er nicht wackelte.

Ein Blick auf die Messinguhr.

Lieber geehrter Herr Bürgermeister, vielen Dank, dass Sie heute hierher gekommen sind, um mit uns zu sprechen. Es war uns eine große Ehre, Ihnen zuzuhören. Sie sind ein sehr guter Mensch für uns Kinder und Schüler, und wir würden Ihnen gerne zum Ge … zum Ge … zum Gedenken an Ihren Besuch bei uns dieses Geschenk überreichen. Wir hoffen, dass es Ihnen gefällt …

Der Minutenzeiger rückte einen Teilstrich weiter. Wie viele Menschen werden in einer Stunde wohl tot sein, dachte er.

Das Telefon klingelte. Kennedy sah es müde an und ließ Jefferies abnehmen.

»Hallo?«

Kurze Pause.

»Klar. Moment mal.« Er reichte Kennedy den Hörer und sagte: »Das ist interessant.«

Der Bürgermeister nahm den Hörer entgegen. »Ja?«

»Bürgermeister Kennedy?«

»Am Apparat.«

»Hier ist Len Hardy.«

»Detective Hardy?«

»Genau. Kann … kann uns jemand zuhören?«

»Nein. Das ist meine Privatnummer.«

Der Detective zögerte und sagte dann: »Ich habe nachgedacht. Darüber … worüber wir geredet haben.«

Kennedy setzte sich auf und nahm die Füße von der Fußbank.
»Reden Sie weiter, mein Sohn. Wo sind Sie jetzt?«
»Neunte Straße. In der FBI-Zentrale.«
Schweigen. »Nur zu«, ermutigte ihn der Bürgermeister.
»Ich kann nicht länger einfach hier herumsitzen. Ich muss etwas tun. Ich glaube, sie macht einen großen Fehler.«
»Lukas?«
»Sie haben rausgekriegt, wo er heute Abend zuschlägt«, fuhr Hardy fort. »Der Digger. Der Killer.«
»Sie haben es rausgekriegt?« Kennedys kräftige Hand packte den Hörer fester. Mit der anderen Hand gab er Jefferies Zeichen, ihm einen Stift und Papier zu bringen. »Wo denn?«
»Im Ritz-Carlton.«
»In welchem?«
»Sie sind sich nicht ganz sicher. Wahrscheinlich in Pentagon City … Aber, Herr Bürgermeister … sie lässt die Hotels nicht evakuieren.«
»Was?«, entfuhr es Kennedy.
»Lukas lässt die Hotels nicht evakuieren. Sie …«
»Moment«, sagte Kennedy. »Sie wissen, wo er heute Abend zuschlägt, aber Sie behalten es für sich?«
»Nein, sie will die Gäste als Köder benutzen. Tut mir Leid, anders lässt es sich nicht ausdrücken. Wie auch immer, ich habe jedenfalls darüber nachgedacht, was Sie gesagt haben, und fand, ich müsste Sie anrufen.«
»Das haben Sie gut gemacht, Officer.«
»Ich hoffe es, Sir. Ich hoffe es wirklich. Ich kann jetzt nicht länger reden, Herr Bürgermeister. Ich wollte es Ihnen nur mitteilen.«
»Vielen Dank.« Jerry Kennedy legte auf und erhob sich.
»Was ist denn?«, erkundigte sich Jefferies.
»Wir wissen, wo er zuschlagen wird. Im Ritz. Ruf Reggie an. Ich will sofort meinen Wagen. Und eine Polizei-Eskorte.«
Er marschierte los, und noch bevor er die Tür erreicht hatte, fragte Jefferies: »Wie wär's mit einem Nachrichtenteam?«

Der Blick, den Kennedy seinem Berater zuwarf, drückte unmissverständlich aus: *Selbstverständlich* brauchen wir ein Nachrichtenteam.

Sie stehen ein wenig betreten und mit verschränkten Armen nebeneinander im Motelzimmer des Diggers.

Sie sehen fern.

Lustig.

Die Bilder auf dem Bildschirm kommen dem Digger bekannt vor.

Die Bilder sind von dem Theater. Dem Ort, an dem er wie damals im Wald in Connecticut hatte herumwirbeln und seine Kugeln in die vielen Millionen Herbstblätter verteilen sollen. Das Theater, in dem er hatte herumwirbeln *wollen,* wo er hatte herumwirbeln *sollen,* aber es ging nicht.

Das Theater, in dem der … *klick* … in dem der unheimliche Mann mit dem riesigen Unterkiefer und dem hohen Hut gekommen war, um ihn zu töten. Nein, das stimmt nicht … In dem die *Polizei* gekommen war, um ihn zu töten.

Er beobachtet den Jungen beim Fernsehen. Der Junge sagt: »Scheiße.« Allem Anschein nach ohne jeglichen Grund.

Genau wie Pamela.

Der Digger ruft seine Mailbox an und hört die elektronische Frauenstimme sagen: »Sie haben keine neuen Nachrichten.«

Er legt auf.

Dem Digger bleibt nicht mehr viel Zeit. Er schaut auf die Uhr. Der Junge schaut auch auf die Uhr.

Er ist dünn und zerbrechlich. Rings um sein rechtes Auge ist die Haut ein wenig dunkler als seine ohnehin dunkle Haut, und der Digger weiß, dass der Mann, den er getötet hat, den Jungen oft geschlagen hat. Er glaubt, dass er froh ist, den Mann erschossen zu haben. Was auch immer froh bedeutet.

Der Digger fragt sich, was der Mann, der ihm alles sagt, von dem Jungen halten würde. Der Mann hatte ihm gesagt, er solle jeden töten, der ihm ins Gesicht sieht. Aber es kommt …

klick … es kommt ihm … *klick* … es kommt ihm nicht recht vor, den Jungen zu töten.

Why, it seems to me that every day,
I love you all the more.

Er geht in die Kitchenette und macht eine Dose Suppe auf, löffelt sie in eine Schale. Er betrachtet den Jungen, sieht seine dürren Ärmchen und löffelt noch etwas mehr hinein. Nudeln. Hauptsächlich Nudeln. Er stellt die Schale genau sechzig Sekunden in die Mikrowelle, damit die Suppe »dampfend heiß« wird, so wie es in der Anleitung steht. Er stellt die Schale vor den Jungen. Gibt ihm einen Löffel.

Der Junge probiert einen Löffel. Dann noch einen. Dann hört er auf zu essen. Er schaut auf den Bildschirm. Sein kleiner, sehr runder Kopf wackelt von einer Seite zur anderen, seine Augenlider werden schwer, und der Digger merkt, dass er müde ist. Genau das machen der Kopf und die Augenlider des Diggers auch immer, wenn er müde ist.

Er findet, dass er und der Junge jede Menge gemeinsam haben.

Der Digger deutet auf das Bett, doch der Junge sieht ihn nur mit ängstlichen Augen an und gibt keine Antwort. Dann zeigt der Digger zur Couch, und der Junge steht auf, geht zur Couch und legt sich hin. Er schaut immer noch zum Fernseher. Der Digger holt eine Decke und breitet sie über dem Jungen aus.

Der Digger schaut auf den Bildschirm. Nachrichten. Er findet einen Sender mit Werbung. Hier werden Hamburger und Autos und Bier verkauft.

Und lauter solche Sachen.

Er sagt zu dem Jungen: »Wie …« *Klick* … »wie heißt du?«

Der Junge blickt mit halb geschlossenen Lidern zu ihm auf. »Tye.«

»Tye.« Der Digger sagt den Namen mehrere Male vor sich hin. »Ich gehe … Ich gehe noch mal weg.«

»Aberdukommstwieder?«

Was soll das heißen? Der Digger schüttelt den Kopf, seinen Kopf mit der kleinen Vertiefung über der Schläfe.

»Kommst du wieder?«, murmelt der Junge noch einmal.

»Ich komme wieder.«

Der Junge macht die Augen zu.

Er überlegt sich, was er Tye noch sagen könnte. Er weiß, es gibt da einige Worte, die er gerne sagen würde, aber sie wollen ihm nicht einfallen. Andererseits ist es egal, denn der Junge ist eingeschlafen. Der Digger zieht die Decke ein Stück höher.

Der Junge wacht nicht auf. Der Digger kann ihn atmen hören.

Der Digger sieht die zerrissene Tüte mit den Hündchen. Schon will er sie wegwerfen, da fällt ihm ein, wie Tye die Tüte angesehen hat. Sie schien ihm zu gefallen. Er mochte kleine Hunde. Der Digger streicht sie glatt und legt sie zur Seite, damit der Junge die Hündchen gleich sieht, wenn er aufwacht und er keine Angst bekommt, falls der Digger noch weg ist.

Der Digger braucht die Tüte mit den Hündchen nicht mehr.

»Beim dritten Mal benutzt du eine einfache braune Papiertüte«, hat der Mann gesagt, der ihm alles sagt.

Also hat der Digger eine braune Papiertüte.

Der Junge dreht sich auf die andere Seite, schläft aber weiter.

Der Digger steckt die Uzi in die braune Tüte, zieht seinen dunklen Mantel und die Handschuhe an und geht hinaus.

Er geht die Treppe hinunter und steigt in seinen Wagen, einen hübschen Toyota Corolla.

Er liebt diese Werbung.

Nichts ist unmööööglich …

Sie gefällt ihm sogar besser als *Oh what a feeling …*

Der Digger kann Autofahren. Er ist ein sehr guter Fahrer. Damals mit Pamela ist er viel gefahren. Sie fuhr immer schnell, wenn sie am Steuer saß, aber er fuhr immer schön langsam. Sie bekam immer Strafzettel. Er nie.

Er macht das Handschuhfach auf. Darin liegen mehrere Pistolen. Er zieht eine heraus und steckt sie sich in die Tasche.

»Nach dem Theater«, hat ihn der Mann, der ihm alles sagt, gewarnt, »wird die Polizei verstärkt nach dir Ausschau halten. Du musst vorsichtig sein. Und nicht vergessen: Jeder, der dein Gesicht sieht …«

Ich vergesse es nicht.

Parker war bei Robby. Der Junge saß im Bett, Parker in dem Bugholzstuhl, den er im Antiquitätenladen gekauft und mit wenig Erfolg wieder herzurichten versucht hatte.

Überall auf dem Boden lag Spielzeug herum, ein Nintendo 64 war in den alten Fernseher eingestöpselt, an den Wänden hingen *Star-Wars*-Poster. Luke Skywalker, Darth Vader …

Unser Talisman für den Abend …

Cage hatte das gesagt, doch Parker versuchte, nicht an Cage zu denken. Auch nicht an Margaret Lukas. Schon gar nicht an den Digger. Er las seinem Sohn vor. Aus *Der kleine Hobbit.*

Robby war völlig in die Geschichte versunken, obwohl sein Vater sie ihm schon einige Male vorgelesen hatte. Immer wenn Robby Angst hatte, griffen sie auf dieses Buch zurück – wegen der Szene, in der ein grausamer Drache erschlagen wurde. Diese Stelle gab dem Jungen immer wieder neuen Mut.

Als Parker nach Hause gekommen war, hatte das Gesicht des Jungen regelrecht aufgeleuchtet. Er hatte seinen Sohn an die Hand genommen und war mit ihm zur hinteren Veranda gegangen. Geduldig hatte er dem Jungen noch einmal gezeigt, dass es weder im Garten noch in der Garage irgendwelche Eindringlinge gab. Sie hatten sich darauf geeinigt, dass der verrückte Mr. Johnson wohl wieder seinen Hund von der Leine gelassen hatte, ohne die Zauntür zu schließen.

Auch Stephie hatte ihren Vater umarmt und ihn gefragt, wie es seinem Freund gehe, dem Patienten.

»Soweit gut«, hatte Parker erwidert und nach einem Fetzen Wahrheit gesucht, an dem er seine Behauptung aufhängen konnte. Er hatte keinen gefunden. Oh, das schlechte elterliche Gewissen …

Stephie hatte ihnen mitfühlend nachgesehen, als Robby und Parker nach oben gegangen waren, um eine Geschichte zu lesen. Sonst hätte sie sich ihnen wahrscheinlich angeschlossen, doch sie spürte instinktiv, dass es heute besser war, die beiden allein zu lassen. Das hatte Parker inzwischen gelernt: Die Kinder piesackten sich zwar ständig, so wie es Geschwister überall taten, versuchten sich gegenseitig auszustechen und lagen im geschwisterlichen Wettstreit, aber wenn einem der Kinder wirklich etwas zu Gemüte ging – wie etwa der Bootmann –, dann wusste das andere sofort, was jetzt angesagt war. Das Mädchen war mit den Worten: »Ich mache Robby eine Überraschung zum Nachtisch« in der Küche verschwunden.

Beim Lesen blinzelte Parker gelegentlich zu seinem Sohn hinüber. Der Junge hatte die Augen geschlossen und sah rundum zufrieden aus. (Aus dem *Handbuch: »Manchmal besteht deine Aufgabe nicht darin, mit deinen Kindern vernünftig zu reden, ihnen etwas beizubringen oder ihnen ein leuchtendes Vorbild zu sein. Manchmal reicht es, einfach bei ihnen zu sein.«*)

»Soll ich weiterlesen?«, flüsterte er.

Der Junge antwortete nicht.

Parker ließ das Buch in den Schoß sinken und bewegte sich sachte in dem schäbigen Schaukelstuhl hin und her. Er betrachtete seinen Sohn.

Thomas Jeffersons Frau Martha war kurz nach der Geburt der dritten Tochter gestorben (das Mädchen selbst starb im Alter von zwei Jahren). Jefferson, der nicht wieder heiratete, hatte schwer zu kämpfen, um seine beiden anderen Töchter allein großzuziehen. Als Politiker und Staatsmann war er oft dazu gezwungen, längere Zeit abwesend zu sein, eine Situation, die ihm von ganzem Herzen missfiel. Über Briefe blieb er mit seinen Kindern in Verbindung. Er schrieb Tausende von Seiten an seine Töchter, in denen er ihnen mit Ratschlägen, Meinungen, Einwänden und Liebesbezeugungen zur Seite stand. Parker kannte Jefferson so gut wie seinen eigenen Vater und konnte einige Briefe aus dem Gedächtnis zitieren. Jetzt musste er an einen denken, den Jefferson schon als Vizepräsident geschrieben hatte, inmitten heftiger politischer Auseinandersetzungen zwischen den damaligen rivalisierenden Parteien.

Dein Brief vom 21. Januar, meine liebe Maria, hat mich vor zwei Tagen erreicht. Er war wie die hellen Strahlen des Mondes auf der trostlosen Heide. Umgeben von Szenen ständiger Qual, Bosheit und Verleumdung, zermürbt und in einem Zustand, in dem keine Anstrengung, jemandem einen Dienst zu erweisen, irgendetwas zu bewirken vermag, kommt mir das Dasein nur dann als Segen vor, wenn meine Gedanken bei meiner Familie weilen.

Parker betrachtete seinen Sohn, hörte seine Tochter unten mit dem Geschirr klappern und fragte sich, wie so oft, ob er seine Kinder richtig erzog.

Wie oft hatte er nachts schon wach gelegen und sich darüber Gedanken gemacht?

Schließlich hatte er zwei Kinder von ihrer Mutter getrennt. Obwohl das Gericht und seine Freunde (und die meisten von Joans Freunden auch) der Meinung waren, dass es die einzige vernünftige Alternative sei, machte es die Sache für ihn nicht leichter. Er war nicht, wie Jefferson, durch einen Schicksalsschlag zum allein erziehenden Vater geworden, nein, er, Parker, hatte diese Entscheidung getroffen.

Aber hatte er sie wirklich nur zum Wohle der Kinder getroffen? Oder hatte er vielmehr seiner eigenen Unzufriedenheit entfliehen wollen? Dieser Gedanke quälte ihn oft. Joan hatte vor ihrer Hochzeit so reizend, so charmant gewirkt. Doch er hatte feststellen müssen, dass das meiste davon nur Fassade gewesen war. In Wirklichkeit war sie kalt und berechnend, und obendrein entsetzlich launisch; sie konnte eine Zeit lang richtig gut gelaunt sein, nur um kurz darauf in regelrechte Anfälle von Zorn, Misstrauen und Paranoia zu verfallen.

Damals, als er Joan kennen gelernt hatte, hatte er gerade erfahren, wie sehr sich das Leben ändert, wenn einem die Eltern in noch relativ jungen Jahren sterben. Die demilitarisierte Zone zwischen einem selbst und der Sterblichkeit ist aufgelöst. Als zukünftigen Lebenspartner sucht man sich entweder jemanden, der sich um einen kümmert, oder, wie es bei Parker der Fall gewesen war, um den man sich kümmern kann.

Finden Sie nicht, dass es so am besten funktioniert? Keiner muss auf den anderen aufpassen? Das ist eine goldene Regel. Schreiben Sie sie auf.

Es war also keinesfalls verwunderlich, dass er sich eine Frau ausgesucht hatte, die, auch wenn sie sehr hübsch und bezaubernd war, eine hilflose und äußerst launische Seite hatte.

Und natürlich hatte Joan, nicht lange nachdem die Whos geboren waren und ihr Leben mehr Verantwortung und manchmal einfach nur harte Arbeit und Aufopferung verlangte, ihrer Unzufriedenheit und ihren Launen freien Lauf gelassen.

Parker hatte alles versucht, was ihm nur einfiel. Er ging mit ihr zur Therapie, übernahm mehr als seinen Anteil am Haushalt und den Kindern, versuchte ihren verrückten Anfällen betont gut gelaunt zu begegnen, indem er Partys organisierte, kurze Ausflüge arrangierte oder Frühstück und Abendessen für die ganze Familie machte.

Doch zu den Dingen, die Joan vor ihm geheim gehalten hatte, gehörte auch der Alkoholmissbrauch in ihrer Familie, und er musste erstaunt feststellen, dass sie schon eine ganze Weile mehr trank, als er geglaubt hatte. Wiederholt hatte sie das Zwölf-Stufen-Programm ausprobiert und sich auch anderen Therapien unterzogen, aber immer wieder Rückfälle erlitten.

Sie zog sich immer mehr von ihm und den Kindern zurück, beschäftigte sich mit ihren Hobbys und Launen. Sie besuchte Feinschmecker-Kochkurse, legte sich einen Sportwagen zu, kaufte zwanghaft immer neue Sachen und trainierte wie eine Olympionikin in einem elitären Sportklub (wo sie auch ihren zukünftigen Ehemann Richard kennen lernte). Doch sie kehrte immer wieder zurück, kümmerte sich um ihn und die Kinder.

Bis zu diesem Zwischenfall.

Damals im Juni, vor vier Jahren.

Parker kam aus dem Urkundenlabor des FBI nach Hause und fand einen Babysitter im Haus vor. Joan war weg. Das war nicht verwunderlich oder Besorgnis erregend, doch als er nach oben ging, um mit den Whos zu spielen, merkte er sofort, dass etwas nicht stimmte. Stephie und Robby, damals vier und fünf Jahre alt, saßen in ihrem Zimmer und spielten Lego. Aber Stephanie wirkte angeschlagen. Ihr Blick war trübe, ihr Gesichtchen völlig verschwitzt. Parker sah, dass sie sich unterwegs zum Badezimmer übergeben hatte. Er steckte das Mädchen ins Bett und maß ihre Temperatur, die jedoch ganz normal war. Parker wunderte sich nicht darüber, dass dem Babysitter Stephanies Unwohlsein nicht aufgefallen war; Kindern ist es immer peinlich, wenn sie gebrochen oder eingemacht haben, und oft versuchen sie es geheim zu halten. Aber Stephanie – ebenso wie ihre Brüder – wirkte wesentlich ausweichender, als Parker es erwartet hätte.

Die Augen des Jungen wanderten immer wieder zur Spielkiste. (*»Immer zuerst auf die Augen achten«,* lehrte sein Handbuch. *»Dann erst auf die Worte hören.«*) Parker ging zur Truhe, und Robby fing an zu weinen, flehte ihn an, den Deckel nicht zu öffnen. Natürlich machte er ihn auf. Und stand wie vom Schlag getroffen vor den Wodkaflaschen, die Joan dort versteckt hatte.

Stephanie war betrunken. Sie hatte ihre Mama imitiert und Wodka getrunken – aus ihrem Winnie-der-Pu-Becher.

»Mami hat gesagt, wir dürfen ihr Geheimnis nicht verraten«, gestand ihm der Junge weinend. »Sie hat gesagt, du bist böse auf uns, wenn du das hörst. Sie hat gesagt, du schimpfst mit uns.«

Zwei Tage später reichte er die Scheidung ein. Er nahm sich einen ausgebufften Anwalt und schaltete den Kinderschutzdienst ein, bevor Joan ihn fälschlicherweise der Kindesmisshandlung bezichtigte, wie es der Anwalt befürchtet hatte.

Die Frau kämpfte um die Kinder, sie kämpfte sogar sehr heftig – aber so, wie jemand um seine Briefmarkensammlung oder einen Sportwagen kämpft, nicht um etwas, das man mehr als das eigene Leben liebt.

Nach mehreren qualvollen Monaten und Zehntausenden von Dollar gehörten die Kinder schließlich ihm.

Er dachte, nun könnte er sich wieder um sich und die Kinder kümmern, ein normales Leben führen.

Das war ihm in den vergangenen vier Jahren auch gelungen. Aber jetzt saß sie ihm wieder im Nacken und versuchte, den richterlichen Sorgerechtsentscheid anzufechten.

Ach, Joan, warum tust du das? Denkst du jemals auch an die Kinder? Verstehst du denn nicht, dass unser Stolz – der Stolz der Eltern – sich in wohlwollenden Dunst verflüchtigen muss, sobald es um unsere Kinder geht? Wäre er überzeugt gewesen, dass es für Robby und Stephie besser sei, zwischen ihm und Joan zu pendeln, er hätte ohne Zögern zugestimmt. Es wäre ihm zwar ausgesprochen schwer gefallen, aber er hätte zugestimmt.

Doch er hielt das nach wie vor für eine katastrophale Entscheidung. Deswegen würde er es mit seiner Ex-Frau vor Gericht ausfechten und versuchen, die Kinder vor den damit verbundenen Feindseligkeiten zu schützen. In Zeiten wie diesen musste man an zwei Fronten kämpfen: Man bekämpfte den Feind, und man bekämpfte das eigene, übermächtige Verlangen danach, selbst wieder ein Kind zu sein und den Schmerz mit den Kindern zu teilen. Denn das durfte man auf keinen Fall tun.

»Papa«, sagte Robby plötzlich. »Du liest ja gar nicht mehr.«

»Ich dachte, du wärst schon eingeschlafen«, lachte er.

»Nein, meine Augenlider haben sich nur ausgeruht. Sie sind müde. Aber ich noch nicht.«

Parker warf einen Blick auf die Uhr. Viertel vor acht. Noch fünfzehn Minuten bis …

Nein, nur jetzt nicht daran denken.

»Hast du deinen Schild?«, fragte er seinen Sohn.

»Hab ich hier bei mir.«

»Ich auch.«

Er nahm das Buch und fing wieder zu lesen an.

22

19:45

Margaret Lukas betrachtete sich die Familien im Ritz-Carlton Hotel.

Sie und Cage standen am Haupteingang, wo Hunderte von Gästen zu Partys und Gala-Diners eintrafen. Lukas trug ein marineblaues Kostüm, das sie selbst entworfen und genäht hatte. Das gut sitzende Jackett und den langen Faltenrock hatte sie aus teurem Kammgarn geschneidert. In die Jacke hatte sie einen zusätzlichen Abnäher eingearbeitet, damit die Glock 10 an ihrer Hüfte den modischen Schnitt nicht ruinierte. Das Kostüm war perfekt für die Oper oder für ein feines Restaurant, aber bislang hatte sie es lediglich zu Hochzeiten und Beerdigungen getragen. Sie nannte es ihr Verheiratet-begraben-Kostüm.

Fünfzehn Minuten vor acht.

»Nichts, Margaret«, vernahm sie die schroffe Stimme aus ihrem Kopfhörer. Das war C. P. Ardell. Er befand sich am Eingang zur Tiefgarage und tat so, als sei er ein leicht angetrunkener Gast. Der dicke Agent trug weniger festliche Kleidung als Lukas – fleckige Jeans und eine schwarze Motorrad-Lederjacke. Auf seinem Kopf saß eine Redskins-Kappe, die er nicht der Kälte wegen trug, sondern weil sein kahler Schädel keine Möglichkeit bot, das Kabel seines Ohrknopfs zu verstecken. Außer Lukas, Cage und Ardell befanden sich noch 65 Agenten in Zivil innerhalb und außerhalb des Hotels, besser ausgestattet mit mehr Waffen als bei einer Schusswaffenausstellung in El Paso.

Und alle hielten nach einem Mann Ausschau, von dem sie buchstäblich keine Beschreibung hatten.

Wahrscheinlich weiß, wahrscheinlich mittelgroß.

Wahrscheinlich trug er ein goldenes Kreuz.

Lukas und Cage sahen sich die Gäste, die Pagen und die Angestellten an der Rezeption genau an. Niemand kam auch nur entfernt an ihre sehr vage Beschreibung des Diggers heran. Ihr fiel auf, dass sie mit verschränkten Armen dastanden und aussahen wie gut angezogene FBI-Agenten bei der Überwachungsarbeit.

»Sagen Sie etwas Lustiges«, flüsterte sie.

»Was denn?«, fragte Cage.

»Wir fallen auf. Tun Sie so, als unterhielten Sie sich mit mir.«

»Na gut«, sagte Cage breit grinsend. »Was halten Sie denn von Kincaid?«

Die Frage erwischte sie eiskalt. »Kincaid? Wie meinen Sie das?«

»Ich mache nur Konversation.« Ein Achselzucken. »Was halten Sie von ihm?«

»Weiß nicht.«

»Das wissen Sie sehr wohl.« Cage ließ nicht locker.

»Er ist klug, aber wohl eher ein Labortyp als ein Ermittler.«

Diesmal drückte Cages Achselzucken so etwas wie ein Zugeständnis aus. »Das ist gut. Gefällt mir.« Dann sagte er erst einmal wieder nichts.

»Worauf wollen Sie hinaus?«, fragte sie.

»Auf nichts Besonderes. Wir tun einfach nur so, als unterhielten wir uns.«

Gut, dachte sie.

Konzentrieren …

Sie musterten das nächste Dutzend möglicher Verdächtiger. Die Gruppe schied jedoch sofort aus, aus Gründen, die ihr instinktiv klar waren, die sie aber nicht erklären konnte.

Ein Labortyp …

Kurz darauf sagte Cage: »Ist aber ein guter Mann, Kincaid.«

»Ich weiß. Er hat uns sehr geholfen.«

Cage lachte auf seine überraschte Art auf, mit der er ausdrückte: Drangekriegt! Dann wiederholte er langsam: »Geholfen.«

Wieder Schweigen.

»Er hat seine Eltern kurz nach dem College verloren«, sagte Cage. »Dann gab es vor ein paar Jahren dieses unschöne Gezerre vor dem Vormundschaftsgericht. Seine Frau war durchgeknallt.«

»Üble Sache«, sagte sie und machte sich zu einem neuen Rundgang durch die Menge auf. Sie streifte einen Gast mit einer verdächtigen Ausbuchtung unter dem Arm, merkte sofort, dass es sich um ein Handy handelte und kehrte zu Cage zurück. Sie ertappte sich dabei, dass sie ihn impulsiv fragte: »Was ist passiert? Mit seinen Eltern?«

»Autounfall. Eine von diesen blöden Geschichten. Man hatte kurz zuvor bei seiner Mutter Krebs diagnostiziert, und es sah aus, als hätte man die Krankheit noch rechtzeitig in den Griff gekriegt. Doch dann wurden sie auf dem Weg zur Chemo in der Johns-Hopkins-Uniklinik von einem Laster erwischt. Sein Vater war Lehrer. Hab ihn ein paar Mal getroffen. Netter Kerl.«

»Ach ja?«, murmelte sie, schon wieder abgelenkt.

»Geschichte.«

»Was?«

»Kincaids Vater. Sein Unterrichtsfach. Geschichte.«

Wieder Schweigen.

Schließlich sagte Lukas: »Ich habe lediglich um ein wenig Pseudo-Unterhaltung gebeten, Cage. Ich wollte nicht gleich verkuppelt werden.«

»Habe ich dergleichen getan?«, erwiderte er. »Würde ich so etwas jemals tun? Ich sage doch nur, dass einem Leute wie Kincaid nicht oft über den Weg laufen.«

»Mhmm. Wir müssen uns konzentrieren, Cage.«

»Ich bin konzentriert. Sie sind konzentriert. Er weiß nicht, warum Sie so sauer auf ihn sind.«

»Ganz einfach. Er hat sich nicht wie ein Teil des Teams verhalten. Das habe ich ihm gesagt. Wir haben die Sache beredet. Fertig.«

»Er ist ehrlich«, versuchte es Cage noch einmal. »Ein aufrichtiger Kerl. Und er ist klug. Sein Verstand ist wirklich verblüffend. Sie sollten ihn mal bei seinen Rätseln erleben.«

»Ja, er ist bestimmt ganz toll.«

Konzentrieren.

Aber sie konzentrierte sich nicht. Sie dachte an Kincaid.

Also hatte auch er sein Päckchen zu tragen – Todesfälle und Scheidung. Eine gescheiterte Ehe und die Aufgabe, die Kinder allein großzuziehen. Das erklärte einiges.

Kincaid …

Und bei dem Gedanken an ihn, den Dokumentenprüfer, fiel ihr wieder die Postkarte ein.

Joeys Postkarte.

Von der Reise, von der sie nicht zurückkehrten. Tom und Joey hatten Margarets Schwiegereltern in Ohio besucht. Es war kurz vor Thanksgiving. Ihr sechsjähriger Sohn hatte ihr noch auf dem Flugplatz eine Postkarte geschrieben, kurz bevor sie die Unglücksmaschine bestiegen. Vielleicht keine halbe Stunde, bevor die 737 in das Eisfeld stürzte.

Aber der Junge hatte nicht gewusst, dass man zum Verschicken von Postkarten eine Briefmarke brauchte. Er muss sie in den Briefkasten gesteckt haben, ohne dass sein Vater etwas davon bemerkt hatte.

Sie kam drei Wochen nach der Beerdigung an. Mit Nachgebühr. Sie hatte die Gebühr entrichtet und die nächsten drei Stunden damit zugebracht, den Postaufkleber vorsichtig abzulösen, der einen Teil der Schrift ihres Sohnes verdeckte.

Wir haben jede Menge Spaß, Mama. Oma und ich haben Plätzchen gebacken.

Ich vermisse dich. Ich liebe dich Mama …

Eine Postkarte vom Geist ihres Sohnes.

Sie steckte auch jetzt in ihrer Brieftasche, die Karte mit dem schreiend bunten Sonnenuntergang aus dem Mittleren Westen. Den Ehering hatte sie in ihrem Schmuckkästchen verwahrt, aber die Postkarte hatte sie immer dabei, und sie würde sie auch bei sich haben, wenn sie starb.

Sechs Monate nach dem Flugzeugabsturz hatte Lukas eine Kopie der Karte einer Handschriftendeuterin vorgelegt und die Handschrift ihres Sohnes analysieren lassen.

Die Frau hatte gesagt: »Der Junge ist kreativ und charmant. Später wird er einmal ein gut aussehender Mann sein, ein kluger Kopf, der sich nicht leicht reinlegen lässt. Außerdem hat er ein großes Talent zu lieben. Sie dürfen sich sehr glücklich schätzen, einen solchen Sohn zu haben.«

Für zehn Dollar zusätzlich hatte die Handschriftendeuterin ihren Kommentar auf Band gesprochen. Lukas hörte sich das Band alle paar Wochen an. Dann setzte sie sich immer in ihr dunkles Wohnzimmer, zündete eine Kerze an, genehmigte sich einen Drink oder zwei, und hörte zu, was aus ihrem Sohn einmal geworden wäre.

Und dann taucht Parker Kincaid in der FBI-Zentrale auf und verkündet mit seiner Besserwisser-Stimme, Handschriftendeutung sei blanker Unfug.

»Die Leute lesen auch Tarotkarten und unterhalten sich mit ihren Verstorbenen. Alles Humbug.«

Ist es nicht!, flammte es jetzt in ihr auf. Sie glaubte an das, was die Handschriftendeuterin ihr gesagt hatte.

Sie musste daran glauben. Sonst würde sie verrückt werden.

Wenn man Kinder hat, ist es gerade so, als verlöre man ein Stück seines Verstandes. Sie nehmen es einem weg und geben es nie wieder zurück. Manchmal wundere ich mich, dass Eltern überhaupt funktionieren.

Dr. Evans' Feststellungen. Sie hatte sich damals nicht darauf eingelassen, aber sie wusste, dass er damit absolut Recht hatte.

Und jetzt kam Cage und versuchte sie aufs Glatteis zu führen. Sie und Kincaid waren sich also ähnlich. Sie waren beide klug (und, ja, auch arrogant). Beiden fehlte ein Teil ihres Lebens. Beide hatten schützende Mauern um sich herum errichtet – er, um die Gefahren der Welt draußen zu halten, sie, um sich vor sich selbst zu schützen. Trotzdem sagten ihr die Instinkte, die sie zu einer guten Polizistin machten – aus Gründen, die sie nicht zu benennen wusste –, dass es für sie beide keine gemeinsame Zukunft gab. Sie hatte, so weit es ihr nur irgend möglich war, zu einem »normalen« Leben zurückgefunden. Sie hatte ihren Hund, Jean Luc. Sie hatte ein paar Freunde. Sie hatte ihre CDs. Ihren Jogging-Club. Ihre Näherei. Margaret Lukas war emotionell »austariert«, um den FBI-Ausdruck für einen Agenten zu benutzen, der für keine weiteren Karriereschritte mehr vorgesehen ist.

Sie wusste also, dass sie Parker Kincaid nach dem heutigen Abend nicht wiedersehen würde. Und das war vollkommen in Ordnung.

Ihr Kopfhörer knisterte. »Margaret ... Meine Fresse.« Es war C. P. Ardell, der unten postiert war.

Instinktiv zog sie die Waffe.

»Haben Sie ihn?«, flüsterte sie aufgeregt in das Mikro in ihrem Revers.

»Nein«, sagte der Agent. »Aber wir haben ein Problem. Hier unten ist die Kacke am Dampfen.«

Cage hörte ebenfalls zu. Seine Hand glitt zur Waffe, und er blickte zu Lukas, die verdutzt die Augenbrauen zusammenzog.

»Der Bürgermeister ist hier«, fuhr C. P. fort. »Mit einem Dutzend Bullen und, ach du Scheiße, jetzt kommt auch noch ein Kamerateam.«

»Nein!«, zischte Lukas, was die Aufmerksamkeit mehrerer Partygäste in ihrer Nähe auf sie zog.

»Sie haben Scheinwerfer dabei und alles. Wenn der Killer das sieht, ist er weg. Der reinste Zirkus hier.«

»Ich bin gleich unten.«

»Herr Bürgermeister, wir befinden uns inmitten einer FBI-Operation und ich muss Sie bitten, sofort wieder zu gehen.«

Sie standen auf dem Parkplatz. Lukas fiel sofort auf, dass es hier einen kontrollierten Ein- und Ausgang gab. Um hereinzukommen, brauchte man einen Parkausweis. Das hieß, dass die Nummernschilder notiert wurden, und das wiederum bedeutete, dass der Digger höchstwahrscheinlich nicht auf diesem Weg ins Hotel gelangen würde – der Unbekannte hatte ihn garantiert angewiesen, keine Visitenkarte zu hinterlassen. Aber Bürgermeister Kennedy und sein verdammtes Gefolge marschierten direkt auf den Haupteingang des Hotels zu, wo der Killer ihn und seine uniformierten Leibwächter sofort erkennen würde.

Und warum musste er, um alles in der Welt, auch noch ein *Kamerateam* anschleppen?

Kennedy war einen ganzen Kopf größer als Lukas. Sein Blick senkte sich auf sie herab, und er sagte: »Sie müssen die Gäste wegbringen. Sie müssen das Hotel evakuieren. Wenn der Killer auftaucht, lassen Sie mich mit ihm reden.«

Lukas ignorierte ihn einfach und sagte zu C. P.: »Ist schon einer von denen im Hotel drin?«

»Nein, wir haben sie hier aufgehalten.«

»Evakuieren!«, fuhr Kennedy fort. »Holen Sie die Leute da raus!«

»Das geht nicht«, erwiderte sie. »Sonst merkt der Digger sofort, dass etwas nicht stimmt.«

»Dann sollen die Leute zumindest in ihre Zimmer gehen.«

»Denken Sie doch mal nach, Herr Bürgermeister«, fuhr sie ihn an. »Die meisten sind nicht mal Hotelgäste. Es sind Leute aus der Stadt, die zu Banketts oder Partys hergekommen sind. Sie haben keine Zimmer gemietet.«

Lukas' Blick wanderte über den Hoteleingang und die Straße davor. Sie war nicht besonders voll, da die Geschäfte wegen des Feiertags geschlossen hatten. Dann flüsterte sie voller unterdrückter Wut: »Er kann jede Sekunde hier eintreffen. Ich muss Sie dringend bitten, zu gehen.« Sie überlegte kurz, ob sie ein höfliches »Sir« anhängen sollte, ließ es aber bleiben.

»Dann muss ich wohl eine Etage höher gehen. Wer ist Ihr Vorgesetzter?«

»Das bin ich«, sagte Cage, diesmal ohne Achselzucken, dafür aber mit eiskaltem Blick. »Sie sind hier nicht zuständig.«

»Und wer ist *Ihr* Vorgesetzter?«, fuhr ihn der Bürgermeister an.

»Jemand, den Sie bestimmt nicht anrufen möchten, glauben Sie mir.«

»Das lassen Sie meine Sorge sein.«

»Nein«, sagte Lukas entschlossen und schaute auf die Uhr. »Der Digger könnte sich bereits im Gebäude befinden. Ich habe keine Zeit, mich mit Ihnen herumzustreiten. Ich will, dass Sie und Ihre Leute auf der Stelle von hier verschwinden!«

Kennedy tauschte einen Blick mit seinem Berater – wie hieß er noch gleich? Jefferies, glaubte sie. Ein Reporter filmte den Schlagabtausch aus nächster Nähe.

»Ich lasse nicht zu, dass das FBI das Leben so vieler Menschen aufs Spiel setzt. Ich werde …«

»Agent Ardell«, sagte Lukas, »nehmen Sie den Bürgermeister fest.«

»Sie dürfen ihn nicht festnehmen!«, fuhr Jefferies sie an.

»Doch, das darf sie«, belehrte ihn Cage, jetzt ebenfalls wütend, aber mit kaum wahrnehmbarem Achselzucken. »Und sie darf auch Sie festnehmen lassen.«

»Schaffen Sie ihn weg von hier«, befahl Lukas.

»Einsperren?«

Lukas überlegte. »Nein. Bleiben Sie einfach bei ihm und sorgen Sie dafür, dass er uns nicht zwischen den Füßen herumläuft, bevor der Einsatz vorbei ist.«

»Ich rufe auf der Stelle meinen Anwalt an und …«

Jetzt explodierte der Zorn in ihr so heftig, wie vor ein paar Stunden, als sie auf Kincaid losgegangen war. Sie zeigte mit einem Finger auf seine Brust. »Herr Bürgermeister, das hier ist mein Einsatz, und Sie behindern mich dabei. Ich lasse Sie mit Agent Ardell abziehen, oder, so wahr mir Gott helfe, ich lasse Sie einsperren. Es liegt ganz an Ihnen.«

Schweigen. Lukas sah den Bürgermeister nicht einmal an; ihre Augen suchten den Parkplatz, die Gehsteige und die dunklen Stellen dazwischen ab. Niemand zu sehen, der als Digger in Frage kam.

»Na schön«, sagte Kennedy. Er nickte in Richtung Hotel. »Aber wenn hier heute Nacht Blut vergossen wird, haben Sie es zu verantworten.«

»Versteht sich von selbst«, murmelte sie, wobei ihr einfiel, dass sie Kincaid mit den gleichen Worten gedroht hatte. »Bitte, C. P.«

Der Agent begleitete den Bürgermeister zu seiner Limousine. Die beiden Männer stiegen ein. Jefferies sah Lukas einen Augenblick trotzig an, doch sie drehte sich rasch um, und gemeinsam mit Cage eilte sie ins Hotel zurück.

»Scheiße«, sagte Cage.

»Nein, ich glaube, es ist in Ordnung. Ich glaube nicht, dass der Digger etwas davon mitgekriegt hat.«

»Das meine ich nicht. Überlegen Sie doch – wenn Kennedy herausgefunden hat, dass wir hier sind, dann heißt das, wir haben eine undichte Stelle. Wer zum Teufel, glauben Sie, könnte das sein?«

»Keine Ahnung.« Sie klappte ihr Handy auf und wählte eine Nummer.

»Detective«, sagte Lukas und bemühte sich sehr, ihren Zorn zu bändigen, »Sie wissen, dass sämtliche Informationen hinsichtlich taktischer Operationen streng geheim sind. Können Sie mir einen Grund nennen, weshalb ich das, was Sie getan haben, nicht an die Staatsanwaltschaft weiterleiten sollte?«

Eigentlich hatte sie erwartet, dass Hardy alles abstreiten oder eine fadenscheinige Entschuldigung vortragen würde. Er überraschte sie jedoch damit, dass er keck sagte: »Sie können weiterleiten, was Sie wollen, aber der Bürgermeister wollte eine Chance haben, mit dem Killer zu verhandeln. Die habe ich ihm verschafft.«

»Warum?«

»Weil Sie bereit sind, ein Dutzend oder zwei Dutzend oder noch mehr Leute sterben zu lassen.«

»Wenn ich den Killer dadurch aufhalten und schnappen kann, ja, dann bin ich dazu bereit.«

»Kennedy sagte, er könne mit ihm reden. Ihn davon überzeugen, das Geld zu nehmen. Er …«

»Wissen Sie, dass er hier mit einem ganzen Fernsehteam aufgekreuzt ist?«

Hardys Stimme hörte sich nicht mehr ganz so selbstbewusst an: »Was … was hat er getan?«

»Ein Fernsehteam. Er hat seinen Auftritt für die Medien inszenieren wollen. Wenn der Digger die Scheinwerfer und die uniformierten Leibwächter gesehen hätte, hätte er sich auf der Stelle ein anderes Ziel gesucht.«

»Er sagte, er wolle mit ihm reden«, sagte Hardy. »Ich habe nicht gedacht, dass er die Sache zur Öffentlichkeitsarbeit missbraucht.«

»Genau so ist es aber gelaufen.«

»Hat der Digger …«

»Ich glaube nicht, dass er etwas bemerkt hat.«

Kurzes Schweigen. »Tut mir Leid, Margaret.« Er seufzte. »Ich wollte einfach etwas tun. Ich wollte nicht, dass noch mehr Leute sterben müssen. Tut mir Leid.«

Lukas hielt ihr Telefon fest umklammert. Sie wusste, dass sie ihn aus dem Team werfen und nach Hause schicken sollte, vielleicht sogar einen Bericht an die Dienstaufsicht der Polizeibehörde schreiben. Doch sie hatte immer noch dieses Bild des jungen Mannes im Kopf, der in seine Wohnung kommt, die so still ist, wie die, die sie nach Tom und Joeys Tod jeden Abend aufschließt – eine Stille, die so wehtut, wie die Ohrfeige von einem Geliebten. Er würde den Feiertag allein verbringen, dazu gezwungen, eine falsche Trauer für Emma zu durchleiden – eine Frau, die weder lebendig noch tot war.

Er schien ihr Zaudern zu spüren und sagte: »Es kommt nicht wieder vor. Geben Sie mir noch eine Chance.«

Ja? Nein?

»Einverstanden, Len. Wir unterhalten uns später noch mal darüber.«

»Danke, Margaret.«

»Wir müssen uns wieder auf Beobachtungsposten begeben.« Sie trennte die Verbindung abrupt, und falls Hardy noch etwas gesagt hatte, hörte sie es nicht mehr. Sie ging zurück in die Empfangshalle des Ritz-Carlton.

Lukas ließ die Waffe wieder von der Hüfte in die Hand gleiten, hielt sie dicht am Oberschenkel und pflügte durch die Menge. Cage tippte auf seine Uhr. Es waren nur noch wenige Minuten bis acht.

Sie schauten über die Reling ins dunkle Wasser und machten Scherze über die Titanic, sie aßen die Shrimps und ließen die Hühnchenleber liegen, sie redeten über Wein und Zinssätze und die bevorstehenden Wahlen, und sie redeten über Skandale im Kongress und über Seifenopern.

Die meisten Männer trugen Frack oder Smoking, die meisten Frauen lange dunkle Kleider, deren Säume nur wenige Zentimeter über dem lackierten Deck endeten.

»Ist das was oder nicht? Seht euch nur diese Aussicht an!«

»Können wir von hier aus das Feuerwerk sehen?«

»Wo ist Hank abgeblieben? Er hat mein Bier.«

Mehrere hundert Partygäste hatten sich auf der eindrucksvoll langen Yacht verteilt. Es gab drei Decks und vier Bars, und alle Gäste der Silvesterfete waren ausgesprochen guter Laune.

Anwälte und Ärzte, die sich ein paar Stunden von ihren anstrengenden Klienten und Patienten frei gemacht hatten, Eltern, die eine kleine Verschnaufpause von ihren Kindern genossen. Liebespaare, die darüber nachdachten, wo sich hier eine leere Kabine auftreiben ließ.

»Was will er denn unternehmen ich habe gehört die Umfragen sehen schlecht für ihn aus aber wer hört schon auf Umfragen warum sollte er oh was ist mit Sally Claire Tom haben sie dieses Haus in Warrenton tatsächlich bekommen also ich weiß ja nicht ob sie sich das leisten können …«

Die Minuten verstrichen, es ging unaufhaltsam auf acht Uhr zu.

Alle waren glücklich. Reizende Leute, die sich auf einer Party vergnügen und sich im Kreis ihrer Freunde wohl fühlen.

Begeistert von der Aussicht, die sie auf das mitternächtliche Feuerwerk haben würden, dankbar für die Gelegenheit, feiern zu können und zumindest für diesen Abend den Stress der Hauptstadt vergessen zu können.

Dankbar dafür, dass sich ein ganzes Heer von Lieferanten um ihr leibliches Wohl kümmerte, dazu die Crew der *Ritzy Lady,* dieser Luxusyacht, die an ihrem Liegeplatz auf dem Potomac dümpelte, genau zwei Meilen südlich der Fourteenth Street Bridge.

23

20:05

Robby war von J. R. R. Tolkien zu Nintendo übergewechselt.

Er schien seine Aufregung vergessen zu haben, und Parker hielt es nicht mehr im Haus; er musste wissen, wie es um den Digger stand, was aus dem jüngsten Angriff geworden war. Waren Lukas und Cage erfolgreich gewesen? Hatten sie ihn geschnappt?

Hatten sie ihn getötet?

Er balancierte zwischen dem Spielzeug auf dem Boden hindurch und ging nach unten, wo Stephanie mit Mrs. Cavanaugh in der Küche beschäftigt war. Das Mädchen schrubbte einen von Parkers rostfreien Kochtöpfen und kniff dabei vor Konzentration die Augen zusammen. Sie hatte einen Weihnachtsbaum aus Maiskaramel gebacken und mit grünem Zucker bestreut. Er lag, mit charmanter Schlagseite, auf einem Teller auf der Anrichte.

»Wundervoll, Who«, lobte er sie.

»Ich wollte auch noch Silberkugeln dranhängen, aber die fallen immer ab.«

»Robby wird begeistert sein.«

Er wollte ins Wohnzimmer gehen, doch dann sah er die Leere in ihrem Gesicht.

Er legte den Arm um seine Tochter und sagte: »Dein Bruder ist wieder in Ordnung. Alles klar.«

»Ich weiß.«

»Tut mir Leid, dass unser schöner Abend in die Binsen gegangen ist.«

»Schon gut.«

Was natürlich hieß, dass es nicht gut war.

»Wir machen uns morgen einen schönen Tag ... Aber, meine Liebe, du weißt doch, mein Freund ... Kann sein, dass ich noch einmal zu ihm muss.«

»Weiß ich schon«, sagte Stephie.

»Woher denn?«

»Ich hab's mir gedacht. Manchmal bist du ganz hier, und manchmal bist du nur zum Teil hier. Als du heute Abend zurückgekommen bist, warst du nur zum Teil hier.«

»Morgen bin ich ganz hier. Es soll sogar schneien. Sollen wir Schlitten fahren gehen?«

»Jippie! Dann koche ich Kakao!«

»Das hoffe ich doch!« Er drückte seine Tochter an sich, stand auf und ging ins Wohnzimmer, um Lukas anzurufen. Er wollte nicht, dass Stephanie die Unterhaltung mitbekam.

Durch das Fenster hinter dem Vorhang sah er eine Bewegung; war das die Gestalt eines Mannes?

Er ging rasch zum Fenster und schaute hinaus. Er sah niemanden – nur einen Wagen, den er nicht kannte.

Seine Hand glitt in die Tasche und spürte das kalte Metall von Lukas' Pistole.

Nein, nicht schon wieder ... Jetzt musste er an den Bootmann denken, an jene schreckliche Nacht.

Die Pistole ist zu laut!

Es klingelte an der Haustür.

»Ich geh schon!«, rief er, mit einem Blick in Richtung Küche. Er sah Stephie blinzeln. Wieder einmal hatte seine schroffe Art eins der Kinder erschreckt. Aber jetzt blieb keine Zeit, Stephie zu trösten.

Mit der Hand in der Tasche spähte er durch die Scheibe in der Tür und sah einen FBI-Agenten, den er schon früher am Abend einmal gesehen hatte. Er entspannte sich und lehnte den Kopf gegen den Türrahmen, atmete tief durch und öffnete die Tür mit zitternder Hand. Ein zweiter Agent kam die Treppe herauf. Ihm fiel wieder ein, dass Lukas ein paar Leute schicken wollte, die das Haus im Auge behalten sollten.

»Agent Kincaid?«

Er nickte. Warf einen Blick nach hinten, um sicherzugehen, dass Stephie außer Hörweite war.

»Margaret Lukas hat uns geschickt, damit wir ein Auge auf Ihre Familie haben.«

»Vielen Dank. Wenn Sie nur Ihr Auto irgendwo hinstellen würden, wo es vom Haus aus nicht zu sehen ist. Ich möchte die Kinder nicht beunruhigen.«

»Natürlich, Sir.«

Er warf einen Blick auf die Armbanduhr und war erleichtert. Wenn der Digger wieder zugeschlagen hätte, hätten Lukas oder Cage gewiss angerufen. Vielleicht hatten sie den Dreckskerl sogar schon geschnappt.

»Dieser Killer aus der Metro?«, fragte er. »Der Digger. Ist er geschnappt worden?«

Der Blick, den die beiden Männer wechselten, jagte Parker einen eiskalten Schauer über den Rücken.

Oh, nein …

»Äh, Sir …«

Im Haus klingelte das Telefon. Er sah, dass Mrs. Cavanaugh abnahm.

»Der Killer hat sich an Bord einer Yacht auf dem Potomac geschmuggelt. Elf Tote, über zwanzig Verletzte. Ich dachte, Sie wüssten es …«

Oh Gott, nein …

Er spürte, wie ihm übel wurde.

Während ich hier saß und Geschichten vorlas, sind alle diese Menschen gestorben. *Sie haben die letzten Jahre offensichtlich in der Sesamstraße verbracht …*

»Agent Lukas … ist ihr etwas passiert? Und Agent Cage?«

»Nein, Sir. Sie hielten sich nicht in der Nähe des Bootes auf. Sie haben einen Hinweis gefunden, der auf ›Ritz‹ lautete. Sie dachten, der Digger würde in einem der Ritz-Hotels zuschlagen. Aber dem war nicht so. Das Boot heißt *Ritzy Lady.* Ziemliches Pech, was?«

Der andere Agent sagte: »Ein Mann vom Sicherheitsdienst hat ein paar Schuss abgefeuert, das hat den Killer verjagt. Deshalb ist es noch vergleichsweise glimpflich abgelaufen. Aber soviel ich weiß, hat ihn niemand gesehen.«

Ziemliches Pech, was?

Nein, kein Pech. Wenn man ein Rätsel nicht löst, hat das nichts mit Glück oder Pech zu tun.

Drei Habichte …

Er hörte Mrs. Cavanaughs Stimme: »Mr. Kincaid?«

Er warf einen Blick ins Haus.

Elf Tote …

»Telefon für Sie.«

Parker ging in die Küche und nahm den Hörer dort ab, in der Erwartung, Lukas oder Cage zu hören.

Stattdessen säuselte ein einschmeichelnder, angenehmer Bariton in sein Ohr, den er nicht kannte. »Mr. Kincaid?«

»Ja. Wer ist dran?«

»Mein Name ist Slade Phillips, WPLT Nachrichten. Mr. Kincaid, wir recherchieren für einen Sonderbericht über die Silvester-Massaker. Eine anonyme Quelle hat uns mitgeteilt, dass Sie zurate gezogen worden und vielleicht sogar für den Irrtum verantwortlich sind, demzufolge das FBI im Ritz-Carlton auf den Killer wartete, während der sich einen anderen Tatort ausgesucht hatte. Wir gehen mit diesem Bericht um neun Uhr auf Sendung und möchten Ihnen die Möglichkeit geben, Ihre Version der Geschichte zu schildern. Haben Sie uns etwas zu sagen?«

Parker holte geräuschvoll Luft. Einen Moment lang glaubte er, sein Herz setze aus.

Das war's dann wohl … Joan würde alles erfahren. Alle würden es erfahren.

»Mr. Kincaid?«

»Kein Kommentar.« Er legte auf, verfehlte die Gabel. Er sah zu, wie der Hörer an der Spiralschnur nach unten fiel und mit einem hohl scheppernden Knall auf den Küchenboden schlug.

Der Digger kommt in sein gemütliches Motelzimmer zurück.

Er denkt an das Boot, auf dem er sich wie ein Kreisel … *klick* … zwischen roten und gelben Blättern gedreht und dabei mit seiner Uzi geschossen hat, und geschossen und geschossen …

Er hat gesehen, wie die Leute umgefallen sind, wie sie geschrien haben und durcheinander gelaufen sind und all so was.

Es war nicht wie in diesem Theater. Nein, nein, diesmal hat er eine Menge von ihnen erwischt. Der Mann, der ihm alles sagt, wird zufrieden sein.

Der Digger schließt die Moteltür auf, und als Erstes geht er zur Couch und sieht nach Tye. Der Junge schläft. Die Decke ist heruntergerutscht, und der Digger deckt ihn wieder zu.

Der Digger schaltet den Fernseher ein und sieht Bilder von dem Boot namens *Ritzy Lady.* Wieder sieht er den Mann, den er inzwischen schon kennt, den … *klick* … den Bürgermeister. Bürgermeister Kennedy. Er steht vor dem Boot. Er trägt einen schicken Anzug und eine schicke Krawatte, und es sieht komisch aus, wie er so in seinem schicken Anzug dasteht, und hinter ihm die vielen gelben Säcke mit den Toten drin. Er spricht in ein Mikrofon, aber der Digger kann nicht hören, was er sagt, weil er den Ton des Fernsehers nicht eingeschaltet hat, um Tye nicht aufzuwecken.

Er sieht noch eine Weile zu, aber als keine Werbung kommt, schaltet er enttäuscht aus und denkt: »Gute Nacht, Herr Bürgermeister.«

Er fängt an, seine Habseligkeiten zu packen und lässt sich dabei viel Zeit.

Motels sind schick; er mag Motels.

Jeden Tag kommt jemand und macht das Zimmer sauber.

Nicht einmal Pamela hat das gemacht. Sie war gut mit Blumen und gut mit dem, was man im Bett macht. Diese … *klick, klick … diese Sache.*

Die Gedanken purzeln durcheinander, Kugeln schwirren im Schä … Schä … im Schädel herum.

Er denkt, warum auch immer, an Ruth.

»Um Gottes willen, nein!«, hatte Ruth gesagt. »Tu's nicht!«

Aber es war ihm so aufgetragen worden … ihr das lange Stück Glas in den Hals zu stoßen … also hat er es getan. Sie zitterte, und dann war sie tot. Er erinnert sich noch gut an sie. An die zitternde Ruth.

Ein Zittern wie am Weihnachtstag, zwölf fünfundzwanzig, eins zwei zwei fünf, als er für Pamela Suppe gekocht hatte und ihr dann das Geschenk gegeben hatte.

Er schaut zu Tye hinüber. Er nimmt den Jungen mit … *klick* … in den Westen. Der Mann, der ihm alles sagt, hat ihm gesagt, er ruft an, wenn in Washington alles erledigt ist, und sagt ihm, wo es als Nächstes hingeht.

»Wohin gehen wir dann?«, hatte der Digger gefragt.

»Das weiß ich noch nicht. Vielleicht in den Westen.«

»Wo ist der Westen?«, hatte er gefragt.

»In Kalifornien. Vielleicht in Oregon.«

»Aha«, hatte der Digger entgegnet. Er hatte keine Ahnung, wo das sein sollte.

Doch manchmal, in der Nacht, wenn er genug Suppe im Bauch hat und sich über die lustige Werbung amüsiert, denkt er darüber nach, wie er in den Westen geht und was er dort alles tun wird.

Jetzt, beim Packen, beschließt er, den Jungen auf alle Fälle mitzunehmen. In den Westen in den … *klick.*

Den Westen.

Ja, das wird gut. Das wird prima. Das wird lustig.

Sie könnten Suppe essen, und Chili, und sie könnten Fernsehen schauen. Er könnte dem Jungen alles über Fernsehwerbung beibringen.

Pamela, die Frau des Diggers, hat auch immer die Werbung mit ihm angeschaut, mit einer Blume in der Hand und einem goldenen Kreuz zwischen den Brüsten.

Aber sie hatten kein Kind wie Tye, mit dem sie die Werbung anschauen konnten.

»Ich?«, hatte Pamela gefragt. »Ein Baby? Mit dir? Bist du total bekloppt durchgedreht verrückt übergeschnappt …« *Klick.* »… total Plem-Plem? Warum haust du nicht ab? Warum bist du immer noch hier? Nimm dein verfluchtes Geschenk und hau ab. Hau ab! Hast du mich …

Klick …

But I love you all the …

Soll ich's dir noch aufmalen? Ich ficke William schon seit einem Jahr. Bist du erst jetzt drauf gekommen? Das weiß doch so gut wie jeder in der Stadt – außer dir. Wenn ich jemals ein Baby haben will, dann von *ihm.*«

But I love you all the more.

»Was soll das? Verdammt noch …

Klick.

… mal! Leg das weg!«

Die Erinnerungen trippeln wie Lemminge im Schädel des Diggers herum.

»Nein, nicht!«, schrie sie mit entsetztem Blick auf das Messer in seiner Hand. »Nicht!«

Aber er tat es trotzdem.

Er steckte ihr das Messer in die Brust, direkt unterhalb des Goldkreuzes, das er ihr an diesem Morgen geschenkt hatte. Am Weihnachtsmorgen. Was für eine wunderschöne rote Rose sprießt da auf ihrer Bluse! Er steckte ihr das Messer noch einmal in die Brust, und die Rose wurde größer.

Pamela blutete und blutete, und blutend rannte sie … wohin?

Zum Wandschrank, ja, zum Wandschrank im ersten Stock. Blutend und schreiend, »Oh Jesus, Jesus, Jesus …«

Pamela schrie und hob die Pistole, zielte auf seinen Kopf, ihre Hand erblühte zu einer wunderschönen gelben Blume, und er spürte einen Schlag gegen die Schläfe. *I love you all the …*

Der Digger wachte eine ganze Weile später auf.

Das Erste, was er sah, war das freundliche Gesicht des Mannes, der ihm schon bald alles sagen würde …

Klick, klick …

Er ruft jetzt seine Mailbox an. Keine Nachrichten.

Wo ist er bloß, der Mann, der ihm alles sagt?

Aber jetzt ist keine Zeit, darüber nachzudenken, über glücklich oder traurig, was immer das sein mochte. Jetzt ist nur noch Zeit, sich auf das nächste Ziel vorzubereiten.

Der Digger schließt den Schrank auf. Er holt eine zweite Maschinenpistole heraus, ebenfalls eine Uzi. Er zieht die Gummihandschuhe über und fängt an, die Magazine zu laden.

Diesmal nimmt er zwei Pistolen mit. Und keine Einkaufstüten. Zwei Pistolen und jede Menge Munition. Der Mann, der ihm alles sagt, hat gesagt, dass er diesmal mehr Leute erschießen muss als je zuvor.

Denn diesmal handelt es sich um die letzte Minute der letzten Stunde der letzten Nacht des Jahres.

24

20:55

Ein schwitzender Parker Kincaid stürmte ins Labor der Urkundenabteilung des FBI.

Lukas kam sofort auf ihn zu. Ihr Gesicht war blasser, als er es in Erinnerung hatte. »Ich habe Ihre Nachricht erhalten«, sagte sie. »Dieser Reporter – Phillips – hat sich an einen unserer Leute aus der Poststelle rangemacht. Irgendwie hat er Ihren richtigen Namen herausgefunden.«

»Sie haben es *versprochen*!«, fuhr er sie wütend an.

»Tut mir Leid, Parker«, erwiderte sie. »Tut mir wirklich Leid. Es kam nicht von hier. Ich weiß nicht, wie das passieren konnte.«

Dr. Evans und Tobe Geller waren still. Sie wussten, worum es ging, aber sie wollten sich nicht einmischen. Cage war nicht im Raum.

Parker hatte sie vom Wagen aus über sein Handy angerufen. Er hatte sich von den vor seinem Haus stationierten Agenten ein Blinklicht ausgeliehen, es hinter die Windschutzscheibe geklemmt und war von Fairfax in die Stadt gerast. Seine Gedanken überschlugen sich. Wie konnte er den Schaden begrenzen? Er hatte doch nur helfen wollen, ein paar Menschenleben zu retten. Das war sein einziges Motiv gewesen, ein paar Kinder zu retten. Und was war daraus geworden …

Jetzt würde man ihm seine eigenen Kinder wegnehmen.

Das Ende der Welt …

Er stellte sich vor, was passieren würde, wenn Joan das Sorgerecht auch nur teilweise zugesprochen bekäme. Sie würde das Interesse an ihrem Mutterdasein ziemlich bald verlieren. Wenn sie keinen Babysitter kriegen konnte, würde sie sie im Einkaufszentrum absetzen. Sie würde die Geduld mit ihnen verlieren und sie anschreien. Sie müssten sich ihre Mahlzeiten selbst zubereiten und ihre Kleider selbst waschen. Parker war verzweifelt.

Wie hatte er Cages Bitte um Hilfe auch nur in Erwägung ziehen können?

Auf einem Tisch stand ein kleiner Fernseher. Parker schaltete die Nachrichten ein. Es war gerade neun. Ein Werbespot ging zu Ende, und die lächelnden Gesichter des WPLT-Nachrichten«teams« erschienen auf dem Bildschirm.

»Wo ist Cage?«, fragte er zornig.

»Keine Ahnung«, antwortete Lukas. »Irgendwo oben.«

Können wir einfach woanders hinziehen?, überlegte er fieberhaft. Nein, Joan würde dagegen vorgehen, und die Gerichtsbarkeit von Virginia wäre nach wie vor zuständig.

Auf dem Bildschirm blickte dieser Drecksack Phillips jetzt von einem Stapel Papier auf und sah mit einem grotesk betroffenen Gesichtsausdruck in die Kamera.

»Guten Abend. Ich bin Slade Phillips … vor einer Stunde wurden elf Menschen getötet und neunundzwanzig verletzt! Es ist das dritte Massaker, mit dem Washington seit heute Morgen in Angst und Schrecken versetzt wird. Wir bringen Ihnen in unserem Sonderbericht Exklusiv-Interviews mit Opfern und mit Polizeibeamten vor Ort. Außerdem hat WPLT exklusive Aufnahmen vom Tatort des jüngsten Verbrechens, einer auf dem Potomac River festgemachten Yacht.«

Parker lauschte den Ankündigungen schweigend und mit geballten Fäusten.

»WPLT hat auch erfahren, dass alle Einsatzkräfte auf ein Hotel konzentriert waren, in dem der Killer angeblich als Nächstes zuschlagen würde. Deswegen waren nur wenige Beamte und Agenten in der Lage, rasch auf den Schiffsüberfall zu reagieren. Bislang wissen wir noch nicht genau, wer für diese Verwechslung verantwortlich ist, doch aus informierten Kreisen verlautete … dass …«

Phillips' Stimme verebbte. Der Nachrichtenmann legte den Kopf ein wenig zur Seite, hörte wahrscheinlich auf das, was ihm jemand durch den fleischfarbenen Ohrhörer mitteilte. Er blinzelte in die Kamera, und der Anflug eines Stirnrunzelns zeichnete sich auf seinem Gesicht ab. Nach einer kurzen Pause vermeldete er mit Lippen, die eine Niederlage bekundeten: »Wie aus informierten Kreisen verlautet, wurde Gerald D. Kennedy, der Bürgermeister des District of Columbia, von Bundesbehörden unter Arrest genommen, möglicherweise in Verbindung mit diesen erfolglosen Einsätzen … Wir schalten jetzt hinüber zu Cheryl Vandover, die sich direkt am Schauplatz des jüngsten Blutbades aufhält. Cheryl, können Sie uns sagen …«

Cage kam im Mantel ins Labor spaziert und schaltete den Fernseher aus. Parker schloss die Augen und atmete aus. »Jesus.«

»Tut mir Leid, Parker«, sagte Cage. »Manchmal fällt man

durch die Ritzen. Aber ich habe eine Vereinbarung mit Ihnen, und wir halten uns an unsere Verpflichtungen. Ach, eine Sache noch – fragen Sie mich nie, wie ich das eben gedreht habe. Sie wollen es ganz sicher nicht wissen. Und jetzt haben wir noch eine letzte Chance. Packen wir uns diesen Saukerl. Aber diesmal bitte ohne Pannen.«

Die Limousine legte am Rand des Gehsteigs vor dem Rathaus an wie eine Yacht am Pier.

Bürgermeister Jerry Kennedy gefiel der Vergleich nicht besonders, aber er konnte nichts dagegen tun. Er war gerade unten am Potomac gewesen, hatte Überlebende getröstet und sich das Ausmaß der Vernichtungsorgie des Diggers angesehen. Er und Claire, seine große, schlanke Frau, die bei ihm war, hatten sich über das Ausmaß der Schießerei gewundert, über die Zerstörung, die die Einschläge hinterlassen hatten. Er konnte sich vorstellen, was die Kugeln in den Körpern der Opfer angerichtet hatten.

Er neigte sich vor und schaltete den Fernseher aus.

»Wie kann er nur?«, flüsterte Claire und meinte damit Slade Phillips' Andeutung, Kennedy sei irgendwie für die Toten auf dem Boot verantwortlich.

Wendell Jefferies beugte sich vor und stützte den glänzenden Kopf in die Hände. »Phillips ... Ich habe ihn bereits bezahlt. Ich ...«

Kennedy brachte ihn mit einer Handbewegung zum Schweigen. Offensichtlich hatte sein Berater den riesigen, kahlköpfigen Agenten auf dem Vordersitz vergessen. Bestechung der Medien war zweifellos ein strafbares Vergehen.

Ja, Jefferies hatte Slade Phillips 25.000 Dollar gezahlt. Und sie würden das Geld nie wiedersehen.

»Was auch immer geschieht«, sagte Kennedy mit ernster Stimme zu Jefferies und Claire, »ich will Slade Phillips keinesfalls als meinen Pressesprecher haben.«

Wie immer brachte er diesen Satz absolut trocken heraus,

und sie brauchten einen Augenblick, bis sie merkten, dass er einen Witz gemacht hatte. Claire lachte. Jefferies schien immer noch ein wenig benommen zu sein.

Die Ironie lag darin, dass Kennedy nie wieder einen Pressesprecher brauchen würde. *Ehemalige* Politiker brauchten keinen Pressesprecher. Er wollte schreien, er wollte weinen.

»Was tun wir jetzt?«, fragte Claire.

»Wir genehmigen uns einen Schluck, und dann gehen wir zur Veranstaltung der afroamerikanischen Lehrervereinigung. Wer weiß? Vielleicht meldet sich der Digger am Ende doch noch und will das Geld haben. Vielleicht bekomme ich doch noch die Gelegenheit, ihm ins Gesicht zu schauen.«

Claire schüttelte den Kopf. »Nach dem, was auf dem Schiff passiert ist? Du kannst ihm nicht vertrauen. Er würde dich töten.«

Toter als nach der Hinrichtung durch die Presse heute Abend kann ich dann auch nicht sein, dachte Kennedy.

Claire bändigte ihr widerspenstiges Haar mit einem Spritzer aus einem kleinen Parfümzerstäuber. Kennedy liebte diesen Geruch. Er beruhigte ihn. Die kraftvolle 59-jährige Frau mit den scharfen Augen war seit seinen ersten Tagen in öffentlichen Ämtern vor vielen Jahren seine Hauptberaterin gewesen. Zum Teufel mit der Vetternwirtschaft: Wäre sie keine Weiße, wäre sie die erste Beraterin des Bürgermeisters geworden, aber das hätte ihm, wie sie selbst immer am vehementesten betont hatte, im zu 60 Prozent schwarzen District of Columbia zum Nachteil gereicht.

»Wie schlimm ist das alles?«, fragte sie.

»So schlimm wie es nur geht.«

Claire Kennedy nickte und legte die Hand auf das massige Bein ihres Mannes.

Eine Zeit lang sagte niemand etwas.

»Gibt es hier vielleicht irgendwo Champagner?«, fragte er plötzlich und deutete mit dem Kinn auf die Minibar.

»Champagner?«

»Warum nicht? Wir können ja schon mal anfangen, meine schändliche Niederlage zu feiern.«

»Sie wollten doch unterrichten«, erinnerte sie ihn und fügte mit einem Zwinkern hinzu: »Professor Kennedy.«

»Sie ebenfalls, Professor Kennedy. Wir beantragen am William and Mary College nebeneinander liegende Hörsäle.«

Sie lächelte ihn an und öffnete die Minibar der Limousine.

Doch Jerry Kennedy lächelte nicht. Unterrichten wäre eine Bankrotterklärung. Ein erfolgreicher Job bei einer Anwaltskanzlei am Dupont Circle wäre eine Bankrotterklärung. Kennedy wusste es tief in seinem Inneren, dass sein eigentlicher Lebenszweck darin bestand, dieses merkwürdige Stück Sumpfland für die Jugendlichen, die zufällig hier geboren wurden, zu einem lebenswerteren Ort zu machen, und er wusste, dass sein Projekt 2000 das einzige einigermaßen greifbare Konzept war, womit sich dieses Ziel erreichen ließ. Und jetzt waren diese Hoffnungen zerstört.

Er schaute seine Frau an. Sie lachte.

Sie zeigte auf die Bar. »Gallo und Budweiser.«

Was sonst, im District of Columbia?

Kennedy öffnete die Tür und stieg aus, hinaus in die erfrischende Nachtluft.

Endlich sind die Waffen geladen.

Der benutzte Schalldämpfer ist neu bestückt und der neue ist auf die zweite Maschinenpistole aufgeschraubt.

Der Digger sitzt in seinem gemütlichen Zimmer und überprüft seine Tasche. Mal sehen ... Er hat eine Pistole dabei und zwei weitere im Handschuhfach seines Autos. Und jede Menge Munition.

Der Digger bringt seinen Koffer hinaus zum Wagen. Der Mann, der ihm alles sagt, hat gesagt, das Zimmer sei schon bezahlt. Wenn es Zeit war zu gehen, konnte er einfach die Tür hinter sich zumachen und wegfahren.

Er packt seine Dosensuppen, sein Geschirr und die Gläser in

einen Pappkarton und trägt ihn zu seinem *Nichts ist unmööglich*-Toyota.

Der Digger geht noch einmal ins Zimmer und sieht Tye eine Weile an, überlegt noch einmal, wo … *klick* … in den Westen ist, dann wickelt er die Decke um den Jungen. Er trägt ihn, leicht wie ein Hündchen, zum Auto und bettet ihn auf den Rücksitz.

Der Digger setzt sich hinter das Steuer, lässt den Wagen aber nicht sofort an. Er dreht sich um und sieht noch einmal nach dem Jungen. Schlägt ihm die Decke fest um die Füße mit den zerrissenen Turnschuhen.

Die Erinnerung an jemanden, der spricht. Wer? Pamela? William? Der Mann, der ihm alles sagt?

»Schlaf …«

Klick, klick.

Warte, warte, warte.

»Ich möchte, dass du …« *Klick. Klick.*

Auf einmal ist da keine Pamela mehr, keine Ruth, mit dem Glas im Hals, kein Mann, der ihm alles sagt. Da ist nur noch Tye.

»Ich möchte, dass du schön schläfst«, sagt der Digger zu der reglosen Gestalt des Jungen. Das sind die Worte, die er ihm sagen wollte. Er weiß nicht genau, was sie bedeuten. Aber er sagt sie trotzdem.

When I go to sleep at night,
I love you all the more …

Er lässt den Wagen an. Er blinkt, dreht den Kopf wegen des toten Winkels ein wenig zur Seite und fährt los.

25

22:05
Der letzte Tatort.

… Stelle, die ich dir gezeigt habe – die schwarze …

Parker Kincaid stand mit in die Hüften gestemmten Händen vor der Tafel des Labors der Urkundenabteilung und starrte auf das Rätsel vor ihm … *Stelle, die ich dir gezeigt habe – die schwarze …*

»Die schwarze was?«, grübelte Dr. Evans.

Cage zuckte die Achseln. Lukas hatte die Tatortspezialisten von PERT an Bord der *Ritzy Lady* am Telefon. Sie legte auf und teilte dem Team mit, dass, wie nicht anders erwartet, kaum nennenswerte Spuren zu finden waren. Man hatte Patronenhülsen mit ein paar Fingerabdrücken darauf gefunden. Sie wurden gerade durch AFIS gejagt; sobald die Ergebnisse vorlagen, würde sich die Abteilung Identifikation sofort melden. Zeugen wussten von einem Weißen undefinierbaren Alters in einem dunklen Mantel zu berichten. Er hatte eine braune Tüte gehabt, in der sich vermutlich die Maschinenpistole befand. Ein Faserfetzen war sichergestellt worden. Er stammte von der Tüte, wie die PERT-Techniker meinten, und gab keinen Hinweis auf seine Herkunft.

Parker sah sich um. »Wo ist Hardy?«

Cage unterrichtete ihn über den Zwischenfall im Ritz.

»Hat sie ihn rausgeschmissen?«, fragte Parker und nickte zu Lukas.

»Nein. Obwohl es eigentlich angebracht gewesen wäre. Aber sie hat ihm die Hölle heiß gemacht und ihm noch eine letzte Chance gegeben. Er ist unten in der Biblitohek und versucht, seinen Schnitzer auszubügeln.«

Parker drehte sich zu Geller um. Der junge Agent starrte auf den Monitor vor sich, auf dem das Anagramm-Computerprogramm vergeblich versuchte, hinter dem Wort »schwarze« weitere Buchstaben zusammenzusetzen. Doch die Asche nach diesem Wort war noch viel stärker beschädigt als bei der Stelle mit der *Ritzy Lady*.

Parker ging kurz auf und ab und blieb dann stehen. Wieder wanderte sein Blick zur Tafel. Er spürte die innere Unruhe, wenn man einem Hinweis noch nicht ganz auf die Spur gekommen war, aber kurz davor stand. Er seufzte.

Jetzt stand er fast neben Lukas. »Wie geht es Ihrem Jungen, Robby?«, erkundigte sie sich. »Alles in Ordnung?«

»Es geht ihm gut. Er war nur ein wenig verängstigt.«

Sie nickte. Ein Computer in der Nähe vermeldete: »Sie haben Post.« Sie ging hin und las die Nachricht. Schüttelte den Kopf. »Die Abdrücke auf den Patronenhülsen stammen von einem der Gäste, der sich ein Andenken mitnehmen wollte. Er kommt nicht in Frage.« Sie drückte auf SPEICHERN.

Parker starrte auf den Schirm. »Das macht mich überflüssig.«

»Was?«

»E-Mail«, sagte er. Er sah Lukas an und ergänzte: »Als Dokumentenprüfer, meine ich. Die Leute schreiben jetzt zwar mehr als je zuvor, aber …«

»Aber es gibt immer weniger, die noch per Hand schreiben«, brachte sie seinen Gedanken zu Ende.

»Genau.«

»Das wird hart«, meinte sie. »Auf diese Weise verlieren wir einen Haufen guter Beweismittel.«

»Stimmt. Aber für mich ist nicht das traurig.«

»Traurig?« Sie sah ihn an. Ihr Blick war nicht mehr ganz so starr, aber sie schien vorsichtig zu sein gegenüber einem so gar nicht passenden Ausdruck in der Umgebung eines dermaßen hoch gerüsteten forensischen Labors.

»Für mich«, erklärte er, »ist die Handschrift ein Teil des Menschen. Wie unser Sinn für Humor oder unsere Fantasie. Denken Sie mal darüber nach. Die Handschrift gehört zu den wenigen Dingen, die von einem Menschen nach seinem Tod übrig bleiben. Schrift kann Jahrhunderte, sogar Jahrtausende überdauern. Näher kommen wir an die Unsterblichkeit nicht heran.«

»Ein Teil des Menschen?«, fragte sie. »Aber Sie sagten doch, Handschriftendeutung sei Humbug.«

»Nein. Ich meine, alles, was jemand geschrieben hat, ist ein Spiegelbild seines Wesens. Es spielt eine Rolle, wie die Worte geformt wurden oder was sie aussagen, selbst wenn sie missverstanden werden oder unsinnig sind. Allein die Tatsache zählt, dass sich jemand diese Worte ausgedacht, seine Hand sie zu Papier gebracht hat. Für mich grenzt das an ein Wunder.«

Sie senkte den Blick und starrte auf den Boden.

Parker fuhr fort: »Für mich war Handschrift immer so etwas wie ein Fingerabdruck des Herzens – und der Seele.« Er lachte ein wenig befangen über seine eigenen Worte und rechnete halb damit, dass sie wieder schroff auf einen derart sentimentalen Gedanken reagieren würde. Doch es geschah etwas Merkwürdiges. Margaret Lukas nickte und wandte den Blick rasch ab. Parker dachte zuerst, auf einem der anderen Computer sei wieder eine Nachricht aufgeblitzt und hätte sie abgelenkt. Aber da war nichts. Allerdings sah er in einem der Monitore das Spiegelbild ihres Gesichts, und es sah ganz so aus, als glitzerten Tränen in ihren Augen. Genau das hätte er von Lukas niemals erwartet – und doch fuhr sie sich mit der Hand über das Gesicht.

Gerade als er sie fragen wollte, ob etwas mit ihr nicht in Ordnung sei, stand sie abrupt auf und ging zu den Glasplättchen mit den verbrannten Blättern hinüber. Ohne ihm Zeit zu lassen, sich nach den Tränen zu erkundigen, fragte Lukas: »Was ist mit diesen Labyrinthen, die er gezeichnet hat? Glauben Sie, dass sich dahinter ein Hinweis versteckt?«

Er gab keine Antwort, sondern sah sie nur an, bis sie sich kurz zu ihm umdrehte und die Frage wiederholte: »Die Labyrinthe?«

Nach einigen Sekunden senkte er den Blick und betrachtete das verkohlte Papier. Nur Psychopathen ließen Kryptogramme als Fährten zurück, und auch die nur selten. Andererseits fand

Parker, dass nichts dagegen sprach, wenigstens einen prüfenden Blick darauf zu werfen; sehr viel mehr blieb ihnen ohnehin nicht zu tun. Er legte die Glasscherben mit dem Blatt auf den Overhead-Projektor.

Lukas stellte sich neben ihn.

»Wonach suchen wir?«, erkundigte sich Cage.

»Bilden die Linien irgendwelche Buchstaben?«, fragte Lukas.

»Gut«, sagte Parker. Allmählich kam sie auf den Geschmack. Sie betrachteten die Linien intensiv, fanden jedoch nichts.

»Vielleicht«, schlug sie vor, »ist es eine Landkarte.«

Auch das war keine schlechte Idee.

Alle starrten auf die Linien. Als Leiterin der District-Außenstelle war Lukas mit den Umrissen der Stadt vertraut. Aber weder ihr noch einem der anderen fielen Straßen oder Stadtviertel ein, die mit den Linien und Formen der Irrgärten korrespondierten.

Geller schaute wieder auf seinen Computer und schüttelte den Kopf. »Diese Anagramm-Geschichte haut nicht hin. Es ist einfach nicht genug Asche übrig, um überhaupt irgendeinen Buchstaben daraus zu basteln.«

»Dann müssen wir es eben auf die altmodische Weise rauskriegen.« Parker fing an, auf und ab zu gehen, wobei er immer wieder einen Blick auf die Tafel warf. »›... die schwarze ...‹«

»Irgendeine afroamerikanische Organisation?«, schlug Evans vor.

»Möglich«, sagte Parker. »Aber nicht vergessen: der Unbekannte war ein schlaues Kerlchen. Sehr gebildet.«

Cage runzelte die Stirn. »Was soll das heißen?«

Lukas beantwortete seine Frage: »Das Wort ›schwarz‹ ist sehr umgangssprachlich. Außerdem hätte er es als Eigenname einer Gruppierung wahrscheinlich groß geschrieben.«

»Stimmt«, sagte Parker. »Ich glaube auch, dass es als normales Adjektiv gemeint ist. Es könnte zwar sein, dass es sich auf die Hautfarbe bezieht, aber ich bezweifle, dass eine spezielle Organisation gemeint ist.«

»Andererseits sollten wir nicht vergessen«, warf Cage ein, »dass er uns gerne an der Nase herumführt.«

»Stimmt auch wieder«, gab Parker zu.

Schwarz …

Parker ging zum Untersuchungstisch und betrachtete abermals den Erpresserbrief. Legte die Hände links und rechts davon auf den Tisch. Starrte den Punkt der Teufelsträne über dem Buchstaben *i* an. Fixierte die erstarrte Tinte.

Was kannst du mir sagen?, befragte er das Dokument stumm. Was verschweigst du uns? Welche Geheimnisse birgst du?

»Ich hab was gefunden«, rief eine Stimme von der Eingangstür.

Alle drehten sich um.

Detective Len Hardy kam mit einem Stoß Blätter unter dem Arm ins Labor getrabt. Er war gerannt und musste erst einmal stehen bleiben, um Luft zu holen. »Okay, Margaret, Sie hatten Recht. Ich bin kein Revolvermann und auch kein Ermittler. Aber niemand recherchiert besser als ich. Also dachte ich mir, warum tust du nicht das, was du kannst? Ich habe einiges über den Namen herausgefunden. Digger.« Er ließ die Blätter auf den Schreibtisch fallen. Dann sah er die Umstehenden an. »Die Sache mit dem Bürgermeister … tut mir Leid. Ich hab's verbockt. Ich wollte einfach etwas tun, damit nicht noch mehr Menschen verletzt werden.«

»Ist schon gut, Len«, sagte Lukas. »Was haben Sie gefunden?«

Hardy wandte sich an Dr. Evans. »Welche Datenbanken haben Sie zur Überprüfung des Namens benutzt?«

»Die üblichen«, antwortete der Doktor und wirkte ein wenig eingeschnappt.

»Die Verbrecherdateien?«, fragte Hardy. »VICAP, N. Y. P. C. Schwerverbrecherkartei, John Jay?«

»Die auch, selbstverständlich«, sagte Evans und wich Hardys Blick aus.

»Das war soweit in Ordnung«, sagte Hardy, »aber ich dachte mir, warum nicht auch andere Datenbanken zu Rate ziehen?

Und dann bin ich fündig geworden. Die Datenbank in der Fakultät für Religionsgeschichte der Cambridge University.« Hardy klappte ein Notizbuch auf. Darin befanden sich Dutzende übersichtlich beschrifteter und mit Tabellen versehener Seiten. Der junge Detective hatte Recht; er war wirklich der geborene Rechercheur.

»Diese Gruppe aus den sechziger Jahren, die Sie erwähnt haben, die aus San Francisco«, sagte Hardy, »die sich die Diggers nannten.«

»Die habe ich doch überprüft«, erwiderte der Doktor. »Das war nur eine Schauspieltruppe.«

»Nein. Waren sie nicht«, konterte Hardy. »Es war eine radikale politische Untergrundbewegung mit Sitz in Haight-Ashbury. Ich habe mir ihre Philosophie und ihre Geschichte angesehen und entdeckt, dass sie ihren Namen von einer Sekte im England des 17. Jahrhunderts ableiteten. Und die wiederum waren noch einen Zacken radikaler. Sie propagierten das Verbot von persönlichem Landbesitz. Und, was besonders bezeichnend ist: Sie verfolgten vor allem wirtschaftliche und soziale Ziele, aber sie verbündeten sich mit einer anderen Gruppe, die politisch wesentlich aktiver war, manchmal sogar militant, und die wiederum nannten sich ›The True Levelers‹.«

»Levelers«, murmelte Cage. »Gleichmacher. Ein unheimlicher Name.«

Hardy war noch nicht fertig. »Sie wandten sich gegen die Kontrolle des Volkes durch eine elitäre Oberschicht und eine Zentralregierung.«

»Aber was hat das für uns zu bedeuten?«, fragte Lukas.

»Es könnte uns helfen, das letzte Ziel zu finden«, antwortete Hardy. »Wo müsste er zuschlagen, um unsere, Zitat, kapitalistische Gesellschaft zu nivellieren?«

»Bevor wir das beantworten können, sollten wir wissen, warum er die Gesellschaft auf dem Kieker hat«, warf Parker ein.

»Ein religiöser Spinner?«, sagte Geller. »Erinnert euch an das Kreuz.«

»Wäre möglich«, sagte Evans. »Aber die meisten religiösen Eiferer würden kein Geld verlangen, sondern eher eine halbe Stunde Sendezeit auf CNN.«

»Vielleicht hat er mit jemandem ein Hühnchen zu rupfen?«, sagte Parker.

»Klar. Rache.« Das kam von Lukas.

»Jemand hat ihm übel mitgespielt«, sagte Parker. »Und jetzt will er es ihm heimzahlen.«

Evans nickte. »Das wäre nachvollziehbar.«

»Aber wer? Wer hat ihm übel mitgespielt?«, überlegte Hardy und betrachtete wieder den Erpresserbrief.

»Er ist entlassen worden«, schlug Cage vor. »Und jetzt ist er stinksauer auf seinen Boss.«

»Nein«, sagte Evans. »Ein Psychopath würde aus so einem Grund töten, aber er war kein Psychopath. Dafür war er zu klug und zu kontrolliert.«

»Große Firmen, fette Geschäfte, hohe Tiere ...«, krächzte Geller.

»Moment«, sagte Hardy, »wenn das seine Ziele wären, hätte er da statt in Washington nicht eher in New York zugeschlagen?«

»Das hat er doch schon«, gab Cage zu bedenken. »In White Plains.«

Doch Hardy schüttelte den Kopf. »Nein. White Plains, Boston und Philly, das waren doch nur Fingerübungen für ihn. Das hier ist sein großes Finale.«

»Die Regierung«, sagte Parker. »*Deswegen* ist er hier.«

Hardy nickte. »Und die Diggers waren gegen eine Zentralregierung. Also hat er es vielleicht doch nicht unbedingt auf die Oberschicht abgesehen.« Er warf Evans einen Blick zu. »Sondern auf die Bundesregierung.«

»Das ist es«, sagte Lukas. »Das muss es sein.«

»Die Regierung trägt an irgendetwas die Schuld, was ihm angetan worden ist.« Parker ließ den Blick über das Team schweifen. »Hat jemand eine Idee, was das sein könnte?«

»Ideologie?«, fragte sich Cage laut. »Er ist ein Kommunist oder gehört einer rechtsradikalen militanten Gruppe an.«

Evans schüttelte den Kopf. »Nein, in diesem Fall hätte er inzwischen ein Manifest vorgelegt. Es ist eine persönlichere Sache.«

Lukas und Hardy sahen einander gleichzeitig an. Parker hatte den Eindruck, sie hatten den gleichen Gedanken. Es war der Detective, der ihn aussprach: »Der Tod eines geliebten Menschen.«

Lukas nickte.

»Könnte gut sein«, meinte der Psychologe.

»Na schön«, sagte Cage. »Um welches Szenario könnte es sich konkret gehandelt haben? Wer ist gestorben? Warum?«

»Hinrichtung?«, schlug Hardy vor.

Cage schüttelte den Kopf. »Hinrichtungen sind meistens Angelegenheit des betreffenden Bundesstaates.«

»Eine vermasselte Rettungsaktion der Küstenwache?«, schlug Geller vor.

»Zu weit hergeholt«, wiegelte Lukas ab.

Hardy versuchte es noch einmal: »Ein Auto oder Lastwagen der Regierung ist in einen Verkehrsunfall verwickelt, ein Postangestellter läuft Amok, ein Unfall in einem Nationalpark … Diplomaten …«

»Militär«, schlug Cage vor. »Die meisten Todesfälle, die in Beziehung zur Bundesregierung stehen, dürften militärischer Natur sein.«

»Aber«, sagte Lukas, »es muss jedes Jahr Hunderte von Todesfällen bei den Streitkräften geben. Handelt es sich um einen Unfall? Bei einem Manöver? Im Einsatz?«

»Vielleicht während des Golfkriegs?«, meinte Cage.

»Wie alt war der Unbekannte?«, fragte Parker.

Lukas griff sich den vorläufigen Bericht des Gerichtsmediziners. Sie las ihn durch und sah auf. »Mitte vierzig.«

Schwarze … etwas Schwarzes …

Auf einmal fiel es Parker wie Schuppen von den Augen. »Die schwarze Mauer!«, sagte er.

Lukas nickte. »Das Vietnam-Ehrenmal.«

»Jemand, den er kannte, ist in Vietnam umgekommen«, sagte Hardy. »Ein Bruder vielleicht, oder eine Schwester. Vielleicht war seine Frau Krankenschwester dort.«

Cage sagte: »Aber das ist dreißig Jahre her. Kann so etwas nach so langer Zeit wieder hoch kommen?«

»Sicherlich«, sagte Evans. »Wenn das Unterbewusste seine Ängste nicht abgearbeitet hat, schwären sie weiter. Und Silvester ist die Zeit der neuen Vorsätze; die Leute sind zu vielem bereit – auch zu destruktiven Taten. Heute Nacht wird es mehr Selbstmorde geben als in jeder anderen Nacht des Jahres.«

»Mein Gott«, sagte Lukas.

»Was ist?«

»Mir ist eben erst klar geworden, dass sich das Ehrenmal auf der Mall befindet. Dort kommen heute Abend 200.000 Menschen zusammen. Wir müssen diesen Teil des Parks absperren.«

»Dort dürfte es jetzt bereits mehr als voll sein«, sagte Parker. »Die harren zum Teil schon seit Stunden dort aus.«

»Aber, meine Güte«, sagte Cage, »wir brauchen mehr Leute, wir brauchen Verstärkung.« Er rief Artie, den Wachmann am Nachteingang des Gebäudes, an, der sofort eine Durchsage über die Lautsprecheranlage schickte, in der alle abkömmlichen Agenten aufgefordert wurden, sich wegen eines Sondereinsatzes in der Eingangshalle einzufinden.

Lukas wies Jerry Baker über Telefon an, seine taktischen Agenten in der nordwestlichen Ecke der Mall zu postieren. Dann piepste sie den stellvertretenden Dienst habenden Direktor an. Er rief sofort zurück. Sie sprach sich kurz mit ihm ab und legte dann auf.

Sie sah das Team an. »Der stellvertretende Direktor ist unterwegs hierher. Ich gehe nach unten, um ihn rasch ins Bild zu setzen und stoße dann am Ehrenmal wieder zu euch.«

Cage zog seinen Mantel an. Geller stand auf und überprüfte seine Waffe. Sie sah fremdartig aus in seinen Händen, die zweifelsohne mit Computermäusen besser vertraut waren.

»Moment mal, Tobe«, sagte Lukas. »Sie gehen besser nach Hause.«

»Ich kann …«

»Das ist ein Befehl. Sie haben schon mehr als genug getan.«

Er protestierte noch ein wenig, doch Lukas gab nicht nach – wenn auch erst, nachdem sie ihm versprochen hatte, ihn sofort anzurufen, falls sie weitere technische Unterstützung benötigte. »Ich habe meinen Laptop dabei«, sagte er, als könnte er sich nicht vorstellen, jemals mehr als drei Schritte von einem Computer entfernt zu sein.

Lukas ging zu Hardy hinüber. »Vielen Dank, Detective. Das war verdammt gute Polizeiarbeit.«

Er grinste. »Tut mir Leid, dass ich das mit dem Bürgermeister verbockt habe. Er …«

Sie wedelte mit der Hand und quittierte damit seine Entschuldigung. »Alles klar wie Bodennebel.« Dann fragte sie: »Sind Sie immer noch scharf auf richtige Action?«

»Aber sicher.«

»Na schön, aber halten Sie sich weiter hinten. Sagen Sie mir die Wahrheit … können Sie wirklich schießen?«

»Klar kann ich das. Ich bin sogar ziemlich gut … wenn es nicht gerade windig ist.« Immer noch grinsend schlüpfte der junge Detective in seinen Trenchcoat.

Parker spürte das Gewicht der Pistole in seiner Tasche, als er seine eigene Jacke überstreifte. Lukas sah ihn skeptisch an. »Ich komme mit«, sagte er entschlossen.

»Das müssen Sie nicht, Parker. Sie haben auch so schon mehr als genug getan.«

Er lächelte sie an. »Einfach zielen und abdrücken, richtig?«

»Ja«, sagte sie, »einfach zielen und abdrücken.«

Jetzt ist es so weit, jetzt ist es so weit …

Mein Gott, wie eilig sie es alle haben!

Ein Dutzend, zwei Dutzend Agenten kamen aus der FBI-Zentrale gerannt. Einige trugen kugelsichere Westen, andere nicht.

Henry Czisman nahm einen letzten Schluck Jim Beam und legte die braune Flasche auf den Rücksitz seines Mietwagens, in dem es nach Tabak und Whiskey roch. Dann drückte er seine Marlboro im überquellenden Aschenbecher aus.

Sie rannten zu ihren Wagen. Einer nach dem anderen fuhr los und raste mit großer Geschwindigkeit davon.

Er folgte ihnen nicht. Noch nicht. Er wartete, geduldig wie eine Viper.

Und dann sah Czisman den großen, grauhaarigen Agenten, Cage, aus der Tür kommen. Der Mann drehte sich kurz um, und ja! Da kam er: Parker Kincaid.

Obwohl Czisman den FBIlern nicht alles erzählt hatte, stimmte es, dass er den Großteil seines Lebens Journalist gewesen war. Und zwar ein ziemlich guter. Er konnte Menschen so gut einschätzen wie ein Streifenpolizist. Und während sie drinnen in ihrem Vernehmungsraum zweifellos ihre Netzhaut-Scans und Stimmanalysen bei ihm vorgenommen hatten, hatte er seine eigenen Tests laufen lassen. Seine Ergebnisse waren zwar weniger High-Tech, dafür wesentlich intuitiver, aber nicht weniger zutreffend, als die des FBI. So hatte er zum Beispiel herausgefunden, dass Jefferson nicht Jefferson war. Als der Mann vor wenigen Stunden die Zentrale in größter Eile verlassen hatte und zu seinem Wagen gerannt war, hatte Czisman das Nummernschild an einen Privatdetektiv in Hartford, Connecticut, durchgegeben und war so an Jeffersons richtige Identität gekommen. Parker Kincaid. Eine einfache Internet-Recherche hatte ergeben, dass es sich bei ihm um den ehemaligen Leiter der Urkundenabteilung des FBI handelte.

Wenn die Behörde einen ehemaligen Agenten als Berater engagierte, musste er wirklich gut sein. Was wiederum bedeutete, dass man sich am ehesten an ihn hielt. Nicht an den bürokratischen Cage. Auch nicht an die gefühllose Lukas.

Kincaid blieb kurz stehen, um den Reißverschluss seiner Lederjacke zuzuziehen, drehte sich kurz zur Orientierung um und stieg dann mit Cage und einem jungen Agenten oder Officer, einem ernsten Mann im Trenchcoat, in ein Zivilfahrzeug. Sie stellten ein rotes Blinklicht auf das Armaturenbrett und fuhren rasch nach Westen davon – in Richtung Mall.

Czisman hängte sich einfach hinten an, raste ebenso halsbrecherisch durch die Stadt, sodass niemand Notiz von ihm nahm. Um die 18th Street herum, unweit der Constitution Avenue, wurden Verkehr und Menschenmengen so dicht, dass die FBI-Wagen anhalten mussten. Die Agenten stiegen aus und bewegten sich im Laufschritt hinüber in Richtung Mall. Czisman blieb dicht hinter ihnen.

Cage und Kincaid standen nebeneinander und blickten über die Menge. Kincaid zeigte zur Westseite des Vietnam-Monuments, Cage nickte Richtung Osten. Sie gingen in verschiedenen Richtungen auseinander. Der Mann im Trenchcoat entfernte sich von beiden und trabte auf die Constitution zu.

Czisman war ein schwerer Mann und nicht besonders gut in Form. Sein Atem ging keuchend, und sein Herz hämmerte wie ein Kolben. Aber es gelang ihm ohne größere Schwierigkeiten, mit Parker Kincaid Schritt zu halten. Nur einmal machte er kurz Halt, um seine Pistole aus dem verschwitzten Hosenbund zu ziehen und in seine Manteltasche zu schieben.

26

23:20

Der Mantel des Diggers ist schwer.

Das Gewicht der Waffen zieht ihn nach unten.

Das Gewicht der Magazine, in denen Hunderte Patronen vom Kaliber 22 stecken …

Klick … klick …

… vom … vom Kaliber 22 Gewehrmunition Vorsicht Kugeln haben eine Reichweite bis zu 1,5 Kilometern Kinder sollten nur unter Aufsicht Erwachsener schießen …

Nein, das würde der Digger niemals tun … ein Kind unbeaufsichtigt schießen lassen.

Nicht Tye. Niemals, niemals, niemals Tye.

Zwei wunderbar präparierte Schalldämpfer. Baumwolle und Gummi, Baumwolle und Gummi.

Du bist du bist du bist der Beste …

Die Maschinenpistolen stecken in den Innentaschen seines schicken blauen oder schwarzen Mantels, das Weihnachtsgeschenk von Pamela. Eine der Pistolen aus dem Handschuhfach seines Toyotas steckt in der rechten Außentasche des Mantels. In der linken befinden sich vier weitere Ersatzmagazine für die Uzis.

Keine Tüten, keine Hündchen …

Er weicht dem hellen Licht aus, und niemand ringsum bemerkt ihn. Er hält nach Polizei oder FBI Ausschau, sieht aber niemanden.

Tye liegt schlafend auf dem Rücksitz des Autos, eine Querstraße entfernt. Als der Digger ihn verließ, hatte der Junge die dünnen Ärmchen über der Brust verschränkt gehabt.

Das bereitet ihm am meisten Sorgen: Wenn die Polizei zu schießen anfängt, oder wenn der Digger mit seiner nicht schallgedämpften Pistole schießen muss, könnte Tye von dem Lärm aufwachen. Und dann schläft er nicht mehr gut.

Er macht sich auch Gedanken darüber, dass der Junge frieren könnte. Die Temperatur sinkt beständig. Aber der Digger sagt sich, dass er die Decke dreimal gefaltet hat, bevor er den Jungen damit zugedeckt hat. Es wird schon gut gehen. Er schläft. Kindern geht es immer gut, wenn sie schlafen.

Er steht ganz allein da und beobachtet einige der Leute, die bald sterben werden. Er ruft noch einmal mit seinem Handy die Nummer an, und die Dame, die sich anhört wie Ruth vor dem Glassplitter, sagt: »Sie haben keine neuen Nachrichten.«

Also ist es in Ordnung, diese Leute zu töten.

Sie werden wie dunkle Blätter zu Boden fallen.

Tschak tschak tschak tschaktschaktschak …

Er … *klick* … er wird sich im Kreis drehen wie ein Kreisel … wie ein Spielzeug, das Tye vielleicht gefallen würde, und er wird seine Kugeln aus zwei Maschinenpistolen in die Menge verschießen.

Anschließend wird er zum Wagen zurückgehen, seine Mailbox abfragen, ob der Mann, der ihm alles sagt, inzwischen angerufen hat, und dann werden er und Tye zusammen losfahren, bis … *klick* … bis sie Kalifornien gefunden haben.

Jemand wird ihm schon sagen, wo das ist.

Es kann ja nicht so schwer zu finden sein. Es liegt irgendwo im Westen. Daran erinnert er sich noch.

War der Digger hinter ihm?

Vor ihm?

Irgendwo seitlich?

Parker Kincaid umging das Vietnam Memorial in einem weiten Bogen, aufgesogen von einem wahren Menschenmeer. Seine Augen suchten beinahe schon verzweifelt nach einem Mann in einem dunklen Mantel. Mit einer Einkaufstüte. Und mit einem Kreuz um den Hals.

Viel zu viele Menschen. Tausende. Wahrscheinlich Zehntausende.

Cage war auf der anderen Seite des Ehrenmals. Len Hardy auf der Constitution Avenue. Baker und die anderen Agenten durchkämmten das Gelände jenseits der Mall.

Parker wollte gerade eine Gruppe Neuankömmlinge davon abhalten, noch näher an das Memorial heranzugehen, wollte sie zu einem Trupp Polizisten in Sicherheit schicken, hielt sich aber im letzten Augenblick zurück.

Ihm war bewusst geworden, dass er nicht klar dachte.

Rätsel. Denk an die Rätsel.

Drei Habichte haben dem Bauern schon viele Hühner geschlagen …

Mit einem Mal erkannte er seinen Denkfehler. Er suchte am falschen Ort! Sofort machte er einen Schritt zur Seite, hielt sich nun abseits von den großen Menschenmassen und suchte das Gelände um das Vietnam Memorial herum ab. Er dachte an die gezeichneten Labyrinthe des Unbekannten; der Mann war sicher davon ausgegangen, dass die Agenten bis zum dritten Anschlag zumindest eine vage Beschreibung des Diggers haben würden. Er hatte den Digger bestimmt angewiesen, sich dem Mahnmal nicht direkt von einem der Gehsteige her zu nähern, wo man ihn leicht entdecken konnte; nein, er würde durch die Bäume kommen.

Parker drehte sich rasch um und verschwand zwischen Ahorn- und Kirschbäumen. Auch hier drängten sich die Leute, die unterwegs zur Mall waren, doch er hielt sich nicht damit auf, um sie zum Verlassen des Geländes aufzufordern. Er durfte jetzt nicht den Aufpasser, die helfende Hand, den *Vater* spielen; jetzt war er der Jäger – genau wie in jener Nacht vor einigen Jahren, als er auf der Suche nach dem Bootmann durch sein Haus gepirscht war.

Auf der Suche nach seiner Beute.

Auf der Suche nach einem gesichtslosen Mann in einem dunklen Mantel.

Ein Mantel mit einem Kreuz um den Hals.

Henry Czisman ging mit etwa zehn Meter Abstand hinter Kincaid am Vietnam Memorial vorbei, als Kincaid plötzlich seitlich ausscherte und auf ein kleines Wäldchen zuhielt.

Czisman folgte ihm, wobei er das Menschenmeer ringsum betrachtete.

Was für ein Ziel bot sich dem Digger hier!

Er könnte sie wie Gras niedermähen.

Czismans eigene Pistole lag in seiner Hand, die Mündung zeigte nach unten. Niemand sah sie. Die Leute waren abgelenkt und fragten sich höchstens, was da wohl vor sich gehen mochte, warum die Polizei und die FBI-Agenten sie aufforderten, die Mall zu verlassen.

Kincaid marschierte zielstrebig zwischen den Bäumen hindurch, Czisman jetzt vielleicht sechs, sieben Meter hinter ihm. Immer noch waren überall Leute, ganze Trauben schoben sich zwischen ihn und Kincaid. Der Dokumentenprüfer hatte keine Ahnung, dass er verfolgt wurde.

Sie waren ungefähr zehn Meter von der düsteren schwarzen Mauer entfernt, als Czisman einen Mann in einem dunklen Mantel hinter einem Baum hervortreten sah. Es war eine vorsichtige, verstohlene Bewegung, die verriet, dass der Mann sich dort versteckt hatte. Und als er sich in Richtung Memorial in Bewegung setzte, ging er eine Spur zu bedächtig, mit gesenktem Kopf, starr auf den Boden blickend, als wolle er nicht bemerkt werden. Ganz in Kincaids Nähe verschwand er in der Menge.

Czisman trabte hinter ihm her.

Plötzlich drehte sich Kincaid um. Sein Blick huschte über Czisman, dann weiter, kehrte mit einem Stirnrunzeln wieder zurück, als ihm bewusst wurde, dass er dieses Gesicht schon einmal irgendwo gesehen hatte. Czisman drehte sich weg und duckte sich hinter ein paar große Männer, die eine Kühlbox trugen. Er glaubte, Kincaid abgeschüttelt zu haben und machte sich wieder auf die Suche nach dem Mann in dem dunklen Mantel.

Wo …?

Ja, ja, dort war er! Ein Mann mittleren Alters, äußerst schwer zu beschreiben. Er knöpfte seinen Mantel auf und musterte die vielen Menschen ringsrum mit stumpfem Blick.

Und dann sah Czisman etwas aufblitzen. Ein goldenes Funkeln, am Hals des Mannes.

Er trägt ein goldenes Kreuz …

Die Agenten in der Kneipe hatten ihm gesagt, der Digger trüge ein Goldkreuz um den Hals.

Das also ist er, dachte Czisman. Der Schlächter, der Witwenmacher, der Teufel …

»He!«, rief eine Stimme.

Czisman drehte sich kurz um. Es war Kincaid.

Jetzt, dachte er. Jetzt.

Czisman hob den Revolver und richtete ihn auf sein Ziel.

»Nein!«, schrie Kincaid, als er die Waffe sah. »Nein.«

Aber Czisman hatte kein freies Schussfeld. Überall wimmelte es vor Leuten. Er tänzelte zur Seite und schob sich durch eine Lücke in der Menge, wobei er mehrere Leute unwirsch zur Seite stieß. Kincaid hatte er wieder verloren.

In knapp acht Meter Entfernung ließ der Digger, der weder Czisman noch Kincaid bemerkt hatte, seinen Blick über die Menge schweifen wie ein Jäger, der einen Schwarm Wildgänse entdeckt hat.

Czisman schob eine Gruppe College-Schüler beiseite.

»He, was soll das, du Arsch?«

»Hey ...«

Czisman achtete nicht auf sie. Wo war Kincaid? *Wo?*

Zu viele Menschen ...

Der Mantel des Diggers fiel zur Seite. In einer der Innentaschen steckte eine große, schwarze Maschinenpistole.

Und niemand sieht ihn!, dachte Czisman. Als wäre er unsichtbar.

Niemand hat die geringste Ahnung. Familien, Kinder, und alle nur wenige Schritte von dem Killer entfernt ...

Die Menge schien sogar noch anzuwachsen. Die Polizei lenkte alle in Richtung Constitution Avenue, aber viele blieben trotzdem hier. Wahrscheinlich wollten sie die gute Aussicht auf das Feuerwerk nicht so einfach aufgeben, vermutete Czisman.

Der Digger kniff die Augen zusammen, sah sich nach einem günstigen Standort um und postierte sich auf einer kleinen Erhöhung im Gras.

Kincaid löste sich aus der Menge.

Czisman zog den Hahn seiner Pistole zurück.

27

23:40

Die Limousine parkte abseits der Mall, unweit der Tribüne, die für Diplomaten und Kongressmitglieder reserviert war.

Bürgermeister Kennedy und seine Frau stiegen in Begleitung von C. P. Ardell aus.

»Müssen Sie uns wirklich auf Schritt und Tritt folgen?«, fragte Claire den Agenten.

»Vorschrift«, sagte Ardell. »Sie verstehen doch sicher.«

Claire zuckte die Achseln.

Verstehen?, dachte Kennedy. Er verstand nur, dass er praktisch unter Arrest stand und sich nicht einmal der Demütigung entziehen konnte, in seiner eigenen Stadt mit einem Babysitter in der Öffentlichkeit zu erscheinen.

Jede Hoffnung, dass seine Karriere die heutige Nacht überstand, wurde von den Blicken einiger Leute in der Nähe der Ehrentribüne rasch erstickt. Die Doppeldeutigkeit von Slade Phillips' Sonderbericht war entweder nicht bemerkt oder einfach ignoriert worden, und es hatte ganz den Anschein, als seien alle Anwesenden davon überzeugt, Kennedy sei praktisch ein Komplize des Diggers.

Kameras blitzten auf und machten die steifen Aufnahmen, die am kommenden Morgen mit der Unterschrift »Der Bürgermeister und Mrs. Jerry Kennedy« in den Zeitungen erschienen würden. Er winkte einigen Leuten auf der Tribüne zu und ging mit verhaltenem Ernst auf Kommentare wie »Wo haben Sie sich die ganze Zeit versteckt?«, oder »Wie geht's Ihnen denn, Jerry?«, ein. Niemand schien wirklich eine Antwort darauf haben zu wollen. Sie hatten alle viel zu viel damit zu tun, sich von dem zukünftigen Ex-Bürgermeister zu distanzieren.

Die andere Frage, die Kennedy hörte, lautete: »Ich habe gehört, Sie würden heute Abend nicht zum Feuerwerk kommen, Jerry. Was führt Sie her?«

Tja, was ihn heraus zum Feuerwerk brachte, war Claire.

Die Sekretärin der afroamerikanischen Lehrervereinigung hatte angerufen und nicht allzu verlegen gesagt, es sei wohl besser, wenn er nicht an der Feier teilnähme, bei der er als Hauptredner eingeplant war. »Wahrscheinlich ist es besser für alle Beteiligten.«

Kennedy für seinen Teil wäre durchaus damit zufrieden gewesen, sich nach Hause zu schleichen. Doch Claire, die neben ihm auf der Couch in seinem Büro im Rathaus saß, hatte eine andere Idee: »Komm, wir trinken uns einen an und fahren zu dem verdammten Feuerwerk!«

»Ich weiß nicht«, hatte Kennedy unentschlossen gesagt.

»Ich jedenfalls mach das. Du bist doch keiner, der schmollend in der Ecke sitzt, Liebling. Zeig dich den Leuten, mit erhobenem Kopf.«

Er hatte ein paar Sekunden darüber nachgedacht und war zu dem Schluss gekommen, dass er den ganzen Abend noch keinen vernünftigeren Vorschlag gehört hatte. Sie hatten irgendwo eine Flasche Moët aufgetrieben und auf dem Weg hierher ausgetrunken.

Jetzt schoben sie sich durch die Sitzreihen auf der Tribüne, und Kennedy schüttelte dem Abgeordneten Lanier die Hand, der Agent Ardell sofort als das erkannte, was er war – als Kerkermeister.

Wahrscheinlich weil ihm nichts einfiel, das sich nicht wie blanke Häme angehört hätte, beschränkte sich Lanier darauf, kurz zu nicken und Claire ein ungalantes »Claire, Sie sehen heute Abend wunderbar aus« zuzurufen.

»Paul«, sagte sie, nickte zu der schweigenden Mrs. Lanier hinüber und fügte hinzu: »Mindy.«

»Jerry«, erkundigte sich Lanier, »gibt es Neuigkeiten von diesen schrecklichen Massakern?«

»Ich warte selbst darauf.«

»Hier ist noch Platz für Sie, Herr Bürgermeister«, sagte ein junger Berater und zeigte auf eine Reihe mit orangefarbenen Klappstühlen hinter den anderen Zuschauern. »Für Ihren Freund auch.« Er warf einen kurzen Blick auf den bulligen Agenten.

»Nein, nein«, sagte Kennedy. »Wir setzen uns hier einfach auf die Treppe.«

»Nein, ich bitte Sie …«

Aber zumindest für den Augenblick bewahrte sich Kennedy noch ein Stück seiner gesellschaftlichen Autonomie, auch wenn er keine fiskalische mehr besaß, und quittierte die Einwände Laniers und des Beraters mit einer abwinkenden Handbewegung. Er legte seine Jacke auf das Holz, damit Claire sich darauf setzen konnte, und ließ sich neben ihr auf der obersten Stufe nieder. C. P. Ardell wirkte ein wenig angespannt, war offensichtlich jedoch sensibel genug, um zu wissen, wie peinlich es für den Bürgermeister war, für alle sichtbar unter der Bewachung eines FBI-Agenten zu stehen, und bemühte sich um eine unverfängliche Konversation mit dem Bürgermeister und seiner Frau.

»Als Kind bin ich hier immer hergekommen«, sagte der Agent zum Bürgermeister. »Jeden Sonntag.«

Kennedy war überrascht. Die meisten FBI-Agenten wurden hierher versetzt. »Sie sind hier aufgewachsen?«

»Klar. Nicht für eine Million wollte ich in Maryland oder Virginia wohnen.«

»Wo wohnen Sie, Agent Ardell?«, fragte Claire.

»Nicht weit vom Zoo. Ein Stück hinter dem Parkway.«

Kennedy lachte leise auf. Wenn er schon unter Bewachung stand, war er froh, dass sein Wärter wenigstens ein ergebener Bürger der Stadt war.

Der Champagner hatte ihn gewärmt; er rückte näher zu Claire und nahm ihre Hand. Gemeinsam blickten sie über die Mall, sahen über die Hunderttausende von Menschen, die dort durcheinander wimmelten. Kennedy war froh, dass er kein Mikrofon auf der Tribüne sah. Er wollte keine Reden hören, wollte auch nicht, dass ihm jemand das Mikrofon in die Hand drückte, damit er auch irgendetwas sagte – mein Gott, was hätte er schon groß sagen können? Er wollte nur hier in aller Ruhe mit seiner Frau sitzen und zuschauen, wie sich das Feuerwerk über seiner Stadt ergoss. Und die Qual des heutigen Tages vergessen. In seiner Bitte an den Digger hatte er sich auf den heutigen Tag als den letzten Tag des Jahres bezogen. Aber wie es aussah, bedeutete er auch das Ende manch anderer Dinge: seiner Chance, der Stadt zu helfen, und das Ende des Lebens für viele ihrer Bewohner, die auf so schreckliche Weise umkommen mussten.

Auch das Ende seiner Amtszeit; Lanier und die anderen im Kongress, die es darauf angelegt hatten, den Bürgern ihre Stadt wieder wegzunehmen, würden die Geschichte mit dem Digger natürlich hemmungslos ausnützen, um ihm etwas auszuhängen – vielleicht Behinderung der polizeilichen Ermittlungen, oder etwas in der Richtung. Rechnete man den Skandal in der Schulbehörde dazu, konnte Kennedy schon in wenigen Monaten seines Amtes enthoben sein. Wendell Jefferies und alle seine anderen Berater würden mit ihm entlassen werden. Und das bedeutete das Ende von Projekt 2000.

Das Ende all seiner Hoffnungen für die Stadt. Seine bedauernswerte Stadt würde wieder um zehn Jahre zurückgeworfen werden. Vielleicht, wenn der nächste Bürgermeister …

In diesem Augenblick fiel Kennedy etwas Merkwürdiges auf. Die Zuschauer drängten gleichförmig in Richtung Osten, als würden sie dorthin getrieben. Warum?, fragte er sich. Von hier aus konnte man doch hervorragend sehen.

Er drehte den Kopf zu Claire und wollte ihr seine Beobachtung mitteilen, doch seine Frau war plötzlich wie erstarrt.

»Was ist das?«, fragte sie.

»Was?«

»Schüsse«, sagte sie. »Ich habe Schüsse gehört.«

Kennedy blickte nach oben und überlegte, ob das Feuerwerk vielleicht zu früh angefangen hatte. Aber nein. Über sich sah er nichts als den dunklen, bewölkten Himmel, der von der weißen Nadel des Washington Monument aufgespießt wurde.

Und dann hörte er die Schreie.

Czismans Schüsse bewirkten genau das, was er beabsichtigt hatte.

Als ihm bewusst wurde, dass niemand den Digger bemerkte und sein Schussfeld auf den Killer nicht frei war, hatte er zwei Mal in die Luft gefeuert, um die Leute auseinander zu treiben und selbst freie Bahn zu bekommen.

Die Schüsse versetzten die Leute in Panik. Schreiend und

kreischend rannte alles auseinander, auch der Digger wurde umgerempelt und fiel auf die Knie. Innerhalb weniger Sekunden war das Gelände direkt vor dem Vietnam Memorial praktisch leer.

Czisman sah auch, wie Kincaid sich zu Boden warf und eine kleine Automatik aus der Tasche zog. Der Mann hatte den Digger immer noch nicht gesehen, da er von seinem Standpunkt aus hinter einem dichten Strauch Immergrün verborgen war.

Czisman kam das sehr entgegen. Er wollte den Killer für sich haben.

Der Digger erhob sich langsam. Die Maschinenpistole war aus seinem Mantel gefallen. Er sah sich suchend um. Dann erblickte er Czisman und erstarrte in der Bewegung, starrte Czisman mit den merkwürdigsten Augen an, die er jemals gesehen hatte.

In diesen Augen war weniger Gefühl als in den Augen eines Tieres. Wer auch immer diese Morde geplant hatte – derjenige, der im Leichenschauhaus lag –, *jener* Mann war nicht das personifizierte Böse. Er musste Gefühle, Gedanken und Wünsche gehabt haben. Er hätte einen Rest von Gewissen entwickeln können, der womöglich noch in ihm steckte.

Aber der Digger? Nein. Für diese Maschine gab es keine Erlösung. Für ihn gab es nur den Tod.

Der Killer mit dem Verstand eines Menschen und dem Herzen eines Teufels …

Der Digger starrte auf die Pistole in Czismans Hand. Dann hob sich sein Blick, und er sah in das Gesicht des Journalisten.

Kincaid erhob sich wieder und rief Czisman zu: »Lassen Sie die Waffe fallen, lassen Sie die Waffe fallen!«

Czisman hörte nicht auf ihn, sondern richtete die Pistole auf den Digger. Mit zitternder Stimme sagte er: »Du …«

Aber da war eine leise Explosion an des Diggers Seite. Ein Stück vom Mantelfutter stülpte sich nach außen. Czisman spürte eine harte Faust in seiner Brust und fiel auf die Knie. Er feuerte seine Pistole ab, doch die Schüsse gingen ins Leere.

Der Digger zog die Hand aus der Manteltasche. Sie hielt eine kleine Pistole umfasst. Er zielte abermals auf Czisman und feuerte zwei Mal.

Die Wucht der Kugeln schleuderte Czisman nach hinten.

Als er auf dem kalten Boden zusammenbrach und die Reflexionen ferner Lichter auf der Mauer des Vietnam Memorial wahrnahm, murmelte er: »Du …«

Czisman suchte seine Pistole … Wo war sie? Sie war ihm aus der Hand gefallen.

Wo, wo …?

Kincaid rannte in Deckung und blickte sich verwirrt um. Czisman sah, wie der Digger langsam zu seiner Maschinenpistole ging, sie aufhob und einen Feuerstoß in Richtung Kincaid abgab, der hinter einen Baum hechtete. Der Digger trottete davon, duckte sich unter den Büschen hindurch und folgte der fliehenden Menge.

Czisman tastete nach seiner Pistole. »Du … du … du …« Aber seine Hand fiel wie ein Stein auf den Boden, und dann wurde alles um ihn herum schwarz.

Ein paar Leute …

Klick, klick …

Komisch …

Ein paar Leute waren ganz in seiner Nähe, hockten im Gras und schauten sich erschrocken um. Der Digger hätte sie mit Leichtigkeit erschießen können, aber dann hätte ihn die Polizei gesehen.

»Beim letzten Mal musst du so viele wie möglich umbringen«, hatte der Mann gesagt, der ihm alles sagt.

Aber wie viel ist so viel wie möglich?

Einen, zwei, drei, vier, fünf …

Der Digger kann sich nicht vorstellen, dass damit nur ein halbes Dutzend gemeint ist.

Die letzte Minute der letzten Stunde des …

Also eilt er hinter ihnen her, tut das, was er tun soll, sieht erschrocken aus, rennt dorthin, wo alle Leute hinrennen, zieht die Schultern hoch. Er ist ein Teil der Menge.

Du bist ... du bist ... du bist der Beste.

Wer war dieser Mann da eben?, fragt er sich. Das war kein Polizist. Warum wollte er auf mich schießen?

Der Digger hat die ... *klick, klick* ... die Uzi unter seinem Mantel versteckt, dem Mantel, den er so sehr mag, weil er ein Geschenk von Pamela ist.

In der Nähe wird laut gerufen, aber er scheint nicht damit gemeint zu sein. Niemand bemerkt ihn. Er läuft über das Gras, zwischen Büschen und Bäumen hindurch, an dieser breiten Straße entlang – Constitution Avenue. Dort sind Busse und Autos und Abertausende von Menschen. Wenn er ein bisschen näher hingeht, kann er Hunderte von ihnen töten.

Er sieht Museen, wie das, in dem sie das Bild vom Eingang zur Hölle hängen haben. Museen sind prima, denkt er. Tye werden sie bestimmt auch gefallen. Wenn sie erst einmal in Kalifornien sind, besuchen sie vielleicht gemeinsam ein Museum.

Mehr Schreie. Rennende Leute. Überall Männer, Frauen und Kinder. Polizisten und Agenten. Sie haben Uzis oder Mac-10s, oder ... *klick* ... Pistolen wie die Pistolen des Diggers und wie die Pistole des dicken Mannes, der ihn erschießen wollte. Aber diese Männer und Frauen schießen nicht, weil sie nicht wissen, auf wen sie schießen sollen. Der Digger ist für sie nur einer von vielen in der unübersehbaren Menge.

Klick, klick.

Wie weit muss er noch gehen, um mehr Leute zu erwischen?

Noch ein paar hundert Meter, schätzt er.

Er trottet weiter. Aber sein Weg führt ihn weg von Tye, weg von dem Auto, das in der 22nd Street geparkt ist. Der Gedanke gefällt ihm nicht. Er will das Schießen endlich hinter sich bringen und zu dem Jungen zurück. Sobald er mitten in der Menge steht, wird er sich wie ein Kreisel drehen und zusehen, wie die Leute wie die Blätter in einem Wald in Connecticut fallen. Und dann geht er zu dem Jungen zurück.

When I travel on the road,
I love you all the more.

Drehen, drehen, drehen …

Sie werden fallen, so wie Pamela fiel, mit der Rose auf der Brust und dem gelben Blitz in der Hand.

Fallen, fallen, fallen …

Noch mehr Leute mit Pistolen laufen über das Gras.

Plötzlich hört er ganz in der Nähe Explosionen, lautes Krachen, Böllern und Knallen.

Schießt jemand auf ihn?

Nein, nein … Aah, sieh nur!

Über ihm erblühen Blumen am Nachthimmel. Rauch und leuchtende Blumen, rote und gelbe. Auch blaue und weiße.

Ein Feuerwerk.

Seine Uhr piept.

Es ist Mitternacht.

Zeit zu schießen.

Aber der Digger kann jetzt noch nicht schießen. Um ihn herum sind noch nicht genug Leute.

Der Digger bewegt sich weiter auf die große Menschenmenge zu. Von hier aus kann er zwar ein paar von ihnen erschießen, aber nicht genug, um den Mann, der ihm alles sagt, glücklich zu machen.

Peng … Eine Kugel zischt an ihm vorbei.

Jetzt schießt *wirklich* jemand auf ihn.

Rufen. Schreie.

Zwei Männer in FBI-Jacken auf der Wiese rechts von ihm haben ihn entdeckt. Sie stehen vor einer hölzernen Plattform, die wunderschön mit roten und blauen und weißen Bändern geschmückt ist, wie die, die die fetten Neujahrsbabys anhaben.

Er feuert die Uzi durch seinen Mantel ab. Er macht das nicht gern, noch mehr Löcher in den schönen schwarzen oder blauen Mantel zu schießen, den ihm Pamela geschenkt hat, aber er muss es tun. Niemand darf die Waffe sehen.

Die Männer greifen sich an ihre Gesichter und Hälse, als wären sie von Bienen gestochen worden, und fallen um.

Der Digger dreht sich um und geht weiter auf dic Menschenmenge zu.

Niemand hat gesehen, dass er auf die Männer geschossen hat.

Jetzt muss er keine hundert Meter mehr gehen, bis er von vielen, vielen Menschen umgeben ist, die sich wie alle anderen umschauen, nach dem Killer Ausschau halten, nach Erlösung suchen. Dann kann er endlich schießen und schießen und schießen.

Sich wie ein Kreisel in einem Wald in Connecticut immer wieder um die eigene Achse drehen.

28

00:00

Als die Kugeln rings um ihn ins Holz einschlugen, stieß Jerry Kennedy Claire von der Treppe hinunter auf den kalten Boden der Tribüne.

Er sprang hinter ihr her und lag nun auf der Seite, schirmte sie mit seinem Körper gegen die Kugeln ab. »Claire!«, schrie Kennedy.

»Mir ist nichts passiert!« Ihre Stimme war spröde vor Angst. »Was ist los?«

»Jemand schießt. Das muss er sein! Der Killer … er muss hier sein!«

Sie lagen nebeneinander auf dem Boden, kauerten sich aneinander, rochen Erde, Gras und verschüttetes Bier.

Auf der Tribüne war jemand getroffen worden; den jungen Berater hatte es am Arm erwischt, als sich der Kongressabgeordnete Lanier mit einem Satz hinter ihm in Deckung gebracht hatte. Sonst schien niemand verletzt zu sein. Die meisten Schüsse waren weit daneben gegangen, da der Killer auf zwei Agenten vor der Plattform gezielt hatte und es nicht auf die Zuschauer auf den Rängen abgesehen hatte.

Kennedy sah, dass die beiden Agenten tot waren.

Der Bürgermeister drehte sich um und sah, dass C. P. Ardell seine schwarze Pistole ausgestreckt vor sich hielt und mit seinen Blicken das Gelände absuchte. Er stand dabei ganz aufrecht, duckte sich nicht einmal.

»Agent Ardell!«, rief Kennedy. »Dort ist er! Dort drüben!«

Aber der Agent schoss nicht. Kennedy kletterte die Stufen wieder hinauf, zupfte den Mann am Ärmel und zeigte mit dem Finger. »Er entkommt! Schießen Sie!«

Der massige Agent hielt seine Automatik wie ein Scharfschütze ausgestreckt von sich.

»Ardell!«

»Ahnnn«, sagte der Agent.

»Worauf warten Sie?«, schrie Kennedy.

Aber C. P. Ardell sagte immer nur: »Ahnnnn, ahnnn«, und stierte geradeaus auf die Wiese.

Dann drehte Ardell sich langsam um die eigene Achse, schaute erst nach Norden, dann nach Osten, dann nach Süden … Dann schaute er in Richtung Vietnam Memorial, dann auf die Bäume, dann zum Washington Monument, dann auf eine Fahne, die die Rückwand der Tribüne zierte.

»Ahnnn.«

Der Agent vollführte noch eine komplette Drehung, bevor er auf den Rücken fiel und mit glasigen Augen in den Himmel starrte. Kennedy sah, dass seine Schädeldecke fehlte.

»Großer Gott!«

Claire keuchte entsetzt auf, als das Blut des Mannes sich über die Stufen ergoss und wenige Zentimeter von ihr entfernt zu einer Pfütze zusammenlief.

Der Agent sagte noch einmal »Ahnnnnn«. Auf seinen Lippen bildete sich eine glitschige Blase. Kennedy nahm die Hand des Mannes. Sie zitterte ganz leicht. Dann war sie ruhig.

Kennedy erhob sich. Er sah an dem Podium vorbei, hinter dem sich Lanier, sein Berater und ein anderer Kongressabgeordneter versteckten. Die Mall war ziemlich dunkel, da wegen des Feuerwerks alle Laternen ausgeschaltet waren, doch im Scheinwerferlicht der Rettungswagen sah Kennedy genug, um zu erkennen, dass ein regelrechtes Chaos ausgebrochen war. Er suchte nach der Silhouette des Digger.

»Was zum Teufel hast du in meiner Stadt zu suchen?«, flüsterte er. Dann erhob sich seine Stimme zu einem Schrei: »Was zum Teufel suchst du hier?«

»Jerry! Duck dich!«, flehte ihn Claire an.

Aber er blieb stehen, ließ den Blick über das Gelände wandern, versuchte, die dunkle Gestalt des Killers auszumachen.

Wo war er? Wo?

Dann sah er, wie ein Mann in der Dunkelheit an einer Reihe Kirschbäume vorübereilte, nicht weit von der Constitution Avenue entfernt.

Er strebte auf die große Menschenmenge weiter östlich zu.

Kennedy bückte sich und nahm dem toten Agenten die Pistole aus der Hand.

»O nein, Jerry, nein«, sagte Claire. »Nein! Ruf jemanden an!«

»Dazu reicht die Zeit nicht.«

»Nein …« Sie weinte leise.

Er hielt inne und drehte sich zu ihr um. Berührte ihre Wange mit der linken Hand und küsste sie auf die Stirn, so wie er es immer tat, bevor sie abends das Licht ausmachten. Dann sprang er mit einem Satz über die auf dem Boden kauernden Gestalten aus der Politikerkaste und sprintete über das Gras davon.

Er dachte: Ich kriege bestimmt einen Herzanfall, ich kriege einen blöden Herzanfall und sterbe … Aber er blieb nicht stehen.

Das vertraute Panorama der Stadt umgab ihn: Das weiße Washington Monument, die dunklen Kirschbäume, der Turm des Smithsonian, die grauen neogotischen Gebäude der Museen, die Touristenbusse …

Kennedy keuchte und rannte, keuchte und rannte.

Der Digger war vielleicht dreißig Meter vor ihm. Dann fünfundzwanzig Meter …

Zwanzig Meter.

Kennedy sah, wie sich der Killer der Menge näherte, sah, wie er eine schwarze Maschinenpistole unter dem Mantel hervorzog.

Ein Schuss fiel aus den Bäumen zu Kennedys Linken. Dann noch einer und noch zwei weitere.

Ja!, dachte Kennedy. Sie haben ihn gesehen!

Aber plötzlich wirbelte ein Büschel Gras neben ihm in die Luft, und eine zweite Kugel zischte dicht über seinen Kopf hinweg.

Herrje! Sie schossen auf ihn! Sie sahen einen Mann mit einer Pistole auf die Menge zulaufen und glaubten, das müsse der Killer sein.

»Nein, nein!« Er duckte sich und zeigte in Richtung Killer. »Der ist es!«

Der Killer hatte die Baumreihe erreicht und schwenkte jetzt zur Menge hinüber. Gleich würde er mit einem einzigen Feuerstoß Hunderte von Menschen töten können.

Zur Hölle damit. Bleibt nur zu hoffen, dass die Bullen schlechte Schützen sind. Kennedy erhob sich und rannte wieder los.

Ein weiterer Schuss wurde auf ihn abgegeben, dann musste ihn jemand erkannt haben. Gebrüllte Megafon-Rufe hielten die Polizisten an, das Feuer einzustellen.

»Zurück!«, schrie Kennedy in die Menge.

Aber wo sollten sie hin? Sie standen dicht an dicht wie eine Viehherde. Tausende. Einige sahen staunend zum Feuerwerk hinauf, andere schauten sich unsicher und verwirrt um.

Kennedy hielt mit brennender Lunge auf die Bäume zu, rannte zu der Stelle, an der er den Digger zuletzt gesehen hatte.

Ich sterbe, dachte er. Er sah sich auf dem Boden liegen, im Todeskampf zuckend, während sein Herz den Geist aufgab.

Außerdem, was mache ich hier überhaupt? Was ist das für ein Schwachsinn? Das letzte Mal, als er eine Pistole abgefeuert hatte, war er in einem Sommerlager gewesen, mit seinem Sohn – vor dreißig Jahren. Er hatte drei Mal geschossen und drei Mal die Zielscheibe verfehlt, sein Junge war ziemlich betreten gewesen.

Weiterrennen, weiterrennen …

Näher an die Bäume heran, näher an den Digger.

Die Agenten hatten gesehen, wohin er wollte und ihn für den Killer gehalten. Eine nicht sehr geschlossene Reihe von vielleicht einem Dutzend Männer und Frauen in taktischer Polizeiausrüstung lief auf ihn zu.

Der Digger trat aus dem Gebüsch hervor und richtete den Lauf auf die Menge. Er nickte vor sich hin.

Kennedy blieb stehen, hob Ardells Pistole und zielte auf den Killer. Er wusste nicht einmal genau, wohin er zielen sollte, wie man überhaupt mit einer so schweren Pistole zielte. Sollte er hoch oder tief zielen? Aber Kennedy war ein kräftiger Mann; die Waffe lag ruhig in seiner Hand. Er erinnerte sich daran, wie er neben seinem ältesten Sohn im Lager gestanden und dem Lagerleiter zugehört hatte: »Den Abzug langsam durchziehen, nicht ruckartig.«

Also zog Jerry Kennedy den Abzug auch in dieser Nacht langsam durch.

Der Knall war gewaltig, und er war nicht darauf gefasst, dass die Pistole dermaßen nach oben zucken würde.

Kennedy senkte die Waffe wieder und blinzelte über das dunkle Gelände. Dann lachte er laut.

Gott noch mal, ich hab's geschafft! Ich habe ihn erwischt!

Der Digger war zu Boden gegangen, verzog das Gesicht und hielt sich krampfhaft den linken Arm.

Kennedy schoss noch ein Mal. Die Kugel verfehlte ihr Ziel, und er feuerte noch ein Mal, und noch zwei Mal.

Der Digger kam wieder auf die Beine. Er zielte auf Kennedy, doch der Bürgermeister feuerte noch einen Schuss ab. Auch dieser Schuss ging vorbei – die Kugel erwischte einen Baumstamm –, doch er war nah genug, um den Digger nach hinten taumeln zu lassen. Er feuerte nur eine kurze Salve in Richtung Kennedy, traf aber nichts.

Der Killer sah nach links, wo Agenten und Polizisten auf ihn zukamen. Er zielte auf sie und musste den Abzug betätigt haben. Kennedy hörte nichts, sah auch kein Mündungsfeuer aufblitzen, doch einer der Agenten ging zu Boden, und Gras und Dreck spritzten in die Höhe. Die anderen Agenten ließen sich sofort fallen und nahmen Verteidigungspositionen ein. Sie zielten auf ihn, aber keiner schoss. Kennedy sah auch, weshalb: Hinter dem Digger waren massenhaft Leute. Bei einem Schusswechsel hätten sie garantiert mehrere Passanten getroffen.

Kennedy hatte als Einziger ein freies Schussfeld.

Er erhob sich und feuerte weitere fünf Mal auf das schwarze Bündel vor sich, trieb den Digger weiter nach hinten, weg von der Menschenansammlung.

Dann klickte seine Pistole metallisch. Sie war leer.

Er kniff die Augen zusammen und spähte an der Pistole vorbei.

Die dunkle Gestalt des Diggers war verschwunden.

Er schnappt nach Luft.

Etwas im Innern des Digger zerspringt, und er vergisst alles, was ihm der Mann, der ihm alles sagt, gesagt hat. Er vergisst, dass er so viele Menschen wie möglich umbringen soll, er vergisst, dass niemand sein Gesicht sehen soll, und er vergisst, wie eine Samenschote im Wald von Connecticut im Kreis herumzuwirbeln. Er will weg von hier und zu Tye zurück.

Die Kugeln, die dieser Mann auf ihn abgefeuert hat, waren so nah … Er hätte mich fast getötet. Was soll dann aus dem Jungen werden?

Er rennt geduckt auf einen Touristenbus zu. Der Motor läuft, aus dem Auspuff kringelt sich eine Abgaswolke.

Sein Arm tut so grässlich weh.

Schmerz …

Sieh nur, da ist eine rote Rose auf seinem Arm!

Aber, oh, wie … *klick* … wie das wehtut!

Er hofft, dass er niemals wieder solche Schmerzen haben

muss. Er hofft, dass Tye niemals in seinem Leben solche Schmerzen haben muss.

Er sieht sich nach dem Mann um, der ihn angeschossen hat. Warum hat er das getan? Der Digger versteht ihn nicht. Er tut doch nur, was man ihm gesagt hat.

Even if you loved me less,
I'd love you all the more.

Wie ein Blütenmeer flammt das Feuerwerk über der Mall auf.

Eine Reihe aus Polizisten und Agenten rückt näher. Sie fangen an zu schießen. Der Digger steigt die Stufen in den Bus hinauf, dreht sich um und lässt einen Kugelhagel auf die ihn verfolgenden Agenten regnen.

Über ihnen breitet sich ein gewaltiger orangefarbener Stern aus.

»Meine Güte«, sagt er und denkt: Das hätte Tye auch gefallen.

Drinnen im Bus schlägt er eine Scheibe ein und zielt bedächtig mit seiner Pistole nach draußen.

29

00:15

Parker und Cage kauerten hinter einem Streifenwagen.

Keiner von ihnen hatte in letzter Zeit viel taktisches Training gehabt, und sie wussten beide, dass es klüger war, die Ballerei den jüngeren, erfahreneren Agenten zu überlassen.

Abgesehen davon, wie Cage Parker gerade eben zugerufen hatte, herrschte hier Krieg. Überall flogen Kugeln durch die Luft. Der Digger hatte in dem Bus ausreichend Deckung und gab gut gezielte Feuerstöße durch die eingeschlagenen Fenster ab. Len Hardy war gemeinsam mit mehreren anderen Polizisten auf der anderen Seite der Constitution Avenue am Boden wie festgenagelt.

Cage hielt sich die Seite und verzog das Gesicht. Er war zwar nicht getroffen, hatte sich jedoch auf den Boden geworfen, als eine Salve das Stahlblech des Wagens, den sie als Deckung benutzten, perforiert hatte. Dabei war er hart auf der Seite gelandet.

»Alles in Ordnung?«, fragte Parker.

»Rippe«, stöhnte Cage. »Fühlt sich an wie gebrochen. Scheiße.«

Mittlerweile hatten die Agenten das Gelände rings um den Bus evakuiert und das Fahrzeug unter Beschuss genommen. Sie hatten in die Reifen geschossen, damit der Digger nicht wegfahren konnte, obwohl Parker sah, dass dazu kaum Gelegenheit bestand – die breite Prachtstraße war einen Kilometer in beide Richtungen ein einziger Verkehrsstau.

Parker hörte Funkfetzen.

»Kein Ziel zu sehen ... Schmeißt eine Blendgranate rein. Wer hat eine Granate? Zwei hat's auf der Constitution erwischt. Scharfschützen in Position.«

Dann fiel Cages Blick über die Haube des durchsiebten Wagens.

»Herrgott!«, keuchte Cage. »Was macht der blöde Kerl dort?«

Parker sah, dem Blick des Agenten folgend, ebenfalls zur Constitution Avenue hinüber. Dort kroch Len Hardy, mit seiner kleinen Pistole in der Hand, von Baum zu Baum auf den Bus zu. Ab und zu hob er den Kopf ein wenig und gab einen Schuss ab.

»Der spinnt!«, sagte Paker. »Er hat weder Helm noch Weste an.«

»Len!«, schrie Cage und zuckte sogleich vor Schmerz zusammen.

Parker sprang ein: »Len! ... Len Hardy! Zurück! Überlassen Sie das dem Sonderkommando!«

Aber er hörte sie nicht. Oder tat so, als höre er sie nicht.

»Als hätte er es drauf angelegt, sich umzubringen«, keuchte Cage.

Hardy erhob sich und sprintete auf den Bus zu, feuerte im Laufen seine Waffe leer. Sogar Parker wusste, dass das nicht das richtige Vorgehen bei einer taktischen Operation war.

Parker sah, wie der Digger im Bus nach hinten ging, von wo er Hardy ungehindert ins Visier nehmen konnte. Der Detective bemerkte es nicht einmal. Er warf sich ohne jede Deckung auf den Boden und lud nach.

»Len!«, schrie Parker. »In Deckung!«

»Er hat nicht mal Speedloaders«, murmelte Cage. Hardy schob die Patronen einzeln in seinen Revolver.

Der Digger hatte die Rückbank des Busses schon fast erreicht.

»Nein!«, murmelte Parker, der wusste, dass er gleich würde mit ansehen müssen, wie der junge Mann starb.

»Um Gottes willen«, keuchte Cage entsetzt.

Jetzt sah Hardy auf. Anscheinend hatte er erkannt, was sich vor ihm abspielte. Er hob die Pistole und feuerte sie drei Mal ab – sämtliche Kugeln, die er inzwischen hatte nachladen können – und kroch dann auf der Suche nach Deckung etwas zurück.

»Er ist tot«, murmelte Cage. »Er ist tot.«

Parker sah die Silhouette des Killers in der Nähe des hinteren Notausstiegs – von wo aus er Hardy, der jetzt mitten auf der Straße lag, einfach abknallen konnte.

Doch bevor der Digger das Feuer eröffnen konnte, kam ein Agent hinter einem Wagen hervorgerollt, ging in die Hocke und feuerte eine ganze Salve auf den Bus ab. Blut besprühte die Fenster von innen, und plötzlich war ein durchdringendes *Wusch*! zu hören, und im Bus breitete sich Feuer aus. Ein flammendes Benzinbächlein ergoss sich in den Rinnstein.

Hardy sprang auf und ging hinter einem Streifenwagen in Deckung.

Als der Fahrgastraum des Busses in einer orangefarbenen Feuersbrunst verschwand, drang ein herzzerreißender Schrei nach draußen. Parker sah den Digger, eine in lodernde Flammen gehüllte Gestalt, die sich noch ein letztes Mal aufbäumte und dann zwischen den Sitzen in den Gang stürzte.

Kurz darauf war leises Knallen zu hören, wie das Popcorn, das Stephie am Abend für ihren Bruder zum Nachtisch gemacht hatte. Die restlichen Patronen des Diggers explodierten im Feuer. Ein Baum auf der Constitution Avenue brannte und erhellte das makabre Spektakel mit unpassend festlichem Glanz.

Langsam erhoben sich die Agenten und näherten sich vorsichtig dem Bus, blieben jedoch in respektvoller Entfernung stehen, als der Rest der brennenden Munition explodierte, und warteten, bis die Löschfahrzeuge der Feuerwehr eintrafen und anfingen, Schaum in die verkohlte Hülle des Fahrzeugs zu pumpen.

Erst als die Flammen erstickt waren, betraten zwei Agenten in Schutzanzügen den Bus durch die Vordertür und warfen einen Blick hinein.

In diesem Augenblick erschütterte eine Serie lauter Knalle die Mall.

Sämtliche Agenten und Polizisten nahmen sofort Verteidigungsposition ein und rissen die Waffen hoch.

Aber das Knallen rührte lediglich vom Feuerwerk her – orangefarbene Spinnen, blaue Sterne, weiße Muscheln. Das grandiose Finale der Veranstaltung.

Die beiden Agenten tauchten in der Bustür auf und nahmen die Helme ab.

Kurz darauf hörte Parker die Mitteilung von einem der beiden Männer in Cages statisch knisterndem Funkgerät. »Das Fahrzeug ist sicher«, sagte er. »Verdächtige Person ist tot«, lautete der nüchterne Nachruf auf den Massenmörder.

Als sie gemeinsam zum Vietnam Memorial zurückgingen, erzählte Parker Cage von Czisman und wie es überhaupt zu dem Schusswechsel gekommen war.

»Er hat Warnschüsse abgegeben. Hätte er das nicht getan, hätte der Digger hier heute Nacht Hunderte von Menschen umgebracht. Und mich vielleicht auch.«

»Was zum Teufel hatte er vor?«

Ein Polizist deckte gerade Henry Czismans Leiche zu.

Cage beugte sich hinunter, wobei er das Gesicht schmerzhaft verzog. Ein Sanitäter hatte ihn abgetastet und festgestellt, dass er tatsächlich eine gebrochene Rippe hatte. Er war notdürfig mit Heftpflaster verbunden und mit Tylenol 3 verarztet worden. Am ärgerlichsten an der ganzen Verletzung schien die Tatsache zu sein, dass das Achselzucken in der nächsten Zeit für ihn mit Schmerzen verbunden war.

Der Agent zog die gelbe, gummibeschichtete Plane von der Leiche und durchsuchte die Taschen des Journalisten. Er zog eine Brieftasche heraus. Dann fand er noch etwas.

»Was ist das?« Er zog ein Buch aus Czismans Tasche. Parker erkannte sofort, dass es ein kleines Prachtstück war: in Leder gebunden, manuelle Fadenheftung, keine »perfekte« – geklebte – Bindung wie bei der heutigen Massenware. Das Papier war feinstes Velin aus hochwertigem Hadernpapier, der Schnitt rotgolden marmoriert.

Die kalligrafische Handschrift, die die Seiten des Buches bedeckte – vermutlich Czismans Handschrift –, war die eines Künstlers. Parker musste sie einfach bewundern.

Cage blätterte die Seiten durch, hielt hier und da inne, las und schüttelte den Kopf. Dann reichte er das Buch Parker. »Sehen Sie sich das an.«

Parker zog die Stirn kraus, betrachtete den Titel, der in goldener Tinte auf dem Umschlag geschrieben stand: *Eine Leidenschronik.*

Er schlug es auf und las laut vor: »Zur Erinnerung an meine Frau Anne, das erste Opfer des Schlächters.«

Das Buch war in mehrere Kapitel unterteilt. »Boston.« »White Plains.« Fotos der einzelnen Tatorte waren eingeklebt. Über dem ersten stand »Hartford«. Parker blätterte um und las: »›Aus der *Hartford News-Times.*‹« Czisman hatte den Text des Artikels abgeschrieben. Er war vom November des vergangenen Jahres datiert.

Parker las: »Drei Tote bei Überfall … Die Polizei von Hartford sucht noch immer nach dem Mann, der am Samstag die

Büroräume der *News-Times* betrat, aus einer Schrotflinte feuerte und drei Angestellte aus der Anzeigenabteilung tötete.

Die einzige Beschreibung des Mörders bezeichnet ihn als mittelgroßen Mann mit einem dunklen Mantel. Ein Polizeisprecher sagte, sein Motiv habe womöglich darin bestanden, die Polizeibeamten abzulenken, während sein Komplize einen gepanzerten Lieferwagen ausraubte, der auf der anderen Seite der Stadt mit einem Geldtransport zu einer Bank unterwegs war. Der zweite bewaffnete Straftäter erschoss den Fahrer und den Beifahrer und entkam mit 4.000 Dollar in bar.«

»Drei Menschen für vier Riesen umbringen«, murmelte Cage. »Das sieht ihm ähnlich.«

Parker hob den Blick. »Eine der Zeitungsangestellten war Anne Czisman. Seine Frau.«

»Also war er ebenso hinter dem Saukerl her wie wir.«

»Czisman hat uns benutzt, um an den Unbekannten und den Digger heranzukommen. Deshalb wollte er auch die Leiche im Leichenschauhaus unbedingt sehen. Und deshalb hat er sich an meine Fersen geheftet.«

Rache …

»Dieses Buch … es war seine Art, mit seinem Kummer umzugehen.« Parker ging in die Hocke und zog pietätvoll die Plane über das Gesicht des Mannes.

»Wir sollten Lukas anrufen«, sagte er zu Cage, »und ihr die Neuigkeiten mitteilen.«

Margaret Lukas stand in der Eingangshalle für die Angestellten in der FBI-Zentrale an der Pennsylvania Avenue und erstattete dem stellvertretenden Direktor Bericht, einem gut aussehenden Mann mit dem gepflegten grauen Haar eines Politikers. Lukas hatte erfahren, dass sich der Digger auf der Mall aufhielt und dass dort geschossen wurde. Sie war geradezu darauf versessen gewesen, selbst zur Mall zu fahren, doch für sie, als für den Fall Verantwortliche, schrieb das Protokoll vor, die Leiter der Behörde auf dem Laufenden zu halten.

Ihr Telefon summte. Sie ging sofort ran, abergläubisch bemüht, nicht zu hoffen, dass sie ihn gefasst hatten.

»Hier Lukas.«

»Margaret«, sagte Cage.

Sie hörte es seiner Stimme an, dass sie den Killer erwischt hatten. Diesen Unterton in der Stimme eines Polizisten lernt man sehr früh in seiner Karriere kennen.

»Geschnappt oder abserviert?«

Sie meinte festgenommen oder tot.

»Abserviert«, gab Cage zurück.

Um ein Haar hätte Lukas zum ersten Mal seit fünf Jahren ein Dankgebet aufgesagt.

»Und das Beste daran – halten Sie sich fest: Der Bürgermeister hat ihn zur Strecke gebracht.«

»Wie bitte?«

»Jep, Kennedy war's. Hat ein paar Schüsse abgefeuert und mehr als ein paar Leben damit gerettet.«

Sie gab die Neuigkeiten an den stellvertretenden Direktor weiter.

»Bei Ihnen alles in Ordnung?«, erkundigte sie sich bei Cage.

»Bestens«, erwiderte er. »Hab mir nur eine Rippe gebrochen, als ich meinen Arsch zu schnell in Sicherheit gebracht habe.«

Trotzdem zog sich ihr Magen zusammen. In seiner Stimme schwang etwas mit, ein bestimmter Ton, eine ganz bestimmte Leere.

Jackie, hier ist Toms Mutter … Jackie, ich muss dir etwas sagen. Die Fluggesellschaft hat gerade angerufen … Oh, Jackie …

»Aber?«, fragte sie rasch. »Was ist passiert? Kincaid?«

»Nein, ihm geht's gut«, sagte der Agent leise.

»Sagen Sie schon.«

»Er hat C. P. erwischt, Margaret. Tut mir Leid. Er ist tot.«

Sie schloss die Augen und seufzte. Wieder fuhr ihr die Wut durch alle Glieder, die Wut darüber, dass sie nicht selbst die Gelegenheit gehabt hatte, dem Digger eine Kugel ins Herz zu jagen.

Cage berichtete weiter: »Nicht einmal bei einem Schusswechsel. Der Digger schoss in die Richtung, in der der Bürgermeister saß. C. P. saß einfach an der falschen Stelle.«

Dort, wo ich ihn hingeschickt habe, dachte sie bitter. O Gott.

Sie kannte den Agenten schon seit drei Jahren … Oh, nein …

»Außerdem hat der Digger vier weitere von unseren Leuten erwischt, dazu kommen drei Verwundete. Allem Anschein nach sind sechs Zivilisten verletzt, plus ungefähr ein halbes Dutzend Vermisstenmeldungen, aber keine Leichen. Wahrscheinlich sind sie im allgemeinen Durcheinander nur von ihren Familien getrennt worden. Ach ja, dieser Czisman?«

»Wer? Der Schriftsteller?«

»Ja. Der Digger hat ihn erwischt.«

»Was?«

»Er war kein Schriftsteller. Das heißt, eigentlich schon, aber er war nicht deshalb hier. Der Digger hat seine Frau umgebracht, und Czisman hat uns benutzt, um an ihn ranzukommen.«

Hört sich ja ganz nach der Nacht der Dilettanten an, dachte Lukas. Kincaid. Der Bürgermeister. Czisman.

»Was ist mit Hardy?«

Cage berichtete ihr, dass der junge Detective versucht hatte, den Bus, in dem sich der Digger verschanzt hatte, im Alleingang einzunehmen. »Er kam ziemlich nahe ran und hatte eine gute Schussposition. Vielleicht haben sogar seine Schüsse den Digger getroffen. Niemand hat genau gesehen, was eigentlich passiert ist.«

»Er hat sich also nicht selbst in den Fuß geschossen?«, fragte Lukas.

»Ich sag's Ihnen«, erwiderte Cage, »es sah aus, als wäre er fest entschlossen, den Digger eigenhändig zu töten, doch als es soweit war, zog er sich wieder zurück und ging in Deckung. Vermutlich hat er sich überlegt, doch noch ein paar Jährchen mit uns verbringen zu wollen.«

So wie ich, dachte Lukas, der Wechselbalg.

»Ist Evans bei Ihnen?«, fragte Cage.

Lukas sah sich um und wunderte sich, dass der Doktor nicht da war. Eigenartig ... er hatte doch zu ihr ins Foyer kommen wollen. »Ich weiß nicht genau, wo er sich gerade aufhält«, antwortete sie. »Er muss wohl noch oben sein, im Urkundenlabor. Oder im Krisenzentrum.«

»Suchen Sie ihn und überbringen Sie ihm die gute Nachricht. Bedanken Sie sich bei ihm auch in meinem Namen. Und raten Sie ihm, eine große Rechnung auszustellen.«

»Mach ich. Und Tobe ruf ich auch an.«

»Parker und ich kümmern uns hier mit PERT noch ein bisschen um den Tatort und sind dann in einer Dreiviertelstunde oder so zurück.«

Als sie die Verbindung beendete, sagte der Vize: »Ich fahre rüber zur Mall. Wer leitet dort die Ermittlungen?«

Beinahe hätte sie Parker Kincaid gesagt, merkte es aber gerade noch rechtzeitig. »Special Agent Cage. Sie finden ihn in der Nähe des Memorials, bei der Spurensicherung.«

»Wir müssen eine Pressekonferenz einberufen. Ich gebe dem Direktor grünes Licht. Vielleicht möchte er auch ein Statement abliefern ... Sagen Sie, haben Sie heute Abend eine Silvesterparty verpasst, Lukas?«

»Ach was. Das ist das Gute an Feiertagen, Sir«, erwiderte sie. »Sie kommen im nächsten Jahr wieder.« Sie lachte. »Vielleicht sollten wir T-Shirts mit diesem Spruch verteilen.«

Er lächelte steif und fragte dann: »Wie geht es unserem Kanarienvogel? Noch weitere Drohungen?«

»Moss? Ich habe schon seit einiger Zeit nicht mehr nach ihm gesehen«, sagte sie. »Aber ich muss jetzt unbedingt zu ihm.«

»Könnte es mit ihm irgendwelche Probleme geben?« Der Vize runzelte die Stirn.

»Nein, nein. Aber er schuldet mir noch ein Bier.«

Im verlassenen Urkundenlabor schob Dr. John Evans sein Handy zusammen und schaltete den Fernseher aus.

Sie hatten den Digger also getötet.

Die Nachrichten hatten nur sehr sporadisch berichtet, aber immerhin hatte Evans in Erfahrung bringen können, dass es nur wenige Todesopfer gegeben hatte – nicht so wie bei dem Metro-Anschlag oder dem Überfall auf die Yacht. Trotzdem musste es auf der Constitution Avenue, den Fernsehberichten zu Folge, wie in einem Kriegsgebiet aussehen. Rauch, Hunderte von Krankenwagen und überall Leute, die hinter Autos, Bäumen und Büschen Deckung suchten.

Evans zog seinen unförmigen Parka an, steckte die voluminöse Thermosflasche in den Rucksack, warf ihn über die Schulter, drückte die Doppeltür nach außen auf und ging den nur schwach beleuchteten Flur hinunter.

Der Digger … Was für eine faszinierende Kreatur. Einer der wenigen Menschen auf der Welt, die wirklich, wie er es den Agenten gesagt hatte, profilresistent waren.

Vor dem Fahrstuhl blieb er stehen, sah sich den Wegweiser an und versuchte sich zu orientieren. Sein Standpunkt war auf einer Karte angegeben. Die FBI-Zentrale war doch wesentlich komplizierter aufgebaut, als er es sich vorgestellt hatte.

Sein Finger schwebte über der ABWÄRTS-Taste, doch bevor er drücken konnte, rief eine Stimme: »Hallo.« Er drehte sich um und sah jemanden vom zweiten Fahrstuhlschacht auf sich zukommen.

»Hallo, Doktor«, rief ihn die Stimme noch einmal an. »Schon gehört?«

Es war Len Hardy, der junge Polizist. Sein Mantel war inzwischen nicht mehr perfekt gebügelt, sondern fleckig und geschwärzt. Ein langer Kratzer zog sich über seine Wange.

Evans drückte auf die Taste. Zwei Mal. Ungeduldig. »Ich hab's gerade eben im Fernsehen gesehen«, antwortete er und ließ den Rucksack mit einem Achselzucken von der Schulter gleiten. Mit leisem Grunzen fing er ihn in der Armbeuge auf und nestelte am Reißverschluss herum.

Hardy starrte geistesabwesend auf den speckigen Rucksack

und sagte: »Mann, ich kann Ihnen sagen, da habe ich den Mund wohl ein bisschen zu voll genommen, als ich mich freiwillig gemeldet habe, diesen Burschen zu jagen. Ich bin ein bisschen durchgedreht. Wahrscheinlich Frontkoller oder so was.«

»Mhmm«, nickte Evans. Er griff in den Rucksack und zog seine Thermoskanne heraus.

Hardy plauderte munter weiter. »Er hätte mich fast erwischt. Hat mich ziemlich geschockt. Ich war vielleicht zehn Meter von ihm weg. Hab seine Augen gesehen, und die Mündung von seiner Knarre. Mann … Auf einmal wollte ich nur noch am Leben bleiben.«

»So was kommt vor«, sagte Evans. Wo zum Teufel blieb der Aufzug?

Hardy schaute den silbernen Metallzylinder an. »Sagen Sie, Sie wissen nicht zufällig, wo ich Agent Lukas finden kann?«, fragte er und spähte in den dunklen Korridor.

»Ich denke, sie ist unten«, sagte Evans, damit beschäftigt, den Verschluss der Kanne aufzudrehen. »Sie musste jemandem Bericht erstatten. Das Foyer an der Neunten. Sind Sie da nicht eben hergekommen?«

»Nein, ich komme aus der Tiefgarage.«

Der Doktor nahm den Deckel der Kanne ab. »Wissen Sie, Detective, als Sie den anderen von den Diggers und den Levelers berichteten, das hörte sich fast so an, als hätten Sie meinen Informationen nicht vertraut.« Er drehte sich zu Hardy um.

Sein Blick fiel nach unten. Er sah die schwarze Pistole mit dem Schalldämpfer, die Hardy auf sein Gesicht gerichtet hielt.

»Vertrauen hatte damit nicht das Geringste zu tun«, sagte Hardy.

Evans ließ die Thermoskanne fallen. Kaffee spritzte über den Fahrstuhlboden. Er sah noch das Aufblitzen eines gelben Lichts an der Mündung der Waffe. Und dann sah er nichts mehr.

IV

DER RÄTSELMEISTER

Diese Handschrift, das war der allerschlimmste
Beweis gegen mich.

BRUNO HAUPTMANN,
beschuldigt der Entführung des Lindbergh-Babys,
Bezug nehmend auf die gegen ihn
vorgebrachten Beweise

30

00:30

Der Agent war noch jung genug, um allein von dem Gedanken, für das FBI zu arbeiten, begeistert zu sein. Deshalb hatte er auch nicht gemurrt, als man ihn am Silvesterabend für die Nachtschicht in der Sicherheitszentrale im zweiten Stock der FBI-Zentrale von Mitternacht bis acht Uhr morgens eingeteilt hatte.

Außerdem war nicht zu übersehen, dass Louise, die Agentin, die zusammen mit ihm für diese Schicht eingeteilt war, eine enge blaue Bluse und einen kurzen schwarzen Rock trug und mit ihm flirtete.

Und zwar ganz eindeutig, wie er fand.

Na ja, eigentlich redete sie von ihrer Katze. Aber die Körpersprache verriet ihm, dass sie flirtete. Und ihr BH war schwarz und deutlich unter der Bluse zu erkennen. Auch das war eine Botschaft.

Der Agent war für die Überwachung von zehn Video-Monitoren zuständig. Louise, die links von ihm saß, hatte noch mal zehn. Sie standen mit mehr als sechzig Sicherheitskameras in der Zentrale und rings um das Gebäude in Verbindung. Die Bilder auf den Monitoren wechselten alle fünf Sekunden im Takt der Kameras.

Louise mit dem schwarzen BH nickte gedankenverloren, als er vom Anwesen seiner Eltern an der Chesapeake Bay erzählte. Die hausinterne Sprechanlage meldete sich mit durchdringendem Knarzen.

Sam und Ralph konnten es nicht sein, denn die beiden Agenten, die er und Louise vor einer halben Stunde abgelöst hatten, hatten Karten für unbeschränkten Zugang und wären einfach hereinspaziert.

Der Agent drückte auf den Knopf. »Ja?«

»Hier ist Detective Hardy. Von der städtischen Polizei.«

»Wer ist Hardy?«, fragte der Agent bei Louise nach.

Sie zuckte mit den Schultern und widmete sich wieder ihren Monitoren.

»Ja?«

Es knackte im Lautsprecher. »Ich arbeite im Team von Margaret Lukas.«

»Ach, an dem Fall mit dem Metro-Killer?«

»Genau.«

Die legendäre Magaret Lukas. Der Sicherheits-Agent war noch nicht lange bei dem Verein, aber selbst er wusste, dass Lukas eines schönen Tages die erste Direktorin des FBI sein würde. Der Techniker drückte auf den AUF-Knopf und drehte sich zur Eingangstür um.

»Kann ich Ihnen behilflich sein?«

»Ich glaube, ich habe mich verlaufen«, sagte Hardy.

»Das kann hier schon vorkommen.« Er lächelte. »Wo möchten Sie denn hin?«

»Ich suche das Urkundenlabor. Ich habe mich auf der Suche nach einer Tasse Kaffee irgendwo verfranst.«

»Urkunden? Das ist im sechsten Stock, linker Hand. Nicht zu verfehlen.«

»Danke.«

»Was ist das?«, sagte Louise plötzlich. »Hey, was ist das?«

Als der Agent zu ihr hinübersah, drückte sie auf eine Taste, um den Wechsel der Video-Kameras anzuhalten und zeigte auf einen der Bildschirme. Er zeigte einen Mann, der nicht weit von der Stelle, an der sie sich befanden, auf dem Rücken lag. Die Bildschirme waren schwarzweiß, doch der dunkle Fleck, der sich da um seinen Kopf ausbreitete, war ganz offensichtlich Blut.

»Mein Gott«, murmelte sie und griff nach dem Telefonhörer. »Sieht aus wie Ralph.«

Hinter ihnen ertönte ein leises Ploppen. Louise zuckte unvermittelt zusammen und grunzte, als die Vorderseite ihrer Bluse in einem blutigen Nebel verschwand.

»Oh«, keuchte sie. »Was …?«

Noch ein Plop. Die Kugel traf ihren Hinterkopf und warf sie nach vorne.

Der junge Agent drehte sich zur Tür, hob die Hände und schrie: »Nein, nein!«

»Immer mit der Ruhe«, sagte Hardy mit sanfter Stimme.

»Bitte!«

»Ganz ruhig«, wiederholte er. »Ich habe nur ein paar Fragen.«

»Bitte, töten Sie mich nicht, bitte …«

»Also«, sagte Hardy eine Spur sachlicher, »eure Computer hier sind mit SecureChek-Software ausgerüstet, oder?«

»Ich …«

»Ich lasse dich am Leben, wenn du mir alle Fragen beantwortest.«

»Ja.« Der junge Mann fing an zu weinen. »SecureChek.«

»Welche Version?«

»Sechs-Null.«

»Und wenn du dich nicht in regelmäßigen Abständen einloggst, wird ein Code 42 über das Inter-Gov-System aktiviert?«

»Ja, richtig … Oh, sehen Sie doch, Mister.« Er starrte auf den Körper der Frau neben ihn, der zweimal zuckte. Blut sickerte in die Konsole unter ihr. »Oh Gott …«

Langsam und bedächtig stellte Hardy seine nächste Frage: »Deine Schicht hat um Mitternacht angefangen?«

»Bitte, ich …«

»Um Mitternacht?«, wiederholte er, wie ein Lehrer, der mit einem Kind etwas einstudiert.

Der Agent nickte.

»Wann hast du zum ersten Mal eingeloggt?«

»Zwölf Uhr einundzwanzig.« Jetzt weinte er bitterlich.

»Wann musst du zum nächsten Mal einloggen?«

»Ein Uhr sieben.«

Hardy sah zur Wanduhr und nickte.

Mit angsterfüllter Stimme fuhr der junge Agent fort: »An Feiertagen benutzen wir ein Muster größer werdender Intervalle, also nach dem zweiten Log-In sind wir …«

»Schon gut«, versicherte Hardy dem Agenten, schoss ihm zwei Mal in den Kopf und drückte auf den Knopf, um die Tür zu öffnen.

Der Mann, der nicht Detective Len Hardy war – das war ein erfundener Name –, sondern in Wirklichkeit Edward Fielding hieß, ging zum Fahrstuhl.

Ihm blieb noch Zeit bis 1:07, bevor der automatische Alarm ausgelöst wurde.

Zeit genug.

Das Gebäude war so gut wie verlassen. Trotzdem ging er so, wie er gehen sollte. Mit einer Aura nicht der Dringlichkeit, sondern der Geschäftigkeit. Falls er auf einen der wenigen Agenten traf, die sich noch im Hause aufhielten, würden sie höchstens auf seinen Besucherpass schauen, ihn nach seinem Verhalten einschätzen und letztendlich dorthin gehen lassen, wohin ihn seine wichtigen Aufgaben führten.

Er atmete tief durch und sog die Gerüche des Labors, der Büros und der Leichenhalle ein. Bei dem Gedanken, dass er sich hier im innersten Herzen der Verbrechensbekämpfung befand, verspürte er eine leise Erregung. In den Korridoren der FBI-Zentrale. Er erinnerte sich daran, dass der Digger vor einem Jahr murmelnd darauf bestanden hatte, in Hartford ein Museum zu besuchen. Fielding hatte sich damit einverstanden erklärt und der durchgeknallte Kerl hatte eine ganze Stunde lang vor einer Doré-Illustration aus der *Göttlichen Komödie* gestanden: Dante und Vergil kurz vor ihrem Abstieg in die Hölle. Genau dieses Gefühl beschlich Fielding jetzt – als befände er sich bei einer Führung durch die Unterwelt.

Auf seinem Weg durch die Flure unterhielt er sich im Stillen mit seinen Team-Gefährten. Nein, Agent Lukas, Parker Kincaid und Dr. John Evans … Nein, mein Motiv ist mitnichten Rache an längst vergessenen Schandtaten der Politik, auch nicht Terrorismus. Mir geht es nicht darum, soziale Missstände anzuprangern. Ebenso wenig ist Gier mein Motiv. Zwanzig Millionen? Ach je – ich hätte zehn Mal so viel verlangen können.

Nein. Mein Motiv ist ganz einfach: Perfektion.

Der Wunsch nach dem perfekten Verbrechen war, zugegeben, ein Klischee. Aber Fielding hatte bei seinem Studium der Linguistik etwas Interessantes gelernt, als er nach den richtigen Worten und Formulierungen für seinen Erpresserbrief gesucht hatte. In einem Artikel des *American Journal of Linguistics* hatte ein Philologe, ein Experte für Sprache, geschrieben, dass Klischees, obwohl sie von seriösen Schriftstellern gemieden werden, einen gewissen Wert hätten, weil sie fundamentale Wahrheiten in allgemein verständlicher Form ausdrückten.

Das perfekte Verbrechen.

Fieldings heiliger Gral.

Perfektion … Allein das Konzept wirkte berauschend auf ihn. Perfektion war alles – die Art, wie er seine Hemden bügelte, seine Schuhe putzte und die Härchen in seinen Ohren stutzte, die Art und Weise, in der er seine Verbrechen plante, und wie sie ausgeführt wurden.

Hätte Fielding eine Begabung für Recht und Gesetz gehabt, er wäre Anwalt geworden und hätte sein Leben dem Verfassen perfekter Plädoyers für unmöglich schuldige Klienten gewidmet. Wenn ihm etwas an der Natur gelegen wäre, hätte er sich alles beigebracht, was man über Bergsteigen lernen kann und den perfekten Alleinaufstieg zum Gipfel des Everest absolviert.

Aber all das interessierte ihn nicht.

Was ihn interessierte, war das Verbrechen.

Es war wohl nur eine Laune der Natur, wie er vermutete, so völlig ohne jedes moralische Empfinden geboren zu sein. So wie manche Männer kahlköpfig sind und manche Katzen sechs Zehen haben. Er war zu dem Schluss gekommen, dass alles der Natur, nichts der Erziehung zuzuschreiben war. Seine Eltern waren stets liebevoll und fürsorglich, ihre einzige Sünde war die

Fadheit gewesen. Fieldings Vater war leitender Angestellter bei einer Versicherung in Hartford gewesen, seine Mutter Hausfrau. Er hatte weder Mangel noch Misshandlung erfahren. Doch schon von frühester Kindheit an war er davon überzeugt gewesen, dass Regeln und Gesetze für ihn nicht galten. Sie ergaben überhaupt keinen Sinn. Warum, fragte er sich stundenlang, sollte sich der Mensch Fesseln anlegen? Warum sollten wir nicht dorthin gehen, wo uns unsere Wünsche und die Kraft unseres Verstandes hinführen?

Es dauerte zwar ein paar Jahre, bis es ihm richtig klar war, doch dann wusste Fielding, dass er mit einer lupenreinen kriminellen Persönlichkeit ausgestattet war, ein Soziopath wie aus dem Bilderbuch.

Schon während er als Halbwüchsiger in der St. Mary's High School Algebra, Geometrie und Biologie büffelte, feilte er eifrig an seiner wahren Berufung.

Wie bei allen anderen Disziplinen, gab es auch in dieser Ausbildung Höhen und Tiefen.

Fielding in der Jugendstrafanstalt, weil er den Freund eines Mädchens, auf das er selbst scharf war, angezündet hatte (hätte mein Auto drei oder vier Querstraßen weiter weg parken sollen).

Fielding, von zwei Polizisten beinah zu Tode geprügelt, weil er sie mit Aufnahmen erpresste, auf denen zu sehen war, wie sie sich im Streifenwagen von Transvestiten einen blasen ließen (hätte einen kräftigen Komplizen mitnehmen sollen).

Fielding bei der erfolgreichen Erpressung eines großen Herstellers von Dosennahrung, indem er dem Vieh ein Enzym fütterte, das bei Tests täuschend ähnliche Befunde wie bei Fleischvergiftung lieferte (obwohl er das Geld am vereinbarten Ort nicht abholte, weil er nicht wusste, wie er damit unentdeckt fliehen konnte).

Leben und lernen …

Das College interessierte ihn nicht sehr. Die Studenten in Bennington hatten Geld, aber sie ließen die Türen zu ihren Zimmern immer offen stehen, wodurch ihm jede Herausforderung fehlte, sie zu berauben. Gelegentlich vertrieb er sich die Zeit mit überfallartigen Raubzügen in die Zimmer seiner Mitstudentinnen – es war wirklich reizvoll, jemanden so zu vergewaltigen, dass sie es nicht einmal merkte. Doch Fielding stand der Sinn mehr nach dem Spiel selbst, nicht nach Sex, und nach seinem ersten Jahr am College konzentrierte er sich auf das, was er »saubere Verbrechen« nannte, Raub etwa. Keine »schmutzigen Verbrechen« wie Vergewaltigung. Er klemmte sich hinter die Bücher, um seinen Abschluss in Psychologie zu bekommen und träumte davon, Ben & Jerry-Land endlich verlassen und in die richtige Welt abtauchen zu können, wo er seine Begabung auf die Probe stellen konnte.

Während der folgenden zehn Jahre tat Fielding, der mittlerweile wieder in seinen Heimatstaat Connecticut zurückgekehrt war, genau das: Ausprobieren und Ausfeilen. Meistens ging es um Raub. Wegen der dokumentierten Spuren mied er die so genannten Wirtschaftsverbrechen wie Scheckbetrug und Aktienschwindel. Er mied Drogen und Entführungen, weil er dabei nicht allein arbeiten konnte, und Fielding war noch niemandem begegnet, dem er vertraute.

Er war siebenundzwanzig, als er seinen ersten Mord beging.

Ein ungeplantes, spontanes Verbrechen, so gar nicht seine Art. Er trank in einer kleinen Einkaufspassage am Stadtrand von Hartford einen Cappuccino. Eine Frau kam mit einem Päckchen aus einem Schmuckladen. Etwas in ihren Bewegungen, das leicht paranoid wirkte, legte die Vermutung nahe, dass sich in dem Paket etwas sehr Wertvolles befand.

Er stieg in seinen Wagen und fuhr ihr nach. Auf einer unbefahrenen Strecke gab er Gas, überholte sie und zwang sie zum Anhalten. Angstvoll gab sie ihm das Päckchen und bat ihn, ihr nichts zu tun.

Während er neben ihrem Chevy stand, fiel Fielding auf, dass er weder eine Maske trug noch seine Nummernschilder ausgetauscht hatte. Er war davon überzeugt, dass er das alles unbewusst absichtlich getan hatte, weil er wissen wollte, wie er zum Töten stand. Also zog er seine Pistole heraus und schoss zwei Mal auf sie, noch bevor sie schreien konnte.

Er stieg in sein Auto, fuhr zu *Juice 'n' Java* zurück und bestellte sich noch einen Cappuccino. Dabei fiel ihm ein, dass viele Verbrecher ironischerweise nicht töten. Sie trauen sich nicht, weil sie glauben, bei Mord eher gefasst zu werden. Dabei standen die Chancen, davonzukommen, wesentlich besser, *wenn* man tötete.

Trotzdem gab es auch gute Polizisten. Er wurde mehrere Male verhaftet, aber nur einmal verurteilt. In Florida nahm man ihn wegen bewaffneten Raubüberfalls fest, und die Beweislast gegen ihn war erdrückend. Aber er hatte einen guten Anwalt, der das Strafmaß beträchtlich mindern konnte – unter der Bedingung, dass Fielding sich zu einer Behandlung in einer Nervenheilanstalt bereit erklärte.

Zuerst hatte er einen Horror vor der Zeit in der Anstalt gehabt, aber die zwei Jahre stellten sich als erstaunlich fruchtbare Zeit heraus. In der Dade City Mental Health Facility kam Fielding erst so richtig auf den Geschmack. Er konnte das Verbrechen förmlich riechen. Viele, wenn nicht die meisten der Insassen hielten sich dort auf, weil ihre Verteidiger schlau genug waren, auf Unzurechnungsfähigkeit zu plädieren. Dumme Verbrecher sitzen im Knast, schlaue in der Klapse.

Nach zwei Jahren und einem tadellosen Auftritt vor der Medizinischen Prüfungskommission kehrte Fielding nach Connecticut zurück.

Als Erstes suchte er sich in Hartford eine Stelle als Aushilfe in einem Hospital für kriminelle Geisteskranke.

Dort traf er auf einen Mann namens David Hughes, ein faszinierendes Geschöpf. Fielding kam zu dem Schluss, dass Hughes früher einmal wahrscheinlich ein ziemlich netter Bursche gewesen war, bis er an einem schönen Weihnachtsfeiertag in einem Anfall von Eifersucht seine Ehefrau erstochen hatte. Dass er sie erstochen hatte, war nicht weiter erwähnenswert, interessanter war das, was geschah, nachdem der Ehemann Pamela mehrere tiefe Stichwunden in die Lunge beigebracht hatte. Sie rannte zum Wandschrank, fand eine Pistole und schoss Hughes in den Kopf, bevor sie selbst starb.

Fielding wusste nicht, was sich, neurologisch gesehen, in Hughes' Schädel abgespielt hatte, aber weil er, der Helfer, die erste Person war, die Hughes erblickte, als er nach der Operation erwachte, entwickelte sich eine eigenartige Bindung zwischen den beiden Männern. Hughes tat alles, was Fielding von ihm verlangte. Er holte Kaffee, machte für ihn sauber, bügelte ihm die Hemden und kochte für ihn. Es stellte sich bald heraus, dass Hughes mehr als Hausarbeiten für ihn erledigte, wie Fielding eines Abends feststellte, nachdem die Nachtschwester Ruth Miller Fieldings Hand zwischen ihren Beinen weggezogen und gesagt hatte: »Ich zeige dich an, du Arschloch.«

Der besorgte Fielding hatte zu Hughes gemurmelt: »Diese Ruth Miller … jemand sollte diese Schlampe umbringen.«

Und Hughes hatte gesagt: »Hmmm, okay.«

»Was?«, hatte Fielding gefragt.

»Hmmm, okay.«

»Würdest du für mich töten?«

»Ähm. Ich … klar doch.«

Fielding ging mit Hughes auf dem Krankenhausgelände spazieren. Sie unterhielten sich lange und ausführlich.

Einen Tag darauf erschien Hughes blutbespritzt in Fieldings kleinem Zimmer. In der Hand hatte er eine Glasscherbe. Er fragte, ob er etwas Suppe haben dürfe.

Fielding machte ihn sauber und dachte, er sei ein wenig unvorsichtig gewesen, was das Wann und das Wo des Mordes sowie das Entkommen anbelangte. Er fand, Hughes sei zu gut, um für derlei Kleinkram verschwendet zu werden, und deshalb sagte er dem Mann, wie er am besten aus dem Krankenhaus entkam und wie er zu einem nahe gelegenen Ferienhäuschen gelangte, das Fielding für nachmittägliche Schäferstündchen mit einigen seiner geistig zurückgebliebenen Patientinnen angemietet hatte.

An diesem Abend kam ihm die Idee, wie er sich diesen Mann am besten zu Nutze machen konnte.

Erst Hartford, dann Boston, dann White Plains, dann Philly. Perfekte Verbrechen.

Und jetzt war er in Washington.

Wo er, wie er fand, das *aller*perfekteste Verbrechen beging (auch wenn ein Linguist wie Parker Kincaid über den überflüssigen Modifikator zweifellos die Nase rümpfen würde).

In den vergangenen sechs Monaten hatte er fast achtzehn Stunden täglich daran gearbeitet, dieses Kabinettstückchen zu planen. Die Sicherheitsvorkehrungen des FBI ganz allmählich zu knacken, indem er sich als der junge Detective Hardy von der Abteilung Forschung und Statistik ausgab. (Er hatte sich für dieses Pseudonym entschieden, weil Studien über die psychologische Wirkung von Namen ergeben hatten, dass der Vorname »Leonard« als unbedrohlich empfunden und mit »Hardy« das Bild treuer Kameradschaft assoziiert wurde.) Zuerst mogelte er sich in die FBI-Außenstelle des District of Columbia, weil diese Stelle für die Bearbeitung aller Schwerverbrechen im District zuständig war. Er lernte Ron Cohen, den leitenden Special Agent, und seine Assistenten kennen. Er fand heraus, wann SAC Cohen in Urlaub sein würde und welcher seiner Untergebenen während seiner Abwesenheit – wie der Ausdruck dafür lautete – Hauptkandidat für einen Fall von dieser Tragweite sein würde. Und das war, natürlich, Margaret Lukas, in deren Privatleben er ebenso unerbittlich eindrang, wie in die Strukturen des FBI.

Er trieb sich in Konferenzräumen herum, kopierte umfangreiche Statistiken für seine angeblichen Berichte, unternahm kleine Ausflüge zu den Verkaufsautomaten und Toiletten, warf Blicke in interne FBI-Memos und Telefonverzeichnisse, in ID-Dokumentationen und Handbücher. Parallel dazu verbrachte er seine Zeit zu Hause und in seinem Versteck in Gravesend damit, sich im Internet über Regierungseinrichtungen, polizeiliche Vorgehensweisen und Sicherheitssysteme schlau zu machen (und, richtig, Parker, auch über Sprachabweichungen von Ausländern).

Fielding führte Hunderte von Telefongesprächen mit Innenarchitekten, die in der FBI-Zentrale gearbeitet hatten, mit der GSA, mit ehemaligen Angestellten, Fremdfirmen und Sicherheitsfachleuten, stellte unschuldige Fragen, redete von angeblichen Angestelltentreffen und beanstandete imaginäre Rechnungen. Normalerweise erfuhr er bei diesen Gesprächen immer mindestens ein wichtiges Detail – beispielsweise über den Entwurf des Gebäudes, die personelle Besetzung an Feiertagen, die Eingänge und Ausgänge. Er brachte Marke und ungefähren Standort der Überwachungskameras in der Zentrale sowie Anzahl und Standort der Überwachungsstationen in Erfahrung, und er lernte die Kommunikationssysteme kennen.

Es hatte Monate gedauert, bis er den perfekten Strohmann gefunden hatte – Gilbert Havel, ein Herumtreiber ohne Vorstrafen und praktisch ohne zurückverfolgbare Vergangenheit. Ein Mann, der naiv genug war zu glauben, ein so brillanter Kopf wie Fielding brauche einen Partner. Ein Mann, der leicht zu töten war.

Die Arbeit war mühsam, aber Perfektion erfordert Geduld.

Und dann, nachdem der Digger in der Metro-Station zugeschlagen hatte, stand Fielding beim FBI auf der Matte, fest entschlossen zu helfen, aber natürlich ungehalten darüber, dass er bei den Ermittlungen das fünfte Rad am Wagen war. Andere Agenten hätten seine Empfehlungen doppelt und dreifach überprüft und auf jeden Fall im Hauptquartier der Polizei nachgefragt. Nicht so Margaret Lukas, die arme, kinderlose Witwe. Denn da stand Len Hardy, der bald schon ein kinderloser Witwer sein würde, vom gleichen Kummer gequält, durch den sie sich vor fünf Jahren gekämpft hatte.

Selbstverständlich nahm sie ihn ohne darüber nachzudenken in ihre Truppe auf.

Und keiner hatte ihm gegenüber jemals auch nur den leisesten Verdacht gehegt.

Genau wie er es sich ausgerechnet hatte.

Denn Edward Fielding wusste, dass der Kampf gegen das Verbrechen heutzutage in den Aufgabenbereich von Wissenschaftlern fällt. Auch die Psychologen, die ein Profil der geistigen Verfassung des Täters erstellen, benutzen vorgegebene Raster, um ihre Beute zu kategorisieren. Dabei wird der Täter selbst – der Mensch hinter dem Verbrechen – häufig übersehen. Ja, er wusste genau, dass die Agenten, nachdem sie glaubten, der große Unbekannte sei tot, sich dermaßen stur auf den Erpresserbrief konzentrieren würden, auf die Sprache, die Handschrift, auf Spurenrückstände sowie auf ihre Computerprogramme und ihre hochtechnisierte Ausrüstung, dass sie keinen Gedanken mehr daran verschwenden würden, der tatsächliche Verbrecher könne buchstäblich nur drei Schritte hinter ihnen stehen.

Er hatte jetzt den Fahrstuhl erreicht. Die Kabine kam an und er trat ein. Doch Fielding drückte nicht auf den Knopf zum sechsten Stockwerk, um ins Urkundenlabor zu gelangen. Er drückte auf 1B.

Die Kabine fuhr abwärts.

Die Asservatenkammer des FBI ist der größte Aufbewahrungsort für forensische Beweismittel im ganzen Land.

Sie ist rund um die Uhr besetzt, und normalerweise helfen den Agenten zwei Angestellte bei der Annahme und Archivierung der Beweismittel, und manchmal auch dabei, die schwereren Gegenstände zu den Schließfächern zu tragen oder konfiszierte Autos und Kleinlaster und sogar abgeschleppte Boote in das angegliederte Lagerhaus zu fahren.

Heute Nacht hatten jedoch drei Agenten Dienst, eine Entscheidung, die der stellvertretende Direktor gemeinsam mit Margaret Lukas getroffen hatte. Der Grund dafür lag im außergewöhnlichen Wert der Beweismittel, die zurzeit in einem der Tresore lagerten.

Da es jedoch Feiertag war, waren die beiden Männer und die

Frau ziemlich lässig. Sie hockten um das Empfangsfenster herum, tranken Kaffee und unterhielten sich über Basketball. Die beiden Männer saßen mit dem Rücken zum Fenster.

»Ich finde Rodman toll«, sagte einer der Agenten.

»Aber, ich pü-hütte dich«, erwiderte der andere.

»Hallo«, sagte Edward Fielding und kam auf das Fenster zugeschlendert.

»He, haben Sie gehört, was mit dem Typen auf der Mall passiert ist?«, fragte ihn die Frau.

»Nein«, sagte Fielding und schoss ihr in den Kopf.

Die beiden anderen starben, noch während sie nach ihren Waffen griffen. Nur einem gelang es, seine Sig-Sauer aus dem Holster zu reißen.

Fielding langte durch das Fenster, drückte auf den Summer und machte sich die Tür auf.

Er zählte acht Überwachungskameras, die auf das Fenster, die Regalwände und den Tresor gerichtet waren. Aber sie übermittelten ihre Bilder in den Wachraum im zweiten Stock, wo niemand mehr am Leben war, um zuzusehen, wie das perfekte Verbrechen seinen Lauf nahm.

Fielding löste den Schlüssel vom Gürtel der toten Frau und schloss den Tresorraum auf. Er war sehr geräumig, vielleicht sieben auf zehn Meter. Hier wurden Drogen und konfisziertes Bargeld gebunkert. Während der monatelangen Recherchen für seinen Coup hatte Fielding erfahren, dass der Anklagevertreter verpflichtet ist, der Jury das Geld vorzulegen, das etwa bei einer Drogenrazzia oder einer Erpressung tatsächlich erbeutet wurde. Nicht zuletzt deshalb mussten die Agenten das Lösegeld hierher gebracht haben. Auch den anderen Grund hatte er vorausgeahnt, nämlich dass Bürgermeister Kennedy, von dem Fielding selbst ein psychologisches Täterprofil erstellt hatte, das Bargeld weiterhin zur Verfügung haben wollte, falls der Digger Kontakt mit ihm aufnahm und noch einmal nach dem Geld fragte.

Und da lag es, das Geld.

Perfekt …

Zwei riesige grüne Segeltuchtaschen. An jedem Trageriemen war ein roter Zettel befestigt. FBI BEWEISMITTEL. NICHT ENTFERNEN.

Ein Blick auf die Armbanduhr. Ihm blieben noch ungefähr zwanzig Minuten, bis Cage und Kincaid und die anderen Agenten nach ihrer Schießerei mit dem Digger von der Mall zurück waren.

Mehr als genug Zeit. Vorausgesetzt, er handelte rasch.

Fielding zog den Reißverschluss einer Tasche auf – sie war mit keinem zusätzlichen Schloss versehen – und kippte das Geld auf den Boden. Die Tasche war, wie erwartet, mit mehreren Peilsendern versehen. Ebenso wie die Banderolen um die Scheine, wie er von Tobe Geller wusste – ein Trick, den er nicht bedacht hatte. Er überlegte, ob auch einzelne Scheine präpariert worden seien, bezweifelte es jedoch. Davon hatte Geller nichts gesagt. Um auf Nummer Sicher zu gehen, zog Fielding trotzdem ein kleines, silbernes Gerät aus seiner Jackentasche – ein Trans-Detect, ein Scanner, der auch das schwächste Übertragungssignal aufspürte, von sichtbarem Licht bis hin zu Infrarot und Funksignalen. Er fuhr damit über den Geldhaufen, um zu überprüfen, ob es den FBI-Technikern gelungen war, einen Sender in einen der Scheine zu implantieren. Aber er empfing keine Signale.

Fielding warf den Sensor, für den er keine weitere Verwendung hatte, beiseite und zog einen leichten Rucksack unter seinem Hemd hervor. Er hatte ihn eigenhändig aus Fallschirmseide angefertigt. Dann fing er an, das Geld einzupacken.

Er hatte 20 Millionen verlangt, weil es eine glaubwürdige Summe für einen solchen Coup war, eine Summe, die dem Motiv der Rache für ein so schwer wiegendes Ereignis wie den Vietnamkrieg angemessen war. Fielding allein konnte jedoch nicht mehr als vier Millionen Dollar tragen, denn so viele Scheine wogen an die 35 Kilo. Da er im Allgemeinen unsportlich war, hatte er sechs Wochen nach seiner Ankunft in der Gegend regelmäßig in einem Sportklub in Bethesda, Maryland, trainiert, sodass er jetzt kräftig genug war, um das Geld zu tragen.

Die 100-Dollar-Scheine waren selbstverständlich markiert (dank Scannern und Computern war es heute einfach, die Spur des Geldes zurückzuverfolgen). Doch auch daran hatte Fielding gedacht. In Brasilien, wo er in wenigen Tagen sein würde, war es kein Problem, die vier Millionen markierten Bargelds in 3,2 Millionen in Gold umzutauschen, das sich wiederum in 3,2 Millionen unmarkierte U. S. Dollars verwandeln ließ.

Und im Lauf der nächsten Jahre würde diese Summe wieder auf vier Millionen anwachsen, und weiter und weiter, vorausgesetzt der Aktienmarkt und die Zinsen spielten weiterhin mit.

Fielding bedauerte es nicht, den Rest des Geldes zurücklassen zu müssen. Verbrechen durfte nicht mit Gier verwechselt werden. Es ging allein ums Handwerk.

Er packte das Geld in den Rucksack und warf ihn über die Schulter.

Dann trat er, unter dem Gewicht leicht wankend, auf den Flur hinaus und schlug den Weg zum Fahrstuhl ein.

Jetzt musste er nur noch den Wachmann am Vorderausgang aus dem Weg räumen, und natürlich alle anderen aus dem Team, die sich noch im Haus aufhielten. Tobe Geller, dachte er, war wahrscheinlich nach Hause gefahren. Aber Lukas war noch im Gebäude. Sie musste auf jeden Fall sterben. Unter anderen Umständen hätte es für ihren Tod keinen Grund gegeben – er hatte sehr sorgfältig darauf geachtet, seine Identität und seinen echten Wohnort geheim zu halten. Doch diese Agenten waren viel besser, als er angenommen hatte. Sogar das Versteck in Gravesend hatten sie gefunden! Das hatte Fielding schwer getroffen. Damit hätte er nie im Leben gerechnet. Zum Glück war Gilbert Havel mehrere Male in dieser Wohnung gewesen, sodass die Nachbarn, die bei der Befragung Havels Bild sahen, der Polizei bestätigten, dass jener Mann die Wohnung gemietet hatte – was die Agenten in ihrem Glauben bestärkte, *er* sei derjenige gewesen, der hinter dem Plan stecke.

Außerdem hatten sie um ein Haar herausgefunden, dass sein zweites Ziel die *Ritzy Lady* war ... Während der Computer die

Fragmente seiner Notizen zusammensetzte, hatte er von Grauen gepackt im Urkundenlabor gesessen und auf den richtigen Moment gewartet, um mit dem Vorschlag »Ritz! Vielleicht das Ritz-Carlton!«, hervorzuplatzen. Und kaum hatten sie das gehört, war die Lösung für sie in Stein gemeißelt, war es so gut wie unmöglich, sich eine andere Möglichkeit vorzustellen.

Genauso funktioniert es beim Knacken von Rätseln, was, Parker?

Was sollte er mit *ihm* anfangen?

Parker Kincaid war viel zu schlau, das Risiko viel zu groß, um ihn am Leben zu lassen.

Langsam durch die verlassenen Flure gehend dachte er darüber nach, dass – während er, Fielding, der perfekte Verbrecher war – Kincaid wohl der perfekte Detektiv war.

Was geschieht, wenn Gegensätze aufeinander prallen?

Aber das war kein Rätsel, sondern eine rein rhetorische Frage, auf deren Antwort er keine Zeit verschwendete. Er hatte den Fahrstuhl erreicht und drückte auf die AUFWÄRTS-Taste.

31

00:45

Margaret Lukas riss die Tür zum Urkundenlabor auf und warf einen Blick hinein. »Hallo? Dr. Evans?«

Keine Antwort.

Wo ist er bloß?, wunderte sie sich.

Vor dem Untersuchungstisch blieb sie stehen und sah, dass der Erpresserbrief noch immer dort lag.

Das Ende ist nacht.

Ein Gedanke ging ihr durch den Kopf: Vielleicht hatte Parker doch nicht ganz richtig mit seiner Vermutung gelegen, dass niemand einen solchen Fehler machte.

In gewisser Hinsicht war das Ende tatsächlich Nacht. Dunkelheit und Schlaf und Frieden.

Nacht, umfange mich. Dunkelheit, umfange mich …

Daran hatte sie denken müssen, als sie den Anruf von ihrer Schwiegermutter erhalten hatte, damals, als Tom und Joey bei dem Absturz ums Leben gekommen waren. Als sie in jener windigen Novembernacht im Bett gelegen hatte – oder war es zwei oder drei Nächte später gewesen, inzwischen ging in ihrer Erinnerung einiges durcheinander …, als sie ganz allein im Dunkeln gelegen hatte, unfähig zu atmen, unfähig zu weinen.

Da hatte sie gedacht: Nacht umfange mich. Bitte, nimm mich mit, Nacht. Nacht, nimm mich mit …

Jetzt stand Lukas über den Untersuchungstisch gebeugt, starrte hinab, die kurzen blonden Strähnen fielen ihr über die Augen wie die Scheuklappen eines Pferdes. Sie betrachtete die Worte in dem Erpresserbrief, die Schnörkel der salopp hingeschriebenen Buchstaben.

Das Ende ist nacht.

Sie schüttelte den Kopf über ihre morbide philosophische Stimmung, drehte sich um und verließ das Labor.

Sie ging zum Fahrstuhl. Vielleicht wartete Evans unten beim Sicherheitsdienst auf sie. Geistesabwesend fiel ihr Blick auf die Leuchtanzeige, die ihr sagte, dass der Fahrstuhl heraufkam.

Die Flure waren verlassen, und sie vernahm die vielen kleinen Geräusche des leeren nächtlichen Gebäudes. Die Außenstelle, in der sie normalerweise arbeitete, befand sich in der Nähe des Rathauses, ein paar Häuserblocks entfernt, und sie kam nicht sehr oft hierher in die Zentrale. Sie mochte das Gebäude nicht besonders. Es war zu groß. Und heute Nacht schien es hier besonders dunkel und gruselig zu sein. Dabei gruselte sich Margaret Lukas nicht so schnell. Sie erinnerte sich wieder daran, wie Kincaid das Blatt mit dem Erpresserbrief im Labor auf einen Bildschirm projiziert und sie dabei gedacht hatte: Es sieht aus wie ein Gespenst.

Jetzt spürte Lukas noch mehr Gespenster. Hier in diesen Korridoren. Die Geister von Agenten, die in Ausübung ihres Dienstes gestorben waren. Die Geister der Opfer all jener Verbrechen, die hier untersucht wurden.

Und meine eigenen, persönlichen Geister?, dachte sie. Ach,

die waren eigentlich immer bei ihr. Ihr Mann und ihr Sohn. Sie hatten sie nie verlassen. Und das sollten sie auch nicht. Der Wechselbalg brauchte etwas, das ihn an *Jackie* Lukas erinnerte.

Ihr Blick fiel auf den Boden vor dem Fahrstuhl. Dort war ein dunkler Fleck. Was war das? Sie roch bitteren Kaffee.

Die Leuchtanzeige am Fahrstuhl blinkte, und ein Klingeln ertönte. Die Tür ging auf.

»Oh, hallo«, sagte Lukas. »Ich habe Neuigkeiten für Sie.«

»Hi, Margaret«, sagte Susan Nance, die ein Dutzend Akten auf den Unterarmen balancierte. »Was gibt's denn?«

»Sie haben ihn erwischt. Drüben auf der Mall.«

»Den Metro-Killer?«

»Jep.«

Die Frau reckte den Daumen nach oben. »Hervorragend. Ach ja: Frohes Neues Jahr!«

»Wünsch ich Ihnen auch.«

Lukas stieg in den Fahrstuhl und fuhr zum Erdgeschoss hinunter.

Am Personaleingang hob Artie vom Sicherheitsdienst den Blick und nickte ihr freundlich grüßend zu.

»Hat sich Dr. Evans bei Ihnen abgemeldet?«, fragte sie.

»Nein. Hab ihn nicht gesehen.«

Dann würde sie eben hier auf ihn warten. Lukas setzte sich in einen der bequemen Sessel. Sie versank förmlich darin. Sie fühlte sich erschöpft. Sie wollte nach Hause. Sie wusste, dass die Leute hinter ihrem Rücken darüber redeten, wie traurig es sein musste, als Frau allein zu wohnen. Dabei war es überhaupt nicht traurig. Wenn sie in die Geborgenheit ihres Hauses zurückkehrte, dann war das jedenfalls bei weitem besser, als mit Freundinnen in einer Kneipe herumzuhängen oder sich mit jemandem aus dem endlosen Fundus der zur Auswahl stehenden – und langweiligen – Männer in Washington zu verabreden.

Nach Hause …

Dann fiel ihr ein, dass sie einen Bericht über den METRO-FALL schreiben musste.

Und dann dachte sie an Parker Kincaid.

Konzentrieren!, ermahnte sie sich.

Dann fiel ihr ein, dass sie sich nicht mehr konzentrieren musste.

Was war denn mit ihm? Zunächst einmal würde er sie um eine Verabredung bitten. Sie wusste, dass es so war.

Aber sie hatte sich bereits entschlossen, nein zu sagen. Er war ein gut aussehender, energischer Mann, voller Liebe für seine Kinder und sein häusliches Leben. Wie verlockend das erschien. Aber nein, sie durfte ihn nicht mit ihrem Kummer belasten, den sie ihrer Meinung nach wie giftige Dämpfe absonderte.

Jackie Lukas hätte es mit einem Mann wie Kincaid vielleicht schaffen können. Aber nicht Margaret, der Wechselbalg.

Artie sah von seiner Zeitung auf. »Fast hätte ich's vergessen: Fröhliches Neues Jahr, Agent Lukas.«

»Frohes Neues Jahr, Artie.«

Während der Digger noch übel riechend vor sich hin schwelte, die Feuerwehr die versengten Kirschbäume mit Schaum bespritzte und die Neugierigen um den ausgebrannten Bus kreisten, standen Parker und Cage noch eine Weile beieinander.

Der Digger ist erledigt. Tschüss und auf Nimmerwiedersehen …

Verse von Dr. Seuss marschierten wie einige der bizarren Geschöpfte des Autors durch seine Gedanken.

Parker führte seine Verfassung auf die Mischung aus Erschöpfung und Adrenalin zurück.

Er rief die Whos an und versprach, in einer halben Stunde bei ihnen zu sein. Robby erzählte seinem Vater von der Sirene, die jemand um Mitternacht angeworfen hatte, womit er die Bradleys gegenüber aus dem Schlaf gerissen und einen nachbarschaftlichen Streit vom Zaun gebrochen hatte. Stephie beschrieb die Feuerräder im Hof mit nachlässigen Adjektiven.

»Ich liebe dich, Who«, sagte er. »Ich komme bald.«

»Ich liebe dich auch, Papa«, sagte das Mädchen. »Wie geht's deinem Freund?«

»Er kommt bald wieder auf die Beine.«

Cage unterhielt sich mit einem Agenten von der Spurensicherung, und Parker trat ein paar Schritte zur Seite, um dem Qualm aus dem Bus auszuweichen. Es roch ziemlich schlimm – schlimmer als nur nach dem verbrannten Reifengummi. Parker wusste, was das war, und beim Gedanken daran, auch nur einen Bruchteil des verkohlten Leichnams des Diggers einzuatmen, wurde ihm übel.

Vor ihm kokelte ein toter Psychopath, und Parker stand am Ende einer Nacht, wie er noch nie eine erlebt hatte … Und doch sind es die profanen Dinge des Lebens, die plötzlich wie Krokusse durch die Schneedecke stoßen. So wie ihm auf einmal einfiel: Verflixt, ich habe gar nicht genug Bargeld im Haus, um Mrs. Cavanaugh zu bezahlen. Er klopfte sich auf die Hosentaschen und zog ein kleines Bündel Scheine heraus. Zweiundzwanzig Mäuse. Das reichte nicht. Er musste auf dem Heimweg noch an einem Geldautomaten Halt machen.

Ein Stück Papier, das zwischen den Geldscheinen steckte, erregte seine Aufmerksamkeit. Es war die Abschrift der Notizen auf dem verbrannten Schreibblock des Unbekannten. Die Hinweise auf die Ziele der beiden letzten Anschläge, von den Blättern, die Tobe Geller aus dem brennenden Haus gerettet hatte.

… zwei Meilen nach Süden. R …
… die Stelle, die ich dir gezeigt habe. Die schwarze …

»Was haben Sie da?«, fragte Cage und massierte sich die verletzte Rippe.

»Ein Andenken«, erwiderte Parker und betrachtete die Wörter noch einmal. »Nur ein Andenken.«

Edward Fielding blieb am Ende des Flurs stehen und keuchte unter dem Gewicht des Geldes auf seinem Rücken.

Er schaute nach vorne, wo er in etwa zehn Meter Entfernung den kurz geschnittenen Blondschopf von Margaret Lukas in der Eingangshalle erblickte. Hinter ihr saß der Nachtwächter, in seine Zeitung vertieft. Im Korridor brannte kein Licht, und selbst wenn sie sich zu ihm umgedreht hätten, wäre es schwer gewesen, ihn deutlich zu sehen.

Er rückte sich seine Last bequemer auf dem Rücken zurecht, schloss die Finger fester um den Griff der Pistole und ging weiter. Seine Ledersohlen verursachten leise tappende Geräusche auf dem gefliesten Boden. Er sah, dass Lukas in eine andere Richtung schaute. Er würde ihr eine Kugel in den Kopf jagen. Der Wachmann würde irritiert aufblicken, und er würde auch ihn töten.

Und dann nichts wie weg.

Tapp, tapp, tapp.

Jeder Schritt brachte ihn seinem Ziel näher.

Pefekt.

32

00:55

Margaret Lukas starrte auf den Weihnachtsbaum in der Eingangshalle und streckte sich wie eine Katze.

Geistesabwesend hörte sie, wie hinter ihr aus dem Korridor Schritte näher kamen.

Zwei Wochen zuvor hatten im Foyer überall Stapel von Päckchen gelegen, Geschenke, die die Agenten und das restliche Personal für obdachlose Familien gespendet hatten. Lukas hatte sich freiwillig gemeldet, einen Teil der Spielsachen zu verteilen, im letzten Augenblick jedoch abgesagt und stattdessen am Weihnachtstag durchgearbeitet.

Tapp, tapp, tapp …

Jetzt wünschte sie, sie hätte den Termin an Weihnachten nicht abgesagt. Damals hatte sie argumentiert, es sei frivol, Geschenke verteilen zu gehen, wenn sie stattdessen »ernsthafte« Arbeit tun konnte, doch jetzt musste sie zugeben, dass der Gedanke, am Weihnachtsfeiertag vielen kleinen Kinder zu begegnen, für sie weitaus quälender war, als die Haustür eines rassistischen Waffenfetischisten in Manassas Park einzutreten.

Jetzt bezeichnete sie sich deswegen als Feigling.

Tapp, tapp, tapp …

Sie sah durch die Glasfenster nach draußen. Ganze Trauben von Menschen kehrten von der Mall zurück. Sie dachte an den Digger, fragte sich, wie der Schusswechsel abgelaufen sein mochte und wer letztendlich die tödlichen Schüsse abgegeben hatte. In ihrer Laufbahn war sie erst an zwei Schusswechseln beteiligt gewesen und erinnerte sich hauptsächlich an das völlige Chaos dabei. Es war so ganz anders als im Kino. Ihr war nichts wie in Zeitlupe vorgekommen; eine Schießerei im richtigen Leben bestand eher aus fünf verwaschenen Sekunden heillosen Durcheinanders, und dann war alles vorbei.

Die klaren Bilder kamen erst *hinterher:* die Versorgung der Verwundeten und der Abtransport der Toten.

Tapp … tapp …

Ein summendes Telefon riss sie aus ihren Gedanken.

Artie nahm ab, und sie betrachtete geistesabwesend sein graues Gesicht.

»Empfang … Ach, guten Abend, Agent Cage.«

Plötzlich runzelte der Wachmann die Stirn. Er starrte Lukas an, dann an ihr vorbei. Sein Blick weitete sich. »Wie?«, sagte der Wachmann ungläubig. »Detective Hardy? … Er ist *wer*? Was meinen Sie damit? … Aber er ist hier, direkt – Oh, mein Gott.«

Artie ließ den Hörer fallen und langte nach seiner Waffe.

Tapp tapp tapp tapp tapp …

Instinktiv wusste Lukas, dass die Schritte, die sich jetzt schneller näherten, die Schritte eines Angreifers waren. Sie ließ sich genau in dem Augenblick nach vorne fallen, als die Kugeln aus der schallgedämpften Pistole durch die Lehne der Couch fauchten und Kunstleder sowie Flocken aus der Polsterung in die Luft wirbelten – genau an der Stelle, wo sie eben noch gesessen hatte.

Sie schaute nach hinten, drehte sich um und kroch auf allen Vieren hinter eine Topfpflanze.

Es war … Moment mal, das konnte nicht sein! Das war Hardy.

Artie feuerte wie wild drauf los und rief: »Er ist es! Er ist der Killer. Er … Oh, nein. Oh, mein Gott, nein …« Der Wachmann senkte den Blick auf seine Brust. Er war getroffen worden, sank in die Knie und brach hinter seinem Empfangsschalter zusammen.

Wieder fetzte eine Kugel durch die Couchlehne, nicht weit von Lukas' Kopf entfernt. Sie rollte sich so gut es ging hinter der anämischen Palme zusammen, die schon das Ziel so vieler spöttischer Bemerkungen gewesen war, und zuckte zusammen, als eine Kugel an dem verchromten Pflanzenkübel abprallte.

Ihre Bewegungen liefen rein mechanisch ab. Sie versuchte gar nicht herauszufinden, was geschehen war oder wer dieser Mann wirklich war. Sie hob kurz den Kopf und hielt nach einem Ziel Ausschau, musste sich jedoch sofort wieder ducken. Eine weitere Kugel zischte nur wenige Zentimeter von ihrem Gesicht entfernt durch die dicken grünen Blätter. Sie rollte sich nach links ab, bis zur Wand, schnellte hoch und nahm ihr Ziel ins Visier. Im Bruchteil einer Sekunde überprüfte sie das Terrain hinter Hardy und gab in rascher Folge drei Schüsse ab.

Die schweren 10-Millimeter-Geschosse verfehlten ihr Ziel nur knapp und rissen große Brocken Putz aus der Wand. Hardy feuerte noch zwei Mal auf sie und verschwand dann im Korridor.

Sie rannte zur gegenüberliegenden Wand, die in den Flur einmündete, und drückte sich mit dem Rücken dagegen.

Die tappenden Schritte entfernten sich.

Vom anderen Ende des Flurs rief eine Stimme: »Was ist denn los? Was ist denn los?«

Irgendwo dazwischen knallte eine Tür zu.

Lukas spähte um die Ecke und ging sofort wieder in Deckung. Am anderen Ende des Korridors hatte sie den Umriss eines Mannes gesehen. Sie warf sich auf den Bauch, nahm ihr Ziel ins Visier und rief: »FBI! Identifizieren Sie sich, oder ich schieße!«

»Ted Yan«, antwortete der Mann. »Von Software Analysis.«

Lukas kannte ihn. Er war ein Freund von Geller, ein Agent. Trotzdem dachte sie: Na toll, jetzt habe ich ausgerechnet einen Computer-Fuzzi als Rückendeckung.

»Sind Sie allein?«, rief sie.

»Ich bin …«

Schweigen.

»Ted?«

»Nein. Wir sind zu zweit … Susan Nance ist bei mir.«

Nances Stimme überschlug sich, als sie rief: »Oh, Margaret, er hat Louise vom Sicherheitsdienst umgebracht! Sie ist tot. Und Tony Phelps auch.«

Herr im Himmel! Was ging hier vor?

Ted sagte: »Wir sind am …«

»Alles klar, still jetzt«, fuhr ihn Lukas an. »Verraten Sie unter keinen Umständen, wo Sie sich aufhalten. Ist jemand an Ihnen vorbeigelaufen?«

»Nein«, rief Ted. »Ich habe aber im Flur eine Tür zuknallen hören. Er ist irgendwo zwischen uns.«

»Geben Sie mir Deckung«, rief Lukas.

Lukas sicherte nach hinten und rannte zu Artie zurück. Er war bewusstlos, blutete aber nicht stark. Sie nahm den Hörer, doch Cage war nicht mehr dran. Sie wählte 911, identifizierte sich als Agentin der Rechtsabteilung und gab Code 42 in der FBI-Zentrale durch.

Ihres Wissens hatte das noch nie zuvor jemand getan, in der gesamten Geschichte dieser Behörde nicht. Der Code zeigte einen Angriff auf die Zentrale an. Im Lauf der Jahre war es zu einem Runninggag geworden – wenn jemand einen 42er durchgab, so hieß das, er hatte etwas völlig vermasselt.

»Sind Sie bewaffnet?«, rief Lukas.

»Dienstwaffe«, rief Ted zurück. »Wir beide.«

Also Glocks oder Sig-Sauers. Lukas dachte an ihre MP-5 Maschinenpistole, die draußen in ihrem Truck lag. In diesem Augenblick hätte sie alles für diese Waffe gegeben, aber es blieb nicht genug Zeit, sie zu holen.

Sie spähte in den Flur, der immer noch leer war.

Acht Türen gingen von ihm ab. Fünf nach rechts, drei nach links.

Hinter einer davon musste er stecken.

Ein schönes Rätsel für Sie, Parker. Welche Tür führt zu unserem Judas?

Drei Habichte haben dem Bauern schon viele Hühner geschlagen …

Die Pistole am ausgestreckten Arm vor sich haltend, schob sie sich nach vorne, sah die Umrisse der anderen Agenten am Ende des Korridors. Mittels einiger Handsignale winkte sie sie zur Seite, hinter eine Ecke. Falls Hardy aus einer Tür stürmte, hätte sie kaum eine Chance, auf ihn zu schießen, ohne dabei Ted und Nance zu gefährden. Umgekehrt hätten sie das gleiche Problem. So gab sie zwar den Vorteil preis, ihn gegebenenfalls ins Kreuzfeuer nehmen zu können, konnte dafür jedoch bedenkenlos schießen, wenn er einen Ausfall versuchte.

Lukas schob sich in den Korridor.

Welche Tür?, überlegte sie.

Überleg schon! … Na los! Überlege!

Wenn Hardy sich auch nur ungefähr auskannte, dann wusste er, dass die fünf Büros auf der rechten Seite zur Straße gingen. Also hatte er wohl keine der linken Türen gewählt, um nicht zu riskieren, im Inneren des Gebäudes in der Falle zu sitzen.

Na schön, blieben also die Türen rechts.

Davon waren zwei mit der Aufschrift EMPFANG versehen – ein Euphemismus für Verhörräume wie den, in dem sie Czisman auf den Zahn gefühlt hatten. Hardy würde logischerweise daran zweifeln, dass es beim FBI Empfangsräume gab, und vermutlich konnte er sich ausrechnen, dass sie etwas mit der Sicherheit zu tun und keine Verbindung nach außen hatten – was tatsächlich so war. Sie hatten keine Fenster.

Auf dem Schild an der mittleren Tür stand PUTZRAUM. Lukas wusste es nicht genau, vermutete jedoch, dass es eine Kammer des Hausmeisters ohne zweiten Ausgang war und nahm an, dass Hardy das Gleiche gedacht hatte.

Blieben also noch zwei Türen. Beide waren nicht näher bezeichnet und beide führten, wie sie zufällig wusste, in kleinere Büros, die bei Bedarf für Schreibarbeiten genutzt wurden. Beide Zimmer hatten Fenster zur Straße hin. Eines war das der Eingangshalle am nächsten gelegene Büro, das andere befand sich am Ende des Flurs.

Aber warum so eilig?, fragte sie sich. Ich kann hier einfach auf Verstärkung warten.

Nein. Hardy konnte in diesem Augenblick versuchen, eines der Fenster aufzubrechen und zu fliehen. Lukas wollte nicht riskieren, dass dieser Mann womöglich entkam.

Welche Tür? Welche?

Sie traf ihre Entscheidung: die Tür, die dem Eingangsbereich am nächsten war. Es war logisch. Hardy würde nicht zehn oder fünfzehn Meter durch einen Korridor rennen, ohne Deckung zu suchen, wenn er wusste, dass ihm eine bewaffnete Agentin auf den Fersen war.

Sobald sie ihre Entscheidung getroffen hatte, vergaß sie alle anderen Optionen.

Rätsel sind immer ganz einfach, wenn man die Lösung kennt. Genau wie im richtigen Leben, stimmt's?

Sie drehte am Türknopf. Die Tür war abgeschlossen.

War sie immer abgesperrt?, fragte sie sich. Oder hatte er sie von innen verriegelt?

Nein, er hatte sie bestimmt verriegelt. Er musste drin sein. Wo hätte er sonst sein sollen? Sie lief zurück zu Artie, zog den Schlüssel von seinem Gürtel und rannte zurück. Sie schob den Schlüssel so leise wie möglich ins Loch.

Als sie ihn drehte, gab er ein alarmierendes Klicken von sich.

Verdammt. Ebenso gut hätte ich rufen können: Achtung, ich komme!

Eins, zwei …

Tief durchatmen.

Sie dachte an ihren Mann, an ihren Sohn.

Ich liebe dich, Mama!

Dann stürmte sie hinein.

Ducken, Waffe nach oben, leichter Druck auf den präzisen Abzug der Glock.

Nichts …

Er war nicht hier.

Halt … der Schreibtisch … Das einzige Möbelstück, hinter dem er sich verstecken könnte.

Sie ging Schritt für Schritt um den Schreibtisch herum und ließ die Waffe dabei von links nach rechts pendeln.

Nichts.

Verdammt, sie hatte sich getäuscht. Er hatte sich eine andere Tür ausgesucht, die ganz am Ende.

Dann, im Augenwinkel, eine kurze Bewegung.

Die Tür auf dem Flur direkt gegenüber – auch sie war mit PUTZRAUM beschriftet – hatte sich kaum merklich geöffnet. Die Mündung eines Schalldämpfers senkte sich zu ihr herab.

»Margaret!«, hallte Susan Nances Stimme vom Ende des Korridors. Dann rief die Frau: »Heda! Waffe fallen lassen!«

Lukas warf sich auf den Boden, und Hardy schoss zwei Mal.

Aber er hatte nicht auf sie gezielt. Seine Kugeln galten der Glasscheibe hinter ihr. Die Scheibe zersprang in tausend Stücke.

Nance feuerte drei Mal kurz hintereinander auf Hardy, der wegen des riesigen Rucksackes auf seinem Rücken unbeholfen über den Korridor rannte und in das Büro stolperte, in dem Lukas auf dem Boden hockte. Die Schüsse der Agentin verfehlten ihr Ziel. Er feuerte blindlings in Lukas' Richtung, zwang sie, in Deckung zu gehen. Sie ließ sich über den Boden rollen. Die Kugeln bohrten sich in den Schreibtisch, dann setzte Hardy durch den leeren Fensterrahmen auf das Vordach. Mit einem weiteren Satz sprang er über das niedere Gitter hinunter auf die Ninth Street. Lukas erwiderte sein Feuer zwar, verfehlte ihn jedoch ebenfalls.

Sie rappelte sich auf und rannte zum Fenster.

Lukas begriff, was geschehen war. Hardy hatte die Tür auf der Fensterseite ausprobiert und festgestellt, dass sie abgeschlossen war. Deswegen hatte er in der Hausmeisterkammer gewartet und sie übertölpelt. Der Kerl hatte einfach damit gerechnet, dass sie wahrscheinlich die gleiche Tür wie er wählen und dann einen Schlüssel besorgen würde, um sie aufzuschließen. Er hatte sie benutzt.

Und sie hatte sich gründlich getäuscht.

Er zielt auf den Habicht ganz links, schießt und erwischt ihn …

Jetzt stand sie auf dem Vordach auf den knirschenden Glasscherben und spähte nach links und rechts die Straße hinunter. Keine Spur von Hardy.

Es gibt keinen Querschläger …

Alles was sie sah, waren die vielen Menschen, die vom Feuerwerk zurückkamen und staunend auf das zersplitterte Fenster starrten, in dessen Rahmen sich die attraktive Blondine mit der Pistole in der Hand abzeichnete.

Wie viele Habichte sitzen noch auf dem Dach? …

33

01:10

Parker und Cage waren zurück im Urkundenlabor, diesmal in Begleitung des stellvertretenden Direktors.

»Sechs Tote«, murmelte der Vize-Direktor. »Großer Gott. Und das mitten in der Zentrale.«

Dr. John Evans war in einer Abstellkammer im sechsten Stock gefunden worden. Zwei aus nächster Nähe in sein Gesicht abgefeuerte Schüsse hatten ihn getötet. Artie, der Wachmann, war schwer verwundet, würde aber durchkommen.

»Wer zum Teufel *ist* dieser Kerl?«, wollte der Direktor wissen.

Der angebliche Hardy hatte einige sehr brauchbare Fingerabdrücke hinterlassen, die gerade durch die AFIS-Datenbank liefen. Wenn seine Abdrücke irgendwo im Land registriert waren, wüssten sie bald über seine Identität Bescheid.

Lukas kam herein. Erschrocken registrierte Parker Blutspritzer auf ihrer Wange.

»Alles in Ordnung?«, fragte er.

»Das ist Arties Blut«, erwiderte sie leise, als sie sah, worauf sein Blick gerichtet war. »Nicht meins.« Sie sah zuerst Parker und dann Cage für einen Augenblick an. Die Steine in ihren Augen waren verschwunden, aber er konnte nicht sagen, wodurch sie ersetzt worden waren. »Woher wussten Sie es?«

Cage warf Parker einen Blick zu. »Er ist drauf gekommen.«

»Das Zittern«, antwortete Parker. Er hielt ihr das Blatt Papier entgegen, das er in seiner Tasche gefunden hatte, als er nach dem Geld für den Babysitter suchte. »Mir fiel auf, dass seine Handschrift ein gewisses Zittern aufweist. Das ist oft so, wenn jemand seine Handschrift verstellt. Mir fiel wieder ein, dass Hardy aufgeschrieben hat, was ich diktiert habe – aber warum sollte er dabei seine Handschrift verstellen? Es gab nur einen Grund – weil er den Erpresserbrief geschrieben hatte. Deswegen habe ich das kleine *i* in *drei Kilometer südlich* überprüft, und der Punkt war eine Teufelsträne. Das bestätigte meinen Verdacht.«

»Was ist passiert?«, wollte der stellvertretende Direktor wissen. »Der Direktor braucht Informationen. Sofort.«

»Die ganze Sache war der reinste Mummenschanz«, sagte Parker und fing an, auf und ab zu gehen. Irgendwo in seinem Kopf fügte sich der Plan in seinen ganzen Ausmaßen minutiös zusammen. Er fragte Lukas: »Wie ist Hardy in diesen Fall involviert worden?«

»Ich kannte ihn«, sagte sie. »Er kommt schon seit einigen Monaten immer wieder in unsere Außenstelle. Hat seine Marke gezückt und gesagt, er brauche für einen Bericht irgendwelche Verbrechensstatistiken aus der Hauptstadt. Solche Berichte erstellt die District-Polizei mit ihrer Abteilung für Recherche und Statistik mehrere Male im Jahr. Alles Öffentlichkeitsarbeit. Betrifft keine laufenden Ermittlungen. Deshalb hat auch niemand genauer nachgefragt. Und heute tauchte er einfach auf und sagte, er sei als Verbindungsmann für den Fall abgestellt worden.«

»Er hat sich geschickt eine dieser Abteilungen ausgesucht«, bestätigte Parker. »Hätte der Bürgermeister oder der Polizeichef tatsächlich jemanden vom Morddezernat oder von der Ermittlung hergeschickt, hätte der wahrscheinlich nicht einmal gewusst, dass es keinen Len Hardy gibt.«

Lukas nickte. »Dann hat er das alles schon seit zwei Monaten geplant.« Sie seufzte angewidert.

»Eher seit sechs«, murmelte Parker. »Er hat jedes kleinste Detail bedacht. Er war ein gottverdammter Perfektionist. Seine Schuhe, seine Fingernägel, seine Kleidung … Makellos.«

»Aber der Typ im Leichenschauhaus?«, fragte Cage. »Der, den wir für den Unbekannten hielten. Wer ist das?«

»Ein Handlanger«, erwiderte Parker. »Jemand, den Hardy, oder wie er auch heißen mag, angeheuert hat, um den Brief zu überbringen.«

»Aber …«, sagte Cage, »er kam bei einem Unfall ums Leben.«

»Nein, das war kein Unfall«, meinte Lukas und nahm damit Parker das Wort aus dem Mund.

Nickend ergänzte er: »Hardy hat ihn ermordet, in einem gestohlenen Laster überfahren, damit es wie ein Unfall aussah.«

Lukas übernahm wieder: »Damit wir denken, der eigentliche Täter sei tot und das Geld in der Asservatenkammer abstellen. Er wusste, dass wir Sender in den Taschen verstecken, oder ihn am Übergabeort zu schnappen versuchen würden.«

Cage, der seiner angeknacksten Rippe wegen das Gesicht verzog, sagte: »Er hat die Taschen stehen lassen. Hat das Geld umgepackt. Und auch die Banderolen abgerissen.

»Aber er hat uns eine Info über den Digger geliefert, oder?«, wollte der stellvertretende Direktor wissen. »Sein Hinweis hat uns ermöglicht, den Killer auf der Mall auszuschalten, bevor er ernsthaften Schaden anrichten konnte.«

»Aber selbstverständlich hat er das getan«, erwiderte Parker, erstaunt darüber, dass sie es nicht kapiert hatten.

»Wie meinen Sie das?«, erkundigte sich der stellvertretende Direktor.

»Deshalb hat er sich doch das Vietnam Memorial ausgesucht. Weil es nicht weit von hier entfernt ist. Er wusste, dass wir knapp an Personal sind und das Gebäude praktisch leer sein würde, weil alle draußen sind, um den Digger zu schnappen.«

»Deshalb konnte er einfach in die Asservatenkammer spazieren und das Geld holen«, sagte Lukas bitter. »Genau wie Evans gesagt hat. Er hatte alles genauestens geplant. Ich sagte ihm, dass wir die Taschen mit Sendern versehen haben, aber Evans meinte, auch dafür hätte er garantiert einen Gegenplan ausgeklügelt.«

»Die Fingerabdrücke auf dem Erpresserbrief?«, fragte Cage Parker.

»Hardy hat ihn nie ohne Handschuhe angefasst, aber er hat dafür gesorgt, dass sein Handlanger seine Abdrücke darauf hinterlässt – damit wir die Leiche als die des Unbekannten verifizieren könnten.«

»Und er hat sich jemanden ohne Vorstrafen und ohne Militärdienst ausgesucht«, ergänzte Lukas, »damit wir ihn nicht identifizieren konnten … Herrje, er hat wirklich an alles gedacht!«

Ein Computer piepte. Cage beugte sich vor und las: »Ein Bericht von AFIS, VICAP und aus dem Archiv der Connecticut State Police. Da hätten wir …« Er ging die Informationen durch. Ein Foto erschien auf dem Bildschirm. Es war Hardy. »Sein richtiger Name lautet Edward Fielding, letzte bekannte

Adresse Blaskesly, Connecticut, nicht weit von Hartford. Oha, unser Freund ist kein besonders liebenswürdiger Zeitgenosse. Vier Festnahmen, eine Verurteilung. Dazu Jugendknast, aber diese Infos sind versiegelt. Wiederholt wegen antisozialem Verhalten behandelt. War Helfer und Krankenpfleger im Hartford State Hospital für geistesgestörte Kriminelle. Hat die Einrichtung verlassen, nachdem eine Krankenschwester, die er angeblich sexuell belästigt hatte, ermordet aufgefunden wurde.

Die Krankenhausverwaltung«, fuhr Cage fort und las weiterhin vom Bildschirm vor, »glaubt, dass Fielding einen Patienten namens David Hughes dazu überredet hat, sie umzubringen. Hughes wurde vor zwei Jahren dort eingeliefert. Am ersten Weihnachtsfeiertag. Er litt unter schweren Gehirnschäden in Folge einer Schusswunde und war in höchstem Grade beeinflussbar. Fielding hat Hughes wahrscheinlich zur Flucht verholfen. Die Krankenhausdirektion und die Polizei leiteten Ermittlungen gegen Fielding ein, der jedoch spurlos verschwunden blieb. Das war im Oktober vergangenen Jahres.«

»Hughes ist der Digger«, verkündete Parker leise.

»Glauben Sie?«

»Eindeutig. Und der Überfall auf die Zeitung in Hartford, der Czisman auf Fieldings Fährte setzte, ereignete sich im November.« Parker rief sich den Ausschnitt in Czismans Notizbuch in Erinnerung. »Das war ihr erstes Verbrechen.«

Eine Leidenschronik …

»Aber warum so viele Tote?«, fragte der stellvertretende Direktor. »Es kann doch nicht nur wegen des Geldes geschehen sein. Er muss irgendwelche terroristischen Interessen verfolgt haben.«

»Keineswegs«, sagte Parker entschieden. »Terrorismus kommt nicht in Frage. Aber sie haben absolut Recht. Geld hat auch nichts damit zu tun. Oh, ich kenne ihn.«

»Sie *kennen* Fielding?«

»Nein. Ich meine, ich kenne diesen Typus. Er ist wie ein Dokumentenfälscher.«

»Fälscher?«, fragte Lukas.

»Ehrgeizige Fälscher verstehen sich als Künstler, nicht als Diebe. Ihnen geht es eigentlich nicht um das Geld. Viel wichtiger ist es für sie, andere zu täuschen. Ihr einziges Ziel ist die perfekte Fälschung.«

Lukas nickte. »Dann waren also die anderen Taten – in Hartford, in Boston und in Philly – nichts anderes als Fingerübungen. Eine Uhr stehlen, oder ein paar Tausend Dollar. Es ging ihm nur darum, seine Technik zu perfektionieren.«

»Genau. Und hier in Washington wollte er sein Meisterstück abliefern. Diesmal wollte er einen schönen Batzen Geld einsacken und sich dann zur Ruhe setzen.«

»Wie kommen Sie darauf?«, erkundigte sich Cage.

Lukas wusste auch darauf eine Antwort: »Weil er seinen Laufburschen geopfert hat, um die eigene Flucht zu ermöglichen. Er hat uns verraten, wo der Digger war.«

Parker fiel wieder ein, wie Hardy auf den Bus geschossen hatte, und fügte hinzu: »Es ist sogar gut möglich, dass er derjenige ist, der den Digger auf der Mall erschossen hat. Wenn wir ihn lebend geschnappt hätten, hätte er womöglich geredet.«

»Hardy hat sich über uns lustig gemacht«, sagte Cage und schlug mit der Faust auf den Tisch. »Die ganze Zeit über saß er neben uns und hat sich über uns lustig gemacht.«

»Aber wo ist er jetzt?«, fragte der stellvertretende Direktor.

»Er hat seine Flucht genau geplant«, sagte Parker. »Er war jedem unserer Schritte einen Gedanken voraus. Er wird auch jetzt nicht stolpern.«

»Wir haben sein Bild von der Videokamera in der Eingangshalle«, sagte Cage. »Das können wir an alle Fernsehsender schicken.«

»Um zwei Uhr morgens?«, fragte Parker. »Wer schaut da noch fern? Auch die Zeitungen sind bereits gedruckt. Er ist auf jeden Fall bei Sonnenaufgang außer Landes und liegt in zwei Tagen auf dem Operationstisch eines Schönheitschirurgen.«

»Die Flughäfen sind geschlossen«, rief ihm der stellvertretende Direktor in Erinnung. »Bis zum frühen Morgen bekommt er keinen Flug.«

»Wahrscheinlich fährt er mit dem Wagen nach Louisville oder Atlanta oder New York«, erwiderte Lukas. »wir sollten auf alle Fälle eine Mitteilung an die Außenstellen rausschicken. Sie sollen Agenten an sämtliche Flughäfen, Bahnhöfe und Busbahnhöfe schicken. Auch zu Autovermietungen. Sie sollen auch alle Kfz-Stellen sowie Grundbuchämter wegen einer Adresse überprüfen. Und wir sollten die Connecticut State Police anrufen.« Sie hielt inne und blickte zu Parker hinüber. Er sah, dass sie genau das Gleiche dachte wie er.

»Er hat das alles bedacht«, sagte Parker. »Damit will ich nicht sagen, dass wir es nicht veranlassen sollten. Aber er rechnet damit.«

»Ich weiß«, sagte sie, und ihre Hilflosigkeit schien sie noch wütender zu machen.

»Ich bewillige höchste Priorität«, sagte der stellvertretende Direktor.

Aber Parker hörte ihm nicht zu. Er hatte sich schon wieder dem Erpresserbrief gewidmet.

»Eine perfekte Fälschung«, murmelte er vor sich hin.

»Was?«, fragte Lukas.

Er sah auf die Uhr. »Ich muss rasch jemanden besuchen.«

»Ich komme mit«, sagte Lukas.

Parker zögerte. »Lieber nicht.«

»Doch, ich komme mit.«

»Ich brauche keine Hilfe.«

»Ich begleite Sie«, sagte sie fest entschlossen.

Parker blickte in ihre blauen Augen – Stein oder nicht Stein? Schwer zu sagen.

Er sagte: »Na schön.«

Sie fuhren durch die Straßen der Stadt, die inzwischen weitgehend leer und verlassen waren. Parker saß am Steuer.

An einer Kreuzung hielt rechts von ihnen ein Wagen. Im

Scheinwerferlicht erhaschte Parker einen kurzen Blick auf Lukas' Profil, ihren schmalen Mund, die elegant geschwungene Nase, die Rundung ihres Halses.

Er sah wieder auf die Straße und fuhr tiefer nach Alexandria, Virginia, hinein.

Vielleicht beneidet sie Sie.

Wie sehr er sich danach sehnte, sie an der Hand zu nehmen, mit ihr in einer Kneipe oder zu Hause auf seiner Couch zu sitzen. Oder mit ihr im Bett zu liegen.

Und zu reden. Über alles Mögliche zu reden.

Vielleicht über das Geheimnis der Margaret Lukas, was immer es sein mochte.

Oder das tun, was er und die Whos manchmal taten – über nichts reden. Dummes Zeug reden, nannten sie es. Über Zeichentrickfilme, über die Nachbarn, über das neuste Angebot im Baumarkt, über Rezepte oder über vergangene und zukünftige Urlaube.

Vielleicht würden er und Lukas sich auch alte Kriegsgeschichten erzählen, wie sie alle Kriminalen, FBIler, Streifenpolizisten oder Schülerlotsen so gerne immer wieder aufwärmten.

Das Geheimnis konnte warten.

Dazu blieb ihnen noch Zeit genug. Jahre, dachte er.

Jahre.

Mit einem Mal fiel ihm auf, dass er eine Beziehung mit ihr in Erwägung zog, die länger als nur eine Nacht, eine Woche oder einen Monat dauern könnte. Worauf gründete er diese Fantasievorstellung überhaupt? Eigentlich auf nichts. Es war ein lächerlicher Gedanke.

Jede Beziehung, die er sich zwischen ihnen zusammenreimte – zwischen ihr, der Soldatin, und ihm, der Hausfrau –, sie war pure Illusion.

Oder nicht? Die Whos aus dem Buch von Dr. Seuss fielen ihm wieder ein, ein merkwürdiges Völkchen, das auf einem Staubkorn lebte und so winzig war, dass man sie nicht sehen konnte. Trotzdem waren sie da, mitsamt ihrem dummen Grinsen, ihren komischen Apparaten und ihrer bizarren Achitektur. Weshalb sollte man nicht auch die Liebe in etwas finden, das einem unsichtbar vorkommt?

Er sah sie wieder von der Seite an, und sie blickte zu ihm herüber. Unwillkürlich streckte er seine Hand aus und berührte ihr Knie. Ihre Hand legte sich auf seine, eine Bewegung, die nichts Provisorisches an sich hatte.

Dann hatten sie das gesuchte Haus gefunden. Er zog seine Hand zurück. Er parkte den Wagen am Straßenrand. Kein Wort wurde gewechselt. Kein Blick zwischen ihnen getauscht.

Lukas stieg aus. Parker auch. Er ging um den Wagen herum, und sie standen einander gegenüber. Wie sehr er sich danach sehnte, sie zu umarmen. Die Arme um sie zu legen und sie an sich zu ziehen. Sie warf ihm einen kurzen Blick zu und knöpfte sich langsam den Blazer auf. Er sah die weiße Seidenbluse aufblitzen, machte einen Schritt auf sie zu, um sie zu küssen.

Sie senkte jedoch abrupt den Kopf, zog ihre Waffe aus dem Holster und knöpfte den Blazer wieder zu. Dann kniff sie die Augen zusammen und ließ den Blick prüfend über Häuser und Gärten schweifen.

Oh. Parker machte einen Schritt zurück.

»Wo lang?«, fragte sie sachlich.

Parker zögerte und fing ihren unterkühlten, unbeirrten Blick auf. Dann nickte er zu einem geschlängelten Pfad, der zu einer kleinen Seitenstraße führte. »Da entlang.«

Der Mann war ungefähr einssechzig groß.

Er hatte einen drahtigen Bart und buschiges Haar und trug einen abgerissenen Bademantel. Parker hatte ihn mit seinem kräftigen Hämmern an die klapprige Tür offensichtlich geweckt.

Der Mann hatte Parker und Lukas einen Moment angestarrt und sich dann so rasch in seine Wohnung zurückgezogen, als wäre er an einem Bungee-Seil zurückgezerrt worden.

Lukas schob sich vor Parker hinein, sah sich prüfend um und schob dann die Waffe wieder ins Holster. Alle Zimmer waren vollgestopft, ein riesiges Durcheinander aus Büchern, Möbeln und Zeitungen. An den Wänden hingen Hunderte signierte Briefe und Fetzen historischer Dokumente. Ein Dutzend Regale war mit Büchern und Aktenordnern voll gestopft. Ein Künstlermaltisch war übersät mit Tintenflaschen und Stiften. Er war der unübersehbare Mittelpunkt des winzigen Wohnzimmers.

»Wie geht's denn so, Jeremy?«

Der Mann rieb sich die Augen und warf einen verschlafenen Blick auf einen altmodischen Wecker. »Mensch, Parker«, sagte er. »Es ist mitten in der Nacht. Aber kuck mal, was ich hier habe. Gefällt's dir?«

Parker nahm den Plastikordner entgegen, den Jeremy ihm hinstreckte.

Die Fingerkuppen des Mannes waren gelb von Nikotin. Parker erinnerte sich daran, dass der kleine Mann trotz seiner Zigarettenleidenschaft nur draußen rauchte. Er ging kein Risiko ein, das seine Arbeit gefährden könnte. Wie bei allen wahren Genies ordneten sich auch Jeremys Laster seiner Begabung unter.

Parker hielt eine Plastikhülle gegen das Licht, nahm eine Lupe vom Tisch und betrachtete das Dokument, das in der Hülle steckte. Nach einigen Sekunden sagte er: »Die Strichbreite ... ist sehr gut.«

»Besser als gut, Parker.«

»Also gut, ich gebe es zu. Die Ansätze und die Absätze sind hervorragend. Sieht ganz so aus, als stimmten auch die Ränder und das Blattformat. Stammt das Papier aus der Zeit?«

»Selbstverständlich.«

»Aber du musstest die Tinte künstlich mit Wasserstoffsuperoxid altern lassen. Das lässt sich nachweisen.«

»Vielleicht. Vielleicht auch nicht.« Jeremy lächelte. »Vielleicht habe ich auch einen neuen Trumpf im Ärmel. Bist du gekommen, um mich festzunehmen, Parker?«

»Ich bin nicht mehr bei den Bullen, Jeremy.«

»Du nicht. Aber sie, oder?«

»Stimmt. Sie schon.«

Jeremy nahm ihm das Blatt wieder weg. »Ich habe es noch nicht verkauft. Ich habe es noch nicht einmal zum Verkauf angeboten.« An Lukas gewandt sagte er: »Es ist bloß ein Hobby. Man darf doch wohl noch einem Hobby nachgehen, oder?«

»Was ist das?«, fragte Lukas

Parker antwortete. »Das ist ein Brief von Robert E. Lee an einen seiner Generäle.« Dann fügte er hinzu: »Ich sollte eher sagen: Es gibt vor, ein Brief von Robert E. Lee zu sein.«

»Hat er ihn gefälscht?« Sie sah Jeremy an.

»Genau.«

»Ich habe nichts zugegeben. Ich berufe mich auf den fünften Zusatzartikel.«

Parker fuhr fort: »Er ist wahrscheinlich 15.000 Dollar wert.«

»Siebzehn ... *Falls* ihn jemand verkaufen wollte. Was ich niemals vorhatte. Parker hat mich schon einmal eingebuchtet«, vertraute Jeremy Lukas an, wobei er sich mit Mittelfinger und Daumen in den Bart zwickte. »Er ist der Einzige auf der ganzen Welt, der mich erwischt hat. Wissen Sie, wie er es geschafft hat?«

»Nein, wie denn?«

Parkers Aufmerksamkeit konzentrierte sich nicht mehr auf den gefälschten Brief, sondern auf Margaret Lukas, die von dem Mann zugleich amüsiert und fasziniert schien. Ihr Zorn schien verraucht zu sein, und darüber war Parker sehr froh.

»Das Wasserzeichen auf dem Briefkopf«, sagte Jeremy spöttisch. »Ein Wasserzeichen hat mich in den Bau gebracht.«

»Jeremy ist vor ein paar Jahren ... sagen wir einmal, in den Besitz mehrerer Briefe von John Kennedy gekommen«, erläuterte Parker.

»An Marilyn Monroe?«, fragte Lukas.

Jeremy verzog das Gesicht. »*Die?* Nein, die waren doch lächerlich. Amateurhaftes Zeug. Wer spricht schon von denen? Nein, bei meinen Briefen handelte es sich um Briefe Kennedys an Chruschtschow. Den Briefen zufolge war Kennedy bereit, in der Kuba-Frage einen Kompromiss zu akzeptieren. Das hätte der Geschichte eine hübsche kleine Anekdote verliehen. Er und Chruschtschow wollten die Insel teilen. Die Russen sollten eine Hälfte bekommen, und die USA die andere.«

»Wirklich?«, fragte Lukas.

Jeremy schwieg und widmete sich mit einem leisen Lächeln dem Brief Robert E. Lees.

»Jeremy erfindet gerne Sachen«, sagte Parker. Mit diesen Worten umschrieb er selbst auch gern das heikle Thema »Täuschen und Lügen«, wenn er mit den Whos redete. »Er hat die Briefe gefälscht und wollte sie für fünftausend Dollar verkaufen.«

»Viertausendachthundert«, korrigierte ihn Jeremy.

»Mehr nicht?« Lukas war erstaunt.

»Jeremy ist nicht des Geldes wegen in diesem Geschäft«, sagte Parker.

»Und Sie haben ihn erwischt?«

»Meine Technik war makellos, Parker, das musst du zugeben.«

»Jederzeit«, bestätigte Parker. »Dein handwerkliches Können ist perfekt. Tinte, handschriftliche Ausführung, Ansatz und Zwischenräume, Sprachstil, Buchstabenneigung … Leider änderte die Regierungsdruckerei im August 1963 den Briefkopf des offiziellen Briefpapiers. Jeremy bekam mehrere dieser neuen Blätter in die Finger und benutzte sie für seine Fälschungen. Pech, dass die Briefe mit *Mai* 1963 datiert waren.«

»Meine Informationen waren unzureichend«, murmelte Jeremy. »Also Parker, willst du mich wieder in Ketten legen? Was habe ich diesmal ausgefressen?«

»Ach, ich denke, du weißt selbst am besten, was du ausgefressen hast, Jeremy.«

Parker zog einen Stuhl für Lukas und einen für sich heran. Beide setzten sich.

»Ach du Schreck«, sagte Jeremy.

»Ach du Schreck«, wiederholte Parker.

34

01:45

Endlich schneite es.

Riesige Schneeflocken segelten wie an Fallschirmen vom Himmel. Schon lagen über fünf Zentimeter Schnee, die die Geräusche der Nacht dämpften.

Die drückende Last des Geldes auf dem Rücken und die Pistole in der Rechten, stapfte Edward Fielding in Bethesda, Maryland, quer durch Bäume und Unterholz. Von der FBI-Zentrale bis hierher hatte er zwei verschiedene Autos benutzt, die er an seiner Fluchtroute bereitgestellt hatte, um eventuelle Verfolger abzuschütteln. Er war die ganze Strecke auf den Hauptstraßen geblieben und hatte die vorgeschriebene Geschwindigkeit exakt eingehalten. Dann hatte er jenseits des Wäldchens gehalten und legte jetzt den Rest des Weges zu Fuß zurück. Das Geld verlangsamte sein Tempo zwar, doch er hätte es, trotz der relativen Sicherheit in dieser verschlafenen, gutbürgerlichen Vorstadt Washingtons, unter keinen Umständen im Wagen gelassen.

Er schob sich durch einen kleinen Hof und blieb an dem Zaun stehen, der das von ihm gemietete Haus von dem Anwesen nebenan trennte.

Er kannte jedes Auto auf der Straße.

In seinem Haus gab es keine Bewegung, keinen Schatten, den er nicht kannte.

Die Fenster in den Häusern gegenüber waren dunkel, außer bei Harkins. Das war normal. Fielding hatte beobachtet, dass die Harkins selten vor zwei oder drei Uhr nachts schlafen gingen.

Er stellte den Rucksack mit dem Geld auf dem Grundstück nebenan unter einem Baum ab, richtete sich auf und gönnte seinen Muskeln Erlösung von der schweren Last. Dann ging er langsam am Zaun entlang und sah sich den Boden vor, hinter und neben seinem Haus an. Nirgendwo waren Fußstapfen zu sehen, auch nicht auf dem Bürgersteig vor den Grundstücken.

Fielding holte das Geld und ging auf sein Haus zu. Er hatte mehrere Sicherheitsvorkehrungen getroffen, die ihn vor unwillkommenen Besuchern warnen würden; ein paar simple Tricks, einfach, aber wirkungsvoll: Ein dünner Faden war quer vor dem Zauntor gespannt, der Riegel der Haustür war mit einem kleinen Fleck Farbe mit dem Türblatt verbunden, die Ecke des Fußabstreifers umgebogen und an die Tür gelehnt.

All das hatte er von einer rechtsgerichteten Website im Internet gelernt, die einen mit Tipps versorgte, wie man sich vor Schwarzen, Juden und den Häschern der Bundesregierung schützte. Trotz des Schnees, der jeden Eindringling verraten hätte, überprüfte er sämtliche Vorsichtsmaßnahmen. Denn genau das tat man, wenn man das perfekte Verbrechen beging.

Er schloss die Tür auf und dachte an seine nächsten Schritte. Er würde nur fünf oder zehn Minuten hier bleiben – lange genug, um das Geld in Kisten zu packen, in denen Kinderspielzeug gewesen war, ein paar Koffer ins Auto zu laden und dann – über drei zusätzliche, entlang seines Fluchtwegs geparkte Wagen – nach Ocean City, Maryland, zu fahren. Dort würde er in ein gemietetes Boot steigen und in zwei Tagen in Miami sein. Von dort aus brachte ihn ein Charterflugzeug nach Costa Rica, und noch in derselben Nacht würde er nach Brasilien fliegen.

Und dann …

Er wusste nicht genau, wo sie sich versteckt hatte. Vielleicht hinter der Tür. Vielleicht in der Besenkammer. Noch bevor Fielding den Schock des durch seinen Körper schießenden Adrenalins spürte, war ihm die Pistole bereits aus der Hand geschlagen worden, und Margaret Lukas schrie: »Keine Bewegung! Keine Bewegung! FBI!«

Fielding kippte trotz der Ermahnung nach vorne und fand sich unversehens flach auf dem Bauch liegend in ihrem kräftigen Griff wieder. Mit einer Pistole am Ohr. Jemand entriss ihm den Rucksack mit dem Geld, dann legten ihm zwei kräftige Agenten Handschellen an. Finger durchwühlten seine Taschen.

Er wurde hochgerissen und in einen Sessel gestoßen.

Cage und ein paar andere Männer und Frauen kamen durch die Vordertür, während ein Agent eine Bestandsaufnahme des Geldes vornahm.

Sein Gesicht verriet seine Überraschung. Lukas sagte: »Ach, diese Stolperdrähte und das alles? Ihnen ist doch klar, dass wir die gleichen Websites anschauen, wie alle anderen auch – diesen arischen Militarismus-Scheiß!«

»Aber der Schnee?«, fragte er. Der Schock ließ ihn zittern. »Es waren keine Spuren zu sehen. Wie sind Sie reingekommen?«

»Wir haben uns ein Löschfahrzeug von der Feuerwehr Bethesda ausgeborgt. Ich bin mit dem SWAT-Team durch ein Fenster im ersten Stock eingestiegen.«

In diesem Augenblick kam Parker Kincaid durch die Haustür. Lukas nickte ihm zu und dann zu Fielding. »Das Löschfahrzeug war seine Idee.«

Daran hegte Fielding nicht den geringsten Zweifel.

Parker ließ sich Fielding gegenüber auf einem Sessel nieder und verschränkte die Arme. Der Detective – Parker bezeichnete ihn unwillkürlich immer noch so – sah jetzt älter und erschöpfter aus. Parker erinnerte sich daran, dass er sich gewünscht hatte, der Unbekannte möge noch am Leben sein, damit er verstehen könnte, wie der Verstand eines solchen Mannes arbeitete. Sozusagen von einem Rätselmeister zum anderen. Es sah ganz so aus, als wäre sein Wunsch erfüllt worden. Nur verspürte er jetzt Fielding gegenüber keine berufsbedingte Neugier mehr, sondern nur noch Ekel.

Rätsel sind immer ganz einfach, wenn man die Lösung kennt.

Aber dann sind sie auch nicht mehr interessant.

Lukas ergriff das Wort: »Wie fühlt man sich, wenn man weiß, dass man die nächsten zehn Jahre in einer Zelle drei mal zweifünfzig verbringen darf – bis man die Nadel verpasst bekommt?«

»Im allgemeinen Vollzug würdest du's nicht lange machen«, erklärte ihm Cage. »Ich hoffe, du langweilst dich nicht mit dir allein.«

»Ich ziehe meine Gesellschaft die der meisten anderen Menschen vor«, erwiderte Fielding.

Cage redete weiter, als hätte Fielding nichts gesagt: »Sie wollen dich auch in Boston und White Plains und in Philadelphia haben. Ich glaube, in Hartford auch.«

Erstaunt hob Fielding eine Augenbraue.

»Der Digger war Ihr Patient, oder?«, fragte Parker. »In der Klinik für geistesgestörte Kriminelle. David Hughes?«

Fielding wollte sich nicht anmerken lassen, dass er beeindruckt war, aber er konnte es nicht verbergen. »Das ist richtig. Ein merkwürdiger Kerl, finden Sie nicht?« Er grinste Parker an. »Eine Art leibhaftiger Butzemann.«

In diesem Augenblick wurde Parker etwas anderes klar. Sein Herz stand still.

Butzemann ...

»In der Einsatzzentrale ... habe ich von meinem Sohn erzählt. Und nicht lange danach ... Herrgott, nicht lange danach hat Robby jemanden in der Garage gesehen. Das war der Digger! ... Sie haben ihn angerufen, Sie haben ihn zu mir nach Hause geschickt! Um meinen Sohn zu erschrecken!«

Fielding zuckte die Achseln. »Sie waren zu gut, Kincaid. Ich musste Sie eine Weile von dem Fall abziehen. Als Sie alle ausrückten, um mein Versteck zu überfallen – dass Sie das herausgekriegt haben, war, nebenbei bemerkt, vorzügliche Arbeit –, bin ich rausgegangen und habe meinen Freund angerufen und ihm gesagt, er soll Ihrem Kleinen einen Besuch abstatten. Ich dachte daran, sie alle umzubringen, und selbstverständlich auch Sie, aber ich brauchte Sie noch kurz vor Mitternacht in der Zentrale, um meine Herleitung des letzten Tatortes glaubhafter zu machen.«

Parker sprang auf und holte mit der Faust aus. Lukas hielt ihn am Arm fest, kurz bevor die Faust in Fieldings verzerrtes Gesicht krachen konnte.

»Ich kann Sie gut verstehen«, flüsterte sie. »Aber damit ist niemandem geholfen.«

Zitternd vor Wut ließ Parker die Hand sinken, ging hinüber zum Fenster und blickte hinaus in den Schnee. Er zwang sich dazu, sich wieder zu beruhigen. Er zweifelte nicht daran, dass er im Stande war, Fielding umzubringen, wenn er mit ihm alleine hier wäre. Nicht nur wegen der vielen Opfer an diesem Tag, sondern weil er immer noch die bodenlose Angst in Robbys Stimme im Ohr hatte. *Papa … Papa …*

Lukas berührte ihn am Arm. Er sah sie an. Sie hatte einen Notizblock in der Hand. »Ich weiß nicht, ob es Ihnen hilft«, sagte sie, »aber er hat mir das Gleiche angetan.« Er blätterte die Seiten durch und las mehrere Einträge durch. »Vor mehreren Monaten ist bei mir zu Hause eingebrochen worden. Er war der Einbrecher. Hat sich Einzelheiten aus meinem Leben besorgt.«

Fielding sagte nichts.

Lukas fuhr fort, sprach jetzt aber den Mörder direkt an: »Sie haben alles über mich herausgefunden. Sie wissen alles über Tom …«

Tom?, wunderte sich Parker.

»Sie haben sich den gleichen Haarschnitt wie er zugelegt. Sie sagten, Sie kämen aus der Nähe von Chicago, genau wie er. Sie haben seine Briefe an mich gelesen …« Sie schloss die Augen und schüttelte den Kopf. »›Klar wie Bodennebel.‹ Sie haben sogar seinen Ausdruck gestohlen! Und dann erzählten Sie mir, Ihre Frau läge im Koma. Warum? Damit ich Sie auch dann im Team behalte, wenn alle anderen – und auch ich – nicht davon begeistert sind, dass Sie sich in den Fall einmischen.«

»Ich musste Ihren Panzer durchbrechen, Margaret. Denn ich wusste, dass Sie eine schwierige Gegnerin sein würden.«

»Sie haben mir meine Vergangenheit gestohlen, Fielding.«

»Wozu ist die Vergangenheit sonst gut, wenn man sie nicht benutzt?«, fragte er gleichgültig.

»Aber wie konnten Sie nur so viele Menschen töten?«, fragte Lukas beinahe flüsternd.

»Entsetzt?«, fragte Fielding zurück. Es wirkte erstaunt. »Warum denn nicht? Herrje, ich meine, warum sollte ich es denn nicht tun? Warum ist ein Tod weniger schrecklich als der Tod von Millionen? Entweder man tötet oder man tötet nicht. Wenn man tötet, ist der Tod lediglich eine Frage der Menge – und ob er zweckdienlich ist. Wenn es Ihren Plänen nützt, dann töten Sie eben so viele Menschen wie nötig. Jeder, der das nicht einsieht, ist ein naiver Idiot.«

»Wer ist der Kerl im Leichenschauhaus?«, fragte Cage.

»Sein Name ist Gil Havel.«

»Aha, der mysteriöse Gilbert Jones«, sagte Parker. »Er hat auch den Hubschrauber gemietet, richtig?«

»Ich *musste* Sie doch davon überzeugen, dass ich eigentlich mit dem Geld von der Übergabe an der Gallows Road entkommen wollte.«

»Wo haben Sie ihn aufgetrieben?«

»In einer Kneipe in Baltimore.«

»Wer war er? Havel.«

»Irgend so ein Versager. Ein Herumtreiber, mehr oder weniger. Ich versprach ihm hunderttausend Dollar, wenn er einen Brief im Rathaus für mich abgab, mir bei der Sache mit dem Hubschrauber half und eine Wohnung für mich anmietete. Ich wiegte ihn in dem Glauben, er sei mein Partner.«

»Und Sie ließen ihn einen bestimmten Weg zur Metro oder zur Bushaltestelle zurückgehen«, sagte Parker. »Wo Sie mit dem Lieferwagen auf ihn warteten, um ihn zu überfahren.«

»Sie mussten doch glauben, dass der Drahtzieher tot war. Damit Sie das Geld in der Asservatenkammer deponierten …«

»Was ist mit Kennedy? Sie haben ihn ins Ritz geschickt.«

»Der Bürgermeister?«, fragte Fielding. »Das war eine Überraschung – als er mich anrief. Und ein Risiko. Aber es ging alles gut.« Er nickte nachdenklich. »Zum einen musste ich Sie im Ritz-Carlton festhalten, damit niemand auf die *Ritzy Lady* kam. Und dann lieferte ich Ihnen zum Ausgleich für meinen Verrat die Erklärung für den Namen des Diggers … Wissen Sie, Sie sind schon ein ziemlicher Brocken, Kincaid. Wie sind Sie darauf gekommen?«

»Wie ich darauf gekommen bin, dass Sie der Unbekannte sind? Ihre Handschrift hat es mir verraten. Ich hatte eine Probe davon auf dem Blatt, das, was ich Ihnen diktiert habe, die Worte von dem verbrannten Schreibblock.«

»Das hat mir auch Bauchschmerzen bereitet«, sagte Fielding. »Aber als Sie mich zum Mitschreiben aufforderten, konnte ich mich ja schlecht weigern. Aber ich habe versucht zu improvisieren, meine Handschrift zu verstellen.«

»Der Punkt auf dem kleinen *i* hat Sie verraten.«

Fielding nickte. »Ach ja, stimmt. Die Teufelsträne. Daran habe ich nicht gedacht. Wie sagten Sie so richtig? Es sind immer die kleinen Dinge.«

»Nicht immer. Aber für gewöhnlich schon.«

Lukas fragte: »Die Information über den Digger ... die hatten Sie doch schon die ganze Zeit über? Sie waren nicht in der Bibliothek?«

»Ach was. Deshalb habe ich Hughes doch den Digger genannt! Damit Sie glaubten, er verfolge irgendeinen lächerlichen Rachefeldzug gegen die Regierung. Aber ...« Er sah sich um. »Wie sind Sie *hierauf* gekommen?«

»Auf dieses Haus?« Parker konnte der Versuchung nicht widerstehen. »Perfektion«, sagte er und sah, wie das arrogante Lächeln des Killers verrutschte. Dann fuhr er fort: »Um nach dem perfekten Verbrechen zu entkommen, brauchten Sie perfekte Papiere. Sie mussten zu dem besten Fälscher in der Branche. Und der ist zufällig ein Freund von mir. Na ja, sagen wir mal, wir kennen uns recht gut. Ich habe ihn schon einmal hinter Gitter gebracht.«

Fielding war einen Moment fassungslos. »Aber er kannte weder meinen richtigen Namen noch meine Adresse ...«

»Das nicht. Aber Sie haben ihn angerufen«, konterte Parker.

»Nicht von hier«, sagte Fielding empört, fast weinerlich.

Lukas wollte auch ihren Teil an der Demontierung des Killers haben. »Von der Telefonzelle ein Stück weiter die Straße rauf.« Sie nickte zur Zimmerecke. »Wir haben bei Bell Atlantic die Gesprächsnachweise abgefragt.« Dann zog sie ein Computerbild von Fielding hervor. »Das haben wir von der Aufzeichnung der Überwachungskameras in der FBI-Zentrale kopiert. Wir mussten es heute Nacht nur einer Hand voll Leute hier in der Nachbarschaft zeigen, und schon führte uns die Spur schnurstracks bis vor Ihre Haustür.«

»Scheiße.« Er schloss die Augen.

Die kleinen Dinge …

Parker sagte: »Unter Fälschern gibt es einen Spruch, der besagt: Man kann nicht an alles denken, zählt nicht. Man *muss* an alles denken.«

»Ich wusste, dass Sie der Knackpunkt sind, Parker«, sagte Fielding. »Der größte Risikofaktor. Der Digger hätte sich gleich um Sie kümmern sollen.«

»Hast du kein Problem damit, deinen Freund zu opfern?«, fragte Cage.

»Den Digger? Den würde ich nicht unbedingt als Freund bezeichnen. Es war zu gefährlich, ihn am Leben zu lassen. Außerdem sollte das, wie Sie wohl schon vermutet haben, mein letzter Job werden. Ich brauche ihn nicht mehr.«

In der Tür erschien ein Agent. »Alles klar, Fielding. Ihr Taxi wartet.«

Sie eskortierten ihn hinaus, doch auf der Türschwelle blieb er noch einmal stehen und drehte sich um.

»Geben Sie's zu Parker – ich bin gut«, rief er frech. »Schließlich hätte ich es beinahe geschafft.«

Parker schüttelte den Kopf. »Die Lösung eines Rätsels ist entweder richtig oder falsch. Ein ›beinahe‹ gibt es nicht.«

Trotzdem lächelte Fielding, als er hinausgeführt wurde.

35

02:20

Die Arbeiter zurrten den ausgebrannten Bus auf dem Tieflader fest.

Der Gerichtsmediziner hatte die Leiche des Diggers, in dessen Händen auf grauenhafte Weise eine Maschinenpistole festgeschmolzen war, wegschaffen lassen.

Edward Fielding saß an Händen und Füßen gefesselt in einem Bundesgefängnis.

Als Parker sich von Cage verabschiedete und sich nach Margaret Lukas umsah, fiel ihm auf, dass Bürgermeister Kennedy auf sie zukam. Er hatte sich noch mit einem versprengten Rest ausdauernder Journalisten hier aufgehalten, den Schaden in Augenschein genommen und mit Polizisten und Rettungssanitätern gesprochen.

Jetzt kam er auf sie zu.

»Herr Bürgermeister«, sagte Cage.

»Habe ich mich bei Ihnen für diese Nachrichtensendung zu bedanken, Agent Cage, die mich mit der Panne auf dem Vergnügungsboot in Verbindung brachte?«

Ein Achselzucken. »Die Ermittlungen hatten absolute Priorität, Sir. Sie hätten gar nicht erst im *Ritz* auftauchen sollen. Wäre wahrscheinlich besser gewesen, die Politik aus der Sache rauszuhalten.«

Kennedy schüttelte den Kopf. »Wie ich höre, haben Sie den Verantwortlichen für all diese Scheußlichkeiten erwischt?«

»Allerdings, Sir.«

Kennedy wandte sein feistes Gesicht Parker zu. »Und Sie sind Agent …«

»Jefferson, Herr Bürgermeister. Mein Vorname ist Tom.«

»Ach, von Ihnen habe ich schon gehört. Der Dokumentenprüfer?«

»Richtig«, sagte Parker. »Und *Sie* habe ich heute Nacht ein paar ziemlich gute Schüsse abgeben sehen.«

»Nicht gut genug.« Der Bürgermeister nickte kläglich in Richtung des qualmenden Busses. Dann fragte er: »Sagen Sie, sind Sie mit Thomas Jefferson verwandt?«

»Ich?« Parker lachte. »Nein, nein. Den Namen gibt es öfter.«

»Mein Berater heißt Jefferies«, sagte der Bürgermeister, als plauderten sie auf einer Cocktail-Party.

Dann traf Lukas ein. Sie begrüßte den Bürgermeister mit einem Nicken, und Parker sah die Anspannung in ihrem Gesicht, als erwartete sie eine Auseinandersetzung.

Doch Kennedy sagte nichts als: »Tut mir Leid um Ihren Kollegen, Agent Ardell.«

Lukas erwiderte nichts, sondern blickte zu dem ausgebrannten Bus hinüber.

»Herr Bürgermeister!«, rief ein Reporter. »Es wird behauptet, sie hätten heute Nacht gezögert, die Nationalgarde um Hilfe zu rufen, aus Angst, den Straßenverkehr zu behindern. Würden Sie das bitte kommentieren?«

»Nein, würde ich nicht.« Er starrte ebenfalls auf den Bus.

Lukas sagte: »Heute Abend ist es für uns alle nicht besonders gut gelaufen, was?«

»Nein, Agent Lukas«, erwiderte Kennedy langsam. »Aber ich vermute, dass solche Dinge nie besonders gut laufen.«

Er nahm seine Frau an der Hand und ging mit ihr zu seiner Limousine.

Margaret Lukas übergab Cage ein paar Dokumente, wahrscheinlich Beweismittelunterlagen oder den Festnahmebericht. Dann ging sie, den Blick immer noch auf den Bus gerichtet, zu ihrem Explorer. Parker fragte sich schon, ob sie tatsächlich fahren wollte, ohne sich zu verabschieden.

Sie machte die Wagentür auf, ließ den Motor an und drehte die Heizung auf; die Temperatur war stark gesunken und der Himmel mit einer dichten Wolkendecke überzogen, aus der immer noch dicke Schneeflocken fielen. Sie ließ die Tür offen und lehnte sich im Sitz zurück.

Cage drückte Parker die Hand und murmelte: »Was soll ich

sagen?« Zu Parkers Verwunderung schlang der Agent die Arme um ihn und drückte ihn fest an sich, krümmte sich vor Schmerz ein wenig zusammen und machte sich dann auf den Weg die Straße hinab. »Gute Nacht, Lukas!«, rief Cage noch. »Nacht, Parker. Mensch, tun mir die Rippen weh. Frohes Neues, alle zusammen. Ein verdammt glückliches neues Jahr wünsche ich.«

Parker zog den Reißverschlus seiner Jacke hoch und ging zu Lukas' Truck, wobei ihm auffiel, dass sie etwas betrachtete, das sie in der Hand hielt. Parker sah nicht genau, was es war. Es sah aus wie eine alte, zusammengefaltete Postkarte. Sie hob den Blick, sah Parker und schien zu zögern. Kurz bevor er den Wagen erreicht hatte, schob sie die Karte in ihre Brieftasche.

Dafür zog sie eine Flasche Bier aus der Tasche, ein Sam Adams, nahm den Öffner von der Ablage und machte sie auf.

»Haben die Automaten in der Zentrale inzwischen schon so was im Angebot?«

»Geschenk von meinem Zeugen, Gary Moss.« Sie hielt ihm die Flasche hin. Er nahm einen kräftigen Schluck und gab sie zurück. Lukas blieb sitzen, drehte sich aber zur Seite und schaute Parker an. »Was für eine Nacht, hm?«

»Was für eine Nacht«, wiederholte er. Er streckte ihr die Hand zum Abschied entgegen.

Sie packte beherzt zu. Beide hatten die Handschuhe ausgezogen, und obwohl ihre Hände rot vor Kälte waren, hatte ihre Haut die gleiche Temperatur; Parker spürte weder Kälte noch Hitze in seiner Handfläche.

Keiner von beiden ließ los. Er legte seine Linke auf ihre Hand.

»Wie geht's den Kindern?«, erkundigte sie sich. »Wie nennen Sie sie noch mal?«

»Die Whos.«

»Genau, die Whos. Haben Sie schon mit ihnen gesprochen?«

»Es geht ihnen gut.« Widerwillig lockerte er den Händedruck. Zögerte auch sie ein wenig? Es war schwer zu sagen. Dann sagte er: »Ich vermute, Sie brauchen einen Bericht.« Er erinnerte sich an den ganzen anfallenden Papierkram, den die Staatsanwaltschaft verlangte, bevor eine Verhandlung vor dem Bundeskriminalgericht beginnen konnte. Berge davon. Aber Parker machte das nicht allzu viel aus. Letztendlich waren Dokumente sein Geschäft.

»Ganz bestimmt«, erwiderte Lukas. »Hat aber keine Eile.«

»Bis Montag ist das erledigt. Ich bin ohnehin am Wochenende mit einem Projekt fertig.«

»Mit einem Dokument? Oder haben Sie was am Haus zu werkeln?«

»Meinen Sie werkeln im Sinne von reparieren, Werkzeuge und so?« Er lachte. »Nein, so was mache ich nicht. In der Küche kenne ich mich aus, aber Werkbänke – nein danke. Bei meinem Projekt handelt es sich um eine mögliche Fälschung. Einen Brief, der angeblich von Thomas Jefferson geschrieben wurde. Ein Händler in New York möchte ihn analysiert haben.«

»Ist er echt?«

»Mein Bauch sagt mir ja, aber ich muss noch einige Tests durchführen. Ach, hier.« Er reichte ihr die Pistole.

Lukas, immer noch im Rock, war nicht mehr entsprechend gekleidet, um eine Ersatzwaffe zu verstecken. Sie schob die Pistole ins Handschuhfach. Parkers Blick wanderte wieder zu ihrem Profil.

Worum, um alles in der Welt, könntest du mich beneiden?, fragte er sich im Stillen.

Manchmal lösen sich Rätsel von allein, wenn die Zeit reif dafür ist.

Und manchmal findet man niemals eine Antwort darauf. Das liegt dann meistens daran, wie Parker im Laufe seines Lebens erfahren hatte, dass man nicht dazu bestimmt war.

»Hey, haben Sie für morgen schon etwas vor?«, fragte er plötzlich. »Hätten Sie Lust auf ein lächerliches Vorstadt-Weihnachtsessen?«

Sie zögerte. Bewegte keinen Muskel. Es sah aus, als atmete sie nicht einmal. Auch er bewegte sich nicht, sondern behielt nur das leichte Lächeln auf den Lippen, das er immer aufsetzte, wenn er darauf wartete, dass die Whos ein Geständnis wegen irgendwelcher fehlender Süßigkeiten oder einer kaputten Lampe ablegten.

Schließlich lächelte sie ebenfalls, doch er sah, dass es ein aufgesetztes Lächeln war, ein steinernes Lächeln, das zu ihren Augen passte. Und er wusste, wie ihre Antwort lauten würde.

»Tut mir Leid«, sagte sie förmlich. »Ich habe schon etwas vor. Vielleicht ein anderes Mal.«

Was so viel hieß wie: nie. In Parker Kincaids *Handbuch für Alleinerziehende* gab es ein ganzes Kapitel zum Thema Euphemismen.

»Klar«, sagte er und versuchte, seine Enttäuschung zu schlucken. »Ein anderes Mal.«

»Wo steht Ihr Wagen?«, fragte Lukas. »Ich fahre Sie hin.«

»Nein, lassen Sie nur. Er steht gleich dort drüben.«

Er nahm ihre Hand noch einmal und widerstand dem Impuls, sie an sich zu ziehen.

»Gute Nacht«, sagte er.

Sie nickte.

Als er zu seinem Auto ging, drehte er sich noch einmal um und sah sie winken. Eine eigenartige Geste, denn ihr Gesicht war völlig ausdruckslos.

Erst dann fiel Parker auf, dass sie gar nicht winkte, sondern die beschlagenen Scheiben abwischte und ihn nicht einmal ansah. Nachdem sie die Scheiben frei gemacht hatte, legte Margaret Lukas den Gang ein und fuhr los.

Auf dem Heimweg, der ihn durch stille, verschneite Straßen führte, machte Parker an einem 7-Eleven Halt, holte sich ein Schinken-Ei-Croissant und etwas Bargeld am Geldautomaten. Als er endlich zu Hause ankam, fand er Mrs. Cavanaugh schlafend auf der Wohnzimmercouch vor.

Er weckte sie und zahlte ihr das Doppelte von dem, was sie verlangte. Dann wartete er auf der Treppe vor der Haustür bis sie vorsichtig durch den Schnee gestapft und gegenüber hinter ihrer eigenen Haustür verschwunden war.

Die Kinder waren in seinem Bett eingeschlafen, denn in seinem Schlafzimmer gab es einen Fernseher mit Videorecorder. Der Bildschirm war hellblau, ein einwandfreies Indiz dafür, dass sie noch einen Film angeschaut hatten. Er drückte auf die Eject-Taste und fragte sich mit Grausen, welches Video sie wohl in den Schlaf gelullt hatte. Er besaß eine Sammlung nicht unbedingt für Kinder geeigneter Thriller und Science Fiction-Filme, doch aus dem Schlitz kam der *König der Löwen.* Das war aufregend genug – Robby würde Hyänen wohl bis an sein Lebensende verabscheuen –, aber wenigstens hatte der Film einen versöhnlichen Schluss, und die Gewalt wurde meistens nicht explizit gezeigt.

Parker war erschöpft, eigentlich schon jenseits der Erschöpfung. Doch er spürte genau, dass er frühestens in einer Stunde einschlafen konnte.

Obwohl er sie gebeten hatte, es nicht zu tun, hatte Mrs. Cavanaugh das gesamte Geschirr bereits gespült und die Küche sauber gemacht, weshalb er seine Energie dort nicht abarbeiten konnte. Also sammelte er im ganzen Haus den Müll und schaffte ihn nach hinten zu den Abfalltonnen, die grünen Beutel wie der Weihnachtsmann persönlich über die Schulter geworfen. Was für ein verrücktes Leben, dachte er. Noch vor einer Stunde hatte er mit der Pistole auf jemanden gezielt, man hatte auf ihn geschossen, und nun nahmen ihn schon wieder die häuslichen Pflichten seiner friedlichen Vorstadt-Existenz gefangen.

Als er den Deckel der Mülltonne hoch hob, fiel Parkers Blick in den Hof. Er stutzte. Da waren Spuren im Schnee.

Frische Fußspuren.

Sie konnten nur wenige Minuten alt sein. Die Ränder waren scharf umrissen, noch nicht vom fallenden Schnee und vom Wind abgerundet. Der Eindringling war zum Fenster des Gästezimmers gegangen und dann in Richtung Vorderseite des Hauses verschwunden.

Parkers Herz begann zu hämmern.

Vorsichtig setzte er den Müllsack ab und ging leise ins Haus zurück.

Er schloss die Küchentür hinter sich und sperrte sie zu. Überprüfte die Haustür. Sie war zugeschlossen. Auf Grund seiner beruflichen Tätigkeit, seines Umgangs mit wertvollen Dokumenten und dem damit verbundenen Risiko der Verschmutzung durch staubige Luft waren alle Fenster im Haus abgedichtet und konnten nicht geöffnet werden; er musste sie nicht eigens überprüfen.

Wessen Fußspuren mochten das sein?

Wahrscheinlich irgendwelche Kinder.

Oder Mr. Johnson, der wieder seinen Hund suchte.

Mehr war das nicht. Bestimmt …

Doch zehn Sekunden später war er am Telefon und ließ sich mit dem wachhabenden Beamten im Bundesgefängnis in Washington verbinden.

Er identifizierte sich als FBI-Special Agent Parker Kincaid, eine Angabe, die seit ein paar Jahren nicht mehr ganz der Wahrheit entsprach. »Ich habe heute Nacht mit Margaret Lukas an diesem Fall gearbeitet.«

»Ja, klar, der METRO-Fall.«

»Genau. Ich bin vielleicht ein bisschen paranoid«, sagte Parker. »Aber würden Sie mir bitte sagen, ob der Tatverdächtige, Edward Fielding, ob er nicht etwa auf Kaution raus ist?«

»Kaution? Auf keinen Fall. Vor Montag wird keine Anklage gegen ihn erhoben.«

»Befindet er sich hinter Schloss und Riegel?«

»Ja. Ich kann ihn sehen. Auf dem Monitor.«

»Schläft er?«

»Nein, er sitzt auf dem Bett. Hat sich ganz gut benommen. Hat mit seinem Anwalt gesprochen, ungefähr vor einer Stunde, dann ist er in seine Zelle gegangen, und dort sitzt er seitdem. Warum fragen Sie?«

»Hab mich wohl nur erschrocken. Ich dachte, ich hätte den Butzemann gesehen.«

»Den Butzemann, haha. Na denn, frohes neues Jahr.«

Erleichtert legte Parker auf.

Ungefähr fünf Sekunden blieb er erleichtert.

Mit seinem Anwalt gesprochen?

Parker kannte im ganzen Land keinen Anwalt, der in der Neujahrsnacht um diese Uhrzeit noch ansprechbar und bereit war, sich mit einem Mandanten zu unterhalten, gegen den erst in frühestens zwei Tagen Anklage erhoben wurde.

Und dann dachte er: Perfektion.

»Oh Gott«, murmelte er.

Fielding, der Mann, der an alles gedacht hatte. Er musste auch für den Fall seiner Verhaftung einen Fluchtplan gehabt haben.

Er nahm den Hörer ab und drückte die erste Taste von 911.

Die Verbindung wurde unterbrochen.

Eine Bewegung draußen vor der Küchentür.

Er sah auf.

Dort, auf der hinteren Veranda, stand ein Mann und starrte ihn durch die Scheibe in der Tür an. Er war blass. Trug einen dunklen Mantel. Schwarz oder blau. An seinem linken Ärmel war Blut, aber nicht viel Blut. Die Verbrennungen in seinem Gesicht waren nicht schlimm.

Der Mann hob eine mit Schalldämpfer versehene Maschinenpistole und zog den Abzug durch, während Parker bereits mit einem großen Satz zur Seite hechtete, gegen die Wand prallte und zu Boden fiel. Der Türknopf und das Schloss der Hintertür barsten im Kugelhagel. Glassplitter flogen durch den Raum.

In aller Ruhe schob der Digger die Tür auf und kam herein, wie ein freundlicher Nachbar, der auf eine Tasse Kaffee eingeladen worden ist.

36

03:00

Der Digger friert, der Digger will die Sache jetzt hinter sich bringen und weggehen.

Lieber wäre er draußen. Ihm gefällt der … *klick* … der … der … der Schnee.

Schnee gefällt ihm.

Sieh mal dort, ein schicker Adventskranz und ein schicker Weihnachtsbaum in Parker Kincaids gemütlichem Haus. Das würde Tye gefallen.

Komisch …

Hier gibt es weder kleine Hündchen noch bunte Bänder. Aber einen schönen Kranz und einen schönen Baum.

Er schießt wieder, als Kincaid aus dem Zimmer rennt.

Hat er ihn getroffen? Der Digger weiß es nicht.

Wahrscheinlich nicht. Er sieht Kincaid in das andere Zimmer kriechen, wo er die Lichter ausmacht und sich über den Boden rollt.

Und all so was.

Der Digger glaubt, dass er glücklich ist. Der Mann, der ihm alles sagt, hat vor einer Stunde wieder angerufen. Keine Nachricht von der Stimme der lustigen Mailbox-Dame, die sich wie Ruth anhört, sondern ein richtiger Anruf auf seinem Handy. Er hat dem Digger gesagt, die Nacht sei noch nicht vorbei, obwohl der Digger zur Schwarzen Mauer gegangen war und getan hatte, was er hatte tun sollen.

Noch … *klick* … noch nicht vorbei.

»Hör mir zu«, sagte der Mann, der ihm alles sagt, und der Digger hat ihm zugehört. Er soll noch drei Menschen töten. Jemanden namens Cage und jemanden namens Lukas. Und Parker Kincaid. »Ihn zuerst, klar?«

»Hmmm, klar.«

Der Digger kennt Kincaid. An diesem Abend ist er schon einmal an diesem Haus gewesen. Kincaid hatte einen kleinen Jungen wie Tye, nur dass der Digger Kincaids kleinen Jungen nicht mag, weil Kincaid will, dass der Digger wieder in dieses miese Krankenhaus in Connecticut zurückmuss. Kincaid will ihn von Tye trennen.

»Dann, um halb fünf, morgens«, hat der Mann, der ihm alles sagt, am Telefon gesagt, »kommst du zum Bundesgefängnis in der Third Street. Ich bin dort in der Krankenstation. Sie ist auf der Rückseite, im Erdgeschoss. Ich tue so, als wäre mir schlecht. Bring alle um, die du siehst, und hol mich da raus.«

»Alles klar.«

Der Digger geht ins Esszimmer und sieht, wie Kincaid hinter dem Tisch hervorrollt und in den Flur rennt. Er feuert noch eine Salve auf ihn ab. Kincaids Gesicht sieht aus wie Ruths Gesicht, kurz bevor er ihr das Glas in den Hals gebohrt hat, und wie das von Pamela, kurz bevor er ihr das Messer ein Stück unter dem Goldkreuz in die Brust gestoßen hat, hier ist dein Weihnachtsgeschenk *I love you love you all the more …*

Kincaid verschwindet in einem anderen Teil des Hauses.

Aber er wird nicht weglaufen, das weiß der Digger. Die Kinder sind hier. Ein Vater lässt seine Kinder nicht im Stich.

Der Digger weiß das, weil er Tye nie im Stich lassen würde. Kincaid würde den kleinen blonden Jungen und das dunkelhaarige Mädchen nicht einfach allein zurücklassen.

Solange Parker Kincaid lebt, kommt der Digger nie nach Kalifornien. In den Westen.

Er geht ins Wohnzimmer, hält die Pistole schussbereit vor sich.

Parker rollte sich weg von dem Digger, rollte über den Boden, schrammte sich die Ellbogen auf, und sein Kopf tat höllisch weh, weil er ihn am Küchentisch angeschlagen hatte. Parker tauchte unter den Kugeln weg.

Die Whos!, dachte er verzweifelt, schon auf die Treppe zukriechend. Er durfte den Digger auf keinen Fall nach oben lassen. Er würde mit einem tödlichen Würgegriff um den Hals des

Mannes sterben, falls das nötig war, aber er würde die Kinder retten.

Doch schon wieder ein Feuerstoß. Er wandte sich von der Treppe ab und machte einen Satz ins Wohnzimmer.

Eine Waffe … Was konnte er als Waffe benutzen? Hier gab es nichts. Er konnte nicht mehr in die Küche und ein Messer nehmen, und er konnte nicht in die Garage, um die Axt zu holen.

Warum zum Teufel hatte er Lukas die Pistole zurückgegeben?

Dann sah er etwas. Eins von Robbys Weihnachtsgeschenken – den Baseball-Schläger. Er schnappte ihn sich, packte den umwickelten Griff und kroch wieder in Richtung Treppe.

Wo war der Kerl? Wo?

Dann Schritte, leise Schritte. Die knirschenden Schritte des Diggers auf Glassplittern und Porzellanscherben.

Aber Parker konnte nicht ausmachen, woher die Geräusche kamen.

Aus dem Flur?

Aus dem Esszimmer? Etwa aus dem Wohnzimmer?

Was sollte er tun?

Wenn er zu den Kindern hinaufschrie, sie sollten aus dem Fenster springen, würden sie zu ihm laufen, um zu fragen, was er wollte. Er musste selbst nach oben und gemeinsam mit ihnen springen. Er würde versuchen, den Aufprall so gut es ging zu dämpfen. Der Schnee würde ihm dabei helfen, und er konnte auch versuchen, in die Wacholderbüsche zu springen.

Schritte, ganz nah. Knirsch. Eine Pause. Wieder ein Knirschen.

Parker hob den Blick.

Nein! Der Digger stand am Fuß der Treppe, sah nach oben und wollte hinaufgehen. Sein Gesicht zeigte keine Regung.

Er ist absolut profilresistent …

Parker konnte sich nicht auf ihn werfen. Der Digger würde ihn abknallen, bevor er sich ihm auch nur drei Schritte genähert hatte. Also schleuderte er den Schläger ins Wohnzimmer. Er krachte in den Geschirrschrank.

Bei dem Geräusch blieb der Digger stehen. Er drehte sich steif zur Seite und ging darauf zu. Wie das außerirdische Monster in dem alten Horrorfilm *Das Ding aus einer anderen Welt.*

Als er den Bogen des Durchgangs beinahe erreicht hatte, richtete sich Parker hinter der Couch auf und griff ihn an.

Er war knapp zwei Meter von ihm entfernt, als er auf eines von Robbys Spielzeugen trat. Es zerbrach mit lautem Knirschen unter seinem Fuß. Der Digger wirbelte in dem Augenblick herum, als Parker sich auf ihn warf und ihn in die Knie zwang. Er zielte mit der Faust auf das Kinn des Killers, schlug kräftig zu, doch der Digger duckte sich weg, und Parker fiel, von der Wucht des eigenen Schlages aus dem Gleichgewicht gebracht, auf die Seite. Sofort versuchte er, die Pistole des Diggers zu erwischen, doch der Mann war zu schnell für ihn und riss sie an sich, rappelte sich wieder hoch. Parker blieb nichts anderes übrig, als sich in den schmalen Spalt zwischen Couch und Wand zurückzuziehen.

Dort presste er sich mit zitternden Händen und tropfnassem Gesicht an den Boden.

Er konnte sonst nirgendwohin.

Der Digger wankte zurück und orientierte sich. Parker erblickte etwas Scharfes vor sich auf dem Boden. Es schimmerte. Eine lange Glasscherbe. Er zog sie zu sich heran.

Der Killer kniff die Augen zusammen und sah sich um. Dann sah er Parker, der in die ausdruckslosen Augen des Mannes schaute. Nein, dachte Parker, Margaret Lukas' Augen sind alles andere als tot; in ihnen ist millionenfach mehr Leben als in den Augen dieser Kreatur. Der Killer kam näher. Parker spannte sämtliche Muskeln an. Dann fiel sein Blick auf den Weihnachtsbaum hinter dem Mann. Ihm fiel wieder ein, wie sie alle drei, er und die Whos, am Weihnachtsmorgen Geschenke ausgepackt hatten.

Ein guter Gedanke zum Sterben, fand er.

Aber wenn er schon sterben musste, wollte er sichergehen, dass die Kinder am Leben blieben. Er packte den langen Glassplitter, wickelte die Manschette seines Hemdes um das untere Ende. Er wollte dem Mann die Halsschlagader aufschlitzen und beten, dass er verblutete, bevor er nach oben gehen konnte, wo die Kinder schliefen. Wobei er nicht an den Anblick zu denken wagte, der sich den Kindern am nächsten Morgen bieten würde. Er zog die Beine an den Körper und umklammerte sein provisorisches Messer.

Alles würde gut gehen. Sie würden es überleben. Das war alles, was zählte.

Er war sprungbereit.

Der Digger kam um die Couch herum und hob die Pistole.

Parkers Nerven waren bis zum Zerreißen gespannt.

Dann: der ohrenbetäubende Knall eines einzelnen Schusses.

Ein Schauer durchlief den Digger. Die Maschinenpistole fiel ihm aus den Händen. Seine Augen fixierten Parker. Dann kippte sein Kopf nach vorne, und der Mann sank zu Boden. Er fiel aufs Gesicht. In seinem Hinterkopf klaffte ein Einschussloch.

Parker schnappte sich die Uzi, richtete sie auf den Digger und sah sich um.

Was ist passiert?, fragte er sich panisch. Was ist passiert?

Dann sah er eine Gestalt auf der Schwelle der Hintertür stehen.

Ein Junge … Wie war das möglich? Dort stand ein kleiner Junge. Ein kleiner schwarzer Junge. Mit einer Pistole in der Hand. Er kam langsam näher, den Blick auf die Leiche gerichtet. Wie ein Polizist in einem Film hielt er die große Pistole auf den Rücken des Diggers gerichtet. Er musste sie mit beiden Händen festhalten und kämpfte mit dem Gewicht der Waffe.

»Er hat mein Pa umgebracht«, sagte der Junge zu Parker, ohne ihn anzusehen. »Hab's selbst gesehen.«

»Gib mir die Pistole«, flüsterte Parker.

Der Junge nahm den Blick nicht vom Digger. Tränen liefen über seine Wangen. »Er hat mein Pa umgebracht. Er hat mich hergebracht. Im Auto.«

»Gib mir die Pistole. Wie heißt du denn?«

»Hab's selber gesehen, wie er's getan hat. War ja direkt dabei. Hab nur drauf gewartet, bis ich ihn fertich machen kann. Die Knarre hab ich in sein Auto gefunden. Trey-fünf-sieben.«

»Schon gut«, sagte Parker. »Wie heißt du?«

»Der ist hin. Scheiße noch mal.«

Parker ging langsam auf ihn zu, doch der Junge richtete die Waffe drohend auf ihn. Parker erstarrte und ging wieder in die Hocke. »Leg sie einfach auf den Boden. Tust du das? Bitte?«

Der Junge beachtete ihn nicht. Seine wachsamen Augen suchten das ganze Zimmer ab und hielten bei dem Weihnachtsbaum kurz inne. Dann kehrten sie wieder zum Digger zurück. »Er hat mein Pa umgebracht. Warum hat er das getan?«

Parker erhob sich langsam, mit erhobenen, nach außen gestreckten Handflächen. »Keine Bange. Ich tu dir nichts.«

Er warf einen Blick nach oben. Der Schuss hatte die Whos offensichtlich nicht geweckt.

»Ich geh nur mal kurz dort rüber.« Er nickte zu dem Baum.

Er ging um den Jungen und den Digger herum zum Weihnachtsbaum. Dort bückte er sich, hob etwas auf, kam zurück und kniete sich langsam hin. Parker hielt seine leere rechte Hand mit der Handfläche nach oben dem Jungen entgegen. Dann bot er ihm mit der Linken Robbys *Star Wars*-Raumschiff, den *Millenium Falcon* an.

»Ich tausche mit dir.«

Der Junge betrachtete das Plastikspielzeug. Der Arm mit der Pistole erschlaffte. Der Junge war etwas kleiner als Robby und wog wohl nicht mehr als dreißig, zweiunddreißig Kilo. Nur seine Augen waren zwanzig Jahre älter als die von Parkers Sohn.

»Gib mir die Pistole, bitte.«

Er musterte das Spielzeug. »Mann«, sagte er ehrfürchtig. Dann reichte er Parker die Pistole und nahm das Spielzeug.

Parker sagte: »Warte hier. Ich bin gleich wieder da. Möchtest du etwas essen? Hast du Hunger?«

Der Junge antwortete nicht.

Parker hob die Maschinenpistole vom Boden auf und nahm

sie und die Pistole mit nach oben. Dort legte er die Waffen auf das oberste Regal im Wandschrank und schloss die Tür ab.

Seitlich von ihm regte sich etwas. Robby kam über den Flur auf ihn zu.

»Papa?«

»He, mein Junge.« Parker bemühte sich, seine Stimme nicht zittern zu lassen.

»Ich hab geträumt. Ich hab einen Schuss gehört. Ich hab Angst.«

Parker legte die Arme um ihn und schob ihn zurück in sein Zimmer. »Wahrscheinlich war das bloß ein Silvesterknaller.«

»Kaufen wir nächstes Jahr auch Knaller?«, fragte der Junge verschlafen.

»Mal sehen.«

Parker hörte Schritte im Schnee knirschen. Er warf einen vorsichtigen Blick aus dem Fenster und sah den Jungen quer über den Rasen laufen. Das Raumschiff in den Händen, rannte er die Straße hinab und war kurz darauf verschwunden.

Wo will er hin?, fragte sich Parker. In die Stadt zurück? Nach West Virginia? Er konnte keinen Gedanken für den Jungen erübrigen. Sein eigener Sohn nahm all seine Aufmerksamkeit in Anspruch.

Parker legte Robby ins Bett, neben seine Schwester. Er musste jetzt unbedingt sein Handy finden und 911 anrufen, doch der Junge ließ die Hand seines Vaters nicht los.

»War's ein schlimmer Traum?«, fragte Parker.

»Ich weiß nicht. Ich hab nur diesen Knall gehört.«

Parker streckte sich neben ihm aus und warf einen Blick auf die Uhr. Es war 3:30. Um 10:00 würde Joan mit ihrer Sozialarbeiterin vor der Tür stehen … Herrgott, was für ein Albtraum das war. In den Wänden waren ungefähr ein Dutzend Einschusslöcher. Möbel waren zerschossen und die Glasscheibe am Schrank kaputt. Die Hintertür war völlig demoliert.

Und auf dem Teppich lag eine blutige Leiche.

»Papa«, murmelte Stephie im Schlaf.

»Ist ja gut, mein Liebling.«

»Ich hab einen Knaller gehört. Petey Whelan hatte Kracher. Seine Mutter hat gesagt, er darf keine kaufen, aber er hat trotzdem welche gekauft. Ich hab sie gesehen.«

»Das geht uns nichts an. Schlaf schön weiter, Liebes.«

Parker legte sich auf den Rücken und schloss die Augen, spürte ihr leichtes Gewicht auf seiner Brust.

Er dachte an die Löcher in der Wand, die Patronenhülsen und die kaputten Möbel. Und die Leiche.

Er stellte sich Joans Aussage vor Gericht vor.

Was sollte er tun? Mit welcher Entschuldigung sollte er sich rausreden.

Was …?

Eine Sekunde später atmete Kincaid tief und gleichmäßig, schlief den zufriedenen Schlaf eines Vaters, dessen Kinder sicher in seinen Armen liegen, denn einen besseren Schlaf gibt es nicht.

Als er die Augen aufschlug, war es fünf vor zehn.

Parker war von einer zuschlagenden Autotür und Joans lauter Stimme wach geworden: »Wir sind ein paar Minuten zu früh, aber das macht ihm sicher nichts aus. Passen Sie auf, wohin Sie treten. Er hat doch gewusst, dass wir kommen! Trotzdem hat er es nicht für nötig gehalten, den Gehweg frei zu schaufeln. Typisch.«

37

Er rollte sich aus dem Bett.

Mit pochendem Kopfschmerz und einem flauen Gefühl im Magen schaute er aus dem Fenster.

Joan kam auf das Haus zu. Richard bildete mürrisch die Nachhut. Er legte offensichtlich keinen Wert darauf, an diesem Schauspiel teilzunehmen. Und noch eine dritte Frau war dabei –

die Sozialarbeiterin. Die kleine Frau marschierte mit klappernden klobigen Absätzen in Richtung Haustür und betrachtete das Anwesen mit abschätzenden Blicken.

Kurz darauf ertönte die Klingel.

Hoffnungslos.

Er stand auf dem Flur im ersten Stock und grub die Zehen in den Teppich. Tja, am besten lasse ich sie einfach nicht rein, sagte er sich. Einfach mauern. Soll sie doch mit einem Gerichtsbescheid kommen. Das bringt immerhin ein paar Stunden.

Parker drehte sich um und sah sich seine schlafenden Kinder an. Am liebsten hätte er sie sich einfach unter den Arm geklemmt, wäre durch die Hintertür hinausgestürmt und nach West Virginia davongebraust.

Aber er wusste, dass das nichts brachte.

Es klingelte abermals.

Was soll ich tun? Wie kann ich sie hinhalten?

Joan würde rasch merken, dass etwas nicht stimmte. Mit Hinhalten machte er die paranoide Frau nur noch nervöser. Und was brachten ihm schon zwei oder drei Stunden?

Er holte tief Luft und setzte den Fuß auf die Treppe.

Wie sollte er die Einschusslöcher erklären? Das Blut? Vielleicht konnte er …

Parker blieb auf dem Treppenabsatz stehen.

Fassungslos.

Eine schlanke blonde Frau in einem langen schwarzen Rock und einer weißen Bluse öffnete mit dem Rücken zu Parker die Haustür.

Was erstaunlich genug war. Was ihn aber richtig schockierte, war der Zustand der Wohnung.

Sie sah tadellos aus.

Nirgendwo auch nur ein einziger Splitter zerbrochenen Porzellans oder Glasscherben. Kein einziges Loch in der Wand. Sie waren allesamt zugegipst und übermalt worden. In einer Ecke des Wohnzimmers standen mehrere Farbeimer auf einer Plastikplane. Der Stuhl, der in der vergangenen Nacht von Kugeln durchsiebt worden war, war durch einen anderen, ähnlichen ersetzt worden. Im Schrank war sogar schon eine neue Glasscheibe eingesetzt.

Und die Leiche des Diggers – war weg. An der Stelle, wo er gestorben war, lag ein neuer orientalischer Teppich.

Sobald Joan, Richard und die Sozialarbeiterin auf der Schwelle standen, drehte sich die Frau in dem dunklen Rock um. »Oh, Parker«, sagte Margaret Lukas.

»Ja«, antwortete er verunsichert.

Sie lächelte ihn eigentümlich an.

Er versuchte es noch einmal. »Guten Morgen.«

»Wie war dein Schläfchen?«, fragte sie, und soufflierte sogleich: »Gut getan?«

»Ja«, sagte er. »Sehr gut.«

Lukas drehte sich wieder um, nickte den Besuchern zu und sagte zu Joan: »Sie müssen Parkers Frau sein.«

»Ex-Frau«, sagte Joan und trat ein. Die Sozialarbeiterin, ein brünettes Pummelchen, kam gleich hinterher, gefolgt von dem gut aussehenden und unbestritten dämlich wirkenden Richard.

Parker kam die Treppe herunter und konnte der Versuchung nicht widerstehen, eine Stelle der Wand zu berühren, von der er wusste, dass dort in der Nacht eine ganze Geschossgarbe eingeschlagen war. Der Verputz fühlte sich so glatt wie Stephies Wange an.

Von dem Hechtsprung in der vergangenen Nacht, als der Digger durch die Küchentür ins Haus eingedrungen war, spürte er einen grässlichen Schmerz in Schulter und Kopf. Doch ohne diesen Schmerz hätte er den ganzen Angriff für einen Traum halten müssen.

Erst jetzt bemerkte er, dass Joan ihn mit aufgesetztem Lächeln anstrahlte. »Ich sagte: ›Hallo Parker‹.«

»Guten Morgen, Joan«, erwiderte er. »Hallo, Richard.« Parker ging in die Mitte des Wohnzimmers, wo er Joan einen Kuss auf die Wange und ihrem Ehemann die Hand gab. Richard hielt eine Einkaufstüte mit Stofftieren in der Hand.

Joan dachte nicht daran, Parker der Sozialarbeiterin vorzustellen, doch die Frau kam sogleich auf ihn zu und schüttelte ihm die Hand. Möglicherweise nannte sie ihm bei dieser Gelegenheit ihren Namen, doch Parker war zu verdutzt, um ihn sich zu merken.

Joan musterte Lukas. »Ich glaube nicht, dass wir uns schon einmal begegnet sind. Sie sind …«

»Jackie Lukas. Ich bin eine Bekannte von Parker.«

Jackie? Parker zog die Stirn kraus. Die Agentin bemerkte es, gab aber keine weitere Erklärung zu dem Namen ab.

Joan musterte Lukas' sportliche Figur gleichmütig. Dann sah sie sich aufmerksam im Wohnzimmer um.

»Hast du …? Was hast du gemacht? Hast du dich neu eingerichtet, oder was? Das ist mir gestern Abend gar nicht aufgefallen.«

»Ich hatte ein wenig Zeit übrig, und da dachte ich, ich bring mal alles wieder ein bisschen auf Vordermann.«

Seine Ex schaute ihn verwundert an. »Du siehst schrecklich aus, Parker. Hast du nicht gut geschlafen?«

Lukas lachte. Joan warf ihr einen misstrauischen Blick zu.

»Parker hat mich zum Frühstück eingeladen«, erklärte Lukas und sah die beiden Frauen mit weiblichem Verschwörerblick an. »Dann geht er hinauf, um die Kinder zu wecken, und was glauben Sie, passiert dann? Er schläft selber noch mal ein.«

Joans Grunzen wiederholte das, was sie schon zuvor gesagt hatte: Typisch.

Wo war das Blut geblieben? Da war doch jede Menge Blut gewesen.

»Möchten Sie einen Kaffee?«, fragte Lukas die Gäste. »Ein süßes Brötchen? Parker hat sie selbst gebacken.«

»Ich nehme einen Kaffee«, sagte die Sozialarbeiterin. »Und vielleicht ein halbes Brötchen.«

»Sie sind sehr klein«, meinte Lukas. »Nehmen Sie doch ein ganzes.«

»Ich glaube, Sie haben Recht.«

Lukas verschwand in der Küche und kam kurz darauf mit einem Tablett zurück. »Parker ist ein hervorragender Koch«, sagte sie.

»Das *weiß* ich«, antwortete Joan, die sich von den Talenten ihres Ex-Ehemannes nicht besonders beeindruckt zeigte.

Lukas verteilte Kaffeetassen und fragte Parker: »Wann bist du denn gestern Abend aus dem Krankenhaus zurückgekommen?«

»Ähm.«

»Aus dem Krankenhaus? Waren die Kinder krank?«, erkundigte sich Joan mit melodramatischer Besorgtheit und einem Seitenblick auf die Sozialarbeiterin.

»Er hat einen Freund besucht«, antwortete Lukas.

»Ich weiß nicht, wie spät es war«, sagte Parker. »War es sehr spät?« Die Antwort war eigentlich eine Frage. Lukas war die Autorin dieser Szene, und er war der Meinung, er sollte sich aus dem Drehbuch heraushalten.

»Welchen Freund?«, fragte Joan.

»Harold Cage«, sagte Lukas. »Es geht ihm aber schon wieder besser. Hat nur eine gebrochene Rippe. Behaupten sie jedenfalls im Krankenhaus, oder nicht, Parker?«

»Ja. Eine Rippe ist gebrochen.«

»Ausgerutscht und hingefallen, stimmt's?«, fuhr Lukas mit ihrer Oscar-reifen Darstellung fort.

»Stimmt«, wiederholte Parker. »Ausgerutscht und hingefallen.«

Er nahm einen Schluck Kaffee aus der Tasse, die Lukas ihm in die Hand gedrückt hatte.

Die Sozialarbeiterin verdrückte ihr zweites Brötchen. »Sagen Sie, könnte ich das Rezept dafür bekommen?«

»Klar«, sagte Parker.

Joan hatte immer noch dieses milde Lächeln im Gesicht und spazierte jetzt skeptisch wie bei einer Besichtigung im Wohnzimmer herum. »Es sieht alles irgendwie anders aus.« Als sie an ihrem Ex-Mann vorbeikam flüsterte sie: »Aha, Parker, wir schlafen wohl mit der kleinen dürren Jackie, hm?«

»Nein, Joan. Wir sind nur befreundet.«

»Aha.«

»Ich hole noch Kaffee«, sagte Lukas.

»Ich helfe dir«, sagte Parker.

In der Küche schob er die Tür zu, drehte sich zu Lukas um und flüsterte: »Was … Wie um alles in der Welt …?«

Sie lachte – zweifellos über seinen Gesichtsausdruck. »Du hast gestern Abend im Untersuchungsgefängnis angerufen, gesagt, du fühlst dich beunruhigt. Der Wachmann rief mich an, und ich habe versucht, dich anzurufen. Die Telefongesellschaft sagte mir, dein Anschluss sei unterbrochen. Daraufhin kam die Spezialeinheit der Fairfax County Police gegen halb vier hier vorbei, schlich sich leise ins Haus und fand hier unten eine Leiche und euch oben friedlich schlafend im Bett. Wer hat den Digger erschossen? Nicht du, habe ich Recht?«

»Ein Kind … ein Junge. Er sagte, der Digger habe seinen Vater getötet, und der Digger hätte ihn hierher gebracht. Frag mich nicht, warum. Der Junge ist danach einfach abgehauen … Aber jetzt musst du mir eins beantworten: Wer war der Schütze im Bus?«

»Der Busfahrer. Wir haben es uns so zusammengereimt, dass der Digger ihn zunächst am Leben gelassen hat und ihn dann zum hinteren Ausgang des Busses geschickt hat. Der Digger erschoss ihn, feuerte dann auf den Benzintank, und als die Flammen hochschlugen, ist er aus einem der Fenster entkommen. Hat den Qualm als Deckung genutzt und ist im Verkehrschaos untergetaucht. Er war schlauer, als wir gedacht hatten.«

Aber Parker schüttelte den Kopf. »Nein, es war Fielding. Er hat den Digger angewiesen, so zu handeln. Er wollte ihn nicht opfern. Es sollte auch nicht ihr letzter Coup sein. Wahrscheinlich hätten sie noch jahrelang so weitergemacht … Aber das Haus.« Parker machte eine ausholende Bewegung mit dem Arm. »Wie …?«

»Das war Cage. Hat ihn ein paar Anrufe gekostet.«

Der Zauberkünstler.

»Ich weiß nicht, was ich sagen soll.«

»Wir haben dir das alles eingebrockt. Das waren wir dir schon schuldig. Mindestens.«

Darüber wollte sich Parker nicht streiten.

»Warte … Wie hast du dich eben genannt? Jackie?«

Sie zögerte. »Ein Spitzname«, sagte sie. »So nennt mich meine Familie. Ich benutze ihn nicht oft.«

Auf der Treppe waren Schritte zu hören, ein leises Tapsen. Die Kinder kamen ins Wohnzimmer herunter. Parker und Lukas hörten ihre Stimmen durch die Küchentür: »Mami! Hallo!«

»Guten Morgen, ihr beiden«, sagte Joan. »Hier, und hier … Das ist für euch.«

Papiergeraschel.

»Gefallen sie euch?«, fragte Joan. »Ehrlich?«

Stephies unschlüssige Stimme sagte: »Oh, das ist Barney.«

Robby lachte laut und stieß dann stöhnend aus: »Und Big Bird.«

Parker schüttelte den Kopf über die Unfähigkeit seiner Ex-Frau und lächelte Lukas an. Was sie nicht bemerkte. Sie hatte den Kopf in Richtung Wohnzimmer gedreht, hypnotisch angezogen vom Klang der Kinderstimmen. Nach einigen Sekunden schaute sie aus dem Fenster und starrte in den fallenden Schnee. Schließlich sagte sie: »Das ist also deine Frau. Ihr scheint nicht viel gemeinsam zu haben.«

Parker lachte. Damit meinte Lukas wohl: Wie bist du bloß an die geraten?

Eine berechtigte Frage, dazu eine, die er nur allzu gerne beantwortet hätte. Doch das hätte mehr Zeit in Anspruch genommen, als ihnen momentan zur Verfügung stand. Außerdem wäre es ein Teil eines komplizierten Rituals gewesen, zu dem auch Lukas ihr Teil hätte beitragen und zumindest einige Fragen zum Rätsel von Margaret – oder Jackie – Lukas beantworten müssen.

Sie war wirklich ein ziemliches Rätsel. Parker betrachtete sie:

das Make-up, der Schmuck, die Zartheit ihrer weißen Seidenbluse, die feine Spitzenunterwäsche darunter. Außerdem hatte sie heute Parfüm aufgelegt, nicht nur Duftseife benutzt. Woran erinnerte ihn das? Er wusste es nicht.

Sie fing seinen kritischen Blick auf.

Wieder erwischt. Es machte ihm nichts aus.

»Du siehst überhaupt nicht aus wie eine FBI-Agentin«, sagte Parker.

»Heute arbeite ich verdeckt«, antwortete Lukas lachend. »Darin war ich mal richtig gut. Einmal spielte ich sogar die Frau eines Auftragskillers der Mafia.«

»Italienerin? Mit den Haaren?«

»Mit Belle Color als Rückendeckung hat es prima geklappt.« Einen Augenblick lang sagte keiner von ihnen etwas. »Ich bleibe hier, bis sie wieder geht. Dachte mir, ein Anflug von häuslichem Leben wäre beim Besuch der Sozialarbeiterin nicht ganz unangebracht.«

»Das ist weit mehr, als die Pflicht von dir verlangt«, sagte er.

Sie antwortete mit einem Achselzucken, das Cage alle Ehre gemacht hätte.

»Na gut«, sagte er. »Ich weiß, dass du eigentlich etwas anderes vorhast. Aber die Whos und ich wollten ein bisschen im Garten arbeiten.«

»Im Schnee?«

»Ja. Wir wollen hinter dem Haus ein paar Büsche stützen und anschließend Schlitten fahren. Wie sieht's aus, hier bei uns schneit es nicht sehr oft?«

Er unterbrach sich. Hatte er da gerade einen Aussagesatz mit einem Fragezeichen beendet? Hatte er tatsächlich einen Satz mit »Wie sieht's aus« eingeleitet? Der forensische Linguist in ihm war nicht gerade begeistert davon. Wir sind wohl ein bisschen nervös, was? Dann fuhr er fort: »Ich weiß nicht, ob es dich interessiert, aber …« Wieder hielt er inne.

»Soll das eine Einladung sein?«, fragte Lukas.

»Hmm. Ja, doch, es ist eine Einladung.«

»Weißt du, was ich vorhatte?«, sagte sie. »Ich wollte meine Wohnung putzen und die Bluse für die Tochter einer Freundin fertig nähen.«

»Soll das eine Zustimmung sein?«

Ein vorsichtiges Lächeln. »Ich glaube ja.« Einen Augenblick herrschte Schweigen. »Sag mal, wie war eigentlich der Kaffee? Ich koche nicht oft Kaffee. Normalerweise gehe ich einfach zu Starbucks.«

»Gut«, antwortete er.

Sie drehte das Gesicht zum Fenster. Aber ihre Augen bewegten sich wieder zur Tür. Sie lauschte den Geräuschen der Kinder. Dann wandte sie sich wieder zu Parker um. »Ach ja, ich hab's rausgekriegt.«

»Was?«

»Das Rätsel.«

»Das Rätsel?«

»Wie viele Habichte noch auf dem Dach sitzen. Heute Morgen, als ich hier saß, ist es mir eingefallen.«

»Schön. Und wie lautet die Lösung?«

»Es ist eine Fangfrage. Es gibt mehr als nur eine Antwort.«

»Das ist schon mal gut«, sagte Parker, »aber das bedeutet nicht, dass es eine Fangfrage ist. Es bedeutet nur, dass man auf der richtigen Spur ist. Dir ist aufgegangen, dass es mehrere mögliche Lösungen gibt. Das müssen Rätselmeister als Allererstes lernen.«

»Ja. Man neigt dazu anzunehmen, dass alle Fakten, die man zur Antwort braucht, im Rätsel vorgegeben sind, aber es gibt auch noch andere, die nicht genannt sind.«

Absolut richtig. Er nickte.

»Und diese Angaben haben etwas mit dem natürlichen Verhalten der Habichte zu tun.«

»Aha«, sagte Parker. »Und was hat das Verhalten von Habichten mit dem Rätsel zu tun?«

»Weil«, sagte sie und zeigte mit dem Finger auf ihn, anmutig und mädchenhaft, wie er sie noch nie gesehen hatte, »ein Schuss die Habichte möglicherweise aufschreckt. Vielleicht auch nicht. Weil sie auf dem Dach ziemlich weit voneinander entfernt sitzen. Das war ein Hinweis, stimmt's?«

»Richtig. Weiter.«

»Gut. Der Bauer schießt einen der Vögel vom Dach, aber wir wissen nicht, wie sich die beiden anderen verhalten. Möglicherweise bleiben beide sitzen. Dann heißt die Antwort: Es sind noch zwei übrig. Vielleicht fliegt einer auf, dann bleibt noch einer übrig. Oder beide fliegen weg, woraufhin keiner übrig ist. So. Das wären dann die drei Antworten.«

»Tja«, erwiderte Parker, »du hattest Recht damit, implizite Angaben in deine Überlegungen mit einzubeziehen.«

Sie runzelte die Stirn. »Was soll das heißen? Habe ich Recht oder nicht?«

»Die Antwort ist falsch.«

»Aber«, protestierte Lukas, »sie muss richtig sein.«

»Nein, muss sie nicht.« Er lachte.

»Dann liege ich aber zumindest teilweise richtig, oder?«

»Bei einem Rätsel gibt es kein ›teilweise richtig‹. Willst du die Antwort hören?«

Sie zögerte. »Nein. Das wäre gemogelt. Ich denke weiter darüber nach.«

Der Augenblick war wie dazu geschaffen, sie zu küssen. Also tat er es, nur ganz kurz, und dann goss Lukas Kaffee in die Tassen. Parker ging zurück ins Wohnzimmer, umarmte seine Kinder und wünschte ihnen an diesem ersten Tag des Jahres einen guten Morgen.

Anmerkung des Autors

Bei dem Versuch, Parkers Rätsel zu lösen, bestand Jackie Lukas' Fehler darin, von einer falschen Annahme auszugehen, nämlich der, dass der Habicht, den der Bauer trifft, vom Dach fällt. Das muss nicht sein. Die Frage war nicht, wie viele »lebende Habichte« bleiben auf dem Dach, sondern nur, wie viele »Habichte«. Die Antwort lautet demnach wie folgt: Drei Habichte bleiben zurück, wenn der tote Habicht nicht herunterfällt und die beiden anderen nicht wegfliegen. Zwei Habichte bleiben zurück, wenn der tote Habicht nicht vom Dach fällt und nur einer wegfliegt, oder wenn der tote Habicht herunterfällt und die beiden anderen sitzen bleiben. Ein Habicht bleibt zurück, wenn der tote Habicht herunterfällt und einer wegfliegt, oder wenn der tote Habicht auf dem Dach liegen bleibt und die anderen beiden wegfliegen. Kein Habicht bleibt auf dem Dach, wenn der tote Habicht herunterfällt und die beiden anderen wegfliegen.

Danksagung

Der Autor bedankt sich bei Vernon Geberth, dessen hervorragendes Buch *Practical Homicide Investigation* ein wegweisendes Werk für die Polizeiarbeit darstellt und sowohl diesem als auch anderen Büchern des Autors unschätzbare Informationen geliefert hat. Die in diesem Roman genannten Rätsel sind Varianten mehrerer Denksportaufgaben, die ich in *Perplexing Lateral Thinking Puzzles* von Paul Sloane und Des MacHale gefunden habe.